COLLECTION
FOLIO CLASSIQUE

Honoré de Balzac

Béatrix

Édition présentée,
établie et annotée
par Madeleine Fargeaud
Professeur à la Sorbonne

Gallimard

PRÉFACE

Comme Eugénie Grandet, Massimilla Doni *ou* La Duchesse de Langeais, *comme* Pierrette *et* Honorine, *voici une héroïne balzacienne qui donne à un roman de Balzac son titre :* Béatrix, *prestigieux prénom qui signifie « bienheureuse » et s'auréole du poétique souvenir de la femme immortalisée par Dante dans son* Paradis.

*S'il n'eut pas, comme le nôtre, son année de la femme, le XIX*e *siècle vit néanmoins éclore pour la femme une ère nouvelle, dans la littérature comme dans la société françaises, c'est-à-dire essentiellement dans le roman, dont ce siècle fut l'âge d'or. Au lendemain de la Révolution, puis de la création du Code civil qui posa de façon nouvelle les graves questions de l'autorité du père et du mari ainsi que de l'héritage, s'opère une mutation juridique et sociologique importante qui, évidemment, se reflète dans la problématique romanesque de la condition féminine. Comme il arrive toujours après les époques troublées, où l'on ne vit que dans l'instant, un instant que menacent le danger et la mort, la paix retrouvée s'accompagne d'aspirations nouvelles, d'un certain* *goût de grandeur et d'éternité. Ainsi les rêves romantiques et les timides murmures du féminisme naissant s'unirent-ils pour créer dans le roman, ce miroir qu'on promène sur le chemin, selon la définition de Stendhal, une nouvelle image de la femme et de sa condition.*

De cette image Béatrix *offre un exemple privilégié, tant par sa richesse que sa variété. Tragédie de l'amour et de la jalousie, où se joue par intermittence la comédie du monde, ce roman présente une étonnante galerie de portraits féminins. Autour de l'héroïne se croisent et s'affrontent tant de destins que l'auteur réussit à mettre en scène, dans le contexte historique bien précis du XIX*e *siècle, les trois grands thèmes de la vie de la femme : amour, mariage et bonheur. Brillant d'un éclat tout particulier, Béatrix incarne l'un des types inoubliables de cette « femme de trente ans », dont Balzac, affirme Sainte-Beuve, fut l'inventeur. En elle se retrouvent en outre toutes les situations typiques de la femme de ce temps, telle que l'observe et la peint le romancier : la femme mal mariée, la femme adultère, la femme abandonnée...*

Plus proche en fait de la Célimène de Molière que de la Béatrix de Dante, cette séduisante créature ravage le cœur et la vie d'un jeune, noble et loyal Breton. Aimé par une femme supérieure, Félicité des Touches, connue en littérature sous le pseudonyme de Camille Maupin, puis par une splendide jeune femme, Sabine, sa jeune épouse, le beau Calyste du Guénic n'a d'yeux que pour la femme fatale qui l'a fasciné.

Il faut reconnaître que la blonde marquise, sans être vraiment belle, peut créer, quand elle le veut, une impression ineffaçable. Sa radieuse apparition, symphonie en blanc majeur où court un motif en bleu mineur, éblouit si bien le beau Calyste que jamais il « ne devait voir la femme vraie qui était en Béatrix ». Cet ange rêvé au nom magique était devenu pour lui « ce qu'était Béatrix pour Dante, une éternelle statue de marbre aux mains de laquelle il suspendrait ses fleurs et ses couronnes ».

Éternelle histoire! Il avait l'air d'un ange et en était un, elle ressemblait à un ange mais n'en était pas un. Sous l'allure angélique se cachait la femme-serpent, un de ces « anges au doux sourire, à l'air rêveur, à la figure candide, dont le cœur est un coffre-fort », comme dit Balzac dans Le Contrat de mariage. *Cette fascinante créature arrache à son paradis breton le bel ange blond tout rayonnant de pureté et l'entraîne dans l'enfer de la vie parisienne où il perd ses ailes d'innocence. Au terme de cette éducation sentimentale, Calyste du Guénic redescend des cieux de l'amour vers les terres conjugales et la culture des vertus ancestrales. Son destin l'a conduit des illusions aux illusions perdues, et, de son côté, Béatrix, par d'autres chemins, accomplit le même itinéraire. Victime de la société du temps et du mariage, elle s'était enfuie avec Conti le célèbre chanteur, rêvant un amour exceptionnel. Vite déçue, elle devient une galérienne de l'amour et bientôt une femme abandonnée; elle connaît alors d'autres orages sentimentaux, se laisse aimer par Calyste puis tombe amoureuse du séduisant La Palférine qui la ramène dans la galère du mariage.*

Ces amours passionnées, ces orages sentimentaux ne s'égarent pas dans les méandres de quelque carte du Tendre. Ils ont pour décor des lieux bien réels, d'abord la Bretagne dont le romancier offre une image aussi vraie que poétique, puis Paris qui se définit par opposition avec la province, car : « Sachons-le bien, écrit Balzac dans La Muse du département, *la France du XIX*e *siècle est divisée en deux grandes zones, la province et Paris. »*

*L'image de la province française du XIX*e *siècle, immobile et immuable, se rencontre dans chaque petite ville de* La Comédie humaine. *« A quelques usages près, toutes les petites villes se ressemblent », note Balzac dans* La Femme abandonnée. *La vie à Guérande avec ses caquetages, ses médisances, les lieux communs de la conversation et la routine quotidienne, ressemble à celle de Sancerre, de Saumur ou de Bayeux dans d'autres romans. Elle se définit par ce « retour exact et journalier des mêmes pas dans un même sentier », admirablement décrit dans* La Vieille Fille, *et par cette tyrannie de l'opinion publique qui fait « de notre pays une même province », comme dit Balzac dans* Ursule Mirouët. *La grande ville de province n'échappe pas à ce type d'existence, étroite, silencieuse et monotone, qui est l'ennui déguisé sous mille formes. Certes, note l'auteur de* Béatrix, *à Nantes on est « sous une latitude plus civilisée » qu'à Guérande. Le progrès, « l'esprit novateur du siècle » pénètrent peu à peu dans les salons nantais où l'on se met à jouer au « whist » et au « boston », délaissant la « mouche » qui fait encore les délices de la société guérandaise. L'auteur de* Béatrix *rend sensible l'essor industriel et maritime de Nantes, ville du fleuve et port ouvert sur l'Orient, où les bateaux venus de fabuleux pays tels que les Indes ou les Antilles déchargent leurs denrées rares et leurs trésors de rêves. Il n'empêche que Nantes* *est à Paris ce que Guérande est à Nantes. Au premier ou au second degré, c'est toujours la province, dont la médiocrité, les ridicules et les mesquineries s'incarnent ici dans la vicomtesse de Kergarouët, le type même de la provinciale, dit Balzac. Cette femme grande, sèche et flétrie, à la mise exagérée et à la démarche cavalière, « parlant beaucoup et attrapant à force de parler quelques idées, comme on carambole au billard », symbolise à merveille en effet ce monde où l'on s'ennuie et où « la mode s'assied au lieu de passer » selon un mot cruel de* La Muse du département.

Si l'auteur de Béatrix *présente comme dans tant d'autres romans les mœurs et la femme de province de façon très négative, il se plaît néanmoins ici à souligner les aspects positifs de cette existence, d'une part cette « entente de la fortune et cette pente à la sagesse administrative » que la province a données à la Bretonne Félicité des Touches, et, d'autre part, le bonheur qui émane des affections vraies, fécondes et bienfaisantes comme tout ce qui est simple et naturel. La province en effet c'est la nature, opposée à Paris qui représente l'art, c'est-à-dire souvent l'artifice, dont* Béatrix *offre une illustration typique.*

Mais la Bretagne de Béatrix *ce n'est pas seulement* la *province, c'est aussi* une *province qui ne ressemble pas aux autres. Avec le regard de la jeune et pure Sabine, les lecteurs découvrent un « pays primitif où les hommes n'éprouvent pas des sentiments ordinaires », une Bretagne qui « a quelque chose d'inexplicable, de grandiose jusque dans ses minuties qu'on ne peut définir que par le mot* sacré *».*

« La Bretagne est le plus beau pays du monde », affirme Gasselin, le fidèle serviteur des du Guénic.

Comment ne pas le croire? Le romancier ne s'attarde guère devant les paysages urbains mais il nous fait voir les « îles d'or », les « tours féodales » et les « bouquets d'ajonc ». En ce pays enchanté aux trois couleurs, « le jaune brillant des sables, l'azur du ciel et le vert uni de la mer », tout est poésie, les êtres comme les lieux. Quand l'Océan apparaît, le décor prend une dimension épique. C'est face à lui qu'après la traversée du désert de l'amour, Camille Maupin, pénétrée du sentiment de l'infini, découvre Dieu, tandis que Calyste, dans cette immensité et cette profondeur, contemple l'image de son amour pour Béatrix. Et à la poésie de l'Océan répond celle de la terre bretonne, de ces landes sablonneuses et de ces haies où fleurit l'ajonc, fleur de danger dans Les Chouans, *et dans* Béatrix *fleur d'amour. Blancs paludiers ou paysans aux blouses brunes, les êtres que l'on rencontre ici sont les vivants poèmes de la simplicité antique, et de l'image surgissent, à chaque pas, le symbole et le mythe. La race, le tempérament, l'histoire de la Bretagne se résument dans son élément dominant, le granit, partout présent. Le baron du Guénic, le père de Calyste, n'est-il pas « le granit fait homme »? Dans les sillons de ses mains, larges « comme devaient être celles de du Guesclin », s'inscrivent l'histoire de ses ancêtres et la sienne, celle d'une vie consacrée à l'action, au service de Dieu et du Roi. Pour lui comme pour sa sœur Zéphirine, « droite comme un clocher », « tout est simple comme un cœur breton ». Il suffit de « faire son devoir », ce qui implique « une foi sans bornes, une obéissance sans discussion, une fidélité sans transaction, un amour sans inconstance ».*

Ces inoubliables silhouettes, présentées sous un

éclairage crépusculaire et figées dans la raideur chevaleresque d'un passé révolu, vivent à Guérande, joyau de la féodalité, dans leur maison, « image exacte du passé, le symbole d'une grande chose détruite, une poésie ». Et c'est l'héritier de cette race, de cette famille qui compte du Guesclin parmi ses ancêtres et perpétue avec une fidélité granitique la tradition, c'est ce beau, cet innocent Calyste qui, lassé des ténèbres provinciales et de cette mourante aristocratie tournée vers le passé, se laisse fasciner par le mouvement, le bruit, la lumière, les orages de la passion, et mord « la pomme de la civilisation parisienne ». Car si la marche du siècle s'arrête aux portes de Guérande que protègent encore ses remparts, le progrès guette et la dangereuse civilisation parisienne s'est introduite aux Touches, à deux pas de Guérande, là où vit Camille Maupin, là où Calyste rencontre Béatrix, qui l'entraîne irrésistiblement vers Paris.

Paris, voilà « la forteresse enchantée à l'assaut de laquelle toutes les jeunesses de la province se préparent », déclare Balzac dans la préface de la première édition de la troisième partie d'Illusions perdues, intitulée David Séchard. Mais, pour un Rastignac qui réussit, que d'illusions perdues et que d'échecs! Ces jeunes gens beaux et bien nés, sans argent et sans armes car leur famille n'a su leur léguer qu'un passé, sont une proie facile pour les vices du siècle : l'égoïsme et la corruption. « La gérontocratie sous laquelle tout se flétrit », fustigée par Balzac dans La Duchesse de Langeais, les condamne aux joies factices de l'oisiveté. Ils gaspillent dans les conversations de clubs et les préoccupations du turf, dans la fumée des cigares et les parties de whist, leur inutile et inerte existence. Tous *les témoignages confirment la vérité historique de cette étude de mœurs en action dont Balzac se fait le peintre lucide et cruel. Ils sont vrais, ces chevaliers errants des salons parisiens que l'on voit évoluer dans* Béatrix, *le marquis de Rochefide et ses amis du Jockey-club, Maxime de Trailles le dandy et La Palférine le prince de la Bohème, comme est vrai ce vaniteux et sot Fabien du Ronceret en qui s'incarne le type d'une autre portion de la jeunesse de l'époque, celui du « torrent des ambitions secondaires ». Balzac ne se montre pas plus indulgent pour la réussite sociale de ces médiocres que pour la fatale inertie des jeunes gentilshommes. Il vitupère avec violence les méfaits de l'Égalité, cette mère de l'Envie et de la Vanité, qui a développé l'individualisme et l'égoïsme, plaies du siècle. Mais s'il présente les héritiers de la vieille aristocratie comme des victimes de leur époque et d'une éducation totalement inadaptée aux réalités, il les accuse d'avoir failli à leur tâche, les montre coupables, par manque de volonté et d'intelligence, de laisser la place aux sots. Bref, les hommes de ce temps-là, tels qu'ils apparaissent dans* Béatrix, *si l'on excepte Calyste — bien qu'il soit « sans verve ni esprit » —, ne suscitent ni l'admiration ni la sympathie.*

Il est vrai que Balzac privilégie surtout dans ce roman les études de femmes. Grâce à la variété des silhouettes, des situations et des types, l'historien réussit à esquisser une complète problématique de la condition féminine à l'époque tandis que le moraliste compose un véritable traité de l'amour et du mariage.

Qu'elles soient blondes ou brunes, jeunes ou vieilles, provinciales ou parisiennes, courtisanes ou femmes du monde, toutes attestent qu'en ce temps pèsent terri-

blement sur la femme trois contraintes, celle de l'âge de l'environnement et du statut social, c'est-à-dire le mariage.

Chacun sait que l'âge conditionne inexorablement les héroïnes balzaciennes, comme les femmes du monde réel. Quand s'ouvre l'action de ce roman, Béatrix a vingt-huit ans, « le moment où les beautés des femmes françaises sont dans tout leur éclat », affirme Balzac dans Une fille d'Ève. *Mais si la jeune épouse ne peut rivaliser avec la séduction irrésistible de la femme de trente ans, qui se trouve au sommet poétique de la vie, celle-ci passant sous le porche de la trentaine doit devenir, comme Béatrix, « une grande artiste en toilette, en coquetterie et en fleurs artificielles de toute espèce ». L'héroïne balzacienne avec ses quarante ans atteint l'âge du renoncement. En ce troisième âge du XIX*e *siècle elle n'a plus qu'à se « recycler » en politique et en littérature en accueillant dans le salon qui représente sa consolation les célébrités à la mode, ce que ne manquera pas de faire Béatrix de Rochefide réconciliée avec son mari. Et que dire de Camille Maupin qui découvre l'amour trop tard, quand les « portes de l'enfer des femmes tournent sur leurs gonds poussés par le chiffre cinquante »?*

Pas plus qu'à son âge la femme n'échappe à son milieu, provincial ou parisien, et surtout au mariage, le célibat n'apparaissant que comme une mort dans la vie, en ce temps où elle ne peut accéder à une existence professionnelle autonome. Or qu'est-ce que le mariage à l'époque? De la Physiologie du mariage, *où il le définit comme « une institution nécessaire au maintien des sociétés mais (...) contraire aux lois de la nature », à* Béatrix *où il le présente comme une*

« loterie », Balzac n'a cessé de proclamer que cet acte « implique des convenances d'humeur, des sympathies physiques, des concordances de caractères qui font de cette nécessité sociale un éternel problème ».

Éternel problème assurément, mais particulièrement ardu au XIXe *siècle, où il représente avant tout pour l'homme une « affaire », de convenance sociale, d'intérêt, d'argent. Rastignac parle de « société de commerce » et Balzac, dans la* Physiologie du mariage, *déclare que les maris achètent leur épouse « comme une partie de rentes à la Bourse ». Le marquis de Rochefide, quant à lui, a épousé Béatrix parce qu'une alliance avec les Casteran lui permettait de devenir pair de France. Cette affaire conclue, il est retourné à sa vie de garçon et à ses chevaux. Comment s'étonner de rencontrer, dans* La Comédie humaine, *comme dans la société du temps, tant de couples mal assortis, tant de femmes mal mariées?*

« Le mariage, ce dur métier... », soupire Véronique Graslin dans Le Curé de village, *tandis que la duchesse de Carigliano déclare brutalement à la pathétique héroïne de* La Maison du chat-qui-pelote, *la jeune Augustine de Sommervieux dont elle a « volé » le mari : « Si vous continuez à parler passion quand je vous parle mariage, nous ne nous entendrons bientôt plus. »*

On ne saurait mieux dire qu'amour et mariage font deux, triste constatation qu'illustrent parfaitement, dans Béatrix, *le ménage Rochefide ou les du Guénic. C'est si vrai qu'il arrive malheur à la femme qui confond amour et mariage, telle Sabine du Guénic qui avoue aimer Calyste « comme une folle », « comme s'il n'était pas son mari », crime suprême dont elle sera cruellement punie.*

Le mariage étant ce qu'il est, la femme mariée n'a que deux solutions : la résignation ou la révolte. Ni la maternité ni la religion ne peuvent compenser le manque d'amour car vivre c'est « aimer ». Aussi la tentation de l'adultère guette-t-elle les femmes déçues par le mariage. La sympathie de Balzac pour ces victimes de l'amour est évidente. Il n'empêche que dans Béatrix *comme dans les autres romans de* La Comédie humaine, *la femme adultère est toujours punie. La famille et la société ont le dernier mot.*

Observateur lucide et sociologue avisé, Balzac n'en est pas moins homme. Il appartient à cette société faite par l'homme et pour l'homme. Sa misogynie ne manque pas une occasion de se manifester à l'égard des grandes coquettes, des femmes sans cœur, ou des petites bourgeoises ambitieuses, et l'on atteint assez vite les limites d'un féminisme indulgent à l'amour mais hostile à toute émancipation de la femme. Camille Maupin, femme supérieure, a délibérément choisi le célibat car elle refusait l'abdication que représente le mariage. Elle a en somme bravé la société et son expérience connaît un cruel dénouement. Découvrant l'amour à l'âge du renoncement, elle n'a plus sa place dans le monde et, au seuil du couvent, confessant son erreur, elle constate que « la femme n'est égale à l'homme qu'en faisant de sa vie une continuelle offrande ».

Toutes les femmes seraient-elles les victimes élégiaques des droits de l'homme? A lire Béatrix, *on est vite convaincu que si elles sont parfois des héroïnes de tragédie, elles peuvent aussi exceller dans l'art de la comédie, comme Béatrix, moderne Célimène, ou comme cette spirituelle Aurélie renvoyant Arthur de Rochefide pour épouser le sot Fabien du Ronceret et faire oublier sa carrière de courtisane dans son nouveau rôle de Présidente d'un tribunal de province, respectable femme d'un mari dont elle s'est assuré la fidélité.*

« Les femmes abandonnées sont celles qui aiment, les conservatrices sont celles qui savent aimer. » Savoir aimer signifie savoir gagner ce combat quotidien qu'est la vie. Dans le prospectus de l'édition des Petites misères de la vie conjugale, *Balzac déclare : « Il y a des pays, pays lointains, pays fantastiques, pays fabuleux (...), où le mariage est encore une association; en France, c'est une lutte. La France, organisée pour la guerre, a fait du mariage un combat. C'est l'histoire de cette bataille quotidienne, qui compte tant de revers, que M. de Balzac a eu l'heureuse fantaisie de raconter. » La* Physiologie du mariage, *tout de même que les* Petites misères de la vie conjugale, *constituent effectivement de véritables leçons de stratégie conjugale, où, comme dans la vie, la bouffonnerie alterne avec la tragédie. Sur ces champs de bataille où s'affrontent, dans l'amour comme dans le mariage, l'homme et la femme, se déroulent tantôt des drames meurtriers, tantôt des comédies. Rien n'exprime mieux cette intime conviction de Balzac que l'abondance du vocabulaire, des images et des métaphores guerrières dans* La Comédie humaine, *et en particulier dans* Béatrix *lorsqu'il est question des rapports de l'homme et de la femme.*

On lit dans Honorine *qu'il n'existe que deux sortes d'amour : « l'amour qui commande et l'amour qui obéit », formule qui figure également dans les* Mémoires de deux jeunes mariées *et dont l'écho se* *retrouve dans la triste leçon que tire M*^{me} *de Beauséant de son abandon, dans* La Femme abandonnée : *« J'ai (...) été l'esclave quand j'aurais dû me faire tyran. » C'est à la même conclusion que parvient Sabine du Guénic et l'on constate que le rapport qui s'établit entre l'homme et la femme est donc toujours un rapport de domination : dans l'amour, légitime ou illégitime, il y a un vainqueur et un vaincu, qu'il s'agisse de lutte à visage découvert ou de guérilla secrète, de cette « divine comédie de la femme dans le duel de la vie conjugale ». Bref, l'homme et la femme sont deux êtres dont « l'un sera la dupe de l'autre », selon un mot cruel de l'héroïne des* Secrets de la princesse de Cadignan.

C'est que l'histoire du cœur, si elle se trouve inéluctablement liée à celle des mœurs et s'inscrit dans un contexte historique précis, se répète aussi d'âge en âge. « Pourquoi, demande l'héroïne des Secrets de la princesse de Cadignan, *le cœur humain changerait-il parce que vous changez d'habit? A toutes les époques les passions sont les mêmes. »*

Le mythe balzacien auréole de son intemporelle poésie l'image de la femme du XIXe *siècle. A ce mythe l'auteur de* Béatrix *donne une triple expression métaphorique : Fleur, Ange, Fille d'Ève, telle est la Femme selon Balzac et telle elle apparaît dans* Béatrix.

La fleur représente d'abord le décor naturel de la femme. Béatrix vit à Paris dans un véritable bocage et ses fenêtres ressemblent à des serres grâce aux jardinières où s'épanouissent les fleurs les plus ravissantes. Ornement d'une chevelure ou bouquet que l'on reçoit, elle signifie aveu, prière, déclaration, et si la femme voit en elle un langage, c'est qu'elle-même est fleur. Pour esquisser d'un mot le portrait de ses héroïnes, le romancier se réfère à la fleur : Béatrix est une « délicate pervenche », Camille Maupin « un somptueux et brillant pavot ».

Béatrix cependant ne ressemble pas à Henriette de Mortsauf et l'aspect floral du mythe balzacien se révèle moins essentiel et moins poétique ici que dans Le Lys dans la vallée. *Plus riche en revanche est ici le mythe de l'ange, avec ses nuances et ses contrastes. Entre Sabine, véritable ange de douceur et d'amour, et Béatrix, qui n'a d'un ange que l'allure, l'opposition est totale. Avec sa robe blanche, dont les longues manches donnent l'impression qu'elle va s'envoler, avec son écharpe de gaze aérienne et son regard céleste, la frêle marquise joue avec un art consommé, de l'ange déchu à l'ange courroucé, toutes les variantes du rôle qu'elle a choisi. Et elle est, bien sûr, un ange blond, car, comme elle l'explique à Calyste : « Ève est blonde, les femmes brunes descendent d'Adam, les blondes tiennent de Dieu dont la main a laissé sur Ève sa dernière pensée, une fois la création accomplie. »*

Ainsi Béatrix se dit-elle fille d'Ève, et nous découvrons là l'aspect essentiel du mythe balzacien. Dans la Femme, Balzac assurément voit avant tout une fille d'Ève, expression qui désigne parfois, dans La Comédie humaine, *l'épouse idéale, mais implique aussi une nature qui participe de l'ange et du démon. Ève représente pour Balzac la Femme dans sa beauté et son mystère, certes, mais aussi dans sa dangereuse séduction et sa fatale curiosité. Il connaît trop bien l'histoire de celle qui au paradis cueillit le fruit défendu et le fit croquer à l'homme, pour oublier*

Satan. Au fond des êtres humains comme autour d'eux, constate Sabine du Guénic dans Béatrix, *« il y a les fleurs du diable et les fleurs de Dieu ! Nous n'avons qu'à rentrer en nous-même pour voir qu'ils ont créé le monde de moitié ».*

Ainsi s'explique ce que le romancier appelle les « bizarreries du cœur », c'est-à-dire cette attirance des contraires, véritable loi de la nature humaine qui, dit-il, inspire à la courtisane le désir de la pureté et à la femme « contenue par l'éducation, le rang et la fortune » un entraînement secret vers « les régions tropicales de l'amour ».

Balzac a intitulé un de ses romans Une fille d'Ève, *et dans le cœur de son héroïne sommeille ce que représente pour lui une des constantes du caractère féminin : la curiosité, l'attrait de l'inconnu, en l'occurrence la tentation de l'amour pour un écrivain fantasque et bohème, en tous points inférieur à l'homme noble intelligent et sage qu'elle a pour époux. Tout aussi révélatrice est, dans le même roman, la réflexion de la jolie Moïna Saint-Héreen : « Un amant, pour moi, c'est le fruit défendu, mot qui dit tout. »*

Chaque condition sociale a son fruit défendu, dit l'auteur de Béatrix. *Chaque femme aussi, Béatrix, Camille, Aurélie et même Sabine du Guénic. Que Sabine, « les yeux allumés de la curiosité d'Ève », entraîne Calyste aux Touches, poussée par le désir de voir les lieux où naquit la fatale passion de son mari, visite funeste pour le ménage, voilà qui montre que toute femme, pour Balzac, est fille d'Ève.*

Depuis Balzac, les temps ont certes changé, et avec eux l'image de la femme. De la femme-objet à la femme-sujet, de nouveaux types féminins sont nés, tandis que reculaient les redoutables frontières de l'âge et que déferlait, du domaine de la vie privée où la situait Balzac vers ceux de la vie sociale et professionnelle, la guerre des sexes. Et cependant, n'est-il pas toujours vrai que « le problème de la femme... (est) un problème d'homme », comme l'explique, dans Le Deuxième Sexe, *Simone de Beauvoir, persuadée que, méprisée ou glorifiée, la femme appartiendra toujours au deuxième sexe, celui qui dépend de l'autre? Qui sait même si une nouvelle génération littéraire ne fera point éclore de nouveaux types de femme-fleur et de femme-objet!*

*A cette image, merveilleusement authentique, de la femme du XIX*e *siècle, le mythe balzacien confère-t-il ou non une éternelle actualité? Aux lecteurs de* Béatrix *d'en décider, mais gageons que certains penseront, avec l'auteur de cette préface, que la femme et l'aventure du couple occuperont toujours la littérature, car tant qu'il y aura des femmes... et des hommes, sans cesse recommencera l'histoire d'Adam et d'Ève, une histoire de tentation et de paradis.*

Madeleine Fargeaud

Béatrix

A SARAH[1]

Par un temps pur, aux rives de la Méditerranée où s'étendait jadis l'élégant empire de votre nom[2], parfois la mer laisse voir sous la gaze de ses eaux une fleur marine, chef-d'œuvre de la nature : la dentelle de ses filets teints de pourpre, de bistre, de rose, de violet ou d'or, la fraîcheur de ses filigranes vivants, le velours du tissu, tout se flétrit dès que la curiosité l'attire et l'expose sur la grève. De même le soleil de la publicité offenserait votre pieuse modestie. Aussi dois-je, en vous dédiant cette œuvre, taire un nom qui certes en serait l'orgueil ; mais, à la faveur de ce demi-silence, vos magnifiques mains pourront la bénir, votre front sublime pourra s'y pencher en rêvant, vos yeux, pleins d'amour maternel, pourront lui sourire, car vous serez ici tout à la fois présente et voilée. Comme cette perle de la Flore marine, vous resterez sur le sable uni, fin et blanc où s'épanouit votre belle vie, cachée par une onde, diaphane seulement pour quelques yeux amis et discrets.

J'aurais voulu mettre à vos pieds une œuvre en harmonie avec vos perfections ; mais si c'était chose impossible, je savais, comme consolation, répondre à l'un de vos instincts en vous offrant quelque chose à protéger.

DE BALZAC.

Première partie

LES PERSONNAGES

La France, et la Bretagne particulièrement, possède encore aujourd'hui quelques villes complètement en dehors du mouvement social qui donne au dix-neuvième siècle sa physionomie [1]. Faute de communications vives et soutenues avec Paris, à peine liées par un mauvais chemin avec la sous-préfecture ou le chef-lieu dont elles dépendent, ces villes entendent ou regardent passer la civilisation nouvelle comme un spectacle, elles s'en étonnent sans y applaudir; et, soit qu'elles la craignent ou s'en moquent, elles sont fidèles aux vieilles mœurs dont l'empreinte leur est restée. Qui voudrait voyager en archéologue [2] moral et observer les hommes au lieu d'observer les pierres, pourrait retrouver une image du siècle de Louis XV dans quelque village de la Provence, celle du siècle de Louis XIV au fond du Poitou, celle de siècles encore plus anciens au fond de la Bretagne. La plupart de ces villes sont déchues de quelque splendeur dont ne parlent point les historiens, plus occupés des faits et des dates que des mœurs, mais dont le souvenir vit encore dans la mémoire, comme en Bretagne, où le caractère national admet peu l'oubli de ce qui touche au pays. Beaucoup de ces villes ont été les capitales d'un petit état féodal, comté, duché conquis par la Couronne ou partagés par des héritiers faute d'une lignée masculine. Déshéritées de leur activité, ces têtes sont dès lors devenues des bras. Le bras, privé d'aliments, se dessèche et végète. Cependant, depuis trente ans, ces portraits des anciens âges commencent à s'effacer et deviennent rares. En travaillant pour les masses, l'Industrie moderne va détruisant les créations de l'Art antique dont les travaux étaient tout personnels au consommateur comme à l'artisan. Nous avons des *produits,* nous n'avons plus d'*œuvres* [3]. Les monuments sont pour la moitié dans ces phénomènes de rétrospection. Or pour l'Industrie, les monuments sont des carrières de moellons, des mines à salpêtre ou des magasins à coton. Encore quelques années, ces cités originales seront transformées et ne se verront plus que dans cette iconographie littéraire.

Une des villes où se retrouve le plus correctement la physionomie des siècles féodaux est Guérande. Ce nom seul réveillera mille souvenirs dans la mémoire des peintres, des artistes, des penseurs qui peuvent être allés jusqu'à la côte où gît ce magnifique joyau de féodalité, si fièrement posé pour commander les relais de la mer et les dunes, et qui est comme le sommet d'un triangle aux coins duquel se trouvent deux autres bijoux non moins curieux, Le Croisic et le bourg de Batz. Après Guérande, il n'est plus que Vitré situé au centre de la Bretagne, Avignon dans le midi qui conservent au milieu de notre époque leur intacte configuration du Moyen Age. Encore aujourd'hui, Guérande est enceinte de ses puissantes murailles : ses larges douves sont pleines d'eau, ses créneaux sont entiers, ses meurtrières ne sont pas encombrées d'arbustes, le lierre n'a pas jeté de manteau sur ses tours carrées ou rondes[4]. Elle a trois portes[5] où se voient les anneaux des herses, vous n'y entrez qu'en passant sur un pont-levis de bois ferré qui ne se relève plus, mais qui pourrait encore se lever. La Mairie a été blâmée d'avoir, en 1820, planté des peupliers le long des douves pour y ombrager la promenade. Elle a répondu que, depuis cent ans, du côté des dunes, la longue et belle esplanade des fortifications qui semblent achevées d'hier avait été convertie en un mail, ombragé d'ormes sous lesquels se plaisent les habitants. Là, les maisons n'ont point subi de changement, elles n'ont ni augmenté ni diminué. Nulle d'elles n'a senti sur sa façade le marteau de l'architecte, le pinceau du badigeonneur, ni faibli sous le poids d'un étage ajouté. Toutes ont leur caractère primitif. Quelques-unes reposent sur des piliers de bois qui forment des galeries sous lesquelles les passants circulent, et dont les planchers plient sans rompre. Les maisons des marchands sont petites et basses, à façades couvertes en ardoises clouées. Les bois maintenant pourris sont entrés pour beaucoup dans les matériaux sculptés aux fenêtres; et aux appuis, ils s'avancent au-dessus des piliers en visages grotesques, ils s'allongent en forme de bêtes fantastiques aux angles, animés par la grande pensée de l'art, qui, dans ce temps, donnait la vie à la nature morte. Ces vieilleries, qui résistent à tout, présentent aux peintres les tons bruns et les figures effacées que leur brosse affectionne. Les rues sont ce qu'elles étaient il y a quatre cents ans. Seulement, comme la population n'y abonde plus, comme le mouvement social y est moins vif, un voyageur curieux d'examiner cette ville, aussi belle qu'une antique armure complète, pourra suivre non sans mélancolie une rue presque déserte où les croisées de pierre sont bouchées en pisé pour éviter l'impôt[6]. Cette rue aboutit à une poterne condamnée par un mur en maçonnerie[7], et au-dessus de laquelle croît un bouquet d'arbustes élégamment posé par les mains de la nature bretonne, l'une des plus luxuriantes, des plus plantureuses végétations de la France. Un peintre, un poète resteront assis occupés à savourer le silence profond qui règne sous la voûte encore neuve de cette poterne, où la vie de cette cité paisible n'envoie aucun bruit, où la riche campagne apparaît dans toute sa magnificence à travers les meurtrières occupées jadis par les archers, les arbalétriers, et qui ressemblent aux vitraux à points de vue ménagés dans quelque belvédère. Il est impossible de se promener là sans penser à chaque pas aux usages, aux mœurs des temps passés; toutes les pierres vous en parlent; enfin les idées du Moyen Age y sont encore à l'état de superstition. Si, par hasard, il passe un gendarme à chapeau bordé, sa présence est un anachronisme contre lequel votre pensée proteste; mais rien n'est plus rare que d'y rencontrer un être ou une chose du temps présent. Il y a même peu de chose du vêtement actuel : ce que les habitants en admettent s'approprie en quelque sorte à leurs mœurs immobiles, à leur physionomie stationnaire. La place publique est pleine de costumes bretons que viennent dessiner les artistes et qui ont un relief incroyable. La blancheur des toiles que portent les *Paludiers,* nom des gens qui cultivent le sel dans les marais salants, contraste vigoureusement avec les couleurs bleues et brunes des *Paysans,* avec les parures originales et saintement conservées des femmes. Ces deux classes et celle des marins à jaquette, à petit chapeau de cuir verni, sont aussi distinctes entre elles que les castes de l'Inde, et reconnaissent encore les distances qui séparent la bourgeoisie, la noblesse et le clergé. Là tout est encore tranché; là le niveau révolutionnaire a trouvé les masses trop raboteuses et trop dures pour y passer : il s'y serait ébréché, sinon brisé. Le caractère d'immuabilité que la nature a donné à ses espèces zoologiques se retrouve là chez les hommes. Enfin, même après la révolution de 1830, Guérande est encore une ville à part, essentiellement bretonne, catholique fervente, silencieuse, recueillie, où les idées nouvelles ont peu d'accès [8].

La position géographique explique ce phénomène. Cette jolie cité commande des marais salants dont le sel se nomme, dans toute la Bretagne, sel de Guérande, et auquel beaucoup de Bretons attribuent la bonté de leur beurre et des sardines. Elle ne se relie à la France moderne que par deux chemins, celui qui mène à Savenay, l'arrondissement dont elle dépend, et qui passe à Saint-Nazaire; celui qui mène à Vannes et qui la rattache au Morbihan. Le chemin de l'arrondissement établit la communication par terre, et Saint-Nazaire, la communication maritime avec Nantes. Le chemin par terre n'est fréquenté que par l'administration. La voie la plus rapide, la plus usitée est celle de Saint-Nazaire. Or, entre ce bourg et Guérande, il se trouve une distance d'au moins six lieues que la poste ne dessert pas, et pour cause : il n'y a pas trois voyageurs à voiture par année. Saint-Nazaire est séparé de Paimbœuf par l'embouchure de la Loire, qui a quatre lieues de largeur[9]. La barre de la Loire rend assez capricieuse la navigation des bateaux à vapeur; mais pour surcroît d'empêchements, il n'existait pas de débarcadère[10] en 1829 à la pointe de Saint-Nazaire, et cet endroit était orné des roches gluantes, des récifs granitiques, des pierres colossales qui servent de fortifications naturelles à sa pittoresque église et qui forçaient les voyageurs à se jeter dans des barques avec leurs paquets quand la mer était agitée, ou quand il faisait beau d'aller à travers les écueils jusqu'à la jetée que le génie construisait alors. Ces obstacles, peu faits pour encourager les amateurs, existent peut-être encore[11]. D'abord, l'administration est lente dans ses œuvres; puis, les habitants de ce territoire, que vous verrez découpé comme une dent sur la carte de France et compris entre Saint-Nazaire, le bourg de Batz et Le Croisic, s'accommodent assez de ces difficultés qui défendent l'approche de leur pays aux étrangers. Jetée au bout du continent, Guérande ne mène donc à rien, et personne ne vient à elle. Heureuse d'être ignorée, elle ne se soucie que d'elle-même. Le mouvement des produits immenses des marais salants, qui ne paient pas moins d'un million[12] au fisc, est au Croisic, ville péninsulaire dont les communications avec Guérande sont établies sur des sables mouvants où s'efface pendant la nuit le chemin tracé le jour[13], et par des barques indispensables pour traverser le bras de mer qui sert de port au Croisic, et qui fait irruption dans les sables. Cette charmante petite ville est donc l'Herculanum de la Féodalité, moins le linceul de lave. Elle est debout sans vivre, elle n'a point d'autres raisons d'être que de n'avoir pas été démolie. Si vous arrivez à Guérande par Le Croisic, après avoir traversé le paysage des marais salants, vous éprouverez une vive émotion à la vue de cette immense fortification encore toute neuve. Le pittoresque de sa position et les grâces naïves de ses environs quand on y arrive par Saint-Nazaire ne séduisent pas moins. À l'entour, le pays est ravissant, les haies sont pleines de fleurs, de chèvrefeuilles, de buis, de rosiers, de belles plantes. Vous diriez d'un jardin anglais dessiné par un grand artiste. Cette riche nature, si coite, si peu pratiquée et qui offre la grâce d'un bouquet de violettes et de muguet dans un fourré de forêt, a pour cadre un désert d'Afrique[14] bordé par l'Océan, mais un désert sans un arbre, sans une herbe, sans un oiseau, où, par les jours de soleil, les paludiers, vêtus de blanc et clairsemés dans les tristes marécages où se cultive le sel, font croire à des Arabes couverts de leurs burnous. Aussi Guérande, avec son joli paysage en terre ferme, avec son désert, borné à droite par Le Croisic, à gauche par le bourg de Batz, ne ressemble-t-elle à rien de ce que les voyageurs voient en France. Ces deux natures si opposées, unies par la dernière image de la vie féodale, ont je ne sais quoi de saisissant. La ville produit sur l'âme l'effet que produit un calmant sur le corps, elle est silencieuse autant que Venise. Il n'y a pas d'autre voiture publique que celle d'un messager qui conduit dans une patache les voyageurs, les marchandises et peut-être les lettres de Saint-Nazaire à Guérande, et réciproquement. Bernus [15] le voiturier était, en 1829, le factotum de cette grande communauté. Il va comme il veut, tout le pays le connaît, il fait les commissions de chacun. L'arrivée d'une voiture, soit quelque femme qui passe à Guérande par la voie de terre pour gagner Le Croisic, soit quelques vieux malades qui vont prendre les bains de mer, lesquels dans les roches de cette presqu'île ont des vertus supérieures à ceux de Boulogne, de Dieppe et des Sables, est un immense événement. Les paysans y viennent à cheval, la plupart apportent les denrées dans des sacs. Ils y sont conduits surtout, de même que les paludiers, par la nécessité d'y acheter les bijoux particuliers à leur caste, et qui se donnent à toutes les fiancées bretonnes, ainsi que la toile blanche ou le drap de leurs costumes. A dix lieues à la ronde, Guérande est toujours Guérande, la ville illustre où se signa le traité fameux dans l'histoire[16], la clef de la côte, et qui accuse, non moins que le bourg de Batz, une splendeur aujourd'hui perdue dans la nuit des temps. Les bijoux, le drap, la toile, les rubans, les chapeaux se font ailleurs; mais ils sont de Guérande pour tous les consommateurs. Tout artiste, tout bourgeois même, qui passent à Guérande, y éprouvent, comme ceux qui séjournent à Venise, un désir bientôt oublié d'y finir leurs jours dans la paix, dans le silence, en se promenant par les beaux temps sur le mail qui enveloppe la ville du côté de la mer, d'une porte à l'autre. Parfois l'image de cette ville revient frapper au temple du souvenir : elle entre coiffée de ses tours, parée de sa ceinture ; elle déploie sa robe semée de ses belles fleurs, secoue le manteau d'or de ses dunes, exhale les senteurs enivrantes de ses jolis chemins épineux et pleins de bouquets noués au hasard ; elle vous occupe et vous appelle comme une femme divine que vous avez entrevue dans un pays étrange et qui s'est logée dans un coin du cœur.

Auprès de l'église de Guérande se voit une maison qui est dans la ville ce que la ville est dans le pays, une image exacte du passé, le symbole d'une grande chose détruite, une poésie. Cette maison appartient à la plus noble famille du pays, aux du Guaisnic, qui, du temps des du Guesclin, leur étaient aussi supérieurs en fortune et en antiquité que les Troyens l'étaient aux Romains. Les *Guaisqlain* (également orthographié jadis *du Glaicquin*), dont on a fait Guesclin [17], sont issus des Guaisnic. Vieux comme le granit de la Bretagne, les Guaisnic ne sont ni francs ni gaulois, ils sont bretons, ou, pour être plus exact, celtes. Ils ont dû jadis être druides, avoir cueilli le gui des forêts sacrées et sacrifié des hommes sur les dolmens. Il est inutile de dire ce qu'ils furent. Aujourd'hui cette race, égale aux Rohan sans avoir daigné se faire princière, qui existait puissante avant qu'il ne fût question des ancêtres de Hugues Capet, cette famille, pure de tout alliage, possède environ deux mille livres de rente, sa maison de Guérande et son petit castel du Guaisnic. Toutes les terres qui dépendent de la baronnie du Guaisnic, la première de Bretagne, sont engagées aux fermiers, et rapportent environ soixante mille livres, malgré l'imperfection des cultures. Les du Guaisnic sont d'ailleurs toujours propriétaires de leurs terres; mais, comme ils n'en peuvent rendre le capital, consigné depuis deux cents ans entre leurs mains par les tenanciers actuels, ils n'en touchent point les revenus. Ils sont dans la situation de la couronne de France avec ses *engagistes* avant 1789. Où et quand les barons trouveront-ils le million que leurs fermiers leur ont remis? Avant 1789 la mouvance des fiefs soumis au castel du Guaisnic, perché sur une colline, valait encore cinquante mille livres; mais en un vote l'Assemblée nationale supprima l'impôt des lods et ventes perçu par les seigneurs[18]. Dans cette situation, cette famille, qui n'est plus rien pour personne en France, serait un sujet de moquerie à Paris : elle est toute la Bretagne à Guérande. A Guérande, le baron du Guaisnic est un des grands barons de France, un des hommes au-dessus desquels il n'est qu'un seul homme, le roi de France, jadis élu pour chef. Aujourd'hui le nom de du Guaisnic, plein de signifiances bretonnes et dont les racines sont d'ailleurs expliquées dans *Les Chouans ou la Bretagne en 1799*, a subi l'altération qui défigure celui de du Guaisqlain. Le percepteur des contributions écrit, comme tout le monde, Guénic.

Au bout d'une ruelle silencieuse, humide et

sombre, formée par les murailles à pignon des maisons voisines, se voit le cintre d'une porte bâtarde assez large et assez haute pour le passage d'un cavalier, circonstance qui déjà vous annonce qu'au temps où cette construction fut terminée les voitures n'existaient pas. Ce cintre, supporté par deux jambages, est tout en granit. La porte, en chêne fendillé comme l'écorce des arbres qui fournirent le bois, est pleine de clous énormes, lesquels dessinent des figures géométriques. Le cintre est creux. Il offre l'écusson des du Guaisnic aussi net, aussi propre que si le sculpteur venait de l'achever. Cet écu ravirait un amateur de l'art héraldique par une simplicité qui prouve la fierté, l'antiquité de la famille. Il est comme au jour où les croisés du monde chrétien inventèrent ces symboles pour se reconnaître, les Guaisnic ne l'ont jamais écartelé, il est toujours semblable à lui-même, comme celui de la maison de France, que les connaisseurs retrouvent en abîme ou écartelé, semé dans les armes des plus vieilles familles. Le voici tel que vous pouvez encore le voir à Guérande : *de gueules à la main au naturel gonfalonnée d'hermine, à l'épée d'argent en pal*, avec ce terrible mot pour devise : FAC! N'est-ce pas une grande et belle chose? Le tortil[19] de la couronne baronniale surmonte ce simple écu dont les lignes verticales, employées en sculpture pour représenter le gueules, brillent encore. L'artiste a donné je ne sais quelle tournure fière et chevaleresque à la main. Avec quel nerf elle tient cette épée dont s'est encore servie hier la famille! En vérité, si vous alliez à Guérande après avoir lu cette histoire, il vous serait impossible de ne pas tressaillir en voyant ce blason. Oui, le républicain le plus absolu serait attendri par la fidélité, par la noblesse et la grandeur cachées au fond de cette ruelle. Les du Guaisnic ont bien fait hier, ils sont prêts à bien faire demain. Faire est le grand mot de la chevalerie. « Tu as bien fait à la bataille », disait toujours le connétable par excellence, ce grand du Guesclin, qui mit pour un temps l'Anglais hors de France. La profondeur de la sculpture, préservée de toute intempérie par la forte marge que produit la saillie ronde du cintre, est en harmonie avec la profondeur morale de la devise dans l'âme de cette famille. Pour qui connaît les du Guaisnic, cette particularité devient touchante. La porte ouverte laisse voir une cour assez vaste, à droite de laquelle sont les écuries, à gauche la cuisine. L'hôtel est en pierre de taille depuis les caves jusqu'au grenier. La façade sur la cour est ornée d'un perron à double rampe dont la tribune est couverte de vestiges de sculptures effacées par le temps, mais où l'œil de l'antiquaire distinguerait encore au centre les masses principales de la main tenant l'épée. Sous cette jolie tribune, encadrée par des nervures cassées en quelques endroits et comme vernie par l'usage à quelques places, est une petite loge autrefois occupée par un chien de garde. Les rampes en pierre sont disjointes : il y pousse des herbes, quelques petites fleurs et des mousses aux fentes, comme dans les marches de l'escalier, que les siècles ont déplacées sans leur ôter de la solidité. La porte dut être d'un joli caractère. Autant que le reste des dessins permet d'en juger, elle fut travaillée par un artiste élevé dans la grande école vénitienne du treizième siècle. On y retrouve je ne sais quel mélange du byzantin et du moresque. Elle est couronnée par une saillie circulaire chargée de végétation, un bouquet rose, jaune, brun ou bleu, selon les saisons. La porte, en chêne clouté, donne entrée dans une vaste salle, au bout de laquelle est une autre porte avec un perron pareil qui descend au jardin. Cette salle est merveilleuse de conservation. Ses boiseries à hauteur d'appui sont en châtaignier. Un magnifique cuir espagnol, animé de figures en relief, mais où les dorures sont émiettées et rougies, couvre les murs. Le plafond est composé de planches artistement jointes, peintes et dorées. L'or s'y voit à peine; il est dans le même état que celui du cuir de Cordoue; mais on peut encore apercevoir quelques fleurs rouges et quelques feuillages verts. Il est à croire qu'un nettoyage ferait reparaître des peintures semblables à celles qui décorent les planchers de la maison de Tristan à Tours [20], et qui prouveraient que ces planchers ont été refaits ou restaurés sous le règne de Louis XI. La cheminée est énorme, en pierre sculptée, munie de chenets gigantesques en fer forgé d'un travail précieux. Il y tiendrait une voie de bois. Les meubles de cette salle sont tous en bois de chêne et portent au-dessus de leurs dossiers l'écusson de la famille. Il y a trois fusils anglais également bons pour la chasse et pour la guerre, trois sabres, deux carniers, les ustensiles du chasseur et du pêcheur accrochés à des clous.

A côté se trouve une salle à manger qui communique avec la cuisine par une porte pratiquée dans une tourelle d'angle. Cette tourelle correspond, dans le dessin de la façade sur la cour, à une autre collée à l'autre angle et où se trouve un escalier en colimaçon qui monte aux deux étages supérieurs. La salle à manger est tendue de tapisseries qui remontent au quatorzième siècle, le style et l'orthographe des inscriptions écrites dans les banderoles sous chaque personnage en font foi; mais, comme elles sont dans le langage naïf des fabliaux, il est impossible de les transcrire aujourd'hui. Ces tapisseries, bien conservées dans les endroits où la lumière a peu pénétré, sont encadrées de bandes en chêne sculpté, devenu noir comme l'ébène. Le plafond est à solives saillantes enrichies de feuillages différents à chaque solive; les entre-deux sont couverts d'une planche peinte où court une guirlande de fleurs en or sur fond bleu. Deux vieux dressoirs à buffets sont en face l'un de l'autre. Sur leurs planches, frottées avec une obstination bretonne par Mariotte, la cuisinière, se voient, comme au temps où les rois étaient tout aussi pauvres en 1200 que les du Guaisnic en 1830, quatre vieux gobelets, une vieille soupière bosselée et deux salières en argent; puis force assiettes d'étain, force pots en grès bleu et gris, à dessins arabesques et aux armes des du Guaisnic, recouverts d'un couvercle à charnières en étain. La cheminée a été modernisée. Son état prouve que la famille se tient dans cette pièce depuis le dernier siècle. Elle est en pierre sculptée dans le goût du siècle de Louis XV, ornée d'une glace encadrée dans un trumeau à baguettes perlées et dorées. Cette antithèse, indifférente à la famille, chagrinerait un poète. Sur la tablette, couverte de velours rouge, il y a au milieu un cartel en écaille incrusté de cuivre, et de chaque côté deux flambeaux d'argent d'un modèle étrange. Une large table carrée à colonnes torses occupe le milieu de cette salle. Les chaises sont en bois tourné, garnies de tapisseries. Sur une table ronde à un seul pied, figurant un cep de vigne et placée devant la croisée qui donne sur le jardin, se voit une lampe bizarre. Cette lampe consiste dans un globe de verre commun, un peu moins gros qu'un œuf d'autruche, fixé dans un chandelier par une queue de verre. Il sort d'un trou supérieur une mèche plate maintenue dans une espèce d'anche [21] en cuivre, et dont la trame, pliée comme un tænia dans un bocal, boit l'huile de noix que contient le globe. La fenêtre qui donne sur le jardin, comme celle qui donne sur la cour, et toutes deux se correspondent, est croisée de pierres et à vitrages sexagones sertis en plomb, drapée de rideaux à baldaquins et à gros glands en une vieille étoffe de soie rouge à reflets jaunes, nommée jadis brocatelle [22] ou petit brocart.

A chaque étage de la maison, qui en a deux, il ne se trouve que ces deux pièces. Le premier sert d'habitation au chef de la famille. Le second était destiné jadis aux enfants. Les hôtes logeaient dans les chambres sous le toit. Les domestiques habitaient au-dessus des cuisines et des écuries. Le toit pointu, garni de plomb à ses angles, est percé sur la cour et sur le jardin d'une magnifique croisée en ogive, qui se lève presque aussi haut que le faîte, à consoles minces et fines dont les sculptures sont rongées par les vapeurs salines de l'atmosphère. Au-dessus du tympan brodé de cette croisée à quatre croisillons en pierre, grince encore la girouette du noble.

N'oublions pas un détail précieux et plein de naïveté qui n'est pas sans mérite aux yeux des archéologues. La tourelle, où tourne l'escalier, orne l'angle d'un grand mur à pignon dans lequel il n'existe aucune croisée. L'escalier descend par une petite porte en ogive jusque sur un terrain sablé qui sépare la maison du mur de clôture auquel sont adossées les écuries. Cette tourelle est répétée vers le jardin par une autre à cinq pans, terminée en cul-de-four, et qui supporte un clocheton, au lieu d'être coiffée, comme sa sœur, d'une poivrière. Voilà comment ces gracieux architectes savaient varier leur symétrie. A la hauteur du premier étage seulement, ces deux tourelles sont réunies par une galerie en pierre que soutiennent des espèces de proues à visages humains. Cette galerie extérieure est ornée d'une balustrade travaillée avec une élégance, avec une finesse merveilleuse. Puis, du haut du pignon, sous lequel il existe un seul croisillon oblong, pend un ornement en pierre représentant un dais semblable à ceux qui couronnent les statues des saints dans les portails d'église. Les deux tourelles sont percées d'une jolie porte à cintre aigu donnant sur cette terrasse. Tel est le parti que l'architecture du treizième siècle tirait de la muraille nue et froide que présente aujourd'hui le pan coupé d'une maison. Voyez-vous une femme se promenant au matin sur cette galerie et regardant par-dessus Guérande le soleil illuminer l'or des sables et miroiter la nappe de l'Océan? N'admirez-vous pas cette muraille à pointe fleuretée, meublée à ses deux angles de deux tourelles quasi cannelées, dont l'une est brusquement arrondie en nid d'hirondelle, et dont l'autre offre sa jolie porte à cintre gothique et décoré de la main tenant une épée? L'autre pignon de l'hôtel du Guaisnic tient à la maison voisine. L'harmonie que cherchaient si soigneusement les Maîtres de ce temps est conservée dans la façade de la cour par la tourelle semblable à celle où monte la *vis*, tel est le nom donné jadis à un escalier, et qui sert de communication entre la salle à manger et la cuisine; mais elle s'arrête au premier étage, et son couronnement est un petit dôme à jour sous lequel s'élève une noire statue de saint Calyste.

Le jardin est luxueux dans une si vieille enceinte, il a un demi-arpent environ, ses murs sont garnis d'espaliers; il est divisé en carrés de légumes, bordés de quenouilles que cultive un domestique mâle nommé Gasselin, lequel panse les chevaux. Au bout de ce jardin est une tonnelle sous laquelle est un banc. Au milieu s'élève un cadran solaire. Les allées sont sablées. Sur le jardin, la façade n'a pas de tourelle pour correspondre à celle qui monte le long du pignon. Elle rachète ce défaut par une colonnette tournée en vis depuis le bas jusqu'en haut, et qui devait jadis supporter la bannière de la famille, car elle est terminée par une espèce de grosse crapaudine[23] en fer rouillé, d'où il s'élève de maigres herbes. Ce détail, en harmonie avec les vestiges de sculpture, prouve que ce logis fut construit par un architecte vénitien. Cette hampe élégante est comme une signature qui trahit Venise, la chevalerie, la finesse du treizième siècle. S'il restait des doutes à cet égard, la nature des ornements les dissiperait. Les trèfles de l'hôtel du Guaisnic ont quatre feuilles, au lieu de trois. Cette différence indique l'école vénitienne adultérée par son commerce avec l'Orient où les architectes à demi moresques, peu soucieux de la grande pensée catholique, donnaient quatre feuilles au trèfle, tandis que les architectes chrétiens demeuraient fidèles à la Trinité. Sous ce rapport, la fantaisie vénitienne fut hérétique. Si ce logis surprend votre imagination, vous vous demanderez peut-être pourquoi l'époque actuelle ne renouvelle plus ces miracles d'art. Aujourd'hui les beaux hôtels se vendent, sont abattus et font place à des rues[24]. Personne ne sait si sa génération gardera le logis patrimonial, où chacun passe comme dans une auberge; tandis qu'autrefois en bâtissant une demeure, on travaillait, on croyait du moins travailler pour une famille éternelle. De là, la beauté des hôtels. La foi en soi faisait des prodiges autant que la foi en Dieu. Quant aux dispositions et au mobilier des étages supérieurs, ils ne peuvent que se présumer d'après la description de ce rez-de-chaussée, d'après la physionomie et les mœurs de la famille. Depuis cinquante ans, les du Guaisnic n'ont jamais reçu personne ailleurs que dans les deux pièces où respiraient, comme dans cette cour et dans les accessoires extérieurs de ce logis, l'esprit, la grâce, la naïveté de la vieille et noble Bretagne. Sans la topographie et la description de la ville, sans la peinture minutieuse de cet hôtel, les surprenantes figures de cette famille eussent été peut-être moins comprises. Aussi les cadres devaient-ils passer avant les portraits. Chacun pensera que les choses ont dominé les êtres. Il est des monuments dont l'influence est visible sur les personnes qui vivent à l'entour. Il est difficile d'être irréligieux à l'ombre d'une cathédrale comme celle de Bourges. Quand partout l'âme est rappelée à sa destinée par des images, il est moins facile d'y faillir. Telle était l'opinion de nos aïeux, abandonnée par une génération qui n'a plus ni signes ni distinctions, et dont les mœurs changent tous les dix ans. Ne vous attendez-vous pas à trouver le baron du Guaisnic une épée au poing, ou tout ici serait mensonge?

En 1836, au moment où s'ouvre cette scène, dans les premiers jours du mois d'août, la famille du Guénic était encore composée de M. et de Mme du Guénic, de Mlle du Guénic, sœur aînée du baron, et d'un fils unique âgé de vingt et un ans, nommé Gaudebert-Calyste-Louis, suivant un vieil usage de la famille. Le père se nommait Gaudebert-Calyste-Charles. On ne variait que le dernier patron. Saint Gaudebert et saint Calyste devaient toujours protéger les Guénic. Le baron du Guénic avait quitté Guérande dès que la Vendée et la Bretagne prirent les armes, et il avait fait la guerre avec Charette, avec Catelineau, La Rochejacquelein, d'Elbée, Bonchamps et le prince de Loudon[25]. Avant de partir, il avait vendu tous ses biens à sa sœur aînée, Mlle Zéphirine du Guénic, par un trait de prudence unique dans les annales révolutionnaires. Après la mort de tous les héros de l'Ouest, le baron, qu'un miracle seul avait préservé de finir comme eux, ne s'était pas soumis à Napoléon. Il avait guerroyé jusqu'en 1802, année où, après avoir failli se laisser prendre, il revint à Guérande, et de Guérande au Croisic, d'où il gagna l'Irlande, fidèle à la vieille haine des Bretons pour l'Angleterre. Les gens de Guérande feignirent d'ignorer l'existence du baron : il n'y eut pas en vingt ans une seule indiscrétion. Mlle du Guénic touchait les revenus et les faisait passer à son frère par des pêcheurs. M. du Guénic revint en 1813 à Guérande, aussi simplement que s'il était allé passer une saison à Nantes. Pendant son séjour à Dublin, le vieux Breton s'était épris, malgré ses cinquante ans, d'une charmante Irlandaise, fille d'une des plus nobles et des plus pauvres maisons de ce malheureux royaume. Miss Fanny O'Brien avait alors vingt et un ans. Le baron du Guénic vint chercher les papiers nécessaires à son mariage, retourna se marier, et revint dix mois après, au commencement de 1814, avec sa femme, qui lui donna Calyste le jour même de l'entrée de Louis XVIII à Calais[26], circonstance qui explique son prénom de Louis. Le vieux et loyal Breton avait en ce moment soixante-treize ans ; mais la guerre de partisan faite à la république, mais ses souffrances pendant cinq traversées sur des chasse-marées, mais sa vie à Dublin avaient pesé sur sa tête : il paraissait avoir plus d'un siècle. Aussi jamais à aucune époque aucun Guénic ne fut-il plus en harmonie[27] avec la vétusté de ce logis, bâti dans le temps où il y avait une cour à Guérande.

M. du Guénic était un vieillard de haute taille, droit, sec, nerveux et maigre. Son visage ovale était ridé par des milliers de plis qui formaient des franges arquées au-dessus des pommettes, au-dessus des sourcils, et donnaient à sa figure une ressemblance avec les vieillards que le pinceau de Van Ostade, de Rembrandt, de Miéris, de Gérard Dow a tant caressés[28], et qui veulent une loupe pour être admirés. Sa physionomie était comme enfouie sous ces nombreux sillons, produits par sa vie en plein air, par l'habitude d'observer la campagne sous le soleil, au lever comme au déclin du jour. Néanmoins il restait à l'observateur les formes impérissables de la figure humaine et qui disent encore quelque chose à l'âme, même quand l'œil n'y voit plus qu'une tête morte. Les fermes contours de la face, le dessin du front, le sérieux des lignes, la roideur du nez, les linéaments de la charpente que les blessures seules peuvent altérer, annonçaient une intrépidité sans calcul, une foi sans bornes, une obéissance sans discussion, une fidélité sans transaction, un amour sans inconstance. En lui, le granit breton s'était fait homme. Le baron n'avait plus de dents. Ses lèvres, jadis rouges, mais alors violacées, n'étant plus soutenues que par les dures gencives sur lesquelles il mangeait du pain que sa femme avait soin d'amollir en le mettant dans une serviette humide, rentraient dans la bouche en dessinant toutefois un rictus menaçant et fier. Son menton voulait rejoindre le nez, mais on voyait, dans le caractère de ce nez bossué au milieu, les signes de son énergie et de sa résistance bretonne[29]. Sa peau, marbrée de taches rouges qui paraissaient à travers ses rides, annonçait un tempérament sanguin, violent, fait pour les fatigues qui sans doute avaient préservé le baron de mainte apoplexie. Cette tête était couronnée d'une chevelure blanche comme de l'argent, qui retombait en boucles sur les épaules. La figure, alors éteinte en partie, vivait par l'éclat de deux yeux noirs qui brillaient au fond de leurs orbites brunes et jetaient les dernières flammes d'une âme généreuse et loyale. Les sourcils et les cils étaient tombés. La peau, devenue rude, ne pouvait se déplisser. La difficulté de se raser obligeait le vieillard à laisser pousser sa barbe en éventail. Un peintre eût admiré par-dessus tout, dans ce vieux lion de Bretagne aux larges épaules, à la nerveuse poitrine, d'admirables mains de soldat [30], des mains comme devaient être celles de du Guesclin, des mains larges, épaisses, poilues ; des mains qui avaient embrassé la poignée du sabre pour ne la quitter, comme fit Jeanne d'Arc, qu'au jour où l'étendard royal flotterait dans la cathédrale de Reims ; des mains qui souvent avaient été mises en sang par les épines des halliers dans le Bocage, qui avaient manié la rame dans le Marais pour aller surprendre les Bleus, ou en pleine mer pour favoriser l'arrivée de Georges [31] ; les mains du partisan, du canonnier, du simple soldat, du chef ; des mains alors blanches quoique les Bourbons de la branche aînée fussent en exil ; mais en y regardant bien on y aurait vu quelques marques récentes qui vous eussent dit que le baron avait naguère rejoint MADAME dans la Vendée [32]. Aujourd'hui ce fait peut s'avouer. Ces mains étaient le vivant commentaire de la belle devise à laquelle aucun Guénic n'avait failli : *Fac!* Le front attirait l'attention par des teintes dorées aux tempes, qui contrastaient avec le ton brun de ce petit front dur et serré que la chute des cheveux avait assez agrandi pour donner encore plus de majesté à cette belle ruine. Cette physionomie, un peu matérielle d'ailleurs, et comment eût-elle pu être autrement! offrait, comme toutes les figures bretonnes groupées autour du baron, des apparences sauvages, un calme brut qui ressemblait à l'impassibilité des Hurons, je ne sais quoi de stupide, dû peut-être au repos absolu qui suit les fatigues excessives et qui laisse alors reparaître l'animal tout seul. La pensée y était rare. Elle semblait y être un effort, elle avait son siège plus au cœur que dans la tête, elle aboutissait plus au fait qu'à l'idée. Mais, en examinant ce beau vieillard avec une attention soutenue, vous deviniez les mystères de cette opposition réelle à l'esprit de son siècle. Il avait des religions, des sentiments pour ainsi dire innés qui le dispensaient de méditer. Ses devoirs, il les avait appris avec la vie. Les Institutions, la Religion pensaient pour lui. Il devait donc réserver son esprit, lui et les siens, pour agir, sans le dissiper sur aucune des choses jugées inutiles, mais dont s'occupaient les autres. Il sortait sa pensée de son cœur, comme son épée du fourreau, éblouissante de candeur, comme était dans son écusson la main gonfalonnée d'hermine. Une fois ce secret deviné, tout s'expliquait. On comprenait la profondeur des résolutions dues à des pensées nettes, distinctes, franches, immaculées comme l'hermine. On comprenait cette vente faite à sa sœur avant la guerre, et qui répondait à tout, à la mort, à la confiscation, à l'exil. La beauté du caractère des deux vieillards, car la sœur ne vivait que pour et par le frère, ne peut plus même être comprise dans son étendue par les mœurs égoïstes que nous font l'incertitude et l'inconstance de notre époque. Un archange chargé de lire dans leurs cœurs n'y aurait pas découvert une seule pensée empreinte de personnalité. En 1814, quand le curé de Guérande insinua au baron du Guénic d'aller à Paris et d'y réclamer sa récompense, la vieille sœur, si avare pour la maison, s'écria : « Fi donc! mon frère a-t-il besoin d'aller tendre la main comme un gueux?

— On croirait que j'ai servi le roi par intérêt, dit le vieillard. D'ailleurs, c'est à lui de se souvenir. Et puis, ce pauvre roi, il est bien embarrassé avec tous ceux qui le harcellent. Donnât-il la France par morceaux, on lui demanderait encore quelque chose. »

Ce loyal serviteur, qui portait tant d'intérêt à Louis XVIII, eut le grade de colonel, la croix de Saint-Louis et une retraite de deux mille francs.

« Le roi s'est souvenu! » dit-il en recevant ses brevets.

Personne ne dissipa son erreur. Le travail avait été fait par le duc de Feltre [33], d'après les états des armées vendéennes, où il avait trouvé le nom de du Guénic avec quelques autres noms bretons en *ic*. Aussi, comme pour remercier le roi de France, le baron soutint-il en 1815 un siège à Guérande contre les bataillons du général Travot [34], il ne voulut jamais rendre cette forteresse; et quand il fallut l'évacuer, il se sauva dans les bois avec une bande de Chouans qui restèrent armés jusqu'au second retour des Bourbons. Guérande garde encore la mémoire de ce dernier siège. Si les vieilles bandes bretonnes étaient venues, la guerre éveillée par cette résistance héroïque eût embrasé la Vendée. Nous devons avouer que le baron du Guénic était entièrement illettré, mais illettré comme un paysan : il savait lire, écrire et quelque peu compter ; il connaissait l'art militaire et le blason ; mais, hormis son livre de prières, il n'avait pas lu trois volumes dans sa vie. Le costume, qui ne saurait être indifférent, était invariable, et consistait en gros souliers, en bas drapés, en une culotte de velours verdâtre, un gilet de drap et une redingote à collet à laquelle était attachée une croix de Saint-Louis. Une admirable sérénité siégeait sur ce visage, que depuis un an un sommeil, avant-coureur de la mort, semblait préparer au repos éternel. Ces somnolences constantes, plus fréquentes de jour en jour, n'inquiétaient ni sa femme, ni sa sœur aveugle, ni ses amis, dont les connaissances médicales n'étaient pas grandes. Pour eux, ces pauses sublimes d'une âme sans reproche, mais fatiguée, s'expliquaient naturellement : le baron avait fait son devoir. Tout était dans ce mot.

Dans cet hôtel, les intérêts majeurs étaient les destinées de la branche dépossédée. L'avenir des Bourbons exilés et celui de la religion catholique, l'influence des nouveautés politiques sur la Bretagne occupaient exclusivement la famille du baron. Il n'y avait d'autre intérêt mêlé à ceux-là que l'attachement de tous pour le fils unique, pour Calyste, l'héritier, le seul espoir du grand nom des du Guénic. Le vieux Vendéen, le vieux Chouan avait eu quelques années auparavant comme un retour de jeunesse pour habituer ce fils aux exercices violents qui conviennent à un gentilhomme appelé d'un moment à l'autre à guerroyer. Dès que Calyste eut seize ans, son père l'avait accompagné dans les marais et dans les bois, lui montrant dans les plaisirs de la chasse les rudiments de la guerre, prêchant d'exemple, dur à la fatigue, inébranlable sur sa selle, sûr de son coup, quel que fût le gibier, à courre, au vol, intrépide à franchir les obstacles, conviant son fils au danger comme s'il avait eu dix enfants à risquer. Aussi, quand la duchesse de Berry vint en France pour conquérir le royaume, le père emmena-t-il son fils afin de lui faire pratiquer la devise de ses armes. Le baron partit pendant une nuit, sans prévenir sa femme qui l'eût peut-être attendri, menant son unique enfant au feu comme à une fête, et suivi de Gasselin, son seul vassal, qui détala joyeusement. Les trois hommes de la famille furent absents pendant six mois, sans donner de leurs nouvelles à la baronne, qui ne lisait jamais *La Quotidienne* [35] sans trembler de ligne en ligne; ni à sa vieille belle-sœur, héroïquement droite, et dont le front ne sourcillait pas en écoutant le journal. Les trois fusils accrochés dans la grande salle avaient donc récemment servi. Le baron, qui jugea cette prise d'armes inutile, avait quitté la campagne avant l'affaire de la Pénissière [36], sans quoi peut-être la maison du Guénic eût-elle été finie.

Quand, par une nuit affreuse, le père, le fils et le serviteur arrivèrent chez eux après avoir pris congé de MADAME [37], et surprirent leurs amis, la baronne et la vieille Mlle du Guénic qui reconnut, par l'exercice d'un sens dont sont doués tous les aveugles, le pas des trois hommes dans la ruelle, le baron regarda le cercle formé par ses amis inquiets autour de la petite table éclairée par cette lampe antique, et dit d'une voix chevrotante, pendant que Gasselin remettait les trois fusils et les sabres à leurs places, ce mot de naïveté féodale : « Tous les barons n'ont pas fait leur devoir. » Puis après avoir embrassé sa femme et sa sœur, il s'assit dans son vieux fauteuil, et commanda de faire à souper pour son fils, pour Gasselin et pour lui. Gasselin, qui s'était mis au-devant de Calyste, avait reçu dans l'épaule un coup de sabre; chose si simple, que les femmes le remercièrent à peine. Le baron ni ses hôtes ne proférèrent ni malédictions ni injures contre les vainqueurs. Ce silence est un des traits du caractère breton. En quarante ans, jamais personne ne surprit un mot de mépris sur les lèvres du baron contre ses adversaires. A eux de faire leur métier comme il faisait son devoir. Ce silence profond est l'indice des volontés immuables. Ce dernier effort, ces lueurs d'une énergie à bout avaient causé l'affaiblissement dans lequel était en ce moment le baron. Ce nouvel exil de la famille de Bourbon, aussi miraculeusement chassée que miraculeusement rétablie, lui causait une mélancolie amère.

Vers six heures du soir, au moment où commence cette scène, le baron, qui, selon sa vieille habitude, avait fini de dîner à quatre heures, venait de s'endormir en entendant lire *La Quotidienne*. Sa tête s'était posée sur le dossier de son fauteuil au coin de la cheminée, du côté du jardin.

Auprès de ce tronc noueux de l'arbre antique et

devant la cheminée, la baronne, assise sur une des vieilles chaises, offrait le type de ces adorables créatures qui n'existent qu'en Angleterre, en Écosse ou en Irlande. Là seulement naissent ces filles pétries de lait, à chevelure dorée, dont les boucles sont tournées par la main des anges, car la lumière du ciel semble ruisseler dans leurs spirales avec l'air qui s'y joue. Fanny O'Brien était une de ces sylphides, forte de tendresse, invincible dans le malheur, douce comme la musique de sa voix, pure comme était le bleu de ses yeux, d'une beauté fine, élégante, jolie et douée de cette chair soyeuse à la main, caressante au regard, que ni le pinceau ni la parole ne peuvent peindre. Belle encore à quarante-deux ans, bien des hommes eussent regardé comme un bonheur de l'épouser, à l'aspect des splendeurs de cet août chaudement coloré, plein de fleurs et de fruits, rafraîchi par de célestes rosées. La baronne tenait le journal d'une main frappée de fossettes, à doigts retroussés et dont les ongles étaient taillés carrément comme dans les statues antiques. Étendue à demi, sans mauvaise grâce ni affectation, sur sa chaise, les pieds en avant pour les chauffer, elle était vêtue d'une robe de velours noir, car le vent avait fraîchi depuis quelques jours. Le corsage montant moulait des épaules d'un contour magnifique, et une riche poitrine que la nourriture d'un fils unique n'avait pu déformer. Elle était coiffée de cheveux qui descendaient en *ringlets* [38] le long de ses joues, et les accompagnaient suivant la mode anglaise. Tordue simplement au-dessus de sa tête et retenue par un peigne d'écaille, cette chevelure, au lieu d'avoir une couleur indécise, scintillait au jour comme des filigranes d'or bruni. La baronne faisait tresser les cheveux follets qui se jouaient sur sa nuque et qui sont un signe de race. Cette natte mignonne, perdue dans la masse de ses cheveux soigneusement relevés, permettait à l'œil de suivre avec plaisir la ligne onduleuse par laquelle son col se rattachait à ses belles épaules. Ce petit détail prouvait le soin qu'elle apportait toujours à sa toilette. Elle tenait à réjouir les regards de ce vieillard. Quelle charmante et délicieuse attention! Quand vous verrez une femme déployant dans la vie intérieure la coquetterie que les autres femmes puisent dans un seul sentiment, croyez-le, elle est aussi noble mère que noble épouse, elle est la joie et la fleur du ménage, elle a compris ses obligations de femme, elle a dans l'âme et dans la tendresse les élégances de son extérieur, elle fait le bien en secret, elle sait adorer sans calcul, elle aime ses proches, comme elle aime Dieu, pour eux-mêmes. Aussi semblait-il que la Vierge du paradis, sous la garde de laquelle elle vivait, eût récompensé la chaste jeunesse, la vie sainte de cette femme auprès de ce noble vieillard en l'entourant d'une sorte d'auréole qui la préservait des outrages du temps. Les altérations de sa beauté, Platon les eût célébrées peut-être comme autant de grâces nouvelles. Son teint si blanc jadis avait pris ces tons chauds et nacrés que les peintres adorent. Son front large et bien taillé recevait avec amour la lumière qui s'y jouait en des luisants satinés [39]. Sa prunelle, d'un bleu de turquoise, brillait, sous un sourcil pâle et velouté, d'une extrême douceur. Ses paupières molles et ses tempes attendries invitaient à je ne sais quelle muette mélancolie. Au-dessous, le tour des yeux était d'un blanc pâle, semé de fibrilles bleuâtres comme à la naissance du nez. Ce nez, d'un contour aquilin, mince, avait je ne sais quoi de royal qui rappelait l'origine de cette noble fille. Sa bouche, pure et bien coupée, était embellie par un sourire aisé que dictait une inépuisable aménité. Ses dents étaient blanches et petites. Elle avait pris un léger embonpoint, mais ses hanches délicates, sa taille svelte n'en souffraient point. L'automne de sa beauté présentait donc quelques vives fleurs de printemps oubliées et les ardentes richesses de l'été. Ses bras noblement arrondis, sa peau tendue et lustrée avaient un grain plus fin ; les contours avaient acquis leur plénitude. Enfin sa physionomie ouverte, sereine et faiblement rosée, la pureté de ses yeux bleus qu'un regard trop vif eût blessés, exprimaient l'inaltérable douceur, la tendresse infinie des anges.

A l'autre coin de la cheminée, et dans un fauteuil, la vieille sœur octogénaire, semblable en tout point, sauf le costume, à son frère, écoutait la lecture du journal en tricotant des bas, travail pour lequel la vue est inutile. Elle avait les yeux couverts d'une taie, et se refusait obstinément à subir l'opération, malgré les instances de sa belle-sœur. Le secret de son obstination, elle seule le savait : elle se rejetait sur un défaut de courage, mais elle ne voulait pas qu'il se dépensât vingt-cinq louis pour elle. Cette somme eût été de moins dans la maison. Cependant elle aurait bien voulu voir son frère. Ces deux vieillards faisaient admirablement ressortir la beauté de la baronne. Quelle femme n'eût semblé jeune et jolie entre M. du Guénic et sa sœur ? Mlle Zéphirine, privée de la vue, ignorait les changements que ses quatre-vingts ans avaient apportés dans sa physionomie. Son visage pâle et creusé, que l'immobilité des yeux blancs et sans regard faisait ressembler à celui d'une morte, que trois ou quatre dents saillantes rendaient presque menaçant, où la profonde orbite des yeux était cerclée de teintes rouges, où quelques signes de virilité déjà blanchis perçaient dans le menton et aux environs de la bouche ; ce froid mais calme visage était encadré par un petit béguin d'indienne brune, piqué comme une courtepointe, garni d'une ruche en percale et noué sous le menton par des cordons toujours un peu roux. Elle portait un cotillon de gros drap sur une jupe de piqué, vrai matelas qui recelait des doubles louis, et des poches cousues à une ceinture qu'elle détachait tous les soirs et remettait tous les matins comme un vêtement. Son corsage était serré dans le casaquin populaire de la Bretagne, en drap pareil à celui du cotillon, orné d'une collerette à mille plis dont le blanchissage était l'objet de la seule dispute qu'elle eût avec sa belle-sœur, elle ne voulait la changer que tous les huit jours. Des grosses manches ouatées de ce casaquin, sortaient deux bras desséchés mais nerveux, au bout desquels s'agitaient ses deux mains, dont la couleur un peu rousse faisait paraître les bras blancs comme le bois du peuplier. Ses mains, crochues par suite de la contraction que l'habitude de tricoter leur avait fait prendre, étaient comme un métier à bas incessamment monté : le phénomène eût été de les voir arrêtées. De temps en temps Mlle du Guénic prenait une longue aiguille à tricoter fichée dans sa gorge pour la passer entre son béguin et ses cheveux en fourgonnant sa blanche chevelure. Un étranger eût ri de voir l'insouciance avec laquelle elle repiquait l'aiguille sans la moindre crainte de se blesser. Elle était droite comme un clocher. Sa prestance de colonne pouvait passer pour une de ces coquetteries de vieillard qui prouvent que l'orgueil est une passion nécessaire à la vie. Elle avait le sourire gai. Elle aussi avait fait son devoir.

Au moment où Fanny vit le baron endormi, elle cessa la lecture du journal. Un rayon de soleil allait d'une fenêtre à l'autre et partageait en deux, par une bande d'or, l'atmosphère de cette vieille salle, où il faisait resplendir les meubles presque noirs. La lumière bordait les sculptures du plancher, papillotait dans les bahuts, étendait une nappe luisante sur la table de chêne, égayait cet intérieur brun et doux, comme la voix de Fanny jetait dans l'âme de la vieille octogénaire une musique aussi lumineuse, aussi gaie que ce rayon. Bientôt les rayons du soleil prirent ces couleurs rougeâtres qui, par d'insensibles gradations, arrivent aux tons mélancoliques du crépuscule. La baronne tomba dans une méditation grave, dans un de ces silences absolus que sa vieille belle-sœur observait depuis une quinzaine de jours, en cherchant à se les expliquer, sans avoir adressé la moindre question à la baronne; mais elle n'en étudiait pas moins les causes de cette préoccupation à la manière des aveugles qui lisent comme dans un livre noir où les lettres sont blanches, et dans l'âme desquels tout son retentit comme dans un écho divinatoire. La vieille aveugle, sur qui l'heure noire n'avait plus de prise, continuait à tricoter, et le silence devint si profond que l'on put entendre le bruit des aiguilles d'acier.

« Vous venez de laisser tomber le journal, ma sœur, et cependant vous ne dormez pas », dit la vieille d'un air fin.

La nuit était venue, Mariotte vint allumer la lampe, la plaça sur une table carrée devant le feu; puis elle alla chercher sa quenouille, son peloton de fil, une petite escabelle, et se mit dans l'embrasure de la croisée qui donnait sur la cour, occupée à filer comme tous les soirs. Gasselin tournait encore dans les communs, il visitait les chevaux du baron et de Calyste, il voyait si tout allait bien dans l'écurie, il donnait aux deux beaux chiens de chasse leur pâtée du soir. Les aboiements joyeux des deux bêtes furent le dernier bruit qui réveilla les échos cachés dans les murailles noires de cette vieille maison. Ces deux chiens et les deux chevaux étaient le dernier vestige des splendeurs de la chevalerie. Un homme d'imagination assis sur une des marches du perron, qui se serait laissé aller à la poésie des images encore vivantes dans ce logis, eût tressailli peut-être en entendant les chiens et les coups de pied des chevaux hennissants.

Gasselin était un de ces petits Bretons[40] courts, épais, trapus, à chevelure noire, à figure bistrée, silencieux, lents, têtus comme des mules, mais allant toujours dans la voie qui leur a été tracée. Il avait quarante-deux ans, il était depuis vingt-cinq ans dans la maison. Mademoiselle avait pris Gasselin à quinze ans, en apprenant le mariage et le retour probable du baron. Ce serviteur se considérait comme faisant partie de la famille : il avait joué avec Calyste, il aimait les chevaux et les chiens de la maison, il leur parlait et les caressait comme s'ils lui eussent appartenu. Il portait une veste bleue en toile de fil à petites poches ballottant sur ses hanches, un gilet et un pantalon de même étoffe par toutes les saisons, des bas bleus et de gros souliers ferrés. Quand il faisait trop froid, ou par des temps de pluie, il mettait la peau de bique en usage dans son pays. Mariotte, qui avait également passé quarante ans, était en femme ce qu'était Gasselin en homme. Jamais attelage ne fut mieux accouplé : même teint, même taille, mêmes petits yeux vifs et noirs. On ne comprenait pas comment Mariotte et Gasselin ne s'étaient pas mariés; peut-être y aurait-il eu inceste, ils semblaient être presque frère et sœur. Mariotte avait trente écus de gages, et Gasselin cent livres; mais mille écus de gages ailleurs ne leur auraient pas fait quitter la maison du Guénic. Tous deux étaient sous les ordres de la vieille demoiselle, qui, depuis la guerre de Vendée jusqu'au retour de son frère, avait eu l'habitude de gouverner la maison. Aussi, quand elle sut que le baron allait amener une maîtresse au logis, avait-elle été très émue en croyant qu'il lui faudrait abandonner le sceptre du ménage et abdiquer en faveur de la baronne du Guénic, de laquelle elle serait la première sujette.

Mlle Zéphirine avait été bien agréablement surprise en trouvant dans miss Fanny O'Brien une fille née pour un haut rang, à qui les soins minutieux d'un ménage pauvre répugnaient excessivement, et qui, semblable à toutes les belles âmes, eût préféré le pain sec du boulanger au meilleur repas qu'elle eût été obligée de préparer; capable d'accomplir les devoirs les plus pénibles de la maternité, forte contre toute privation nécessaire, mais sans courage pour des occupations vulgaires. Quand le baron pria sa sœur, au nom de sa timide femme, de régir leur ménage, la vieille fille baisa la baronne comme une sœur; elle en fit sa fille, elle l'adora, tout heureuse de pouvoir continuer à veiller au gouvernement de la maison, tenue avec une rigueur et des coutumes d'économie incroyables, desquelles elle ne se relâchait que dans les grandes occasions, telles que les couches, la nourriture de sa belle-sœur et tout ce qui concernait Calyste, l'enfant adoré de toute la maison. Quoique les deux domestiques fussent habitués à ce régime sévère et qu'il n'y eût rien à leur dire, qu'ils eussent pour les intérêts de leurs maîtres plus de soin que pour les leurs, Mlle Zéphirine voyait toujours à tout. Son attention n'étant pas distraite, elle était fille à savoir, sans y monter, la grosseur du tas de noix dans le grenier, et ce qu'il restait d'avoine dans le coffre de l'écurie sans y plonger son bras nerveux. Elle avait au bout d'un cordon attaché à la ceinture de son casaquin un sifflet de contremaître avec lequel elle appelait Mariotte par un, et Gasselin par deux coups. Le grand bonheur de Gasselin consistait à cultiver le jardin et à y faire venir de beaux fruits et de bons légumes. Il avait si peu d'ouvrage que, sans cette culture, il se serait ennuyé. Quand il avait pansé ses chevaux, le matin il frottait les planchers et nettoyait les deux pièces du rez-de-chaussée; il avait peu de chose à faire *après ses maîtres*. Aussi n'eussiez-vous pas vu dans le jardin une mauvaise herbe ni le moindre insecte nuisible. Quelquefois on surprenait Gasselin immobile, tête nue en plein soleil, guettant un mulot ou la terrible larve du hanneton; puis il accourait avec la joie d'un enfant montrer à ses maîtres l'animal qui l'avait occupé pendant une semaine. C'était un plaisir pour lui d'aller, les jours maigres, chercher le poisson au Croisic, où il se payait moins cher qu'à Guérande. Ainsi, jamais famille ne fut plus unie, mieux entendue ni plus cohérente que cette sainte et noble famille. Maîtres et domestiques semblaient avoir été faits les uns pour les autres. Depuis vingt-cinq ans il n'y avait eu ni troubles ni discordes. Les seuls chagrins furent les petites indispositions de l'enfant, et les seules terreurs furent causées par les événements de 1814 et par ceux de 1830. Si les mêmes choses s'y faisaient invariablement aux mêmes heures, si les mets étaient soumis à la régularité des saisons, cette monotonie, semblable à celle de la nature, que varient les alternatives d'ombre, de pluie et de soleil, était soutenue par l'affection qui régnait dans tous les cœurs, et d'autant plus féconde et bienfaisante qu'elle émanait des lois naturelles.

Quand le crépuscule cessa, Gasselin entra dans la salle et demanda respectueusement à son maître si l'on avait besoin de lui.

« Tu peux sortir ou t'aller coucher après la prière, dit le baron en se réveillant, à moins que madame ou sa sœur... »

Les deux femmes firent un signe d'acquiescement. Gasselin se mit à genoux en voyant ses maîtres tous levés pour s'agenouiller sur leurs sièges. Mariotte se mit également en prière sur son escabelle. La vieille demoiselle du Guénic dit la prière à haute voix. Quand elle fut finie, on entendit frapper à la porte de la ruelle. Gasselin alla ouvrir.

« Ce sera sans doute M. le curé, il vient presque toujours le premier », dit Mariotte.

En effet, chacun reconnut le curé de Guérande au bruit de ses pas sur les marches sonores du perron. Le curé salua respectueusement les trois personnages, en adressant au baron et aux deux dames de ces phrases pleines d'onctueuse aménité que savent trouver les prêtres. Au bonsoir distrait que lui dit la maîtresse du logis il répondit par un regard d'inquisition ecclésiastique.

« Seriez-vous inquiète ou indisposée, madame la baronne? demanda-t-il.

— Merci, non », dit-elle.

M. Grimont, homme de cinquante ans, de moyenne taille, enseveli dans sa soutane, d'où sortaient deux gros souliers à boucles d'argent, offrait au-dessus de son rabat un visage grassouillet, d'une teinte généralement blanche, mais dorée. Il avait la main potelée. Sa figure tout abbatiale tenait à la fois du bourgmestre hollandais[41] par la placidité du teint, par les tons de la chair, et du paysan breton par sa plate chevelure noire, par la vivacité de ses yeux bruns que contenait néanmoins le décorum du sacerdoce. Sa gaieté, semblable à celle des gens dont la conscience est calme et pure, admettait la plaisanterie. Son air n'avait rien d'inquiet ni de revêche comme celui des pauvres curés dont l'existence ou le pouvoir est contesté par leurs paroissiens, et qui, au lieu d'être, selon le mot sublime de Napoléon, les chefs moraux de la population, et des juges de paix naturels, sont traités en ennemis. A voir M. Grimont marchant dans Guérande, le plus incrédule voyageur aurait reconnu le souverain de cette ville catholique; mais ce souverain abaissait sa supériorité spirituelle devant la suprématie féodale des du Guénic. Il était dans cette salle comme un chapelain chez son seigneur. A l'église, en donnant la bénédiction, sa main s'étendait toujours en premier sur la chapelle appartenant aux du Guénic, et où leur main armée, leur devise étaient sculptées à la clef de la voûte.

« Je croyais Mlle de Pen-Hoël[42] arrivée, dit le curé qui s'assit en prenant la main de la baronne et la baisant. Elle se dérange. Est-ce que la mode de la dissipation se gagnerait? Car, je le vois, M. le chevalier est encore ce soir aux Touches.

— Ne dites rien de ses visites devant Mlle de Pen-Hoël, s'écria doucement la vieille fille.

— Ah! mademoiselle, répondit Mariotte, pouvez-vous empêcher toute la ville de jaser?

— Et que dit-on? demanda la baronne.

— Les jeunes filles, les commères, enfin tout le monde le croit amoureux de Mlle des Touches.

— Un garçon tourné comme Calyste fait son métier en se faisant aimer, dit le baron.

— Voici Mlle de Pen-Hoël », dit Mariotte.

Le sable de la cour criait en effet sous les pas discrets de cette personne, qu'accompagnait un petit domestique armé d'une lanterne. En voyant le domestique, Mariotte transporta son établissement dans la grande salle pour causer avec lui à la lueur de la chandelle de résine qu'elle brûlait aux dépens de la riche et avare[43] demoiselle, en économisant ainsi celle de ses maîtres.

Cette demoiselle était une sèche et mince fille, jaune comme le parchemin d'un *olim*[44], ridée comme un lac froncé par le vent, à yeux gris, à grandes dents saillantes, à mains d'homme, assez petite, un peu déjetée et peut-être bossue; mais personne n'avait été curieux de connaître ni ses perfections ni ses imperfections. Vêtue dans le goût de Mlle du Guénic, elle mouvait une énorme quantité de linges et de jupes quand elle voulait trouver l'une des deux ouvertures de sa robe par où elle atteignait ses poches. Le plus étrange cliquetis de clefs et de monnaie retentissait alors sous ces étoffes. Elle avait toujours d'un côté toute la ferraille des bonnes ménagères, et de l'autre sa tabatière d'argent, son dé, son tricot, autres ustensiles sonores. Au lieu du béguin matelassé de Mlle du Guénic, elle portait un chapeau vert avec lequel elle devait aller visiter ses melons; il avait passé, comme eux, du vert au blond; et, quant à sa forme, après vingt ans, la mode l'a ramenée à Paris sous le nom de *bibi*. Ce chapeau se confectionnait sous ses yeux par les mains de ses nièces, avec du florence[45] vert acheté à Guérande, avec une carcasse qu'elle renouvelait tous les cinq ans à Nantes, car elle lui accordait la durée d'une législature. Ses nièces lui faisaient également ses robes, taillées sur des patrons immuables. Cette vieille fille avait encore la canne à petit bec de laquelle les femmes se servaient au commencement du règne de Marie-Antoinette. Elle était de la plus haute noblesse de Bretagne. Ses armes portaient les hermines des anciens ducs. En elle et sa sœur finissait l'illustre maison bretonne des Pen-Hoël. Sa sœur cadette avait épousé un Kergarouët, qui malgré la désapprobation du pays joignait le nom de Pen-Hoël au sien et se faisait appeler le vicomte de Kergarouët-Pen-Hoël. « Le ciel l'a puni, disait la vieille demoiselle, il n'a que des filles, et le nom de Kergarouët-Pen-Hoël s'éteindra. » Mlle de Pen-Hoël possédait environ sept mille livres de rentes en fonds de terre. Majeure depuis trente-six ans, elle administrait elle-même ses biens, allait les inspecter à cheval et déployait en toute chose le caractère ferme qui se remarque chez la plupart des bossus. Elle était d'une avarice admirée à dix lieues à la ronde, et qui n'y rencontrait aucune désapprobation. Elle avait avec elle une seule femme et ce petit domestique. Toute sa dépense, non compris les impôts, ne montait pas à plus de mille francs par an. Aussi était-elle l'objet des cajoleries des Kergarouët-Pen-Hoël, qui passaient leurs hivers à Nantes et les étés à leur terre située au bord de la Loire, au-dessous d'Indret. On la savait disposée à donner sa fortune et ses économies à celle de ses nièces qui lui plairait. Tous les trois mois, une des quatre demoiselles de Kergarouët, dont la plus jeune avait douze et l'aînée vingt ans, venait passer quelques jours chez elle. Amie de Zéphirine du Guénic, Jacqueline de Pen-Hoël, élevée dans l'adoration des grandeurs bretonnes des du Guénic, avait, dès la naissance de Calyste, formé le projet de transmettre ses biens au chevalier en le mariant à l'une des nièces que devait lui donner la vicomtesse de Kergarouët-Pen-Hoël. Elle pensait à racheter quelques-unes des meilleures terres des du Guénic en remboursant les fermiers *engagistes*. Quand l'avarice se propose un but, elle cesse d'être un vice, elle est le moyen d'une vertu, ses privations excessives deviennent de continuelles offrandes, elle a enfin la grandeur de l'intention cachée sous ses petitesses. Peut-être Zéphirine était-elle dans le secret de Jacqueline. Peut-être la baronne, dont tout l'esprit était employé dans son amour pour son fils et dans sa tendresse pour le père, avait-elle deviné quelque chose en voyant avec quelle malicieuse persévérance Mlle de Pen-Hoël amenait avec elle chaque jour Charlotte de Kergarouët, sa favorite, âgée de quinze ans. Le curé Grimont était certes dans la confidence, il aidait la vieille fille à bien placer son argent. Mais Mlle de Pen-Hoël aurait-elle eu trois cent mille francs en or, somme à laquelle étaient évaluées ses économies ; eût-elle eu dix fois plus de terres qu'elle n'en possédait, les du Guénic ne se seraient pas permis une attention qui pût faire croire à la vieille fille qu'on pensât à sa fortune. Par un sentiment de fierté bretonne admirable, Jacqueline de Pen-Hoël, heureuse de la suprématie affectée par sa vieille amie Zéphirine et par les du Guénic, se montrait toujours honorée de la visite que daignaient lui faire la fille des rois d'Irlande[46] et Zéphirine. Elle allait jusqu'à cacher avec soin l'espèce de sacrifice auquel elle consentait tous les soirs en laissant son petit domestique brûler chez les du Guénic un *oribus*, nom de cette chandelle couleur de pain d'épice qui se consomme dans certaines parties de l'Ouest. Ainsi cette vieille et riche fille était la noblesse, la fierté, la grandeur en personne. Au moment où vous lisez son portrait, une indiscrétion de l'abbé Grimont a fait savoir que dans la soirée où le vieux baron, le jeune chevalier et Gasselin décampèrent munis de leurs sabres et de leurs canardières pour rejoindre MADAME en Vendée, à la grande terreur de Fanny, à la grande joie des Bretons, Mlle de Pen-Hoël avait remis au baron une somme de dix mille livres en or, immense sacrifice corroboré de dix mille autres livres, produit d'une dîme récoltée par le curé, que le vieux partisan fut chargé d'offrir à la mère de Henri V, au nom des Pen-Hoël et de la paroisse de Guérande. Cependant elle traitait Calyste en femme qui se croyait des droits sur lui ; ses projets l'autorisaient à le surveiller ; non qu'elle apportât des idées étroites en matière de galanterie, elle avait l'indulgence des vieilles femmes de l'Ancien Régime ; mais elle avait en horreur les mœurs révolutionnaires. Calyste, qui peut-être aurait gagné dans son esprit par des aventures avec des Bretonnes, eût perdu considérablement s'il eût donné dans ce qu'elle appelait les nouveautés. Mlle de Pen-Hoël, qui eût déterré quelque argent pour apaiser une fille séduite, aurait cru Calyste un dissipateur en lui voyant mener un tilbury, en l'entendant parler d'aller à Paris. Si elle l'avait surpris lisant des revues ou des journaux impies, on ne sait ce dont elle aurait été capable. Pour elle, les idées nouvelles, c'était les assolements de terre renversés, la ruine sous le nom d'améliorations et de méthodes, enfin les biens hypothéqués tôt ou tard par suite d'essais. Pour elle, la sagesse et le vrai moyen de faire fortune, enfin la belle administration consistait à amasser dans ses greniers ses blés noirs, ses seigles, ses chanvres; à attendre la hausse au risque de passer pour accapareuse, à se coucher sur ses sacs avec obstination. Par un singulier hasard, elle avait souvent rencontré des marchés heureux qui confirmaient ses principes. Elle passait pour malicieuse, elle était néanmoins sans esprit; mais elle avait un ordre de Hollandais, une prudence de chatte, une persistance de prêtre qui dans un pays si routinier équivalait à la pensée la plus profonde.

« Aurons-nous ce soir M. du Halga, demanda la vieille fille en ôtant ses mitaines de laine tricotée après l'échange des compliments habituels.

— Oui, mademoiselle, je l'ai vu promenant sa chienne sur le mail, répondit le curé.

— Ah! notre mouche [47] sera donc animée ce soir? répondit-elle. Hier nous n'étions que quatre. »

A ce mot de mouche, le curé se leva pour aller prendre dans le tiroir d'un des bahuts un petit panier rond en fin osier, des jetons d'ivoire devenus jaunes comme du tabac turc par un usage de vingt années, et un jeu de cartes aussi gras que celui des douaniers de Saint-Nazaire qui n'en changent que tous les quinze jours. L'abbé revint disposer lui-même sur la table les jetons nécessaires à chaque joueur, mit la corbeille à côté de la lampe au milieu de la table avec un empressement enfantin et les manières d'un homme habitué à faire ce petit service. Un coup frappé fortement à la manière des militaires retentit dans les profondeurs silencieuses de ce vieux manoir. Le petit domestique de Mlle de Pen-Hoël alla gravement ouvrir la porte. Bientôt le long corps sec et méthodiquement vêtu selon le temps du chevalier du Halga, ancien capitaine de pavillon de l'amiral Kergarouët [48], se dessina en noir dans la pénombre qui régnait encore sur le perron.

« Arrivez, chevalier! cria Mlle de Pen-Hoël.

— L'autel est dressé », dit le curé.

Le chevalier était un homme de petite santé, qui portait de la flanelle pour ses rhumatismes, un bonnet de soie noire pour préserver sa tête du brouillard, un spencer pour garantir son précieux buste des vents soudains qui fraîchissent l'atmosphère de Guérande. Il allait toujours armé d'un jonc à pomme d'or pour chasser les chiens qui faisaient intempestivement la cour à sa chienne favorite. Cet homme, minutieux comme une petite-maîtresse, se dérangeant devant les moindres obstacles, parlant bas pour ménager un reste de voix, avait été l'un des plus intrépides et des plus savants hommes de l'ancienne marine. Il avait été honoré de l'estime du bailli de Suffren, de l'amitié du comte de Portenduère. Sa belle conduite comme capitaine du pavillon de l'amiral de Kergarouët était écrite en caractères visibles sur son visage couturé de blessures. A le voir, personne n'eût reconnu la voix qui dominait la tempête, l'œil qui planait sur la mer, le courage indompté du marin breton. Le chevalier ne fumait, ne jurait pas; il avait la douceur, la tranquillité d'une fille, et s'occupait de sa chienne Thisbé [49] et de ses petits caprices avec la sollicitude d'une vieille femme. Il donnait ainsi la plus haute idée de sa galanterie défunte. Il ne parlait jamais des actes surprenants qui avaient étonné le comte d'Estaing. Quoiqu'il eût une attitude d'invalide et marchât comme s'il eût craint à chaque pas d'écraser des œufs, qu'il se plaignît de la fraîcheur de la brise, de l'ardeur du soleil, de l'humidité du brouillard, il montrait des dents blanches enchâssées dans des gencives rouges qui rassuraient sur sa maladie, un peu coûteuse d'ailleurs, car elle consistait à faire quatre repas d'une ampleur monastique. Sa charpente, comme celle du baron, était osseuse et d'une force indestructible, couverte d'un parchemin collé sur ses os comme la peau d'un cheval arabe sur les nerfs qui semblent reluire au soleil. Son teint avait gardé une couleur de bistre, due à ses voyages aux Indes, desquels il n'avait rapporté ni une idée ni une histoire. Il avait émigré, il avait perdu sa fortune, puis retrouvé la croix de Saint-Louis et une pension de deux mille francs légitimement due à ses services, et payée par la caisse des Invalides de la marine. La légère hypocondrie qui lui faisait inventer mille maux imaginaires s'expliquait facilement par ses souffrances pendant l'émigration. Il avait servi dans la marine russe jusqu'au jour où l'empereur Alexandre voulut l'employer contre la France; il donna sa démission et alla vivre à Odessa, près du duc de Richelieu[50] avec lequel il revint, et qui fit liquider la pension due à ce débris glorieux de l'ancienne marine bretonne. A la mort de Louis XVIII, époque à laquelle il revint à Guérande, le chevalier du Halga devint maire de la ville. Le curé, le chevalier, Mlle de Pen-Hoël, avaient depuis quinze ans l'habitude de passer leurs soirées à l'hôtel du Guénic, où venaient également quelques personnages nobles de la ville et de la contrée. Chacun devine aisément dans les du Guénic les chefs du petit faubourg Saint-Germain de l'arrondissement, où ne pénétrait aucun des membres de l'administration envoyée par le nouveau gouvernement. Depuis six ans le curé toussait à l'endroit critique du *Domine, salvum fac regem.* La politique en était toujours là dans Guérande.

La mouche[51] est un jeu qui se joue avec cinq cartes et avec une retourne. La retourne détermine l'atout. A chaque coup, le joueur est libre d'en courir les chances ou de s'abstenir. En s'abstenant, il ne perd que son enjeu, car, tant qu'il n'y a pas de *remises* au panier, chaque joueur mise une faible somme. En jouant, le joueur est tenu de faire une levée qui se paye au prorata de la mise. S'il y a cinq sous au panier, la levée vaut un sou. Le joueur qui ne fait pas de levée est mis à la mouche : il doit alors tout l'enjeu, qui grossit le panier au coup suivant. On inscrit les mouches dues; elles se mettent l'une après l'autre au panier par ordre de capital, le plus gros passant avant le plus faible. Ceux qui renoncent à jouer donnent leurs cartes pendant le coup, mais ils sont considérés comme nuls. Les cartes du talon s'échangent, comme à l'écarté, mais par ordre de primauté. Chacun prend autant de cartes qu'il en veut, en sorte que le premier en cartes et le second peuvent absorber le talon à eux deux. La retourne appartient à celui qui distribue les cartes, qui est alors le dernier, et auquel appartient la retourne; il a le droit de l'échanger contre une des cartes de son jeu. Une carte terrible emporte toutes les autres, elle se nomme Mistigris. Mistigris est le valet de trèfle. Ce jeu, d'une excessive simplicité, ne manque pas d'intérêt. La cupidité naturelle à l'homme s'y développe aussi bien que les finesses diplomatiques et les jeux de physionomie. A l'hôtel du Guénic, chacun des joueurs prenait vingt jetons et répondait de cinq sous, ce qui portait la somme totale de l'enjeu à cinq liards[52] par coup, somme majeure aux yeux de ces personnes. En supposant beaucoup de bonheur, on pouvait gagner cinquante sous, capital que personne à Guérande ne dépensait dans sa journée. Aussi Mlle de Pen-Hoël apportait-elle à ce jeu, dont l'innocence n'est surpassée dans la nomenclature de l'Académie que par celui de la Bataille, une passion égale à celle des chasseurs dans une grande partie de chasse. Mlle Zéphirine, qui était de moitié dans le jeu de la baronne, n'attachait pas une importance moindre à la mouche. Avancer un liard pour risquer d'en avoir cinq, de coup en coup, constituait pour la vieille thésauriseuse une opération financière immense, à laquelle elle mettait autant d'action intérieure que le plus avide spéculateur en met pendant la tenue de la Bourse à la hausse et à la baisse des rentes. Par une convention diplomatique, en date de septembre 1825, après une soirée où Mlle de Pen-Hoël perdit trente-sept sous, le jeu cessait dès qu'une personne en manifestait le désir après avoir dissipé dix sous. La politesse ne permettait pas de causer à un joueur le petit chagrin de voir jouer la mouche sans qu'il y prît part. Mais toutes les passions ont leur jésuitisme. Le chevalier et le baron, ces deux vieux politiques, avaient trouvé moyen d'éluder la charte. Quand tous les joueurs désiraient vivement de prolonger une émouvante partie, le hardi chevalier du Halga, l'un de ces garçons prodigues et riches des dépenses qu'ils ne font pas, offrait toujours dix jetons à Mlle de Pen-Hoël ou à Zéphirine quand l'une d'elles ou toutes deux avaient perdu leurs cinq sous, à condition de les lui restituer en cas de gain. Un vieux garçon pouvait se permettre cette galanterie envers des demoiselles. Le baron offrait aussi dix jetons aux deux vieilles filles, sous prétexte de continuer la partie. Les deux avares acceptaient toujours, non sans se faire prier, selon les us et coutumes des filles. Pour s'abandonner à cette prodigalité, le baron et le chevalier devaient avoir gagné, sans quoi cette offre eût pris le caractère d'une offense. La mouche était brillante quand une demoiselle de Kergarouët tout court était en transit chez sa tante, car là les Kergarouët n'avaient jamais pu se faire nommer Kergarouët-Pen-Hoël par personne, pas même par les domestiques, lesquels avaient à cet égard des ordres formels. La tante montrait à sa nièce la mouche à faire chez les du Guénic, comme un plaisir insigne. La petite avait ordre d'être aimable, chose assez facile quand elle voyait le beau Calyste, de qui raffolaient les quatre demoiselles de Kergarouët. Ces jeunes personnes, élevées en pleine civilisation moderne, tenaient peu à cinq sous et faisaient mouche sur mouche. Il y avait alors des mouches inscrites dont le total s'élevait quelquefois à cent sous, et qui étaient échelonnées depuis deux sous et demi jusqu'à dix sous. C'était des soirées de grandes émotions pour la vieille aveugle. Les levées s'appellent des *mains* à Guérande. La baronne faisait sur le pied de sa belle-sœur un nombre de pressions égal au nombre de mains qui, d'après son jeu, étaient sûres. Jouer ou ne pas jouer, selon les occasions où le panier était plein, entraînait des discussions intérieures où la cupidité luttait avec la peur. On se demandait l'un à l'autre : Irez-vous ? en manifestant des sentiments d'envie contre ceux qui avaient assez beau jeu pour tenter le sort, et des sentiments de désespoir quand il fallait s'abstenir. Si Charlotte de Kergarouët, généralement taxée de folie, était heureuse dans ses hardiesses, en revenant, sa tante, quand elle n'avait rien gagné, lui marquait de la froideur et lui faisait quelques leçons : elle avait trop de décision dans le caractère, une jeune personne ne devait pas rompre en visière à des gens respectables, elle avait une manière insolente de prendre le panier ou d'aller au jeu ; les mœurs d'une jeune personne exigeaient un peu plus de réserve et de modestie ; on ne riait pas du malheur des autres, etc. Les plaisanteries éternelles et qui se disaient mille fois par an, mais toujours nouvelles, roulaient sur l'attelage à donner au panier quand il était trop chargé. On parlait d'atteler des bœufs, des éléphants, des chevaux, des ânes, des chiens. Après vingt ans, personne ne s'apercevait de ces redites. La proposition excitait toujours le même sourire. Il en était de même des mots que le chagrin de voir prendre un panier plein dictait à ceux qui l'avaient engraissé sans en rien prendre. Les cartes se donnaient avec une lenteur automatique. On causait en poitrinant. Ces dignes et nobles personnes avaient l'adorable petitesse de se défier les unes des autres au jeu. Mlle de Pen-Hoël accusait presque toujours le curé de tricherie quand il prenait un panier. — Il est singulier, disait alors le curé, que je ne triche jamais quand je suis à la mouche. Personne ne lâchait sa carte sur le tapis sans des calculs profonds, sans des regards fins et des mots plus ou moins astucieux, sans des remarques ingénieuses et fines. Les coups étaient, pensez-le bien, entrecoupés de narrations sur les événements arrivés en ville, ou par les discussions sur les affaires politiques. Souvent les joueurs restaient un grand quart d'heure, les cartes appuyées en éventail sur leur estomac, occupés à causer. Si, par suite de ces interruptions, il se trouvait un jeton de moins au panier, tout le monde prétendait avoir mis son jeton. Presque toujours le chevalier complétait l'enjeu, accusé par tous de penser à ses cloches aux oreilles, à sa tête, à ses farfadets, et d'oublier sa mise. Quand le chevalier avait remis un jeton, la vieille Zéphirine ou la malicieuse bossue étaient prises de remords : elles imaginaient alors que peut-être elles n'avaient pas mis, elles croyaient, elles doutaient; mais enfin le chevalier était bien assez riche pour supporter ce petit malheur. Souvent le baron ne savait plus où il en était quand on parlait des infortunes de la maison royale. Quelquefois il arrivait un résultat toujours surprenant pour ces personnes, qui toutes comptaient sur le même gain. Après un certain nombre de parties, chacun avait regagné ses jetons et s'en allait, l'heure étant trop avancée, sans perte ni gain, mais non sans émotion. Dans ces cruelles soirées, il s'élevait des plaintes sur la mouche : la mouche n'avait pas été piquante; les joueurs accusaient la mouche comme les nègres battent la lune dans l'eau quand le temps est contraire. La soirée passait pour avoir été pâle. On avait bien travaillé pour pas grand-chose. Quand, à sa première visite, le vicomte et la vicomtesse de Kergarouët parlèrent de whist et de boston[53] comme de jeux plus intéressants que la mouche, et furent encouragés à les montrer par la baronne que la mouche ennuyait excessivement, la société de l'hôtel du Guénic s'y prêta, non sans se récrier sur ces innovations; mais il fut impossible de faire comprendre ces jeux, qui, les Kergarouët partis, furent traités de casse-têtes, de travaux algébriques, de difficultés inouïes. Chacun préférait sa chère mouche, sa petite et agréable mouche. La mouche triompha des jeux modernes comme triomphaient partout les choses anciennes sur les nouvelles en Bretagne.

Pendant que le curé donnait les cartes, la baronne faisait au chevalier du Halga des questions pareilles à celles faites la veille sur sa santé. Le chevalier tenait à l'honneur d'avoir des maux nouveaux. Si les demandes se ressemblaient, le capitaine de pavillon avait un avantage singulier dans ses réponses. Aujourd'hui les fausses côtes l'avaient inquiété. Chose remarquable, ce digne chevalier ne se plaignait jamais de ses blessures. Tout ce qui était sérieux, il s'y attendait, il le connaissait; mais les choses fantastiques, les douleurs de tête, les chiens qui lui mangeaient l'estomac, les cloches qui bourdonnaient à ses oreilles, et mille autres farfadets l'inquiétaient horriblement ; il se posait comme incurable avec d'autant plus de raison que les médecins ne connaissent aucun remède contre les maux qui n'existent pas.

« Hier il me semble que vous aviez des inquiétudes dans les jambes, dit le curé d'un air grave.

— Ça saute, répondit le chevalier.

— Des jambes aux fausses côtes ? demanda Mlle Zéphirine.

— Ça ne s'est pas arrêté en chemin », dit Mlle de Pen-Hoël en souriant.

Le chevalier s'inclina gravement en faisant un geste négatif passablement drôle qui eût prouvé à un observateur que, dans sa jeunesse, le marin avait été spirituel, aimant, aimé. Peut-être sa vie fossile à Guérande cachait-elle bien des souvenirs. Quand il était stupidement planté sur ses deux jambes de héron au soleil, au mail, regardant la mer ou les ébats de sa chienne, peut-être revivait-il dans le paradis terrestre d'un passé fertile en souvenirs.

« Voilà le vieux duc de Lenoncourt mort, dit le baron en se rappelant le passage où sa femme en était restée de *La Quotidienne*. Allons, le premier gentilhomme de la chambre du roi n'a pas tardé de rejoindre son maître. J'irai bientôt aussi...

— Mon ami, mon ami ! lui dit sa femme en frappant doucement sur la main osseuse et calleuse de son mari.

— Laissez-le dire, ma sœur, dit Zéphirine, tant que je serai dessus il ne sera pas dessous : il est mon cadet. »

Un gai sourire erra sur les lèvres de la vieille fille. Quand le baron avait laissé échapper une réflexion de ce genre, les joueurs et les gens en visite se regardaient avec émotion, inquiets de la tristesse du roi de Guérande. Les personnages venus pour le voir se disaient en s'en allant : « M. du Guénic était triste. Avez-vous vu comme il dort ? » Et le lendemain tout Guérande causait de cet événement. « Le baron du Guénic baisse ! » Cette phrase ouvrait les conversations dans tous les ménages.

« Thisbé va bien, demanda Mlle de Pen-Hoël au chevalier dès que les cartes furent données.

— Cette pauvre petite est comme moi, répondit le chevalier, elle a des maux de nerfs, elle relève constamment une de ses pattes en courant. Tenez, comme ça ! »

Pour imiter sa chienne et crisper un de ses bras en le levant, le chevalier laissa voir son jeu à sa voisine la bossue, qui voulait savoir s'il avait de l'atout ou le Mistigris. C'était une première finesse à laquelle il succomba.

« Oh ! dit la baronne, le bout du nez de M. le curé blanchit, il a Mistigris. »

Le plaisir d'avoir Mistigris était si vif chez le curé, comme chez les autres joueurs, que le pauvre prêtre ne savait pas le cacher. Il est dans toute figure humaine une place où les secrets mouvements du cœur se trahissent, et ces personnes habituées à s'observer avaient fini, après quelques années, par découvrir l'endroit faible chez le curé : quand il avait le Mistigris le bout de son nez blanchissait. On se gardait bien alors d'aller au jeu.

« Vous avez eu du monde aujourd'hui chez vous? dit le chevalier à Mlle de Pen-Hoël.

— Oui, l'un des cousins de mon beau-frère. Il m'a surprise en m'annonçant le mariage de Mme la comtesse de Kergarouët, une demoiselle de Fontaine...

— Une fille à *Grand-Jacques*, s'écria le chevalier qui pendant son séjour à Paris n'avait jamais quitté son amiral.

— La comtesse est son héritière, elle a épousé un ancien ambassadeur[54]. Il m'a raconté les plus singulières choses sur notre voisine, Mlle des Touches, mais si singulières que je ne veux pas les croire. Calyste ne serait pas si assidu chez elle, il a bien assez de bon sens pour s'apercevoir de pareilles monstruosités.

— Monstruosités?... » dit le baron réveillé par ce mot.

La baronne et le curé se jetèrent un regard d'intelligence. Les cartes étaient données, la vieille fille avait Mistigris, elle ne voulut pas continuer cette conversation, heureuse de cacher sa joie à la faveur de la stupéfaction générale causée par son mot.

« A vous de jeter une carte, monsieur le baron, dit-elle en poitrinant.

— Mon neveu n'est pas de ces jeunes gens qui aiment les monstruosités, dit Zéphirine en fourgonnant sa tête.

— Mistigris », s'écria Mlle de Pen-Hoël qui ne répondit pas à son amie.

Le curé, qui paraissait instruit de toute l'affaire

de Calyste et de Mlle des Touches, n'entra pas en lice.

« Que fait-elle donc d'extraordinaire, Mlle des Touches ? demanda le baron.

— Elle fume, dit Mlle de Pen-Hoël.

— C'est très sain, dit le chevalier.

— Ses terres ?... demanda le baron.

— Ses terres, reprit la vieille fille, elle les mange.

— Tout le monde y est allé, tout le monde est à la mouche, j'ai le roi, la dame, le valet d'atout, Mistigris et un roi, dit la baronne. A nous le panier, ma sœur. »

Ce coup, gagné sans qu'on jouât, atterra Mlle de Pen-Hoël, qui cessa de s'occuper de Calyste et de Mlle des Touches. A neuf heures il ne resta plus dans la salle que la baronne et le curé. Les quatre vieillards étaient allés se coucher. Le chevalier accompagna, selon son habitude, Mlle de Pen-Hoël jusqu'à sa maison, située sur la place de Guérande, en faisant des réflexions sur la finesse du dernier coup, sur leur plus ou moins de bonheur, ou sur le plaisir toujours nouveau avec lequel Mlle Zéphirine engouffrait son gain dans sa poche, car la vieille aveugle ne réprimait plus sur son visage l'expression de ses sentiments. La préoccupation de Mme du Guénic fit les frais de cette conversation. Le chevalier avait remarqué les distractions de sa charmante Irlandaise. Sur le pas de sa porte, quand son petit domestique fut monté, la vieille fille répondit confidentiellement, aux suppositions faites par le chevalier du Halga sur l'air extraordinaire de la baronne, ce mot gros d'intérêt : « J'en sais la cause. Calyste est perdu si nous ne le marions promptement. Il aime Mlle des Touches, une comédienne.

— En ce cas, faites venir Charlotte.

— Ma sœur aura ma lettre demain », dit Mlle de Pen-Hoël en saluant le chevalier.

Jugez d'après cette soirée normale du vacarme que devaient produire dans les intérieurs de Guérande l'arrivée, le séjour, le départ ou seulement le passage d'un étranger.

Quand aucun bruit ne retentit plus ni dans la chambre du baron ni dans celle de sa sœur, Mme du Guénic regarda le curé qui jouait pensivement avec des jetons.

« J'ai deviné que vous avez enfin partagé mes inquiétudes sur Calyste, lui dit-elle.

— Avez-vous vu l'air pincé qu'avait Mlle de Pen-Hoël ce soir ? demanda le curé.

— Oui, répondit la baronne.

— Elle a, je le sais, reprit le curé, les meilleures intentions pour notre cher Calyste, elle le chérit comme s'il était son fils ; et sa conduite en Vendée aux côtés de son père, les louanges que MADAME a faites de son dévouement ont augmenté l'affection que Mlle de Pen-Hoël lui porte. Elle assurera par donation entre vifs toute sa fortune à celle de ses nièces que Calyste épousera. Je sais que vous avez en Irlande un parti beaucoup plus riche pour votre cher Calyste ; mais il vaut mieux avoir deux cordes à son arc. Au cas où votre famille ne se chargerait pas de l'établissement de Calyste, la fortune de Mlle de Pen-Hoël n'est pas à dédaigner. Vous trouverez toujours pour ce cher enfant un parti de sept mille livres de rente ; mais vous ne trouverez pas les économies de quarante ans ni des terres administrées, bâties, réparées comme le sont celles de Mlle de Pen-Hoël. Cette femme impie, Mlle des Touches, est venue gâter bien des choses! On a fini par avoir de ses nouvelles.

— Hé bien? dit la mère.

— Oh! une gaupe [55], une gourgandine, s'écria le curé, une femme de mœurs équivoques, occupée de théâtre, hantant les comédiens et les comédiennes, mangeant sa fortune avec des folliculaires, des peintres, des musiciens, la société du diable, enfin! Elle prend, pour écrire ses livres, un faux nom sous lequel elle est, dit-on, plus connue que sous celui de Félicité des Touches. Une vraie baladine qui, depuis sa première communion, n'est entrée dans une église que pour y voir des statues ou des tableaux. Elle a dépensé sa fortune à décorer les Touches de la plus inconvenante façon pour en faire un paradis de Mahomet où les houris [56] ne sont pas femmes. Il s'y boit pendant son séjour plus de vins fins que dans tout Guérande durant une année. Les demoiselles Bougniol [57] ont logé l'année dernière des hommes à barbe de bouc, soupçonnés d'être des Bleus, qui venaient chez elle et qui chantaient des chansons impies à faire rougir et pleurer ces vertueuses filles. Voilà la femme qu'adore en ce moment M. le chevalier. Cette créature voudrait avoir ce soir un de ces infâmes livres où les athées d'aujourd'hui se moquent de tout, le chevalier viendrait seller son cheval lui-même et partirait au grand galop le lui chercher à Nantes. Je ne sais si Calyste en ferait autant pour l'Église. Enfin cette Bretonne n'est pas royaliste. Il faudrait aller faire le coup de fusil pour la bonne cause, si Mlle des Touches ou le sieur Camille Maupin, tel est son nom, je me le rappelle maintenant, voulait garder Calyste près de lui, le chevalier laisserait aller son vieux père tout seul.

— Non, dit la baronne.

— Je ne voudrais pas le mettre à l'épreuve, vous pourriez trop en souffrir, répondit le curé. Tout Guérande est sens dessus dessous de la passion du chevalier pour cet être amphibie qui n'est ni homme ni femme, qui fume comme un housard [58], écrit comme un journaliste, et dans ce moment loge chez elle le plus vénéneux de tous les écrivains, selon le directeur de la poste, ce juste milieu qui lit les journaux. Il en est question à Nantes. Ce matin, ce cousin des Kergarouët qui voudrait faire épouser à Charlotte un homme de soixante mille livres de rentes est venu voir Mlle de Pen-Hoël et lui a tourné l'esprit avec des narrés [59] sur Mlle des Touches qui ont duré sept heures. Voici dix heures quart moins qui sonnent au clocher, et Calyste ne rentre pas, il est aux Touches, peut-être n'en reviendra-t-il qu'au matin. »

La baronne écoutait le curé, qui substituait le monologue au dialogue sans s'en apercevoir ; il regardait son ouaille sur la figure de laquelle se lisaient des sentiments inquiets. La baronne rougissait et tremblait. Quand l'abbé Grimont vit rouler des larmes dans les beaux yeux de cette mère atterrée, il fut attendri.

« Je verrai demain Mlle de Pen-Hoël, rassurez-vous, dit-il d'une voix consolante. Le mal n'est peut-être pas aussi grand qu'on le dit, je saurai la vérité. D'ailleurs Mlle Jacqueline a confiance en moi. Puis Calyste est notre élève et ne se laissera pas ensorceler par le démon. Il ne voudra pas troubler la paix dont jouit sa famille ni déranger les plans que nous formons pour son avenir. Ainsi, ne pleurez pas, tout n'est pas perdu, madame : une faute n'est pas le vice.

— Vous ne m'apprenez que des détails, dit la baronne. N'ai-je pas été la première à m'apercevoir du changement de Calyste. Une mère sent bien vivement la douleur de n'être plus qu'en second dans le cœur de son fils, ou le chagrin de ne pas y être seule. Cette phase de la vie de l'homme est un des maux de la maternité; mais, tout en m'y attendant, je ne croyais pas que ce fût si tôt. Enfin j'aurais voulu qu'au moins il mît dans son cœur une noble et belle créature et non une histrionne, une baladine, une femme de théâtre, un auteur habitué à feindre des sentiments, une mauvaise femme qui le trompera et le rendra malheureux. Elle a eu des aventures...

— Avec plusieurs hommes, dit l'abbé Grimont. Cette impie est pourtant née en Bretagne! Elle déshonore son pays. Je ferai dimanche un prône à son sujet.

— Gardez-vous-en bien, dit la baronne. Les paludiers, les paysans seraient capables de se porter aux Touches. Calyste est digne de son nom, il est breton, il pourrait arriver quelque malheur s'il y était, car il la défendrait comme s'il s'agissait de la sainte Vierge.

— Voici dix heures, je vous souhaite une bonne nuit, dit l'abbé Grimont en allumant l'oribus de son falot dont les vitres étaient claires et le métal étincelant, ce qui révélait les soins minutieux de sa gouvernante pour toutes les choses au logis. Qui m'eût dit, madame, reprit-il, qu'un jeune homme nourri par vous, élevé par moi dans les idées chrétiennes, un fervent catholique, un enfant qui vivait comme un agneau sans tache, irait se plonger dans un pareil bourbier?

— Est-ce donc bien sûr? dit la mère. Mais comment une femme n'aimerait-elle pas Calyste?

— Il n'en faut pas d'autres preuves que le séjour de cette sorcière aux Touches. Voilà depuis vingt-quatre ans qu'elle est majeure, le temps le plus long qu'elle y reste. Ses apparitions, heureusement pour nous, duraient peu.

— Une femme de quarante ans, dit la baronne. J'ai entendu dire en Irlande qu'une femme de ce genre est la maîtresse la plus dangereuse pour un jeune homme.

— En ceci je suis un ignorant, répondit le curé. Je mourrai même dans mon ignorance.

— Hélas! et moi aussi, dit naïvement la baronne. Je voudrais maintenant avoir aimé d'amour, pour observer, conseiller, consoler Calyste. »

Le curé ne traversa pas seul la petite cour proprette, la baronne l'accompagna jusqu'à la porte en espérant entendre le pas de Calyste dans Guérande; mais elle n'entendit que le bruit lourd de la prudente démarche du curé qui finit par s'affaiblir dans le lointain, et qui cessa lorsque, dans le silence de la ville, la porte du presbytère retentit en se fermant. La pauvre mère rentra désolée en apprenant que la ville était au fait de ce qu'elle croyait être seule à savoir. Elle s'assit, raviva la mèche de la lampe en la coupant avec de vieux ciseaux, et reprit la tapisserie à la main qu'elle faisait en attendant Calyste. La baronne se flattait ainsi de forcer son fils à revenir plus tôt, à passer moins de temps chez Mlle des Touches. Ce calcul de la jalousie maternelle était inutile. De jour en jour les visites de Calyste aux Touches devenaient plus fréquentes, et chaque soir il revenait plus tard; enfin la veille le chevalier n'était rentré qu'à minuit. La baronne, perdue dans sa méditation maternelle, tirait ses points avec l'activité des personnes qui pensent en faisant quelque ouvrage manuel. Qui l'eût vue ainsi penchée à la lueur de cette lampe, sous les lambris quatre fois centenaires de cette salle, aurait admiré ce sublime portrait. Fanny avait une telle transparence de chair qu'on aurait pu lire ses pensées sur son front. Tantôt piquée des curiosités qui viennent aux femmes pures, elle se demandait quels secrets diaboliques possédaient ces filles de Baal[60] pour autant charmer les hommes, et leur faire oublier mère, famille, pays, intérêt. Tantôt elle allait jusqu'à vouloir rencontrer cette femme, afin de la juger sainement. Elle mesurait l'étendue des ravages que l'esprit novateur du siècle, peint comme si dangereux pour les jeunes âmes par le curé, devait faire sur son unique enfant, jusqu'alors aussi candide, aussi pur qu'une jeune fille innocente, dont la beauté n'eût pas été plus fraîche que la sienne.

Calyste, ce magnifique rejeton de la plus vieille race bretonne et du sang irlandais le plus noble, avait été soigneusement élevé par sa mère. Jusqu'au moment où la baronne le remit au curé de Guérande, elle était certaine qu'aucun mot impur, qu'aucune idée mauvaise n'avaient souillé les oreilles ni l'entendement de son fils. La mère, après l'avoir nourri de son lait, après lui avoir ainsi donné deux fois son sang, put le présenter dans une candeur de vierge au pasteur, qui, par vénération pour cette famille, avait promis de lui donner une éducation complète et chrétienne. Calyste eut l'enseignement du séminaire où l'abbé Grimont avait fait ses études. La baronne lui apprit l'anglais. On trouva, non sans peine, un maître de mathématiques parmi les employés de Saint-Nazaire. Calyste ignorait nécessairement la littérature moderne, la marche et les progrès actuels des sciences. Son instruction avait été bornée à la géographie et à l'histoire circonspectes des pensionnats de demoiselles, au latin et au grec des séminaires, à la littérature des langues mortes et à un choix restreint d'auteurs français. Quand, à seize ans, il commença ce que l'abbé Grimont nommait sa philosophie, il n'était pas moins pur qu'au moment où Fanny l'avait remis au curé. L'Église fut aussi maternelle que la mère. Sans être dévot ni ridicule, l'adoré jeune homme était un fervent catholique. A ce fils si beau, si candide, la baronne voulait arranger une vie heureuse, obscure. Elle attendait quelque bien, deux ou trois mille livres sterling d'une vieille tante. Cette somme, jointe à la fortune actuelle des Guénic, pourrait lui permettre de trouver pour Calyste une femme qui lui apporterait douze ou quinze mille livres de revenu. Charlotte de Kergarouët, avec la fortune de sa tante, une riche Irlandaise ou tout autre héritière semblait indifférente à la baronne : elle ignorait l'amour, elle voyait comme toutes les personnes groupées autour d'elles un moyen de fortune dans le mariage. La passion était inconnue à ces âmes catholiques, à ces vieilles gens exclusivement occupés de leur salut, de Dieu, du roi, de leur fortune. Personne ne s'étonnera donc de la gravité des pensées qui servaient d'accompagnement aux sentiments blessés dans le cœur de cette mère, qui vivait autant par les intérêts que par la tendresse de son fils. Si le jeune ménage pouvait écouter la sagesse, à la seconde génération les du Guénic, en vivant de privations, en économisant comme on sait économiser en province, pouvaient racheter leurs terres et reconquérir le lustre de la richesse. La baronne souhaitait une longue vieillesse pour voir poindre l'aurore du bien-être. Mlle du Guénic avait compris et adopté ce plan, que menaçait alors Mlle des Touches. La baronne entendit sonner minuit avec effroi ; elle conçut des terreurs affreuses pendant une heure, car le coup d'une heure retentit encore au clocher sans que Calyste fût venu.

« Y resterait-il ? se dit-elle. Ce serait la première fois. Pauvre enfant ! »

En ce moment le pas de Calyste anima la ruelle. La pauvre mère, dans le cœur de laquelle la joie succédait à l'inquiétude, vola de la salle à la porte et ouvrit à son fils.

« Oh ! s'écria Calyste d'un air chagrin, ma mère chérie, pourquoi m'attendre ? J'ai le passe-partout et un briquet.

— Tu sais bien, mon enfant, qu'il m'est impossible de dormir quand tu es dehors », dit-elle en l'embrassant.

Quand la baronne fut dans la salle, elle regarda son fils pour deviner, d'après l'expression de son visage, les événements de la soirée; mais il lui causa, comme toujours, cette émotion que l'habitude n'affaiblit pas, que ressentent toutes les mères aimantes à la vue du chef-d'œuvre humain qu'elles ont fait et qui leur trouble toujours la vue pour un moment.

Hormis les yeux noirs pleins d'énergie et de soleil qu'il tenait de son père, Calyste avait les beaux cheveux blonds, le nez aquilin, la bouche adorable, les doigts retroussés, le teint suave, la délicatesse, la blancheur de sa mère. Quoiqu'il ressemblât assez à une fille déguisée en homme, il était d'une force herculéenne. Ses nerfs avaient la souplesse et la vigueur de ressorts en acier, et la singularité de ses yeux noirs n'était pas sans charme. Sa barbe n'avait pas encore poussé. Ce retard annonce, dit-on, une grande longévité. Le chevalier, vêtu d'une redingote courte en velours noir pareil à la robe de sa mère, et garnie de boutons d'argent, avait un foulard bleu, de jolies guêtres et un pantalon de coutil grisâtre. Son front de neige semblait porter les traces d'une grande fatigue, et n'accusait cependant que le poids de pensées tristes. Incapable de soupçonner les peines qui dévoraient le cœur de Calyste, la mère attribuait au bonheur cette altération passagère. Néanmoins Calyste était beau comme un dieu grec, mais beau sans fatuité : d'abord il était habitué à voir sa mère, puis il se souciait fort peu d'une beauté qu'il savait inutile.

« Ces belles joues si pures, pensa-t-elle, où le sang jeune et riche rayonne en mille réseaux, sont donc à une autre femme, maîtresse également de ce front de jeune fille. La passion y amènera mille désordres et ternira ces beaux yeux, humides comme ceux des enfants! »

Cette amère pensée serra le cœur de la baronne et troubla son plaisir. Il doit paraître extraordinaire à ceux qui savent calculer que, dans une famille de six personnes obligées de vivre avec trois mille livres de rente, le fils eût une redingote et la mère une robe de velours; mais Fanny O'Brien avait des tantes et des parents riches à Londres qui se rappelaient aux souvenirs de la Bretonne par des présents. Plusieurs de ses sœurs, richement mariées, s'intéressaient assez vivement à Calyste pour penser à lui trouver une héritière, en le sachant beau et noble, autant que Fanny, leur favorite exilée, était belle et noble.

« Vous êtes resté plus tard qu'hier aux Touches, mon bien-aimé, dit enfin la mère d'une voix émue.

— Oui, chère mère », répondit-il sans donner d'explication.

La sécheresse de cette réponse attira des nuages sur le front de la baronne, qui remit l'explication au lendemain. Quand les mères conçoivent les inquiétudes que ressentait en ce moment la baronne, elles tremblent presque devant leur fils, elles sentent instinctivement les effets de la grande émancipation de l'amour, elles comprennent tout ce que ce sentiment va leur emporter; mais elles ont en même temps quelque joie de savoir leurs fils heureux : il y a comme une bataille dans leur cœur. Quoique le résultat soit leur fils grandi, devenu supérieur, les véritables mères n'aiment pas cette tacite abdication, elles aiment mieux leurs enfants petits et protégés. Peut-être est-ce là le secret de la prédilection des mères pour leurs enfants faibles, disgraciés ou malheureux.

« Tu es fatigué, cher enfant, couche-toi », dit-elle en retenant ses larmes.

Une mère qui ne sait pas tout ce que fait son fils croit tout perdu, quand une mère aime autant et est aussi aimée que Fanny. Peut-être toute autre mère aurait-elle tremblé d'ailleurs autant que Mme du Guénic. La patience de vingt années pouvait être rendue inutile. Ce chef-d'œuvre humain de l'éducation noble, sage et religieuse, Calyste, pouvait être détruit; le bonheur de sa vie, si bien préparé, pouvait être à jamais ruiné par une femme.

Le lendemain, Calyste dormit jusqu'à midi; car sa mère défendit de l'éveiller, et Mariotte servit à l'enfant gâté son déjeuner au lit. Les règles inflexibles et quasi conventuelles qui régissaient les heures des repas cédaient aux caprices du chevalier. Aussi, quand on voulait arracher à Mlle du Guénic son trousseau de clefs pour donner en dehors des repas quelque chose qui eût nécessité des explications interminables, n'y avait-il pas d'autre moyen que de prétexter une fantaisie de Calyste. Vers une heure, le baron, sa femme et mademoiselle étaient réunis dans la salle, car ils dînaient à trois heures. La baronne avait repris *La Quotidienne* et l'achevait à son mari, toujours un peu plus éveillé avant ses repas. Au moment où Mme du Guénic allait terminer sa lecture, elle entendit au second étage le bruit des pas de son fils, et laissa tomber le journal en disant : « Calyste va sans doute encore dîner aux Touches, il vient de s'habiller.

— S'il s'amuse, cet enfant », dit la vieille en prenant un sifflet d'argent dans sa poche et sifflant.

Mariotte passa par la tourelle et déboucha par la porte de communication que cachait une portière en étoffe de soie pareille à celle des rideaux.

« Plaît-il, dit-elle, avez-vous besoin de quelque chose ?

— Le chevalier dîne aux Touches, supprimez la *lubine* [61].

— Mais nous n'en savons rien encore, dit l'Irlandaise.

— Vous en paraissez fâchée, ma sœur ; je le devine à votre accent, dit l'aveugle.

— M. Grimont a fini par apprendre des choses graves sur Mlle des Touches, qui, depuis un an, a bien changé notre cher Calyste.

— En quoi, demanda le baron.

— Mais il lit toutes sortes de livres.

— Ah ! ah ! fit le baron, voilà donc pourquoi il néglige la chasse et son cheval.

— Elle a des mœurs répréhensibles et porte un nom d'homme, reprit Mme du Guénic.

— Un nom de guerre, dit le vieillard. Je me nommais l'*Intimé*, le comte de Fontaine *Grand-Jacques*, le marquis de Montauran le *Gars*. J'étais l'ami de *Ferdinand*, qui ne s'est pas plus soumis que moi [62]. C'était le bon temps ! on se tirait des coups de fusil, et l'on s'amusait tout de même par-ci par-là. »

Ce souvenir de guerre qui remplaçait l'inquiétude paternelle attrista pour un moment Fanny. La confidence du curé, le manque de confiance chez son fils l'avaient empêchée de dormir, elle.

« Quand M. le chevalier aimerait Mlle des Touches, où serait le malheur? dit Mariotte. La garse [63] a trente mille écus de rentes, et elle est belle.

— Que dis-tu donc là, Mariotte! s'écria le vieillard. Un du Guénic épouser une des Touches! Les des Touches n'étaient pas encore nos écuyers au temps où du Guesclin regardait notre alliance comme un insigne honneur.

— Une fille qui porte un nom d'homme, Camille Maupin! dit la baronne.

— Les Maupin sont anciens, dit le vieillard, ils sont de Normandie, et portent *de gueule à trois...* » Il s'arrêta. « Mais elle ne peut pas être à la fois des Touches et Maupin.

— Elle se nomme Maupin au théâtre.

— Une des Touches ne saurait être comédienne, dit le vieillard. Si vous ne m'étiez pas connue, Fanny, je vous croirais folle.

— Elle écrit des pièces, des livres, dit encore la baronne.

— Des livres? dit le vieillard en regardant sa femme d'un air aussi surpris que si on lui eût parlé d'un miracle. J'ai ouï dire que Mlle Scudéry et Mme de Sévigné avaient écrit, ce n'est pas ce qu'elles ont fait de mieux; mais il a fallu, pour de tels prodiges, Louis XIV et sa cour.

— Vous dînerez aux Touches, n'est-ce pas, monsieur? dit Mariotte à Calyste qui se montra.

— Probablement », répondit le jeune homme.

Mariotte n'était pas curieuse, elle faisait partie de la famille, elle sortit sans chercher à entendre la question que Mme du Guénic allait adresser à Calyste.

« Vous allez encore aux Touches, mon Calyste ? » Elle appuya sur ce mot, *mon* Calyste. « Et les Touches ne sont pas une honnête et décente maison. La maîtresse mène une folle vie, elle corrompra notre Calyste. Camille Maupin lui a fait lire bien des volumes, elle a eu bien des aventures ! Et vous saviez tout cela, méchant enfant, et nous n'en avons rien dit à nos vieux amis !

— Le chevalier est discret, répondit le père, une vertu du vieux temps.

— Trop discret, dit la jalouse Irlandaise en voyant la rougeur qui couvrait le front de son fils.

— Ma chère mère, dit Calyste en se mettant aux genoux de la baronne, je ne crois pas qu'il soit bien nécessaire de publier mes défaites. Mlle des Touches, ou, si vous voulez, Camille Maupin a rejeté mon amour, il y a dix-huit mois, à son dernier séjour ici. Elle s'est alors doucement moquée de moi : elle pourrait être ma mère, disait-elle ; une femme de quarante ans qui aimait un mineur commettait une espèce d'inceste, elle était incapable d'une pareille dépravation. Elle m'a fait enfin mille plaisanteries qui m'ont accablé, car elle a de l'esprit comme un ange. Aussi, quand elle m'a vu pleurant à chaudes larmes, m'a-t-elle consolé en m'offrant son amitié de la manière la plus noble. Elle a plus de cœur encore que de talent ; elle est généreuse autant que vous. Je suis maintenant comme son enfant. Puis, à son retour, en apprenant qu'elle en aimait un autre, je me suis résigné. Ne répétez pas les calomnies qui courent sur elle : Camille est artiste, elle a du génie, et mène une de ces existences exceptionnelles que l'on ne saurait juger comme les existences ordinaires.

— Mon enfant, dit la religieuse Fanny, rien ne peut dispenser une femme de se conduire comme le veut l'Église. Elle manque à ses devoirs envers Dieu, envers la société en abjurant les douces religions de son sexe. Une femme commet déjà des péchés en allant au théâtre ; mais écrire les impiétés que répètent les acteurs, courir le monde, tantôt avec un ennemi du pape, tantôt avec un musicien, ah ! vous aurez de la peine, Calyste, à me persuader que ces actions soient des actes de foi, d'espérance ou de charité. Sa fortune lui a été donnée par Dieu pour faire le bien, à quoi lui sert la sienne ? »

Calyste se releva soudain, il regarda sa mère et lui dit : « Ma mère, Camille est mon amie ; je ne saurais entendre parler d'elle ainsi, car je donnerais ma vie pour elle.

— Ta vie ? dit la baronne en regardant son fils d'un air effrayé, ta vie est notre vie à tous.

— Mon beau neveu a dit là bien des mots que je ne comprends pas, s'écria doucement la vieille aveugle en se tournant vers lui.

— Où les a-t-il appris ? dit la mère, aux Touches.

— Mais, ma mère chérie, elle m'a trouvé ignorant comme une carpe.

— Tu savais les choses essentielles en connaissant bien les devoirs que nous enseigne la religion, répondit la baronne. Ah! cette femme détruira tes nobles et saintes croyances. »

La vieille fille se leva, étendit solennellement les mains vers son frère, qui sommeillait.

« Calyste, dit-elle d'une voix qui partait du cœur, ton père n'a jamais ouvert de livres, il parle breton, il a combattu dans le danger pour le roi et pour Dieu. Les gens instruits avaient fait le mal, et les gentilshommes savants avaient quitté leur patrie. Apprends si tu veux! »

Elle se rassit et se remit à tricoter avec l'activité que lui prêtait son émotion intérieure. Calyste fut frappé de ce discours à la Phocion[64].

« Enfin, mon ange, j'ai le pressentiment de quelque malheur pour toi dans cette maison, dit la mère d'une voix altérée et en roulant des larmes.

— Qui fait pleurer Fanny? » s'écria le vieillard réveillé en sursaut par le son de voix de sa femme. Il regarda sa sœur, son fils et la baronne. « Qu'y a-t-il?

— Rien, mon ami, répondit la baronne.

— Maman, répondit Calyste à l'oreille de sa mère et à voix basse, il m'est impossible de m'expliquer en ce moment, mais ce soir nous causerons. Quand vous saurez tout, vous bénirez Mlle des Touches.

— Les mères n'aiment pas à maudire, répondit la baronne, et je ne maudirais pas la femme qui aimerait bien mon Calyste. »

Le jeune homme dit adieu à son vieux père et sortit. Le baron et sa femme se levèrent pour le regarder passer dans la cour, ouvrir la porte et disparaître. La baronne ne reprit pas le journal, elle était émue. Dans cette vie si tranquille, si unie, la courte discussion qui venait d'avoir lieu équivalait à une querelle chez une autre famille. Quoique calmée, l'inquiétude de la mère n'était d'ailleurs pas dissipée. Où cette amitié, qui pouvait réclamer la vie de Calyste et la mettre en péril, l'allait-elle mener? Comment la baronne aurait-elle à bénir Mlle des Touches? Ces deux questions étaient aussi graves pour cette âme simple que pour des diplomates la révolution la plus furieuse. Camille Maupin était une révolution dans cet intérieur doux et calme.

« J'ai bien peur que cette femme ne nous le gâte, dit-elle en reprenant le journal.

— Ma chère Fanny, dit le vieux baron d'un air égrillard, vous êtes trop ange pour concevoir ces choses-là. Mlle des Touches est, dit-on, noire comme un corbeau, forte comme un Turc, elle a quarante ans, notre cher Calyste devait s'adresser à elle. Il fera quelques petits mensonges bien honorables pour cacher son bonheur. Laissez-le s'amuser à sa première tromperie d'amour.

— Si c'était une autre femme...

— Mais, chère Fanny, si cette femme était une sainte, elle n'accueillerait pas votre fils. » La baronne reprit le journal. « J'irai la voir, moi, dit le vieillard, je vous en rendrai bon compte. »

Ce mot ne peut avoir de saveur que par souvenir. Après la biographie de Camille Maupin, figurez-vous le vieux baron aux prises avec cette femme illustre?

La ville de Guérande, qui depuis deux mois voyait Calyste, sa fleur et son orgueil, allant tous les jours, le soir ou le matin, souvent soir et matin, aux Touches, pensait que Mlle Félicité des Touches était passionnément éprise de ce bel enfant, et qu'elle pratiquait sur lui des sortilèges. Plus d'une jeune fille et d'une jeune femme se demandaient quels privilèges étaient ceux des vieilles femmes pour exercer sur un ange un empire si absolu. Aussi, quand Calyste traversa la Grand-Rue pour sortir par la porte du Croisic, plus d'un regard s'attacha-t-il sur lui.

Il devient maintenant nécessaire d'expliquer les rumeurs qui planaient sur le personnage que Calyste allait voir. Ces bruits, grossis par les commérages bretons, envenimés par l'ignorance publique, étaient arrivés jusqu'au curé. Le receveur des contributions, le juge de paix, le chef de la douane de Saint-Nazaire et autres gens lettrés du canton n'avaient pas rassuré l'abbé Grimont en lui racontant la vie bizarre de la femme artiste cachée sous le nom de Camille Maupin. Elle ne mangeait pas encore des petits enfants, elle ne tuait pas des esclaves comme Cléopâtre, elle ne faisait pas jeter un homme à la rivière comme on en accuse faussement l'héroïne de la Tour de Nesle [65]; mais pour l'abbé Grimont, cette monstrueuse créature, qui tenait de la sirène et de l'athée, formait une combinaison immorale de la femme et du philosophe, et manquait à toutes les lois sociales inventées pour contenir ou utiliser les infirmités du beau sexe.

De même que Clara Gazul est le pseudonyme femelle d'un homme d'esprit [66], George Sand le pseudonyme masculin d'une femme de génie,

Camille Maupin[67] fut le masque sous lequel se cacha pendant longtemps une charmante fille, très bien née, une Bretonne, nommée Félicité des Touches, la femme qui causait de si vives inquiétudes à la baronne du Guénic et au bon curé de Guérande. Cette famille n'a rien de commun avec les des Touches de Touraine, auxquels appartient l'ambassadeur du Régent, encore plus fameux aujourd'hui par son nom littéraire que par ses talents diplomatiques[68]. Camille Maupin, l'une des quelques femmes célèbres du dix-neuvième siècle, passa longtemps pour un auteur réel à cause de la virilité de son début. Tout le monde connaît aujourd'hui les deux volumes de pièces non susceptibles de représentation, écrites à la manière de Shakespeare ou de Lope de Vega, publiées en 1822, et qui firent une sorte de révolution littéraire[69], quand la grande question des romantiques et des classiques palpitait dans les journaux, dans les cercles, à l'Académie. Depuis, Camille Maupin a donné plusieurs pièces de théâtre et un roman qui n'ont point démenti le succès obtenu par sa première publication, maintenant un peu trop oubliée. Expliquer par quel enchaînement de circonstances s'est accomplie l'incarnation masculine d'une jeune fille, comment Félicité des Touches s'est faite homme et auteur; pourquoi, plus heureuse que Mme de Staël, elle est restée libre et se trouve ainsi plus excusable de sa célébrité, ne sera-ce pas satisfaire beaucoup de curiosités et justifier l'une de ces monstruosités qui s'élèvent dans l'humanité comme des monuments, et dont la gloire est favorisée par la rareté? car, en vingt siècles, à peine compte-t-on vingt grandes femmes. Aussi, quoiqu'elle ne soit ici qu'un personnage secondaire, comme elle eut une grande influence sur Calyste et qu'elle joue un rôle dans l'histoire littéraire de notre époque, personne ne regrettera de s'être arrêté devant cette figure un peu plus de temps que ne le veut la poétique moderne.

Mlle Félicité des Touches s'est trouvée orpheline en 1793. Ses biens échappèrent ainsi aux confiscations qu'auraient sans doute encourues son père et son frère. Le premier mourut au 10 août, tué sur le seuil du palais, parmi les défenseurs du roi, auprès de qui l'appelait son grade de major aux gardes de la porte. Son frère, jeune garde du corps, fut massacré aux Carmes[70]. Mlle des Touches avait deux ans quand sa mère mourut tuée par le chagrin, quelques jours après cette seconde catastrophe. En mourant, Mme des Touches confia sa fille à sa sœur, une religieuse de Chelles[71]. Mme de Faucombe, la religieuse, emmena prudemment l'orpheline à Faucombe, terre considérable située près de Nantes, appartenant à Mme des Touches, et où la religieuse s'établit avec trois sœurs de son couvent. La populace de Nantes vint pendant les derniers jours de la Terreur démolir le château, saisir les religieuses et Mlle des Touches, qui furent jetées en prison, accusées par une rumeur calomnieuse d'avoir reçu des émissaires de Pitt et Cobourg[72]. Le 9 thermidor[73] les délivra. La tante de Félicité mourut de frayeur. Deux des sœurs quittèrent la France, la troisième confia la petite des Touches à son plus proche parent, à M. de Faucombe, son grand-oncle maternel, qui habitait Nantes, et rejoignit ses compagnes en exil. M. de Faucombe, vieillard de soixante ans, avait épousé une jeune femme à laquelle il laissait le gouvernement de ses affaires. Il ne s'occupait plus que d'archéologie, une passion ou, pour parler plus correctement, une de ces manies qui aident les vieillards à se croire vivants. L'éducation de sa pupille fut entièrement livrée au hasard. Peu surveillée par une jeune femme adonnée aux plaisirs de l'époque impériale, Félicité s'éleva toute seule, en garçon. Elle tenait compagnie à M. de Faucombe dans sa bibliothèque et y lisait tout ce qu'il lui plaisait de lire. Elle connut donc la vie en théorie, et n'eut aucune innocence d'esprit, tout en demeurant vierge. Son intelligence flotta dans les impuretés de la science, et son cœur resta pur. Son instruction devint surprenante, excitée par la passion de la lecture et servie par une belle mémoire. Aussi fut-elle à dix-huit ans savante comme devraient l'être, avant d'écrire, les jeunes auteurs d'aujourd'hui. Ces prodigieuses lectures continrent ses passions beaucoup mieux que la vie de couvent, où s'enflamment les imaginations des jeunes filles. Ce cerveau bourré de connaissances ni digérées ni classées, dominait ce cœur enfant. Cette dépravation de l'intelligence, sans action sur la chasteté du corps, eût étonné des philosophes ou des observateurs, si quelqu'un à Nantes eût pu soupçonner la valeur de Mlle des Touches. Le résultat fut en sens inverse de la cause : Félicité n'avait aucune pente au mal, elle concevait tout par la pensée et s'abstenait du fait ; elle enchantait le vieux Faucombe et l'aidait dans ses travaux ; elle écrivit trois des ouvrages du bon gentilhomme, qui les crut de lui, car sa paternité spirituelle fut aveugle aussi. De si grands travaux, en désaccord avec les développements de la jeune fille, eurent leur effet : Félicité tomba malade, son sang s'était échauffé, la poitrine paraissait menacée d'inflammation. Les médecins ordonnèrent l'exercice du cheval et les distractions du monde. Mlle des Touches devint une très habile écuyère, et se rétablit en peu de mois. A dix-huit ans elle apparut dans le monde, où elle produisit une si grande sensation qu'à Nantes personne ne la nommait autrement que la belle demoiselle des Touches; mais les adorations qu'elle inspira la trouvèrent insensible, elle y était venue par un de ces sentiments impérissables chez une femme, quelle que soit sa supériorité. Froissée par sa tante et ses cousines qui se moquèrent de ses travaux et la persiflèrent sur son éloignement en la supposant inhabile à plaire, elle avait voulu se montrer coquette et légère, femme, en un mot. Félicité s'attendait à un échange quelconque d'idées, à des séductions en harmonie avec l'élévation de son intelligence, avec l'étendue de ses connaissances; elle éprouva du dégoût en entendant les lieux communs de la conversation, les sottises de la galanterie, et fut surtout choquée par l'aristocratie des militaires, auxquels tout cédait alors. Naturellement, elle avait négligé les arts d'agrément. En se voyant inférieure à des poupées qui jouaient du piano et faisaient les agréables en chantant des romances, elle voulut être musicienne : elle rentra dans sa profonde retraite et se mit à étudier avec obstination sous la direction du meilleur maître de la ville. Elle était riche, elle fit venir Steibelt[74] pour se perfectionner, au grand étonnement de la ville. On y parle encore de cette conduite princière. Le séjour de ce maître lui coûta douze mille francs. Elle est, depuis, devenue musicienne consommée. Plus tard, à Paris, elle se fit enseigner l'harmonie, le contrepoint, et a composé la musique de deux opéras, qui ont eu le plus grand succès, sans que le public ait jamais été mis dans la confidence. Ces opéras appartiennent ostensiblement à Conti, l'un des artistes les plus éminents de notre époque; mais cette circonstance tient à l'histoire de son cœur et s'expliquera plus tard. La médiocrité du monde de province l'ennuyait si fortement, elle avait dans l'imagination des idées si grandioses, qu'elle déserta les salons après y avoir reparu pour éclipser les femmes par l'éclat de sa beauté, jouir de son triomphe sur les musiciennes, et se faire adorer par les gens d'esprit; mais, après avoir démontré sa puissance à ses deux cousines et désespéré deux amants, elle revint à ses livres, à son piano, aux œuvres de Beethoven et au vieux Faucombe. En 1812, elle eut vingt et un ans, l'archéologue lui rendit ses comptes de tutelle; ainsi, dès cette année, elle prit la direction de sa fortune composée de quinze mille livres de rentes que donnait les Touches, le bien de son père; des douze mille francs que rapportaient alors les terres de Faucombe, mais dont le revenu s'augmenta d'un tiers au renouvellement des baux; et d'un capital de trois cent mille francs économisé par son tuteur. De la vie de province, Félicité ne prit que l'entente de la fortune et cette pente à la sagesse administrative qui peut-être y rétablit la balance entre le mouvement ascensionnel des capitaux vers Paris. Elle reprit ses trois cent mille francs à la maison où l'archéologue les faisait valoir, et les plaça sur le Grand-Livre au moment des désastres de la retraite de Moscou. Elle eut trente mille francs de rentes de plus. Toutes ses dépenses acquittées, il lui restait cinquante mille francs par an à placer. A vingt et un ans, une fille de ce vouloir était l'égale d'un homme de trente ans. Son esprit avait pris une énorme étendue, et des habitudes de critique lui permettaient de juger sainement les hommes, les arts, les choses et la politique. Dès ce moment elle eut l'intention de quitter Nantes, mais le vieux Faucombe tomba malade de la maladie qui l'emporta. Elle était comme la femme de ce vieillard, elle le soigna pendant dix-huit mois avec le dévouement d'un ange gardien, et lui ferma les yeux au moment où Napoléon luttait avec l'Europe sur le cadavre de la France. Elle remit donc son départ pour Paris à la fin de cette lutte. Royaliste, elle courut assister au retour des Bourbons à Paris. Elle y fut accueillie par les Grandlieu, avec lesquels elle avait des liens de parenté; mais les catastrophes du Vingt-Mars[75] arrivèrent, et tout pour elle fut en suspens. Elle put voir de près cette dernière image de l'Empire, admirer la Grande Armée qui vint au Champ-de-Mars, comme à un cirque, saluer son César avant d'aller mourir à Waterloo. L'âme grande et noble de Félicité fut saisie par ce magique spectacle. Les commotions politiques, la féerie de cette pièce de théâtre en trois mois que l'histoire a nommée les Cent-Jours, l'occupèrent et la préservèrent de toute passion, au milieu d'un bouleversement qui dispersa la société royaliste où elle avait débuté. Les Grandlieu avaient suivi les Bourbons à Gand, laissant leur hôtel à Mlle des Touches. Félicité, qui ne voulait pas de position subalterne, acheta, pour cent trente mille francs, un des plus beaux hôtels de la rue du Mont-Blanc[76] où elle s'installa quand les Bourbons revinrent en 1815, et dont le jardin seul vaut aujourd'hui deux millions. Habituée à se conduire elle-même, Félicité se familiarisa de bonne heure avec l'action qui semble exclusivement départie aux hommes. En 1816, elle eut vingt-cinq ans. Elle ignorait le mariage, elle ne le concevait que par la pensée, le jugeait dans ses causes au lieu de le voir dans ses effets, et n'en apercevait que les inconvénients. Son esprit supérieur se refusait à l'abdication par laquelle la femme mariée commence la vie; elle sentait vivement le prix de l'indépendance et n'éprouvait que du dégoût pour les soins de la maternité. Il est nécessaire de donner ces détails pour justifier les anomalies qui distinguent Camille Maupin. Elle n'a connu ni père ni mère, et fut sa maîtresse dès l'enfance, son tuteur fut un vieil archéologue, le hasard l'a jetée dans le domaine de la science et de l'imagination, dans le monde littéraire, au lieu de la maintenir dans le cercle tracé par l'éducation futile donnée aux femmes, par les enseignements maternels sur la toilette, sur la décence hypocrite, sur les grâces chasseresses du sexe. Aussi, longtemps avant qu'elle ne devînt célèbre, voyait-on du premier coup d'œil qu'elle n'avait jamais joué à la poupée. Vers la fin de l'année 1817, Félicité des Touches aperçut non pas des flétrissures, mais un commencement de fatigue dans sa personne. Elle comprit que sa beauté allait s'altérer par le fait de son célibat obstiné, mais elle voulait demeurer belle, car alors elle tenait à sa beauté. La science lui notifia l'arrêt porté par la nature sur ses créations, lesquelles dépérissent autant par la méconnaissance que par l'abus de ses lois. Le visage macéré de sa tante lui apparut et la fit frémir. Placée entre le mariage et la passion, elle voulut rester libre; mais elle ne fut plus indifférente aux hommages qui l'entouraient. Elle était, au moment où cette histoire commence, presque semblable à elle-même en 1817. Dix-huit ans avaient passé sur elle en la respectant. A quarante ans, elle pouvait dire n'en avoir que vingt-cinq. Aussi la peindre en 1836, est-ce la représenter comme elle était en 1817. Les femmes qui savent dans quelles conditions de tempérament et de beauté doit être une femme pour résister aux outrages du temps, comprendront comment et pourquoi Félicité des Touches jouissait d'un si grand privilège en étudiant un portrait pour lequel sont réservés les tons les plus brillants de la palette et la plus riche bordure.

La Bretagne offre un singulier problème à résoudre dans la prédominance de la chevelure brune, des yeux bruns et du teint bruni chez une contrée voisine de l'Angleterre où les conditions atmosphériques sont si peu différentes. Ce problème tient-il à la grande question des races[77], à des influences physiques inobservées? Les savants rechercheront peut-être un jour la cause de cette singularité qui cesse dans la province voisine, en

Normandie. Jusqu'à la solution, ce fait bizarre est sous nos yeux : les blondes sont assez rares parmi les Bretonnes qui presque toutes ont les yeux vifs des Méridionaux; mais, au lieu d'offrir la taille élevée et les lignes serpentines de l'Italie ou de l'Espagne, elles sont généralement petites, ramassées, bien prises, fermes, hormis les exceptions de la classe élevée, qui se croise par ses alliances aristocratiques. Mlle des Touches, en vraie Bretonne de race, est d'une taille ordinaire; elle n'a pas cinq pieds, mais on les lui donne. Cette erreur provient du caractère de sa figure, qui la grandit. Elle a ce teint olivâtre au jour et blanc aux lumières, qui distingue les belles Italiennes : vous diriez de l'ivoire animé. Le jour glisse sur cette peau comme sur un corps poli, il y brille; une émotion violente est nécessaire pour que de faibles rougeurs s'y infusent au milieu des joues, mais elles disparaissent aussitôt. Cette particularité prête à son visage une impassibilité de sauvage. Ce visage, plus rond qu'ovale, ressemble à celui de quelque belle Isis des bas-reliefs éginétiques. Vous diriez la pureté des têtes de sphinx, polies par le feu des déserts, caressées par la flamme du soleil égyptien. Ainsi, la couleur du teint est en harmonie avec la correction de cette tête. Les cheveux noirs et abondants descendent en nattes le long du col comme la coiffe à double bandelette rayée des statues de Memphis, et continuent admirablement la sévérité générale de la forme. Le front est plein, large, renflé aux tempes, illuminé par des méplats [78] où s'arrête la lumière, coupé, comme celui de la Diane chasseresse : un front puissant et volontaire, silencieux et calme. L'arc des sourcils tracé vigoureusement s'étend sur deux yeux dont la flamme scintille par moments comme celle d'une étoile fixe. Le blanc de l'œil n'est ni bleuâtre, ni semé de fils rouges, ni d'un blanc pur; il a la consistance de la corne, mais il est d'un ton chaud. La prunelle est bordée d'un cercle orange. C'est du bronze entouré d'or, mais de l'or vivant, du bronze animé. Cette prunelle a de la profondeur. Elle n'est pas doublée, comme dans certains yeux, par une espèce de tain qui renvoie la lumière et les fait ressembler aux yeux des tigres ou des chats; elle n'a pas cette inflexibilité terrible qui cause un frisson aux gens sensibles; mais cette profondeur a son infini, de même que l'éclat des yeux à miroir a son absolu. Le regard de l'observateur peut se perdre dans cette âme qui se concentre et se retire avec autant de rapidité qu'elle jaillit de ces yeux veloutés. Dans un moment de passion, l'œil de Camille Maupin est sublime : l'or de son regard allume le blanc jaune, et tout flambe; mais au repos, il est terne, la torpeur de la méditation lui prête souvent l'apparence de la niaiserie; quand la lumière de l'âme y manque, les lignes du visage s'attristent également. Les cils sont courts, mais fournis et noirs comme des queues d'hermine. Les paupières sont brunes et semées de fibrilles rouges qui leur donnent à la fois de la grâce et de la force, deux qualités difficiles à réunir chez la femme. Le tour des yeux n'a pas la moindre flétrissure ni la moindre ride. Là encore, vous retrouverez le granit de la statue égyptienne adouci par le temps. Seulement, la saillie des pommettes, quoique douce, est plus accusée que chez les autres femmes et complète l'ensemble de force exprimé par la figure. Le nez, mince et droit, est coupé de narines obliques assez passionnément dilatées pour laisser voir le rose lumineux de leur délicate doublure. Ce nez continue bien le front auquel il s'unit par une ligne délicieuse, il est parfaitement blanc à sa naissance comme au bout, et ce bout est doué d'une sorte de mobilité qui fait merveille dans les moments où Camille s'indigne, se courrouce, se révolte. Là surtout, comme l'a remarqué Talma [79], se peint la colère ou l'ironie des grandes âmes. L'immobilité des narines accuse une sorte de sécheresse. Jamais le nez d'un avare n'a vacillé, il est contracté comme la bouche ; tout est clos dans son visage comme chez lui. La bouche arquée à ses coins est d'un rouge vif, le sang y abonde, il y fournit ce minium vivant et penseur qui donne tant de séductions à cette bouche et peut rassurer l'amant que la gravité majestueuse du visage effraierait. La lèvre supérieure est mince, le sillon qui l'unit au nez y descend assez bas comme dans un arc, ce qui donne un accent particulier à son dédain [80]. Camille a peu de chose à faire pour exprimer sa colère. Cette jolie lèvre est bordée par la forte marge rouge de la lèvre inférieure, admirable de bonté, pleine d'amour, et que Phidias semble avoir posée comme le bord d'une grenade ouverte, dont elle a la couleur. Le menton se relève fermement ; il est un peu gras, mais il exprime la résolution et termine bien ce profil royal sinon divin. Il est nécessaire de dire que le dessous du nez est légèrement estompé par un duvet plein de grâce. La nature aurait fait une faute si elle n'avait jeté là cette suave fumée. L'oreille a des enroulements délicats, signe de bien des délicatesses cachées. Le buste est large. Le corsage est mince et suffisamment orné. Les hanches ont peu de saillie, mais elles sont gracieuses. La chute des reins est magnifique, et rappelle plus le Bacchus que la Vénus Callipyge[81]. Là, se voit la nuance qui sépare de leur sexe presque toutes les femmes célèbres, elles ont là comme une vague similitude avec l'homme, elles n'ont ni la souplesse, ni l'abandon des femmes que la nature a destinées à la maternité; leur démarche ne se brise pas par un mouvement doux. Cette observation est comme bilatérale, elle a sa contrepartie chez les hommes dont les hanches sont presque semblables à celles des femmes quand ils sont fins, astucieux, faux et lâches. Au lieu de se creuser à la nuque, le col de Camille forme un contour renflé qui lie les épaules à la tête sans sinuosité, le caractère le plus évident de la force. Ce col présente par moments des plis d'une magnificence athlétique. L'attache des bras, d'un superbe contour, semble appartenir à une femme colossale. Les bras sont vigoureusement modelés, terminés par un poignet d'une délicatesse anglaise, par des mains mignonnes et pleines de fossettes, grasses, enjolivées d'ongles roses taillés en amandes et côtelés sur les bords, et d'un blanc qui annonce que le corps si rebondi, si ferme, si bien pris est d'un tout autre ton que le visage. L'attitude ferme et froide de cette tête est corrigée par la mobilité des lèvres, par leur changeante expression, par le mouvement artiste des narines. Mais malgré ces promesses irritantes et assez cachées aux profanes, le calme de cette physionomie a je ne sais quoi de provocant. Cette figure, plus mélancolique, plus sérieuse que gracieuse, est frappée par la tristesse d'une méditation constante. Aussi Mlle des Touches écoute-t-elle plus qu'elle ne parle. Elle effraie par son silence et par ce regard profond d'une profonde fixité. Personne, parmi les gens vraiment instruits, n'a pu la voir sans penser à la vraie Cléopâtre, à cette petite brune qui faillit changer la face du monde; mais chez Camille, l'animal est si complet, si bien ramassé, d'une nature si léonine, qu'un homme quelque peu Turc regrette l'assemblage d'un si grand esprit dans un pareil corps, et le voudrait tout femme. Chacun tremble de rencontrer les corruptions étranges d'une âme diabolique. La froideur de l'analyse, le positif de l'idée n'éclairent-ils pas les passions chez elle? Cette fille ne juge-t-elle pas au lieu de sentir? ou, phénomène encore plus terrible, ne sent-elle pas et ne juge-t-elle pas à la fois? pouvant tout par son cerveau, doit-elle s'arrêter là où s'arrêtent les autres femmes? Cette force intellectuelle laisse-t-elle le cœur faible? A-t-elle de la grâce? Descend-elle aux riens touchants par lesquels les femmes occupent, amusent, intéressent un homme aimé? Ne brise-t-elle pas un sentiment quand il ne répond pas à l'infini qu'elle embrasse et contemple? Qui peut combler les deux précipices de ses yeux? On a peur de trouver en elle je ne sais quoi de vierge, d'indompté. La femme forte ne doit être qu'un symbole, elle effraie à voir en réalité. Camille Maupin est un peu, mais vivante, cette Isis de Schiller, cachée au fond du temple, et aux pieds de laquelle les prêtres trouvaient expirant les hardis lutteurs qui l'avaient consultée. Les aventures tenues pour vraies par le monde et que Camille ne désavoue point, confirment les questions suggérées par son aspect. Mais peut-être aime-t-elle cette calomnie? La nature de sa beauté n'a pas été sans influence sur sa renommée : elle l'a servie, de même que sa fortune et sa position l'ont maintenue au milieu du monde. Quand un statuaire voudra faire une admirable statue de la Bretagne, il peut copier Mlle des Touches. Ce tempérament sanguin, bilieux, est le seul qui puisse repousser l'action du temps. La pulpe incessamment nourrie de cette peau comme vernissée est la seule arme que la nature ait donnée aux femmes pour résister aux rides, prévenues d'ailleurs chez Camille par l'impassibilité de la figure.

En 1817, cette charmante fille ouvrit sa maison aux artistes, aux auteurs en renom, aux savants, aux publicistes vers lesquels ses instincts la portaient. Elle eut un salon semblable à celui du baron Gérard[82], où l'aristocratie se mêlait aux gens illustres, où vint l'élite des Parisiennes. La parenté de Mlle des Touches et sa fortune, augmentée de la succession de sa tante religieuse, la protégèrent dans l'entreprise, si difficile à Paris, de se créer une société. Son indépendance fut une raison de son succès. Beaucoup de mères ambitieuses conçurent l'espoir de lui faire épouser leurs fils dont la fortune était en désaccord avec la beauté de leurs écussons. Quelques pairs de France, alléchés par quatre-vingt mille livres de rentes, séduits par cette maison magnifiquement montée, y amenèrent leurs parentes les plus revêches et les plus difficiles. Le monde diplomatique, qui recherche les amusements de l'esprit, y vint et s'y plut. Mlle des Touches, entourée de tant d'intérêts, put donc étudier les différentes comédies que la passion, l'avarice, l'ambition font jouer à tous les hommes, même les plus élevés. Elle vit de bonne heure le monde comme il est, et fut assez heureuse pour ne pas éprouver promptement cet amour entier qui hérite de l'esprit, des facultés de la femme et l'empêche alors de juger sainement. Ordinairement la femme sent, jouit et juge successivement; de là trois âges distincts, dont le dernier coïncide avec la triste époque de la vieillesse. Pour Mlle des Touches, l'ordre fut renversé[83]. Sa jeunesse fut enveloppée des neiges de la science et des froideurs de la réflexion. Cette transposition explique encore la bizarrerie de son existence et la nature de son talent. Elle observait les hommes à l'âge où les femmes ne peuvent en voir qu'un, elle méprisait ce qu'elles admirent, elle surprenait des mensonges dans les flatteries qu'elles acceptent comme des vérités, elle riait de ce qui les rend graves. Ce contresens dura longtemps, mais il eut une fin terrible : elle devait trouver en elle, jeune et frais, le premier amour, au moment où les femmes sont sommées par la nature de renoncer à l'amour. Sa première liaison fut si secrète que personne ne la connut. Félicité, comme toutes les femmes livrées au bon sens du cœur, fut portée à conclure de la beauté du corps à celle de l'âme, elle fut éprise d'une figure, et connut toute la sottise d'un homme à bonnes fortunes qui ne vit qu'une femme en elle.

Elle fut quelque temps à se remettre de son dégoût et de ce mariage insensé. Sa douleur, un homme la devina, la consola sans arrière-pensée, ou du moins sut cacher ses projets. Félicité crut avoir troublé la noblesse de cœur et l'esprit qui manquaient au dandy. Cet homme possède un des esprits les plus originaux de ce temps. Lui-même écrivait sous un pseudonyme, et ses premiers écrits annoncèrent un adorateur de l'Italie. Félicité devait voyager sous peine de perpétuer la seule ignorance qui lui restât. Cet homme sceptique et moqueur emmena Félicité pour connaître la patrie des arts. Ce célèbre inconnu peut passer pour le maître et le créateur de Camille Maupin. Il mit en ordre les immenses connaissances de Félicité, les augmenta par l'étude des chefs-d'œuvre qui meublent l'Italie, lui donna ce ton ingénieux et fin, épigrammatique et profond qui est le caractère de son talent à lui, toujours un peu bizarre dans la forme, mais que Camille Maupin modifia par la délicatesse de sentiment et le tour ingénieux naturels aux femmes; il lui inculqua le goût des œuvres de la littérature anglaise et allemande, et lui fit apprendre ces deux langues en voyage. A Rome, en 1820, Mlle des Touches fut quittée pour une Italienne. Sans ce malheur, peut-être n'eût-elle jamais été célèbre. Napoléon a surnommé l'infortune la sage-femme du génie. Cet événement inspira pour toujours à Mlle des Touches ce mépris de l'humanité qui la rend si forte. Félicité mourut et Camille naquit. Elle revint à Paris avec Conti, le grand musicien, pour lequel elle fit deux livrets d'opéra; mais elle n'avait plus d'illusions, et devint à l'insu du monde une sorte de Don Juan femelle sans dettes ni conquêtes. Encouragée par le succès, elle publia ses deux volumes de pièces de théâtre qui, du premier coup, placèrent Camille Maupin parmi les illustres anonymes. Elle raconta sa passion trompée dans un petit roman admirable, un des chefs-d'œuvre de l'époque[84]. Ce livre, d'un dangereux exemple, fut mis à côté d'*Adolphe*[85], horrible lamentation dont la contrepartie se trouvait dans l'œuvre de Camille. La délicatesse de sa métamorphose littéraire est encore incomprise. Quelques esprits fins y voient seuls cette générosité qui livre un homme à la critique, et sauve la femme de la gloire en lui permettant de demeurer obscure. Malgré son désir, sa célébrité s'augmenta chaque jour, autant par l'influence de son salon que par ses reparties, par la justesse de ses jugements, par la solidité de ses connaissances. Elle faisait autorité, ses mots étaient redits, elle ne put se démettre des fonctions dont elle était investie par la société parisienne. Elle devint une exception admise. Le monde plia sous le talent et devant la fortune de cette fille étrange; il reconnut, sanctionna son indépendance, les femmes admirèrent son esprit et les hommes sa beauté. Sa conduite fut d'ailleurs soumise à toutes les convenances sociales. Ses amitiés parurent purement platoniques. Elle n'eut d'ailleurs rien de la femme auteur[86]. Mlle des Touches est charmante comme une femme du monde, à propos faible, oisive, coquette, occupée de toilette, enchantée des niaiseries qui séduisent les femmes et les poètes. Elle comprit très bien qu'après Mme de Staël il n'y avait plus de place dans ce siècle pour une Sapho, et que Ninon ne saurait exister dans Paris sans grands seigneurs ni cour voluptueuse. Elle est la Ninon de l'intelligence, elle adore l'art et les artistes, elle va du poète au musicien, du statuaire au prosateur. Elle est d'une noblesse, d'une générosité qui arrive à la duperie, tant elle est pleine de pitié pour le malheur, pleine de dédain pour les gens heureux. Elle vit depuis 1830 dans un cercle choisi, avec des amis éprouvés qui s'aiment tendrement et s'estiment. Aussi loin du fracas de Mme de Staël que des luttes politiques, elle se moque très bien de Camille Maupin, ce cadet de George Sand qu'elle appelle son frère Caïn, car cette gloire récente a fait oublier la sienne. Mlle des Touches admire son heureuse rivale avec un angélique laisser-aller, sans éprouver de jalousie ni garder d'arrière-pensée.

Jusqu'au moment où commence cette histoire, elle eut l'existence la plus heureuse que puisse imaginer une femme assez forte pour se protéger elle-même. De 1817 à 1834, elle était venue cinq ou six fois aux Touches. Son premier voyage eut lieu, après sa première déception, en 1818. Sa maison des Touches était inhabitable; elle renvoya son homme d'affaires à Guérande et en prit le logement aux Touches. Elle n'avait alors aucun soupçon de sa gloire à venir, elle était triste, elle ne vit personne, elle voulait en quelque sorte se contempler elle-même après ce grand désastre. Elle écrivit à Paris ses intentions à l'une de ses amies, relativement au mobilier nécessaire pour arranger les Touches. Le mobilier descendit par un bateau jusqu'à Nantes, fut apporté par un petit bâtiment au Croisic, et de là transporté, non sans difficulté, à travers les sables jusqu'aux Touches. Elle fit venir des ouvriers de Paris, et se casa aux Touches, dont l'ensemble lui plut extraordinairement. Elle voulut pouvoir méditer là sur les événements de la vie, comme dans une chartreuse privée. Au commencement de l'hiver, elle repartit pour Paris. La petite ville de Guérande fut alors soulevée par une curiosité diabolique : il n'y était bruit que du luxe asiatique de Mlle des Touches. Le notaire, son homme d'affaires, donna des permissions pour aller voir les Touches. On y vint du bourg de Batz, du Croisic, de Savenay. Cette curiosité rapporta, en deux ans, une somme énorme à la famille du concierge et du jardinier, dix-sept francs. Mademoiselle ne revint aux Touches que deux ans après, à son retour d'Italie, et y vint par Le Croisic. On fut quelque temps sans la savoir à Guérande, où elle était avec Conti le compositeur. Les apparitions qu'elle y fit successivement excitèrent peu la curiosité de la petite ville de Guérande. Son régisseur et tout au plus le notaire étaient dans le secret de la gloire de Camille Maupin. En ce moment, cependant, la contagion des idées nouvelles avait fait quelques progrès dans Guérande, plusieurs personnes y connaissaient la double existence de Mlle des Touches. Le directeur de la poste recevait des lettres adressées à Camille Maupin, aux Touches. Enfin, le voile se déchira. Dans un pays essentiellement catholique, arriéré, plein de préjugés, la vie étrange de cette fille illustre devait causer les rumeurs qui avaient effrayé l'abbé Grimont, et ne pouvait jamais être comprise ; aussi parut-elle monstrueuse à tous les esprits. Félicité n'était pas seule aux Touches, elle y avait un hôte. Cet hôte était Claude Vignon [87], écrivain dédaigneux et superbe, qui, tout en ne faisant que de la critique, a trouvé moyen de donner au public et à la littérature l'idée d'une certaine supériorité. Félicité, qui depuis sept ans avait reçu cet écrivain comme cent autres auteurs, journalistes, artistes et gens du monde, qui connaissait son caractère sans ressort, sa paresse, sa profonde misère, son incurie et son dégoût de toutes choses, paraissait vouloir en faire son mari par la manière dont elle s'y prenait avec lui. Sa conduite, incompréhensible pour ses amis, elle l'expliquait par l'ambition, par l'effroi que lui causait la vieillesse; elle voulait confier le reste de sa vie à un homme supérieur pour qui sa fortune serait un marchepied et qui lui continuerait son importance dans le monde poétique. Elle avait donc emporté Claude Vignon de Paris aux Touches comme un aigle emporte dans ses serres un chevreau, pour l'étudier et pour prendre quelque parti violent; mais elle abusait à la fois Calyste et Claude : elle ne songeait point au mariage, elle était dans les plus violentes convulsions qui puissent agiter une âme aussi forte que la sienne, en se trouvant la dupe de son esprit, en voyant la vie éclairée trop tard par le soleil de l'amour, brillant comme il brille dans les cœurs à vingt ans. Voici maintenant la Chartreuse de Camille.

A quelque cent pas de Guérande, le sol de la Bretagne cesse, et les marais salants, les dunes commencent. On descend dans le désert des sables que la mer a laissés comme une marge entre elle et la terre, par un chemin raviné qui n'a jamais vu de voitures. Ce désert contient des sables infertiles, les mares de forme inégale bordées de crêtes boueuses où se cultive le sel, et le petit bras de mer qui sépare du continent l'île du Croisic. Quoique géographiquement Le Croisic soit une presqu'île, comme elle ne se rattache à la Bretagne que par les grèves qui la lient au bourg de Batz, sables arides et mouvants qui ne sauraient se franchir facilement, elle peut passer pour une île. A l'endroit où le chemin du Croisic à Guérande s'embranche sur la route de la terre ferme, se trouve une maison de campagne entourée d'un grand jardin remarquable par des pins tortueux et tourmentés, les uns en parasol, les autres pauvres de branchages, montrant tous leurs troncs rougeâtres aux places où l'écorce est détachée [88]. Ces arbres, victimes des ouragans, venus malgré vent et marée, pour eux le mot est juste, préparent l'âme au spectacle triste et bizarre des marais salants et des dunes qui ressemblent à une mer figée. La maison, assez bien bâtie en pierres schisteuses et en mortier maintenues par des chaînes en granit, est sans aucune architecture, elle offre à l'œil une muraille sèche, régulièrement percée par les baies des fenêtres. Les fenêtres sont à grandes vitres au premier étage, et au rez-de-chaussée en petits carreaux. Au-dessus du premier sont des greniers qui s'étendent sous un énorme toit élevé, pointu, à deux pignons, et qui a deux grandes lucarnes sur chaque face. Sous le triangle de chaque pignon, une croisée ouvre son œil de cyclope à l'ouest sur la mer, à l'est sur Guérande. Une façade de la maison regarde le chemin de

Guérande et l'autre le désert au bout duquel s'élève Le Croisic. Par-delà cette petite ville, s'étend la pleine mer. Un ruisseau s'échappe par une ouverture de la muraille du parc, que longe le chemin du Croisic, le traverse et va se perdre dans les sables ou dans le petit lac d'eau salée cerclé par les dunes, par les marais, et produit par l'irruption du bras de mer. Une route de quelques toises, pratiquée dans cette brèche du terrain, conduit du chemin à cette maison. On y entre par une grande porte. La cour est entourée de bâtiments ruraux assez modestes qui sont une écurie, une remise, une maison de jardinier près de laquelle est une basse-cour avec ses dépendances, plus à l'usage du concierge que du maître. Les tons grisâtres de cette maison s'harmonient [89] admirablement avec le paysage qu'elle domine. Son parc est l'oasis de ce désert à l'entrée duquel le voyageur trouve une hutte en boue où veillent les douaniers. Cette maison sans terres, ou dont les terres sont situées sur le territoire de Guérande, a dans les marais un revenu de dix mille livres de rentes et le reste en métairies disséminées en terre ferme. Tel est le fief des Touches, auquel la révolution a retiré ses revenus féodaux. Aujourd'hui les Touches sont un bien; mais les *paludiers* continuent à dire *le château;* ils diraient *le seigneur* si le fief n'était tombé en quenouille [90]. Quand Félicité voulut restaurer les Touches, elle se garda bien, en grande artiste, de rien changer à cet extérieur désolé qui donne un air de prison à ce bâtiment solitaire. Seulement la porte d'entrée fut enjolivée de deux colonnes en briques soutenant une galerie dessous laquelle peut passer une voiture. La cour fut plantée.

La distribution du rez-de-chaussée est celle de la plupart des maisons de campagne construites il y a cent ans [91]. Évidemment cette maison avait été bâtie sur les ruines de quelque petit castel perché là comme un anneau qui rattachait Le Croisic et le bourg de Batz à Guérande, et qui seigneurisait [92] les marais. Un péristyle avait été ménagé au bas de l'escalier. D'abord une grande antichambre planchéiée, dans laquelle Félicité mit un billard; puis un immense salon à six croisées dont deux, percées au bas du mur de pignon, forment des portes, descendent au jardin par une dizaine de marches et correspondent dans l'ordonnance du salon aux portes qui mènent l'une au billard et l'autre à la salle à manger. La cuisine, située à l'autre bout, communique à la salle à manger par une office. L'escalier sépare le billard de la cuisine, laquelle avait une porte sur le péristyle, que Mlle des Touches fit aussitôt condamner en en ouvrant une autre sur la cour. La hauteur d'étage, la grandeur des pièces ont permis à Camille de déployer une noble simplicité dans ce rez-de-chaussée. Elle s'est bien gardée d'y mettre des choses précieuses. Le salon, entièrement peint en gris, est meublé d'un vieux meuble en acajou et en soie verte, des rideaux de calicot blanc avec une bordure verte aux fenêtres, deux consoles, une table ronde; au milieu, un tapis à grands carreaux; sur la vaste cheminée à glace énorme, une pendule qui représentait le char du soleil, entre deux candélabres de style impérial. Le billard a des rideaux de calicot gris avec des bordures vertes et deux divans. Le meuble de la salle à manger se compose de quatre grands buffets d'acajou, d'une table, de douze chaises d'acajou garnies en étoffes de crin, et de magnifiques gravures d'Audran[93] encadrées dans des cadres en acajou. Au milieu du plafond descend une lanterne élégante comme il y en avait dans les escaliers des grands hôtels et où il tient deux lampes. Tous les plafonds, à solives saillantes, ont été peints en couleur de bois. Le vieil escalier, qui est en bois à gros balustres, a, depuis le haut jusqu'en bas, un tapis vert.

Le premier étage avait deux appartements séparés par l'escalier. Elle a pris pour elle celui qui a vue sur les marais, sur la mer, sur les dunes, et l'a distribué en un petit salon, une grande chambre à coucher, deux cabinets, l'un pour la toilette, l'autre pour le travail. Dans l'autre partie de la maison, elle a trouvé de quoi faire deux logements ayant chacun une antichambre et un cabinet. Les domestiques ont leurs chambres dans les combles. Les deux appartements à donner n'ont eu d'abord que le strict nécessaire. Le luxe artistique qu'elle avait demandé à Paris fut réservé pour son appartement. Elle voulut avoir dans cette sombre et mélancolique habitation, devant ce sombre et mélancolique paysage, les créations les plus fantasques de l'art. Son petit salon est tendu de belles tapisseries des Gobelins, encadrées des plus merveilleux cadres sculptés. Aux fenêtres se drapent les étoffes les plus lourdes du vieux temps, un magnifique brocart à doubles reflets, or et rouge, jaune et vert, qui foisonne en plis vigoureux, orné de franges royales, de glands dignes des plus splendides dais de l'église. Ce salon est rempli par un bahut que lui trouva son homme d'affaires et qui vaut aujourd'hui sept ou huit mille francs, par une table en ébène sculpté, par un secrétaire aux mille tiroirs, incrusté d'arabesques en ivoire, et venu de Venise, enfin par les plus beaux meubles gothiques. Il s'y trouve des tableaux, des statuettes, tout ce qu'un peintre de ses amis put choisir de mieux chez les marchands de curiosités qui, en 1818, ne se doutaient pas du prix qu'acquerraient plus tard ces trésors. Elle a mis sur ses tables de beaux vases du Japon aux dessins fantasques. Le tapis est un tapis de Perse entré par les dunes en contrebande. Sa chambre est dans le goût du siècle de Louis XV et d'une parfaite exactitude. C'est bien le lit de bois sculpté, peint en blanc, à dossiers cintrés, surmontés d'Amours se jetant des fleurs, rembourrés, garnis de soie brochée, avec le ciel orné de quatre bouquets de plumes; la tenture en vraie perse[94], agencée avec des ganses de soie, des cordes et des nœuds; la garniture de cheminée en rocaille; la pendule d'or moulu, entre deux grands vases du premier bleu de Sèvres, montés en cuivre doré; la glace encadrée dans le même goût; la toilette Pompadour avec ses dentelles et sa glace; puis ces meubles si contournés, ces duchesses, cette chaise longue, ce petit canapé sec, la chauffeuse à dossier matelassé, le paravent de laque, les rideaux de soie pareille à celle du meuble, doublés de satin rose et drapés par des cordes à puits; le tapis de la Savonnerie; enfin toutes les choses élégantes, riches, somptueuses, délicates, au milieu desquelles

les jolies femmes du dix-huitième siècle faisaient l'amour. Le cabinet, entièrement moderne, oppose aux galanteries du siècle de Louis XV un charmant mobilier d'acajou : sa bibliothèque est pleine, il ressemble à un boudoir, il a un divan. Les charmantes futilités de la femme l'encombrent, y occupent le regard d'œuvres modernes : des livres à secret, des boîtes à mouchoirs et à gants, des abat-jour en lithophanies [95], des statuettes, des chinoiseries, des écritoires, un ou deux albums, des presse-papiers, enfin les innombrables colifichets à la mode. Les curieux y voient avec une surprise inquiète des pistolets, un narghilé, une cravache, un hamac, une pipe, un fusil de chasse, une blouse, du tabac, un sac de soldat, bizarre assemblage qui peint Félicité.

Toute grande âme, en venant là, sera saisie par les beautés spéciales du paysage qui déploie ses savanes après le parc, dernière végétation du continent. Ces tristes carrés d'eau saumâtre, divisés par les petits chemins blancs sur lesquels se promène le paludier, vêtu tout en blanc, pour ratisser, recueillir le sel et le mettre en *mulons* [96]; cet espace que les exhalaisons salines défendent aux oiseaux de traverser, en étouffant aussi tous les efforts de la botanique; ces sables où l'œil n'est consolé que par une petite herbe dure, persistante, à fleurs rosées, et par l'œillet des Chartreux; ce lac d'eau marine, le sable des dunes et la vue du Croisic, miniature de ville arrêtée comme Venise en pleine mer; enfin, l'immense océan qui borde les récifs en granit de ses franges écumeuses pour faire encore mieux ressortir leurs formes bizarres, ce spectacle élève la pensée tout en l'attristant, effet que produit à la longue le sublime, qui donne le regret de choses inconnues, entrevues par l'âme à des hauteurs désespérantes. Aussi ces sauvages harmonies ne conviennent-elles qu'aux grands esprits et aux grandes douleurs. Ce désert plein d'accidents, où parfois les rayons du soleil réfléchis par les eaux, par les sables, blanchissent le bourg de Batz, et ruissellent sur les toits du Croisic, en répandant un éclat impitoyable, occupait alors Camille des jours entiers. Elle se tournait rarement vers les délicieuses vues fraîches, vers les bosquets et les haies fleuries qui enveloppent Guérande, comme une mariée, de fleurs, de rubans, de voiles et de festons. Elle souffrait alors d'horribles douleurs inconnues.

Dès que Calyste vit poindre les girouettes des deux pignons au-dessus des ajoncs du grand chemin et les têtes tortues des pins, il trouva l'air plus léger, Guérande lui semblait une prison, sa vie était aux Touches. Qui ne comprendrait les attraits qui s'y trouvaient pour un jeune homme candide? L'amour pareil à celui de Chérubin [97], qui l'avait fait tomber aux pieds d'une personne qui devint une grande chose pour lui avant d'être une femme, devait survivre aux inexplicables refus de Félicité. Ce sentiment, qui est plus le besoin d'aimer que l'amour, n'avait pas échappé sans doute à la terrible analyse de Camille Maupin, et de là peut-être venait son refus, noblesse incomprise par Calyste. Puis là brillaient d'autant plus les merveilles de la civilisation moderne qu'elles contrastaient avec tout Guérande, où la pauvreté des du Guénic était une splendeur. Là se déployèrent aux regards ravis de ce jeune ignorant, qui ne connaissait que les genêts de la Bretagne et les bruyères de la Vendée, les richesses parisiennes d'un monde nouveau; de même qu'il y entendit un langage inconnu, sonore. Calyste écouta les accents poétiques de la plus belle musique, la surprenante musique du dix-neuvième siècle chez laquelle la mélodie et l'harmonie luttent à puissance égale, où le chant et l'instrumentation sont arrivés à des perfections inouïes. Il y vit les œuvres de la plus prodigue peinture, celle de l'école française, aujourd'hui héritière de l'Italie, de l'Espagne et des Flandres, où le talent est devenu si commun que tous les yeux, tous les cœurs fatigués de talent appellent à grands cris le génie. Il y lut ces œuvres d'imagination, ces étonnantes créations de la littérature moderne qui produisirent tout leur effet sur un cœur neuf. Enfin notre grand dix-neuvième siècle lui apparut avec ses magnificences collectives, sa critique, ses efforts de rénovation en tous genres, ses tentatives immenses et presque toutes à la mesure du géant qui berça dans ses drapeaux l'enfance de ce siècle, et lui chanta des hymnes accompagnés par la terrible basse du canon. Initié par Félicité à toutes ces grandeurs, qui peut-être échappent aux regards de ceux qui les mettent en scène et qui en sont les ouvriers, Calyste satisfaisait aux Touches le goût du merveilleux si puissant à son âge, et cette naïve admiration, le premier amour de l'adolescence, qui s'irrite tant de la critique. Il est si naturel que la flamme monte! Il écouta cette jolie moquerie parisienne, cette élégante satire qui lui révélèrent l'esprit français et réveillèrent en lui mille idées endormies par la douce torpeur de sa vie en famille. Pour lui, Mlle des Touches était la mère de son intelligence, une mère qu'il pouvait aimer sans crime. Elle était si bonne pour lui : une femme est toujours adorable pour un homme à qui elle inspire de l'amour, encore qu'elle ne paraisse pas le partager. En ce moment Félicité lui donnait des leçons de musique. Pour lui ces grands appartements du rez-de-chaussée encore étendus par les habiles dispositions des prairies et des massifs du parc, cette cage d'escalier meublée des chefs-d'œuvre de la patience italienne, de bois sculptés, de mosaïques vénitiennes et florentines, de bas-reliefs en ivoire, en marbre, de curiosités commandées par les fées du Moyen Age cet appartement intime, si coquet, si voluptueusement artiste, étaient vivifiés, animés par une lumière, un esprit, un air surnaturels, étranges, indéfinissables. Le monde moderne avec ses poésies s'opposait vivement au monde morne et patriarcal de Guérande en mettant deux systèmes en présence. D'un côté les mille effets de l'art, de l'autre l'unité de la sauvage Bretagne. Personne alors ne demandera pourquoi le pauvre enfant, ennuyé comme sa mère des finesses de la mouche, tressaillait toujours en entrant dans cette maison, en y sonnant, en en traversant la cour. Il est à remarquer que ces pressentiments n'agitent plus les hommes faits, rompus aux inconvénients de la vie, que rien ne surprend plus, et qui s'attendent à tout. En ouvrant la porte, Calyste entendit les sons du piano, il crut que Camille Maupin était au salon, mais, lorsqu'il entra au billard, la musique n'arriva plus à son oreille. Camille jouait sans doute sur le petit piano droit qui lui venait d'Angleterre rapporté par Conti et placé dans son salon d'en haut. En montant l'escalier où l'épais tapis étouffait entièrement le bruit des pas, Calyste alla de plus en plus lentement. Il reconnut quelque chose d'extraordinaire dans cette musique. Félicité jouait pour elle seule, elle s'entretenait avec elle-même. Au lieu d'entrer, le jeune homme s'assit sur un banc gothique garni de velours vert qui se trouvait le long du palier sous une fenêtre artistement encadrée de bois sculptés colorés en brou de noix et vernis. Rien de plus mystérieusement mélancolique que l'improvisation de Camille : vous eussiez dit d'une âme criant quelque *De profundis* à Dieu du fond de la tombe. Le jeune amant y reconnut la prière de l'amour au désespoir, la tendresse de la plainte soumise, les gémissements d'une affliction contenue. Camille avait étendu, varié, modifié l'introduction à la cavatine de *Grâce pour toi, grâce pour moi,* qui est presque tout le quatrième acte de *Robert-le-Diable*[98]. Elle chanta tout à coup ce morceau d'une manière déchirante et s'interrompit. Calyste entra et vit la raison de cette interruption. La pauvre Camille Maupin! la belle Félicité lui montra sans coquetterie un visage baigné de larmes, prit son mouchoir, les essuya, et lui dit simplement : « Bonjour. » Elle était ravissante dans sa toilette du matin. Elle avait sur la tête une de ces résilles en velours rouge alors à la mode et de laquelle s'échappaient ses luisantes grappes de cheveux noirs. Une redingote très courte lui formait une tunique grecque moderne qui laissait voir un pantalon de batiste à manchettes brodées et les plus jolies pantoufles turques, rouge et or.

« Qu'avez-vous ? lui dit Calyste.

— Il n'est pas revenu », répondit-elle en se tenant debout à la croisée et regardant les sables, le bras de mer et les marais.

Cette réponse expliquait sa toilette. Camille paraissait attendre Claude Vignon, elle était inquiète comme une femme qui fait des frais inutiles. Un homme de trente ans aurait vu cela, Calyste ne vit que la douleur de Camille.

« Vous êtes inquiète ? lui demanda-t-il.

— Oui », répondit-elle avec une mélancolie que cet enfant ne pouvait analyser.

Calyste sortit vivement.

« Hé bien, où allez-vous ?

— *Le* chercher, répondit-il.

— Cher enfant, dit-elle en le prenant par la main, le retenant auprès d'elle et lui jetant un de ces regards mouillés qui sont pour les jeunes âmes la plus belle des récompenses. Êtes-vous fou ? Où voulez-vous le trouver sur cette côte ?

— Je le trouverai.

— Votre mère aurait des angoisses mortelles. D'ailleurs restez. Allons, je le veux, dit-elle en le faisant asseoir sur le divan. Ne vous attendrissez pas sur moi. Les larmes que vous voyez sont de ces larmes qui nous plaisent. Il est en nous une faculté que n'ont point les hommes, celle de nous abandonner à notre nature nerveuse en poussant les sentiments à l'extrême. En nous figurant certaines situations et nous y laissant aller, nous arrivons ainsi aux pleurs, et quelquefois à des états graves, à des désordres. Nos fantaisies à nous ne sont pas des jeux de l'esprit, mais du cœur. Vous êtes venu fort à propos, la solitude ne me vaut rien. Je ne suis pas la dupe du désir qu'il a eu de visiter sans moi Le Croisic et ses roches, le bourg de Batz et ses sables, les marais salants. Je savais qu'il y mettrait plusieurs jours au lieu d'un. Il a voulu nous laisser seuls; il est jaloux, ou plutôt il joue la jalousie. Vous êtes jeune, vous êtes beau.

— Que ne me le disiez-vous! Faut-il ne plus venir? demanda Calyste en retenant mal une larme qui roula sur sa joue et qui toucha vivement Félicité.

— Vous êtes un ange! » s'écria-t-elle. Puis elle chanta gaiement le *Restez* de Mathilde dans *Guillaume Tell*[99], pour ôter toute gravité à cette magnifique réponse de la princesse à son sujet. « Il a voulu, reprit-elle, me faire croire ainsi à plus d'amour qu'il n'en a pour moi. Il sait tout le bien que je lui veux, dit-elle en regardant Calyste avec attention; mais il est humilié peut-être de se trouver inférieur à moi en ceci. Peut-être aussi lui est-il venu des soupçons sur vous et veut-il nous surprendre. Mais, quand il ne serait coupable que d'aller chercher les plaisirs de cette sauvage promenade sans moi, de ne m'avoir pas associée à ses courses, aux idées que lui inspireront ces spectacles, et de me donner de mortelles inquiétudes, n'est-ce pas assez? Je ne suis pas plus aimée par ce grand cerveau que je ne l'ai été par le musicien, par l'homme d'esprit, par le militaire. Sterne[100] a raison : les noms signifient quelque chose, et le mien est la plus sauvage raillerie. Je mourrai sans trouver chez un homme l'amour que j'ai dans le cœur, la poésie que j'ai dans l'âme. »

Elle demeura les bras pendants, la tête appuyée sur son coussin, les yeux stupides de réflexion, fixés sur une rosace de son tapis. Les douleurs des esprits supérieurs ont je ne sais quoi de grandiose et d'imposant, elles révèlent d'immenses étendues d'âme que la pensée du spectateur étend encore. Ces âmes partagent les privilèges de la royauté dont les affections tiennent à un peuple et qui frappent alors tout un monde.

« Pourquoi m'avez-vous... », dit Calyste qui ne put achever.

La belle main de Camille Maupin s'était posée brûlante sur la sienne et l'avait éloquemment interrompu.

« La nature a changé pour moi ses lois en m'accordant encore cinq à six ans de jeunesse. Je vous ai repoussé par égoïsme. Tôt ou tard l'âge nous aurait séparés. J'ai treize ans de plus que lui, c'est déjà bien assez.

— Vous serez encore belle à soixante ans, s'écria héroïquement Calyste.

— Dieu vous entende! répondit-elle en souriant. D'ailleurs, cher enfant, je veux l'aimer. Malgré son insensibilité, son manque d'imagination, sa lâche insouciance et l'envie qui le dévore, je crois qu'il y a des grandeurs sous ces haillons, j'espère galvaniser ce cœur, le sauver de lui-même, me l'attacher. Hélas! j'ai l'esprit clairvoyant et le cœur aveugle. »

Elle fut épouvantable de clarté sur elle-même. Elle souffrait et analysait sa souffrance, comme Cuvier, Dupuytren[101] expliquaient à leurs amis la marche fatale de leur maladie et le progrès que faisait en eux la mort. Camille Maupin se connaissait en passion aussi bien que ces deux savants se connaissaient en anatomie.

« Je suis venue ici pour le bien juger, il s'ennuie déjà. Paris lui manque, je le lui ai dit : il a la nostalgie de la critique, il n'a ni auteur à plumer, ni système à creuser, ni poète à désespérer, et n'ose se livrer ici à quelque débauche au sein de laquelle il pourrait déposer le fardeau de sa pensée. Hélas! mon amour n'est pas assez vrai, peut-être, pour lui détendre le cerveau. Je ne l'enivre pas, enfin! Grisez-vous ce soir avec lui, je me dirai malade et resterai dans ma chambre, je saurai si je ne me trompe point. »

Calyste devint rouge comme une cerise, rouge du menton au front, et ses oreilles se bordèrent de feu.

« Mon Dieu! s'écria-t-elle, et moi qui déprave sans y songer ton innocence de jeune fille! Pardonne-moi, Calyste. Quand tu aimeras, tu sauras qu'on est capable de mettre le feu à la Seine pour donner le moindre plaisir à l'*objet aimé*, comme disent les tireuses de cartes. » Elle fit une pause. « Il y a des natures superbes et conséquentes qui s'écrient à un certain âge : “ Si je recommençais la vie, je ferais de même! ” Moi qui ne me crois pas faible, je m'écrie : “ Je serais une femme comme votre mère, Calyste. ” Avoir un Calyste, quel bonheur! Eussé-je pris pour mari le plus sot des hommes, j'aurais été femme humble et soumise. Et cependant je n'ai pas commis de fautes envers la société, je n'ai fait de tort qu'à moi-même. Hélas! cher enfant, la femme ne peut pas plus aller seule dans la société que dans ce qu'on appelle l'état primitif. Les affections qui ne sont pas en harmonie avec les lois sociales ou naturelles, les affections qui ne sont pas obligées enfin, nous fuient. Souffrir pour souffrir, autant être utile. Que m'importent les enfants de mes cousines Faucombe qui ne sont plus Faucombe, que je n'ai pas vues depuis vingt ans, et qui d'ailleurs ont épousé des négociants ! Vous êtes un fils qui ne m'avez pas coûté les ennuis de la maternité, je vous laisserai ma fortune, et vous serez heureux, au moins de ce côté-là, par moi, cher trésor de beauté, de grâce que rien ne doit altérer ni flétrir... »

Après ces paroles dites d'un son de voix profond, elle déroula ses belles paupières pour ne pas laisser lire dans ses yeux.

« Vous n'avez rien voulu de moi, dit Calyste, je rendrais votre fortune à vos héritiers.

— Enfant ! dit Camille d'un son de voix profond en laissant rouler des larmes sur ses joues. Rien ne me sauvera-t-il donc de moi-même ?

— Vous avez une histoire à me dire et une lettre à me..., dit le généreux enfant pour faire diversion à ce chagrin ; mais il n'acheva pas, elle lui coupa la parole.

— Vous avez raison, il faut être honnête fille avant tout. Il était trop tard hier, mais il paraît que nous aurons bien du temps à nous aujourd'hui, dit-elle d'un ton à la fois plaisant et amer. Pour acquitter ma promesse, je vais me mettre de manière à plonger sur le chemin qui mène à la falaise. »

Calyste lui disposa dans cette direction un grand

fauteuil gothique et ouvrit la croisée à vitraux. Camille Maupin, qui partageait le goût oriental de l'illustre écrivain de son sexe[102], alla prendre un magnifique narghilé persan que lui avait donné un ambassadeur ; elle chargea la cheminée de patchouli, nettoya le *bochettino*, parfuma le tuyau de plume qu'elle y adaptait, et dont elle ne se servait jamais qu'une fois, mit le feu aux feuilles jaunes, plaça le vase à long col émaillé bleu et or de ce bel instrument de plaisir[103] à quelques pas d'elle, et sonna pour demander du thé.

« Si vous voulez des cigarettes ?... Ah ! j'oublie toujours que vous ne fumez pas. Une pureté comme la vôtre est si rare ! Il me semble que pour caresser le duvet satiné de vos joues il faut la main d'une Ève sortie des mains de Dieu. »

Calyste rougit et se posa sur un tabouret, il ne vit pas la profonde émotion qui fit rougir Camille.

« La personne de qui j'ai reçu cette lettre hier, et qui sera peut-être demain ici, est la marquise de Rochefide, dit Félicité. Après avoir marié sa fille aînée à un grand seigneur portugais établi pour toujours en France, le vieux Rochefide, dont la maison n'est pas aussi vieille que la vôtre, voulut apparenter son fils à la haute noblesse, afin de pouvoir lui faire avoir la pairie qu'il n'avait pu obtenir pour lui-même. La comtesse de Montcornet lui signala dans le département de l'Orne une Mlle Béatrix-Maximilienne-Rose de Casteran, fille cadette du marquis de Casteran, qui voulait marier ses deux filles sans dot, afin de réserver toute sa fortune au comte de Casteran, son fils. Les Casteran sont, à ce qu'il paraît, de la côte d'Adam.

Béatrix, née, élevée au château de Casteran, avait alors, le mariage s'est fait en 1828, une vingtaine d'années. Elle était remarquable par ce que vous autres provinciaux nommez originalité, et qui n'est simplement que de la supériorité dans les idées, de l'exaltation, un sentiment pour le beau, un certain entraînement pour les œuvres de l'art. Croyez-en une pauvre femme qui s'est laissée aller à ces pentes, il n'y a rien de plus dangereux pour une femme ; en les suivant, on arrive où vous me voyez, et où est arrivée la marquise... à des abîmes. Les hommes ont seuls le bâton avec lequel on se soutient le long de ces précipices, une force qui nous manque et qui fait de nous des monstres quand nous la possédons. Sa vieille grand-mère, la douairière de Casteran, lui vit avec plaisir épouser un homme auquel elle devait être supérieure en noblesse et en idées. Les Rochefide firent très bien les choses, Béatrix n'eut qu'à se louer d'eux ; de même que les Rochefide durent être satisfaits des Casteran, qui, liés aux Verneuil, aux d'Esgrignon, aux Troisville, obtinrent la pairie pour leur gendre dans cette dernière grande fournée de pairs que fit Charles X, et dont l'annulation a été prononcée par la révolution de Juillet. Rochefide est assez sot ; néanmoins il a commencé par avoir un fils ; et comme il a très fort assassiné sa femme de lui-même, elle en a eu bientôt assez. Les premiers jours du mariage sont un écueil pour les petits esprits comme pour les grands amours. En sa qualité de sot, Rochefide a pris l'ignorance de sa femme pour de la froideur, il a classé Béatrix parmi les femmes lymphatiques et froides, elle est blonde, et il est parti de là pour rester dans la plus entière sécurité, pour vivre en garçon, et pour compter sur la prétendue froideur de la marquise, sur sa fierté, sur son orgueil, sur une manière de vivre grandiose qui entoure de mille barrières une femme à Paris. Vous saurez ce que je veux dire quand vous visiterez cette ville. Ceux qui comptaient profiter de son insouciante tranquillité lui disaient : “ Vous êtes bien heureux : vous avez une femme froide, qui n'aura que des passions de tête ; elle est contente de briller, ses fantaisies sont purement artistiques ; sa jalousie, ses désirs seront satisfaits si elle se fait un salon où elle réunira tous les beaux esprits ; elle fera des débauches de musique, des orgies de littérature. ” Et le mari de gober ces plaisanteries par lesquelles à Paris on mystifie les niais. Cependant Rochefide n'est pas un sot ordinaire : il a de la vanité, de l'orgueil autant qu'un homme d'esprit, avec cette différence que les gens d'esprit se frottent de modestie et se font chats, ils vous caressent pour être caressés ; tandis que Rochefide a un bon gros amour-propre rouge et frais qui s'admire en public et sourit toujours. Sa vanité se vautre à l'écurie et se nourrit à grand bruit au râtelier en tirant son fourrage. Il a de ces défauts qui ne sont connus que des gens à même de les juger dans l'intimité, qui ne frappent que dans l'ombre et le mystère de la vie privée, tandis que dans le monde, et pour le monde, un homme paraît charmant. Rochefide devait être insupportable dès qu'il se croirait menacé dans ses foyers, car il a cette jalousie louche et mesquine, brutale quand elle est surprise, lâche pendant six mois, meurtrière le septième. Il croyait tromper sa femme et il la redoutait, deux causes de tyrannie, le jour où il s'apercevrait que la marquise lui faisait la charité de paraître indifférente à ses infidélités. Je vous analyse ce caractère afin d'expliquer la conduite de Béatrix. La marquise a eu pour moi la plus vive admiration, mais de l'admiration à la jalousie il n'y a qu'un pas. J'ai l'un des salons les plus remarquables de Paris, elle désirait s'en faire un, et tâchait de me prendre mon monde. Je ne sais pas garder ceux qui veulent me quitter. Elle a eu les gens superficiels qui sont amis de tout le monde par oisiveté, dont le but est de sortir d'un salon dès qu'ils y sont entrés ; mais elle n'a pas eu le temps de fonder une société. Dans ce temps-là je l'ai crue dévorée du désir d'une célébrité quelconque. Néanmoins elle a de la grandeur d'âme, une fierté royale, des idées, une facilité merveilleuse à concevoir et à comprendre tout ; elle parlera métaphysique et musique, théologie et peinture. Vous la verrez femme ce que nous l'avons vue jeune mariée ; mais il y a chez elle un peu d'affectation : elle a trop l'air de savoir les choses difficiles, le chinois ou l'hébreu, de se douter des hiéroglyphes ou de pouvoir expliquer les papyrus qui enveloppent les momies. Béatrix est une de ces blondes auprès desquelles la blonde Ève paraîtrait une négresse. Elle est mince et droite comme un cierge et blanche comme une hostie ; elle a une figure longue et pointue, un teint assez journalier, aujourd'hui couleur de percale, demain bis et taché sous la peau de mille points, comme si le sang avait charrié de la poussière pendant la nuit ; son front est magnifique, mais un peu trop audacieux ; ses prunelles sont vert de mer pâle et nagent dans le blanc sous des sourcils faibles, sous des paupières paresseuses. Elle a souvent les yeux cernés. Son nez, qui décrit un quart de cercle, est pincé des narines et plein de finesse, mais impertinent. Elle a la bouche autrichienne, la lèvre supérieure est plus forte que l'inférieure qui tombe d'une façon dédaigneuse. Ses joues pâles ne se colorent que par une émotion très vive. Son menton est assez gras ; le mien n'est pas mince, et peut-être ai-je tort de vous dire que les femmes à menton gras sont exigeantes en amour. Elle a une des plus belles tailles que j'aie vues, un dos d'une étincelante blancheur, autrefois très plat et qui maintenant s'est, dit-on, développé, rembourré ; mais le corsage n'a pas été aussi heureux que les épaules, les bras sont restés maigres. Elle a d'ailleurs une tournure et des manières dégagées qui rachètent ce qu'elle peut avoir de défectueux, et mettent admirablement en relief ses beautés. La nature lui a donné cet air de princesse qui ne s'acquiert point, qui lui sied et révèle soudain la femme noble, en harmonie d'ailleurs avec des hanches grêles, mais du plus délicieux contour, avec le plus joli pied du monde, avec cette abondante chevelure d'ange que le pinceau de Girodet [104] a tant cultivée, et qui ressemble à des flots de lumière. Sans être irréprochablement belle ni jolie, elle produit, quand elle le veut, des impressions ineffaçables. Elle n'a qu'à se mettre en velours cerise, avec des bouillons de dentelles, à se coiffer de roses rouges, elle est divine. Si, par un artifice quelconque, elle pouvait porter le costume du temps où les femmes avaient des corsets pointus à échelles de rubans s'élançant minces et frêles de l'ampleur étoffée des jupes en brocart à plis soutenus et puissants, où elles s'entouraient de fraises goudronnées, cachaient leurs bras dans des manches à crevés, à sabots de dentelles d'où la main sortait comme le pistil d'un calice[105], et qu'elles rejetaient les mille boucles de leur chevelure au-delà d'un chignon ficelé de pierreries, Béatrix lutterait avantageusement avec les beautés idéales que vous voyez vêtues ainsi. »

Félicité montrait à Calyste une belle copie du tableau de Miéris, où se voit une femme en satin blanc[106], debout, tenant un papier et chantant avec un seigneur brabançon, pendant qu'un nègre verse dans un verre à patte du vieux vin d'Espagne, et qu'une vieille femme de charge arrange des biscuits.

« Les blondes, reprit-elle, ont sur nous autres femmes brunes l'avantage d'une précieuse diversité : il y a cent manières d'être blonde, et il n'y en a qu'une d'être brune. Les blondes sont plus femmes que nous, nous ressemblons trop aux hommes, nous autres brunes françaises. Eh bien, dit-elle, n'allez-vous pas tomber amoureux de Béatrix sur le portrait que je vous en fais, absolument comme je ne sais quel prince des *Mille et Un Jours*[107] ? Tu arriverais encore trop tard, mon pauvre enfant. Mais, console-toi. Là c'est au premier venu les os ! »

Ces paroles furent dites avec intention. L'admiration peinte sur le visage du jeune homme était plus excitée par la peinture que par le peintre dont le *faire* manquait son but.

« Malgré son état de blonde, continua-t-elle,

Béatrix n'a pas la finesse de sa couleur; elle a de la sévérité dans les lignes, elle est élégante et dure; elle a la figure d'un dessin sec, et l'on dirait que dans son âme il y a des ardeurs méridionales. C'est un ange qui flambe et se dessèche. Enfin ses yeux ont soif. Ce qu'elle a de mieux est la face; de profil, sa figure a l'air d'avoir été prise entre deux portes. Vous verrez si je me suis trompée. Voici ce qui nous a rendues amies intimes. Pendant trois ans, de 1828 à 1831, Béatrix, en jouissant des dernières fêtes de la Restauration, en voyageant à travers les salons, en allant à la cour, en ornant les bals costumés de l'Élysée-Bourbon, jugeait les hommes, les choses, les événements et la vie de toute la hauteur de sa pensée. Elle eut l'esprit occupé. Ce premier moment d'étourdissement causé par le monde empêcha son cœur de se réveiller, et il fut encore engourdi par les premières malices du mariage : l'enfant, les couches, et ce trafic de maternité que je n'aime point. Je ne suis point femme de ce côté-là. Les enfants me sont insupportables, ils donnent mille chagrins et des inquiétudes constantes. Aussi trouvé-je qu'un des grands bénéfices de la société moderne, et dont nous avons été privées par cet hypocrite de Jean-Jacques, était de nous laisser libres d'être ou de ne pas être mères. Si je ne suis pas seule à penser ainsi, je suis seule à le dire. Béatrix alla de 1830 à 1831 passer la tourmente à la terre de son mari et s'y ennuya comme un saint dans sa stalle au paradis. A son retour à Paris, la marquise jugea peut-être avec justesse que la révolution, en apparence purement politique aux yeux de certaines gens, allait être une révolution morale. Le monde auquel elle appartenait, n'ayant pu se reconstituer pendant le triomphe inespéré des quinze années de la Restauration, s'en irait en miettes sous les coups de bélier mis en œuvre par la bourgeoisie. Cette grande parole de M. Lainé[108] : Les rois s'en vont! elle l'avait entendue. Cette opinion, je le crois, n'a pas été sans influence sur sa conduite. Elle prit une part intellectuelle aux nouvelles doctrines qui pullulèrent durant trois ans, après Juillet, comme des moucherons au soleil, et qui ravagèrent plusieurs têtes femelles ; mais comme tous les nobles, en trouvant ces nouveautés superbes, elle voulait sauver la noblesse. Ne voyant plus de place pour les supériorités personnelles, voyant la haute noblesse recommencer l'opposition muette qu'elle avait faite à Napoléon, ce qui était son seul rôle sous l'empire de l'action et des faits, mais ce qui, dans une époque morale, équivaut à donner sa démission, elle préféra le bonheur à ce mutisme. Quand nous respirâmes un peu, la marquise trouva chez moi l'homme avec qui je croyais finir ma vie, Gennaro Conti, le grand compositeur, d'origine napolitaine, mais né à Marseille. Conti a beaucoup d'esprit, il a du talent comme compositeur, quoiqu'il ne puisse jamais arriver au premier rang. Sans Meyerbeer et Rossini, peut-être eût-il passé pour un homme de génie. Il a sur eux un avantage, il est en musique vocale ce qu'est Paganini sur le violon, Liszt sur le piano, Taglioni dans la danse, et ce qu'était enfin le fameux Garat[109], qu'il rappelle à ceux qui l'ont entendu. Ce n'est pas une voix, mon ami, c'est une âme. Quand ce chant répond à certaines idées, à des dispositions difficiles à peindre et dans lesquelles se trouve parfois une femme, elle est perdue en entendant Gennaro. La marquise conçut pour lui la plus folle passion et me l'enleva. Le trait est excessivement provincial, mais de bonne guerre. Elle conquit mon estime et mon amitié par la manière dont elle s'y prit avec moi. Je lui paraissais femme à défendre mon bien, elle ne savait pas que pour moi la chose au monde la plus ridicule dans cette position est l'objet même de la lutte. Elle vint chez moi. Cette femme si fière était tant éprise qu'elle me livra son secret et me rendit l'arbitre de sa destinée. Elle fut adorable : elle resta femme et marquise à mes yeux. Je vous dirai, mon ami, que les femmes sont parfois mauvaises; mais elles ont des grandeurs secrètes que jamais les hommes ne sauront apprécier. Ainsi, comme je puis faire mon testament de femme au bord de la vieillesse qui m'attend, je vous dirai que j'étais fidèle à Conti, que je l'eusse été jusqu'à la mort, et que cependant je le connaissais. C'est une nature charmante en apparence, et détestable au fond. Il est charlatan dans les choses du cœur. Il se rencontre des hommes, comme Nathan de qui je vous ai déjà parlé, qui sont charlatans d'extérieur et de bonne foi. Ces hommes se mentent à eux-mêmes. Montés sur leurs échasses, ils croient être sur leurs pieds, et font leurs jongleries avec une sorte d'innocence; leur vanité est dans leur sang; ils sont nés comédiens, vantards, extravagants de forme comme un vase chinois; ils riront peut-être d'eux-mêmes. Leur personnalité est d'ailleurs généreuse, et, comme l'éclat des vêtements royaux de Murat, elle attire le danger. Mais la fourberie de Conti ne sera jamais connue que de sa maîtresse. Il a dans son art la célèbre jalousie italienne qui porta le Carlone à assassiner Piola, qui valut un coup de stylet à Paësiello[110]. Cette envie terrible est cachée sous la camaraderie la plus gracieuse. Conti n'a pas le courage de son vice, il sourit à Meyerbeer et le complimente quand il voudrait le déchirer. Il sent sa faiblesse et se donne les apparences de la force; puis il est d'une vanité qui lui fait jouer les sentiments les plus éloignés de son cœur. Il se donne pour un artiste qui reçoit ses inspirations du ciel. Pour lui l'art est quelque chose de saint et de sacré. Il est fanatique, il est sublime de moquerie avec les gens du monde; il est d'une éloquence qui semble partir d'une conviction profonde. C'est un voyant, un démon, un dieu, un ange. Enfin, quoique prévenu, Calyste, vous serez sa dupe. Cet homme méridional, cet artiste bouillant est froid comme une corde à puits. Écoutez-le : l'artiste est un missionnaire, l'art est une religion qui a ses prêtres et doit avoir ses martyrs. Une fois parti, Gennaro arrive au pathos le plus échevelé que jamais professeur de philosophie allemande[111] ait dégurgité à son auditoire. Vous admirez ses convictions, il ne croit à rien. En vous enlevant au ciel par un chant qui semble un fluide mystérieux et qui verse l'amour, il jette sur vous un regard extatique; mais il surveille votre admiration, il se demande : Suis-je bien un dieu pour eux? Au même moment parfois il se dit en lui-même : J'ai mangé trop de macaroni. Vous vous croyez aimée, il vous hait, et vous ne savez pourquoi; mais je le savais, moi : il avait vu la veille une femme, il l'aimait par caprice; et m'insultait de quelque faux amour, de caresses hypocrites, en me faisant payer cher sa fidélité forcée. Enfin il est insatiable d'applaudissements, il singe tout et se joue de tout; il feint la joie aussi bien que la douleur; mais il réussit admirablement. Il plaît, on l'aime, il peut être admiré quand il le veut. Je l'ai laissé haïssant sa voix, il lui devait plus de succès qu'à son talent de compositeur; et il préfère être homme de génie comme Rossini à être un exécutant de la force de Rubini [112]. J'avais fait la faute de m'attacher à lui, j'étais résignée à parer cette idole jusqu'au bout. Conti, comme beaucoup d'artistes, est friand; il aime ses aises, ses jouissances; il est coquet, recherché, bien mis; eh bien, je flattais toutes ses passions, j'aimais cette nature faible et astucieuse. J'étais enviée, et je souriais parfois de pitié. J'estimais son courage; il est brave, et la bravoure est, dit-on, la seule vertu qui n'ait pas d'hypocrisie. En voyage, dans une circonstance, je l'ai vu à l'épreuve : il a su risquer une vie qu'il aime; mais, chose étrange! à Paris, je lui ai vu commettre ce que je nomme des lâchetés de pensée. Mon ami, je savais toutes ces choses. Je dis à la pauvre marquise : " Vous ne savez dans quel abîme vous mettez le pied. Vous êtes le Persée d'une pauvre Andromède, vous me délivrez de mon rocher. S'il vous aime, tant mieux! mais j'en doute, il n'aime que lui. " Gennaro fut au septième ciel de l'orgueil. Je n'étais pas marquise, je ne suis pas née Casteran, je fus oubliée en un jour. Je me donnai le sauvage plaisir d'aller au fond de cette nature. Sûre du dénouement, je voulus observer les détours que ferait Conti. Mon pauvre enfant, je vis en une semaine des horreurs de sentiment, des pantalonnades infâmes. Je ne veux rien vous en dire, vous verrez cet homme ici. Seulement, comme il sait que je le connais, il me hait aujourd'hui. S'il pouvait me poignarder avec quelque sécurité, je n'existerais pas deux secondes. Je n'ai jamais dit un mot à Béatrix. La dernière et constante insulte de Gennaro est de croire que je suis capable de communiquer mon triste savoir à la marquise. Il est devenu sans cesse inquiet, rêveur ; car il ne croit aux bons sentiments de personne. Il joue encore avec moi le personnage d'un homme malheureux de m'avoir quittée. Vous trouverez en lui les cordialités les plus pénétrantes ; il est caressant, il est chevaleresque. Pour lui, toute femme est une madone. Il faut vivre longtemps avec lui pour avoir le secret de cette fausse bonhomie et connaître le stylet invisible de ses mystifications. Son air convaincu tromperait Dieu. Aussi serez-vous enlacé par ses manières chattes et ne croirez-vous jamais à la profonde et rapide arithmétique de sa pensée intime. Laissons-le. Je poussai l'indifférence jusqu'à les recevoir chez moi. Cette circonstance fit que le monde le plus perspicace, le monde parisien, ne sut rien de cette intrigue. Quoique Gennaro fût ivre d'orgueil, il avait besoin sans doute de se poser devant Béatrix : il fut d'une admirable dissimulation. Il me surprit, je m'attendais à le voir demandant un éclat. Ce fut la marquise qui se compromit après un an de bonheur soumis à toutes les vicissitudes, à tous les hasards de la vie parisienne. Elle n'avait pas vu Gennaro depuis plusieurs jours, et je l'avais invité à dîner chez moi, où elle devait venir dans la soirée. Rochefide ne se doutait de rien; mais Béatrix connaissait si bien son mari, qu'elle aurait préféré, me disait-elle souvent, les plus grandes misères à la vie qui l'attendait auprès de cet homme dans le cas où il aurait le droit de la mépriser ou de la tourmenter. J'avais choisi le jour de la soirée de notre amie la comtesse de Montcornet. Après avoir vu le café servi à son mari, Béatrix quitta le salon pour aller s'habiller, quoiqu'elle ne commençât jamais sa toilette de si bonne heure. “ Votre coiffeur n'est pas venu, lui fit observer Rochefide quand il sut le motif de la retraite de sa femme. — Thérèse me coiffera, répondit-elle. — Mais où allez-vous donc? vous n'allez pas chez Mme de Montcornet à huit heures. — Non, dit-elle, mais j'entendrai le premier acte aux Italiens. ” L'interrogant bailli du *Huron* dans Voltaire est un muet en comparaison des maris oisifs. Béatrix s'enfuit pour ne pas être questionnée davantage, et n'entendit pas son mari qui lui répondait : “ Eh bien, nous irons ensemble. ” Il n'y mettait aucune malice, il n'avait aucune raison de soupçonner sa femme, elle avait tant de liberté! Il s'efforçait de ne la gêner en rien, il y mettait de l'amour-propre. La conduite de Béatrix n'offrait d'ailleurs pas la moindre prise à la critique la plus sévère. Le marquis comptait aller je ne sais où, chez sa maîtresse peut-être! Il s'était habillé avant le dîner, il n'avait qu'à prendre ses gants et son chapeau, lorsqu'il entendit rouler la voiture de sa femme dans la cour sous la marquise du perron. Il passa chez elle et la trouva prête, mais dans le dernier étonnement de le voir. “ Où allez-vous? lui demanda-t-elle. — Ne vous ai-je pas dit que je vous accompagnais aux Italiens? ” La marquise réprima les mouvements extérieurs d’une violente contrariété; mais ses joues prirent une teinte de rose vif, comme si elle eût mis du rouge. “ Eh bien, partons ”, dit-elle. Rochefide la suivit sans prendre garde à l’émotion trahie par la voix de sa femme, que dévorait la colère la plus concentrée. “ Aux Italiens? dit le mari. — Non, s’écria Béatrix, chez Mlle des Touches. J’ai quelques mots à lui dire ”, reprit-elle quand la portière fut fermée. La voiture partit. “ Mais, si vous le vouliez, reprit Béatrix, je vous conduirais d’abord aux Italiens, et j’irais chez elle après. — Non, répondit le marquis, si vous n’avez que quelques mots à lui dire, j’attendrai dans la voiture; il est sept heures et demie. ” Si Béatrix avait dit à son mari : “ Allez aux Italiens et laissez-moi tranquille ”, il aurait paisiblement obéi. Comme toute femme d’esprit, elle eut peur d’éveiller ses soupçons en se sentant coupable, et se résigna. Quand elle voulut quitter les Italiens pour venir chez moi, son mari l’accompagna. Elle entra rouge de colère et d’impatience. Elle vint à moi et me dit à l’oreille de l’air le plus tranquille du monde : “ Ma chère Félicité, je partirai demain soir avec Conti pour l’Italie, priez-le de faire ses préparatifs et d’être avec une voiture et un passeport ici. ” Elle partit avec son mari. Les passions violentes veulent à tout prix leur liberté. Béatrix souffrait depuis un an de sa contrainte et de la rareté de ses rendez-vous, elle se regardait comme unie à Gennaro. Ainsi rien ne me surprit. A sa place, avec mon caractère, j'eusse agi de même. Elle se résolut à cet éclat en se voyant contrariée de la manière la plus innocente. Elle prévint le malheur par un malheur plus grand. Conti fut d'un bonheur qui me navra, sa vanité seule était en jeu. " C'est être aimé, cela! me dit-il au milieu de ses transports. Combien peu de femmes sauraient perdre ainsi toute leur vie, leur fortune, leur considération! — Oui, elle vous aime, lui dis-je, mais vous ne l'aimez pas! " Il devint furieux et me fit une scène : il pérora, me querella, me peignit son amour en disant qu'il n'avait jamais cru qu'il lui serait possible d'aimer autant. Je fus impassible et lui prêtai l'argent dont il pouvait avoir besoin pour ce voyage qui le prenait au dépourvu. Béatrix laissa pour Rochefide une lettre, et partit le lendemain soir en Italie. Elle y est restée deux ans; elle m'a plusieurs fois écrit, ses lettres sont ravissantes d'amitié; la pauvre enfant s'est attachée à moi comme à la seule femme qui la comprenne. Elle m'adore, dit-elle. Le besoin d'argent a fait faire un opéra français à Gennaro, qui n'a pas trouvé en Italie les ressources pécuniaires qu'ont les compositeurs à Paris. Voici la lettre de Béatrix, vous pourrez maintenant la comprendre, si à votre âge on peut analyser déjà les choses du cœur », dit-elle en lui tendant la lettre.

En ce moment Claude Vignon entra. Cette apparition inattendue rendit pendant un moment Calyste et Félicité silencieux, elle par surprise, lui par inquiétude vague. Le front immense, haut et large de ce jeune homme chauve à trente-sept ans semblait obscurci de nuages. Sa bouche ferme et judicieuse exprimait une froide ironie. Claude Vignon est imposant[113], malgré les dégradations précoces d'un visage autrefois magnifique et devenu livide. Entre dix-huit et vingt-cinq ans, il a ressemblé presque au divin Raphaël ; mais son nez, ce trait de la face humaine qui change le plus, s'est taillé en pointe ; mais sa physionomie s'est tassée pour ainsi dire sous de mystérieuses dépressions, les contours ont acquis une plénitude d'une mauvaise couleur, les tons de plomb dominent dans le teint fatigué, sans qu'on connaisse les fatigues de ce jeune homme, vieilli peut-être par une amère solitude et par les abus de la compréhension. Il scrute la pensée d'autrui, sans but ni système, le pic de sa critique démolit toujours et ne construit rien. Ainsi sa lassitude est celle du manœuvre, et non celle de l'architecte. Les yeux d'un bleu pâle, brillants jadis, ont été voilés par des peines inconnues, ou ternis par une tristesse morne. La débauche a estompé le dessus des sourcils d'une teinte noirâtre. Les tempes ont perdu de leur fraîcheur. Le menton, d'une incomparable distinction, s'est doublé sans noblesse. Sa voix, déjà peu sonore, a faibli ; sans être ni éteinte ni enrouée, elle est entre l'enrouement et l'extinction. L'impassibilité de cette belle tête, la fixité de ce regard couvrent une irrésolution, une faiblesse que trahit un sourire spirituel et moqueur. Cette faiblesse frappe sur l'action et non sur la pensée : il y a les traces d'une compréhension encyclopédique sur ce front, dans les habitudes de ce visage enfantin et superbe à la fois. Il est un détail qui peut expliquer les bizarreries du caractère. L'homme est d'une haute taille, légèrement voûté déjà, comme tous ceux qui portent un monde d'idées. Jamais ces grands longs corps n'ont été remarquables par une énergie continue, par une activité créatrice. Charlemagne, Narsès, Bélisaire [114] et Constantin sont, en ce genre, des exceptions excessivement remarquées. Certes, Claude Vignon offre des mystères à deviner. D'abord il est très simple et très fin tout ensemble. Quoiqu'il tombe avec la facilité d'une courtisane dans les excès, sa pensée demeure inaltérable. Cette intelligence, qui peut critiquer les arts, la science, la littérature, la politique, est inhabile à gouverner la vie extérieure. Claude se contemple dans l'étendue de son royaume intellectuel et abandonne sa forme avec une insouciance diogénique. Satisfait de tout pénétrer, de tout comprendre, il méprise les matérialités; mais, atteint par le doute dès qu'il s'agit de créer, il voit les obstacles sans être ravi des beautés, et, à force de discuter les moyens, il demeure les bras pendants, sans résultat. C'est le Turc de l'intelligence endormi par la méditation. La critique est son opium, et son harem de livres faits l'a dégoûté de toute œuvre à faire. Indifférent aux plus petites comme aux plus grandes choses, il est obligé, par le poids même de sa tête, de tomber dans la débauche pour abdiquer pendant quelques instants le fatal pouvoir de son omnipotente analyse. Il est trop préoccupé par l'envers du génie, et vous pouvez maintenant concevoir que Camille Maupin essayât de le mettre à l'endroit. Cette tâche était séduisante. Claude Vignon se croyait aussi grand politique que grand écrivain; mais ce Machiavel inédit se rit en lui-même des ambitieux, il sait tout ce qu'il peut, il prend instinctivement mesure de son avenir sur ses facultés, il se voit grand, il regarde les obstacles, pénètre la sottise des parvenus, s'effraie ou se dégoûte, et laisse le temps s'écouler sans se mettre à l'œuvre. Comme Étienne Lousteau le feuilletoniste, comme Nathan le célèbre auteur dramatique, comme Blondet, autre journaliste, il est sorti du sein de la bourgeoisie, à laquelle on doit la plupart des grands écrivains.

« Par où donc êtes-vous venu? lui dit Mlle des Touches surprise et rougissant de bonheur ou de surprise.

— Par la porte, dit sèchement Claude Vignon.

— Mais, s'écria-t-elle en haussant les épaules, je sais bien que vous n'êtes pas homme à entrer par une fenêtre.

— L'escalade est une espèce de croix d'honneur pour les femmes aimées.

— Assez, dit Félicité.

— Je vous dérange? dit Claude Vignon.

— Monsieur, dit le naïf Calyste, cette lettre...

— Gardez-la, je ne demande rien, *à nos âges ces choses-là se comprennent,* dit-il d'un air moqueur en interrompant Calyste.

— Mais, monsieur..., dit Calyste indigné.

— Calmez-vous, jeune homme, je suis d'une indulgence excessive pour les sentiments.

— Mon cher Calyste..., dit Camille en voulant parler.

— Cher? dit Vignon qui l'interrompit.

— Claude plaisante, dit Camille en continuant de parler à Calyste, il a tort avec vous qui ne connaissez rien aux mystifications parisiennes.

— Je ne savais pas être plaisant, répliqua Vignon d'un air grave.

— Par quel chemin êtes-vous venu? voilà deux heures que je ne cesse de regarder dans la direction du Croisic.

— Vous ne regardiez pas toujours, répondit Vignon.

— Vous êtes insupportable dans vos railleries.

— Je raille? »

Calyste se leva.

« Vous n'êtes pas assez mal ici pour vous en aller, lui dit Vignon.

— Au contraire, dit le bouillant jeune homme à qui Camille Maupin tendit sa main qu'il baisa, au lieu de la serrer, en y laissant une larme brûlante.

— Je voudrais être ce petit jeune homme, dit le critique en s'asseyant et prenant le bout du houka. Comme il aimera!

— Trop, car alors il ne sera pas aimé, dit Mlle des Touches. Mme de Rochefide arrive ici.

— Bon! fit Claude, avec Conti?

— Elle y restera seule, mais il l'accompagne.

— Il y a de la brouille?

— Non.

— Jouez-moi une sonate de Beethoven, je ne connais rien de la musique qu'il a écrite pour le piano. »

Claude se mit à charger de tabac turc la cheminée du houka, en examinant Camille beaucoup plus qu'elle ne le croyait; une pensée horrible l'occupait, il se croyait pris pour dupe par une femme de bonne foi. Cette situation était neuve.

Calyste en s'en allant ne pensait plus à Béatrix de Rochefide ni à sa lettre, il était furieux contre Claude Vignon, il se courrouçait de ce qu'il prenait pour de l'indélicatesse, il plaignait la pauvre Félicité. Comment être aimé de cette sublime femme et ne pas l'adorer à genoux, ne pas la croire sur la foi d'un regard ou d'un sourire? Après avoir été le témoin privilégié des douleurs que causait l'attente à Félicité, l'avoir vue tournant la tête vers Le Croisic, il s'était senti l'envie de déchirer ce spectre pâle et froid; ignorant, comme le lui avait dit Félicité, les mystifications de pensée auxquelles excellent les railleurs de la Presse. Pour lui, l'amour était une religion humaine. En l'apercevant dans la cour, sa mère ne put retenir une exclamation de joie, et aussitôt la vieille Mlle du Guénic siffla Mariotte.

« Mariotte, voici l'enfant, mets la lubine.

— Je l'ai vu, mademoiselle », répondit la cuisinière.

La mère, un peu inquiète de la tristesse qui siégeait sur le front de Calyste, sans se douter qu'elle était causée par le prétendu mauvais traitement de Vignon envers Félicité, se mit à sa tapisserie. La vieille tante prit son tricot. Le baron donna son fauteuil à son fils, et se promena dans la salle comme pour se dérouiller les jambes avant d'aller faire un tour au jardin. Jamais tableau flamand ou hollandais n'a représenté d'intérieur d'un ton si brun, meublé de figures si harmonieusement suaves. Ce beau jeune homme vêtu de velours noir, cette mère encore si belle et les deux vieillards encadrés dans cette salle antique, exprimaient les plus touchantes harmonies domestiques. Fanny aurait bien voulu questionner Calyste, mais il avait tiré de sa poche cette lettre de Béatrix, qui peut-être allait détruire tout le bonheur dont jouissait cette noble famille. En la dépliant, la vive imagination de Calyste lui montra la marquise vêtue comme la lui avait fantastiquement dépeinte Camille Maupin.

LETTRE DE BÉATRIX À FÉLICITÉ

Gênes, le 2 juillet.

« Je ne vous ai pas écrit depuis notre séjour à Florence, chère amie; mais Venise et Rome ont absorbé mon temps, et vous le savez, le bonheur tient de la place dans la vie. Nous n'en sommes ni l'une ni l'autre à une lettre de plus ou de moins. Je suis un peu fatiguée. J'ai voulu tout voir, et quand on n'a pas l'âme facile à blaser, la répétition des jouissances cause de la lassitude. Notre ami a eu de beaux triomphes à la Scala, à la Fenice, et ces jours derniers à Saint-Charles [115]. Trois opéras italiens en dix-huit mois! vous ne direz pas que l'amour le rend paresseux. Nous avons été partout accueillis à merveille, mais j'eusse préféré le silence et la solitude. N'est-ce pas la seule manière d'être qui convienne à des femmes en opposition directe avec le monde? Je croyais qu'il en serait ainsi. L'amour, ma chère, est un maître plus exigeant que le mariage; mais il est si doux de lui obéir! Après avoir fait de l'amour toute ma vie, je ne savais pas qu'il faudrait revoir le monde, même par échappées, et les soins dont on m'y a entourée étaient autant de blessures. Je n'y étais plus sur un pied d'égalité avec les femmes les plus élevées. Plus on me marquait d'égards, plus on étendait mon infériorité. Gennaro n'a pas compris ces finesses ; mais il était si heureux que j'aurais eu mauvaise grâce à ne pas immoler de petites vanités à une aussi grande chose que la vie d'un artiste. Nous ne vivons que par l'amour ; tandis que les hommes vivent par l'amour et par l'action, autrement ils ne seraient pas hommes. Cependant il existe pour nous autres femmes de grands désavantages dans la position où je me suis mise, et vous les aviez évités : vous étiez restée grande en face du monde, qui n'avait aucun droit sur vous ; vous aviez votre libre arbitre, et je n'ai plus le mien. Je ne parle de ceci que relativement aux choses du cœur, et non aux choses sociales desquelles j'ai fait un entier sacrifice. Vous pouviez être coquette et volontaire, avoir toutes les grâces de la femme qui aime et peut tout accorder ou tout refuser à son gré ; vous aviez conservé le privilège des caprices, même dans l'intérêt de votre amour et de l'homme qui vous plaisait. Enfin, aujourd'hui, vous avez encore votre propre aveu ; moi, je n'ai plus la liberté du cœur, que je trouve toujours délicieuse à exercer en amour, même quand la passion est éternelle. Je n'ai pas ce droit de quereller en riant, auquel nous tenons tant et avec tant de raison : n'est-ce pas la sonde avec laquelle nous interrogeons le cœur ? Je n'ai pas une menace à faire, je dois tirer tous mes attraits d'une obéissance et d'une douceur illimitées, je dois imposer par la grandeur de mon amour; j'aimerais mieux mourir que de quitter Gennaro, car mon pardon est dans la sainteté de ma passion. Entre la dignité sociale et ma petite dignité, qui est un secret pour ma conscience, je n'ai pas hésité. Si j'ai quelques mélancolies semblables à ces nuages qui passent sur les cieux les plus purs et auxquelles nous autres femmes nous aimons à nous livrer, je les tais, elles ressembleraient à des regrets. Mon Dieu, j'ai si bien aperçu l'étendue de mes obligations, que je me suis armée d'une indulgence entière; mais jusqu'à présent Gennaro n'a pas effarouché ma si susceptible jalousie. Enfin, je n'aperçois point par où ce cher beau génie pourrait faillir. Je ressemble un peu, chère [116] ange, à ces dévots qui discutent avec leur Dieu, car n'est-ce pas à vous que je dois mon bonheur? Aussi ne pouvez-vous douter que je pense souvent à vous. J'ai vu l'Italie, enfin! comme vous l'avez vue, comme on doit la voir, éclairée dans notre âme par l'amour, comme elle l'est par son beau soleil et par ses chefs-d'œuvre. Je plains ceux qui sont incessamment remués par les adorations qu'elle réclame à chaque pas, de ne pas avoir une main à serrer, un cœur où jeter l'exubérance des émotions qui s'y calment en s'y agrandissant. Ces dix-huit mois sont pour moi toute ma vie, et mon souvenir y fera de riches moissons. N'avez-vous pas fait comme moi le projet de demeurer à Chiavari, d'acheter un palais à Venise, une maisonnette à Sorrente, à Florence une villa? Toutes les femmes aimantes ne craignent-elles pas le monde? Mais moi, jetée pour toujours en dehors de lui, ne devais-je pas souhaiter de m'ensevelir dans un beau paysage, dans un monceau de fleurs, en face d'une jolie mer ou d'une vallée qui vaille la mer, comme celle qu'on voit de Fiesole? Mais, hélas! nous sommes de pauvres artistes, et l'argent ramène à Paris les deux bohémiens. Gennaro ne veut pas que je m'aperçoive d'avoir quitté mon luxe, et vient faire répéter à Paris une œuvre nouvelle, un grand opéra. Vous comprenez aussi bien que moi, mon bel ange, que je ne saurais mettre le pied dans Paris. Au prix de mon amour, je ne voudrais pas rencontrer un de ces regards de femme ou d'homme qui me feraient concevoir l'assassinat. Oui, je hacherais en morceaux quiconque m'honorerait de sa pitié, me couvrirait de sa bonne grâce, comme cette adorable Châteauneuf[117], laquelle, sous Henri III, je crois, a poussé son cheval et foulé aux pieds le prévôt de Paris, pour un crime de ce genre. Je vous écris donc pour vous dire que je ne tarderai pas à venir vous retrouver aux Touches, y attendre, dans cette Chartreuse, notre Gennaro. Vous voyez comme je suis hardie avec ma bienfaitrice et ma sœur? Mais c'est que la grandeur des obligations ne me mènera pas, comme certains cœurs, à l'ingratitude. Vous m'avez tant parlé des difficultés de la route que je vais essayer d'arriver au Croisic par mer. Cette idée m'est venue en apprenant ici qu'il y avait un petit navire danois[118] déjà chargé de marbre qui va y prendre du sel en retournant dans la Baltique. J'évite par cette voie la fatigue et les dépenses du voyage par la poste. Je sais que vous n'êtes pas seule, et j'en suis bien heureuse : j'avais des remords à travers mes félicités. Vous êtes la seule personne auprès de laquelle je pouvais être seule et sans Conti. Ne sera-ce pas pour vous aussi un plaisir que d'avoir auprès de vous une femme qui comprendra votre bonheur sans en être jalouse? Allons, à bientôt. Le vent est favorable, je pars en vous envoyant un baiser. »

« Hé bien, elle aime aussi, celle-là », se dit Calyste en repliant la lettre d'un air triste.

Cette tristesse jaillit sur le cœur de la mère comme si quelque lueur lui eût éclairé un abîme. Le baron venait de sortir. Fanny alla pousser le verrou de la tourelle et revint se poser au dossier du fauteuil où était son enfant, comme est la sœur de Didon dans lc tableau de Guérin [119]; elle lui baisa le front en lui disant : « Qu'as-tu, mon Calyste, qui t'attriste? Tu m'as promis de m'expliquer tes assiduités aux Touches; je dois, dis-tu, en bénir la maîtresse.

— Oui, certes, dit-il, elle m'a démontré, ma mère chérie, l'insuffisance de mon éducation à une époque où les nobles doivent conquérir une valeur personnelle pour rendre la vie à leur nom. J'étais aussi loin de mon siècle que Guérande est loin de Paris. Elle a été un peu la mère de mon intelligence.

— Ce n'est pas pour cela que je la bénirai, dit la baronne dont les yeux s'emplirent de larmes.

— Maman, s'écria Calyste sur le front de qui tombèrent ces larmes chaudes, deux perles de maternité endolorie! maman, ne pleurez pas, car tout à l'heure je voulais, pour lui rendre service, parcourir le pays depuis la berge aux douaniers jusqu'au bourg de Batz, et elle m'a dit : “ Dans quelle inquiétude serait votre mère ! ”

— Elle a dit cela ? Je puis donc lui pardonner bien des choses, dit Fanny.

— Félicité ne veut que mon bien, reprit Calyste, elle retient souvent de ces paroles vives et douteuses qui échappent aux artistes, pour ne pas ébranler en moi une foi qu'elle ne sait pas être inébranlable. Elle m'a raconté la vie à Paris de quelques jeunes gens de la plus haute noblesse, venant de leur province comme je puis en sortir, quittant une famille sans fortune, et y conquérant, par la puissance de leur volonté, de leur intelligence, une grande fortune. Je puis faire ce qu'a fait le baron de Rastignac, au ministère aujourd'hui. Elle me donne des leçons de piano, elle m'apprend l'italien, elle m'initie à mille secrets sociaux desquels personne ne se doute à Guérande. Elle n'a pu me donner les trésors de l'amour, elle me donne ceux de sa vaste intelligence, de son esprit, de son génie. Elle ne veut pas être un plaisir, mais une lumière pour moi ; elle ne heurte aucune de mes religions : elle a foi dans la noblesse, elle aime la Bretagne, elle...

— Elle a changé notre Calyste, dit la vieille aveugle en l'interrompant, car je ne comprends rien à ces paroles. Tu as une maison solide, mon beau neveu, de vieux parents qui t'adorent, de bons vieux domestiques ; tu peux épouser une bonne petite Bretonne, une fille religieuse et accomplie qui te rendra bien heureux, et tu peux réserver tes ambitions pour ton fils aîné, qui sera trois fois plus riche que tu ne l'es, si tu sais vivre tranquille, économiquement, à l'ombre, dans la paix du Seigneur, pour dégager les terres de notre maison. C'est simple comme un cœur breton. Tu ne seras pas si promptement, mais plus solidement un riche gentilhomme.

— Ta tante a raison, mon ange, elle s'est occupée de ton bonheur avec autant de sollicitude que moi. Si je ne réussis pas à te marier avec miss Margaret, la fille de ton oncle lord Fitz-William, il est à peu près sûr que Mlle de Pen-Hoël donnera son héritage à celle de ses nièces que tu chériras.

— D'ailleurs on trouvera quelques écus ici, dit la vieille tante à voix basse et d'un air mystérieux.

— Me marier à mon âge?... » dit-il en jetant à sa mère un de ces regards qui font mollir la raison des mères.

« Serais-je donc sans belles et folles amours? Ne pourrais-je trembler, palpiter, craindre, respirer, me coucher sous d'implacables regards et les attendrir? Faut-il ne pas connaître la beauté libre, la fantaisie de l'âme, les nuages qui courent sous l'azur du bonheur et que le souffle du plaisir dissipe? N'irais-je pas dans les petits chemins détournés, humides de rosée? Ne resterais-je pas sous le ruisseau d'une gouttière sans savoir qu'il pleut, comme les amoureux vus par Diderot [120]? Ne prendrais-je pas, comme le duc de Lorraine, un charbon ardent dans la paume de ma main [121]? N'escaladerais-je pas d'échelles de soie? ne me suspendrais-je pas à un vieux treillis pourri sans le faire plier? ne me cacherais-je pas dans une armoire ou sous un lit? Ne connaîtrais-je de la femme que la soumission conjugale, de l'amour que sa flamme de lampe égale? Mes curiosités seront-elles rassasiées avant d'être excitées? Vivrais-je sans éprouver ces rages de cœur qui grandissent la puissance de l'homme? Serais-je un moine conjugal? Non! j'ai mordu la pomme parisienne de la civilisation. Ne voyez-vous pas que vous avez, par les chastes, par les ignorantes mœurs de la famille, préparé le feu qui me dévore et que je serais consumé sans avoir adoré la divinité que je vois partout, dans les feuillages verts, comme dans les sables allumés par le soleil, et dans toutes les femmes belles, nobles, élégantes, dépeintes par les livres, par les poèmes dévorés chez Camille? Hélas! de ces femmes, il n'en est qu'une à Guérande, et c'est vous, ma mère! Ces beaux oiseaux bleus de mes rêves, ils viennent de Paris, ils sortent d'entre les pages de lord Byron, de Scott : c'est Parisina, Effie, Minna [122]! Enfin c'est la royale duchesse que j'ai vue dans les landes, à travers les bruyères et les genêts, et dont l'aspect me mettait tout le sang au cœur [123]! »

La baronne vit toutes ces pensées plus claires, plus belles, plus vives que l'art ne les fait à celui qui les lit; elle les embrassa rapides, toutes jetées par ce regard comme les flèches d'un carquois qui se renverse. Sans avoir jamais lu Beaumarchais, elle pensa, avec toutes les femmes, que ce serait un crime de marier ce Chérubin.

« Oh! mon cher enfant, dit-elle en le prenant dans ses bras, le serrant et baisant ses beaux cheveux qui étaient encore à elle, marie-toi quand tu voudras, mais sois heureux! Mon rôle n'est pas de te tourmenter. »

Mariotte vint mettre le couvert. Gasselin était sorti pour promener le cheval de Calyste, qui depuis deux mois ne le montait plus. Ces trois femmes, la mère, la tante et Mariotte s'entendaient avec la ruse naturelle aux femmes pour fêter Calyste quand il dînait au logis. La pauvreté bretonne, armée des souvenirs et des habitudes de l'enfance, essayait de lutter avec la civilisation parisienne si fidèlement représentée à deux pas de Guérande, aux Touches. Mariotte essayait de dégoûter son jeune maître des préparations savantes de la cuisine de Camille Maupin, comme sa mère et sa tante rivalisaient de soins pour enserrer leur enfant dans les rets de leur tendresse, et rendre toute comparaison impossible.

« Ah! vous avez une lubine (espèce de bar), monsieur Calyste, et des bécassines, et des crêpes qui ne peuvent se faire qu'ici », dit Mariotte d'un air sournois et triomphant en se mirant dans la nappe blanche, une vraie tombée de neige.

Après le dîner, quand sa vieille tante se fut remise à tricoter, quand le curé de Guérande et le chevalier du Halga revinrent, alléchés par leur partie de *mouche,* Calyste sortit pour retourner aux Touches, prétextant la lettre de Béatrix à rendre.

Claude Vignon et Mlle des Touches étaient encore à table. Le grand critique avait une pente à la gourmandise, et ce vice était caressé par Félicité qui savait combien une femme se rend indispensable par ses complaisances. La salle à manger, complétée depuis un mois par des additions importantes, annonçait avec quelle souplesse et quelle promptitude une femme épouse le caractère, embrasse l'état, les passions et les goûts de l'homme qu'elle aime ou veut aimer. La table offrait le riche et brillant aspect que le luxe moderne a imprimé au service, aidé par les perfectionnements de l'industrie. La pauvre et noble maison du Guénic ignorait à quel adversaire elle avait affaire, et quelle fortune était nécessaire pour jouter avec l'argenterie réformée à Paris et apportée par Mlle des Touches, avec ses porcelaines jugées encore bonnes pour la campagne, avec son beau linge, son vermeil, les colifichets de sa table et la science de son cuisinier. Calyste refusa de prendre des liqueurs contenues dans un de ces magnifiques cabarets en bois précieux qui sont comme des tabernacles.

« Voici votre lettre, dit-il avec une innocente ostentation en regardant Claude qui dégustait un verre de liqueur des îles.

— Eh bien, qu'en dites-vous? lui demanda Mlle des Touches en jetant la lettre à travers la table à Vignon qui se mit à la lire en prenant et déposant tour à tour son petit verre.

— Mais... que les femmes de Paris sont bien heureuses, elles ont toutes des hommes de génie à adorer et qui les aiment.

— Eh bien, vous êtes encore de votre village, dit en riant Félicité. Comment? vous n'avez pas vu qu'elle l'aime déjà moins, et que...

— C'est évident! dit Claude Vignon qui n'avait encore parcouru que le premier feuillet. Observe-t-on quoi que ce soit de sa situation quand on aime véritablement? est-on aussi subtil que la marquise? calcule-t-on, distingue-t-on? La chère Béatrix est attachée à Conti par la fierté, elle est condamnée à l'aimer quand même.

— Pauvre femme! » dit Camille.

Calyste avait les yeux fixés sur la table, il n'y voyait plus rien. La belle femme dans le costume fantastique dessiné le matin par Félicité lui était apparue brillante de lumière; elle lui souriait, elle agitait son éventail; et l'autre main, sortant d'un sabot de dentelle et de velours nacarat [124], tombait blanche et pure sur les plis bouffants de sa robe splendide.

« Ce serait bien votre affaire », dit Claude Vignon en souriant d'un air sardonique à Calyste.

Calyste fut blessé du mot *affaire.*

« Ne donnez pas à ce cher enfant l'idée d'une intrigue pareille, vous ne savez pas combien ces plaisanteries sont dangereuses. Je connais Béatrix, elle a trop de grandiose dans le caractère pour changer, et d'ailleurs Conti serait là.

— Ah! dit railleusement Claude Vignon, un petit mouvement de jalousie?...

— Le croiriez-vous? dit fièrement Camille.

— Vous êtes plus perspicace que ne le serait une mère, répondit railleusement Claude.

— Mais cela est-il possible? dit Camille en montrant Calyste.

— Cependant, reprit Vignon, ils seraient bien assortis. Elle a dix ans de plus que lui, et c'est lui qui semble être la jeune fille.

— Une jeune fille, monsieur, qui a déjà vu le feu deux fois dans la Vendée. S'il s'était seulement trouvé vingt mille jeunes filles semblables...

— Je faisais votre éloge, dit Vignon, ce qui est bien plus facile que de vous faire la barbe.

— J'ai une épée qui la fait à ceux qui l'ont trop longue, répondit Calyste.

— Et moi je fais très bien l'épigramme, dit en souriant Vignon, nous sommes français, l'affaire peut s'arranger. »

Mlle des Touches jeta sur Calyste un regard suppliant qui le calma soudain.

« Pourquoi, dit Félicité pour briser ce débat, les jeunes gens comme mon Calyste commencent-ils par aimer des femmes d'un certain âge ?

— Je ne sais pas de sentiment qui soit plus naïf ni plus généreux, répondit Vignon, il est la conséquence des adorables qualités de la jeunesse. D'ailleurs, comment les vieilles femmes finiraient-elles sans cet amour ? Vous êtes jeune et belle, vous le serez encore pendant vingt ans, on peut s'expliquer devant vous, ajouta-t-il en jetant un regard fin à Mlle des Touches. D'abord les semi-douairières auxquelles s'adressent les jeunes gens savent beaucoup mieux aimer que n'aiment les jeunes femmes. Un adulte ressemble trop à une jeune femme pour qu'une jeune femme lui plaise. Une telle passion frise la fable de Narcisse [125]. Outre cette répugnance, il y a, je crois, entre eux une inexpérience mutuelle qui les sépare. Ainsi la raison qui fait que le cœur des jeunes femmes ne peut être compris que par des hommes dont l'habileté se cache sous une passion vraie ou feinte est la même, à part la différence des esprits, qui rend une femme d'un certain âge plus apte à séduire un enfant : il sent admirablement qu'il réussira près d'elle, et les vanités de la femme sont admirablement flattées de sa poursuite. Il est enfin très naturel à la jeunesse de se jeter sur les fruits, et l'automne de la femme en offre d'admirables et de très savoureux. N'est-ce donc rien que ces regards à la fois hardis et réservés, languissants à propos, trempés des dernières lueurs de l'amour, si chaudes et si suaves? cette savante élégance de parole, ces magnifiques épaules dorées si noblement développées, ces rondeurs si pleines, ce galbe gras et comme ondoyant, ces mains trouées de fossettes, cette peau pulpeuse et nourrie, ce front plein de sentiments abondants où la lumière se traîne, cette chevelure si bien ménagée, si bien soignée, où d'étroites raies de chair blanche sont admirablement dessinées, et ces cols à plis superbes, ces nuques provocantes où toutes les ressources de l'art sont déployées pour faire briller les oppositions entre les cheveux et les tons de la peau, pour mettre en relief toute l'insolence de la vie et de l'amour? Les brunes elles-mêmes prennent alors des teintes blondes, les couleurs d'ambre de la maturité. Puis ces femmes révèlent dans leurs sourires et déploient dans leurs paroles la science du monde : elles savent causer, elles vous livrent le monde entier pour vous faire sourire, elles ont des dignités et des fiertés sublimes, elles poussent des cris de désespoir à fendre l'âme, des adieux à l'amour qu'elles savent rendre inutiles et qui ravivent les passions; elles deviennent jeunes en variant les choses les plus désespéramment[126] simples; elles se font à tout moment relever de leur déchéance proclamée avec coquetterie, et l'ivresse causée par leurs triomphes est contagieuse; leurs dévouements sont absolus : elles vous écoutent, elles vous aiment enfin, elles se saisissent de l'amour comme le condamné à mort s'accroche aux plus petits détails de la vie, elles ressemblent à ces avocats qui plaident tout dans leurs causes sans ennuyer le tribunal, elles usent de tous leurs moyens, enfin on ne connaît l'amour absolu que par elles. Je ne crois pas qu'on puisse jamais les oublier, pas plus qu'on n'oublie ce qui est grand, sublime. Une jeune femme a mille distractions, ces femmes-là n'en ont aucune; elles n'ont plus ni amour-propre, ni vanité, ni petitesse; leur amour, c'est la Loire à son embouchure : il est immense, il est grossi de toutes les déceptions, de tous les affluents de la vie, et voilà pourquoi... ma fille est muette », dit-il en voyant l'attitude extatique de Mlle des Touches qui serrait avec force la main de Calyste, peut-être pour le remercier d'avoir été l'occasion d'un pareil moment, d'un éloge si pompeux qu'elle ne put y voir aucun piège.

Pendant le reste de la soirée, Claude Vignon et Félicité furent étincelants d'esprit, racontèrent des anecdotes et peignirent le monde parisien à Calyste qui s'éprit de Claude, car l'esprit exerce ses séductions surtout sur les gens de cœur.

« Je ne serais pas étonné de voir débarquer demain la marquise de Rochefide et Conti, qui sans doute l'accompagne, dit Claude à la fin de la soirée. Quand j'ai quitté Le Croisic, les marins avaient reconnu un petit bâtiment danois, suédois ou norvégien. »

Cette phrase rosa les joues de l'impassible Camille. Ce soir, Mme du Guénic attendit encore jusqu'à une heure du matin son fils, sans pouvoir comprendre ce qu'il faisait aux Touches, puisque Félicité ne l'aimait pas.

« Mais il les gêne », se disait cette adorable mère. « Qu'avez-vous donc tant dit, lui demanda-t-elle en le voyant entrer.

— Oh! ma mère, je n'ai jamais passé de soirée plus délicieuse. Le génie est une bien grande, bien sublime chose! Pourquoi ne m'as-tu pas donné du génie? Avec du génie on doit pouvoir choisir parmi les femmes celle qu'on aime, elle est forcément à vous.

— Mais tu es beau, mon Calyste.

— La beauté n'est bien placée que chez vous. D'ailleurs Claude Vignon est beau. Les hommes de génie ont des fronts lumineux, des yeux d'où jaillissent des éclairs; et moi, malheureux, je ne sais rien qu'aimer.

— On dit que cela suffit, mon ange, dit-elle en le baisant au front.

— Bien vrai?

— On me l'a dit, je ne l'ai jamais éprouvé. »

Ce fut au tour de Calyste à baiser saintement la main de sa mère.

« Je t'aimerai pour tous ceux qui t'auraient adorée, lui dit-il.

— Cher enfant! c'est un peu ton devoir, tu as hérité de tous mes sentiments. Ne sois donc pas imprudent : tâche de n'aimer que de nobles femmes, s'il faut que tu aimes. »

Quel est le jeune homme plein d'amour débordant et de vie contenue qui n'aurait eu l'idée victorieuse d'aller au Croisic voir débarquer

Mme de Rochefide, afin de pouvoir l'examiner incognito? Calyste surprit étrangement sa mère et son père, qui ne savaient rien de l'arrivée de la belle marquise, en partant dès le matin sans vouloir déjeuner. Dieu sait avec quelle agilité le Breton leva le pied! Il semblait qu'une force inconnue l'aidât, il se sentit léger, il se coula le long des murs des Touches pour n'être pas vu. Cet adorable enfant eut honte de son ardeur et peut-être une crainte horrible d'être plaisanté : Félicité, Claude Vignon étaient si perspicaces! Dans ces cas-là, d'ailleurs, les jeunes gens croient que leurs fronts sont diaphanes. Il suivit les détours du chemin à travers le dédale des marais salants, gagna les sables et les franchit comme d'un bond, malgré l'ardeur du soleil qui y pétillait. Il arriva près de la berge, consolidée par un empierrement, au pied de laquelle est une maison où les voyageurs trouvent un abri contre les orages, les vents de mer, la pluie et les ouragans. Il n'est pas toujours possible de traverser le petit bras de mer, il ne se trouve pas toujours des barques, et pendant le temps qu'elles mettent à venir du port il est souvent utile de tenir à couvert les chevaux, les ânes, les marchandises ou les bagages des passagers. De là, se découvrent la pleine mer et la ville du Croisic; de là, Calyste vit bientôt arriver deux barques pleines d'effets, de paquets, de coffres, sacs de nuit et caisses dont la forme et les dispositions annonçaient aux naturels du pays les choses extraordinaires qui ne pouvaient appartenir qu'à des voyageurs de distinction. Dans l'une des barques était une jeune femme, en chapeau de paille à voile vert, accompagnée d'un homme. Leur barque aborda la première. Calyste de tressaillir; mais à leur aspect il reconnut un domestique et une femme de chambre, il n'osa les questionner.

« Venez-vous au Croisic, monsieur Calyste? » demandèrent les marins qui le connaissaient et auxquels il répondit par un signe de tête négatif, assez honteux d'avoir été nommé.

Calyste fut charmé à la vue d'une caisse couverte en toile goudronnée sur laquelle on lisait : MADAME LA MARQUISE DE ROCHEFIDE. Ce nom brillait à ses yeux comme un talisman, il y sentait je ne sais quoi de fatal; il savait, sans en pouvoir douter, qu'il aimerait cette femme; les plus petites choses qui la concernaient l'occupaient déjà, l'intéressaient et piquaient sa curiosité. Pourquoi? Dans le brûlant désert de ses désirs infinis et sans objet, la jeunesse n'envoie-t-elle pas toutes ses forces sur la première femme qui s'y présente? Béatrix avait hérité de l'amour que dédaignait Camille. Calyste regarda faire le débarquement, tout en jetant de temps en temps les yeux sur Le Croisic, espérant voir une barque sortir du port, venir à ce petit promontoire où mugissait la mer, et lui montrer cette Béatrix déjà devenue dans sa pensée ce qu'était Béatrix pour Dante, une éternelle statue de marbre aux mains de laquelle il suspendrait ses fleurs et ses couronnes. Il demeurait les bras croisés, perdu dans les méditations de l'attente. Un fait digne de remarque, et qui cependant n'a point été remarqué, c'est comme nous soumettons souvent nos sentiments à une volonté, combien nous prenons une sorte d'engagement avec nous-mêmes, et comme nous créons notre sort : le hasard n'y a certes pas autant de part que nous le croyons.

« Je ne vois point les chevaux, dit la femme de chambre assise sur une malle.

— Et moi je ne vois pas de chemin frayé, dit le domestique.

— Il est cependant venu des chevaux ici, dit la femme de chambre en montrant les preuves de leur séjour. Monsieur, dit-elle en s'adressant à Calyste, est-ce bien là la route qui mène à Guérande ?

— Oui, répondit-il. Qui donc attendez-vous ?

— On nous a dit qu'on viendrait nous chercher des Touches. Si l'on tardait, je ne sais pas comment Mme la marquise s'habillerait, dit-elle au domestique. Vous devriez aller chez Mlle des Touches. Quel pays de sauvages ! »

Calyste eut un vague soupçon de la fausseté de sa position.

« Votre maîtresse va donc aux Touches ? demanda-t-il.

— Mademoiselle est venue ce matin à sept heures la chercher, répondit-elle. Ah ! voici des chevaux... »

Calyste se précipita vers Guérande avec la vitesse et la légèreté d'un chamois, en faisant un crochet de lièvre pour ne pas être reconnu par les gens des Touches ; mais il en rencontra deux dans le chemin étroit des marais par où il passa. « Entrerai-je, n'entrerai-je pas ? » pensait-il en voyant poindre les pins des Touches. Il eut peur, il rentra penaud et contrit à Guérande, et se promena sur le mail, où il continua sa délibération. Il tressaillit en voyant les Touches, il en examinait les girouettes. « Elle ne se doute pas de mon agitation! » se disait-il. Ses pensées capricieuses étaient autant de grappins qui s'enfonçaient dans son cœur et y attachaient la marquise. Calyste n'avait pas eu ces terreurs, ces joies d'avant-propos avec Camille; il l'avait rencontrée à cheval, et son désir était né comme à l'aspect d'une belle fleur qu'il eût voulu cueillir. Ces incertitudes composent comme des poèmes chez les âmes timides. Échauffées par les premières flammes de l'imagination, ces âmes se soulèvent, se courroucent, s'apaisent, s'animent tour à tour, et arrivent dans le silence et la solitude au plus haut degré de l'amour, avant d'avoir abordé l'objet de tant d'efforts. Calyste aperçut de loin sur le mail le chevalier du Halga qui se promenait avec Mlle de Pen-Hoël, il entendit prononcer son nom, il se cacha. Le chevalier et la vieille fille, se croyant seuls sur le mail, y parlaient à haute voix.

« Puisque Charlotte de Kergarouët vient, disait le chevalier, gardez-la trois ou quatre mois. Comment voulez-vous qu'elle soit coquette avec Calyste? elle ne reste jamais assez longtemps pour l'entreprendre; tandis qu'en se voyant tous les jours, ces deux enfants finiront par se prendre de belle passion, et vous les marierez l'hiver prochain. Si vous dites deux mots de vos intentions à Charlotte, elle en aura bientôt dit quatre à Calyste, et une jeune fille de seize ans aura certes raison d'une femme de quarante et quelques années. »

Les deux vieilles gens se retournèrent pour revenir sur leurs pas; Calyste n'entendit plus rien, mais il avait compris l'intention de Mlle de Pen-Hoël. Dans la situation d'âme où il était, rien ne devait être plus fatal. Est-ce au milieu des espérances d'un amour préconçu qu'un jeune homme accepte pour femme une jeune fille imposée? Calyste, à qui Charlotte de Kergarouët était indifférente, se sentit disposé à la rebuter. Il était inaccessible aux considérations de fortune, il avait depuis son enfance accoutumé sa vie à la médiocrité de la maison paternelle, et d'ailleurs il ignorait les richesses de Mlle de Pen-Hoël en lui voyant mener une vie aussi pauvre que celle des du Guénic. Enfin, un jeune homme élevé comme l'était Calyste ne devait faire cas que des sentiments, et sa pensée tout entière appartenait à la marquise. Devant le portrait que lui avait dessiné Camille, qu'était la petite Charlotte? la compagne de son enfance qu'il traitait comme une sœur. Il ne revint au logis que vers cinq heures. Quand il entra dans la salle, sa mère lui tendit avec un sourire triste une lettre de Mlle des Touches.

« Mon cher Calyste, la belle marquise de Rochefide est venue, nous comptons sur vous pour fêter son arrivée. Claude, toujours railleur, prétend que vous serez *Bice*, et qu'elle sera *Dante*. Il y va de l'honneur de la Bretagne et des du Guénic de bien recevoir une Casteran. A bientôt donc.

« Votre ami,

« CAMILLE MAUPIN.

« Venez sans cérémonie, comme vous serez; autrement nous serions ridicules. »

Calyste montra la lettre à sa mère et partit.

« Que sont les Casteran? demanda-t-elle au baron.

— Une vieille famille de Normandie, alliée à Guillaume le Conquérant, répondit-il. Ils portent *tiercé en fasce d'azur, de gueules et de sable, au cheval élancé d'argent, ferré d'or*. La belle créature pour qui s'est fait tuer Le Gars en 1800, à Fougères, était la fille d'une Casteran, qui se fit religieuse à Sées et y devint abbesse, après avoir été abandonnée par le duc de Verneuil [127].

— Et les Rochefide?

— Je ne connais pas ce nom, il faudrait voir leur blason », dit-il.

La baronne fut un peu moins inquiète en apprenant que la marquise Béatrix de Rochefide appartenait à une vieille maison; mais elle éprouva toujours une sorte d'effroi de savoir son fils exposé à de nouvelles séductions.

Calyste éprouvait en marchant des mouvements à la fois violents et doux; il avait la gorge serrée, le cœur gonflé, le cerveau troublé; la fièvre le dévorait. Il voulait ralentir sa marche, une force supérieure la précipitait toujours. Cette impétuosité des sens excitée par un vague espoir, tous les jeunes gens l'ont connue : un feu subtil flambe intérieurement, et fait rayonner autour d'eux comme ces nimbes peints autour des divins personnages dans les tableaux religieux, et à travers lesquels ils voient la nature embrasée et la femme radieuse. Ne sont-ils pas alors, comme les saints, pleins de foi, d'espérance, d'ardeur, de pureté? Le jeune Breton trouva la compagnie dans le petit salon de l'appartement de Camille. Il était alors environ six heures : le soleil en tombant répandait par la fenêtre ses teintes rouges, brisées dans les arbres ; l'air était calme, il y avait dans le salon cette pénombre que les femmes aiment tant.

« Voici le député de la Bretagne, dit en souriant Camille Maupin à son amie en lui montrant Calyste quand il souleva la portière en tapisserie, il est exact comme un roi.

— Vous avez reconnu son pas », dit Claude Vignon à Mlle des Touches.

Calyste s'inclina devant la marquise qui le salua par un geste de tête, il ne l'avait pas regardée ; il prit la main que lui tendait Claude Vignon et la serra.

« Voici le grand homme de qui nous vous avons tant parlé, Gennaro Conti », lui dit Camille sans répondre à Vignon.

Elle montrait à Calyste un homme de moyenne taille, mince et fluet, aux cheveux châtains, aux yeux presque rouges, au teint blanc et marqué de taches de rousseur, ayant tout à fait la tête si connue de lord Byron que la peinture en serait superflue, mais mieux portée peut-être. Conti était assez fier de cette ressemblance.

« Je suis enchanté, pour un jour que je passe aux Touches, de rencontrer monsieur, dit Gennaro.

— C'était à moi de dire cela de vous, répondit Calyste avec assez d'aisance.

— Il est beau comme un ange », dit la marquise à Félicité.

Placé entre le divan et les deux femmes, Calyste entendit confusément cette parole, quoique dite en murmurant et à l'oreille. Il s'assit dans un fauteuil et jeta sur la marquise quelques regards à la dérobée. Dans la douce lueur du couchant, il aperçut alors, jetée sur le divan comme si quelque statuaire l'y eût posée, une forme blanche et serpentine qui lui causa des éblouissements. Sans le savoir, Félicité, par sa description, avait bien servi son amie. Béatrix était supérieure au portrait peu flatté fait la veille par Camille. N'était-ce pas un peu pour le convive que Béatrix avait mis dans sa royale chevelure des touffes de bleuets qui faisaient valoir le ton pâle de ses boucles crêpées, arrangées pour accompagner sa figure en badinant le long des joues ? Le tour de ses yeux, cerné par la fatigue, était semblable à la nacre la plus pure, la plus chatoyante, et son teint avait l'éclat de ses yeux. Sous la blancheur de sa peau, aussi fine que la pellicule satinée d'un œuf, la vie étincelait dans un sang bleuâtre. La délicatesse des traits était inouïe. Le front paraissait être diaphane. Cette tête suave et douce, admirablement posée sur un long col d'un dessin merveilleux, se prêtait aux expressions les plus diverses. La taille, à prendre avec les mains, avait un laisser-aller ravissant. Les épaules découvertes étincelaient dans l'ombre comme un camélia blanc dans une chevelure noire. La gorge habilement présentée, mais couverte d'un fichu clair, laissait apercevoir deux contours d'une exquise mièvrerie. La robe de mousseline blanche semée de fleurs bleues, les grandes manches, le corsage à pointe et sans ceinture, les souliers à cothurnes croisés sur un bas de fil d'Écosse accusaient une admirable science de toilette. Deux boucles d'oreilles en filigrane d'argent, miracle d'orfèvrerie génoise qui allait sans doute être à la mode, étaient parfaitement en harmonie avec le flou délicieux de cette blonde chevelure étoilée de bleuets. En un seul coup d'œil, l'avide regard de Calyste appréhenda ces beautés et les grava dans son âme. La blonde Béatrix et la brune Félicité eussent rappelé ces contrastes de keepsake[128] si fort recherchés par les graveurs et les dessinateurs anglais. C'était la Force et la Faiblesse de la femme dans tous leurs développements, une parfaite antithèse. Ces deux femmes ne pouvaient jamais être rivales, elles avaient chacune leur empire. C'était une délicate pervenche ou un lis auprès d'un somptueux et brillant pavot rouge, une turquoise près d'un rubis. En un moment Calyste fut saisi d'un amour qui couronna l'œuvre secrète de ses espérances, de ses craintes, de ses incertitudes. Mlle des Touches avait réveillé les sens, Béatrix enflammait le cœur et la pensée. Le jeune Breton sentait en lui-même s'élever une force à tout vaincre, à ne rien respecter. Aussi jeta-t-il sur Conti le regard envieux, haineux, sombre et craintif de la rivalité qu'il n'avait jamais eu pour Claude Vignon. Calyste employa toute son énergie à se contenir, en pensant néanmoins que les Turcs avaient raison d'enfermer les femmes, et qu'il devait être défendu à de belles créatures de se montrer dans leurs irritantes coquetteries à des jeunes gens embrasés d'amour. Ce fougueux ouragan s'apaisait dès que les yeux de Béatrix s'abaissaient sur lui et que sa douce parole se faisait entendre; déjà le pauvre enfant la redoutait à l'égal de Dieu. On sonna le dîner.

« Calyste, donnez le bras à la marquise », dit Mlle des Touches en prenant Conti à sa droite, Vignon à sa gauche, et se rangeant pour laisser passer le jeune couple.

Descendre ainsi le vieil escalier des Touches était pour Calyste comme une première bataille : le cœur lui faillit, il ne trouvait rien à dire, une petite sueur emperlait son front et lui mouillait le dos ; son bras tremblait si fort qu'à la dernière marche la marquise lui dit : « Qu'avez-vous ?

— Mais, répondit-il d'une voix étranglée, je n'ai jamais vu de ma vie une femme aussi belle que vous, excepté ma mère, et je ne suis pas maître de mes émotions.

— N'avez-vous pas ici Camille Maupin ?

— Ah ! quelle différence, dit naïvement Calyste.

— Bien, Calyste, lui souffla Félicité dans l'oreille, quand je vous le disais que vous m'oublieriez comme si je n'avais pas existé. Mettez-vous là, près d'elle, à sa droite, et Vignon à sa gauche. Quant à toi, Gennaro, je te garde, ajouta-t-elle en riant, nous surveillerons ses coquetteries. »

L'accent particulier que mit Camille à ce mot frappa Claude, qui lui jeta ce regard sournois et quasi distrait par lequel se trahit en lui l'observation. Il ne cessa d'examiner Mlle des Touches pendant tout le dîner.

« Des coquetteries, répondit la marquise en se dégantant et montrant ses magnifiques mains, il y a de quoi. J'ai d'un côté, dit-elle en montrant Claude, un poète, et de l'autre la poésie. »

Gennaro Conti jeta sur Calyste un regard plein de flatteries. Aux lumières, Béatrix parut encore plus belle qu'auparavant. Les blanches clartés des bougies produisaient des luisants satinés sur son front, allumaient des paillettes dans ses yeux de gazelle et passaient à travers ses boucles soyeuses en les brillantant et y faisant resplendir quelques fils d'or. Elle rejeta son écharpe de gaze en arrière par un geste gracieux, et se découvrit le col. Calyste aperçut alors une nuque délicate et blanche comme du lait, creusée par un sillon vigoureux qui se séparait en deux ondes perdues vers chaque épaule avec une moelleuse et décevante symétrie. Ces changements à vue que se permettent les femmes produisent peu d'effet dans le monde où tous les regards sont blasés, mais ils font de cruels ravages sur les âmes neuves comme était celle de Calyste. Ce col, si dissemblable de celui de Camille, annonçait chez Béatrix un tout autre caractère. Là se reconnaissaient l'orgueil de la race, une ténacité particulière à la noblesse, et je ne sais quoi de dur dans cette double attache, qui peut-être est le dernier vestige de la force des anciens conquérants. Calyste eut mille peines à paraître manger, il éprouvait des mouvements nerveux qui lui ôtaient la faim. Comme chez tous les jeunes gens, la nature était en proie aux convulsions qui précèdent le premier amour et le gravent si profondément dans l'âme. A cet âge, l'ardeur du cœur, contenue par l'ardeur morale, amène un combat intérieur qui explique la longue hésitation respectueuse, les profondes méditations de tendresse, l'absence de tout calcul, attraits particuliers aux jeunes gens dont le cœur et la vie sont purs. En étudiant, quoique à la dérobée, afin de ne pas éveiller les soupçons du jaloux Gennaro, les détails qui rendent la marquise de Rochefide si noblement belle, Calyste fut bientôt opprimé par la majesté de la femme aimée : il se sentit rapetissé par la hauteur de certains regards, par l'attitude imposante de ce visage où débordaient les sentiments aristocratiques, par une certaine fierté que les femmes font exprimer à de légers mouvements, à des airs de tête, à d'admirables lenteurs de geste, et qui sont des effets moins plastiques, moins étudiés qu'on ne le pense. Ces mignons détails de leur changeante physionomie correspondent aux délicatesses, aux mille agitations de leurs âmes. Il y a du sentiment dans toutes ces expressions. La fausse situation où se trouvait Béatrix lui commandait de veiller sur elle-même, de se rendre imposante sans être ridicule, et les femmes du grand monde savent toutes atteindre à ce but, l'écueil des femmes vulgaires. Aux regards de Félicité, Béatrix devina l'adoration intérieure qu'elle inspirait à son voisin et qu'il était indigne d'elle d'encourager, elle jeta donc sur Calyste en temps opportun un ou deux regards répressifs qui tombèrent sur lui comme des avalanches de neige. L'infortuné se plaignit à Mlle des Touches par un regard où se devinaient des larmes gardées sur le cœur avec une énergie surhumaine, et Félicité lui demanda d'une voix amicale pourquoi il ne mangeait rien. Calyste se bourra par ordre et eut l'air de prendre part à la conversation. Être importun au lieu de plaire, cette idée insoutenable lui martelait la cervelle. Il devint d'autant plus honteux qu'il aperçut derrière la chaise de la marquise le domestique qu'il avait vu le matin sur la jetée, et qui, sans doute, parlerait de sa curiosité. Contrit ou heureux, Mme de Rochefide ne fit aucune attention à son voisin. Mlle des Touches l'ayant mise sur son voyage d'Italie, elle trouva moyen de raconter spirituellement la passion à brûle-pourpoint dont l'avait honorée un diplomate russe à Florence, en se moquant des petits jeunes gens qui se jetaient sur les femmes comme des sauterelles sur la verdure. Elle fit rire Claude Vignon, Gennaro, Félicité elle-même, quoique ces traits moqueurs atteignissent au cœur de Calyste, qui, au travers du bourdonnement qui retentissait à ses oreilles et dans sa cervelle, n'entendit que des mots. Le pauvre enfant ne se jurait pas à lui-même, comme certains entêtés, d'obtenir cette femme à tout prix; non, il n'avait point de colère, il souffrait. Quand il aperçut chez Béatrix une intention de l'immoler aux pieds de Gennaro, il se dit : Que je lui serve à quelque chose! et se laissa maltraiter avec une douceur d'agneau.

« Vous qui admirez tant la poésie, dit Claude Vignon à la marquise, comment l'accueillez-vous si mal? Ces naïves admirations, si jolies dans leur expression, sans arrière-pensée et si dévouées, n'est-ce pas la poésie du cœur? Avouez-le, elles vous laissent un sentiment de plaisir et de bien-être.

— Certes, dit-elle; mais nous serions bien malheureuses et surtout bien indignes si nous cédions à toutes les passions que nous inspirons.

— Si vous ne choisissiez pas, dit Conti, nous ne serions pas si fiers d'être aimés. »

« Quand serai-je choisi et distingué par une

femme », se demanda Calyste qui réprima difficilement une émotion cruelle. Il rougit alors comme un malade sur la plaie duquel un doigt s'est par mégarde appuyé. Mlle des Touches fut frappée de l'expression qui se peignit sur la figure de Calyste, et tâcha de le consoler par un regard plein de sympathie. Ce regard, Claude Vignon le surprit. Dès ce moment, l'écrivain devint d'une gaieté qu'il répandit en sarcasmes : il soutint à Béatrix que l'amour n'existait que par le désir, que la plupart des femmes se trompaient en aimant, qu'elles aimaient pour des raisons très souvent inconnues aux hommes et à elles-mêmes, qu'elles voulaient quelquefois se tromper, que la plus noble d'entre elles était encore artificieuse.

« Tenez-vous-en aux livres, ne critiquez pas nos sentiments », dit Camille en lui lançant un regard impérieux.

Le dîner cessa d'être gai. Les moqueries de Claude Vignon avaient rendu les deux femmes pensives. Calyste sentait une souffrance horrible au milieu du bonheur que lui causait la vue de Béatrix. Conti cherchait dans les yeux de la marquise à deviner ses pensées. Quand le dîner fut fini, Mlle des Touches prit le bras de Calyste, donna les deux autres hommes à la marquise et les laissa aller en avant afin de pouvoir dire au jeune Breton : « Mon cher enfant, si la marquise vous aime, elle jettera Conti par les fenêtres ; mais vous vous conduisez en ce moment de manière à resserrer leurs liens. Quand elle serait ravie de vos adorations, doit-elle y faire attention ? Possédez-vous.

— Elle a été dure pour moi, elle ne m'aimera

point, dit Calyste, et si elle ne m'aime pas, j'en mourrai.

— Mourir?... vous! mon cher Calyste, dit Camille, vous êtes un enfant. Vous ne seriez donc pas mort pour moi?

— Vous vous êtes faite mon amie », répondit-il.

Après les causeries qu'engendre toujours le café, Vignon pria Conti de chanter un morceau. Mlle des Touches se mit au piano. Camille et Gennaro chantèrent le *Dunque il mio bene tu mia sarai,* le dernier duo de *Roméo et Juliette* de Zingarelli [129], l'une des pages les plus pathétiques de la musique moderne. Le passage *Di tanti palpiti* [130] exprime l'amour dans toute sa grandeur. Calyste, assis dans le fauteuil où Félicité lui avait raconté l'histoire de la marquise, écoutait religieusement. Béatrix et Vignon étaient chacun d'un côté du piano. La voix sublime de Conti savait se marier à celle de Félicité. Tous deux avaient souvent chanté ce morceau, ils en connaissaient les ressources et s'entendaient à merveille pour les faire valoir. Ce fut en ce moment, ce que le musicien a voulu créer, un poème de mélancolie divine, les adieux de deux cygnes à la vie. Quand le duo fut terminé, chacun était en proie à des sensations qui ne s'expriment point par de vulgaires applaudissements.

« Ah! la musique est le premier des arts, s'écria la marquise.

— Camille place en avant la jeunesse et la beauté, la première de toutes les poésies », dit Claude Vignon.

Mlle des Touches regarda Claude en dissimulant une vague inquiétude. Béatrix, ne voyant point

Calyste, tourna la tête comme pour savoir quel effet cette musique lui faisait éprouver, moins par intérêt pour lui que pour la satisfaction de Conti : elle aperçut dans l'embrasure un visage blanc couvert de grosses larmes. A cet aspect, comme si quelque vive douleur l'eût atteinte, elle détourna promptement la tête et regarda Gennaro. Non seulement la Musique s'était dressée devant Calyste, l'avait touché de sa baguette divine, l'avait lancé dans la création et lui en avait dépouillé les voiles, mais encore il était abasourdi du génie de Conti. Malgré ce que Camille Maupin lui avait dit de son caractère, il lui croyait alors une belle âme, un cœur plein d'amour. Comment lutter avec un pareil artiste? comment une femme ne l'adorerait-elle pas toujours? Ce chant entrait dans l'âme comme une autre âme. Le pauvre enfant était autant accablé par la poésie que par le désespoir : il se trouvait être si peu de chose! Cette accusation ingénue de son néant se lisait mêlée à son admiration. Il ne s'aperçut pas du geste de Béatrix, qui, ramenée vers Calyste par la contagion des sentiments vrais, le montra par un signe à Mlle des Touches.

« Oh! l'adorable cœur! dit Félicité. Conti, vous ne recueillerez jamais d'applaudissements qui vaillent l'hommage de cet enfant. Chantons alors un trio. Béatrix, ma chère, venez? »

Quand la marquise, Camille et Conti se mirent au piano, Calyste se leva doucement à leur insu, se jeta sur un des sofas de la chambre à coucher dont la porte était ouverte, et y demeura plongé dans son désespoir.

Deuxième partie

LE DRAME

« Qu'avez-vous, mon enfant ? lui dit Claude, qui se coula silencieusement auprès de Calyste et lui prit la main. Vous aimez, vous vous croyez dédaigné ; mais il n'en est rien. Dans quelques jours vous aurez le champ libre ici, vous y régnerez, vous serez aimé par plus d'une personne ; enfin, si vous savez vous bien conduire, vous y serez comme un sultan.

— Que me dites-vous ? s'écria Calyste en se levant et entraînant par un geste Claude dans la bibliothèque. Qui m'aime ici ?

— Camille, répondit Claude.

— Camille m'aimerait, demanda Calyste. Eh bien, vous ?

— Moi, reprit Claude, moi... » Il ne continua pas. Il s'assit et s'appuya la tête avec une profonde mélancolie sur un coussin. « Je suis ennuyé de la vie et n'ai pas le courage de la quitter, dit-il après un moment de silence. Je voudrais m'être trompé dans ce que je viens de vous dire ; mais depuis quelques jours plus d'une clarté vive a lui sur mon âme. Je ne me suis pas promené dans les roches du Croisic pour mon plaisir. L'amertume de mes paroles à mon retour, quand je vous ai trouvé causant avec Camille, prenait sa source au fond de mon amour-propre blessé. Je m'expliquerai tantôt avec Camille. Deux esprits aussi clairvoyants que le sien et le mien ne sauraient se tromper. Entre deux duellistes de profession, le combat n'est pas de longue durée. Aussi puis-je d'avance vous annoncer mon départ. Oui, je quitterai les Touches, demain peut-être, avec Conti. Certes il s'y passera, quand nous n'y serons plus, d'étranges, de terribles choses peut-être, et j'aurai le regret de ne pas assister à ces débats de passion si rares en France et si dramatiques. Vous êtes bien jeune pour une lutte si dangereuse : vous m'intéressez. Sans le profond dégoût que m'inspirent les femmes, je resterais pour vous aider à jouer cette partie : elle est difficile, vous pouvez la perdre, vous avez affaire à deux femmes extraordinaires, et vous êtes déjà trop amoureux de l'une pour vous servir de l'autre. Béatrix doit avoir de l'obstination dans le caractère, et Camille a de la grandeur. Peut-être, comme une chose frêle et délicate, serez-vous brisé entre ces deux écueils, entraîné par les torrents de la passion. Prenez garde. »

La stupéfaction de Calyste en entendant ces paroles permit à Claude Vignon de les dire et de quitter le jeune Breton, qui demeura comme un voyageur à qui, dans les Alpes, un guide a démontré la profondeur d'un abîme en y jetant une pierre. Apprendre de la bouche même de Claude que lui, Calyste, était aimé de Camille au moment où il se sentait amoureux de Béatrix pour toute sa vie ! il y avait dans cette situation un poids trop fort pour une jeune âme si naïve. Pressé par un regret immense qui l'accablait dans le passé, tué dans le présent par la difficulté de sa position entre Béatrix qu'il aimait, entre Camille qu'il n'aimait plus et par laquelle Claude le disait aimé, le pauvre enfant se désespérait, il demeurait indécis, perdu dans ses pensées. Il cherchait inutilement les raisons qu'avait eues Félicité de rejeter son amour et de courir à Paris y chercher Claude Vignon. Par moments la voix de Béatrix arrivait pure et fraîche à ses oreilles et lui causait ces émotions violentes qu'il avait évitées en quittant le petit salon. A plusieurs reprises il ne s'était plus senti maître de réprimer une féroce envie de la saisir et de l'emporter. Qu'allait-il devenir? Reviendrait-il aux Touches? En se sachant aimé de Camille, comment pourrait-il y adorer Béatrix? Il ne trouvait aucune solution à ces difficultés. Insensiblement le silence régna dans la maison. Il entendit sans y faire attention le bruit de plusieurs portes qui se fermaient. Puis tout à coup il compta les douze coups de minuit à la pendule de la chambre voisine, où la voix de Camille et celle de Claude le réveillèrent de l'engourdissante contemplation de son avenir et où brillait une lumière au milieu des ténèbres. Avant qu'il se montrât, il put écouter de terribles paroles prononcées par Vignon.

« Vous êtes arrivée à Paris éperdument amoureuse de Calyste, disait-il à Félicité; mais vous étiez épouvantée des suites d'une semblable passion à votre âge, elle vous menait dans un abîme, dans un enfer, au suicide peut-être! L'amour ne subsiste qu'en se croyant éternel, et vous aperceviez à quelques pas dans votre vie une séparation horrible : le dégoût et la vieillesse terminant bientôt un poème sublime. Vous vous êtes souvenue d'*Adolphe*[131], épouvantable dénouement des amours de Mme de Staël et de Benjamin Constant, qui cependant étaient bien plus en rapport d'âge que vous ne l'êtes avec Calyste. Vous m'avez alors pris comme on prend des fascines[132] pour élever des retranchements entre les ennemis et soi. Mais, si vous vouliez me faire aimer les Touches, n'était-ce pas pour y passer vos jours dans l'adoration secrète de votre Dieu ? Pour accomplir votre plan, à la fois ignoble et sublime, vous deviez chercher un homme vulgaire ou un homme si préoccupé par de hautes pensées qu'il pût être facilement trompé. Vous m'avez cru simple, facile à abuser comme un homme de génie. Il paraît que je suis seulement un homme d'esprit : je vous ai devinée. Quand hier je vous ai fait l'éloge des femmes de votre âge en vous expliquant pourquoi Calyste vous aimait, croyez-vous que j'aie pris pour moi vos regards ravis, brillants, enchantés ? N'avais-je pas déjà lu dans votre âme ? Les yeux étaient bien tournés sur moi, mais le cœur battait pour Calyste. Vous n'avez jamais été aimée, ma pauvre Maupin, et vous ne le serez jamais après vous être refusé le beau fruit que le hasard vous a offert aux portes de l'enfer des femmes, et qui tournent sur leurs gonds poussées par le chiffre 50 !

— Pourquoi l'amour m'a-t-il donc fuie, dit-elle d'une voix altérée, dites-le-moi, vous qui savez tout ?...

— Mais vous n'êtes pas aimable, reprit-il, vous

ne vous pliez pas à l'amour, il doit se plier à vous. Vous pourrez peut-être vous adonner aux malices et à l'entrain des gamins; mais vous n'avez pas d'enfance au cœur, il y a trop de profondeur dans votre esprit, vous n'avez jamais été naïve, et vous ne commencerez pas à l'être aujourd'hui. Votre grâce vient du mystère, elle est abstraite et non active. Enfin votre force éloigne les gens très forts qui prévoient une lutte. Votre puissance peut plaire à de jeunes âmes qui, semblables à celle de Calyste, aiment à être protégées; mais, à la longue, elle fatigue. Vous êtes grande et sublime : subissez les inconvénients de ces deux qualités, elles ennuient.

— Quel arrêt! s'écria Camille. Ne puis-je être femme, suis-je une monstruosité?

— Peut-être, dit Claude.

— Nous verrons, s'écria la femme piquée au vif.

— Adieu, ma chère, demain je pars. Je ne vous en veux pas, Camille : je vous trouve la plus grande des femmes; mais si je continuais à vous servir de paravent ou d'écran, dit Claude avec deux savantes inflexions de voix, vous me mépriseriez singulièrement. Nous pouvons nous quitter sans chagrin ni remords : nous n'avons ni bonheur à regretter ni espérances déjouées. Pour vous, comme pour quelques hommes de génie infiniment rares, l'amour n'est pas ce que la nature l'a fait : un besoin impérieux à la satisfaction duquel elle attache de vifs mais de passagers plaisirs, et qui meurt; vous le voyez tel que l'a créé le christianisme : un royaume idéal, plein de sentiments nobles, de grandes petitesses, de poésies, de sensations spirituelles, de dévouements, de fleurs morales, d'harmonies enchanteresses, et situé bien au-dessus des grossièretés vulgaires, mais où vont deux créatures réunies en un ange, enlevées par les ailes du plaisir [133]. Voilà ce que j'espérais, je croyais saisir une des clefs qui nous ouvrent la porte fermée pour tant de gens et par laquelle on s'élance dans l'infini. Vous y étiez déjà, vous! Ainsi vous m'avez trompé. Je retourne à la misère, dans ma vaste prison de Paris. Il m'aurait suffi de cette tromperie au commencement de ma carrière pour me faire fuir les femmes; aujourd'hui, elle met dans mon âme un désenchantement qui me plonge à jamais dans une solitude épouvantable, je m'y trouverai sans la foi qui aidait les pères à la peupler d'images sacrées. Voilà, ma chère Camille, où nous mène la supériorité de l'esprit : nous pouvons chanter tous deux l'hymne horrible qu'un poète [134] a mis dans la bouche de Moïse parlant à Dieu :

Seigneur, vous m'avez fait puissant et solitaire! »

En ce moment Calyste parut.

« Je ne dois pas vous laisser ignorer que je suis là », dit-il.

Mlle des Touches exprima la plus vive crainte, une rougeur subite colora son visage impassible d'un ton de feu. Pendant toute cette scène, elle demeura plus belle qu'en aucun moment de sa vie.

« Nous vous avions cru parti, Calyste, dit Claude; mais cette indiscrétion involontaire de part et d'autre est sans danger : peut-être serez-vous plus à votre aise aux Touches en connaissant Félicité tout entière. Son silence annonce que je ne me suis point trompé sur le rôle qu'elle me destinait. Elle vous aime, comme je vous le disais, mais elle vous aime pour vous et non pour elle, sentiment que peu de femmes sont capables de concevoir et d'embrasser : peu d'entre elles connaissent la volupté des douleurs entretenues par le désir, c'est une des magnifiques passions réservées à l'homme ; mais elle est un peu homme ! dit-il en raillant. Votre passion pour Béatrix la fera souffrir et la rendra heureuse tout à la fois. »

Des larmes vinrent aux yeux de Mlle des Touches, qui n'osait regarder ni le terrible Claude Vignon ni l'ingénu Calyste. Elle était effrayée d'avoir été comprise, elle ne croyait pas qu'il fût possible à un homme, quelle que fût sa portée, de deviner une délicatesse si cruelle, un héroïsme aussi élevé que l'était le sien. En la trouvant si humiliée de voir ses grandeurs dévoilées, Calyste partagea l'émotion de cette femme qu'il avait mise si haut, et qu'il contemplait abattue. Calyste se jeta, par un mouvement irrésistible, aux pieds de Camille, et lui baisa les mains en y cachant son visage couvert de pleurs.

« Claude, dit-elle, ne m'abandonnez pas, que deviendrais-je ?

— Qu'avez-vous à craindre ? répondit le critique. Calyste aime déjà la marquise comme un fou. Certes, vous ne sauriez trouver une barrière plus forte entre vous et lui que cet amour excité par vous-même. Cette passion me vaut bien. Hier, il y avait du danger pour vous et pour lui ; mais aujourd'hui tout vous sera bonheur maternel, dit-il en lui lançant un regard railleur. Vous serez fière de ses triomphes. »

Mlle des Touches regarda Calyste, qui, sur ce mot, avait relevé la tête par un mouvement brusque. Claude Vignon, pour toute vengeance, prenait plaisir à voir la confusion de Calyste et de Félicité.

« Vous l'avez poussé vers Mme de Rochefide, reprit Claude Vignon, il est maintenant sous le charme. Vous avez creusé vous-même votre tombe. Si vous vous étiez confiée à moi, vous eussiez évité les malheurs qui vous attendent.

— Des malheurs, s'écria Camille Maupin en prenant la tête de Calyste et l'élevant jusqu'à elle et la baisant dans les cheveux et y versant d'abondantes larmes. Non, Calyste, vous oublierez tout ce que vous venez d'entendre, vous me compterez pour rien! »

Elle se leva, se dressa devant ces deux hommes et les terrassa par les éclairs que lancèrent ses yeux où brilla toute son âme.

« Pendant que Claude parlait, reprit-elle, j'ai conçu la beauté, la grandeur d'un amour sans espoir, n'est-ce pas le seul sentiment qui nous rapproche de Dieu? Ne m'aime pas, Calyste, moi je t'aimerai comme aucune femme n'aimera! »

Ce fut le cri le plus sauvage que jamais un aigle blessé ait poussé dans son aire. Claude fléchit le genou, prit la main de Félicité et la lui baisa.

« Quittez-nous, mon ami, dit Mlle des Touches au jeune homme, votre mère pourrait être inquiète. »

Calyste revint à Guérande à pas lents en se

retournant pour voir la lumière qui brillait aux croisées de l'appartement de Béatrix. Il fut surpris lui-même de ressentir peu de compassion pour Camille, il lui en voulait presque d'avoir été privé de quinze mois de bonheur. Puis parfois il éprouvait en lui-même les tressaillements que Camille venait de lui causer, il sentait dans ses cheveux les larmes qu'elle y avait laissées, il souffrait de sa souffrance, il croyait entendre les gémissements que poussait sans doute cette grande femme, tant désirée quelques jours auparavant. En ouvrant la porte du logis paternel où régnait un profond silence, il aperçut par la croisée, à la lueur de cette lampe d'une si naïve construction, sa mère qui travaillait en l'attendant. Des larmes mouillèrent les yeux de Calyste à cet aspect.

« Que t'est-il donc encore arrivé ? » demanda Fanny dont le visage exprimait une horrible inquiétude.

Pour toute réponse, Calyste prit sa mère dans ses bras et la baisa sur les joues, au front, dans les cheveux, avec une de ces effusions passionnées qui ravissent les mères et les pénètrent des subtiles flammes de la vie qu'elles ont donnée.

« C'est toi que j'aime, dit Calyste à sa mère presque honteuse et rougissant, toi qui ne vis que pour moi, toi que je voudrais rendre heureuse.

— Mais tu n'es pas dans ton assiette ordinaire, mon enfant, dit la baronne en contemplant son fils. Que t'est-il arrivé ?

— Camille m'aime, et je ne l'aime plus », dit-il.

La baronne attira Calyste à elle, le baisa au front, et Calyste entendit, dans le profond silence de cette vieille salle brune et tapissée, les coups d'une vive palpitation au cœur de sa mère. L'Irlandaise était jalouse de Camille, et pressentait la vérité. Cette mère avait, en attendant son fils toutes les nuits, creusé la passion de cette femme; elle avait, conduite par les lueurs d'une méditation obstinée, pénétré dans le cœur de Camille, et, sans pouvoir se l'expliquer, elle avait imaginé chez cette fille une fantaisie de maternité. Le récit de Calyste épouvanta cette mère simple et naïve.

« Eh bien, dit-elle après une pause, aime Mme de Rochefide, elle ne me causera pas de chagrin. »

Béatrix n'était pas libre, elle ne dérangeait aucun des projets formés pour le bonheur de Calyste, du moins Fanny le croyait, elle voyait une espèce de belle-fille à aimer, et non une autre mère à combattre.

« Mais Béatrix ne m'aimera pas, s'écria Calyste.

— Peut-être, répondit la baronne d'un air fin. Ne m'as-tu pas dit qu'elle allait être seule demain.

— Oui.

— Eh bien, mon enfant, ajouta la mère en rougissant. La jalousie est au fond de tous nos cœurs, et je ne savais pas la trouver un jour au fond du mien, car je ne croyais pas qu'on dût me disputer l'affection de mon Calyste! » Elle soupira. « Je croyais, dit-elle, que le mariage serait pour toi ce qu'il a été pour moi. Quelles lueurs tu as jetées dans mon âme depuis deux mois! de quels reflets se colore ton amour si naturel, pauvre ange! Eh bien, aie l'air de toujours aimer ta Mlle des Touches, la marquise en sera jalouse et tu l'auras.

— Oh! ma bonne mère, Camille ne m'aurait pas

dit cela, s'écria Calyste en tenant sa mère par la taille et la baisant sur le cou.

— Tu me rends bien perverse, mauvais enfant », dit-elle tout heureuse du visage radieux que l'espérance faisait à son fils qui monta gaiement l'escalier de la tourelle.

Le lendemain matin, Calyste dit à Gasselin d'aller se mettre en sentinelle sur le chemin de Guérande à Saint-Nazaire, de guetter au passage la voiture de Mlle des Touches et de compter les personnes qui s'y trouveraient. Gasselin revint au moment où toute la famille était réunie et déjeunait.

« Qu'arrive-t-il? dit Mlle du Guénic, Gasselin court comme s'il y avait le feu dans Guérande.

— Il aurait pris le mulot, dit Mariotte qui apportait le café, le lait et les rôties.

— Il vient de la ville et non du jardin, répondit Mlle du Guénic.

— Mais le mulot a son trou derrière le mur, du côté de la place, dit Mariotte.

— Monsieur le chevalier, ils étaient cinq, quatre dedans et le cocher.

— Deux dames au fond? dit Calyste.

— Et deux messieurs devant, reprit Gasselin.

— Selle le cheval de mon père, cours après, arrive à Saint-Nazaire au moment où le bateau part pour Paimbœuf, et si les deux hommes s'embarquent, accours me le dire à bride abattue. »

Gasselin sortit.

« Mon neveu, vous avez le diable au corps, dit la vieille Zéphirine.

— Laissez-le donc s'amuser, ma sœur, s'écria le

baron, il était triste comme un hibou, le voilà gai comme un pinson.

— Vous lui avez peut-être dit que notre chère Charlotte arrive, s'écria la vieille fille en se tournant vers sa belle-sœur.

— Non, répondit la baronne.

— Je croyais qu'il voulait aller au-devant d'elle, dit malicieusement Mlle du Guénic.

— Si Charlotte reste trois mois chez sa tante, il a bien le temps de la voir, répondit la baronne.

— Oh! ma sœur, que s'est-il donc passé depuis hier, demanda la vieille fille. Vous étiez si heureuse de savoir que Mlle de Pen-Hoël allait ce matin nous chercher sa nièce.

— Jacqueline veut me faire épouser Charlotte pour m'arracher à la perdition, ma tante, dit Calyste en riant et lançant à sa mère un coup d'œil d'intelligence. J'étais sur le mail quand Mlle de Pen-Hoël parlait à M. du Halga, mais elle n'a pas pensé que ce serait une bien plus grande perdition pour moi de me marier à mon âge.

— Il est écrit là-haut, s'écria la vieille fille en interrompant Calyste, que je ne mourrai ni tranquille ni heureuse. J'aurais voulu voir notre famille continuée, et quelques-unes de nos terres rachetées, il n'en sera rien. Peux-tu, mon beau neveu, mettre quelque chose en balance avec de tels devoirs?

— Mais, dit le baron, est-ce que Mlle des Touches empêchera Calyste de se marier quand il le faudra? Je dois l'aller voir.

— Je puis vous assurer, mon père, que Félicité ne sera jamais un obstacle à mon mariage.

— Je n'y vois plus clair », dit la vieille aveugle

qui ne savait rien de la subite passion de son neveu pour la marquise de Rochefide.

La mère garda le secret à son fils; en cette matière le silence est instinctif chez toutes les femmes. La vieille fille tomba dans une profonde méditation, écoutant de toutes ses forces, épiant les voix et le bruit pour pouvoir deviner le mystère qu'on lui cachait. Gasselin arriva bientôt, et dit à son jeune maître qu'il n'avait pas eu besoin d'aller à Saint-Nazaire pour savoir que Mlle des Touches et son amie reviendraient seules, il l'avait appris en ville chez Bernus, le messager qui s'était chargé des paquets des deux messieurs.

« Elles seront seules au retour, s'écria Calyste. Selle mon cheval. »

Au ton de son jeune maître, Gasselin crut qu'il y avait quelque chose de grave; il alla seller les deux chevaux, chargea les pistolets sans rien dire à personne, et s'habilla pour suivre Calyste. Calyste était si content de savoir Claude et Gennaro partis, qu'il ne songeait pas à la rencontre qu'il allait faire à Saint-Nazaire, il ne pensait qu'au plaisir d'accompagner la marquise, il prenait les mains de son vieux père et les lui serrait tendrement, il embrassait sa mère, il serrait sa vieille tante par la taille.

« Enfin, je l'aime mieux ainsi que triste, dit la vieille Zéphirine.

— Où vas-tu, chevalier? lui dit son père.

— A Saint-Nazaire.

— Peste! Et à quand le mariage? dit le baron qui crut son fils empressé de revoir Charlotte de Kergarouët. Il me tarde d'être grand-père, il est temps. »

Quand Gasselin se montra dans l'intention assez évidente d'accompagner Calyste, le jeune homme pensa qu'il pourrait revenir dans la voiture de Camille avec Béatrix en laissant son cheval à Gasselin, et il lui frappa sur l'épaule en disant : « Tu as eu de l'esprit.

— Je le crois bien, répondit Gasselin.

— Mon garçon, dit le père en venant avec Fanny jusqu'à la tribune du perron, ménage les chevaux, ils auront douze lieues à faire. »

Calyste partit après avoir échangé le plus pénétrant regard avec sa mère.

« Cher trésor, dit-elle en lui voyant courber la tête sous le cintre de la porte d'entrée.

— Que Dieu le protège! répondit le baron, car nous ne le referions pas. »

Ce mot assez dans le ton grivois des gentilshommes de province fit frissonner la baronne.

« Mon neveu n'aime pas assez Charlotte pour aller au-devant d'elle, dit la vieille fille à Mariotte qui ôtait le couvert.

— Il est arrivé une grande dame, une marquise aux Touches, et il court après! Bah! c'est de son âge, dit Mariotte.

— Elles nous le tueront, dit Mlle du Guénic.

— Ça ne le tuera pas, mademoiselle; au contraire », répondit Mariotte qui paraissait heureuse du bonheur de Calyste.

Calyste allait d'un train à crever son cheval, lorsque Gasselin demanda fort heureusement à son maître s'il voulait arriver avant le départ du bateau, ce qui n'était nullement son dessein; il ne désirait se faire voir ni à Conti ni à Claude. Le jeune homme ralentit alors le pas de son cheval, et se mit à regarder complaisamment les doubles raies tracées par les roues de la calèche sur les parties sablonneuses de la route. Il était d'une gaieté folle à cette seule pensée : elle a passé par là, elle reviendra par là, ses regards se sont arrêtés sur ces bois, sur ces arbres ! « Le charmant chemin, dit-il à Gasselin.

— Ah ! monsieur, la Bretagne est le plus beau pays du monde, répondit le domestique. Y a-t-il autre part des fleurs dans les haies et des chemins frais qui tournent comme celui-là ?

— Dans aucun pays, Gasselin.

— Voilà la voiture à Bernus, dit Gasselin.

— Mlle de Pen-Hoël et sa nièce y seront : cachons-nous, dit Calyste.

— Ici, monsieur. Êtes-vous fou ? Nous sommes dans les sables. »

La voiture, qui montait en effet une côte assez sablonneuse au-dessus de Saint-Nazaire, apparut aux regards de Calyste dans la naïve simplicité de sa construction bretonne. Au grand étonnement de Calyste, la voiture était pleine.

« Nous avons laissé Mlle de Pen-Hoël, sa sœur et sa nièce qui se tourmentent, toutes les places étaient prises par la douane, dit le conducteur à Gasselin.

— Je suis perdu », s'écria Calyste.

En effet la voiture était remplie d'employés qui sans doute allaient relever ceux des marais salants. Quand Calyste arriva sur la petite esplanade qui tourne autour de l'église de Saint-Nazaire, et d'où l'on découvre Paimbœuf et la majestueuse embouchure de la Loire luttant avec la mer, il y trouva

Camille et la marquise agitant leurs mouchoirs pour dire un dernier adieu aux deux passagers qu'emportait le bateau à vapeur. Béatrix était ravissante ainsi : le visage adouci par le reflet d'un chapeau de paille de riz sur lequel étaient jetés des coquelicots et noué par un ruban couleur ponceau, en robe de mousseline à fleurs, avançant son petit pied fluet chaussé d'une guêtre verte, s'appuyant sur sa frêle ombrelle et montrant sa belle main bien gantée. Rien n'est plus grandiose à l'œil qu'une femme en haut d'un rocher comme une statue sur son piédestal. Conti put alors voir Calyste abordant Camille.

« J'ai pensé, dit le jeune homme à Mlle des Touches, que vous reviendriez seules.

— Vous avez bien fait, Calyste », répondit-elle en lui serrant la main.

Béatrix se retourna, regarda son jeune amant et lui lança le plus impérieux coup d'œil de son répertoire. Un sourire que la marquise surprit sur les éloquentes lèvres de Camille lui fit comprendre la vulgarité de ce moyen, digne d'une bourgeoise. Mme de Rochefide dit alors à Calyste en souriant : « N'est-ce pas une légère impertinence de croire que je pouvais ennuyer Camille en route?

— Ma chère, un homme pour deux veuves n'est pas de trop », dit Mlle des Touches en prenant le bras de Calyste et laissant Béatrix occupée à regarder le bateau.

En ce moment Calyste entendit dans la rue en pente qui descend à ce qu'il faut appeler le port de Saint-Nazaire la voix de Mlle de Pen-Hoël, de Charlotte et de Gasselin, babillant tous trois comme des pies. La vieille fille questionnait Gasselin et voulait savoir pourquoi son maître et lui se trouvaient à Saint-Nazaire, où la voiture de Mlle des Touches faisait esclandre. Avant que le jeune homme eût pu se retirer, il avait été vu de Charlotte.

— Voilà Calyste, s'écria la petite Bretonne.

— Allez leur proposer ma voiture, leur femme de chambre se mettra près de mon cocher », dit Camille, qui savait que Mme de Kergarouët, sa fille et Mlle de Pen-Hoël n'avaient pas eu de places.

Calyste, qui ne pouvait s'empêcher d'obéir à Camille, vint s'acquitter de son message. Dès qu'elle sut qu'elle voyagerait avec la marquise de Rochefide et la célèbre Camille Maupin, Mme de Kergarouët ne voulut pas comprendre les réticences de sa sœur aînée, qui se défendit de profiter de ce qu'elle nommait la carriole du diable. A Nantes on était sous une latitude un peu plus civilisée qu'à Guérande, on y admirait Camille, elle était là comme la muse de la Bretagne et l'honneur du pays, elle y excitait autant de curiosité que de jalousie. L'absolution donnée à Paris par le grand monde, par la mode, était consacrée par la grande fortune de Mlle des Touches, et peut-être par ses anciens succès à Nantes qui se flattait d'avoir été le berceau de Camille Maupin. Aussi la vicomtesse, folle de curiosité, entraîna-t-elle sa vieille sœur sans prêter l'oreille à ses jérémiades.

« Bonjour, Calyste, fit la petite Kergarouët.

— Bonjour, Charlotte », répondit Calyste sans lui offrir le bras.

Tous deux interdits, l'une de tant de froideur, lui

de sa cruauté, remontèrent le ravin creux qu'on appelle une rue à Saint-Nazaire et suivirent en silence les deux sœurs. En un moment la petite fille de seize ans vit s'écrouler le château en Espagne bâti, meublé par ses romanesques espérances. Elle et Calyste avaient si souvent joué ensemble pendant leur enfance, elle était si liée avec lui qu'elle croyait son avenir inattaquable. Elle accourait emportée par un bonheur étourdi, comme un oiseau fond sur un champ de blé ; elle fut arrêtée dans son vol sans pouvoir imaginer l'obstacle.

« Qu'as-tu, Calyste, lui demanda-t-elle en lui prenant la main.

— Rien », répondit le jeune homme qui dégagea sa main avec un horrible empressement en pensant aux projets de sa tante et de Mlle de Pen-Hoël.

Des larmes mouillèrent les yeux de Charlotte. Elle regarda sans haine le beau Calyste ; mais elle allait éprouver son premier mouvement de jalousie et sentir les effroyables rages de la rivalité à l'aspect des deux belles Parisiennes et en soupçonnant la cause des froideurs de Calyste.

D'une taille ordinaire, Charlotte de Kergarouët avait une vulgaire fraîcheur, une petite figure ronde éveillée par deux yeux noirs qui jouaient l'esprit, des cheveux bruns abondants, une taille ronde, un dos plat, des bras maigres, le parler bref et décidé des filles de province qui ne veulent pas avoir l'air de petites niaises. Elle était l'enfant gâté de la famille à cause de la prédilection de sa tante pour elle. Elle gardait en ce moment sur elle le manteau de mérinos écossais à grands carreaux, doublé de soie verte, qu'elle avait sur le bateau à vapeur. Sa robe de voyage, en stoff [135] assez commun, à corsage fait chastement en guimpe, ornée d'une collerette à mille plis, allait lui paraître horrible à l'aspect des fraîches toilettes de Béatrix et de Camille. Elle devait souffrir d'avoir des bas blancs salis dans les roches, dans les barques où elle avait sauté, et de méchants souliers en peau, choisis exprès pour ne rien gâter de beau en voyage, selon les us et coutumes des gens de province. Quant à la vicomtesse de Kergarouët, elle était le type de la provinciale [136]. Grande, sèche, flétrie, pleine de prétentions cachées qui ne se montraient qu'après avoir été blessées, parlant beaucoup et attrapant à force de parler quelques idées, comme on carambole au billard, et qui lui donnaient une réputation d'esprit, essayant d'humilier les Parisiens par la prétendue bonhomie de la sagesse départementale et par un faux bonheur incessamment mis en avant, s'abaissant pour se faire relever, et furieuse d'être laissée à genoux; pêchant, selon une expression anglaise, les compliments à la ligne et n'en prenant pas toujours; ayant une toilette à la fois exagérée et peu soignée; prenant le manque d'affabilité pour de l'impertinence, et croyant embarrasser beaucoup les gens en ne leur accordant aucune attention; refusant ce qu'elle désirait pour se le faire offrir deux fois et avoir l'air d'être priée au-delà des bornes; occupée de ce dont on ne parle plus, et fort étonnée de ne pas être au courant de la mode; enfin se tenant difficilement une heure sans faire arriver Nantes, et les tigres de Nantes, et les affaires de la haute société de Nantes, et se plaignant de Nantes, et critiquant Nantes, et prenant pour des personnalités les phrases arrachées par la complaisance à ceux qui, distraits, abondaient dans son sens. Ses manières, son langage, ses idées avaient plus ou moins déteint sur ses quatre filles. Connaître Camille Maupin et Mme de Rochefide, il y avait pour elle un avenir et le fond de cent conversations!... aussi marchait-elle vers l'église comme si elle eût voulu l'emporter d'assaut, agitant son mouchoir, qu'elle déplia pour en montrer les coins lourds de broderies domestiques et garnis d'une dentelle invalide. Elle avait une démarche passablement cavalière, qui, pour une femme de quarante-sept ans, était sans conséquence.

« Monsieur le chevalier, dit-elle à Camille et à Béatrix en montrant Calyste qui venait piteusement avec Charlotte, nous a fait part de votre aimable proposition, mais nous craignons, ma sœur, ma fille et moi, de vous gêner.

— Ce ne sera pas moi, ma sœur, qui gênerai ces dames, dit la vieille fille avec aigreur, car je trouverai bien dans Saint-Nazaire un cheval pour revenir. »

Camille et Béatrix échangèrent un regard oblique surpris par Calyste, et ce regard suffit pour anéantir tous ses souvenirs d'enfance, ses croyances aux Kergarouët-Pen-Hoël, et pour briser à jamais les projets conçus par les deux familles.

« Nous pouvons très bien tenir cinq dans la voiture, répondit Mlle des Touches à qui Jacqueline tourna le dos. Quand nous serions horriblement gênées, ce qui n'est pas possible à cause de la finesse de vos tailles, je serais bien dédommagée par le plaisir de rendre service aux amis de Calyste.

Votre femme de chambre, madame, trouvera place; et vos paquets, si vous en avez, peuvent tenir derrière la calèche, je n'ai pas amené de domestique. »

La vicomtesse se confondit en remerciements et gronda sa sœur Jacqueline d'avoir voulu si promptement sa nièce qu'elle ne lui avait pas permis de venir dans sa voiture par le chemin de terre; mais il est vrai que la route de poste était non seulement longue, mais coûteuse; elle devait revenir promptement à Nantes où elle laissait trois autres petites chattes qui l'attendaient avec impatience, dit-elle en caressant le cou de sa fille. Charlotte eut alors un petit air de victime, en levant les yeux vers sa mère, qui fit supposer que la vicomtesse ennuyait prodigieusement ses quatre filles en les mettant aussi souvent en jeu que le caporal Trim met son bonnet dans *Tristram Shandy*[137].

« Vous êtes une heureuse mère, et vous devez..., dit Camille qui s'arrêta en pensant que la marquise avait dû se priver de son fils en suivant Conti.

— Oh! reprit la vicomtesse, si j'ai le malheur de passer ma vie à la campagne et à Nantes, j'ai la consolation d'être adorée par mes enfants. Avez-vous des enfants, demanda-t-elle à Camille.

— Je me nomme Mlle des Touches, répondit Camille. Madame est la marquise de Rochefide.

— Il faut vous plaindre alors de ne pas connaître le plus grand bonheur qu'il y ait pour nous autres pauvres simples femmes, n'est-ce pas, madame? dit la vicomtesse à la marquise pour réparer sa faute. Mais vous avez tant de dédommagements! »

Il vint une larme chaude dans les yeux de Béatrix

qui se tourna brusquement, et alla jusqu'au grossier parapet du rocher où Calyste la suivit.

« Madame, dit Camille à l'oreille de la vicomtesse, ignorez-vous que la marquise est séparée de son mari, qu'elle n'a pas vu son fils depuis dix-huit mois, et qu'elle ne sait pas quand elle le verra ?

— Bah ! dit Mme de Kergarouët, cette pauvre dame ! Est-ce judiciairement ?

— Non, par goût, dit Camille.

— Eh bien, je comprends cela », répondit intrépidement la vicomtesse.

La vieille Pen-Hoël, au désespoir d'être dans le camp ennemi, s'était retranchée à quatre pas avec sa chère Charlotte. Calyste, après avoir examiné si personne ne pouvait les voir, saisit la main de la marquise et la baisa en y laissant une larme. Béatrix se retourna, les yeux séchés par la colère ; elle allait lancer quelque mot terrible, et ne put rien dire en retrouvant ses pleurs sur la belle figure de cet ange aussi douloureusement atteint qu'elle-même.

« Mon Dieu, Calyste, lui dit Camille à l'oreille en le voyant revenir avec Mme de Rochefide, vous auriez *cela* pour belle-mère, et cette petite bécasse pour femme !

— Parce que sa tante est riche », dit ironiquement Calyste.

Le groupe entier se mit en marche vers l'auberge, et la vicomtesse se crut obligée de faire à Camille une satire sur les sauvages de Saint-Nazaire.

« J'aime la Bretagne, madame, répondit gravement Félicité, je suis née à Guérande. »

Calyste ne pouvait s'empêcher d'admirer Mlle des

Touches, qui, par le son de sa voix, la tranquillité de ses regards et le calme de ses manières, le mettait à l'aise, malgré les terribles déclarations de la scène qui avait eu lieu pendant la nuit. Elle paraissait néanmoins un peu fatiguée : ses traits annonçaient une insomnie, ils étaient comme grossis, mais le front dominait l'orage intérieur par une placidité cruelle.

« Quelles reines! dit-il à Charlotte en lui montrant la marquise et Camille et donnant le bras à la jeune fille au grand contentement de Mlle de Pen-Hoël.

— Quelle idée a eue ta mère, dit la vieille fille en donnant aussi son bras sec à sa nièce, de se mettre dans la compagnie de cette réprouvée.

— Oh! ma tante, une femme qui est la gloire de la Bretagne!

— La honte, petite. Ne vas-tu pas la cajoler aussi?

— Mlle Charlotte a raison, vous n'êtes pas juste, dit Calyste.

— Oh! vous, répondit Mlle de Pen-Hoël, elle vous a ensorcelé.

— Je lui porte, dit Calyste, la même amitié qu'à vous.

— Depuis quand les du Guénic mentent-ils? dit la vieille fille.

— Depuis que les Pen-Hoël sont sourdes, répliqua Calyste.

— Tu n'es pas amoureux d'elle, demanda la vieille fille enchantée.

— Je l'ai été, je ne le suis plus, répondit-il.

— Méchant enfant! pourquoi nous as-tu donné

tant de souci? Je savais bien que l'amour est une sottise, il n'y a de solide que le mariage », lui dit-elle en regardant Charlotte.

Charlotte, un peu rassurée, espéra pouvoir reconquérir ses avantages en s'appuyant sur tous les souvenirs de l'enfance, et serra le bras de Calyste, qui se promit alors de s'expliquer nettement avec la petite héritière.

« Ah! les belles parties de mouche que nous ferons, Calyste, dit-elle, et comme nous rirons! »

Les chevaux étaient mis, Camille fit passer au fond de la voiture la vicomtesse et Charlotte, car Jacqueline avait disparu; puis elle se plaça sur le devant avec la marquise. Calyste, obligé de renoncer au plaisir qu'il se promettait, accompagna la voiture à cheval, et les chevaux fatigués allèrent assez lentement pour qu'il pût regarder Béatrix. L'histoire a perdu les conversations étranges des quatre personnes que le hasard avait si singulièrement réunies dans cette voiture, car il est impossible d'admettre les cent et quelques versions qui courent à Nantes sur les récits, les répliques, les mots que la vicomtesse tient de la célèbre Camille Maupin *lui-même*. Elle s'est bien gardée de répéter ni de comprendre les réponses de Mlle des Touches à toutes les demandes saugrenues que les auteurs entendent si souvent, et par lesquelles on leur fait cruellement expier leurs rares plaisirs.

« Comment avez-vous fait vos livres? demanda la vicomtesse.

— Mais comme vous faites vos ouvrages de femme, du filet ou de la tapisserie, répondit Camille.

— Et où avez-vous pris ces observations si profondes et ces tableaux si séduisants ?

— Où vous prenez les choses spirituelles que vous dites, madame. Il n'y a rien de si facile que d'écrire, et si vous vouliez...

— Ah ! le tout est de vouloir, je ne l'aurais pas cru ! Quelle est celle de vos compositions que vous préférez ?

— Il est bien difficile d'avoir des prédilections pour ces petites chattes.

— Vous êtes blasée sur les compliments, et l'on ne sait que vous dire de nouveau.

— Croyez, madame, que je suis sensible à la forme que vous donnez aux vôtres. »

La vicomtesse ne voulut pas avoir l'air de négliger la marquise et dit en la regardant d'un air fin : « Je n'oublierai jamais ce voyage fait entre l'Esprit et la Beauté.

— Vous me flattez, madame, dit la marquise en riant ; il n'est pas naturel de remarquer l'esprit auprès du génie, et je n'ai pas encore dit grand-chose. »

Charlotte, qui sentait vivement les ridicules de sa mère, la regarda comme pour l'arrêter, mais la vicomtesse continua bravement à lutter avec les deux rieuses Parisiennes. Le jeune homme, qui trottait d'un trot lent et abandonné le long de la calèche, ne pouvait voir que les deux femmes assises sur le devant, et son regard les embrassait tour à tour en trahissant des pensées assez douloureuses. Forcée de se laisser voir, Béatrix évita constamment de jeter les yeux sur le jeune homme par une manœuvre désespérante pour les gens qui aiment, elle tenait son châle croisé sous ses mains croisées, et paraissait en proie à une méditation profonde. A un endroit où la route est ombragée, humide et verte comme un délicieux sentier de forêt, où le bruit de la calèche s'entendait à peine, où les feuilles effleuraient les capotes, où le vent apportait des odeurs balsamiques, Camille fit remarquer ce lieu plein d'harmonies, et appuya sa main sur le genou de Béatrix en lui montrant Calyste : « Comme il monte bien à cheval! lui dit-elle.

— Calyste? reprit la vicomtesse, c'est un charmant cavalier.

— Oh! Calyste est bien gentil, dit Charlotte.

— Il y a tant d'Anglais qui lui ressemblent! répondit indolemment la marquise sans achever sa phrase.

— Sa mère est irlandaise, une O'Brien », repartit Charlotte qui se crut attaquée personnellement.

Camille et la marquise entrèrent dans Guérande avec la vicomtesse de Kergarouët et sa fille, au grand étonnement de toute la ville ébahie; elles laissèrent leurs compagnes de voyage à l'entrée de la ruelle du Guénic, où peu s'en fallut qu'il ne se formât un attroupement. Calyste avait pressé le pas de son cheval pour aller prévenir sa tante et sa mère de l'arrivée de cette compagnie attendue à dîner. Le repas avait été retardé conventionnellement jusqu'à quatre heures. Le chevalier revint pour donner le bras aux deux dames; puis il baisa la main de Camille en espérant pouvoir prendre celle de la marquise, qui tint résolument ses bras croisés, et à laquelle il jeta les plus vives prières dans un regard inutilement mouillé.

« Petit niais », lui dit Camille en lui effleurant l'oreille par un modeste baiser plein d'amitié.

« C'est vrai, se dit en lui-même Calyste pendant que la calèche tournait, j'oublie les recommandations de ma mère; mais je les oublierai, je crois, toujours. »

Mlle de Pen-Hoël intrépidement arrivée sur un cheval de louage, la vicomtesse de Kergarouët et Charlotte trouvèrent la table mise et furent traitées avec cordialité, sinon avec luxe, par les du Guénic. La vieille Zéphirine avait indiqué dans les profondeurs de la cave des vins fins, et Mariotte s'était surpassée en ses plats bretons. La vicomtesse, enchantée d'avoir fait le voyage avec l'illustre Camille Maupin, essaya d'expliquer la littérature moderne et la place qu'y tenait Camille; mais il en fut du monde littéraire comme du whist : ni les du Guénic, ni le curé qui survint, ni le chevalier du Halga n'y comprirent rien. L'abbé Grimont et le vieux marin prirent part aux liqueurs du dessert. Dès que Mariotte, aidée par Gasselin et par la femme de chambre de la vicomtesse, eut ôté le couvert, il y eut un cri d'enthousiasme pour se livrer à la mouche. La joie régnait dans la maison. Tous croyaient Calyste libre et le voyaient marié dans peu de temps à la petite Charlotte. Calyste restait silencieux. Pour la première fois de sa vie, il établissait des comparaisons entre les Kergarouët et les deux femmes élégantes, spirituelles, pleines de goût, qui pendant ce moment devaient bien se moquer des deux provinciales, à s'en rapporter au premier regard qu'elles avaient échangé. Fanny, qui connaissait le secret de Calyste, observait la tristesse de son fils, sur qui les coquetteries de Charlotte ou les attaques de la vicomtesse avaient peu de prise. Évidemment son cher enfant s'ennuyait, le corps était dans cette salle où jadis il se serait amusé des plaisanteries de la mouche, mais l'esprit se promenait aux Touches. Comment l'envoyer chez Camille? se demandait la mère qui sympathisait avec son fils, qui aimait et s'ennuyait avec lui. Sa tendresse émue lui donna de l'esprit.

« Tu meurs d'envie d'aller aux Touches *la* voir », dit Fanny à l'oreille de Calyste. L'enfant répondit par un sourire et par une rougeur qui firent tressaillir cette adorable mère jusque dans les derniers replis de son cœur. « Madame, dit-elle à la vicomtesse, vous serez bien mal demain dans la voiture du messager, et surtout forcée de partir de bonne heure; ne vaudrait-il pas mieux que vous prissiez la voiture de Mlle des Touches? Va, Calyste, dit-elle en regardant son fils, arranger cette affaire aux Touches, mais reviens-nous promptement.

— Il ne me faut pas dix minutes », s'écria Calyste qui embrassa follement sa mère sur le perron où elle le suivit.

Calyste courut avec la légèreté d'un faon, et se trouva dans le péristyle des Touches quand Camille et Béatrix sortaient du grand salon après leur dîner. Il eut l'esprit d'offrir le bras à Félicité.

« Vous avez abandonné pour nous la vicomtesse et sa fille, dit-elle en lui pressant le bras, nous sommes à même de connaître l'étendue de ce sacrifice.

— Ces Kergarouët sont-ils parents des Portendère et du vieil amiral de Kergarouët, dont la veuve a épousé Charles de Vandenesse? demanda Mme de Rochefide à Camille.

— Sa petite-nièce, répondit Camille.

— C'est une charmante jeune personne, dit Béatrix en se posant dans un fauteuil gothique, ce sera bien l'affaire de M. du Guénic.

— Ce mariage ne se fera jamais », dit vivement Camille.

Abattu par l'air froid et calme de la marquise, qui montrait la petite Bretonne comme la seule créature qui pût s'appareiller avec lui, Calyste resta sans voix ni esprit.

« Et pourquoi, Camille? dit Mme de Rochefide.

— Ma chère, reprit Camille en voyant le désespoir de Calyste, je n'ai pas conseillé à Conti de se marier, et je crois avoir été charmante pour lui : vous n'êtes pas généreuse. »

Béatrix regarda son amie avec une surprise mêlée de soupçons indéfinissables. Calyste comprit à peu près le dévouement de Camille en voyant se mêler à ses joues cette faible rougeur qui chez elle annonce ses émotions les plus violentes; il vint assez gauchement auprès d'elle, lui prit la main et la baisa. Camille se mit négligemment au piano, comme une femme sûre de son amie et de l'adorateur qu'elle s'attribuait, en leur tournant le dos et les laissant presque seuls. Elle improvisa des variations sur quelques thèmes choisis à son insu par son esprit, car ils furent d'une mélancolie excessive. La marquise paraissait écouter, mais elle observait Calyste, qui, trop jeune et trop naïf pour jouer le rôle que lui donnait Camille, était en extase devant sa véritable idole. Après une heure, pendant laquelle Mlle des Touches se laissa naturellement aller à sa jalousie, Béatrix se retira chez elle. Camille fit aussitôt passer Calyste dans sa chambre, afin de ne pas être écoutée, car les femmes ont un admirable instinct de défiance.

« Mon enfant, lui dit-elle, ayez l'air de m'aimer, ou vous êtes perdu. Vous êtes un enfant, vous ne connaissez rien aux femmes, vous ne savez qu'aimer. Aimer et se faire aimer sont deux choses bien différentes. Vous allez tomber en d'horribles souffrances, et je vous veux heureux. Si vous contrariez non pas l'orgueil, mais l'entêtement de Béatrix, elle est capable de s'envoler à quelques lieues de Paris, auprès de Conti. Que deviendrez-vous alors?

— Je l'aimerai, répondit Calyste.

— Vous ne la verrez plus.

— Oh! si, dit-il.

— Et comment?

— Je la suivrai.

— Mais tu es aussi pauvre que Job, mon enfant.

— Mon père, Gasselin et moi, nous sommes restés pendant trois mois en Vendée avec cent cinquante francs, marchant jour et nuit.

— Calyste, dit Mlle des Touches, écoutez-moi bien. Je vois que vous avez trop de candeur pour feindre, je ne veux pas corrompre un aussi beau naturel que le vôtre, je prendrai tout sur moi. Vous serez aimé de Béatrix.

— Est-ce possible? dit-il en joignant les mains.

— Oui, répondit Camille, mais il faut vaincre chez elle les engagements qu'elle a pris avec elle-même. Je mentirai donc pour vous. Seulement ne dérangez rien dans l'œuvre assez ardue que je vais entreprendre. La marquise possède une finesse aristocratique, elle est spirituellement défiante; jamais chasseur ne rencontra de proie plus difficile à prendre : ici donc, mon pauvre garçon, le chasseur doit écouter son chien. Me promettez-vous une obéissance aveugle? Je serai votre Fox, dit-elle en se donnant le nom du meilleur lévrier de Calyste.

— Que dois-je faire? répondit le jeune homme.

— Très peu de chose, reprit Camille. Vous viendrez ici tous les jours à midi. Comme une maîtresse impatiente, je serai à celle des croisées du corridor d'où l'on aperçoit le chemin de Guérande pour vous voir arriver. Je me sauverai dans ma chambre afin de n'être pas vue et de ne pas vous donner la mesure d'une passion qui vous est à charge; mais vous m'apercevrez quelquefois et me ferez un signe avec votre mouchoir. Vous aurez dans la cour et en montant l'escalier un petit air assez ennuyé. Ça ne te coûtera pas de dissimulation, mon enfant, dit-elle en se jetant la tête sur son sein, n'est-ce pas? Tu n'iras pas vite, tu regarderas par la fenêtre de l'escalier qui donne sur le jardin en y cherchant Béatrix. Quand elle y sera (elle s'y promènera, sois tranquille!), si elle t'aperçoit, tu te précipiteras très lentement dans le petit salon et de là dans ma chambre. Si tu me vois à la croisée espionnant tes trahisons, tu te rejetteras vivement en arrière pour que je ne te surprenne pas mendiant un regard de Béatrix. Une fois dans ma chambre, tu seras mon prisonnier. Ah! nous y resterons ensemble jusqu'à quatre heures. Vous emploierez ce temps à lire et moi à fumer ; vous vous ennuierez bien de ne pas la voir, mais je vous trouverai des livres attachants. Vous n'avez rien lu de George Sand, j'enverrai cette nuit un de mes gens acheter ses œuvres à Nantes et celles de quelques autres auteurs que vous ne connaissez pas. Je sortirai la première et vous ne quitterez votre livre, vous ne viendrez dans mon petit salon qu'au moment où vous y entendrez Béatrix causant avec moi. Toutes les fois que vous verrez un livre de musique ouvert sur le piano, vous me demanderez à rester. Je vous permets d'être avec moi grossier si vous le pouvez, tout ira bien.

— Je sais, Camille, que vous avez pour moi la plus rare des affections et qui me fait regretter d'avoir vu Béatrix, dit-il avec une charmante bonne foi ; mais qu'espérez-vous ?

— En huit jours Béatrix sera folle de vous.

— Mon Dieu ! serait-ce possible ? dit-il en tombant à genoux et joignant les mains devant Camille attendrie, heureuse de lui donner une joie à ses propres dépens.

— Écoutez-moi bien, dit-elle. Si vous avez avec la marquise, non une conversation suivie, mais si vous échangez seulement quelques mots, enfin si vous la laissez vous interroger, si vous manquez au rôle muet que je vous donne, et qui certes est facile à jouer, sachez-le bien, dit-elle d'un ton grave, vous la perdriez à jamais.

— Je ne comprends rien à ce que vous me dites,

Camille, s'écria Calyste en la regardant avec une adorable naïveté.

— Si tu comprenais, tu ne serais plus l'enfant sublime, le noble et beau Calyste », répondit-elle en lui prenant la main et en la lui baisant.

Calyste fit alors ce qu'il n'avait jamais fait, il prit Camille par la taille et la baisa au cou mignonnement, sans amour, mais avec tendresse et comme il embrassait sa mère. Mlle des Touches ne put retenir un torrent de larmes.

« Allez-vous-en, mon enfant, et dites à votre vicomtesse que ma voiture est à ses ordres. »

Calyste voulut rester, mais il fut contraint d'obéir au geste impératif et impérieux de Camille; il revint tout joyeux, il était sûr d'être aimé sous huit jours par la belle Rochefide. Les joueurs de mouche retrouvèrent en lui le Calyste perdu depuis deux mois. Charlotte s'attribua le mérite de ce changement. Mlle de Pen-Hoël fut charmante d'agaceries avec Calyste. L'abbé Grimont cherchait à lire dans les yeux de la baronne la raison du calme qu'il y voyait. Le chevalier du Halga se frottait les mains. Les deux vieilles filles avaient la vivacité de deux lézards. La vicomtesse devait cent sous de mouches accumulées. La cupidité de Zéphirine était si vivement intéressée qu'elle regretta de ne pas voir les cartes, et décocha quelques paroles vives à sa belle-sœur, à qui le bonheur de Calyste causait des distractions, et qui par moments l'interrogeait sans pouvoir rien comprendre à ses réponses. La partie dura jusqu'à onze heures. Il y eut deux défections : le baron et le chevalier s'endormirent dans leurs fauteuils respectifs. Mariotte avait fait des galettes de blé noir, la baronne alla chercher sa boîte à thé. L'illustre maison du Guénic servit, avant le départ des Kergarouët et de Mlle de Pen-Hoël, une collation composée de beurre frais, de fruits, de crème, et pour laquelle on sortit du bahut la théière d'argent et les porcelaines d'Angleterre envoyées à la baronne par une de ses tantes. Cette apparence de splendeur moderne dans cette vieille salle, la grâce exquise de la baronne, élevée en bonne Irlandaise à faire et à servir le thé, cette grande affaire des Anglaises, eurent je ne sais quoi de charmant. Le luxe le plus effréné n'aurait pas obtenu l'effet simple, modeste et noble que produisait ce sentiment d'hospitalité joyeuse. Quand il n'y eut plus dans cette salle que la baronne et son fils, elle regarda Calyste d'un air curieux.

« Que t'est-il arrivé ce soir aux Touches ? » lui dit-elle.

Calyste raconta l'espoir que Camille lui avait mis au cœur et ses bizarres instructions.

« La pauvre femme ! » s'écria l'Irlandaise en joignant les mains et plaignant pour la première fois Mlle des Touches.

Quelques moments après le départ de Calyste, Béatrix, qui l'avait entendu partir des Touches, revint chez son amie qu'elle trouva les yeux humides, à demi renversée sur un sofa.

« Qu'as-tu, Félicité ? lui demanda la marquise.

— J'ai quarante ans et j'aime, ma chère ! dit avec un horrible accent de rage Mlle des Touches dont les yeux devinrent secs et brillants. Si tu savais, Béatrix, combien de larmes je verse sur les jours perdus de ma jeunesse ! Être aimée par pitié, savoir qu'on ne doit son bonheur qu'à des travaux pénibles, à des finesses de chatte, à des pièges tendus à l'innocence et aux vertus d'un enfant, n'est-ce pas infâme ? Heureusement on trouve alors une espèce d'absolution dans l'infini de la passion, dans l'énergie du bonheur, dans la certitude d'être à jamais au-dessus de toutes les femmes en gravant son souvenir dans un jeune cœur par des plaisirs ineffaçables, par un dévouement insensé. Oui, s'il me le demandait, je me jetterais dans la mer à un seul de ses signes. Par moments, je me surprends à souhaiter qu'il le veuille, ce serait une offrande et non un suicide... Ah ! Béatrix, tu m'as donné une rude tâche en venant ici. Je sais qu'il est difficile de l'emporter sur toi ; mais tu aimes Conti, tu es noble et généreuse, et tu ne me tromperas pas ; tu m'aideras au contraire à conserver mon Calyste. Je m'attendais à l'impression que tu fais sur lui, mais je n'ai pas commis la faute de paraître jalouse, ce serait attiser le mal. Au contraire, je t'ai annoncée en te peignant avec de si vives couleurs que tu ne pusses jamais réaliser le portrait, et par malheur tu es embellie. »

Cette violente élégie, où le vrai se mêlait à la tromperie, abusa complètement Mme de Rochefide. Claude Vignon avait dit à Conti les motifs de son départ, Béatrix en fut naturellement instruite, elle déployait donc de la générosité en marquant de la froideur à Calyste ; mais en ce moment il s'éleva dans son âme ce mouvement de joie qui frétille au fond du cœur de toutes les femmes quand elles se savent aimées. L'amour qu'elles inspirent à un homme comporte des éloges sans hypocrisie, et qu'il est difficile de ne pas savourer ; mais quand cet homme appartient à une amie, ses hommages causent plus que de la joie, c'est de célestes délices. Béatrix s'assit auprès de son amie et lui fit de petites cajoleries.

« Tu n'as pas un cheveu blanc, lui dit-elle, tu n'as pas une ride, tes tempes sont encore fraîches, tandis que je connais plus d'une femme de trente ans obligée de cacher les siennes. Tiens, ma chère, dit-elle en soulevant ses boucles, vois ce que m'a coûté mon voyage ? »

La marquise montra l'imperceptible flétrissure qui fatiguait là le grain de sa peau si tendre ; elle releva ses manchettes et fit voir une pareille flétrissure à ses poignets, où la transparence du tissu déjà froissé laissait voir le réseau de ses vaisseaux grossis, où trois lignes profondes lui faisaient un bracelet de rides.

« N'est-ce pas, comme l'a dit un écrivain à la piste de nos misères [138], les deux endroits qui ne mentent point chez nous ? dit-elle. Il faut avoir bien souffert pour reconnaître la vérité de sa cruelle observation ; mais, heureusement pour nous, la plupart des hommes n'y connaissent rien, et ne lisent pas cet infâme auteur.

— Ta lettre m'a tout dit, répondit Camille, le bonheur ignore la fatuité, tu t'y vantais trop d'être heureuse. En amour, la vérité n'est-elle pas sourde, muette et aveugle ? Aussi, te sachant bien des raisons d'abandonner Conti, redouté-je ton séjour ici. Ma chère, Calyste est un ange, il est aussi bon qu'il est beau, le pauvre innocent ne résisterait pas à un seul de tes regards, il t'admire trop pour ne pas t'aimer à un seul encouragement ; ton dédain me le conservera. Je te l'avoue avec la lâcheté de la passion vraie : me l'arracher, ce serait me tuer. ADOLPHE, cet épouvantable livre de Benjamin Constant, ne nous a dit que les douleurs d'Adolphe, mais celles de la femme ? hein ! il ne les a pas assez observées pour nous les peindre ; et quelle femme oserait les révéler, elles déshonoreraient notre sexe, elles en humilieraient les vertus, elles en étendraient les vices. Ah ! si je les mesure par mes craintes, ces souffrances ressemblent à celles de l'enfer. Mais en cas d'abandon, mon thème est fait.

— Et qu'as-tu décidé ? » demanda Béatrix avec une vivacité qui fit tressaillir Camille.

Là les deux amies se regardèrent avec l'attention de deux inquisiteurs d'État vénitiens, par un coup d'œil rapide où leurs âmes se heurtèrent et firent feu comme deux cailloux. La marquise baissa les yeux.

« Après l'homme, il n'y a plus que Dieu, répondit gravement la femme célèbre. Dieu, c'est l'inconnu. Je m'y jetterai comme dans un abîme. Calyste vient de me jurer qu'il ne t'admirait que comme on admire un tableau ; mais tu es à vingt-huit ans dans toute la magnificence de la beauté. La lutte vient donc de commencer entre lui et moi par un mensonge. Je sais heureusement comment m'y prendre pour triompher.

— Comment feras-tu ?

— Ceci est mon secret, ma chère. Laisse-moi les bénéfices de mon âge. Si Claude Vignon m'a brutalement jetée dans l'abîme, moi, qui m'étais élevée jusque dans un lieu que je croyais inaccessible, je cueillerai du moins toutes les fleurs pâles, étiolées, mais délicieuses qui croissent au fond des précipices. »

La marquise fut pétrie comme une cire par Mlle des Touches qui goûtait un sauvage plaisir à l'envelopper de ses ruses. Camille renvoya son amie piquée de curiosité, flottant entre la jalousie et sa générosité, mais certainement occupée du beau Calyste.

« Elle sera ravie de me tromper », se dit Camille en lui donnant le baiser du bonsoir.

Puis, quand elle fut seule, l'auteur fit place à la femme ; elle fondit en larmes, elle chargea de tabac lessivé dans l'opium la cheminée de son houka, et passa la plus grande partie de la nuit à fumer, engourdissant ainsi les douleurs de son amour, et voyant à travers les nuages de fumée la délicieuse tête de Calyste.

« Quel beau livre à écrire que celui dans lequel je raconterais mes douleurs ! se dit-elle, mais il est fait. Sapho vivait avant moi, Sapho était jeune. Belle et touchante héroïne, vraiment, qu'une femme de quarante ans ? Fume ton houka, ma pauvre Camille, tu n'as pas même la ressource de faire une poésie de ton malheur, il est au comble ! »

Elle ne se coucha qu'au jour, en entremêlant ainsi de larmes, d'accents de rage et de résolutions sublimes la longue méditation où parfois elle étudia les mystères de la religion catholique, ce à quoi, dans sa vie d'artiste insoucieuse et d'écrivain incrédule, elle n'avait jamais songé.

Le lendemain, Calyste, à qui sa mère avait dit de suivre exactement les conseils de Camille, vint à midi, monta mystérieusement dans la chambre de Mlle des Touches, où il trouva des livres. Félicité resta dans un fauteuil à une fenêtre, occupée à fumer, en contemplant tour à tour le sauvage pays des marais, la mer et Calyste, avec qui elle échangea quelques paroles sur Béatrix. Il y eut un moment où voyant la marquise se promenant dans le jardin, elle alla détacher, en se faisant voir de son amie, les rideaux et les étala pour intercepter le jour, en laissant passer néanmoins une bande de lumière qui rayonnait sur le livre de Calyste.

« Aujourd'hui, mon enfant, je te prierai de rester à dîner, dit-elle en lui mettant ses cheveux en désordre, et tu me refuseras en regardant la marquise, tu n'auras pas de peine à lui faire comprendre combien tu regrettes de ne pas rester. »

Vers quatre heures, Camille sortit et alla jouer l'atroce comédie de son faux bonheur auprès de la marquise qu'elle amena dans son salon. Calyste sortit de la chambre, il comprit en ce moment la honte de sa position. Le regard qu'il jeta sur Béatrix et attendu par Félicité fut encore plus expressif qu'elle ne le croyait. Béatrix avait fait une charmante toilette.

« Comme vous vous êtes coquettement mise, ma mignonne ? » dit Camille quand Calyste fut parti.

Ce manège dura six jours ; il fut accompagné, sans que Calyste le sût, des conversations les plus habiles de Camille avec son amie. Il y eut entre ces deux femmes un duel sans trêve où elles firent assaut de ruses, de feintes, de fausses générosités, d'aveux mensongers, de confidences astucieuses, où l'une cachait, où l'autre mettait à nu son amour, et où cependant le fer aigu, rougi des traîtresses paroles de Camille, atteignait au fond du cœur de son amie et y piquait quelques-uns de ces mauvais sentiments que les femmes honnêtes répriment avec tant de peine. Béatrix avait fini par s'offenser des défiances que manifestait Camille, elle les trouvait peu honorables et pour l'une et pour l'autre, elle était enchantée de savoir à ce grand écrivain les petitesses de son sexe, elle voulut avoir le plaisir de lui montrer où cessait sa supériorité et comment elle pouvait être humiliée.

« Ma chère, que vas-tu lui dire aujourd'hui, demanda-t-elle en regardant méchamment son amie au moment où l'amant prétendu demandait à rester. Lundi nous avions à causer ensemble, mardi le dîner ne valait rien, mercredi tu ne voulais pas t'attirer la colère de la baronne, jeudi tu t'allais promener avec moi, hier tu lui as dit adieu quand il ouvrait la bouche, eh bien, je veux qu'il reste aujourd'hui, ce pauvre garçon.

— Déjà, ma petite! » dit avec une mordante ironie Camille à Béatrix. La marquise rougit. « Restez, monsieur du Guénic », dit Mlle des Touches à Calyste en prenant des airs de reine et de femme piquée.

Béatrix devint froide et dure, elle fut cassante, épigrammatique, et maltraita Calyste, que sa prétendue maîtresse envoya jouer la mouche avec Mlle de Kergarouët.

« Elle n'est pas dangereuse, celle-là », dit en souriant Béatrix.

Les jeunes gens amoureux sont comme les affamés, les préparatifs du cuisinier ne les rassasient pas, ils pensent trop au dénouement pour comprendre les moyens. En revenant des Touches à Guérande, Calyste avait l'âme pleine de Béatrix, il ignorait la profonde habileté féminine que déployait Félicité pour, en termes consacrés, avancer ses affaires. Pendant cette semaine la marquise n'avait écrit qu'une lettre à Conti, et ce symptôme d'indifférence n'avait pas échappé à Camille. Toute la vie de Calyste était concentrée dans l'instant si court pendant lequel il voyait la marquise. Cette goutte d'eau, loin d'étancher sa soif, ne faisait que la redoubler. Ce mot magique : Tu seras aimé! dit par Camille et approuvé par sa mère, était le talisman à l'aide duquel il contenait la fougue de sa passion. Il dévorait le temps, il ne dormait plus, il trompait l'insomnie en lisant, et il apportait chaque soir des charretées de livres, selon l'expression de Mariotte. Sa tante maudissait Mlle des Touches; mais la baronne, qui plusieurs fois était montée chez son fils en y apercevant de la lumière, avait le secret de ces veillées. Quoiqu'elle en fût restée aux timidités de la jeune fille ignorante et que pour elle l'amour eût tenu ses livres fermés, Fanny s'élevait par sa tendresse maternelle jusqu'à certaines idées; mais la plupart des abîmes de ce sentiment étaient obscurs et couverts de nuages, elle s'effrayait donc beaucoup de l'état dans lequel elle voyait son fils, elle s'épouvantait du désir unique, incompris qui le dévorait. Calyste n'avait plus qu'une pensée, il semblait toujours voir Béatrix devant lui. Le soir, pendant la partie, ses distractions ressemblaient au sommeil de son père. En le trouvant si différent de ce qu'il était quand il croyait aimer Camille, la baronne reconnaissait avec une sorte de terreur les symptômes qui signalent le véritable amour, sentiment tout à fait inconnu dans ce vieux manoir. Une irritabilité fébrile, une absorption constante rendaient Calyste hébété. Souvent il restait des heures entières à regarder une figure de la tapisserie. Elle lui avait conseillé le matin de ne plus aller aux Touches et de laisser ces deux femmes.

« Ne plus aller aux Touches! s'était écrié Calyste.

— Vas-y, ne te fâche pas, mon bien-aimé », répondit-elle en l'embrassant sur ces yeux qui lui avaient lancé des flammes.

Dans ces circonstances, Calyste faillit perdre le fruit des savantes manœuvres de Camille par la furie bretonne de son amour, dont il ne fut plus le maître. Il se jura, malgré ses promesses à Félicité, de voir Béatrix et de lui parler. Il voulait lire dans ses yeux, y noyer son regard, examiner les légers détails de sa toilette, en aspirer les parfums, écouter la musique de sa voix, suivre l'élégante composition de ses mouvements, embrasser par un coup d'œil cette taille, enfin la contempler, comme un grand général étudie le champ où se livrera quelque bataille décisive; il le voulait comme veulent les amants; il était en proie à un désir qui lui fermait les oreilles, qui lui obscurcissait l'intelligence, qui le jetait dans un état maladif où il ne reconnaissait plus ni obstacles ni distances, où il ne sentait même plus son corps. Il imagina alors d'aller aux Touches avant l'heure convenue, espérant y rencontrer Béatrix dans le jardin. Il avait su qu'elle s'y promenait le matin en attendant le déjeuner.

Mlle des Touches et la marquise étaient allées voir pendant la matinée les marais salants et le bassin bordé de sable fin où la mer pénètre, et qui ressemble à un lac au milieu des dunes, elles étaient revenues au logis et devisaient en tournant dans les petites allées jaunes du boulingrin [139].

« Si ce paysage vous intéresse, lui dit Camille, il faut aller avec Calyste faire le tour du Croisic. Il y a là des roches admirables, des cascades de granit, de petites baies ornées de cuves naturelles, des choses surprenantes de caprices, et puis la mer avec ses milliers de fragments de marbre, un monde d'amusements. Vous verrez des femmes faisant du bois, c'est-à-dire collant des bouses de vache le long des murs pour les dessécher et les entasser comme les mottes à Paris; puis, l'hiver, on se chauffe de ce bois-là [140].

— Vous risquez donc Calyste, dit en riant la marquise et d'un ton qui prouvait que la veille Camille en boudant Béatrix l'avait contrainte à s'occuper de Calyste.

— Ah! ma chère, quand vous connaîtrez l'âme angélique d'un pareil enfant, vous me comprendrez. Chez lui, la beauté n'est rien, il faut pénétrer dans ce cœur pur, dans cette naïveté surprise à chaque pas fait dans le royaume de l'amour. Quelle foi! quelle candeur! quelle grâce! Les anciens avaient raison dans le culte qu'ils rendaient à la sainte beauté. Je ne sais quel voyageur nous a dit que les chevaux en liberté prennent le plus beau d'entre eux pour chef. La beauté, ma chère, est le génie des choses; elle est l'enseigne que la nature a mise à ses créations les plus parfaites, elle est le plus vrai des symboles, comme elle est le plus grand des hasards. A-t-on jamais figuré les anges difformes? ne réunissent-ils pas la grâce à la force? Qui nous a fait rester des heures entières devant certains tableaux en Italie, où le génie a cherché pendant des années à réaliser un de ces hasards de la nature? Allons, la main sur la conscience, n'était-ce pas l'idéal de la beauté que nous unissions aux grandeurs morales? Eh bien, Calyste est un de ces rêves réalisés, il a le courage du lion qui demeure tranquille sans soupçonner sa royauté. Quand il se sent à l'aise, il est spirituel, et j'aime sa timidité de jeune fille. Mon âme se repose dans son cœur de toutes les corruptions, de toutes les idées de la science, de la littérature, du monde, de la politique, de tous ces inutiles accessoires sous lesquels nous étouffons le bonheur. Je suis ce que je n'ai jamais été, je suis enfant! Je suis sûre de lui, mais j'aime à faire la jalouse, il en est heureux. D'ailleurs cela fait partie de mon secret.

Béatrix marchait pensive et silencieuse, Camille endurait un martyre inexprimable et lançait sur elle des regards obliques qui ressemblaient à des flammes.

« Ah! ma chère, tu es heureuse, toi! dit Béatrix en appuyant sa main sur le bras de Camille en femme fatiguée de quelque résistance secrète.

— Oui, bien heureuse! » répondit avec une sauvage amertume la pauvre Félicité.

Les deux femmes tombèrent sur un banc, épuisées toutes deux. Jamais aucune créature de son sexe ne fut soumise à de plus véritables séductions et à un plus pénétrant machiavélisme que ne l'était la marquise depuis une semaine.

« Mais moi! moi, voir les infidélités de Conti, les dévorer...

— Et pourquoi ne le quittes-tu pas? dit Camille en apercevant l'heure favorable où elle pouvait frapper un coup décisif.

— Le puis-je?

— Oh! pauvre enfant. »

Toutes deux regardèrent un groupe d'arbres d'un air hébété.

« Je vais aller hâter le déjeuner, dit Camille, cette course m'a donné de l'appétit.

— Notre conversation m'a ôté le mien », dit Béatrix.

Béatrix en toilette du matin se dessinait comme une forme blanche sur les masses vertes du feuillage. Calyste, qui s'était coulé par le salon dans le jardin, prit une allée où il chemina lentement, pour y rencontrer la marquise comme par hasard; et Béatrix ne put retenir un léger tressaillement en l'apercevant.

« En quoi, madame, vous ai-je déplu hier? dit Calyste après quelques phrases banales échangées.

— Mais vous ne me plaisez ni ne me déplaisez », dit-elle d'un ton doux.

Le ton, l'air, la grâce admirable de la marquise encourageaient Calyste.

« Je vous suis indifférent, dit-il avec une voix troublée par les larmes qui lui vinrent aux yeux.

— Ne devons-nous pas être indifférents l'un à l'autre? répondit la marquise. Nous avons l'un et l'autre un attachement vrai...

— Hé! dit vivement Calyste, j'aimais Camille, mais je ne l'aime plus.

— Et que faites-vous donc tous les jours pendant toute la matinée? dit-elle avec un sourire assez perfide. Je ne suppose pas que, malgré sa passion pour le tabac, Camille vous préfère un cigare; et que, malgré votre admiration pour les femmes auteurs, vous passiez quatre heures à lire des romans femelles.

— Vous savez donc..., dit ingénument le naïf Breton dont la figure était illuminée par le bonheur de voir son idole.

— Calyste? cria violemment Camille en apparaissant, l'interrompant, le prenant par le bras et l'entraînant à quelques pas, Calyste, est-ce là ce que vous m'aviez promis? »

La marquise put entendre ce reproche de Mlle des Touches qui disparut en grondant et emmenant Calyste, elle demeura stupéfaite de l'aveu de Calyste, sans y rien comprendre. Mme de Rochefide n'était pas aussi forte que Claude Vignon. La vérité du rôle horrible et sublime joué par Camille est une de ces infâmes grandeurs que les femmes n'admettent qu'à la dernière extrémité. Là se brisent leurs cœurs, là cessent leurs sentiments de femmes, là commence pour elles une abnégation qui les plonge dans l'enfer, ou qui les mène au ciel.

Pendant le déjeuner, auquel Calyste fut convié, la marquise, dont les sentiments étaient nobles et fiers, avait déjà fait un retour sur elle-même, en étouffant les germes d'amour qui croissaient dans son cœur. Elle fut, non pas froide et dure pour

Calyste, mais d'une douceur indifférente qui le navra. Félicité mit sur le tapis la proposition d'aller le surlendemain faire une excursion dans le paysage original compris entre les Touches, Le Croisic et le bourg de Batz. Elle pria Calyste d'employer la journée du lendemain à se procurer une barque et des matelots en cas de promenade sur mer. Elle se chargeait des vivres, des chevaux et de tout ce qu'il fallait avoir à sa disposition pour ôter toute fatigue à cette partie de plaisir. Béatrix brisa net en disant qu'elle ne s'exposerait pas à courir ainsi le pays. La figure de Calyste qui peignait une vive joie se couvrit soudain d'un voile.

« Et que craignez-vous, ma chère ? dit Camille.

— Ma position est trop délicate pour que je compromette, non pas ma réputation, mais mon bonheur, dit-elle avec emphase en regardant le jeune Breton. Vous connaissez la jalousie de Conti, s'il savait...

— Et qui le lui dira ?

— Ne reviendra-t-il pas me chercher ? »

Ce mot fit pâlir Calyste. Malgré les instances de Félicité, malgré celles du jeune Breton, Mme de Rochefide fut inflexible, et montra ce que Camille appelait son entêtement. Calyste, malgré les espérances que lui donna Félicité, quitta les Touches en proie à un de ces chagrins d'amoureux dont la violence arrive à la folie. Revenu à l'hôtel du Guénic, il ne sortit de sa chambre que pour dîner, et y remonta quelque temps après. A dix heures, sa mère inquiète vint le voir, et le trouva griffonnant au milieu d'une grande quantité de papiers biffés et déchirés ; il écrivait à Béatrix, car il se défiait de

Camille; l'air qu'avait eu la marquise pendant leur entrevue au jardin l'avait singulièrement encouragé. Jamais première lettre d'amour n'a été, comme on pourrait le croire, un jet brûlant de l'âme. Chez tous les jeunes gens que n'a pas atteints la corruption, une pareille lettre est accompagnée de bouillonnements trop abondants, trop multipliés, pour ne pas être l'élixir de plusieurs lettres essayées, rejetées, recomposées. Voici celle à laquelle s'arrêta Calyste, et qu'il lut à sa pauvre mère étonnée. Pour elle, cette vieille maison était comme en feu, l'amour de son fils y flambait comme la lumière d'un incendie.

CALYSTE À BÉATRIX

« Madame, je vous aimais quand vous n'étiez pour moi qu'un rêve, jugez de la force qu'a prise mon amour en vous apercevant. Le rêve a été surpassé par la réalité. Mon chagrin est de n'avoir rien à vous dire que vous ne sachiez en vous disant combien vous êtes belle; mais peut-être vos beautés n'ont-elles jamais éveillé chez personne autant de sentiments qu'elles en excitent en moi. Vous êtes belle de plus d'une façon; et je vous ai tant étudiée en pensant à vous jour et nuit, que j'ai pénétré les mystères de votre personne, les secrets de votre cœur et vos délicatesses méconnues. Avez-vous jamais été comprise, adorée comme vous méritez de l'être? Sachez-le donc, il n'y a pas un de vos traits qui ne soit interprété dans mon cœur : votre fierté répond à la mienne, la noblesse de vos regards, la grâce de votre maintien, la distinction de vos mouvements, tout en vous est en harmonie avec des pensées, avec des vœux cachés au fond de votre âme, et c'est en les devinant que je me suis cru digne de vous. Si je n'étais pas devenu depuis quelques jours un autre vous-même, vous parlerais-je de moi ? Me lire, ce sera de l'égoïsme : il s'agit ici bien plus de vous que de Calyste. Pour vous écrire, Béatrix, j'ai fait taire mes vingt ans, j'ai entrepris sur moi, j'ai vieilli ma pensée, ou peut-être l'avez-vous vieillie par une semaine des plus horribles souffrances, d'ailleurs innocemment causées par vous. Ne me croyez pas un de ces amants vulgaires desquels vous vous êtes moquée avec tant de raison. Le beau mérite d'aimer une jeune, une belle, une spirituelle, une noble femme ! Hélas ! je ne pense même pas à vous mériter. Que suis-je pour vous ? un enfant attiré par l'éclat de la beauté, par les grandeurs morales comme un insecte est attiré par la lumière. Vous ne pouvez pas faire autrement que de marcher sur les fleurs de mon âme, mais tout mon bonheur sera de vous les voir fouler aux pieds. Un dévouement absolu, la foi sans bornes, un amour insensé, toutes ces richesses d'un cœur aimant et vrai, ne sont rien ; elles servent à aimer et ne font pas qu'on soit aimé. Par moments je ne comprends pas qu'un fanatisme si ardent n'échauffe pas l'idole ; et quand je rencontre votre œil sévère et froid, je me sens glacé. C'est votre dédain qui agit et non mon adoration. Pourquoi ? Vous ne sauriez me haïr autant que je vous aime, le sentiment le plus faible doit-il donc l'emporter sur le plus fort ? J'aimais Félicité de toutes les puissances de mon cœur; je l'ai oubliée en un jour, en un moment, en vous voyant. Elle était l'erreur, vous êtes la vérité. Vous avez, sans le savoir, détruit mon bonheur, et vous ne me devez rien en échange. J'aimais Camille sans espoir et vous ne me donnez aucune espérance : rien n'est changé que la divinité. J'étais idolâtre, je suis chrétien, voilà tout. Seulement, vous m'avez appris qu'aimer est le premier de tous les bonheurs, être aimé ne vient qu'après. Selon Camille, ce n'est pas aimer que d'aimer pour quelques jours : l'amour qui ne s'accroît pas de jour en jour est une passion misérable; pour s'accroître, il doit ne pas voir sa fin, et elle apercevait le coucher de notre soleil. A votre aspect, j'ai compris ces discours que je combattais de toute ma jeunesse, de toute la fougue de mes désirs, avec l'austérité despotique de mes vingt ans. Cette grande et sublime Camille mêlait alors ses larmes aux miennes. Je puis donc vous aimer sur la terre et dans les cieux, comme on aime Dieu. Si vous m'aimiez, vous n'auriez pas à m'opposer les raisons par lesquelles Camille terrassait mes efforts. Nous sommes jeunes tous deux, nous pouvons voler des mêmes ailes, sous le même ciel, sans craindre l'orage que redoutait cet aigle. Mais que vous dis-je là? Je suis emporté bien loin au-delà de la modestie de mes vœux! Vous ne croirez plus à la soumission, à la patience, à la muette adoration que je viens vous prier de ne pas blesser inutilement. Je sais, Béatrix, que vous ne pouvez m'aimer sans perdre de votre propre estime. Aussi ne vous demandé-je aucun retour. Camille disait naguère qu'il y avait une fatalité innée dans les noms, à propos du sien.

Cette fatalité, je l'ai pressentie pour moi dans le vôtre, quand, sur la jetée de Guérande, il a frappé mes yeux au bord de l'Océan. Vous passerez dans ma vie comme Béatrix a passé dans la vie de Dante. Mon cœur servira de piédestal à une statue blanche, vindicative, jalouse et oppressive. Il vous est défendu de m'aimer; vous souffririez mille morts, vous seriez trahie, humiliée, malheureuse : il est en vous un orgueil de démon qui vous lie à la colonne que vous avez embrassée; vous y périrez en secouant le temple comme fit Samson. Ces choses, je ne les ai pas devinées, mon amour est trop aveugle; mais Camille me les a dites. Ici, ce n'est point mon esprit qui vous parle, c'est le sien; moi je n'ai plus d'esprit dès qu'il s'agit de vous, il s'élève de mon cœur des bouillons de sang qui obscurcissent de leurs vagues mon intelligence, qui m'ôtent mes forces, qui paralysent ma langue, qui brisent mes genoux et les font plier. Je ne puis que vous adorer, quoi que vous fassiez. Camille appelle votre résolution de l'entêtement; moi, je vous défends, et je la crois dictée par la vertu. Vous n'en êtes que plus belle à mes yeux. Je connais ma destinée : l'orgueil de la Bretagne est à la hauteur de la femme qui s'est fait une vertu du sien. Ainsi, chère Béatrix, soyez bonne et consolante pour moi. Quand les victimes étaient désignées, on les couronnait de fleurs; vous me devez les bouquets de la pitié, les musiques du sacrifice. Ne suis-je pas la preuve de votre grandeur, et ne vous élèverez-vous pas de la hauteur de mon amour dédaigné, malgré sa sincérité, malgré son ardeur immortelle? Demandez à Camille comment je me suis conduit depuis le jour où elle m'a dit qu'elle aimait Claude Vignon. Je suis resté muet, j'ai souffert en silence. Eh bien, pour vous, je trouverai plus de force encore si vous ne me désespérez pas, si vous appréciez mon héroïsme. Une seule louange de vous me ferait supporter les douleurs du martyre. Si vous persistez dans ce froid silence, dans ce mortel dédain, vous donneriez à penser que je suis à craindre. Ah! soyez avec moi tout ce que vous êtes, charmante, gaie, spirituelle, aimante. Parlez-moi de Gennaro, comme Camille me parlait de Claude. Je n'ai pas d'autre génie que celui de l'amour, je n'ai rien qui me rende redoutable, et je serai devant vous comme si je ne vous aimais pas. Rejetterez-vous la prière d'un amour si humble, d'un pauvre enfant qui demande pour toute grâce à sa lumière de l'éclairer, à son soleil de le réchauffer? Celui que vous aimez vous verra toujours; le pauvre Calyste a peu de jours pour lui, vous en serez bientôt quitte. Ainsi, je reviendrai demain aux Touches, n'est-ce pas? vous ne refuserez pas mon bras pour aller visiter les bords du Croisic et le bourg de Batz? Si vous ne veniez pas, ce serait une réponse, et Calyste l'entendrait. »

Il y avait encore quatre autres pages d'une écriture fine et serrée où Calyste expliquait la terrible menace que ce dernier mot contenait en racontant sa jeunesse et sa vie; mais il y procédait par phrases exclamatives; il y avait beaucoup de ces points prodigués par la littérature moderne dans les passages dangereux, comme des planches offertes à l'imagination du lecteur pour lui faire franchir les abîmes. Cette peinture naïve serait une répétition dans le récit; si elle ne toucha pas Mme de Rochefide, elle intéresserait médiocrement les amateurs d'émotions fortes; elle fit pleurer la mère, qui dit à son fils : « Tu n'as donc pas été heureux? »

Ce terrible poème de sentiments tombés comme un orage dans le cœur de Calyste, et qui devait aller en tourbillonnant dans une autre âme, effraya la baronne : elle lisait une lettre d'amour pour la première fois de sa vie. Calyste était debout dans un terrible embarras, il ne savait comment remettre sa lettre. Le chevalier du Halga se trouvait encore dans la salle où se jouaient les dernières *remises* [141] d'une mouche animée. Charlotte de Kergarouët, au désespoir de l'indifférence de Calyste, essayait de plaire aux grands-parents pour assurer par eux son mariage. Calyste suivit sa mère et reparut dans la salle en gardant dans sa poche sa lettre qui lui brûlait le cœur : il s'agitait, il allait et venait comme un papillon entré par mégarde dans une chambre. Enfin la mère et le fils attirèrent le chevalier du Halga dans la grande salle, d'où ils renvoyèrent le petit domestique de Mlle de Pen-Hoël et Mariotte.

« Qu'ont-ils à demander au chevalier? dit la vieille Zéphirine à la vieille Pen-Hoël.

— Calyste me fait l'effet d'être fou, répondit-elle. Il n'a pas plus d'égards pour Charlotte que si c'était une paludière. »

La baronne avait très bien imaginé que, vers l'an 1780, le chevalier du Halga devait avoir navigué dans les parages de la galanterie, et elle avait dit à Calyste de le consulter.

« Quel est le meilleur moyen de faire parvenir

secrètement une lettre à sa maîtresse? dit Calyste à l'oreille du chevalier.

— On met la lettre dans la main de sa femme de chambre en l'accompagnant de quelques louis, car tôt ou tard une femme de chambre est dans le secret, et il vaut mieux l'y mettre tout d'abord, répondit le chevalier dont la figure laissa échapper un sourire; mais il vaut mieux la remettre soi-même.

— Des louis! » s'écria la baronne.

Calyste rentra, prit son chapeau; puis il courut aux Touches, et y produisit comme une apparition dans le petit salon où il entendait les voix de Béatrix et de Camille. Toutes les deux étaient sur le divan et paraissaient être en parfaite intelligence. Calyste, avec cette soudaineté d'esprit que donne l'amour, se jeta très étourdiment sur le divan à côté de la marquise en lui prenant la main et y mettant sa lettre, sans que Félicité, quelque attentive qu'elle fût, pût s'en apercevoir. Le cœur de Calyste fut chatouillé par une émotion aiguë et douce tout à la fois en se sentant presser la main par celle de Béatrix, qui, sans interrompre sa phrase ni paraître décontenancée, glissait la lettre dans son gant.

« Vous vous jetez sur les femmes comme sur les divans, dit-elle en riant.

— Il n'en est cependant pas à la doctrine des Turcs », répliqua Félicité, qui ne put se refuser cette épigramme.

Calyste se leva, prit la main de Camille et la lui baisa; puis il alla au piano, en fit résonner toutes les notes d'un coup en passant le doigt dessus. Cette vivacité de joie occupa Camille, qui lui dit de venir lui parler.

« Qu'avez-vous ? lui demanda-t-elle à l'oreille.

— Rien », répondit-il.

« Il y a quelque chose entre eux », se dit Mlle des Touches.

La marquise fut impénétrable. Camille essaya de faire causer Calyste en espérant qu'il se trahirait ; mais l'enfant prétexta l'inquiétude où serait sa mère, et quitta les Touches à onze heures, non sans avoir essuyé le feu d'un regard perçant de Camille, à qui cette phrase était dite pour la première fois.

Après les agitations d'une nuit pleine de Béatrix, après être allé pendant la matinée vingt fois dans Guérande au-devant de la réponse qui ne venait pas, la femme de chambre de la marquise entra dans l'hôtel du Guénic, et remit à Calyste cette réponse, qu'il alla lire au fond du jardin sous la tonnelle.

BÉATRIX À CALYSTE

« Vous êtes un noble enfant, mais vous êtes un enfant. Vous vous devez à Camille, qui vous adore. Vous ne trouveriez en moi ni les perfections qui la distinguent ni le bonheur qu'elle vous prodigue. Quoi que vous puissiez penser, elle est jeune et je suis vieille, elle a le cœur plein de trésors et le mien est vide, elle a pour vous un dévouement que vous n'appréciez pas assez, elle est sans égoïsme, elle ne vit qu'en vous ; et moi je serais remplie de doutes, je vous entraînerais dans une vie ennuyée, sans noblesse, dans une vie gâtée par ma faute. Camille est libre, elle va et vient comme elle veut; moi je suis esclave. Enfin vous oubliez que j'aime et que je suis aimée. La situation où je suis devrait me défendre de tout hommage. M'aimer ou me dire qu'on m'aime est, chez un homme, une insulte. Une nouvelle faute ne me mettrait-elle pas au niveau des plus mauvaises créatures de mon sexe? Vous qui êtes jeune et plein de délicatesses, comment m'obligez-vous à vous dire ces choses, qui ne sortent du cœur qu'en le déchirant? J'ai préféré l'éclat d'un malheur irréparable à la honte d'une constante tromperie, ma propre perte à celle de la probité; mais aux yeux de beaucoup de personnes à l'estime desquelles je tiens, je suis encore grande: en changeant, je tomberais de quelques degrés de plus. Le monde est encore indulgent pour celles dont la constance couvre de son manteau l'irrégularité du bonheur; mais il est impitoyable pour les habitudes vicieuses. Je n'ai ni dédain ni colère, je vous réponds avec franchise et simplicité. Vous êtes jeune, vous ignorez le monde, vous êtes emporté par la fantaisie, et vous êtes incapable, comme tous les gens dont la vie est pure, de faire les réflexions que suggère le malheur. J'irai plus loin. Je serais la femme du monde la plus humiliée, je cacherais d'épouvantables misères, je serais trahie, enfin je serais abandonnée, et, Dieu merci, rien de tout cela n'est possible; mais, par une vengeance du ciel, il en serait ainsi, personne au monde ne me verrait plus. Oui, je me sentirais alors le courage de tuer un homme qui me parlerait d'amour, si, dans la situation où je serais, un homme pouvait encore arriver à moi. Vous avez là le fond de ma pensée. Aussi peut-être ai-je à vous remercier de m'avoir écrit. Après votre lettre, et surtout après ma réponse, je puis être à mon aise auprès de vous aux Touches, être au gré de mon caractère et comme vous le demandez. Je ne vous parle pas du ridicule amer qui me poursuivrait dans le cas où mes yeux cesseraient d'exprimer les sentiments dont vous vous plaignez. Un second vol fait à Camille serait une preuve d'impuissance auquel une femme ne se résout pas deux fois. Vous aimé-je follement, fussé-je aveugle, oublié-je tout, je verrais toujours Camille! Son amour pour vous est une de ces barrières trop hautes pour être franchies par aucune puissance, même par les ailes d'un ange : il n'y a qu'un démon qui ne recule pas devant ces infâmes trahisons. Il se trouve ici, mon enfant, un monde de raisons que les femmes nobles et délicates se réservent et auxquelles vous n'entendez rien, vous autres hommes, même quand ils sont aussi semblables à nous que vous l'êtes en ce moment. Enfin vous avez une mère qui vous a montré ce que doit être une femme dans la vie; elle est pure et sans tache, elle a rempli sa destinée noblement; ce que je sais d'elle a mouillé mes yeux de larmes, et du fond de mon cœur il s'est élevé des mouvements d'envie. J'aurais pu être ainsi! Calyste, ainsi doit être votre femme, et telle doit être sa vie. Je ne vous renverrai plus méchamment, comme j'ai fait, à cette petite Charlotte, qui vous ennuierait promptement; mais à quelque divine jeune fille digne de vous. Si j'étais à vous, je vous ferais manquer votre vie. Il y aurait chez vous manque de foi, de constance, ou vous auriez alors l'intention de me vouer toute votre existence : je suis franche, je la prendrais, je vous emmènerais je ne sais où, loin du monde ; je vous rendrais fort malheureux, je suis jalouse, je vois des monstres dans une goutte d'eau, je suis au désespoir de misères dont beaucoup de femmes s'arrangent ; il est même des pensées inexorables qui viendraient de moi, non de vous, et qui me blesseraient à mort. Quand un homme n'est pas à la dixième année de bonheur aussi respectueux et aussi délicat qu'à la veille du jour où il mendiait une faveur, il me semble un infâme et m'avilit à mes propres yeux ! un pareil amant ne croit plus aux Amadis et aux Cyrus de mes rêves [142]. Aujourd'hui, l'amour pur est une fable, et je ne vois en vous que la fatuité d'un désir à qui sa fin est inconnue. Je n'ai pas quarante ans, je ne sais pas encore faire plier ma fierté sous l'autorité de l'expérience, je n'ai pas cet amour qui rend humble, enfin je suis une femme dont le caractère est encore trop jeune pour ne pas être détestable. Je ne puis répondre de mon humeur, et chez moi la grâce est tout extérieure. Peut-être n'ai-je pas assez souffert encore pour avoir les indulgentes manières et la tendresse absolue que nous devons à de cruelles tromperies. Le bonheur a son impertinence, et je suis très impertinente. Camille sera toujours pour vous une esclave dévouée, et je serais un tyran déraisonnable. D'ailleurs, Camille n'a-t-elle pas été mise auprès de vous par votre bon ange pour vous permettre d'atteindre au moment où vous commencerez la vie que vous êtes destiné à mener, et à laquelle vous ne devez pas faillir? Je la connais, Félicité! sa tendresse est inépuisable; elle ignore peut-être les grâces de notre sexe, mais elle déploie cette force féconde, ce génie de la constance et cette noble intrépidité qui fait tout accepter. Elle vous mariera, tout en souffrant d'horribles douleurs; elle saura vous choisir une Béatrix libre, si c'est Béatrix qui répond à vos idées sur la femme et à vos rêves; elle vous aplanira toutes les difficultés de votre avenir. La vente d'un arpent de terre qu'elle possède à Paris dégagera vos propriétés en Bretagne, elle vous instituera son héritier, n'a-t-elle pas déjà fait de vous un fils d'adoption? Hélas! que puis-je pour votre bonheur? rien. Ne trahissez donc pas un amour infini qui se résout aux devoirs de la maternité. Je la trouve bien heureuse, cette Camille!... L'admiration que vous inspire la pauvre Béatrix est une de ces peccadilles pour lesquelles les femmes de l'âge de Camille sont pleines d'indulgence. Quand elles sont sûres d'être aimées, elles pardonnent à la constance une infidélité, c'est même chez elles un de leurs plus vifs plaisirs que de triompher de la jeunesse de leurs rivales. Camille est au-dessus des autres femmes; ceci ne s'adresse point à elle, je ne le dis que pour rassurer votre conscience. Je l'ai bien étudiée, Camille, elle est à mes yeux une des plus grandes figures de notre temps. Elle est spirituelle et bonne, deux qualités presque inconciliables chez les femmes; elle est généreuse et simple, deux autres grandeurs qui se trouvent rarement ensemble. J'ai vu dans le fond de son cœur de sûrs trésors, il semble que Dante ait fait pour elle dans son Paradis la belle strophe sur le bonheur éternel qu'elle vous expliquait l'autre soir et qui finit par *Senza brama sicura ricchezza*[143]. Elle me parlait de sa destinée, elle me racontait sa vie en me prouvant que l'amour, cet objet de nos vœux et de nos rêves, l'avait toujours fuie, et je lui répondais qu'elle me paraissait démontrer la difficulté d'appareiller les choses sublimes et qui explique bien des malheurs. Vous êtes une de ces âmes angéliques dont la sœur paraît impossible à rencontrer. Ce malheur, mon cher enfant, Camille vous l'évitera; elle vous trouvera, dût-elle en mourir, une créature avec laquelle vous puissiez être heureux en ménage.

« Je vous tends une main amie et compte, non pas sur votre cœur, mais sur votre esprit, pour nous trouver maintenant ensemble comme un frère et une sœur, et terminer là notre correspondance, qui, des Touches à Guérande, est chose au moins bizarre.

« BÉATRIX DE CASTERAN. »

Émue au dernier point par les détails et par la marche des amours de son fils avec la belle Rochefide, la baronne ne put rester dans la salle où elle faisait sa tapisserie en regardant Calyste à chaque point, elle quitta son fauteuil et vint auprès de lui d'une manière à la fois humble et hardie. La mère eut en ce moment la grâce d'une courtisane qui veut obtenir une concession.

« Eh bien », dit-elle en tremblant, mais sans positivement demander la lettre.

Calyste lui montra le papier et le lui lut. Ces deux

belles âmes, si simples, si naïves, ne virent dans cette astucieuse et perfide réponse aucune des malices et des pièges qu'y avait mis la marquise.

« C'est une noble et grande femme! dit la baronne dont les yeux étaient humides. Je prierai Dieu pour elle. Je ne croyais pas qu'une mère pût abandonner son mari, son enfant, et conserver tant de vertus! Elle est digne de pardon.

— N'ai-je pas raison de l'adorer? dit Calyste.

— Mais où cet amour te mènera-t-il? s'écria la baronne. Ah! mon enfant, combien les femmes à sentiments nobles sont dangereuses! Les mauvaises sont moins à craindre. Épouse Charlotte de Kergarouët, dégage les deux tiers des terres de ta famille. En vendant quelques fermes, Mlle de Pen-Hoël obtiendra ce grand résultat, et cette bonne fille s'occupera de faire valoir tes biens. Tu peux laisser à tes enfants un beau nom, une belle fortune...

— Oublier Béatrix?... » dit Calyste d'une voix sourde et les yeux fixés en terre.

Il laissa la baronne et remonta chez lui pour répondre à la marquise. Mme du Guénic avait la lettre de Mme de Rochefide gravée dans le cœur : elle voulut savoir à quoi s'en tenir sur les espérances de Calyste. Vers cette heure le chevalier du Halga promenait sa chienne sur le mail; la baronne, sûre de l'y trouver, mit un chapeau, son châle, et sortit. Voir la baronne du Guénic dans Guérande ailleurs qu'à l'église, ou dans les deux jolis chemins affectionnés pour la promenade les jours de fête, quand elle y accompagnait son mari et Mlle de Pen-Hoël, était un événement si remarquable que, dans toute la ville, deux heures après, chacun s'abordait en se disant : « Mme du Guénic est sortie aujourd'hui, l'avez-vous vue ? »

Aussi bientôt cette nouvelle arriva-t-elle aux oreilles de Mlle de Pen-Hoël, qui dit à sa nièce : « Il se passe quelque chose de bien extraordinaire chez les du Guénic.

— Calyste est amoureux fou de la belle marquise de Rochefide, dit Charlotte, je devrais quitter Guérande et retourner à Nantes. »

En ce moment le chevalier du Halga, surpris d'être cherché par la baronne, avait détaché la laisse de Thisbé, reconnaissant l'impossibilité de se partager.

« Chevalier, vous avez pratiqué la galanterie ? » dit la baronne.

Le capitaine du Halga se redressa par un mouvement passablement fat. Mme du Guénic, sans rien dire de son fils ni de la marquise, expliqua la lettre d'amour en demandant quel pouvait être le sens d'une pareille réponse. Le chevalier tenait le nez au vent et se caressait le menton ; il écoutait, il faisait de petites grimaces ; enfin il regarda fixement la baronne d'un air fin.

« Quand les chevaux de race doivent franchir les barrières, ils viennent les reconnaître et les flairer, dit-il. Calyste sera le plus heureux coquin du monde.

— Chut ! dit la baronne.

— Je suis muet. Autrefois je n'avais que cela pour moi, dit le vieux chevalier. Le temps est beau, reprit-il après une pause, le vent est nord-est. Tudieu ! comme la *Belle-Poule* vous pinçait ce vent-là le jour où... Mais, dit-il en s'interrompant, mes oreilles sonnent, et je sens des douleurs dans les fausses côtes, le temps changera. Vous savez que le combat de la *Belle-Poule* a été si célèbre que les femmes ont porté des bonnets à la *Belle-Poule*[144]. Mme de Kergarouët est venue la première à l'Opéra avec cette coiffure. " Vous êtes coiffée en conquête ", lui ai-je dit. Ce mot fut répété dans toutes les loges. »

La baronne écouta complaisamment le vieillard, qui, fidèle aux lois de la galanterie, reconduisit la baronne jusqu'à sa ruelle en négligeant Thisbé. Le secret de la naissance de Thisbé échappa au chevalier. Thisbé était petite-fille de la délicieuse Thisbé, chienne de Mme l'amirale de Kergarouët, première femme du comte de Kergarouët. Cette dernière Thisbé avait dix-huit ans. La baronne monta lestement chez Calyste, légère de joie comme si elle aimait pour son compte. Calyste n'était pas chez lui; mais Fanny aperçut une lettre pliée sur la table, adressée à Mme de Rochefide, et non cachetée. Une invincible curiosité poussa cette mère inquiète à lire la réponse de son fils. Cette indiscrétion fut cruellement punie. Elle ressentit une horrible douleur en entrevoyant le précipice où l'amour faisait tomber Calyste.

CALYSTE À BÉATRIX

« Et que m'importe la race des du Guénic par le temps où nous vivons, chère Béatrix! Mon nom est Béatrix, le bonheur de Béatrix est mon bonheur, sa vie ma vie, et toute ma fortune est dans son cœur.

Nos terres sont engagées depuis deux siècles, elles peuvent rester ainsi pendant deux autres siècles; nos fermiers les gardent, personne ne peut les prendre. Vous voir, vous aimer, voilà ma religion. Me marier! cette idée m'a bouleversé le cœur. Y a-t-il deux Béatrix? Je ne me marierai qu'avec vous, j'attendrai vingt ans s'il le faut; je suis jeune, et vous serez toujours belle. Ma mère est une sainte, je ne dois pas la juger. Elle n'a pas aimé! Je sais maintenant combien elle a perdu, et quels sacrifices elle a faits. Vous m'avez appris, Béatrix, à mieux aimer ma mère, elle est avec vous dans mon cœur, il n'y aura jamais qu'elle, voilà votre seule rivale, n'est-ce pas vous dire que vous y régnez sans partage? Ainsi vos raisons n'ont aucune force sur mon esprit. Quant à Camille, vous n'avez qu'un signe à me faire, je la prierai de vous dire elle-même que je ne l'aime pas; elle est la mère de mon intelligence, rien de moins, rien de plus. Dès que je vous ai vue, elle est devenue ma sœur, mon amie ou mon ami, tout ce qu'il vous plaira; mais nous n'avons pas d'autres droits que celui de l'amitié l'un sur l'autre. Je l'ai prise pour une femme jusqu'au moment où je vous ai vue. Mais vous m'avez démontré que Camille est un garçon : elle nage, elle chasse, elle monte à cheval, elle fume, elle boit, elle écrit, elle analyse un cœur et un livre, elle n'a pas la moindre faiblesse, elle marche dans sa force; elle n'a ni vos mouvements déliés, ni votre pas qui ressemble au vol d'un oiseau, ni votre voix d'amour, ni vos regards fins, ni votre allure gracieuse; elle est Camille Maupin, et pas autre chose; elle n'a rien de la femme, et vous en avez toutes les choses que j'en aime ; il m'a semblé, dès le premier jour où je vous ai vue, que vous étiez à moi. Vous rirez de ce sentiment, mais il n'a fait que s'accroître, il me semblerait monstrueux que nous fussions séparés : vous êtes mon âme, ma vie, et je ne saurais vivre où vous ne seriez pas. Laissez-vous aimer ! nous fuirons, nous nous en irons bien loin du monde, dans un pays où vous ne rencontrerez personne, et où vous pourrez n'avoir que moi et Dieu dans le cœur. Ma mère, qui vous aime, viendra quelque jour vivre auprès de nous. L'Irlande a des châteaux, et la famille de ma mère m'en prêtera bien un. Mon Dieu, partons ! Une barque, des matelots, et nous y serions cependant avant que personne pût savoir où nous aurions fui ce monde que vous craignez tant ! Vous n'avez pas été aimée ; je le sens en relisant votre lettre, et j'y crois deviner que, s'il n'existait aucune des raisons dont vous parlez, vous vous laisseriez aimer par moi. Béatrix, un saint amour efface le passé. Peut-on penser à autre chose qu'à vous, en vous voyant ? Ah ! je vous aime tant que je vous voudrais mille fois infâme afin de vous montrer la puissance de mon amour en vous adorant comme la plus sainte des créatures. Vous appelez mon amour une injure pour vous. Oh ! Béatrix, tu ne le crois pas ! l'amour d'un noble enfant, ne m'appelez-vous pas ainsi ? honorerait une reine. Ainsi demain nous irons en amants le long des roches et de la mer, et vous marcherez sur les sables de la vieille Bretagne pour les consacrer de nouveau pour moi ! Donnez-moi ce jour de bonheur ; et cette aumône passagère, et peut-être, hélas! sans souvenir pour vous, sera pour Calyste une éternelle richesse... »

La baronne laissa tomber la lettre sans l'achever, elle s'agenouilla sur une chaise et fit à Dieu une oraison mentale en lui demandant de conserver à son fils l'entendement, d'écarter de lui toute folie, toute erreur, et de le retirer de la voie où elle le voyait.

« Que fais-tu là, ma mère? dit Calyste.

— Je prie Dieu pour toi, dit-elle en lui montrant ses yeux pleins de larmes. Je viens de commettre la faute de lire cette lettre. Mon Calyste est fou!

— De la plus douce des folies, dit le jeune homme en embrassant sa mère.

— Je voudrais voir cette femme, mon enfant.

— Eh bien, maman, dit Calyste, nous nous embarquerons demain pour aller au Croisic, sois sur la jetée. »

Il cacheta sa lettre et partit pour les Touches. Ce qui, par-dessus toute chose, épouvantait la baronne, était de voir le sentiment arriver par la force de son instinct à la seconde vue d'une expérience consommée. Calyste venait d'écrire à Béatrix comme si le chevalier du Halga l'avait conseillé.

Peut-être une des plus grandes jouissances que puissent éprouver les petits esprits ou les êtres inférieurs est-elle de jouer les grandes âmes et de les prendre à quelque piège. Béatrix savait être bien au-dessous de Camille Maupin. Cette infériorité n'existait pas seulement dans cet ensemble de choses morales appelé *talent*, mais encore dans les choses du cœur nommées *passion*. Au moment où Calyste arrivait aux Touches avec l'impétuosité d'un premier amour porté sur les ailes de l'espérance, la marquise éprouvait une joie vive de se savoir aimée par cet adorable jeune homme. Elle n'allait pas jusqu'à vouloir être complice de ce sentiment, elle mettait son héroïsme à comprimer ce *capriccio,* disent les Italiens, et croyait alors égaler son amie ; elle était heureuse d'avoir à lui faire un sacrifice. Enfin les vanités particulières à la femme française et qui constituent cette célèbre coquetterie d'où elle tire sa supériorité se trouvaient caressées et pleinement satisfaites chez elle : livrée à d'immenses séductions, elle y résistait, et ses vertus lui chantaient à l'oreille un doux concert de louanges. Ces deux femmes, en apparence indolentes, étaient à demi couchées sur le divan de ce petit salon plein d'harmonies, au milieu d'un monde de fleurs et la fenêtre ouverte, car le vent du nord avait cessé. Une dissolvante brise du sud pailletait le lac d'eau salée que leurs yeux pouvaient voir, et le soleil enflammait les sables d'or. Leurs âmes étaient aussi profondément agitées que la nature était calme, et non moins ardentes. Broyée dans les rouages de la machine qu'elle mettait en mouvement, Camille était forcée de veiller sur elle-même, à cause de la prodigieuse finesse de l'amicale ennemie qu'elle avait mise dans sa cage ; mais pour ne pas donner son secret, elle se livrait à des contemplations intimes de la nature, elle trompait ses souffrances en cherchant un sens au mouvement des mondes, et trouvait Dieu dans le sublime désert du ciel. Une fois Dieu reconnu par l'incrédule, il se jette dans le catholicisme absolu, qui, vu comme système, est complet. Le matin Camille avait montré à la marquise un front encore baigné par les lueurs de ses recherches pendant une nuit passée à gémir. Calyste était toujours debout devant elle, comme une image céleste. Ce beau jeune homme à qui elle se dévouait, elle le regardait comme un ange gardien. N'était-ce pas lui qui la guidait vers les hautes régions où cessent les souffrances, sous le poids d'une incompréhensible immensité? Cependant l'air triomphant de Béatrix inquiétait Camille. Une femme ne gagne pas sur une autre un pareil avantage sans le laisser deviner, tout en se défendant de l'avoir pris. Rien n'était plus bizarre que le combat moral et sourd de ces deux amies, se cachant l'une à l'autre un secret, et se croyant réciproquement créancières de sacrifices inconnus. Calyste arriva tenant sa lettre entre sa main et son gant, prêt à la glisser dans la main de Béatrix. Camille, à qui le changement des manières de son amie n'avait pas échappé, parut ne pas l'examiner et l'examina dans une glace au moment où Calyste allait faire son entrée. Là se trouve un écueil pour toutes les femmes. Les plus spirituelles comme les plus sottes, les plus franches comme les plus astucieuses, ne sont plus maîtresses de leur secret; en ce moment il éclate aux yeux d'une autre femme. Trop de réserve ou trop d'abandon, un regard libre et lumineux, l'abaissement mystérieux des paupières, tout trahit alors le sentiment le plus difficile à cacher, car l'indifférence a quelque chose de si complètement froid qu'elle ne peut jamais être simulée. Les femmes ont le génie des nuances, elle en usent trop pour ne pas les connaître toutes; et dans ces occasions leurs yeux embrassent une rivale des pieds à la tête; elles devinent le plus léger mouvement d'un pied sous la robe, la plus imperceptible convulsion dans la taille, et savent la signification de ce qui pour un homme paraît insignifiant. Deux femmes en observation jouent une des plus admirables scènes[145] de comédie qui se puissent voir.

« Calyste a commis quelque sottise », pensa Camille remarquant chez l'un et l'autre l'air indéfinissable des gens qui s'entendent.

Il n'y avait plus ni roideur ni fausse indifférence chez la marquise, elle regardait Calyste comme une chose à elle. Calyste fut alors explicite, il rougit en vrai coupable, en homme heureux. Il venait arrêter les arrangements à prendre pour le lendemain.

« Vous venez donc décidément, ma chère? dit Camille.

— Oui, dit Béatrix.

— Comment le savez-vous? demanda Mlle des Touches à Calyste.

— Je venais le savoir, répondit-il à un regard que lui lança Mme de Rochefide qui ne voulait pas que son amie eût la moindre lumière sur la correspondance.

— Ils s'entendent déjà, se dit Camille qui vit ce regard par la puissance circulaire de son œil. Tout est fini, je n'ai plus qu'à disparaître. »

Sous le poids de cette pensée, il se fit dans son visage une espèce de décomposition qui fit frémir Béatrix.

« Qu'as-tu, ma chère? dit-elle.

— Rien. Ainsi, Calyste, vous enverrez mes chevaux et les vôtres pour que nous puissions les trouver au-delà du Croisic, afin de revenir à cheval par le bourg de Batz. Nous déjeunerons au Croisic et dînerons aux Touches. Vous vous chargez des bateliers. Nous partirons à huit heures et demie du matin. Quels beaux spectacles! dit-elle à Béatrix. Vous verrez Cambremer[146], un homme qui fait pénitence sur un roc pour avoir tué volontairement son fils. Oh! vous êtes dans un pays primitif où les hommes n'éprouvent pas des sentiments ordinaires. Calyste vous dira cette histoire. »

Elle alla dans sa chambre, elle étouffait. Calyste donna sa lettre et suivit Camille.

« Calyste, vous êtes aimé, je le crois, mais vous me cachez une escapade, et vous avez certainement enfreint mes ordres?

— Aimé! » dit-il en tombant sur un fauteuil.

Camille mit la tête à la porte, Béatrix avait disparu. Ce fait était bizarre. Une femme ne quitte pas une chambre où se trouve celui qu'elle aime en ayant la certitude de le revoir, sans avoir à faire mieux. Mlle des Touches se dit : « Aurait-elle une lettre de Calyste? » Mais elle crut l'innocent Breton incapable de cette hardiesse.

« Si tu m'as désobéi, tout sera perdu par ta faute, lui dit-elle d'un air grave. Va-t'en préparer tes joies de demain. »

Elle fit un geste auquel Calyste ne résista pas : il y a des douleurs muettes d'une éloquence despotique. En allant au Croisic voir les bateliers, en traversant les sables et les marais, Calyste eut des craintes. La phrase de Camille était empreinte de quelque chose de fatal qui trahissait la seconde vue de la maternité. Quand il revint quatre heures après, fatigué, comptant dîner aux Touches, il trouva la femme de chambre de Camille en sentinelle sur la porte, l'attendant pour lui dire que sa maîtresse et la marquise ne pourraient le recevoir ce soir. Quand Calyste, surpris, voulut questionner la femme de chambre, elle ferma la porte et se sauva. Six heures sonnaient au clocher de Guérande. Calyste rentra chez lui, se fit faire à dîner et joua à la mouche en proie à une sombre méditation. Ces alternatives de bonheur et de malheur, l'anéantissement de ses espérances succédant à la presque certitude d'être aimé, brisaient cette jeune âme qui s'envolait à pleines ailes vers le ciel et arrivait si haut que la chute devait être horrible.

« Qu'as-tu, mon Calyste? lui dit sa mère à l'oreille.

— Rien », répondit-il en montrant des yeux d'où la lumière de l'âme et le feu de l'amour s'étaient retirés.

Ce n'est pas l'espérance, mais le désespoir qui donne la mesure de nos ambitions. On se livre en secret aux beaux poèmes de l'espérance, tandis que la douleur se montre sans voile.

« Calyste, vous n'êtes pas gentil, dit Charlotte après avoir essayé vainement sur lui ces petites agaceries de provinciale qui dégénèrent toujours en taquinages [147].

— Je suis fatigué, dit-il en se levant et souhaitant le bonsoir à la compagnie.

— Calyste est bien changé, dit Mlle de Pen-Hoël.

— Nous n'avons pas de belles robes garnies de dentelles, nous n'agitons pas nos manches comme ça, nous ne nous posons pas ainsi, nous ne savons pas regarder de côté, tourner la tête, dit Charlotte en imitant et chargeant les airs, la pose et les regards de la marquise[148]. Nous n'avons pas une voix qui part de la tête, ni cette petite toux intéressante, *heu! heu!* qui semble être le soupir d'une ombre; nous avons le malheur d'avoir une santé robuste et d'aimer nos amis sans coquetterie; quand nous les regardons nous n'avons pas l'air de les piquer d'un dard ou de les examiner par un coup d'œil hypocrite. Nous ne savons pas pencher la tête en saule pleureur et paraître aimables en la relevant ainsi! »

Mlle de Pen-Hoël ne put s'empêcher de rire en voyant les gestes de sa nièce; mais ni le chevalier ni le baron ne comprirent cette satire de la province contre Paris.

« La marquise de Rochefide est cependant bien belle, dit la vieille fille.

— Mon ami, dit la baronne à son mari, je sais qu'elle va demain au Croisic, nous irons nous y promener, je voudrais bien la rencontrer. »

Pendant que Calyste se creusait la tête afin de deviner ce qui pouvait lui avoir fait fermer la porte des Touches, il se passait entre les deux amies une scène qui devait influer sur les événements du lendemain. La lettre de Calyste avait apporté dans le cœur de Mme de Rochefide des émotions inconnues. Les femmes ne sont pas toujours l'objet d'un amour aussi jeune, aussi naïf, aussi sincère et absolu que l'était celui de cet enfant. Béatrix avait plus aimé qu'elle n'avait été aimée. Après avoir été l'esclave, elle éprouvait un désir inexplicable d'être à son tour le tyran. Au milieu de sa joie, en lisant et relisant la lettre de Calyste, elle fut traversée par la pointe d'une idée cruelle. Que faisaient donc ensemble Calyste et Camille depuis le départ de Claude Vignon ? Si Calyste n'aimait pas Camille et si Camille le savait, à quoi donc employaient-ils leurs matinées ? La mémoire de l'esprit rapprocha malicieusement de cette remarque les discours de Camille. Il semblait qu'un diable souriant fît apparaître dans un miroir magique le portrait de cette héroïque fille avec certains gestes et certains regards qui achevèrent d'éclairer Béatrix. Au lieu de lui être égale, elle était écrasée par Félicité ; loin de la jouer, elle était jouée par elle ; elle n'était qu'un plaisir que Camille voulait donner à son enfant aimé d'un amour extraordinaire et sans vulgarité. Pour une femme comme Béatrix, cette découverte fut un coup de foudre. Elle repassa minutieusement l'histoire de cette semaine. En un moment, le rôle de Camille et le sien se déroulèrent dans toute leur étendue : elle se trouva singulièrement ravalée. Dans son accès de haine jalouse, elle crut apercevoir chez Camille une intention de vengeance contre Conti. Tout le passé de ces deux ans agissait peut-être sur ces deux semaines. Une fois sur la pente des défiances, des suppositions et de la colère, Béatrix ne s'arrêta point : elle se promenait dans son appartement poussée par d'impétueux mouvements d'âme et s'asseyait tour à tour en essayant de prendre un parti ; mais elle resta jusqu'à l'heure du dîner en proie à l'indécision et ne descendit que pour se mettre à table sans être habillée. En voyant entrer sa rivale, Camille devina tout. Béatrix, sans toilette, avait un air froid et une taciturnité de physionomie qui, pour une observatrice de la force de Maupin, dénotait l'hostilité d'un cœur aigri. Camille sortit et donna sur-le-champ l'ordre qui devait si fort étonner Calyste ; elle pensa que si le naïf Breton arrivait avec son amour insensé au milieu de la querelle, il ne reverrait peut-être jamais Béatrix en compromettant l'avenir de sa passion par quelque sotte franchise, elle voulut être sans témoin pour ce duel de tromperies. Béatrix, sans auxiliaire, devait être à elle. Camille connaissait la sécheresse de cette âme, les petitesses de ce grand orgueil auquel elle avait si justement appliqué le mot d'entêtement. Le dîner fut sombre. Chacune de ces deux femmes avait trop d'esprit et de bon goût pour s'expliquer devant les domestiques ou se faire écouter aux portes par eux. Camille fut douce et bonne, elle se sentait si supérieure ! La marquise fut dure et mordante, elle se savait jouée comme un enfant. Il y eut pendant le dîner un combat de regards, de gestes, de demi-mots auxquels les gens ne devaient rien comprendre et qui annonçait un violent orage. Quand il fallut remonter, Camille offrit malicieusement son bras à Béatrix, qui feignit de ne pas voir le mouvement de son amie et s'élança seule dans l'escalier. Lorsque le café fut servi, Mlle des Touches dit à son valet de chambre un : Laissez-nous ! qui fut le signal du combat.

« Les romans que vous faites, ma chère, sont un peu plus dangereux que ceux que vous écrivez, dit la marquise.

— Ils ont cependant un grand avantage, dit Camille en prenant une cigarette.

— Lequel ? demanda Béatrix.

— Ils sont inédits, mon ange.

— Celui dans lequel vous me mettez fera-t-il un livre ?

— Je n'ai pas de vocation pour le métier d'Œdipe ; vous avez l'esprit et la beauté des sphinx, je le sais ; mais ne me proposez pas d'énigmes, parlez clairement, ma chère Béatrix.

— Quand pour rendre les hommes heureux, les amuser, leur plaire et dissiper leurs ennuis, nous demandons au diable de nous aider...

— Les hommes nous reprochent plus tard nos efforts et nos tentatives, en les croyant dictés par le génie de la dépravation, dit Camille en quittant sa cigarette et interrompant son amie.

— Ils oublient l'amour qui nous emportait et qui justifiait nos excès, car où n'allons-nous pas !... Mais ils font alors leur métier d'hommes, ils sont ingrats et injustes, reprit Béatrix. Les femmes entre elles se connaissent, elles savent combien leur attitude en toute circonstance est fière, noble et, disons-le, vertueuse. Mais, Camille, je viens de reconnaître la vérité des critiques dont vous vous êtes plainte quelquefois. Oui, ma chère, vous avez quelque chose des hommes, vous vous conduisez comme eux, rien ne vous arrête, et si vous n'avez pas tous leurs avantages, vous avez dans l'esprit leurs allures, et vous partagez leur mépris envers nous. Je n'ai pas lieu, ma chère, d'être contente de vous, et je suis trop franche pour le cacher. Personne ne me fera peut-être au cœur une blessure aussi profonde que celle dont je souffre. Si vous n'êtes pas toujours femme en amour, vous la redevenez en vengeance. Il fallait une femme de génie pour trouver l'endroit le plus sensible de nos délicatesses; je veux parler de Calyste et des *roueries,* ma chère (voilà le vrai mot), que vous avez employées contre moi. Jusqu'où, vous, Camille Maupin, êtes-vous descendue, et dans quelle intention?

— Toujours de plus en plus sphinx! dit Camille en souriant.

— Vous avez voulu que je me jetasse à la tête de Calyste; je suis encore trop jeune pour avoir de telles façons. Pour moi l'amour est l'amour avec ses atroces jalousies et ses volontés absolues. Je ne suis pas auteur : il m'est impossible de voir des idées dans des sentiments...

— Vous vous croyez capable d'aimer sottement? dit Camille. Rassurez-vous, vous avez encore beaucoup d'esprit. Vous vous calomniez, ma chère, vous êtes assez froide pour toujours rendre votre tête juge des hauts faits de votre cœur. »

Cette épigramme fit rougir la marquise; elle lança sur Camille un regard plein de haine, un regard venimeux, et trouva, sans les chercher, les flèches les plus acérées de son carquois. Camille écouta froidement et en fumant des cigarettes cette tirade furieuse qui pétilla d'injures si mordantes qu'il est impossible de la rapporter. Béatrix, irritée par le calme de son adversaire, chercha d'horribles personnalités dans l'âge auquel atteignait Mlle des Touches.

« Est-ce tout? dit Camille en poussant un nuage de fumée. Aimez-vous Calyste?

— Non, certes.

— Tant mieux, répondit Camille. Moi je l'aime, et beaucoup trop pour mon repos. Peut-être a-t-il pour vous un caprice, vous êtes la plus délicieuse blonde du monde, et moi je suis noire comme une taupe; vous êtes svelte, élancée, et moi j'ai trop de dignité dans la taille; enfin vous êtes jeune! voilà le grand mot, et vous ne me l'avez pas épargné. Vous avez abusé de vos avantages de femme contre moi, ni plus ni moins qu'un petit journal abuse de la plaisanterie. J'ai tout fait pour empêcher ce qui arrive, dit-elle en levant les yeux au plafond. Quelque peu femme que je sois, je le suis encore assez, ma chère, pour qu'une rivale ait besoin de moi-même pour l'emporter sur moi... (La marquise fut atteinte au cœur par ce mot cruel dit de la façon la plus innocente.) Vous me prenez pour une femme bien niaise en croyant de moi ce que Calyste veut vous en faire croire. Je ne suis ni si grande ni si petite, je suis femme et très femme. Quittez vos grands airs et donnez-moi la main, dit Camille en s'emparant de la main de Béatrix. Vous n'aimez pas Calyste, voilà la vérité, n'est-ce pas? Ne vous emportez donc point! Soyez dure, froide et sévère avec lui demain, il finira pas se soumettre après la querelle que je vais lui faire, et surtout après le raccommodement, car je n'ai pas épuisé les ressources de notre arsenal, et, après tout, le Plaisir a toujours raison du Désir. Mais Calyste est breton. S'il persiste à vous faire la cour, dites-le-moi franchement, et vous irez dans une petite maison de campagne que je possède à six lieues de Paris, où vous trouverez toutes les aises de la vie, et où Conti pourra venir. Que Calyste me calomnie, eh! mon Dieu! l'amour le plus pur ment six fois par jour, ses impostures accusent sa force. »

Il y eut dans la physionomie de Camille un air de superbe froideur qui rendit la marquise inquiète et craintive. Elle ne savait que répondre. Camille lui porta le dernier coup.

« Je suis plus confiante et moins aigre que vous, reprit Camille, je ne vous suppose pas l'intention de couvrir par une récrimination une attaque qui compromettrait ma vie : vous me connaissez, je ne survivrai pas à la perte de Calyste, et je dois le perdre tôt ou tard. Calyste m'aime d'ailleurs, je le sais.

— Voilà ce qu'il répondait à une lettre où je ne lui parlais que de vous », dit Béatrix en tendant la lettre de Calyste.

Camille la prit et la lut; mais, en la lisant, ses yeux s'emplirent de larmes; elle pleura comme pleurent toutes les femmes dans leurs vives douleurs.

« Mon Dieu! dit-elle, il l'aime. Je mourrai donc sans avoir été ni comprise ni aimée! »

Elle resta quelques moments la tête appuyée sur l'épaule de Béatrix : sa douleur était véritable, elle éprouvait dans ses entrailles le coup terrible qu'y avait reçu la baronne du Guénic à la lecture de cette lettre.

« L'aimes-tu? dit-elle en se dressant et regardant Béatrix. As-tu pour lui cette adoration infinie qui triomphe de toutes les douleurs et qui survit au mépris, à la trahison, à la certitude de n'être plus jamais aimée? L'aimes-tu pour lui-même et pour le plaisir même de l'aimer?

— Chère amie, dit la marquise attendrie; eh bien, sois tranquille, je partirai demain.

— Ne pars pas, il t'aime, je le vois! Et je l'aime tant que je serais au désespoir de le voir souffrant, malheureux. J'avais formé bien des projets pour lui; mais s'il t'aime, tout est fini.

— Je l'aime, Camille, dit alors la marquise avec une adorable naïveté, mais en rougissant.

— Tu l'aimes, et tu peux lui résister, s'écria Camille. Ah! tu ne l'aimes pas.

— Je ne sais quelles vertus nouvelles il a réveillées en moi, mais certes il m'a rendue honteuse de moi-même, dit Béatrix. Je voudrais être vertueuse et libre pour lui sacrifier autre chose que les restes de mon cœur et des chaînes infâmes. Je ne veux d'une destinée incomplète ni pour lui ni pour moi.

— Tête froide : aimer et calculer! dit Camille avec une sorte d'horreur.

— Tout ce que vous voudrez, mais je ne veux pas flétrir sa vie, être à son cou comme une pierre, et devenir un regret éternel. Si je ne puis être sa femme, je ne serai pas sa maîtresse. Il m'a... Vous ne vous moquerez pas de moi? non. Eh bien, son adorable amour m'a purifiée. »

Camille jeta sur Béatrix le plus fauve, le plus farouche regard que jamais femme jalouse ait jeté sur sa rivale.

« Sur ce terrain, dit-elle, je croyais être seule. Béatrix, ce mot nous sépare à jamais, nous ne sommes plus amies. Nous commençons un combat horrible. Maintenant, je te le dis : tu succomberas ou tu fuiras... »

Félicité se précipita dans sa chambre après avoir montré le visage d'une lionne en fureur à Béatrix stupéfaite.

« Viendrez-vous au Croisic demain? dit Camille en soulevant la portière.

— Certes, répondit orgueilleusement la marquise. Je ne fuirai pas et je ne succomberai pas.

— Je joue cartes sur table : j'écrirai à Conti », répondit Camille.

Béatrix devint aussi blanche que la gaze de son écharpe.

« Chacune de nous joue sa vie », répondit Béatrix qui ne savait plus que résoudre.

Les violentes passions que cette scène avait soulevées entre ces deux femmes se calmèrent pendant la nuit. Toutes deux se raisonnèrent et revinrent au sentiment des perfides temporisations qui séduisent la plupart des femmes; système excellent entre elles et les hommes, mauvais entre les femmes. Ce fut au milieu de cette dernière tempête que Mlle des Touches entendit la grande voix qui triomphe des plus intrépides. Béatrix écouta les conseils de la jurisprudence mondaine, elle eut peur du mépris de la société. La dernière tromperie de Félicité, mêlée des accents de la plus atroce jalousie, eut donc un plein succès. La faute de Calyste fut réparée, mais une nouvelle indiscrétion pouvait à jamais ruiner ses espérances.

On arrivait à la fin du mois d'août, le ciel était d'une pureté magnifique. À l'horizon, l'Océan avait, comme dans les mers méridionales, une teinte d'argent en fusion, et près du rivage papillotaient de petites vagues. Une espèce de fumée brillante produite par les rayons du soleil qui tombaient d'aplomb sur les sables y produisait une atmosphère au moins égale à celle des tropiques. Aussi le sel fleurissait-il en petits œillets[149] blancs à la surface des mares. Les courageux paludiers, vêtus de blanc précisément pour résister à l'action du soleil, étaient dès le matin à leur poste, armés de leurs longs râteaux[150], les uns appuyés sur les petits murs de boue qui séparent chaque propriété, regardant le travail de cette chimie naturelle, à eux connue dès l'enfance; les autres jouant avec leurs petits gars et leurs femmes. Ces dragons verts, appelés douaniers, fumaient leurs pipes tranquillement. Il y avait je ne sais quoi d'oriental dans ce tableau, car, certes, un Parisien subitement transporté là ne se serait pas cru en France. Le baron et la baronne, qui avaient pris le prétexte de venir voir comment allait la récolte de sel, étaient sur la jetée admirant ce silencieux paysage où la mer faisait seule entendre le mugissement de ses vagues en temps égaux, où des barques sillonnaient la mer, et où la ceinture verte de la terre cultivée produisait un effet d'autant plus gracieux qu'il est excessivement rare sur les bords toujours désolés de l'Océan.

« Eh bien, mes amis, j'aurai vu les marais de Guérande encore une fois avant de mourir, dit le baron à des paludiers qui se groupèrent à l'entrée des marais pour le saluer.

— Est-ce que les du Guénic meurent! » dit un paludier.

En ce moment, la caravane partie des Touches arriva dans le petit chemin. La marquise allait seule en avant, Calyste et Camille la suivaient en se donnant le bras. A vingt pas en arrière venait Gasselin.

« Voilà ma mère et mon père », dit le jeune homme à Camille.

La marquise s'arrêta. Mme du Guénic éprouva la plus violente répulsion en voyant Béatrix, qui cependant était mise à son avantage : un chapeau d'Italie orné de bluets et à grands bords, ses cheveux crêpés dessous, une robe d'une étoffe écrue de couleur grisâtre, une ceinture bleue à longs bouts flottants, enfin un air de princesse déguisée en bergère.

« Elle n'a pas de cœur », se dit la baronne.

« Mademoiselle, dit Calyste à Camille, voici Mme du Guénic et mon père. » Puis il dit au baron et à la baronne : « Mlle des Touches et Mme la marquise de Rochefide, née de Casteran, mon père. »

Le baron salua Mlle des Touches, qui fit un salut humble et plein de reconnaissance à la baronne.

« Celle-là, pensa Fanny, aime vraiment mon fils, elle semble me remercier d'avoir mis Calyste au monde. »

« Vous venez voir, comme je le fais, si la récolte sera bonne; mais vous avez de meilleures raisons que moi d'être curieuse, dit le baron à Camille, car vous avez là du bien, mademoiselle.

— Mademoiselle est la plus riche de tous les

propriétaires, dit un de ces paludiers, et que Dieu la conserve, elle est *bonne dame*[151]. »

Les deux compagnies se saluèrent et se quittèrent.

« On ne donnerait pas plus de trente ans à Mlle des Touches, dit le bonhomme à sa femme. Elle est bien belle. Et Calyste préfère cette haridelle de marquise parisienne à cette excellente fille de la Bretagne ?

— Hélas ! oui », dit la baronne.

Une barque attendait au pied de la jetée où l'embarquement se fit sans gaieté. La marquise était froide et digne. Camille avait grondé Calyste sur son manque d'obéissance, en lui expliquant l'état dans lequel étaient ses affaires de cœur. Calyste, en proie à un désespoir morne, jetait sur Béatrix des regards où l'amour et la haine se combattaient. Il ne fut pas dit une parole pendant le court trajet de la jetée[152] de Guérande à l'extrémité du port du Croisic, endroit où se charge le sel que des femmes apportent dans de grandes terrines placées sur leurs têtes, et qu'elles tiennent de façon à ressembler à des cariatides. Ces femmes vont pieds nus et n'ont qu'une jupe assez courte. Beaucoup d'entre elles laissent insoucieusement voltiger les mouchoirs qui couvrent leurs bustes ; plusieurs n'ont que leurs chemises et sont les plus fières, car moins les femmes ont de vêtements, plus elles déploient de pudiques noblesses. Le petit navire danois achevait sa cargaison. Le débarquement de ces deux belles personnes excita donc la curiosité des porteuses de sel ; et pour y échapper autant que pour servir Calyste, Camille s'élança vivement vers les rochers, en le laissant à Béatrix. Gasselin mit entre son maître et lui une distance d'au moins deux cents pas. Du côté de la mer, la presqu'île du Croisic est bordée de roches granitiques dont les formes sont si singulièrement capricieuses, qu'elles ne peuvent être appréciées que par les voyageurs qui ont été mis à même d'établir des comparaisons entre ces grands spectacles de la nature sauvage. Peut-être les roches du Croisic ont-elles sur les choses de ce genre la supériorité accordée au chemin de la Grande-Chartreuse sur les autres vallées étroites. Ni les côtes de la Corse où le granit offre des récifs bien bizarres, ni celles de la Sardaigne, où la nature s'est livrée à des effets grandioses et terribles, ni les roches basaltiques des mers du Nord n'ont un caractère si complet. La fantaisie s'est amusée à composer là d'interminables arabesques où les figures les plus fantastiques s'enroulent et se déroulent [153]. Toutes les formes y sont. L'imagination est peut-être fatiguée de cette immense galerie de monstruosités où par les temps de fureur la mer se glisse et a fini par polir toutes les aspérités. Vous rencontrez sous une voûte naturelle et d'une hardiesse imitée de loin par Brunelleschi, car les plus grands efforts de l'art sont toujours une timide contrefaçon des effets de la nature, une cuve polie comme une baignoire de marbre et sablée par un sable uni, fin, blanc, où l'on peut se baigner sans crainte dans quatre pieds d'eau tiède. Vous allez admirant de petites anses fraîches, abritées par des portiques grossièrement taillés, mais majestueux, à la manière du palais Pitti, cette autre imitation des caprices de la nature. Les accidents sont innombrables, rien n'y manque de ce que l'imagination la plus dévergondée pourrait inventer ou désirer. Il existe même, chose si rare sur les bords de l'Océan que peut-être est-ce la seule exception, un gros *buisson* de la plante qui a fait créer ce mot. Ce buis, la plus grande curiosité du Croisic, où les arbres ne peuvent pas venir, se trouve à une lieue environ du port, à la pointe la plus avancée de la côte. Sur un des promontoires formés par le granit et qui s'élèvent au-dessus de la mer à une hauteur où les vagues n'arrivent jamais, même dans les temps les plus furieux, à l'exposition du midi, les caprices diluviens ont pratiqué une marge creuse d'environ quatre pieds de saillie. Dans cette fente, le hasard, ou peut-être l'homme, a mis assez de terre végétale pour qu'un buis ras et fourni, semé par les oiseaux, y ait poussé. La forme des racines indique au moins trois cents ans d'existence. Au-dessous la roche est cassée net. La commotion, dont les traces sont écrites en caractères ineffaçables sur cette côte, a emporté les morceaux de granit je ne sais où. La mer arrive sans rencontrer de récifs au pied de cette lame, où elle a plus de cinq cents pieds de profondeur; à l'entour, quelques roches à fleur d'eau, que les bouillonnements de l'écume indiquent, décrivent comme un grand cirque. Il faut un peu de courage et de résolution pour aller jusqu'à la cime de ce petit Gibraltar, dont la tête est presque ronde et d'où quelque coup de vent peut précipiter les curieux dans la mer ou, ce qui serait plus dangereux, sur les roches. Cette sentinelle gigantesque ressemble à ces lanternes de vieux châteaux d'où l'on pouvait prévoir les attaques en embrassant tout le pays; de là se voient le clocher et les arides cultures du Croisic, les sables et les dunes qui menacent la terre cultivée et qui ont envahi le territoire du bourg de Batz. Quelques vieillards prétendent que, dans des temps fort reculés, il se trouvait un château fort en cet endroit. Les pêcheurs de sardines ont donné un nom à ce rocher, qui se voit de loin en mer; mais il faut pardonner l'oubli de ce mot breton, aussi difficile à prononcer qu'à retenir. Calyste menait Béatrix vers ce point, d'où le coup d'œil est superbe et où les décorations du granit surpassent tous les étonnements qu'il a pu causer le long de la route sablonneuse qui côtoie la mer. Il est inutile d'expliquer pourquoi Camille s'était sauvée en avant. Comme une bête sauvage blessée, elle aimait la solitude; elle se perdait dans les grottes, reparaissait sur les pics, chassait les crabes de leurs trous ou surprenait en flagrant délit leurs mœurs originales. Pour ne pas être gênée par ses habits de femme, elle avait mis des pantalons à manchettes brodées, une blouse courte, un chapeau de castor, et pour bâton de voyage elle avait une cravache, car elle a toujours eu la fatuité de sa force et de son agilité; elle était ainsi cent fois plus belle que Béatrix; elle avait un petit châle de soie rouge de Chine croisé sur son buste comme on le met aux enfants. Pendant quelque temps, Béatrix et Calyste la virent voltigeant sur les cimes ou sur les abîmes comme un feu follet, essayant de donner le change à ses souffrances en affrontant le péril. Elle arriva la première à la roche au buis et s'assit dans une des anfractuosités à l'ombre, occupée à méditer. Que pouvait faire une femme comme elle de sa vieillesse, après avoir bu la coupe de la gloire que tous les grands talents, trop avides pour détailler les stupides jouissances de l'amour-propre, vident d'une gorgée? Elle a depuis avoué que là l'une de ces réflexions suggérées par un rien, par un de ces accidents qui sont une niaiserie peut-être pour des gens vulgaires, et qui présentent un abîme de réflexions aux grandes âmes, l'avait décidée à l'acte singulier par lequel elle devait en finir avec la vie sociale. Elle tira de sa poche une petite boîte où elle avait mis, en cas de soif, des pastilles à la fraise; elle en prit plusieurs; mais, tout en les savourant, elle ne put s'empêcher de remarquer que les fraises, qui n'existaient plus, revivaient cependant dans leurs qualités. Elle conclut de là qu'il en pouvait être ainsi de nous. La mer lui offrait alors une image de l'infini [154]. Nul grand esprit ne peut se tirer de l'infini, en admettant l'immortalité de l'âme, sans conclure à quelque avenir religieux. Cette idée la poursuivit encore quand elle respira son flacon d'eau de Portugal [155]. Son manège pour faire tomber Béatrix en partage à Calyste lui parut alors bien mesquin : elle sentit mourir la femme en elle, et se dégager la noble et angélique créature voilée jusqu'alors par la chair. Son immense esprit, son savoir, ses connaissances, ses fausses amours l'avaient conduite face à face, avec quoi? qui le lui eût dit? avec la mère féconde, la consolatrice des affligés, l'Église romaine, si douce aux repentirs, si poétique avec les poètes, si naïve avec les enfants, si profonde et si mystérieuse pour les esprits inquiets et sauvages qu'ils y peuvent toujours creuser en satisfaisant toujours leurs insatiables curiosités, sans cesse excitées. Elle jeta les yeux sur les détours que Calyste lui avait fait faire, et les comparait aux chemins tortueux de ces rochers. Calyste était toujours à ses yeux le beau messager du ciel, un divin conducteur. Elle étouffa l'amour terrestre par l'amour divin.

Après avoir marché pendant quelque temps en silence, Calyste ne put s'empêcher, sur une exclamation de Béatrix relative à la beauté de l'Océan qui diffère beaucoup de la Méditerranée, de comparer, comme pureté, comme étendue, comme agitation, comme profondeur, comme éternité, cette mer à son amour.

« Elle est bordée par un rocher, dit en riant Béatrix.

— Quand vous me parlez ainsi, répondit-il en lui lançant un regard divin, je vous vois, je vous entends, et puis avoir la patience des anges ; mais quand je suis seul, vous auriez pitié de moi si vous pouviez me voir. Ma mère pleure alors de mon chagrin.

— Écoutez, Calyste, il faut en finir, dit la marquise en regagnant le chemin sablé. Peut-être avons-nous atteint le seul lieu propice à dire ces choses, car jamais de ma vie je n'ai vu la nature plus en harmonie avec mes pensées. J'ai vu l'Italie, où tout parle d'amour ; j'ai vu la Suisse, où tout est frais et exprime un vrai bonheur, un bonheur laborieux ; où la verdure, les eaux tranquilles, les lignes les plus riantes sont opprimées par les Alpes couronnées de neige ; mais je n'ai rien vu qui peigne mieux l'ardente aridité de ma vie que cette petite plaine desséchée par les vents de mer, corrodée par les vapeurs marines, où lutte une triste agriculture en face de l'immense Océan, en face des bouquets de la Bretagne d'où s'élèvent les tours de votre Guérande. Eh bien, Calyste, voilà Béatrix. Ne vous y attachez donc point. Je vous aime, mais je ne serai jamais à vous d'aucune manière, car j'ai la conscience de ma désolation intérieure. Ah! vous ne savez pas à quel point je suis dure pour moi-même en vous parlant ainsi. Non, vous ne verrez pas votre idole, si je suis une idole, amoindrie, elle ne tombera pas de la hauteur où vous la mettez. J'ai maintenant en horreur une passion que désavouent le monde et la religion, je ne veux plus être humiliée ni cacher mon bonheur; je reste attachée où je suis, je serai le désert sablonneux et sans végétation, sans fleurs ni verdure que voici.

— Et si vous étiez abandonnée? dit Calyste.

— Eh bien, j'irai mendier ma grâce, je m'humilierai devant l'homme que j'ai offensé, mais je ne courrai jamais le risque de me jeter dans un bonheur que je sais devoir finir.

— Finir », s'écria Calyste.

La marquise interrompit le dithyrambe auquel allait se livrer son amant en répétant : Finir! d'un ton qui lui imposa silence.

Cette contradiction émut chez le jeune homme une de ces muettes fureurs internes que connaissent seuls ceux qui ont aimé sans espoir. Béatrix et lui firent environ trois cents pas dans un profond silence, ne regardant plus ni la mer, ni les roches, ni les champs du Croisic.

« Je vous rendrais si heureuse! dit Calyste.

— Tous les hommes commencent par nous promettre le bonheur, et ils nous lèguent l'infamie, l'abandon, le dégoût. Je n'ai rien à reprocher à celui à qui je dois être fidèle; il ne m'a rien promis, je suis allée à lui; mais le seul moyen qui me reste pour amoindrir ma faute est de la rendre éternelle.

— Dites, madame, que vous ne m'aimez pas! Moi qui vous aime, je sais par moi-même que l'amour ne discute pas, il ne voit que lui-même, il n'est pas un sacrifice que je ne fasse. Ordonnez, je tenterai l'impossible. Celui qui jadis a méprisé sa maîtresse pour avoir jeté son gant entre les lions en lui commandant d'aller le reprendre [156], il n'aimait pas! il méconnaissait votre droit de nous éprouver pour être sûres de notre amour et ne rendre les armes qu'à des grandeurs surhumaines. Je vous sacrifierais ma famille, mon nom, mon avenir.

— Quelle insulte dans ce mot de sacrifices! » dit-elle d'un ton de reproche qui fit sentir à Calyste la sottise de son expression.

Il n'y a que les femmes qui aiment absolument ou les coquettes pour savoir prendre un point d'appui dans un mot et s'élancer à une hauteur prodigieuse : l'esprit et le sentiment procèdent là de la même manière; mais la femme aimante s'afflige, et la coquette méprise.

« Vous avez raison, dit Calyste en laissant tomber deux larmes, ce mot ne peut se dire que des efforts que vous me demandez.

— Taisez-vous, dit Béatrix saisie d'une réponse où pour la première fois Calyste peignait bien son amour, j'ai fait assez de fautes, ne me tentez pas. »

Ils étaient en ce moment au pied de la roche au buis. Calyste éprouva les plus enivrantes félicités à soutenir la marquise en gravissant ce rocher où elle voulut aller jusqu'à la cime. Ce fut pour ce pauvre enfant la dernière faveur que de serrer cette taille, de sentir cette femme un peu tremblante : elle avait besoin de lui ! Ce plaisir inespéré lui tourna la tête, il ne vit plus rien, il saisit Béatrix par la ceinture.

« Eh bien ? dit-elle d'un air imposant.

— Ne serez-vous jamais à moi, lui demanda-t-il d'une voix étouffée par un orage de sang.

— Jamais, mon ami, répondit-elle. Je ne puis être pour vous que Béatrix, un rêve. N'est-ce pas une douce chose ? nous n'aurons ni amertume, ni chagrin, ni repentir.

— Et vous retournerez à Conti ?

— Il le faut bien.

— Tu ne seras donc jamais à personne », dit Calyste en poussant la marquise avec une violence frénétique.

Il voulut écouter sa chute avant de se précipiter après elle, mais il n'entendit qu'une clameur sourde, la stridente déchirure d'une étoffe et le bruit grave d'un corps tombant sur la terre. Au lieu d'aller la tête en bas, Béatrix avait chaviré, elle était renversée dans le buis ; mais elle aurait roulé néanmoins au fond de la mer si sa robe ne s'était accrochée à une pointe et n'avait en se déchirant amorti le poids du corps sur le buisson. Mlle des Touches, qui vit cette scène, ne put crier, car son saisissement fut tel qu'elle ne put que faire signe à Gasselin d'accourir. Calyste se pencha par une sorte de curiosité féroce, il vit la situation de

Béatrix et frémit : elle paraissait prier, elle croyait mourir, elle sentait le buis près de céder. Avec l'habileté soudaine que donne l'amour, avec l'agilité surnaturelle que la jeunesse trouve dans le danger, il se laissa couler de neuf pieds de hauteur, en se tenant à quelques aspérités, jusqu'à la marge du rocher, et put relever à temps la marquise en la prenant dans ses bras, au risque de tomber tous les deux à la mer. Quand il tint Béatrix, elle était sans connaissance; mais il la pouvait croire toute à lui dans ce lit aérien où ils allaient rester longtemps seuls, et son premier mouvement fut un mouvement de plaisir.

« Ouvrez les yeux, pardonnez-moi, disait Calyste, ou nous mourrons ensemble.

— Mourir? » dit-elle en ouvrant les yeux et dénouant ses lèvres pâles.

Calyste salua ce mot par un baiser, et sentit alors chez la marquise un frémissement convulsif qui le ravit. En ce moment, les souliers ferrés de Gasselin se firent entendre au-dessus. Le Breton était suivi de Camille, avec laquelle il examinait les moyens de sauver les deux amants.

« Il n'en est qu'un seul, mademoiselle, dit Gasselin : je vais m'y couler, ils remonteront sur mes épaules, et vous leur donnerez la main.

— Et toi? » dit Camille.

Le domestique parut surpris d'être compté pour quelque chose au milieu du danger que courait son jeune maître.

« Il vaut mieux aller chercher une échelle au Croisic », dit Camille.

« Elle est malicieuse tout de même », se dit Gasselin en descendant.

Béatrix demanda d'une voix faible à être couchée, elle se sentait défaillir. Calyste la coucha entre le granit et le buis sur le terreau frais.

« Je vous ai vu, Calyste, dit Camille. Que Béatrix meure ou soit sauvée, ceci ne doit être jamais qu'un accident.

— Elle me haïra, dit-il les yeux mouillés.

— Elle t'adorera, répondit Camille. Nous voilà revenus de notre promenade, il faut la transporter aux Touches. Que serais-tu donc devenu si elle était morte? lui dit-elle.

— Je l'aurais suivie.

— Et ta mère?... » Puis, après une pause : « Et moi? » dit-elle faiblement.

Calyste resta pâle, le dos appuyé au granit, immobile, silencieux. Gasselin revint promptement d'une des petites fermes éparses dans les champs en courant avec une échelle qu'il y avait trouvée. Béatrix avait repris quelques forces. Quand Gasselin eut placé l'échelle, la marquise put, aidée par Gasselin qui pria Calyste de passer le châle rouge de Camille sous les bras de Béatrix et de lui en apporter le bout, arriver sur la plate-forme ronde, où Gasselin la prit dans ses bras comme un enfant, et la descendit sur la plage.

« Je n'aurais pas dit non à la mort; mais les souffrances! » dit-elle à Mlle des Touches d'une voix faible.

La faiblesse et le brisement que ressentait Béatrix forcèrent Camille à la faire porter à la ferme où Gasselin avait emprunté l'échelle. Calyste, Gasselin et Camille se dépouillèrent des vêtements qu'ils pouvaient quitter, firent un matelas sur l'échelle, y placèrent Béatrix et la portèrent comme sur une civière. Les fermiers offrirent leur lit. Gasselin courut à l'endroit où attendaient les chevaux, en prit un, et alla chercher le chirurgien du Croisic, après avoir recommandé aux bateliers de venir à l'anse la plus voisine de la ferme. Calyste, assis sur une escabelle, répondait par des mouvements de tête et par de rares monosyllabes à Camille, dont l'inquiétude était excitée et par l'état de Béatrix et par celui de Calyste. Après une saignée, la malade se trouva mieux ; elle put parler, consentit à s'embarquer, et vers cinq heures du soir elle fut transportée de la jetée de Guérande aux Touches, où le médecin de la ville l'attendait. Le bruit de cet événement s'était répandu dans ce pays solitaire et presque sans habitants visibles avec une inexplicable rapidité.

Calyste passa la nuit aux Touches, au pied du lit de Béatrix, et en compagnie de Camille. Le médecin avait promis que le lendemain la marquise n'aurait plus qu'une courbature. À travers le désespoir de Calyste éclatait une joie profonde : il était au pied du lit de Béatrix, il la regardait sommeillant ou s'éveillant ; il pouvait étudier son visage pâle et ses moindres mouvements. Camille souriait avec amertume en reconnaissant chez Calyste les symptômes d'une de ces passions qui teignent à jamais l'âme et les facultés d'un homme en se mêlant à sa vie, dans une époque où nulle pensée, nul soin, ne contrarient ce cruel travail intérieur. Jamais Calyste ne devait voir la femme vraie qui était en Béatrix. Avec quelle naïveté le jeune Breton ne laissait-il pas lire ses plus secrètes pensées?... Il s'imaginait que cette femme était sienne en se trouvant ainsi dans sa chambre, et en l'admirant dans le désordre du lit. Il épiait avec une attention extatique les plus légers mouvements de Béatrix; sa contenance annonçait une si jolie curiosité, son bonheur se révélait si naïvement qu'il y eut un moment où les deux femmes se regardèrent en souriant. Quand Calyste vit les beaux yeux vert de mer de la malade exprimant un mélange de confusion, d'amour et de raillerie, il rougit et détourna la tête.

« Ne vous ai-je pas dit, Calyste, que vous autres hommes vous nous promettiez le bonheur et finissiez par nous jeter dans un précipice? »

En entendant cette plaisanterie, dite d'un ton charmant, et qui annonçait quelque changement dans le cœur de Béatrix, Calyste se mit à genoux, prit une des mains moites qu'elle laissa prendre et la baisa d'une façon très soumise.

« Vous avez le droit de repousser à jamais mon amour, et moi je n'ai plus le droit de vous dire un seul mot.

— Ah! s'écria Camille en voyant l'expression peinte sur le visage de Béatrix et la comparant à celle qu'avaient obtenue les efforts de sa diplomatie, l'amour aura toujours plus d'esprit à lui seul que tout le monde! Prenez votre calmant, ma chère amie, et dormez. »

Cette nuit, passée par Calyste auprès de Mlle des Touches, qui lut des livres de théologie mystique pendant que Calyste lisait *Indiana*[157], le premier ouvrage de la célèbre rivale de Camille, et où se trouvait la captivante image d'un jeune homme aimant avec idolâtrie et dévouement, avec une tranquillité mystérieuse et pour toute sa vie, une femme placée dans la situation fausse où était Béatrix, livre qui fut d'un fatal exemple pour lui! cette nuit laissa des traces ineffaçables dans le cœur de ce pauvre jeune homme, à qui Félicité fit comprendre qu'à moins d'être un monstre, une femme ne pouvait être qu'heureuse et flattée dans toutes ses vanités d'avoir été l'objet d'un crime.

« Vous ne m'auriez pas jetée à l'eau, moi! » dit la pauvre Camille en essuyant une larme.

Vers le matin, Calyste, accablé, s'était endormi dans son fauteuil. Ce fut au tour de la marquise à contempler ce charmant enfant, pâli par ses émotions et par sa première veille d'amour; elle l'entendit murmurant son nom dans son sommeil.

« Il aime en dormant, dit-elle à Camille.

— Il faut l'envoyer se coucher chez lui », dit Félicité qui le réveilla.

Personne n'était inquiet à l'hôtel du Guénic, Mlle des Touches avait écrit un mot à la baronne. Calyste revint dîner aux Touches, il retrouva Béatrix levée, pâle, faible et lasse; mais il n'y avait plus la moindre dureté dans sa parole ni la moindre dureté dans ses regards. Depuis cette soirée, remplie de musique par Camille qui se mit au piano pour laisser Calyste prendre et serrer les mains de Béatrix sans que ni l'un ni l'autre pussent parler, il n'y eut plus le moindre orage aux Touches. Félicité s'effaça complètement. Les femmes froides, frêles, dures et minces, comme est Mme de Rochefide, ces femmes, dont le col offre une attache osseuse qui leur donne une vague ressemblance avec la race féline [158], ont l'âme de la couleur pâle de leurs yeux clairs, gris ou verts; aussi, pour fondre, pour vitrifier ces cailloux, faut-il des coups de foudre. Pour Béatrix, la rage d'amour et l'attentat de Calyste avaient été ce coup de tonnerre auquel rien ne résiste et qui change les natures les plus rebelles. Béatrix se sentait intérieurement mortifiée, l'amour pur et vrai lui baignait le cœur de ses molles et fluides ardeurs. Elle vivait dans une douce et tiède atmosphère de sentiments inconnus où elle se trouvait agrandie, élevée; elle entrait dans les cieux où la Bretagne a, de tout temps, mis la femme. Elle savourait les adorations respectueuses de cet enfant dont le bonheur lui coûtait peu de chose, car un geste, un regard, une parole satisfaisaient Calyste. Ce haut prix donné par le cœur à ces riens la touchait excessivement. Son gant effleuré pouvait devenir pour cet ange plus que toute sa personne n'était pour celui par qui elle aurait dû être adorée. Quel contraste! Quelle femme aurait pu résister à cette constante déification? Elle était sûre d'être obéie et comprise. Elle eût dit à Calyste de risquer sa vie pour le moindre de ses caprices, il n'eût même pas réfléchi. Aussi Béatrix prit-elle je ne sais quoi de noble et d'imposant; elle vit l'amour du côté de ses grandeurs, elle y chercha comme un point d'appui pour demeurer la plus magnifique de toutes les femmes aux yeux de Calyste, sur qui elle voulut avoir un empire éternel. Ses coquetteries furent alors d'autant plus tenaces qu'elle se sentit plus faible. Elle joua la malade pendant toute une semaine avec une charmante hypocrisie. Combien de fois ne fit-elle pas le tour du tapis vert qui s'étendait devant la façade des Touches sur le jardin, appuyée sur le bras de Calyste, et rendant alors à Camille les souffrances qu'elle lui avait données pendant la première semaine de son séjour.

« Ah! ma chère, tu lui fais faire le grand tour », dit Mlle des Touches à la marquise.

Avant la promenade au Croisic, un soir ces deux femmes devisaient sur l'amour et riaient des différentes manières dont s'y prenaient les hommes pour faire leurs déclarations, en s'avouant à elles-mêmes que les plus habiles et naturellement les moins aimants ne s'amusaient pas à se promener dans le labyrinthe de la sensiblerie, et avaient raison, en sorte que les gens qui aiment le mieux étaient pendant un certain temps les plus maltraités. « Ils s'y prennent comme La Fontaine pour aller à l'Académie! » dit alors Camille. Son mot rappelait cette conversation à la marquise en lui reprochant son machiavélisme. Mme de Rochefide avait une puissance absolue pour contenir Calyste dans les bornes où elle voulait qu'il se tînt, elle lui rappelait d'un geste ou d'un regard son horrible violence au bord de la mer. Les yeux de ce pauvre martyr se remplissaient alors de larmes, il se taisait et dévorait ses raisonnements, ses vœux, ses souffrances, avec un héroïsme qui certes eût touché toute autre femme. Elle l'amena par son infernale coquetterie à un si grand désespoir qu'il vint un jour se jeter dans les bras de Camille en lui demandant conseil. Béatrix, armée de la lettre de Calyste, en avait extrait le passage où il disait qu'aimer était le premier bonheur, qu'être aimé venait après, et se servait de cet axiome pour restreindre sa passion à cette idolâtrie respectueuse qui lui plaisait. Elle aimait tant à se laisser caresser l'âme par ces doux concerts de louanges et d'adorations que la nature suggère aux jeunes gens; il y a tant d'art sans recherche, tant de séductions innocentes dans leurs cris, dans leurs prières, dans leurs exclamations, dans leurs appels à eux-mêmes, dans les hypothèques qu'ils offrent sur l'avenir, que Béatrix se gardait bien de répondre. Elle l'avait dit, elle doutait! Il ne s'agissait pas encore du bonheur, mais de la permission d'aimer que demandait toujours cet enfant, qui s'obstinait à vouloir prendre la place du côté le plus fort, le côté moral. La femme la plus forte en paroles est souvent très faible en action. Après avoir vu le progrès qu'il avait fait en poussant Béatrix à la mer, il est étrange que Calyste ne continuât pas à demander son bonheur aux violences; mais l'amour chez les jeunes gens est tellement extatique et religieux qu'il veut tout obtenir de la conviction morale [159]; et de là vient sa sublimité.

Néanmoins un jour le Breton, poussé à bout par le désir, se plaignit vivement à Camille de la conduite de Béatrix.

« J'ai voulu te guérir en te la faisant promptement connaître, répondit Mlle des Touches, et tu as tout brisé dans ton impatience. Il y a dix jours tu étais son maître; aujourd'hui tu es l'esclave, mon pauvre garçon. Ainsi tu n'auras jamais la force d'exécuter mes ordres.

— Que faut-il faire?

— Lui chercher querelle à propos de sa rigueur. Une femme est toujours emportée par le discours, fais qu'elle te maltraite, et ne reviens plus aux Touches qu'elle ne t'y rappelle. »

Il est un moment, dans toutes les maladies violentes, où le patient accepte les plus cruels remèdes et se soumet aux opérations les plus horribles. Calyste en était arrivé là. Il écouta le conseil de Camille, il resta deux jours au logis; mais, le troisième, il grattait à la porte de Béatrix en l'avertissant que Camille et lui l'attendaient pour déjeuner.

« Encore un moyen de perdu », lui dit Camille en le voyant si lâchement arrivé.

Béatrix s'était souvent arrêtée pendant ces deux jours à la fenêtre d'où se voyait le chemin de Guérande. Quand Camille l'y surprenait, elle se disait occupée de l'effet produit par les ajoncs du chemin, dont les fleurs d'or étaient illuminées par le soleil de septembre. Camille eut ainsi le secret de Béatrix, et n'avait plus qu'un mot à dire pour que Calyste fût heureux, mais elle ne le disait pas : elle était encore trop femme pour le pousser à cette action dont s'effraient les jeunes cœurs qui semblent avoir la conscience de tout ce que va perdre leur idéal. Béatrix fit attendre assez longtemps Camille et Calyste. Avec tout autre que lui, ce retard eût été significatif, car la toilette de la marquise accusait le désir de fasciner Calyste et d'empêcher une nouvelle absence. Après le déjeuner, elle alla se promener dans le jardin, et ravit de joie cet enfant qu'elle ravissait d'amour en lui exprimant le désir de revoir avec lui cette roche où elle avait failli périr.

« Allons-y seuls, demanda Calyste d'une voix troublée.

— En refusant, répondit-elle, je vous donnerais à penser que vous êtes dangereux. Hélas! je vous l'ai dit mille fois, je suis à un autre et ne puis être qu'à lui; je l'ai choisi sans rien connaître à l'amour. La faute est double, double est la punition. »

Quand elle parlait ainsi, les yeux à demi mouillés par le peu de larmes que ces sortes de femmes répandent, Calyste éprouvait une compassion qui adoucissait son ardente fureur; il l'adorait alors comme une madone. Il ne faut pas plus demander aux différents caractères de se ressembler dans l'expression des sentiments qu'il ne faut exiger les mêmes fruits d'arbres différents. Béatrix était en ce moment violemment combattue : elle hésitait entre elle-même et Calyste, entre le monde où elle espérait rentrer un jour, et le bonheur complet; entre se perdre à jamais par une seconde passion impardonnable, et le pardon social. Elle commençait à écouter, sans aucune fâcherie même jouée, les discours d'un amour aveugle; elle se laissait caresser par les douces mains de la Pitié. Déjà plusieurs fois elle avait été émue aux larmes en écoutant Calyste lui promettant de l'amour pour tout ce qu'elle perdrait aux yeux du monde, et la plaignant d'être attachée à un aussi mauvais génie, à un homme aussi faux que Conti. Plus d'une fois elle n'avait pas fermé la bouche à Calyste quand elle lui contait les misères et les souffrances qui l'avaient accablée en Italie en ne se voyant pas seule dans le cœur de Conti. Camille avait, à ce sujet, fait plus d'une leçon à Calyste, et Calyste en profitait.

« Moi, lui disait-il, je vous aimerai absolument; vous ne trouverez pas chez moi les triomphes de l'art, les jouissances que donne une foule émue par les merveilles du talent; mon seul talent sera de vous aimer, mes seules jouissances seront les vôtres, l'admiration d'aucune femme ne me paraîtra mériter de récompense; vous n'aurez pas à redouter d'odieuses rivalités; vous êtes méconnue, et là où on vous accepte, moi je voudrais me faire accepter tous les jours. »

Elle écoutait ces paroles la tête baissée, en lui laissant baiser ses mains, en avouant silencieusement mais de bonne grâce qu'elle était peut-être un ange méconnu.

« Je suis trop humiliée, répondait-elle, mon passé dépouille l'avenir de toute sécurité. »

Ce fut une belle matinée pour Calyste que celle où, en venant aux Touches à sept heures du matin, il aperçut entre deux ajoncs, à une fenêtre, Béatrix coiffée du même chapeau de paille qu'elle portait le jour de leur excursion. Il eut comme un éblouissement. Ces petites choses de la passion agrandissent le monde. Peut-être n'y a-t-il que les Françaises qui possèdent les secrets de ces coups de théâtre; elles les doivent aux grâces de leur esprit, elles savent en mettre dans le sentiment autant qu'il peut en accepter sans perdre de sa force. Ah! combien elle pesait peu sur le bras de Calyste. Tous deux, ils sortirent par la porte du jardin qui donne sur les dunes. Béatrix trouva les sables jolis; elle aperçut alors ces petites plantes dures à fleurs roses qui y croissent, elle en cueillit plusieurs auxquelles elle joignit l'œillet des Chartreux qui se trouve également dans ces sables arides et les partagea d'une façon significative avec Calyste, pour qui ces fleurs et ce feuillage devaient être une éternelle, une sinistre image.

« Nous y joindrons du buis », dit-elle en souriant. Elle resta quelque temps sur la jetée où Calyste, en attendant la barque, lui raconta son enfantillage le jour de son arrivée. « Votre escapade, que j'ai sue, fut la cause de ma sévérité le premier jour », dit-elle.

Pendant cette promenade, Mme de Rochefide eut ce ton légèrement plaisant de la femme qui aime, comme elle en eut la tendresse et le laisser-aller. Calyste pouvait se croire aimé. Mais quand, en allant le long des rochers sur le sable, ils descendirent dans une de ces charmantes criques où les vagues ont apporté les plus extraordinaires mosaïques, composé des marbres les plus étranges, et qu'ils y eurent joué comme des enfants en cherchant les plus beaux échantillons; quand Calyste, au comble de l'ivresse, lui proposa nettement de s'enfuir en Irlande, elle reprit un air digne, mystérieux, lui demanda son bras, et ils continuèrent leur chemin vers la roche qu'elle avait surnommée sa roche Tarpéienne.

« Mon ami, lui dit-elle en gravissant à pas lents ce magnifique bloc de granit dont elle devait se faire un piédestal, je n'ai pas le courage de vous cacher tout ce que vous êtes pour moi. Depuis dix ans je n'ai pas eu de bonheur comparable à celui que nous venons de goûter en faisant la chasse aux coquillages dans ces roches à fleur d'eau, en échangeant ces cailloux avec lesquels je me ferai faire un collier qui sera plus précieux pour moi que s'il était composé des plus beaux diamants. Je viens d'être petite fille, enfant, telle que j'étais à quatorze ou seize ans, et alors digne de vous. L'amour que j'ai eu le bonheur de vous inspirer m'a relevée à mes propres yeux. Entendez ce mot dans toute sa magie. Vous avez fait de moi la femme la plus orgueilleuse, la plus heureuse de son sexe, et vous vivrez peut-être plus longtemps dans mon souvenir que moi dans le vôtre. »

En ce moment, elle était arrivée au faîte du rocher, d'où se voyait l'immense Océan d'un côté, la Bretagne de l'autre avec ses îles d'or, ses tours féodales et ses bouquets d'ajoncs. Jamais une femme ne fut sur un plus beau théâtre pour faire un si grand aveu.

« Mais, dit-elle, je ne m'appartiens pas, je suis plus liée par ma volonté que je ne l'étais par la loi. Soyez donc puni de mon malheur, et contentez-vous de savoir que nous en souffrirons ensemble. Dante n'a jamais revu Béatrix, Pétrarque n'a jamais possédé sa Laure. Ces désastres n'atteignent que de grandes âmes. Ah! si je suis abandonnée, si je tombe de mille degrés de plus dans la honte et dans l'infamie, si ta Béatrix est cruellement méconnue par le monde qui lui sera horrible, si elle est la dernière des femmes!... alors, enfant adoré, dit-elle en lui prenant la main, tu sauras qu'elle est la première de toutes, qu'elle pourra s'élever jusqu'aux cieux appuyée sur toi; mais alors, ami, dit-elle en lui jetant un regard sublime, quand tu voudras la précipiter, ne manque pas ton coup : après ton amour, la mort ! »

Calyste tenait Béatrix par la taille, il la serra sur son cœur. Pour confirmer ses douces paroles, Mme de Rochefide déposa sur le front de Calyste le plus chaste et le plus timide de tous les baisers. Puis ils redescendirent et revinrent lentement, causant comme des gens qui se sont parfaitement entendus et compris, elle croyant avoir la paix, lui ne doutant plus de son bonheur, et se trompant l'un et l'autre. Calyste, d'après les observations de Camille, espérait que Conti serait enchanté de cette occasion de quitter Béatrix. La marquise, elle, s'abandonnait au vague de sa position, attendant un hasard. Calyste était trop ingénu, trop aimant pour inventer le hasard. Ils arrivèrent tous deux dans la situation d'âme la plus délicieuse, et rentrèrent aux Touches par la porte du jardin, Calyste en avait pris la clef. Il était environ six heures du soir. Les enivrantes senteurs, la tiède atmosphère, les couleurs jaunâtres des rayons du soir, tout s'accordait avec leurs dispositions et leurs discours attendris. Leur pas était égal et harmonieux comme est la démarche des amants, leur mouvement accusait l'union de leur pensée. Il régnait aux Touches un si grand silence que le bruit de la porte en s'ouvrant et se fermant y retentit et dut se faire entendre dans tout le jardin. Comme Calyste et Béatrix s'étaient tout dit et que leur promenade pleine d'émotions les avait lassés, ils venaient doucement et sans rien dire. Tout à coup, au tournant d'une allée, Béatrix éprouva le plus horrible saisissement, cet effroi communicatif que cause la vue d'un reptile et qui glaça Calyste avant qu'il n'en vît la cause. Sur un banc, sous un frêne à rameaux pleureurs, Conti causait avec Camille Maupin. Le tremblement intérieur et convulsif de la marquise fut plus franc qu'elle ne le voulait; Calyste apprit alors combien il était cher à cette femme qui venait d'élever une barrière entre elle et lui, sans doute pour se ménager encore quelques jours de coquetterie avant de la franchir. En un moment, un drame tragique se déroula dans toute son étendue au fond des cœurs.

« Vous ne m'attendiez peut-être pas si tôt », dit l'artiste à Béatrix en lui offrant le bras.

La marquise ne put s'empêcher de quitter le bras de Calyste et de prendre celui de Conti. Cette ignoble transition, impérieusement commandée et qui déshonorait le nouvel amour, accabla Calyste qui s'alla jeter sur le banc à côté de Camille après avoir échangé le plus froid salut avec son rival. Il éprouvait une foule de sensations contraires : en apprenant combien il était aimé de Béatrix, il avait voulu par un mouvement se jeter sur l'artiste en lui disant que Béatrix était à lui; mais la convulsion intérieure de cette pauvre femme en trahissant tout ce qu'elle souffrait, car elle avait payé là le prix de toutes ses fautes en un moment, l'avait si profondément ému qu'il en était resté stupide, frappé comme elle par une implacable nécessité. Ces deux mouvements contraires produisirent en lui le plus violent des orages auxquels il eût été soumis depuis qu'il aimait Béatrix. Mme de Rochefide et Conti passaient devant le banc où gisait Calyste auprès de Camille, la marquise regardait sa rivale et lui jetait un de ces regards terribles par lesquels les femmes savent tout dire, elle évitait les yeux de Calyste et paraissait écouter Conti qui semblait badiner.

« Que peuvent-ils se dire? demanda Calyste à Camille.

— Cher enfant! tu ne connais pas encore les épouvantables droits que laisse à un homme sur une femme un amour éteint, Béatrix n'a pas pu lui refuser sa main, il la raille sans doute sur ses amours, il a dû les deviner à votre attitude et à la manière dont vous vous êtes présentés à ses regards.

— Il la raille?... dit l'impétueux jeune homme.

— Calme-toi, dit Camille, ou tu perdrais les chances favorables qui te restent. S'il froisse un peu trop l'amour-propre de Béatrix, elle le foulera comme un ver à ses pieds. Mais il est astucieux, il saura s'y prendre avec esprit. Il ne supposera pas que la fière Mme de Rochefide ait pu le trahir. Il y aurait trop de dépravation à aimer un homme à cause de sa beauté! Il te peindra sans doute à elle-même comme un enfant saisi par la vanité d'avoir une marquise, et de se rendre l'arbitre des destinées de deux femmes. Enfin, il fera tonner l'artillerie piquante des suppositions les plus injurieuses. Béatrix alors sera forcée d'opposer de menteuses dénégations dont il va profiter pour rester le maître.

— Ah! dit Calyste, il ne l'aime pas. Moi, je la laisserais libre : l'amour comporte un choix fait à tout moment, confirmé de jour en jour. Le lendemain approuve la veille et grossit le trésor de nos plaisirs. Quelques jours plus tard, il ne nous trouvait plus. Qui donc l'a ramené?

— Une plaisanterie de journaliste, dit Camille.

L'opéra sur le succès duquel il comptait est tombé, mais à plat. Ce mot : " Il est dur de perdre à la fois sa réputation et sa maîtresse ! " dit au foyer par Claude Vignon, peut-être, l'a sans doute atteint dans toutes ses vanités. L'amour basé sur des sentiments petits est impitoyable. Je l'ai questionné, mais qui peut connaître une nature si fausse et si trompeuse ? Il a paru fatigué de sa misère et de son amour, dégoûté de la vie. Il a regretté d'être lié si publiquement avec la marquise, et m'a fait, en me parlant de son ancien bonheur, un poème de mélancolie un peu trop spirituel pour être vrai. Sans doute il espérait me surprendre le secret de votre amour au milieu de la joie que ses flatteries me causeraient.

— Eh bien ? » dit Calyste en regardant Béatrix et Conti qui venaient, et n'écoutant déjà plus.

Camille, par prudence, s'était tenue sur la défensive, elle n'avait trahi ni le secret de Calyste ni celui de Béatrix. L'artiste était homme à jouer tout le monde, et Mlle des Touches engagea Calyste à se défier de lui.

« Cher enfant, lui dit-elle, voici pour toi le moment le plus critique ; il faut une prudence, une habileté qui te manquent, et tu vas te laisser jouer par l'homme le plus rusé du monde, car maintenant je ne puis rien pour toi. »

La cloche annonça le dîner. Conti vint offrir son bras à Camille, Béatrix prit celui de Calyste. Camille laissa passer la marquise la première, qui put regarder Calyste et lui recommander une discrétion absolue en mettant un doigt sur ses lèvres. Conti fut d'une excessive gaieté pendant le dîner. Peut-être était-ce une manière de sonder Mme de Rochefide, qui joua mal son rôle. Coquette, elle eût pu tromper Conti ; mais aimante, elle fut devinée. Le rusé musicien, loin de la gêner, ne parut pas s'apercevoir de son embarras. Il mit au dessert la conversation sur les femmes, et vanta la noblesse de leurs sentiments. Telle femme près de nous abandonner dans la prospérité nous sacrifie tout dans le malheur, disait-il. Les femmes ont sur les hommes l'avantage de la constance ; il faut les avoir bien blessées pour les détacher d'un premier amant, elles y tiennent comme à leur honneur ; un second amour est honteux, etc. Il fut d'une moralité parfaite, il encensait l'autel où saignait un cœur percé de mille coups. Camille et Béatrix comprenaient seules l'âpreté des épigrammes acérées qu'il décochait d'éloge en éloge. Par moments toutes deux rougissaient, mais elles étaient forcées de se contenir ; elles se donnèrent le bras pour remonter chez Camille, et passèrent, d'un commun accord, par le grand salon où il n'y avait pas de lumière et où elles pouvaient être seules un moment.

« Il m'est impossible de me laisser marcher sur le corps par Conti, de lui donner raison sur moi, dit Béatrix à voix basse. Le forçat est toujours sous la domination de son compagnon de chaîne. Je suis perdue, il faudra retourner au bagne de l'amour [160]. Et c'est vous qui m'y avez rejetée ! Ah ! vous l'avez fait venir un jour trop tard ou un jour trop tôt. Je reconnais là votre infernal talent d'auteur : la vengeance est complète, et le dénouement parfait.

— J'ai pu vous dire que j'écrirais à Conti, mais

le faire?... j'en suis incapable! s'écria Camille. Tu souffres, je te pardonne.

— Que deviendra Calyste? dit la marquise avec une admirable naïveté d'amour-propre.

— Conti vous emmène donc? demanda Camille.

— Ah! vous croyez triompher? » s'écria Béatrix.

Ce fut avec rage et sa belle figure décomposée que la marquise dit ces affreuses paroles à Camille qui essaya de cacher son bonheur par une fausse expression de tristesse; mais l'éclat de ses yeux démentait la contraction de son masque, et Béatrix se connaissait en grimaces! Aussi quand elles se virent aux lumières en s'asseyant sur ce divan où, depuis trois semaines, il s'était joué tant de comédies, et où la tragédie intime de tant de passions contrariées avait commencé, ces deux femmes s'observèrent-elles pour la dernière fois : elles se virent alors séparées par une haine profonde.

« Calyste te reste, dit Béatrix en voyant les yeux de son amie; mais je suis établie dans son cœur, et nulle femme ne m'en chassera. »

Camille répondit avec un inimitable accent d'ironie, et qui atteignit la marquise au cœur par les célèbres paroles de la nièce de Mazarin à Louis XIV : « Tu règnes, tu l'aimes, et tu pars! [161] »

Ni l'une ni l'autre, durant cette scène, qui fut très vive, ne s'apercevait de l'absence de Calyste et de Conti. L'artiste était resté à table avec son rival en le sommant de lui tenir compagnie et d'achever une bouteille de vin de Champagne.

« Nous avons à causer », dit l'artiste pour prévenir tout refus de la part de Calyste.

Dans leur situation respective, le jeune Breton fut forcé d'obéir à cette sommation.

« Mon cher, dit le musicien d'une voix câline au moment où le pauvre enfant eut bu deux verres de vin, nous sommes deux bons garçons, nous pouvons parler à cœur ouvert. Je ne suis pas venu par défiance. Béatrix m'aime, dit-il en faisant un geste plein de fatuité. Moi, je ne l'aime plus ; je n'accours pas pour l'emmener, mais pour rompre avec elle et lui laisser les honneurs de cette rupture. Vous êtes jeune, vous ne savez pas combien il est utile de paraître victime quand on se sent le bourreau. Les jeunes gens jettent feu et flamme, ils quittent une femme avec éclat, ils la méprisent souvent et s'en font haïr ; mais les hommes sages se font renvoyer et prennent un petit air humilié qui laisse aux femmes et des regrets et le doux sentiment de leur supériorité. La défaveur de la divinité n'est pas irréparable, tandis qu'une abjuration est sans remède. Vous ne savez pas encore, heureusement pour vous, combien nous sommes gênés dans notre existence par les promesses insensées que les femmes ont la sottise d'accepter quand la galanterie nous oblige à en tresser les nœuds coulants pour occuper l'oisiveté du bonheur. On se jure alors d'être éternellement l'un à l'autre. Si l'on a quelque aventure avec une femme, on ne manque pas de lui dire poliment qu'on voudrait passer sa vie avec elle ; on a l'air d'attendre la mort d'un mari très impatiemment, en désirant qu'il jouisse de la plus parfaite santé. Que le mari meure, il y a des provinciales ou des entêtées assez niaises ou assez goguenardes pour accourir en vous disant : Me voici, je suis libre ! Personne de nous n'est libre. Ce boulet mort se réveille et tombe au milieu du plus beau de nos triomphes ou de nos bonheurs les mieux préparés. J'ai vu que vous aimeriez Béatrix, je la laissais d'ailleurs dans une situation où, sans rien perdre de sa majesté sacrée, elle devait coqueter avec vous, ne fût-ce que pour taquiner cet ange de Camille Maupin. Eh bien, mon très cher, aimez-la, vous me rendrez service, je la voudrais atroce pour moi. J'ai peur de son orgueil et de sa vertu. Peut-être, malgré ma bonne volonté, nous faudra-t-il du temps pour opérer ce chassé-croisé. Dans ces sortes d'occasions, c'est à qui ne commencera pas. Là, tout à l'heure, en tournant autour du gazon, j'ai voulu lui dire que je savais tout et la féliciter sur son bonheur. Ah bien, elle s'est fâchée. Je suis en ce moment amoureux fou de la plus belle, de la plus jeune de nos cantatrices, de Mlle Falcon de l'Opéra [162], et je veux l'épouser ! Oui, j'en suis là ; mais aussi, quand vous viendrez à Paris, verrez-vous que j'ai changé la marquise pour une reine ! »

Le bonheur répandait son auréole sur le visage du candide Calyste, qui avoua son amour, et c'était tout ce que Conti voulait savoir. Il n'est pas d'homme au monde, quelque blasé, quelque dépravé qu'il puisse être, dont l'amour ne se rallume au moment où il le voit menacé par un rival. On veut bien quitter une femme, mais on ne veut pas être quitté par elle. Quand les amants en arrivent à cette extrémité, femmes et hommes s'efforcent de conserver la priorité, tant la blessure faite à l'amour-propre est profonde. Peut-être s'agit-il de tout ce qu'a créé la société dans ce sentiment qui tient bien moins à l'amour-propre qu'à la vie elle-même attaquée alors dans son avenir : il semble que l'on va perdre le capital et non la rente. Questionné par l'artiste, Calyste raconta tout ce qui s'était passé pendant ces trois semaines aux Touches, et fut enchanté de Conti, qui dissimulait sa rage sous une charmante bonhomie.

« Remontons, dit-il. Les femmes sont défiantes, elles ne s'expliqueraient pas comment nous restons ensemble sans nous prendre aux cheveux, elles pourraient venir nous écouter. Je vous servirai sur les deux toits, mon cher enfant. Je vais être insupportable, grossier, jaloux avec la marquise, je la soupçonnerai perpétuellement de me trahir, il n'y a rien de mieux pour déterminer une femme à la trahison; vous serez heureux et je serai libre. Jouez ce soir le rôle d'un amoureux contrarié, moi je ferai l'homme soupçonneux et jaloux. Plaignez cet ange d'appartenir à un homme sans délicatesse, pleurez! Vous pouvez pleurer, vous êtes jeune. Hélas! moi, je ne puis plus pleurer, c'est un grand avantage de moins. »

Calyste et Conti remontèrent. Le musicien, sollicité par son jeune rival de chanter un morceau, chanta le plus grand chef-d'œuvre musical qui existe pour les exécutants, le fameux *Pria che spunti l'aurora* [163], que Rubini lui-même n'entame jamais sans trembler, et qui fut souvent le triomphe de Conti. Jamais il ne fut plus extraordinaire qu'en ce moment où tant de sentiments bouillonnaient dans sa poitrine. Calyste était en extase. Au premier mot de cette cavatine, l'artiste lança sur la marquise un regard qui donnait aux paroles une signification cruelle et qui fut entendue. Camille, qui accompagnait, devina ce commandement qui fit baisser la tête à Béatrix; elle regarda Calyste et pensa que l'enfant était tombé dans quelque piège malgré ses avis. Elle en eut la certitude quand l'heureux Breton vint dire adieu à Béatrix en lui baisant la main et en la lui serrant avec un petit air confiant et rusé. Quand Calyste atteignit Guérande, la femme de chambre et les gens chargeaient la voiture de voyage de Conti, qui, *dès l'aurore,* comme il l'avait dit, emmenait jusqu'à la poste Béatrix avec les chevaux de Camille. Les ténèbres permirent à Mme de Rochefide de regarder Guérande, dont les tours, blanchies par le jour, brillaient au milieu du crépuscule, et de se livrer à sa profonde tristesse : elle laissait là l'une des plus belles fleurs de la vie, un amour comme le rêvent les plus pures jeunes filles. Le respect humain brisait le seul amour véritable que cette femme pouvait et devait concevoir dans toute sa vie. La femme du monde obéissait aux lois du monde, elle immolait l'amour aux convenances, comme certaines femmes l'immolent à la Religion ou au Devoir. Souvent l'Orgueil s'élève jusqu'à la Vertu. Vue ainsi, cette horrible histoire est celle de bien des femmes. Le lendemain, Calyste vint aux Touches vers midi. Quand il arriva dans l'endroit du chemin d'où la veille il avait aperçu Béatrix à la fenêtre, il y distingua Camille qui accourut à sa rencontre. Elle lui dit au bas de l'escalier ce mot cruel : « Partie!

— Béatrix ? répondit Calyste foudroyé.

— Vous avez été la dupe de Conti, vous ne m'avez rien dit, je n'ai pu rien faire. »

Elle emmena le pauvre enfant dans son petit salon ; il se jeta sur le divan à la place où il avait si souvent vu la marquise, et y fondit en larmes. Félicité ne lui dit rien, elle fuma son houka, sachant qu'il n'y a rien à opposer aux premiers accès de ces douleurs, toujours sourdes et muettes. Calyste, ne sachant prendre aucun parti, resta pendant toute la journée dans un engourdissement profond. Un instant avant le dîner, Camille essaya de lui dire quelques paroles après l'avoir prié de l'écouter.

« Mon ami, tu m'as causé de plus violentes souffrances, et je n'avais pas comme toi pour me guérir une belle vie devant moi. Pour moi, la terre n'a plus de printemps, l'âme n'a plus d'amour. Aussi, pour trouver des consolations, dois-je aller plus haut. Ici, la veille du jour où vint Béatrix, je t'ai fait son portrait ; je n'ai pas voulu te la flétrir, tu m'aurais crue jalouse. Écoute aujourd'hui la vérité. Mme de Rochefide n'est rien moins que digne de toi. L'éclat de sa chute n'était pas nécessaire, elle n'eût rien été sans ce tapage, elle l'a fait froidement pour se donner un rôle, elle est de ces femmes qui préfèrent l'éclat d'une faute à la tranquillité du bonheur, elles insultent la société pour en obtenir la fatale aumône d'une médisance, elles veulent faire parler d'elles à tout prix. Elle était rongée de vanité. Sa fortune, son esprit n'avaient pu lui donner la royauté féminine qu'elle cherchait à conquérir en trônant dans un salon ; elle a cru pouvoir obtenir la célébrité de la duchesse de Langeais et de la vicomtesse de Beauséant; mais le monde est juste, il n'accorde les honneurs de son intérêt qu'aux sentiments vrais. Béatrix jouant la comédie est jugée comme une actrice de second ordre. Sa fuite n'était autorisée par aucune contrariété. L'épée de Damoclès ne brillait pas au milieu de ses fêtes, et d'ailleurs il est très facile à Paris d'être heureuse à l'écart quand on aime bien et sincèrement. Enfin, aimante et tendre, elle n'eût pas cette nuit suivi Conti. »

Camille parla longtemps et très éloquemment, mais ce dernier effort fut inutile, elle se tut à un geste par lequel Calyste exprima son entière croyance en Béatrix; elle le força de descendre et d'assister à son dîner, car il lui fut impossible de manger. Il n'y a que pendant l'extrême jeunesse que ces contractions ont lieu. Plus tard, les organes ont pris leurs habitudes et se sont comme endurcis. La réaction du moral sur le physique n'est assez forte pour déterminer une maladie mortelle que si le système a conservé sa primitive délicatesse. Un homme résiste à un chagrin violent qui tue un jeune homme, moins par la faiblesse de l'affection que par la force des organes. Aussi Mlle des Touches fut-elle tout d'abord effrayée de l'attitude calme et résignée que prit Calyste après sa première effusion de larmes. Avant de la quitter, il voulut revoir la chambre de Béatrix et alla se plonger la tête sur l'oreiller où la sienne avait reposé.

« Je fais des folies », dit-il en donnant une poignée de main à Camille et la quittant avec une profonde mélancolie.

Il revint chez lui, trouva la compagnie ordinaire

occupée à faire la mouche, et resta pendant toute la soirée auprès de sa mère. Le curé, le chevalier du Halga, Mlle de Pen-Hoël savaient le départ de Mme de Rochefide, et tous ils en étaient heureux, Calyste allait leur revenir ; aussi tous l'observaient-ils presque sournoisement en le voyant un peu taciturne. Personne, dans ce vieux manoir, ne pouvait imaginer la fin de ce premier amour dans un cœur aussi naïf, aussi vrai que celui de Calyste.

Pendant quelques jours, Calyste alla régulièrement aux Touches ; il tournait autour du gazon où il s'était quelquefois promené donnant le bras à Béatrix. Souvent il poussait jusqu'au Croisic, et gagnait la roche d'où il avait essayé de la précipiter dans la mer ; il restait quelques heures couché sur le buis, car, en étudiant les points d'appui qui se trouvaient à cette cassure, il s'était appris à y descendre et à remonter. Ses courses solitaires, son silence et sa sobriété finirent par inquiéter sa mère. Après une quinzaine de jours pendant lesquels dura ce manège assez semblable à celui d'un animal dans une cage, la cage de cet amoureux au désespoir était, selon l'expression de La Fontaine, *les lieux honorés par les pas, éclairés par les yeux*[164] de Béatrix, Calyste cessa de passer le petit bras de mer ; il ne se sentit plus que la force de se traîner jusqu'au chemin de Guérande à l'endroit d'où il avait aperçu Béatrix à la croisée. La famille, heureuse du départ des Parisiens, pour employer le mot de la province, n'apercevait rien de funeste ni de maladif chez Calyste. Les deux vieilles filles et le curé, poursuivant leur plan, avaient retenu Charlotte de Kergarouët, qui, le soir, faisait ses agaceries à Calyste, et n'obtenait de lui que des conseils pour jouer à la mouche. Pendant toute la soirée, Calyste restait entre sa mère et sa fiancée bretonne, observé par le curé, par la tante de Charlotte qui devisaient sur son plus ou moins d'abattement en retournant chez eux. Ils prenaient l'indifférence de ce malheureux enfant pour une soumission à leurs projets. Par une soirée où Calyste fatigué s'était couché de bonne heure, chacun laissa ses cartes sur la table, et tous se regardèrent au moment où le jeune homme ferma la porte de sa chambre. On avait écouté le bruit de ses pas avec anxiété.

« Calyste a quelque chose, dit la baronne en s'essuyant les yeux.

— Il n'a rien, répondit Mlle de Pen-Hoël, il faut le marier promptement.

— Vous croyez que cela le divertira ? » dit le chevalier.

Charlotte regarda sévèrement M. du Halga, qu'elle trouva le soir de très mauvais ton, immoral, dépravé, sans religion, et ridicule avec sa chienne, malgré les observations de sa tante qui défendit le vieux marin.

« Demain matin, je chapitrerai Calyste, dit le baron que l'on croyait endormi ; je ne voudrais pas m'en aller de ce monde sans avoir vu mon petit-fils, un du Guénic blanc et rose, coiffé d'un béguin breton dans son berceau.

— Il ne dit pas un mot, dit la vieille Zéphirine, on ne sait ce qu'il a ; jamais il n'a moins mangé ; de quoi vit-il ? s'il se nourrit aux Touches, la cuisine du diable ne lui profite guère.

— Il est amoureux, dit le chevalier en risquant cette opinion avec une excessive timidité.

— Allons! vieux roquentin[165], vous n'avez pas mis au panier, dit Mlle de Pen-Hoël. Quand vous pensez à votre jeune temps, vous oubliez tout.

— Venez déjeuner avec nous demain matin, dit la vieille Zéphirine à Charlotte et à Jacqueline, mon frère raisonnera son fils, et nous conviendrons de tout. Un clou chasse l'autre.

— Pas chez les Bretons », dit le chevalier.

Le lendemain Calyste vit venir Charlotte, mise dès le matin avec une recherche extraordinaire, au moment où le baron achevait dans la salle à manger un discours matrimonial auquel il ne savait que répondre : il connaissait l'ignorance de sa tante, de son père, de sa mère et de leurs amis ; il récoltait les fruits de l'arbre de science, il se trouvait dans l'isolement et ne parlait plus la langue domestique. Aussi demanda-t-il seulement quelques jours à son père, qui se frotta les mains de joie et rendit la vie à la baronne en lui disant à l'oreille la bonne nouvelle. Le déjeuner fut gai. Charlotte, à qui le baron avait fait un signe, fut sémillante. Dans toute la ville filtra par Gasselin la nouvelle d'un accord entre les du Guenic et les Kergarouët. Après le déjeuner, Calyste sortit par le perron de la grande salle et alla dans le jardin, où le suivit Charlotte ; il lui donna le bras et l'emmena sous la tonnelle au fond. Les grands-parents[166] étaient à la fenêtre et les regardaient avec une espèce d'attendrissement. Charlotte se retourna vers la jolie façade, assez inquiète du silence de son promis, et profita de cette circonstance pour entamer la conversation en disant à Calyste : « Ils nous examinent !

— Ils ne nous entendent pas, répondit-il.

— Oui, mais ils nous voient.

— Asseyons-nous, Charlotte? répliqua doucement Calyste en la prenant par la main.

— Est-il vrai qu'autrefois votre bannière flottait sur cette colonne tordue? demanda Charlotte en contemplant la maison comme sienne. Elle y ferait bien! Comme on serait heureux là! Vous changerez quelque chose à l'intérieur de votre maison, n'est-ce pas, Calyste?

— Je n'en aurai pas le temps, ma chère Charlotte, dit le jeune homme en lui prenant les mains et les lui baisant. Je vais vous confier mon secret. J'aime trop une personne que vous avez vue et qui m'aime pour pouvoir faire le bonheur d'une autre femme, et je sais que, depuis notre enfance, on nous avait destinés l'un à l'autre.

— Mais elle est mariée, Calyste, dit Charlotte.

— J'attendrai, répondit le jeune homme.

— Et moi aussi, dit Charlotte les yeux pleins de larmes. Vous ne sauriez aimer longtemps cette femme qui, dit-on, a suivi un chanteur...

— Mariez-vous, ma chère Charlotte, reprit Calyste. Avec la fortune que vous destine votre tante et qui est énorme en Bretagne, vous pourrez choisir mieux que moi... Vous trouverez un homme titré. Je ne vous ai pas prise à part pour vous apprendre ce que vous savez, mais pour vous conjurer, au nom de notre amitié d'enfance, de prendre sur vous la rupture et de me refuser. Dites que vous ne voulez point d'un homme dont le cœur n'est pas libre, et ma passion aura servi du moins à ne vous faire aucun tort. Vous ne savez pas combien la vie me pèse! Je ne puis supporter aucune lutte, je suis affaibli comme un homme quitté par son âme, par le principe même de sa vie. Sans le chagrin que ma mort causerait à ma mère et à ma tante, je me serais déjà jeté à la mer, et je ne suis plus retourné dans les roches du Croisic depuis le jour où la tentation devenait irrésistible. Ne parlez pas de ceci. Adieu, Charlotte. »

Il prit la jeune fille par le front, l'embrassa sur les cheveux, sortit par l'allée qui aboutissait au pignon, et se sauva chez Camille où il resta jusqu'au milieu de la nuit. En revenant à une heure du matin, il trouva sa mère occupée à sa tapisserie et l'attendant. Il entra doucement, lui serra la main et lui dit : « Charlotte est-elle partie?

— Elle part demain avec sa tante, au désespoir toutes deux. Viens en Irlande, mon Calyste, dit-elle.

— Combien de fois ai-je pensé à m'y enfuir! dit-il.

— Ah! s'écria la baronne.

— Avec Béatrix », ajouta-t-il.

Quelques jours après le départ de Charlotte, Calyste accompagnait le chevalier du Halga pendant sa promenade au mail, il s'y asseyait au soleil sur un banc d'où ses yeux embrassaient le paysage depuis les girouettes des Touches jusqu'aux récifs que lui indiquaient ces lames écumeuses qui se jouent au-dessus des écueils à la marée. En ce moment Calyste était maigre et pâle, ses forces diminuaient, il commençait à ressentir quelques petits frissons réguliers qui dénotaient la fièvre. Ses yeux cernés avaient cet éclat que communique une pensée fixe aux solitaires, ou l'ardeur du combat aux hardis lutteurs de notre civilisation actuelle. Le chevalier était la seule personne avec laquelle il échangeât quelques idées : il avait deviné dans ce vieillard un apôtre de sa religion, et reconnu chez lui les vestiges d'un éternel amour.

« Avez-vous aimé plusieurs femmes dans votre vie? lui demanda-t-il la seconde fois qu'ils firent, selon l'expression du marin, *voile de conserve* [167] au mail.

— Une seule, répondit le capitaine du Halga.

— Était-elle libre?

— Non, fit le chevalier. Ah! j'ai bien souffert, elle était la femme de mon meilleur ami, de mon protecteur, de mon chef; mais nous nous aimions tant!

— Elle vous aimait? dit Calyste.

— Passionnément, répondit le chevalier avec une vivacité qui ne lui était pas ordinaire.

— Vous avez été heureux?

— Jusqu'à sa mort, elle est morte à quarante-neuf ans, en émigration à Saint-Pétersbourg dont le climat l'a tuée. Elle doit avoir bien froid dans son cercueil. J'ai bien souvent pensé à l'aller chercher pour la coucher dans notre chère Bretagne, près de moi! Mais elle gît dans mon cœur. » Le chevalier s'essuya les yeux, Calyste lui prit les mains et les lui serra. « Je tiens plus à cette chienne qu'à ma vie, dit-il en montrant Thisbé. Cette petite est en tout point semblable à celle qu'elle caressait de ses belles mains, et qu'elle prenait sur ses genoux. Je ne regarde jamais Thisbé sans voir les mains de Mme l'amirale.

— Avez-vous vu Mme de Rochefide? dit Calyste au chevalier.

— Non, répondit le chevalier. Il y a maintenant cinquante-huit ans que je n'ai fait attention à aucune femme, excepté votre mère qui a quelque chose dans le teint de Mme l'amirale. »

Trois jours après, le chevalier dit sur le mail à Calyste : « Mon enfant, j'ai pour tout bien cent quarante louis. Quand vous saurez où est Mme de Rochefide, vous viendrez les prendre chez moi pour aller la voir. »

Calyste remercia le vieillard, dont l'existence lui faisait envie; mais, de jour en jour, il devint plus morose, il paraissait n'aimer personne, il semblait que tout le monde le blessât, il ne restait doux et bon que pour sa mère. La baronne suivait avec une inquiétude croissante les progrès de cette folie, elle seule obtenait à force de prières que Calyste prît quelque nourriture. Vers le commencement du mois d'octobre, le jeune malade cessa d'aller au mail en compagnie du chevalier, qui venait inutilement le chercher pour la promenade en lui faisant des agaceries de vieillard.

« Nous parlerons de Mme de Rochefide, disait-il. Je vous raconterai ma première aventure. »

« Votre fils est bien malade », dit à la baronne le chevalier du Halga le jour où ses instances furent inutiles.

Calyste répondait à toutes les questions qu'il se portait à merveille, et, comme tous les jeunes mélancoliques, il prenait plaisir à savourer la mort;

mais il ne sortait plus de la maison, il demeurait dans le jardin, se chauffait au pâle et tiède soleil de l'automne, sur le banc, seul avec sa pensée, et il fuyait toute compagnie.

Depuis le jour où Calyste n'alla plus chez elle, Félicité pria le curé de Guérande de la venir voir. L'assiduité de l'abbé Grimont, qui passait aux Touches presque toutes les matinées et qui parfois y dîna, devint une grande nouvelle : il en fut question dans tout le pays, et même à Nantes. Néanmoins il ne manqua jamais une soirée à l'hôtel du Guénic, où régnait la désolation. Maîtres et gens, tous étaient affligés de l'obstination de Calyste, sans le croire en danger ; il ne venait dans l'esprit d'aucune de ces personnes que ce pauvre jeune homme pût mourir d'amour. Le chevalier n'avait aucun exemple d'une pareille mort dans ses voyages ou dans ses souvenirs. Tous attribuaient la maigreur de Calyste au défaut de nourriture. Sa mère se mit à genoux en le suppliant de manger. Calyste s'efforça de vaincre sa répugnance pour plaire à sa mère. La nourriture prise à contrecœur accéléra la petite fièvre lente qui dévorait ce beau jeune homme.

Dans les derniers jours d'octobre, l'enfant chéri ne remontait plus se coucher au second, il avait son lit dans la salle basse, et il y restait la plupart du temps au milieu de sa famille, qui eut enfin recours au médecin de Guérande. Le docteur essaya de couper la fièvre avec du quinine [168], et la fièvre céda pour quelques jours. Le médecin avait ordonné de faire faire de l'exercice à Calyste et de le distraire. Le baron retrouva quelque force et sortit de son apathie, il devint jeune quand son fils se faisait vieux. Il emmena Calyste, Gasselin et ses deux beaux chiens de chasse. Calyste obéit à son père, et pendant quelques jours tous trois chassèrent : ils allèrent en forêt, ils visitèrent leurs amis dans les châteaux voisins ; mais Calyste n'avait aucune gaieté, personne ne pouvait lui arracher un sourire, son masque livide et contracté trahissait un être entièrement passif. Le baron, vaincu par la fatigue, tomba dans une horrible lassitude et fut obligé de revenir au logis, ramenant Calyste dans le même état. Quelques jours après ce retour, le père et le fils furent si dangereusement malades qu'on fut obligé d'envoyer chercher, sur la demande même du médecin de Guérande, les deux plus fameux docteurs de Nantes. Le baron avait été comme foudroyé par le changement visible de Calyste. Doué de cette effroyable lucidité que la nature donne aux moribonds, il tremblait comme un enfant de voir sa race s'éteindre : il ne disait mot, il joignait les mains, priait Dieu sur son fauteuil où le clouait sa faiblesse. Il était tourné vers le lit occupé par Calyste et le regardait sans cesse. Au moindre mouvement que faisait son enfant, il éprouvait une vive commotion comme si le flambeau de sa vie en était agité. La baronne ne quittait plus cette salle, où la vieille Zéphirine tricotait au coin de la cheminée dans une inquiétude horrible : on lui demandait du bois, car le père et le fils avaient également froid ; on attaquait ses provisions : aussi avait-elle pris le parti de livrer ses clefs, n'étant plus assez agile pour suivre Mariotte ; mais elle voulait tout savoir, elle questionnait à voix basse

Mariotte et sa belle-sœur à tout moment, elle les prenait à part afin de connaître l'état de son frère et de son neveu. Quand un soir, pendant un assoupissement de Calyste et de son père, la vieille demoiselle de Pen-Hoël lui eut dit que sans doute il fallait se résigner à voir mourir le baron, dont la figure était devenue blanche et prenait des tons de cire, elle laissa tomber son tricot, fouilla dans sa poche, en sortit un vieux chapelet de bois noir, et se mit à le dire avec une ferveur qui rendit à sa figure antique et desséchée une splendeur si vigoureuse que l'autre vieille fille imita son amie; puis tous, à un signe du curé, se joignirent à l'élévation mentale de Mlle du Guénic.

« J'ai prié Dieu la première, dit la baronne en se souvenant de la fatale lettre écrite par Calyste, il ne m'a pas exaucée!

— Peut-être ferions-nous bien, dit le curé Grimont, de prier Mlle des Touches de venir voir Calyste.

— Elle! s'écria la vieille Zéphirine, l'auteur de tous nos maux, elle qui l'a diverti de sa famille, qui nous l'a enlevé, qui lui a fait lire des livres impies, qui lui a appris un langage hérétique! Qu'elle soit maudite, et puisse Dieu ne lui pardonner jamais! Elle a brisé les du Guénic.

— Elle les relèvera peut-être, dit le curé d'une voix douce. C'est une sainte et une vertueuse personne; je suis son garant, elle n'a que de bonnes intentions pour lui. Puisse-t-elle être à même de les réaliser!

— Avertissez-moi le jour où elle mettra les pieds ici, j'en sortirai, s'écria la vieille. Elle a tué le père et le fils. Croyez-vous que je n'entende pas la voix faible de Calyste? à peine a-t-il la force de parler. »

Ce fut en ce moment que les trois médecins entrèrent; ils fatiguèrent Calyste de questions; mais, quant au père, l'examen dura peu; leur conviction fut complète en un moment, ils étaient surpris qu'il vécût encore. Le médecin de Guérande annonça tranquillement à la baronne que, relativement à Calyste, il fallait probablement aller à Paris consulter les hommes les plus expérimentés de la science, car il en coûterait plus de cent louis pour leur déplacement.

« On meurt de quelque chose, mais l'amour, ce n'est rien, dit Mlle de Pen-Hoël.

— Hélas! quelle que soit la cause, Calyste meurt, dit la baronne, je reconnais en lui tous les symptômes de la consomption, la plus horrible des maladies de mon pays.

— Calyste meurt? » dit le baron en ouvrant les yeux d'où sortirent deux grosses larmes qui cheminèrent lentement, retardées par les plis nombreux de son visage, et restèrent au bas de ses joues, les deux seules larmes qu'il eût sans doute versées de toute sa vie. Il se dressa sur ses jambes, il fit quelques pas vers le lit de son fils, lui prit les mains, le regarda.

« Que voulez-vous, mon père? lui dit-il.

— Que tu vives, s'écria le baron.

— Je ne saurais vivre sans Béatrix, répondit Calyste au vieillard qui tomba sur son fauteuil.

— Où trouver cent louis pour faire venir les médecins de Paris? il est encore temps, dit la baronne.

— Cent louis! s'écria Zéphirine. Le sauverait-on? »

Sans attendre la réponse de sa belle-sœur, la vieille fille passa ses mains par l'ouverture de ses poches et défit son jupon de dessous, qui rendit un son lourd en tombant. Elle connaissait si bien les places où elle avait cousu ses louis, qu'elle les décousit avec une promptitude qui tenait de la magie. Les pièces d'or tombaient une à une sur sa jupe en sonnant. La vieille Pen-Hoël la regardait faire en manifestant un étonnement stupide.

« Mais ils vous voient! dit-elle à l'oreille de son amie.

— Trente-sept, répondit Zéphirine en continuant son compte.

— Tout le monde saura votre compte.

— Quarante-deux.

— Des doubles louis, tous neufs, où les avez-vous eus, vous qui n'y voyez pas clair?

— Je les tâtais. Voici cent quatre louis, cria Zéphirine. Sera-ce assez?

— Que vous arrive-t-il? » demanda le chevalier du Halga qui survint et ne put s'expliquer l'attitude de sa vieille amie tendant sa jupe pleine de louis.

En deux mots Mlle de Pen-Hoël expliqua l'affaire au chevalier.

« Je l'ai su, dit-il, et venais vous apporter cent quarante louis que je tenais à la disposition de Calyste, il le sait bien. »

Le chevalier tira de sa poche deux rouleaux et les montra. Mariotte, en voyant ces richesses, dit à Gasselin de fermer la porte.

« L'or ne lui rendra pas la santé, dit la baronne en pleurs.

— Mais il lui servira peut-être à courir après sa marquise, répondit le chevalier. Allons, Calyste! »

Calyste se dressa sur son séant et s'écria joyeusement : « En route! »

« Il vivra donc, dit le baron d'une voix douloureuse, je puis mourir. Allez chercher le curé. »

Ce mot répandit l'épouvante. Calyste, en voyant pâlir son père atteint par les émotions cruelles de cette scène, ne put retenir ses larmes. Le curé, qui savait l'arrêt porté par les médecins, était allé chercher Mlle des Touches, car autant il avait eu de répugnance pour elle, autant il manifestait en ce moment d'admiration, et il la défendait comme un pasteur doit défendre une de ses ouailles préférées.

A la nouvelle de l'état désespéré dans lequel était le baron, il y eut une foule dans la ruelle : les paysans, les paludiers et les gens de Guérande s'agenouillèrent dans la cour pendant que l'abbé Grimont administrait le vieux guerrier breton. Toute la ville était émue de savoir le père mourant auprès de son fils malade. On regardait comme une calamité publique l'extinction de cette antique race bretonne. Cette cérémonie frappa Calyste. Sa douleur fit taire pendant un moment son amour; il demeura, durant l'agonie de l'héroïque défenseur de la monarchie, agenouillé, regardant les progrès de la mort et pleurant. Le vieillard expira dans son fauteuil, en présence de toute la famille assemblée.

« Je meurs fidèle au roi et à la religion. Mon Dieu, pour prix de mes efforts, faites que Calyste vive! dit-il.

— Je vivrai, mon père, et je vous obéirai, répondit le jeune homme.

— Si tu veux me rendre la mort aussi douce que Fanny m'a fait ma vie, jure-moi de te marier.

— Je vous le promets, mon père. »

Ce fut un touchant spectacle que de voir Calyste, ou plutôt son apparence, appuyé sur le vieux chevalier du Halga, un spectre conduisant une ombre, suivant le cercueil du baron et menant le deuil. L'église et la petite place qui se trouve devant le portail furent pleines de gens accourus de plus de dix lieues à la ronde.

La baronne et Zéphirine furent plongées dans une vive douleur en voyant que, malgré ses efforts pour obéir à son père, Calyste restait dans une stupeur de funeste augure. Le jour où la famille prit le deuil, la baronne avait conduit son fils sur le banc au fond du jardin et le questionnait. Calyste répondait avec douceur et soumission, mais ses réponses étaient désespérantes.

« Ma mère, disait-il, il n'y a plus de vie en moi : ce que je mange ne me nourrit pas, l'air en entrant dans ma poitrine ne me rafraîchit pas le sang; le soleil me semble froid, et quand il illumine pour toi la façade de notre maison, comme en ce moment, là où tu vois les sculptures inondées de lueurs, moi je vois des formes indistinctes enveloppées d'un brouillard. Si Béatrix était ici, tout redeviendrait brillant. Il n'est qu'une seule chose au monde qui ait sa couleur et sa forme, c'est cette fleur et ce feuillage », dit-il en tirant de son sein et montrant le bouquet flétri que lui avait laissé la marquise.

La baronne n'osa plus rien demander à son fils,

ses réponses accusaient plus de folie que son silence n'annonçait de douleur. Cependant Calyste tressaillit en apercevant Mlle des Touches à travers les croisées qui se correspondaient : Félicité lui rappelait Béatrix. Ce fut donc à Camille que ces deux femmes désolées durent le seul mouvement de joie qui brilla au milieu de leur deuil.

« Eh bien, Calyste, dit Mlle des Touches en l'apercevant, la voiture est prête, nous allons chercher Béatrix ensemble, venez ? »

La figure maigre et pâle de ce jeune homme en deuil fut aussitôt nuancée par une rougeur, et un sourire anima ses traits.

« Nous le sauverons », dit Mlle des Touches à la mère qui lui serra la main en pleurant de joie.

Mlle des Touches, la baronne du Guénic et Calyste partirent pour Paris huit jours après la mort du baron, laissant le soin des affaires à la vieille Zéphirine.

La tendresse de Félicité pour Calyste avait préparé le plus bel avenir à ce pauvre enfant. Alliée à la famille de Grandlieu, dont la branche ducale finissait par cinq filles, elle avait écrit à la duchesse de Grandlieu l'histoire de Calyste, en lui annonçant qu'elle vendait sa maison de la rue du Mont-Blanc, de laquelle quelques spéculateurs [169] offraient deux millions cinq cent mille francs. Son homme d'affaires venait de remplacer cette habitation par l'un des plus beaux hôtels de la rue de Bourbon, acheté sept cent mille francs. Sur le reste du prix de sa maison de la rue du Mont-Blanc, elle consacrait un million au rachat des terres de la maison du

Guénic, et disposait de toute sa fortune en faveur de Sabine de Grandlieu qu'elle chargeait de guérir Calyste de sa passion pour Mme de Rochefide. Félicité connaissait les projets du duc et de la duchesse qui destinaient la dernière de leurs cinq filles au vicomte de Grandlieu, héritier de leurs titres ; elle savait que Clotilde-Frédérique, la seconde, voulait rester fille, sans néanmoins se faire religieuse comme l'aînée, et il ne restait à marier que l'avant-dernière, la jolie Sabine, alors âgée de vingt ans.

Pendant le voyage, Félicité mit la baronne au fait de ces arrangements. On meublait alors l'hôtel de la rue de Bourbon, qu'elle destinait à Calyste au cas où ses projets réussiraient. Tous trois descendirent alors à l'hôtel de Grandlieu, où la baronne fut reçue avec toute la distinction que lui méritait son nom de femme et de fille. Mlle des Touches conseilla naturellement à Calyste de voir Paris pendant qu'elle y chercherait à savoir où se trouvait en ce moment Béatrix, et elle le livra aux séductions de toute espèce qui l'y attendaient. La duchesse, ses deux filles et leurs amis firent à Calyste les honneurs de Paris au moment où la saison des fêtes allait commencer. Le mouvement de Paris donna de violentes distractions au jeune Breton. Il trouva quelque ressemblance d'esprit avec Mme de Rochefide dans Sabine de Grandlieu, qui certes était alors une des plus belles et des plus charmantes filles de la société parisienne, et il prêta dès lors à ses coquetteries une attention que nulle autre femme n'aurait obtenue de lui. Sabine de Grandlieu joua d'autant mieux son rôle que Calyste lui plut. Les choses furent si bien menées que, pendant l'hiver de 1837, le jeune baron du Guénic, qui avait repris ses couleurs et sa fleur de jeunesse, entendit sans répugnance sa mère lui rappelant la promesse faite à son père mourant, et parlant de son mariage avec Sabine de Grandlieu. Mais, tout en obéissant à sa promesse, il cachait une indifférence secrète que connaissait la baronne, et qu'elle espérait voir se dissiper par les plaisirs d'un heureux ménage. Le jour où la famille de Grandlieu et la baronne, accompagnée en cette circonstance de ses parents venus d'Angleterre, siégeaient dans le grand salon à l'hôtel de Grandlieu, et que Léopold Hannequin, le notaire de la famille, expliquait le contrat avant de le lire, Calyste, sur le front de qui chacun pouvait voir quelques nuages, refusa nettement d'accepter les avantages que lui faisait Mlle des Touches, il comptait encore sur le dévouement de Félicité qu'il croyait à la recherche de Béatrix. En ce moment, et au milieu de la stupéfaction des deux familles, Sabine entra, vêtue de manière à rappeler quoique brune la marquise de Rochefide, et remit la lettre suivante à Calyste.

CAMILLE À CALYSTE

« Calyste, avant d'entrer dans ma cellule de postulante, il m'est permis de jeter un regard sur le monde que je vais quitter pour m'élancer dans le monde de la prière. Ce regard est entièrement à vous, qui, dans ces derniers temps, avez été pour moi tout le monde. Ma voix arrivera, si mes calculs ne m'ont point trompée, au milieu d'une cérémonie à laquelle il m'était impossible d'assister. Le jour où vous serez devant un autel, donnant votre main à une jeune et charmante fille qui pourra vous aimer à la face du ciel et de la terre, moi je serai dans une maison religieuse à Nantes, devant un autel aussi, mais fiancée pour toujours à celui qui ne trompe et ne trahit personne. Je ne viens pas vous attrister, mais vous prier de n'entraver par aucune fausse délicatesse le bien que j'ai voulu vous faire dès que je vous vis. Ne me contestez pas des droits si chèrement conquis. Si l'amour est une souffrance, ah! je vous ai bien aimé, Calyste; mais n'ayez aucun remords : les seuls plaisirs que j'aie goûtés dans ma vie, je vous les dois, et les douleurs sont venues de moi-même. Récompensez-moi donc de toutes ces douleurs passées en me donnant une joie éternelle. Permettez au pauvre Camille, qui n'est plus, d'être pour un peu dans le bonheur matériel dont vous jouirez tous les jours. Laissez-moi, cher, être quelque chose comme un parfum dans les fleurs de votre vie, m'y mêler à jamais sans vous être importune. Je vous devrai sans doute le bonheur de la vie éternelle, ne voulez-vous pas que je m'acquitte envers vous par le don de quelques biens fragiles et passagers? Manquerez-vous de générosité? Ne voyez-vous pas en ceci le dernier mensonge d'un amour dédaigné? Calyste, le monde sans vous n'était plus rien pour moi, vous m'en avez fait la plus affreuse des solitudes, et vous avez amené l'incrédule Camille Maupin, l'auteur de livres et de pièces que je vais solennellement désavouer, vous avez jeté cette fille audacieuse et perverse, pieds et poings liés, devant Dieu. Je suis aujourd'hui ce que j'aurais dû être, un enfant plein d'innocence. Oui, j'ai lavé ma robe dans les pleurs du repentir, et je puis arriver aux autels présentée par un ange, par mon bien-aimé Calyste ! Avec quelle douceur je vous donne ce nom que ma résolution a sanctifié ! Je vous aime sans aucun intérêt propre, comme une mère aime son fils, comme l'Église aime un enfant. Je pourrai prier pour vous et pour les vôtres sans y mêler aucun autre désir que celui de votre bonheur. Si vous connaissiez la tranquillité sublime dans laquelle je vis, après m'être élevée par la pensée au-dessus des petits intérêts mondains, et combien est douce la pensée d'avoir fait son devoir, selon votre noble devise, vous entreriez d'un pas ferme et sans regarder en arrière, ni autour de vous, dans votre belle vie ! Je vous écris donc surtout pour vous prier d'être fidèle à vous-même et aux vôtres. Cher, la société dans laquelle vous devez vivre ne saurait exister sans la religion du devoir, et vous la méconnaîtriez, comme je l'ai méconnue, en vous laissant aller à la passion, à la fantaisie, ainsi que je l'ai fait. La femme n'est égale à l'homme qu'en faisant de sa vie une continuelle offrande, comme celle de l'homme est une perpétuelle action. Or ma vie a été comme un long accès d'égoïsme. Aussi, peut-être, Dieu vous a-t-il mis, vers le soir, à la porte de ma maison comme un messager chargé de ma punition et de ma grâce. Écoutez cet aveu d'une femme pour qui la gloire a été comme un phare dont la lueur lui a montré le vrai chemin. Soyez grand, immolez votre fantaisie à vos devoirs de chef, d'époux et de père! Relevez la bannière abattue des vieux du Guénic, montrez dans ce siècle sans religion ni principe le gentilhomme dans toute sa gloire et dans toute sa splendeur. Cher enfant de mon âme, laissez-moi jouer un peu le rôle d'une mère : l'adorable Fanny ne sera plus jalouse d'une fille morte au monde, et de qui vous n'apercevrez plus que les mains toujours levées au ciel. Aujourd'hui la noblesse a plus que jamais besoin de la fortune, acceptez donc une partie de la mienne, Calyste, et faites-en un bel usage. Ce n'est pas un don, mais un fidéicommis [170]. J'ai pensé plus à vos enfants et à votre vieille maison bretonne qu'à vous-même en vous offrant les gains que le temps m'a procurés sur la valeur de mes biens à Paris. »

« Signons », dit le jeune baron au grand contentement de l'assemblée.

Troisième partie

UN ADULTÈRE RÉTROSPECTIF

Dans la semaine suivante, après la messe de mariage qui, selon l'usage de quelques familles du faubourg Saint-Germain, fut célébrée à sept heures à Saint-Thomas-d'Aquin, Calyste et Sabine montèrent dans une jolie voiture de voyage, au milieu des embrassements, des félicitations et des larmes de vingt personnes attroupées ou groupées sous la marquise de l'hôtel de Grandlieu. Les félicitations venaient des quatre témoins et des hommes, les larmes se voyaient dans les yeux de la duchesse de Grandlieu, de sa fille Clotilde qui toutes deux tremblaient agitées par la même pensée.

« La voilà lancée dans la vie ! Pauvre Sabine, elle est à la merci d'un homme qui ne s'est pas tout à fait marié de son plein gré. »

Le mariage ne se compose pas seulement de plaisirs aussi fugitifs dans cet état que dans tout autre, il implique des convenances d'humeur, des sympathies physiques, des concordances de caractère qui font de cette nécessité sociale un éternel problème [171]. Les filles à marier aussi bien que les mères connaissent les termes et les dangers de cette loterie, voilà pourquoi les femmes pleurent en assistant à un mariage, tandis que les hommes y sourient; les hommes croient ne rien hasarder, les femmes savent à peu près ce qu'elles risquent.

Dans une autre voiture qui précédait celle des mariés, se trouvait la baronne du Guénic à qui la duchesse vint dire : « Vous êtes mère quoique vous n'ayez eu qu'un fils, tâchez de me remplacer près de ma chère Sabine! »

Sur le devant de cette voiture, on voyait un chasseur qui servait de courrier, et à l'arrière deux femmes de chambre. Les quatre postillons, vêtus de leurs plus beaux uniformes, car chaque voiture était attelée de quatre chevaux, portaient tous des bouquets à leur boutonnière et des rubans à leurs chapeaux que le duc de Grandlieu eut mille peines à leur faire quitter, même en les payant; le postillon français est éminemment intelligent, mais il tient à ses plaisanteries, ceux-là prirent l'argent, et à la Barrière ils remirent leurs rubans.

« Allons, adieu, Sabine, dit la duchesse, souviens-toi de ta promesse, écris-moi souvent. Calyste, je ne vous dis plus rien, mais vous me comprenez!... »

Clotilde, appuyée sur sa plus jeune sœur Athénaïs à qui souriait le vicomte Juste de Grandlieu, jeta sur la mariée un regard fin à travers ses larmes, et suivit des yeux la voiture qui disparut au milieu des batteries réitérées de quatre fouets plus bruyants que des pistolets de tir. En quelques secondes, le gai convoi atteignit à l'esplanade des Invalides, gagna par le quai le pont d'Iéna, la barrière de Passy, la route de Versailles, enfin le grand chemin de la Bretagne.

N'est-il pas au moins singulier que les artisans de la Suisse et de l'Allemagne, que les grandes familles de France et d'Angleterre obéissent au même usage et se mettent en voyage après la cérémonie nuptiale ? Les grands se tassent dans une boîte qui roule. Les petits s'en vont gaiement par les chemins, s'arrêtant dans les bois, banquetant à toutes les auberges, tant que dure leur joie ou plutôt leur argent. Le moraliste serait fort embarrassé de décider où se trouve la plus belle qualité de pudeur, dans celle qui se cache au public en inaugurant le foyer et la couche domestiques comme font les bons bourgeois, ou dans celle qui se cache à la famille en se publiant au grand jour des chemins, à la face des inconnus ? Les âmes délicates doivent désirer la solitude et fuir également le monde et la famille. Le rapide amour qui commence un mariage est un diamant, une perle, un joyau ciselé par le premier des arts, un trésor à enterrer au fond du cœur.

Qui peut raconter une lune de miel, si ce n'est la mariée ? Et combien de femmes reconnaîtront ici que cette saison d'incertaine durée (il y en a d'une seule nuit !) est la préface de la vie conjugale. Les trois premières lettres de Sabine à sa mère accuseront une situation qui, malheureusement, ne sera pas neuve pour quelques jeunes mariées et pour beaucoup de vieilles femmes [172]. Toutes celles qui se sont trouvées pour ainsi dire gardes-malades d'un cœur ne s'en sont pas, comme Sabine, aperçues aussitôt. Mais les jeunes filles du faubourg Saint-Germain, quand elles sont spirituelles, sont déjà femmes par la tête. Avant le mariage, elles ont reçu du monde et de leur mère le baptême des bonnes manières. Les duchesses jalouses de léguer leurs traditions ignorent souvent la portée de leurs leçons quand elles disent à leurs filles : « Tel mouvement ne se fait pas. — Ne riez pas de ceci. — On ne se jette jamais sur un divan, l'on s'y pose. — Quittez ces détestables façons ! — Mais cela ne se fait pas, ma chère ! » etc. Aussi de bourgeois critiques ont-ils injustement refusé de l'innocence et des vertus à des jeunes filles qui sont uniquement, comme Sabine, des vierges perfectionnées par l'esprit, par l'habitude des grands airs, par le bon goût, et qui, dès l'âge de seize ans, savaient se servir de leurs jumelles. Sabine, pour s'être prêtée aux combinaisons inventées par Mlle des Touches pour la marier, devait être de l'école de Mlle de Chaulieu. Cette finesse innée, ces dons de race rendront peut-être cette jeune femme aussi intéressante que l'héroïne des *Mémoires de deux jeunes mariées*[173], lorsqu'on verra l'inutilité de ces avantages sociaux dans les grandes crises de la vie conjugale, où souvent ils sont annulés sous le double poids du malheur et de la passion.

I. À MADAME LA DUCHESSE DE GRANDLIEU

Guérande, avril 1838.

« Chère mère, vous saurez bien comprendre pourquoi je n'ai pu vous écrire en voyage, notre esprit est alors comme les roues. Me voici, depuis deux jours, au fond de la Bretagne, à l'hôtel du Guénic, une maison brodée comme une boîte en coco. Malgré les attentions affectueuses de la famille de Calyste, j'éprouve un vif besoin de m'envoler vers vous, de vous dire une foule de ces choses qui, je le sens, ne se confient qu'à une mère. Calyste s'est marié, chère maman, en conservant un grand chagrin dans le cœur, personne de nous ne l'ignorait, et vous ne m'avez pas caché les difficultés de ma conduite; mais, hélas! elles sont plus grandes que vous ne le supposiez. Ah! chère maman, quelle expérience nous acquérons en quelques jours, et pourquoi ne vous dirai-je pas en quelques heures? Toutes vos recommandations sont devenues inutiles, et vous devinerez comment par cette seule phrase : J'aime Calyste comme s'il n'était pas mon mari [174]. C'est-à-dire que si mariée à un autre, je voyageais avec Calyste, je l'aimerais et haïrais mon mari. Observez donc un homme aimé si complètement, involontairement, absolument, sans compter tous les autres adverbes qu'il vous plaira d'ajouter. Aussi ma servitude s'est-elle établie en dépit de vos bons avis. Vous m'aviez recommandé de rester grande, noble, digne et fière pour obtenir de Calyste des sentiments qui ne seraient sujets à aucun changement dans la vie : l'estime, la considération qui doivent sanctifier une femme au milieu de la famille. Vous vous étiez élevée avec raison sans doute contre les jeunes femmes d'aujourd'hui qui, sous prétexte de bien vivre avec leurs maris, commencent par la facilité, par la complaisance, la bonhomie, la familiarité, par un abandon, selon vous un peu trop *fille* (un mot que je vous avoue n'avoir pas encore compris, mais nous verrons plus tard), et qui, s'il faut vous en croire, en font comme des relais pour arriver rapidement à l'indifférence et au mépris peut-être. " Souviens-toi que tu es une Grandlieu ! " m'avez-vous dit à l'oreille. Ces recommandations, pleines de la maternelle éloquence de Dédalus [175], ont eu le sort de toutes les choses mythologiques. Chère mère aimée, pouviez-vous supposer que je commencerais par cette catastrophe qui termine, selon vous, la lune de miel des jeunes femmes d'aujourd'hui.

« Quand nous nous sommes vus seuls dans la voiture, Calyste et moi nous nous sommes trouvés aussi sots l'un que l'autre en comprenant toute la valeur d'un premier mot, d'un premier regard, et chacun de nous, étourdi par le sacrement, a regardé par sa portière. C'était si ridicule, que, vers la barrière, monsieur m'a débité d'une voix peu troublée un discours, sans doute préparé comme toutes les improvisations, que j'écoutai le cœur palpitant, et que je prends la liberté de vous abréger. " Ma chère Sabine, je vous veux heureuse, et je veux surtout que vous soyez heureuse à votre manière, a-t-il dit. Ainsi dans la situation où nous sommes, au lieu de nous tromper mutuellement sur nos caractères et sur nos sentiments par de nobles complaisances, soyons tous deux ce que nous serions dans quelques années d'ici. Figurez-vous que vous avez un frère en moi, comme moi je veux voir une sœur en vous. " Quoique ce fût plein de délicatesse, je ne trouvai rien dans ce premier *speech* [176] de l'amour conjugal qui répondît à l'empressement de mon âme, et je demeurai pensive après avoir répondu que j'étais animée des mêmes sentiments. Sur cette déclaration de nos droits à une mutuelle froideur, nous avons parlé pluie et beau temps, poussière, relais et paysage, le plus gracieusement du monde, moi riant d'un petit rire forcé, lui très rêveur.

« Enfin, en sortant de Versailles, je demandai tout bonnement à Calyste, que j'appelais mon cher Calyste, comme il m'appelait ma chère Sabine, s'il pouvait me raconter les événements qui l'avaient mis à deux doigts de la mort, et auxquels je savais devoir le bonheur d'être sa femme. Il hésita pendant longtemps. Ce fut entre nous l'objet d'un petit débat qui dura pendant trois relais, moi, tâchant de me poser en fille volontaire et décidée à bouder, lui, se consultant sur la fatale question portée comme un défi par les journaux à Charles X : *Le Roi cédera-t-il*[177]*?* Enfin, après le relais de Verneuil et après avoir échangé des serments à contenter trois dynasties, de ne jamais lui reprocher cette folie, de ne pas le traiter froidement, etc., il me peignit son amour pour Mme de Rochefide. “ Je ne veux pas, me dit-il en terminant, qu'il y ait de secrets entre nous ! ” Le pauvre cher Calyste ignorait-il donc que son amie, Mlle des Touches et vous, vous aviez été obligées de me tout avouer, car on n'habille pas une jeune personne, comme je l'étais le jour du contrat, sans l'initier à son rôle. On doit tout dire à une mère aussi tendre que vous. Eh bien, je fus profondément atteinte en voyant qu'il avait obéi beaucoup moins à mon désir qu'à son envie de parler de cette passion inconnue. Me blâmerez-vous, ma mère chérie, d'avoir voulu reconnaître l'étendue de ce chagrin, de cette vive plaie du cœur que vous m'aviez signalée ? Donc, huit heures après avoir été bénis par le curé de Saint-Thomas-d'Aquin, votre Sabine se trouvait dans la situation assez fausse d'une jeune épouse écoutant de la bouche même de son mari la confidence d'un amour trompé, les méfaits d'une rivale ! Oui, j'étais dans le drame d'une jeune femme apprenant officiellement qu'elle devait son mariage aux dédains d'une vieille blonde [178]. A ce récit, j'ai gagné ce que je cherchais ! Quoi ?... direz-vous. Ah ! chère mère, j'ai bien vu assez d'amours s'entraînant les uns les autres sur des pendules ou sur des devants de cheminée pour mettre cet enseignement en pratique ! Calyste a terminé le poème de ses souvenirs par la plus chaleureuse protestation d'un entier oubli de ce qu'il a nommé sa folie. Toute protestation a besoin de signature. L'heureux infortuné m'a pris la main, l'a portée à ses lèvres ; puis il l'a gardée entre ses mains pendant longtemps. Une déclaration s'en est suivie. Celle-là m'a semblé plus conforme que la première à notre état civil, quoique nos bouches n'aient pas dit une seule parole. J'ai dû ce bonheur à ma verveuse indignation sur le mauvais goût d'une femme assez sotte pour ne pas avoir aimé mon beau, mon ravissant Calyste...

« On m'appelle pour jouer à un jeu de cartes que je n'ai pas encore compris. Je continuerai demain. Vous quitter dans ce moment pour faire la cinquième à la *mouche,* ceci n'est possible qu'au fond de la Bretagne !... »

Mai.

« Je reprends le cours de mon Odyssée[179]. La troisième journée, vos enfants n'employaient plus le *vous* cérémonieux, mais le *tu* des amants. Ma belle-mère, enchantée de nous voir heureux, a tâché de se substituer à vous, chère mère, et, comme il arrive à tous ceux qui prennent un rôle avec le désir d'effacer des souvenirs, elle a été si charmante, qu'elle a été presque vous pour moi. Sans doute elle a deviné l'héroïsme de ma conduite ; car, au début du voyage, elle cachait trop ses inquiétudes pour ne pas les rendre visibles par l'excès des précautions.

« Quand j'ai vu surgir les tours de Guérande, j'ai dit à l'oreille de votre gendre : " L'as-tu bien oubliée ? " Mon mari, devenu *mon ange*, ignorait sans doute les richesses d'une affection naïve et sincère, car ce petit mot l'a rendu presque fou de joie. Malheureusement le désir de faire oublier Mme de Rochefide m'a menée trop loin. Que voulez-vous ? J'aime, et je suis presque portugaise[180], car je tiens plus de vous que de mon père. Calyste a tout accepté de moi, comme acceptent les enfants gâtés, il est fils unique d'abord. Entre nous, je ne donnerai pas ma fille, si jamais j'ai des filles, à un fils unique. C'est bien assez de se mettre à la tête d'un tyran, et j'en vois plusieurs dans un fils unique. Ainsi donc nous avons interverti les rôles, je me suis comportée comme une femme dévouée. Il y a des dangers dans un dévouement dont on profite, on y perd sa dignité. Je vous annonce donc le naufrage de cette demi-vertu. La dignité n'est qu'un paravent placé par l'orgueil et derrière lequel nous enrageons à notre aise. Que voulez-vous, maman?... vous n'étiez pas là, je me voyais devant un abîme. Si j'étais restée dans ma dignité, j'aurais eu les froides douleurs d'une sorte de fraternité qui certes serait tout simplement devenue de l'indifférence. Et quel avenir me serais-je préparé? Mon dévouement a eu pour résultat de me rendre l'esclave de Calyste. Reviendrai-je de cette situation? nous verrons; quant à présent, elle me plaît. J'aime Calyste, je l'aime absolument avec la folie d'une mère qui trouve bien tout ce que fait son fils, même quand elle est un peu battue par lui. »

15 mai.

« Jusqu'à présent donc, chère maman, le mariage s'est présenté pour moi sous une forme charmante. Je déploie toute ma tendresse pour le plus beau des hommes qu'une sotte a dédaigné pour un croque-note, car cette femme est évidemment une sotte et une sotte froide, la pire espèce de sottes. Je suis charitable dans ma passion légitime, je guéris des blessures en m'en faisant d'éternelles. Oui, plus j'aime Calyste, plus je sens que je mourrais de chagrin si notre bonheur actuel cessait. Je suis d'ailleurs l'adoration de toute cette famille et de la société qui se réunit à l'hôtel du Guénic, tous personnages nés dans des tapisseries de haute lice, et qui s'en sont détachés pour prouver que l'impossible existe. Un jour, où je serai seule, je vous peindrai ma tante Zéphirine, Mlle de Pen-Hoël, le chevalier du Halga, les demoiselles Kergarouët, etc. Il n'y a pas jusqu'aux deux domestiques qu'on me permettra, je l'espère, d'emmener à Paris, Mariotte et Gasselin qui ne me regardent comme un ange descendu de sa place dans le ciel et qui ne tressaillent encore quand je leur parle, qui ne soient des figures à mettre sous verre.

« Ma belle-mère nous a solennellement installés dans les appartements précédemment occupés par elle et par feu son mari. Cette scène a été touchante. " J'ai vécu toute ma vie de femme heureuse ici, nous a-t-elle dit, que ce vous soit un heureux présage, mes chers enfants. " Et elle a pris la chambre de Calyste. Cette sainte femme semblait vouloir se dépouiller de ses souvenirs et de sa noble vie conjugale pour nous en investir. La province de Bretagne, cette ville, cette famille de mœurs antiques, tout, malgré des ridicules qui n'existent que pour nous autres rieuses Parisiennes, a quelque chose d'inexplicable, de grandiose jusque dans ses minuties qu'on ne peut définir que par le mot *sacré* [181]. Tous les tenanciers des vastes domaines de la maison du Guénic, rachetés comme vous savez par Mlle des Touches que nous devons aller voir à son couvent, sont venus en corps nous saluer. Ces braves gens, en habits de fête, exprimant tous une vive joie de savoir Calyste redevenu réellement leur maître, m'ont fait comprendre la Bretagne, la féodalité, la vieille France. Ce fut une fête que je ne veux pas vous peindre, je vous la raconterai. La base de tous les baux a été proposée par ces *gars* [182] eux-mêmes, nous les signerons après l'inspection que nous allons passer de *nos* terres engagées depuis cent cinquante ans !... Mlle de Pen-Hoël nous a dit que les gars avaient accusé les revenus avec une véracité que nieraient les gens de Paris. Nous partirons dans trois jours, et nous irons à cheval. À mon retour, chère mère, je vous écrirai ; mais que pourrai-je vous dire, si déjà mon bonheur est au comble ? Je vous écrirai donc ce que vous savez déjà, c'est-à-dire combien je vous aime. »

II. DE LA MÊME À LA MÊME

Nantes, juin.

« Après avoir joué le rôle d'une châtelaine adorée de ses vassaux comme si la révolution de 1830 et celle de 1789 n'avaient jamais abattu de bannières, après des cavalcades dans les bois, des haltes dans les fermes, des dîners sur de vieilles tables et sur du linge centenaire pliant sous des platées homériques servies dans de la vaisselle antédiluvienne, après avoir bu des vins exquis dans des gobelets comme en manient les faiseurs de tours, et des coups de fusil au dessert ! et des Vive les du Guénic à étourdir ! et des bals dont tout l'orchestre est un *biniou* dans lequel un homme souffle pendant des dix heures de suite ! et des bouquets ! et des jeunes mariées qui se sont fait bénir par nous ! et de bonnes lassitudes dont le remède se trouve au lit en des sommeils que je ne connaissais pas, et des réveils délicieux où l'amour est radieux comme le soleil qui rayonne sur vous et scintille avec mille mouches qui bourdonnent en bas breton [183] !... enfin, après un grotesque séjour au château du Guénic où les fenêtres sont des portes cochères, et où les vaches pourraient tondre les prairies poussées dans les salles, mais que nous avons juré d'arranger, de réparer, pour y venir tous les ans aux acclamations des gars du clan de Guénic dont l'un portait notre bannière, ouf! je suis à Nantes!...

« Ah! quelle journée que celle de notre arrivée au Guénic! Le recteur est venu, ma mère, avec son clergé, tous couronnés de fleurs, nous recevoir, nous bénir en exprimant une joie... j'en ai les larmes aux yeux en t'écrivant. Et ce fier Calyste, qui jouait son rôle de seigneur comme un personnage de Walter Scott [184]. Monsieur recevait les hommages comme s'il se trouvait en plein treizième siècle. J'ai entendu les filles, les femmes se disant : " Quel joli seigneur nous avons! " comme dans un chœur d'opéra-comique. Les Anciens discutaient entre eux la ressemblance de Calyste avec les du Guénic qu'ils avaient connus. Ah! la noble et sublime Bretagne, quel pays de croyance et de religion! Mais le progrès la guette, on y fait des ponts, des routes [185]; les idées viendront, et adieu le sublime. Les paysans ne seront certes jamais ni si libres ni si fiers que je les ai vus, quand on leur aura prouvé qu'ils sont les égaux de Calyste [186], si toutefois ils veulent le croire. Après le poème de cette restauration pacifique et les contrats signés, nous avons donc quitté ce ravissant pays toujours fleuri, gai, sombre et désert tour à tour, et nous sommes venus agenouiller ici notre bonheur devant celle à qui nous le devons. Calyste et moi nous éprouvions le besoin de remercier la postulante de la Visitation. En mémoire d'elle, il écartèlera son écu de celui des des Touches qui est : *parti coupé, tranché, taillé d'or et de sinople.* Il prendra l'un des aigles d'argent pour un de ses supports, et lui mettra dans le bec cette jolie devise de femme : *Souviègne-vous!* Nous sommes donc allés hier au couvent des dames de la Visitation où nous a menés l'abbé Grimont, un ami de la famille du Guénic, qui nous a dit que votre chère Félicité, maman, était une sainte; elle ne peut pas être autre chose pour lui, puisque cette illustre conversion l'a fait nommer vicaire général du diocèse. Mlle des Touches n'a pas voulu recevoir Calyste, et n'a vu que moi. Je l'ai trouvée un peu changée, pâlie et maigrie, elle m'a paru bien heureuse de ma visite. " Dis à Calyste, s'est-elle écriée tout bas, que c'est une affaire de conscience et d'obéissance si je ne le veux pas voir, car on me l'a permis; mais je préfère ne pas acheter ce bonheur de quelques minutes par des mois de souffrance. Ah! si tu savais combien j'ai de peine à répondre quand on me demande : ' A quoi pensez-vous? ' La maîtresse des novices ne peut pas comprendre l'étendue et le nombre des idées qui me passent par la tête comme des tourbillons. Par instants je revois l'Italie ou Paris avec tous leurs spectacles, tout en pensant à Calyste qui, dit-elle avec cette façon poétique si admirable et que vous connaissez, est le soleil de ces souvenirs... J'étais trop vieille pour être acceptée aux Carmélites, et je me suis donnée à l'ordre de Saint-François-de-Sales uniquement parce qu'il a dit : ' Je vous déchausserai la tête au lieu de vous déchausser les pieds[187]! ' en se refusant à ces austérités qui brisent le corps. C'est en effet la tête qui pèche. Le saint évêque a donc bien fait de rendre sa règle austère pour l'intelligence et terrible contre la volonté!... Voilà ce que je désirais, car ma tête est la vraie coupable, elle m'a trompée sur mon cœur jusqu'à cet âge fatal de quarante ans où si l'on est pendant quelques moments quarante fois plus heureuse que les jeunes femmes, on est plus tard cinquante fois plus malheureuse qu'elles... Eh bien, mon enfant, es-tu contente? m'a-t-elle demandé en cessant avec un visible plaisir de parler d'elle. — Vous me voyez dans l'enchantement de l'amour et du bonheur! lui ai-je répondu. — Calyste est aussi bon et naïf qu'il est noble et beau, m'a-t-elle dit gravement. Je t'ai instituée mon héritière, tu possèdes, outre ma fortune, le double idéal que j'ai rêvé... Je m'applaudis de ce que j'ai fait, a-t-elle repris après une pause. Maintenant, mon enfant, ne t'abuse pas. Vous avez facilement saisi le bonheur, vous n'aviez que la main à étendre, mais pense à le conserver. Quand tu ne serais venue ici que pour en remporter les conseils de mon expérience, ton voyage serait bien payé. Calyste subit en ce moment une passion communiquée, tu ne l'as pas inspirée. Pour rendre ta félicité durable, tâche, ma petite, d'unir ce principe au premier. Dans votre intérêt à tous deux, essaie d'être capricieuse, sois coquette, un peu dure, il le faut. Je ne te conseille pas d'odieux calculs, ni la tyrannie, mais la science. Entre l'usure et la prodigalité, ma petite, il y a l'économie. Sache prendre honnêtement un peu d'empire sur Calyste. Voici les dernières paroles mondaines que je prononcerai, je les tenais en réserve pour toi, car j'ai tremblé dans ma conscience de t'avoir sacrifiée pour sauver Calyste!

attache-le bien à toi, qu'il ait des enfants, qu'il respecte en toi leur mère... Enfin, me dit-elle d'une voix émue, arrange-toi de manière à ce qu'il ne revoie jamais Béatrix!... " Ce nom nous a plongées toutes les deux dans une sorte de torpeur, et nous sommes restées les yeux dans les yeux l'une de l'autre échangeant la même inquiétude vague. " Retournez-vous à Guérande? me demanda-t-elle. — Oui, lui dis-je. — Eh bien, n'allez jamais aux Touches... J'ai eu tort de vous donner ce bien. — Et pourquoi? — Enfant! Les Touches sont pour toi le cabinet de Barbe-Bleue, car il n'y a rien de plus dangereux que de réveiller une passion qui dort. "

« Je vous donne en substance, chère mère, le sens de notre conversation. Si Mlle des Touches m'a fait beaucoup causer, elle m'a donné d'autant plus à penser que, dans l'enivrement de ce voyage et de mes séductions avec mon Calyste, j'avais oublié la grave situation morale dont je vous parlais dans ma première lettre.

« Après avoir bien admiré Nantes, une charmante et magnifique ville, après être allés voir sur la place Bretagne[188] l'endroit où Charette est si noblement tombé, nous avons projeté de revenir par la Loire à Saint-Nazaire, puisque nous avions fait déjà par terre la route de Nantes à Guérande. Décidément, un bateau à vapeur ne vaut pas une voiture. Le voyage en public est une invention du monstre moderne, le Monopole. Trois jeunes dames de Nantes assez jolies se démenaient sur le pont atteintes de ce que j'ai appelé le kergarouëtisme, une plaisanterie que vous comprendrez quand je vous aurai peint les Kergarouët. Calyste s'est très bien comporté. En vrai gentilhomme, il ne m'a pas affichée. Quoique satisfaite de son bon goût, de même qu'un enfant à qui l'on a donné son premier tambour, j'ai pensé que j'avais une magnifique occasion d'essayer le système recommandé par Camille Maupin, car ce n'est certes pas la postulante qui m'avait parlé. J'ai pris un petit air boudeur, et Calyste s'en est très gentiment alarmé. A cette demande : " Qu'as-tu?... " jetée à mon oreille, j'ai répondu la vérité : " Je n'ai rien! " Et j'ai bien reconnu là le peu de succès qu'obtient d'abord la Vérité. Le mensonge est une arme décisive dans les cas où la célérité doit sauver les femmes et les empires. Calyste est devenu très pressant, très inquiet. Je l'ai mené à l'avant du bateau, dans un tas de cordages; et là, d'une voix pleine d'alarmes, sinon de larmes, je lui ai dit les malheurs, les craintes d'une femme dont le mari se trouve être le plus beau des hommes!... " Ah! Calyste, me suis-je écriée, il y a dans notre union un affreux malheur, vous ne m'avez pas aimée, vous ne m'avez pas choisie! Vous n'êtes pas resté planté sur vos pieds comme une statue en me voyant pour la première fois! C'est mon cœur, mon attachement, ma tendresse qui sollicitent votre affection, et vous me punirez quelque jour de vous avoir apporté moi-même les trésors de mon pur, de mon involontaire amour de jeune fille!... Je devrais être mauvaise, coquette, et je ne me sens pas de force contre vous... Si cette horrible femme, qui vous a dédaigné, se trouvait à ma place ici, vous n'auriez pas aperçu ces deux affreuses Bretonnes que l'octroi de Paris classerait parmi le bétail... " Calyste, ma mère, a eu deux larmes dans les yeux, il s'est retourné pour me les cacher, il a vu la Basse-Indre, et a couru dire au capitaine de nous y débarquer. On ne tient pas contre de telles réponses, surtout quand elles sont accompagnées d'un séjour de trois heures dans une chétive auberge de la Basse-Indre, où nous avons déjeuné de poisson frais dans une petite chambre comme en peignent les peintres de genre, et par les fenêtres de laquelle on entendait mugir les forges d'Indret [189] à travers la belle nappe de la Loire. En voyant comment tournaient les expériences de l'Expérience, je me suis écriée : " Ah! chère Félicité!... " Incapable de soupçonner les conseils de la religieuse et la duplicité de ma conduite, Calyste a fait un divin calembour, il m'a coupé la parole en me répondant : " Gardons-en le souvenir? nous enverrons un artiste pour copier ce paysage [190]. " Non, j'ai ri, chère maman, à déconcerter Calyste et je l'ai vu bien près de se fâcher. " Mais, lui dis-je, il y a de ce paysage, de cette scène, un tableau dans mon cœur qui ne s'effacera jamais, et d'une couleur inimitable! "

« Ah! ma mère, il m'est impossible de mettre ainsi les apparences de la guerre ou de l'inimitié dans mon amour. Calyste fera de moi tout ce qu'il voudra. Cette larme est la première, je pense, qu'il m'ait donnée, ne vaut-elle pas mieux que la seconde déclaration de nos droits?... Une femme sans cœur serait devenue dame et maîtresse après la scène du bateau, moi, je me suis reperdue. D'après votre système, plus je deviens femme, plus je me fais *fille*, car je suis affreusement lâche avec le bonheur, je ne tiens pas contre un regard de mon seigneur. Non! je ne m'abandonne pas à l'amour, je m'y attache comme une mère presse son enfant contre son sein en craignant quelque malheur. »

III. DE LA MÊME À LA MÊME

Juillet, Guérande.

« Ah! chère maman, au bout de trois mois connaître la jalousie! Voilà mon cœur bien complet, j'y sens une haine profonde et un profond amour! Je suis plus que trahie, je ne suis pas aimée!... Suis-je heureuse d'avoir une mère, un cœur où je puisse crier à mon aise!... Nous autres femmes, qui sommes encore un peu jeunes filles, il suffit qu'on nous dise : " Voici une clef rouillée de souvenirs parmi toutes celles de votre palais, entrez partout, jouissez de tout, mais gardez-vous d'aller aux Touches! " pour que nous entrions là, les pieds chauds, les yeux allumés de la curiosité d'Ève. Quelle irritation Mlle des Touches avait mise dans mon amour! Mais aussi pourquoi m'interdire les Touches? Qu'est-ce qu'un bonheur comme le mien qui dépendrait d'une promenade, d'un séjour dans un bouge de Bretagne? Et qu'ai-je à craindre? Enfin, joignez aux raisons de Mme Barbe-Bleue le désir qui mord toutes les femmes de savoir si leur pouvoir est précaire ou solide, et vous comprendrez comment un jour j'ai demandé d'un petit air indifférent : " Qu'est-ce que les Touches? — Les

Touches sont à vous, m'a dit ma divine belle-mère. — Si Calyste n'avait jamais mis le pied aux Touches!... s'écria ma tante Zéphirine en hochant la tête. — Mais il ne serait pas mon mari, dis-je à ma tante. — Vous savez donc ce qui s'y est passé? m'a répliqué finement ma belle-mère. — C'est un lieu de perdition, a dit Mlle de Pen-Hoël, Mlle des Touches y a fait bien des péchés dont elle demande maintenant pardon à Dieu. — Cela n'a-t-il pas sauvé l'âme de cette noble fille, et fait la fortune d'un couvent? s'est écrié le chevalier du Halga, l'abbé Grimont m'a dit qu'elle avait donné cent mille francs aux dames de la Visitation. — Voulez-vous aller aux Touches? m'a demandé ma belle-mère, ça vaut la peine d'être vu. — Non! non ", ai-je dit vivement. Cette petite scène ne vous semble-t-elle pas une page de quelque drame diabolique? elle est revenue sous vingt prétextes. Enfin, ma belle-mère m'a dit : " Je comprends pourquoi vous n'allez pas aux Touches, vous avez raison. " Oh! vous avouerez, maman, que ce coup de poignard involontairement donné vous aurait décidée à savoir si votre bonheur reposait sur des bases si frêles, qu'il dût périr sous tel ou tel lambris. Il faut rendre justice à Calyste, il ne m'a jamais proposé de visiter cette chartreuse devenue son bien. Nous sommes des créatures dénuées de sens, dès que nous aimons; car ce silence, cette réserve m'ont piquée, et je lui ai dit un jour : " Que crains-tu donc de voir aux Touches que toi seul n'en parles pas?... — Allons-y ", dit-il. J'ai donc été prise comme toutes les femmes qui veulent se laisser prendre, et qui s'en remettent au hasard pour dénouer le nœud gordien de leur indécision. Et nous sommes allés aux Touches.

« C'est délicieux, c'est d'un goût profondément artiste, et je me plais dans cet abîme où Mlle des Touches m'avait tant défendu d'aller. Toutes les fleurs vénéneuses sont charmantes, Satan les a semées, car il y a les fleurs du diable et les fleurs de Dieu! nous n'avons qu'à rentrer en nous-mêmes pour voir qu'ils ont créé le monde de moitié. Quelles âcres délices dans cette situation où je jouais non pas avec le feu, mais avec les cendres!... J'étudiais Calyste, il s'agissait de savoir si tout était bien éteint, et je veillais aux courants d'air, croyez-moi! J'épiais son visage en allant de pièce en pièce, de meuble en meuble, absolument comme les enfants qui cherchent un objet caché. Calyste m'a paru pensif, mais j'ai cru d'abord avoir vaincu. Je me suis sentie assez forte pour parler de Mme de Rochefide que, depuis l'aventure du rocher au Croisic, j'appelle Rocheperfide. Enfin nous sommes allés voir le fameux buis où s'est arrêtée Béatrix quand il l'a jetée à la mer pour qu'elle ne fût à personne. “ Elle doit être bien légère pour être restée là ”, ai-je dit en riant. Calyste a gardé le silence. “ Respectons les morts ”, ai-je dit en continuant. Calyste est resté silencieux. “ T'ai-je déplu? — Non, mais cesse de galvaniser cette passion ”, a-t-il répondu. Quel mot!... Calyste, qui m'en a vue triste, a redoublé de soins et de tendresse pour moi. »

Août.

« J'étais, hélas ! au fond de l'abîme, et je m'amusais, comme les innocentes de tous les mélodrames, à y cueillir des fleurs. Tout à coup une pensée horrible a chevauché dans mon bonheur, comme le cheval à travers la ballade allemande[191]. J'ai cru deviner que l'amour de Calyste s'agrandissait de ses réminiscences, qu'il reportait sur moi les orages que je ravivais en lui rappelant les coquetteries de cette affreuse Béatrix. Cette nature malsaine et froide, persistante et molle, qui tient du mollusque et du corail, ose s'appeler Béatrix !... Déjà ! ma chère mère, me voilà forcée d'avoir l'œil à un soupçon quand mon cœur est tout à Calyste, et n'est-ce pas une grande catastrophe que l'œil l'ait emporté sur le cœur, que le soupçon enfin se soit trouvé justifié ? Voici comment. " Ce lieu m'est cher, ai-je dit à Calyste un matin, car je lui dois mon bonheur, aussi te pardonné-je de me prendre quelquefois pour une autre... " Ce loyal Breton a rougi, je lui ai sauté au cou, mais j'ai quitté les Touches, et je n'y reviendrai jamais.

« A la force de la haine qui me fait souhaiter la mort de Mme de Rochefide (oh ! mon Dieu naturellement d'une fluxion de poitrine, d'un accident quelconque), j'ai reconnu l'étendue, la puissance de mon amour pour Calyste. Cette femme est venue troubler mon sommeil, je la vois en rêve, dois-je donc la rencontrer ?... Ah ! la postulante de la Visitation avait raison : les Touches sont un lieu fatal, Calyste y a retrouvé ses impressions, elles sont plus fortes que les délices de notre amour.

Sachez, ma chère mère, si Mme de Rochefide est à Paris, car alors je resterai dans nos terres de Bretagne. Pauvre Mlle des Touches qui se repent maintenant de m'avoir fait habiller en Béatrix pour le jour du contrat, afin de faire réussir son plan, si elle apprenait jusqu'à quel point je viens d'être prise pour notre odieuse rivale, que dirait-elle? Mais c'est une prostitution! je ne suis plus moi, j'ai honte. Je suis en proie à une envie furieuse de fuir Guérande et les sables du Croisic. »

25 août.

« Décidément, je retourne aux ruines du Guénic. Calyste, assez inquiet de mon inquiétude, m'emmène. Ou il connaît peu le monde s'il ne devine rien, ou s'il sait la cause de ma fuite, il ne m'aime pas. Je tremble tant de trouver une affreuse certitude si je la cherche, que je me mets, comme les enfants, les mains devant les yeux pour ne pas entendre une détonation. Oh! ma mère, je ne suis pas aimée du même amour que je sens au cœur. Calyste est charmant, c'est vrai; mais quel homme, à moins d'être un monstre, ne serait pas, comme Calyste, aimable et gracieux, en recevant toutes les fleurs écloses dans l'âme d'une jeune fille de vingt ans, élevée par vous, pure comme je le suis, aimante, et que bien des femmes vous ont dit être belle... »

Au Guénic, 18 septembre.

« L'a-t-il oubliée? Voilà l'unique pensée qui retentit comme un remords dans mon âme! Ah!

chère maman, toutes les femmes ont-elles eu comme moi des souvenirs à combattre?... On ne devrait marier que des jeunes gens innocents à des jeunes filles pures! Mais c'est une décevante utopie, il vaut mieux avoir sa rivale dans le passé que dans l'avenir. Ah! plaignez-moi, ma mère, quoique en ce moment je sois heureuse, heureuse comme une femme qui a peur de perdre son bonheur et qui s'y accroche!... Une manière de le tuer quelquefois, a dit la profonde Clotilde.

« Je m'aperçois que depuis cinq mois je ne pense qu'à moi, c'est-à-dire à Calyste. Dites à ma sœur Clotilde que ses tristes sagesses me reviennent parfois, elle est bien heureuse d'être fidèle à un mort [192], elle ne craint plus de rivale. J'embrasse ma chère Athénaïs, je vois que Juste en est fou, d'après ce que vous m'en dites dans votre dernière lettre, il a peur qu'on ne la lui donne pas. Cultivez cette crainte comme une fleur précieuse. Athénaïs sera la maîtresse, et moi qui tremblais de ne pas obtenir Calyste de lui-même, je serai la servante. Mille tendresses, chère maman. Ah! si mes terreurs n'étaient pas vaines, Camille Maupin m'aurait vendu sa fortune bien cher. Mes affectueux respects à mon père. »

Ces lettres expliquent parfaitement la situation secrète de la femme et du mari. Là où Sabine voyait un mariage d'amour, Calyste en voyait un de convenance. Enfin, les joies de la lune de miel n'avaient pas obéi tout à fait au système légal de la communauté. Pendant le séjour des deux mariés en Bretagne, les travaux de restauration, les dispositions et l'ameublement de l'hôtel du Guénic avaient été conduits par le célèbre architecte Grindot, sous la surveillance de Clotilde, de la duchesse et du duc de Grandlieu. Toutes les mesures ayant été prises pour qu'au mois de décembre 1838, le jeune ménage pût revenir à Paris, Sabine s'installa rue de Bourbon avec plaisir, moins pour jouer à la maîtresse de maison que pour savoir ce que sa famille penserait de son mariage. Calyste, en bel indifférent, se laissa guider volontiers dans le monde par sa belle-sœur Clotilde, et par sa belle-mère, qui lui surent gré de cette obéissance. Il y obtint la place due à son nom, à sa fortune et à son alliance. Le succès de sa femme, comptée comme une des plus charmantes, les distractions que donne la haute société, les devoirs à remplir, les amusements de l'hiver à Paris, rendirent un peu de force au bonheur du ménage en y produisant à la fois des excitants et des intermèdes. Sabine, trouvée heureuse par sa mère et sa sœur qui virent dans la froideur de Calyste un effet de son éducation anglaise, abandonna ses idées noires; elle entendit envier son sort par tant de jeunes femmes mal mariées, qu'elle renvoya ses terreurs au pays des chimères. Enfin la grossesse de Sabine compléta les garanties offertes par cette union du genre neutre, une de celles dont augurent bien les femmes expérimentées. En octobre 1839, la jeune baronne du Guénic eut un fils et fit la folie de le nourrir, selon le calcul de toutes les femmes en pareil cas. Comment ne pas être entièrement mère quand on a eu son enfant d'un mari vraiment idolâtré? Vers la fin de l'été suivant, en août 1840, Sabine allait donc atteindre à la fin de la nourriture de son premier enfant. Pendant un séjour de deux ans à Paris, Calyste s'était tout à fait dépouillé de cette innocence dont les prestiges avaient décoré ses débuts dans le monde de la passion. Calyste devenu camarade avec le jeune duc Georges de Maufrigneuse marié comme lui nouvellement à une héritière, Berthe de Cinq-Cygne, avec le vicomte Savinien de Portenduère, avec le duc et la duchesse de Rhétoré, le duc et la duchesse de Lenoncourt-Chaulieu, avec tous les habitués du salon de sa belle-mère, aperçut les différences qui séparent la vie de province de la vie parisienne [193]. La Richesse a des heures funestes, des oisivetés que Paris sait, plus qu'aucune autre capitale, amuser, charmer, intéresser. Au contact de ces jeunes maris qui laissaient les plus nobles, les plus belles créatures pour les délices du cigare et du whist, pour les sublimes conversations du club, ou pour les préoccupations du *turf*, bien des vertus domestiques furent donc atteintes chez le jeune gentilhomme breton [194]. Le maternel désir d'une femme qui ne veut pas ennuyer son mari vient toujours en aide aux dissipations des jeunes mariés. Une femme est si fière de voir revenir à elle un homme à qui elle laisse toute sa liberté!...

Un soir, en octobre de cette année, pour fuir les cris d'un enfant en sevrage, Calyste, à qui Sabine ne pouvait pas voir sans douleur un pli au front, alla conseillé par elle aux Variétés où l'on donnait une pièce nouvelle. Le valet de chambre chargé de louer une stalle à l'orchestre l'avait prise assez près de cette partie de la salle appelée l'avant-scène. Au premier entracte, en regardant autour de lui. Calyste aperçut, dans une des deux loges d'avant-scène, au rez-de-chaussée, à quatre pas de lui, Mme de Rochefide. Béatrix à Paris! Béatrix en public! ces deux idées traversèrent le cœur de Calyste comme deux flèches. La revoir après trois ans bientôt! Comment expliquer le bouleversement qui se fit dans l'âme d'un amant qui, loin d'oublier, avait quelquefois si bien épousé Béatrix dans sa femme, que sa femme s'en était aperçu! A qui peut-on expliquer que le poème d'un amour perdu, méconnu, mais toujours vivant dans le cœur du mari de Sabine, y rendit obscures les suavités conjugales, la tendresse ineffable de la jeune épouse. Béatrix devint la lumière, le jour, le mouvement, la vie et l'inconnu; tandis que Sabine fut le devoir, les ténèbres, le prévu! L'une fut en un moment le plaisir, et l'autre l'ennui. Ce fut un coup de foudre.

Dans sa loyauté, le mari de Sabine eut la noble pensée de quitter la salle. A la sortie de l'orchestre, il vit la porte de la loge entrouverte, et ses pieds l'y menèrent en dépit de sa volonté. Le jeune Breton y trouva Béatrix entre deux hommes des plus distingués, Canalis et Nathan, un homme politique et un homme littéraire. Depuis bientôt trois ans que Calyste ne l'avait vue, Mme de Rochefide avait étonnamment changé; mais, quoique sa métamorphose eût atteint la femme, elle devait n'en être que plus poétique et plus attrayante pour Calyste. Jusqu'à l'âge de trente ans, les jolies femmes de Paris ne demandent qu'un vêtement à la toilette; mais en passant sous le porche fatal de la trentaine, elles cherchent des armes, des séductions, des embellissements dans les chiffons ; elles se composent des grâces, elles y trouvent des moyens, elles y prennent un caractère, elles s'y rajeunissent, elles étudient les plus légers accessoires, elles passent enfin de la nature à l'art [195]. Mme de Rochefide venait de subir les péripéties du drame qui, dans cette histoire des mœurs françaises au dix-neuvième siècle, s'appelle la Femme abandonnée [196]. Quittée la première par Conti, naturellement elle était devenue une grande artiste en toilette, en coquetterie et en fleurs artificielles de toute espèce.

« Comment Conti n'est-il pas ici ? » demanda tout bas Calyste à Canalis après avoir fait les salutations banales par lesquelles commencent les entrevues les plus solennelles quand elles ont lieu publiquement.

L'ancien grand poète du faubourg Saint-Germain, deux fois ministre et redevenu pour la quatrième fois un orateur aspirant à quelque nouveau ministère, se mit significativement un doigt sur les lèvres. Ce geste expliqua tout.

« Je suis bien heureuse de vous voir, dit chattement Béatrix à Calyste. Je me disais en vous reconnaissant là, sans être aperçue tout d'abord, que vous ne me renieriez pas, vous ! — Ah ! mon Calyste, pourquoi vous êtes-vous marié ? lui dit-elle à l'oreille, et avec une petite sotte encore !... »

Dès qu'une femme parle à l'oreille d'un nouveau venu dans sa loge en le faisant asseoir à côté d'elle, les gens du monde ont toujours un prétexte pour la laisser seule avec lui.

« Venez-vous, Nathan ? dit Canalis. Mme la

marquise me permettra d'aller dire un mot à d'Arthez, que je vois avec la princesse de Cadignan[197], il s'agit d'une combinaison de tribune pour la séance de demain. »

Cette sortie de bon goût permit à Calyste de se remettre du choc qu'il venait de subir; mais il acheva de perdre son esprit et sa force en aspirant la senteur, pour lui charmante quoique vénéneuse, de la poésie composée par Béatrix. Mme de Rochefide, devenue osseuse et filandreuse, dont le teint s'était presque décomposé, maigrie, flétrie, les yeux cernés, avait ce soir-là fleuri ses ruines prématurées par les conceptions les plus ingénieuses de l'Article-Paris. Elle avait imaginé, comme toutes les femmes abandonnées, de se donner l'air vierge, en rappelant, par beaucoup d'étoffes blanches, les filles en *a* d'Ossian, si poétiquement peintes par Girodet[198]. Sa chevelure blonde enveloppait sa longue figure par des flots de boucles où ruisselaient les clartés de la rampe attirées par le luisant d'une huile parfumée. Son front pâle étincelait. Elle avait mis imperceptiblement du rouge dont l'éclat trompait l'œil sur la blancheur fade de son teint refait à l'eau de son. Une écharpe d'une finesse à faire douter que des hommes eussent pu travailler ainsi la soie était tortillée à son cou de manière à en diminuer la longueur, à le cacher, à ne laisser voir qu'imparfaitement des trésors habilement sertis par le corset. Sa taille était un chef-d'œuvre de composition. Quant à sa pose, un mot suffit, elle valait toute la peine qu'elle avait prise à la chercher. Ses bras maigris, durcis, paraissaient à peine sous les bouffants à effets calculés de ses manches larges. Elle offrait ce mélange de lueurs fausses et de soieries brillantes, de gaze *floue* et de cheveux crêpés, de vivacité, de calme et de mouvement, qu'on a nommé le *je ne sais quoi.* Tout le monde sait en quoi consiste le *je ne sais quoi.* C'est beaucoup d'esprit, de goût et de tempérament. Béatrix était donc une pièce à décor, à changement et prodigieusement machinée. La représentation de ces féeries qui sont aussi très habilement dialoguées rend fous les hommes doués de franchise, car ils éprouvent par la loi des contrastes un désir effréné de jouer avec les artifices. C'est faux et entraînant, c'est cherché, mais agréable; et certains hommes adorent ces femmes qui jouent à la séduction comme on joue aux cartes. Voici pourquoi. Le désir de l'homme est un syllogiste [199] qui conclut de cette science extérieure aux secrets théorèmes de la volupté. L'esprit se dit sans parole : « Une femme qui sait se créer si belle doit avoir de bien autres ressources dans la passion. » Et c'est vrai. Les femmes abandonnées sont celles qui aiment, les conservatrices sont celles qui savent aimer. Or si cette leçon d'Italien avait été cruelle pour l'amour-propre de Béatrix, elle appartenait à une nature trop naturellement artificieuse pour ne pas en profiter.

« Il ne s'agit pas de vous aimer, disait-elle quelques instants avant que Calyste n'entrât, il faut vous tracasser quand nous vous tenons, là est le secret de celles qui veulent vous conserver. Les dragons gardiens des trésors sont armés de griffes et d'ailes!...

— On ferait un sonnet de votre pensée », avait

répondu Canalis au moment où Calyste se montra.

En un seul regard, Béatrix devina l'état de Calyste, elle retrouva fraîches et rouges les marques du collier qu'elle lui avait mis aux Touches. Calyste, blessé du mot dit sur sa femme, hésitait entre sa dignité de mari, la défense de Sabine, et une parole dure à jeter dans un cœur d'où s'exhalaient pour lui tant de souvenirs, un cœur qu'il croyait saignant encore. Cette hésitation, la marquise l'observait, elle n'avait dit ce mot que pour savoir jusqu'où s'étendait son empire sur Calyste; en le voyant si faible, elle vint à son secours pour le tirer d'embarras.

« Eh bien, mon ami, vous me trouvez seule, dit-elle quand les deux courtisans furent partis, oui, seule au monde!...

— Vous n'avez donc pas pensé à moi?... dit Calyste.

— Vous! répondit-elle, n'êtes-vous pas marié?... Ce fut une de mes douleurs au milieu de celles que j'ai subies, depuis que nous ne nous sommes vus. Non seulement, me suis-je dit, je perds l'amour, mais encore une amitié que je croyais être bretonne. On s'accoutume à tout. Maintenant je souffre moins, mais je suis brisée. Voici depuis longtemps le premier épanchement de mon cœur. Obligée d'être fière devant les indifférents, arrogante comme si je n'avais pas failli devant les gens qui me font la cour, ayant perdu ma chère Félicité, je n'avais pas une oreille où jeter ce mot: “ Je souffre! ” Aussi maintenant puis-je vous dire quelle a été mon angoisse en vous voyant à quatre pas de moi sans être reconnue par vous, et quelle est ma joie en vous voyant près de moi... Oui, dit-elle en répondant à un geste de Calyste, c'est presque de la fidélité! Voilà les malheureux! un rien, une visite est tout pour eux. Ah! vous m'avez aimée, vous, comme je méritais de l'être par celui qui s'est plu à fouler aux pieds tous les trésors que j'y versais! Et, pour mon malheur, je ne sais pas oublier, j'aime, et je veux être fidèle à ce passé qui ne reviendra jamais. »

En disant cette tirade, improvisée déjà cent fois, elle jouait de la prunelle de manière à doubler par le geste l'effet des paroles qui semblaient arrachées du fond de son âme par la violence d'un torrent longtemps contenu. Calyste, au lieu de parler, laissa couler les larmes qui lui roulaient dans les yeux, Béatrix lui prit la main, la lui serra, le fit pâlir.

« Merci, Calyste! merci, mon pauvre enfant, voilà comment un véritable ami répond à la douleur d'un ami!... Nous nous entendons. Tenez, n'ajoutez pas un mot!... allez-vous-en, l'on nous regarde, et vous pourriez faire du chagrin à votre femme, si, par hasard, on lui disait que nous nous sommes vus, quoique bien innocemment, à la face de mille personnes... Adieu, je suis forte, voyez-vous!... »

Elle s'essuya les yeux en faisant ce que dans la rhétorique des femmes on doit appeler une antithèse en action.

« Laissez-moi rire du rire des damnés avec les indifférents qui m'amusent, reprit-elle. Je vois des artistes, des écrivains, le monde que j'ai connu chez notre pauvre Camille Maupin, qui certes a peut-être eu raison! Enrichir celui qu'on aime, et disparaître en se disant : " Je suis trop vieille pour lui! " c'est finir en martyre. Et c'est ce qu'il y a de mieux quand on ne peut pas finir en vierge. »

Et elle se mit à rire, comme pour détruire l'impression triste qu'elle avait dû donner à son adorateur.

« Mais, dit Calyste, où puis-je vous aller voir?

— Je me suis cachée rue de Chartres [200], devant le parc de Monceau, dans un petit hôtel conforme à ma fortune, et je m'y bourre la tête de littérature, mais pour moi seule, pour me distraire. Dieu me garde de la manie de ces dames!... Allez, sortez, laissez-moi, je ne veux pas occuper de moi le monde, et que ne dirait-on pas en nous voyant? D'ailleurs, tenez, Calyste, si vous restiez encore un instant, je pleurerais tout à fait. »

Calyste se retira, mais après avoir tendu la main à Béatrix, et avoir éprouvé pour la seconde fois la sensation profonde, étrange, d'une double pression pleine de chatouillements séducteurs.

« Mon Dieu? Sabine n'a jamais su me remuer le cœur ainsi », fut une pensée qui l'assaillit dans le corridor.

Pendant le reste de la soirée, la marquise de Rochefide ne jeta pas trois regards directs à Calyste; mais il y eut des regards de côté qui furent autant de déchirements d'âme pour un homme tout entier à son premier amour repoussé.

Quand le baron du Guénic se vit chez lui, la splendeur de ses appartements le fit songer à l'espèce de médiocrité dont avait parlé Béatrix, et il prit sa fortune en haine de ce qu'elle ne pouvait appartenir à l'ange déchu. Quand il apprit que Sabine était depuis longtemps couchée, il fut fort heureux de se trouver riche d'une nuit pour vivre avec ses émotions. Il maudit alors la divination que l'amour donnait à Sabine. Lorsque, par aventure, un homme est adoré de sa femme, elle lit sur ce visage comme dans un livre, elle connaît les moindres tressaillements des muscles, elle sait d'où vient le calme, elle se demande compte de la plus légère tristesse, et recherche si c'est elle qui la cause, elle étudie les yeux; pour elle, les yeux se teignent de la pensée dominante, ils aiment ou ils n'aiment pas. Calyste se savait l'objet d'un culte si profond, si naïf, si jaloux, qu'il douta de pouvoir se composer une figure discrète sur le changement survenu dans son moral. « Comment ferai-je, demain matin?... » se dit-il en s'endormant, et redoutant l'espèce d'inspection à laquelle se livrait Sabine. En abordant Calyste, et même parfois dans la journée, Sabine lui demandait : « M'aimes-tu toujours? » Ou bien : « Je ne t'ennuie pas? » Interrogations gracieuses, variées selon le caractère ou l'esprit des femmes, et qui cachent leurs angoisses ou feintes ou réelles.

Il vient à la surface des cœurs les plus nobles et les plus purs des boues soulevées par les ouragans. Ainsi, le lendemain matin, Calyste, qui certes aimait son enfant, tressaillit de joie en apprenant que Sabine guettait la cause de quelques convulsions en craignant le croup et qu'elle ne voulait pas quitter le petit Calyste. Le baron prétexta d'une affaire et sortit en évitant de déjeuner à la maison. Il s'échappa comme s'échappent les prisonniers, heureux d'aller à pied, de marcher par le pont Louis XVI [201] et les Champs-Élysées, vers un café du boulevard où il se plut à déjeuner en garçon. Qu'y a-t-il donc dans l'amour? La nature regimbe-t-elle sous le joug social? la nature veut-elle que l'élan de la vie donnée soit spontané, libre, que ce soit le cours d'un torrent fougueux, brisé par les rochers de la contradiction, de la coquetterie, au lieu d'être une eau coulant tranquillement entre les deux rives de la Mairie, de l'Église? A-t-elle ses desseins quand elle couve ces éruptions volcaniques auxquelles sont dus les grands hommes peut-être? Il eût été difficile de trouver un jeune homme élevé plus saintement que Calyste, de mœurs plus pures, moins souillé d'irréligion, et il bondissait vers une femme indigne de lui, quand un clément, un radieux hasard lui avait présenté dans la baronne du Guénic une jeune fille d'une beauté vraiment aristocratique, d'un esprit fin et délicat, pieuse, aimante et attachée uniquement à lui, d'une douceur angélique encore attendrie par l'amour, par un amour passionné malgré le mariage, comme l'était le sien pour Béatrix. Peut-être les hommes les plus grands ont-ils gardé dans leur constitution un peu d'argile, la fange leur plaît encore. L'être le moins imparfait serait donc alors la femme, malgré ses fautes et ses déraisons. Néanmoins Mme de Rochefide, au milieu du cortège de prétentions poétiques qui l'entourait, et malgré sa chute, appartenait à la plus haute noblesse, elle offrait une nature plus éthérée que fangeuse, et cachait la courtisane qu'elle se proposait d'être sous les dehors les plus aristocratiques. Ainsi, cette explication ne rendrait pas compte de l'étrange passion de Calyste. Peut-être en trouverait-on la raison dans une vanité si profondément enterrée que les moralistes n'ont pas encore découvert ce côté du vice. Il est des hommes pleins de noblesse comme Calyste, beaux comme Calyste, riches et distingués, bien élevés qui se fatiguent à leur insu peut-être d'un mariage avec une nature semblable à la leur, des êtres dont la noblesse ne s'étonne pas de la noblesse, que la grandeur et la délicatesse toujours consonnant à la leur laissent dans le calme et qui vont chercher auprès des natures inférieures ou tombées la sanction de leur supériorité, si toutefois ils ne vont pas leur mendier des éloges. Le contraste de la décadence morale et du sublime divertit leurs regards. Le pur brille tant dans le voisinage de l'impur ! Cette contradiction amuse. Calyste n'avait rien à protéger dans Sabine, elle était irréprochable, les forces perdues de son cœur allaient toutes vibrer chez Béatrix. Si des grands hommes ont joué sous nos yeux ce rôle de Jésus relevant la femme adultère, pourquoi les gens ordinaires seraient-ils plus sages ?

Calyste atteignit à l'heure de deux heures en vivant sur cette phrase : Je vais la revoir ! un poème qui souvent a défrayé des voyages de sept cents lieues [202] !... Il alla d'un pas leste jusqu'à la rue de Courcelles [203], il reconnut la maison quoiqu'il ne l'eût jamais vue, et il resta, lui, le gendre du duc de Grandlieu, lui riche, lui noble comme les Bourbons, au bas de l'escalier, arrêté par la question d'un vieux valet. « Le nom de monsieur ? » Calyste comprit qu'il devait laisser à Béatrix son libre arbitre, et il examina le jardin, les murs ondés par les lignes noires et jaunes que produisent les pluies sur les plâtres de Paris.

Mme de Rochefide, comme presque toutes les grandes dames qui rompent leur chaîne[204], s'était enfuie en laissant à son mari sa fortune, elle n'avait pas voulu tendre la main à son tyran. Conti, Mlle des Touches avaient évité les ennuis de la vie matérielle à Béatrix, à qui sa mère fit d'ailleurs à plusieurs reprises passer quelques sommes. En se trouvant seule, elle fut obligée à des économies assez rudes pour une femme habituée au luxe. Elle avait donc grimpé sur le sommet de la colline où s'étale le parc de Monceau, et s'était réfugiée dans une ancienne petite maison de grand seigneur située sur la rue, mais accompagnée d'un charmant petit jardin, et dont le loyer ne dépassait pas dix-huit cents francs. Néanmoins, toujours servie par un vieux domestique, par une femme de chambre et par une cuisinière d'Alençon attachés à son infortune, sa misère aurait constitué l'opulence de bien des bourgeoises ambitieuses. Calyste monta par un escalier dont les marches en pierre avaient été poncées et dont les paliers étaient pleins de fleurs. Au premier étage le vieux valet ouvrit, pour introduire le baron dans l'appartement, une double porte en velours rouge, à losanges de soie rouge et à clous dorés. La soie, le velours tapissaient les pièces par lesquelles Calyste passa. Des tapis de couleurs sérieuses, des draperies entrecroisées aux fenêtres, les portières, tout à l'intérieur contrastait avec la mesquinerie de l'extérieur mal entretenu par le propriétaire. Calyste attendit Béatrix dans un salon d'un style sobre, où le luxe s'était fait simple. Cette pièce, tendue de velours couleur grenat rehaussé par des soieries d'un jaune mat, à tapis rouge foncé, dont les fenêtres ressemblaient à des serres, tant les fleurs abondaient dans les jardinières, était éclairée par un jour si faible qu'à peine Calyste vit-il sur la cheminée deux vases en vieux céladon[205] rouge, entre lesquels brillait une coupe d'argent attribuée à Benvenuto Cellini, rapportée d'Italie par Béatrix. Les meubles en bois doré garnis en velours, les magnifiques consoles sur une desquelles était une pendule curieuse, la table à tapis de Perse, tout attestait une ancienne opulence dont les restes avaient été bien disposés. Sur un petit meuble, Calyste aperçut des bijoux, un livre commencé dans lequel scintillait le manche orné de pierreries d'un poignard qui servait de coupoir, symbole de la critique. Enfin, sur le mur, dix aquarelles richement encadrées, qui toutes représentaient les chambres à coucher des diverses habitations où sa vie errante avait fait séjourner Béatrix, donnaient la mesure d'une impertinence supérieure. Le froufrou d'une robe de soie annonça l'infortunée qui se montra dans une toilette étudiée, et qui certes aurait dit à un roué qu'on l'attendait. La robe, taillée en robe de chambre pour laisser entrevoir un coin de la blanche poitrine, était en moire gris perle, à grandes manches ouvertes d'où les bras sortaient couverts d'une double manche à bouffants divisés par des lisérés, et garnie de dentelles au bout. Les beaux cheveux que le peigne avait fait foisonner s'échappaient de dessous un bonnet de dentelle et de fleurs.

« Déjà ?... dit-elle en souriant. Un amant n'aurait

pas un tel empressement. Vous avez alors des secrets à me dire, n'est-ce pas? »

Et elle se posa sur une causeuse en invitant par un geste Calyste à se mettre près d'elle. Par un hasard cherché peut-être (car les femmes ont deux mémoires, celle des anges et celle des démons), Béatrix exhalait le parfum dont elle se servait aux Touches lors de sa rencontre avec Calyste. La première aspiration de cette odeur, le contact de cette robe, le regard de ces yeux qui, dans ce demi-jour, attiraient la lumière pour la renvoyer, tout fit perdre la tête à Calyste. Le malheureux retrouva cette violence qui déjà faillit tuer Béatrix; mais, cette fois, la marquise était au bord d'une causeuse, et non de l'Océan, elle se leva pour aller sonner, en posant un doigt sur ses lèvres. A ce signe, Calyste rappelé à l'ordre se contint, il comprit que Béatrix n'avait aucune intention belliqueuse.

« Antoine, je n'y suis pour personne, dit-elle au vieux domestique. Mettez du bois dans le feu. — Vous voyez, Calyste, que je vous traite en ami, reprit-elle avec dignité quand le vieillard fut sorti, ne me traitez pas en maîtresse. J'ai deux observations à vous faire. D'abord, je ne me disputerais pas sottement à un homme aimé; puis je ne veux plus être à aucun homme au monde, car j'ai cru, Calyste, être aimée par une espèce de Rizzio[206] qu'aucun engagement n'enchaînait, par un homme entièrement libre, et vous voyez où cet entraînement fatal m'a conduite? Vous, vous êtes sous l'empire du plus saint des devoirs, vous avez une femme jeune, aimable, délicieuse; enfin, vous êtes père. Je serais, comme vous l'êtes, sans excuse et nous serions deux fous...

— Ma chère Béatrix, toutes ces raisons tombent devant un mot : je n'ai jamais aimé que vous au monde, et l'on m'a marié malgré moi.

— Un tour que nous a joué Mlle des Touches », dit-elle en souriant.

Trois heures se passèrent pendant lesquelles Mme de Rochefide maintint Calyste dans l'observation de la foi conjugale en lui posant l'horrible ultimatum d'une renonciation radicale à Sabine. Rien ne la rassurerait, disait-elle, dans la situation horrible où la mettrait l'amour de Calyste. Elle regardait d'ailleurs le sacrifice de Sabine comme peu de chose, elle la connaissait bien !

« C'est, mon cher enfant, une femme qui tient toutes les promesses de la fille. Elle est bien Grandlieu, brune comme sa mère la Portugaise, pour ne pas dire orange, et sèche comme son père. Pour dire la vérité, votre femme ne sera jamais perdue, c'est un grand garçon qui peut aller tout seul. Pauvre Calyste, est-ce là la femme qu'il vous fallait ? Elle a de beaux yeux, mais ces yeux-là sont communs en Italie, en Espagne et en Portugal. Peut-on avoir de la tendresse avec des formes si maigres ? Ève est blonde, les femmes brunes descendent d'Adam, les blondes tiennent de Dieu dont la main a laissé sur Ève sa dernière pensée, une fois la création accomplie. »

Vers six heures, Calyste, au désespoir, prit son chapeau pour s'en aller.

« Oui, va-t'en, mon pauvre ami, ne lui donne pas le chagrin de dîner sans toi !... »

Calyste resta. Si jeune, il était si facile à prendre par ses côtés mauvais.

« Vous oseriez dîner avec moi? dit Béatrix en jouant un étonnement provocateur, ma maigre chère ne vous effrayerait pas, et vous auriez assez d'indépendance pour me combler de joie par cette petite preuve d'affection.

— Laissez-moi seulement, dit-il, écrire un petit mot à Sabine, car elle m'attendrait jusqu'à neuf heures.

— Tenez, voici la table où j'écris », dit Béatrix.

Elle alluma les bougies elle-même, et en apporta une sur la table afin de lire ce qu'écrirait Calyste.

« Ma chère Sabine...

— Ma chère! Votre femme vous est encore chère? dit-elle en le regardant d'un air froid à lui geler la moelle dans les os. Allez! allez dîner avec elle!...

— Je dîne au cabaret avec des amis...

— Un mensonge. Fi! vous êtes indigne d'être aimé par elle ou par moi!... Les hommes sont tous lâches avec nous! Allez, monsieur, allez dîner avec votre chère Sabine. »

Calyste se renversa sur le fauteuil, et y devint pâle comme la mort. Les Bretons possèdent une nature de courage qui les porte à s'entêter dans les difficultés. Le jeune baron se redressa, se campa le coude sur la table, le menton dans la main, et regarda d'un œil étincelant l'implacable Béatrix. Il fut si superbe, qu'une femme du Nord ou du Midi serait tombée à ses genoux en lui disant : « Prends-moi! » Mais Béatrix, née sur la lisière de la Normandie et de la Bretagne, appartenait à la race des Casteran, l'abandon avait développé chez elle les férocités du Franc, la méchanceté du Normand, il lui fallait un éclat terrible pour vengeance, elle ne céda point à ce sublime mouvement.

« Dictez ce que je dois écrire, j'obéirai, dit le pauvre garçon. Mais alors...

— Eh bien, oui, dit-elle, car tu m'aimeras encore comme tu m'aimais à Guérande. Écris : Je dîne en ville, ne m'attendez pas!

— Et..., dit Calyste qui crut à quelque chose de plus.

— Rien, signez. Bien, dit-elle en sautant sur ce poulet avec une joie contenue, je vais faire envoyer cela par un commissionnaire.

— Maintenant..., s'écria Calyste en se levant comme un homme heureux.

— Ah! j'ai gardé, je crois, mon libre arbitre?... » dit-elle en se retournant et s'arrêtant à mi-chemin de la table à la cheminée où elle alla sonner. « Tenez, Antoine, faites porter ce mot à son adresse. Monsieur dîne ici. »

Calyste rentra vers deux heures du matin à son hôtel. Après avoir attendu jusqu'à minuit et demi, Sabine s'était couchée, accablée de fatigue; elle dormait quoiqu'elle eût été vivement atteinte par le laconisme du billet de son mari; mais elle l'expliqua!... l'amour vrai commence chez la femme par expliquer tout à l'avantage de l'homme aimé. « Calyste était pressé », se dit-elle. Le lendemain matin, l'enfant allait bien, les inquiétudes de la mère étaient calmées, Sabine vint en riant avec le petit Calyste dans ses bras, le présenter au père quelques moments avant le déjeuner en faisant de ces jolies folies, en disant ces paroles bêtes que font et que disent les jeunes mères. Cette petite scène conjugale permit à Calyste d'avoir une contenance, il fut charmant avec sa femme, tout en pensant qu'il était un monstre. Il joua comme un enfant avec M. le chevalier, il joua trop même, il outra son rôle, mais Sabine n'en était pas arrivée à ce degré de défiance auquel une femme peut reconnaître une nuance si délicate.

Enfin, au déjeuner, Sabine demanda : « Qu'as-tu donc fait hier?

— Portenduère, répondit-il, m'a gardé à dîner et nous sommes allés au club jouer quelques parties de whist.

— C'est une sotte vie, mon Calyste, répliqua Sabine. Les jeunes gentilshommes de ce temps-ci devraient penser à reconquérir dans leur pays tout le terrain perdu par leurs pères. Ce n'est pas en fumant des cigares, faisant le whist, désœuvrant encore leur oisiveté, s'en tenant à dire des impertinences aux parvenus qui les chassent de toutes leurs positions, se séparant des masses auxquelles ils devraient servir d'âme, d'intelligence, en être la providence, que vous existerez [207]. Au lieu d'être un parti, vous ne serez plus qu'une opinion, comme a dit de Marsay [208]. Ah! si tu savais combien mes pensées se sont élargies depuis que j'ai bercé, nourri ton enfant. Je voudrais voir devenir historique ce vieux nom de du Guénic! » Tout à coup, plongeant son regard dans les yeux de Calyste qui l'écoutait d'un air pensif, elle lui dit : « Avoue que le premier billet que tu m'auras écrit est un peu sec.

— Je n'ai pensé à te prévenir qu'au club.

— Tu m'as cependant écrit sur du papier de femme, il sentait une odeur féminine.

— Ils sont si drôles les directeurs de club!... »

Le vicomte de Portenduère et sa femme, un charmant ménage, avaient fini par devenir intimes avec les du Guénic au point de payer leur loge aux Italiens par moitié. Les deux jeunes femmes, Ursule et Sabine, avaient été conviées à cette amitié par le délicieux échange de conseils, de soins, de confidences à propos des enfants. Pendant que Calyste, assez novice en mensonge, se disait : « Je vais aller prévenir Savinien », Sabine se disait : « Il me semble que le papier porte une couronne!... » Cette réflexion passa comme un éclair dans cette conscience, et Sabine se gourmanda de l'avoir faite; mais elle se proposa de chercher le papier que, la veille, au milieu des terreurs auxquelles elle était en proie, elle avait jeté dans sa boîte aux lettres.

Après le déjeuner, Calyste sortit en disant à sa femme qu'il allait rentrer, il monta dans une de ces petites voitures basses à un cheval par lesquelles on commençait à remplacer l'incommode cabriolet de nos ancêtres. Il courut en quelques minutes rue des Saints-Pères où demeurait le vicomte, qu'il pria de lui rendre le petit service de mentir à charge de revanche, dans le cas où Sabine questionnerait la vicomtesse. Une fois dehors, Calyste, ayant préalablement demandé la plus grande vitesse, alla de la rue des Saints-Pères à la rue de Chartres en quelques minutes, il voulait voir comment Béatrix avait passé le reste de la nuit. Il trouva l'heureuse infortunée sortie du bain, fraîche, embellie, et déjeunant de fort bon appétit. Il admira la grâce avec laquelle cet ange mangeait des œufs à la coque, et s'émerveilla du déjeuner en or, présent d'un lord mélomane à qui Conti fit quelques romances pour lesquelles le lord *avait donné ses idées* et qui les avait publiées comme de lui. Il écouta quelques traits piquants dits par son idole dont la grande affaire était de l'amuser tout en se fâchant et pleurant au moment où il partait. Il crut n'être resté qu'une demi-heure, et il ne rentra chez lui qu'à trois heures. Son beau cheval anglais, un cadeau de la vicomtesse de Grandlieu [209], semblait sortir de l'eau tant il était trempé de sueur. Par un hasard que préparent toutes les femmes jalouses, Sabine stationnait à une fenêtre donnant sur la cour, impatiente de ne pas voir rentrer Calyste, inquiète sans savoir pourquoi. L'état du cheval dont la bouche écumait la frappa. « D'où vient-il ? » Cette interrogation lui fut soufflée dans l'oreille par cette puissance qui n'est pas la conscience, qui n'est pas le démon, qui n'est pas l'ange ; mais qui voit, qui pressent, qui nous montre l'inconnu, qui fait croire à des êtres moraux, à des créatures nées dans notre cerveau, allant et venant, vivant dans la sphère invisible des idées.

« D'où viens-tu donc, cher ange ? dit-elle à Calyste au-devant de qui elle descendit jusqu'au premier palier de l'escalier. Abd-el-Kader est presque fourbu, tu ne devais être qu'un instant dehors, et je t'attends depuis trois heures... »

« Allons, se dit Calyste qui faisait des progrès dans la dissimulation, je m'en tirerai par un cadeau. » « Chère nourrice, répondit-il tout haut à sa femme en la prenant par la taille avec plus de câlinerie qu'il n'en eût déployé s'il n'eût pas été coupable, je le vois, il est impossible d'avoir un secret, quelque innocent qu'il soit, pour une femme qui nous aime...

— On ne se dit pas de secrets dans un escalier, répondit-elle en riant. Viens. »

Au milieu du salon qui précédait la chambre à coucher, elle vit dans une glace la figure de Calyste qui ne se sachant pas observé laissait paraître sa fatigue et ses vrais sentiments en ne souriant plus.

« Le secret!... dit-elle en se retournant.

— Tu as été d'un héroïsme de nourrice qui me rend plus cher encore l'héritier présomptif des du Guénic, et j'ai voulu te faire une surprise, absolument comme un bourgeois de la rue Saint-Denis. On finit en ce moment pour toi une toilette à laquelle ont travaillé des artistes, ma mère et ma tante Zéphirine y ont contribué... »

Sabine enveloppa Calyste de ses bras, le tint serré sur son cœur, la tête dans son cou, faiblissant sous le poids du bonheur, non pas à cause de la toilette, mais à cause du premier soupçon dissipé. Ce fut un de ces élans magnifiques qui se comptent et que ne peuvent pas prodiguer tous les amours, même excessifs, car la vie serait trop promptement brûlée. Les hommes devraient alors tomber aux pieds des femmes pour les adorer, car c'est un sublime où les forces du cœur et de l'intelligence se versent comme les eaux des nymphes architecturales jaillissent des urnes inclinées. Sabine fondit en larmes.

Tout à coup, comme mordue par une vipère, elle

quitta Calyste, alla se jeter sur un divan, et s'y évanouit, car la réaction subite du froid sur son cœur enflammé faillit la tuer. En tenant ainsi Calyste, en plongeant le nez dans sa cravate, abandonnée qu'elle était à sa joie, elle avait senti l'odeur du papier de la lettre!... Une autre tête de femme avait roulé là, dont les cheveux et la figure laissaient une odeur adultère. Elle venait de baiser la place où les baisers de sa rivale étaient encore chauds!...

« Qu'as-tu?... dit Calyste après avoir rappelé Sabine à la vie en lui passant sur le visage un linge mouillé.

— Allez chercher mon médecin et mon accoucheur, tous deux! Oui, j'ai, je le sens, une révolution de lait... Ils ne viendront à l'instant que si vous les en priez vous-même... »

Le *vous* frappa Calyste qui, tout effrayé, sortit précipitamment. Dès que Sabine entendit la porte cochère se fermant, elle se leva comme une biche effrayée, elle tourna dans son salon comme une folle en criant : « Mon Dieu! mon Dieu! mon Dieu! » Ces deux mots tenaient lieu de toutes ses idées. La crise qu'elle avait annoncée comme prétexte eut lieu. Ses cheveux devinrent dans sa tête autant d'aiguilles rougies au feu des névroses [210]. Son sang bouillonnant lui parut à la fois se mêler à ses nerfs et vouloir sortir par ses pores! Elle fut aveugle pendant un moment. Elle cria : « Je meurs! »

Quand, à ce terrible cri de mère et de femme attaquée, sa femme de chambre entra; quand, prise et portée au lit, elle eut recouvré la vue et l'esprit, le premier éclair de son intelligence fut pour envoyer cette fille chez son amie, Mme de Portenduère. Sabine sentit ses idées tourbillonnant dans sa tête comme des fétus emportés par une trombe. « J'en ai vu, disait-elle plus tard, des myriades à la fois. » Elle sonna le valet de chambre, et, dans le transport de la fièvre, elle eut la force d'écrire la lettre suivante, car elle était dominée par une rage, celle d'avoir une certitude!...

À MADAME LA BARONNE DU GUÉNIC

« Chère maman, quand vous viendrez à Paris, comme vous nous l'avez fait espérer, je vous remercierai moi-même du beau présent par lequel vous avez voulu, vous, ma tante Zéphirine et Calyste, me remercier d'avoir accompli mes devoirs. J'étais déjà bien payée par mon propre bonheur!... Je renonce à vous exprimer le plaisir que m'a fait cette charmante toilette, c'est quand vous serez près de moi que je vous le dirai. Croyez qu'en me parant devant ce bijou, je penserai toujours, comme la dame romaine [211], que ma plus belle parure est notre cher petit ange, etc. »

Elle fit mettre à la poste pour Guérande cette lettre par sa femme de chambre. Quand la vicomtesse de Portenduère entra, le frisson d'une fièvre épouvantable succédait chez Sabine à ce premier paroxysme de folie.

« Ursule, il me semble que je vais mourir, lui dit-elle.

— Qu'avez-vous, ma chère?

— Qu'est-ce que Savinien et Calyste ont donc fait hier après avoir dîné chez vous?

— Quel dîner? repartit Ursule à qui son mari n'avait encore rien dit en ne croyant pas à une enquête immédiate. Savinien et moi, nous avons dîné hier ensemble et nous sommes allés aux Italiens, sans Calyste.

— Ursule, ma chère petite, au nom de votre amour pour Savinien, gardez-moi le secret sur ce que tu viens de me dire et sur ce que je te dirai de plus. Toi seule sauras de quoi je meurs... Je suis trahie, au bout de la troisième année, à vingt-deux ans et demi!... »

Ses dents claquaient, elle avait les yeux gelés, ternes, son visage prenait des teintes verdâtres et l'apparence d'une vieille glace de Venise.

« Vous, si belle!... Et pour qui?...

— Je ne sais pas! Mais Calyste m'a fait deux mensonges... Pas un mot! Ne me plains pas, ne te courrouce pas, fais l'ignorante, tu sauras peut-être *qui* par Savinien. Oh! la lettre d'hier!... » Et grelottant, et en chemise, elle s'élança vers un petit meuble et y prit la lettre. « Une couronne de marquise! dit-elle en se remettant au lit. Sache si Mme de Rochefide est à Paris?... J'aurai donc un cœur où pleurer, où gémir!... Oh! ma petite, voir ses croyances, sa poésie, son idole, sa vertu, son bonheur, tout, tout en pièces, flétri, perdu!... Plus de Dieu dans le ciel! plus d'amour sur terre, plus de vie au cœur, plus rien... Je ne sais s'il fait jour, je doute du soleil... Enfin, j'ai tant de douleur au cœur que je ne sens presque pas les atroces souffrances qui me labourent le sein et la figure. Heureusement le petit est sevré, mon lait l'eût empoisonné! »

A cette idée, un torrent de larmes jaillit des yeux de Sabine jusque-là secs.

La jolie Mme de Portenduère, tenant à la main la lettre fatale que Sabine avait une dernière fois flairée, restait comme hébétée devant cette vraie douleur, saisie par cette agonie de l'amour, sans se l'expliquer, malgré les récits incohérents par lesquels Sabine essaya de tout raconter. Tout à coup Ursule fut illuminée par une de ces idées qui ne viennent qu'aux amies sincères.

« Il faut la sauver! » se dit-elle. « Attends-moi, Sabine, lui cria-t-elle, je vais savoir la vérité.

— Ah! dans ma tombe, je t'aimerai, toi!... » cria Sabine.

La vicomtesse alla chez la duchesse de Grandlieu, lui demanda le plus profond silence et la mit au courant de la situation de Sabine.

« Madame, dit la vicomtesse en terminant, n'êtes-vous pas d'avis que pour éviter une affreuse maladie, et, peut-être, que sais-je? la folie!... nous devons tout confier au médecin, et inventer au profit de cet affreux Calyste des fables qui pour le moment le rendent innocent.

— Ma chère petite, dit la duchesse à qui cette confidence avait donné froid au cœur, l'amitié vous a prêté pour un moment l'expérience d'une femme de mon âge. Je sais comment Sabine aime son mari, vous avez raison, elle peut devenir folle.

— Mais elle peut, ce qui serait pis, perdre sa beauté! dit la vicomtesse.

— Courons! » cria la duchesse.

La vicomtesse et la duchesse gagnèrent fort heureusement quelques instants sur le fameux accoucheur Dommanget, le seul des deux savants que Calyste eût rencontré.

« Ursule m'a tout confié, dit la duchesse à sa fille, et tu te trompes... D'abord Béatrix n'est pas à Paris... Quant à ce que ton mari, mon ange, a fait hier, il a perdu beaucoup d'argent, et il ne sait où en prendre pour payer ta toilette...

— Et cela?... dit-elle à sa mère en tendant la lettre.

— Cela! s'écria la duchesse en riant, c'est le papier du Jockey-Club, tout le monde écrit sur du papier à couronne, bientôt nos épiciers seront titrés... »

La prudente mère lança dans le feu le papier malencontreux. Quand Calyste et Dommanget arrivèrent, la duchesse, qui venait de donner des instructions aux gens, en fut avertie, elle laissa Sabine aux soins de Mme de Portenduère, et arrêta dans le salon l'accoucheur et Calyste.

« Il s'agit de la vie de Sabine, monsieur, dit-elle à Calyste, vous l'avez trahie pour Mme de Rochefide... »

Calyste rougit comme une jeune fille encore honnête prise en faute.

« Et, dit la duchesse en continuant, comme vous ne savez pas tromper, vous avez fait tant de gaucheries que Sabine a tout deviné; mais j'ai tout réparé. Vous ne voulez pas la mort de ma fille, n'est-ce pas?... Tout ceci, monsieur Dommanget, vous met sur la voie de la vraie maladie et de sa cause... Quant à vous, Calyste, une vieille femme comme moi conçoit votre erreur, mais sans la pardonner. De tels pardons s'achètent par toute une vie de bonheur. Si vous voulez que je vous estime, sauvez d'abord ma fille; puis oubliez Mme de Rochefide, elle n'est bonne à avoir qu'une fois!... sachez mentir, ayez le courage du criminel et son impudence. J'ai bien menti, moi, qui serai forcée de faire de rudes pénitences pour ce péché mortel!... »

Et elle le mit au fait des mensonges qu'elle venait d'inventer. L'habile accoucheur, assis au chevet de la malade, étudiait déjà dans les symptômes les moyens de parer au mal. Pendant qu'il ordonnait des mesures dont le succès dépendait de la plus grande rapidité dans l'exécution, Calyste assis au pied du lit tint ses yeux sur Sabine en essayant de donner une vive expression de tendresse à son regard.

« C'est donc le jeu qui vous a cerné les yeux comme ça?... » dit-elle d'une voix faible.

Cette phrase fit frémir le médecin, la mère et la vicomtesse qui s'entre-regardèrent à la dérobée. Calyste devint rouge comme une cerise.

« Voilà ce que c'est que de nourrir, dit spirituellement et brutalement Dommanget. Les maris s'ennuient d'être séparés de leurs femmes, ils vont au club, et ils y jouent... Mais ne regrettez pas les trente mille francs que M. le baron a perdus cette nuit-ci.

— Trente mille francs!... s'écria bien niaisement Ursule.

— Oui, je le sais, répliqua Dommanget. On m'a dit ce matin chez la jeune duchesse Berthe de

Maufrigneuse que c'est M. de Trailles qui vous les a gagnés, dit-il à Calyste. Comment pouvez-vous jouer avec un pareil homme? Franchement, M. le baron, je conçois votre honte. »

En voyant sa belle-mère, une pieuse duchesse, la jeune vicomtesse, une femme heureuse, et un vieil accoucheur, un égoïste, mentant comme des marchands de curiosités, le bon et noble Calyste comprit la grandeur du péril, et il lui coula deux grosses larmes qui trompèrent Sabine.

« Monsieur, dit-elle en se dressant sur son séant et regardant Dommanget avec colère, M. du Guénic peut perdre trente, cinquante, cent mille francs s'il lui plaît, sans que personne ait à le trouver mauvais et à lui donner de leçons. Il vaut mieux que M. de Trailles lui ait gagné de l'argent que nous, nous en ayons gagné à M. de Trailles. »

Calyste se leva, prit sa femme par le cou, la baisa sur les deux joues, et lui dit à l'oreille : « Sabine, tu es un ange!... »

Deux jours après, on regarda la jeune femme comme sauvée. Le lendemain Calyste était chez Mme de Rochefide, et s'y faisait un mérite de son infamie.

« Béatrix, lui disait-il, vous me devez le bonheur. Je vous ai livré ma pauvre petite femme, elle a tout découvert. Ce fatal papier sur lequel vous m'avez fait écrire, et qui portait votre nom et votre couronne que je n'ai pas vus!... Je ne voyais que vous!... Le chiffre heureusement, votre B., était effacé par hasard. Mais le parfum que vous avez laissé sur moi, mais les mensonges dans lesquels je me suis entortillé comme un sot ont trahi mon bonheur. Sabine a failli mourir, le lait est monté à la tête, elle a un érysipèle, peut-être en portera-t-elle les marques pendant toute sa vie... »

En écoutant cette tirade, Béatrix eut une figure plein Nord à faire prendre la Seine si elle l'avait regardée.

« Eh bien, tant mieux, répondit-elle, ça vous la blanchira peut-être. »

Et Béatrix, devenue sèche comme ses os, inégale comme son teint, aigre comme sa voix, continua sur ce ton par une kyrielle d'épigrammes atroces. Il n'y a pas de plus grande maladresse pour un mari que de parler de sa femme quand elle est vertueuse à sa maîtresse, si ce n'est de parler de sa maîtresse quand elle est belle à sa femme. Mais Calyste n'avait pas encore reçu cette espèce d'éducation parisienne qu'il faut nommer la politesse des passions. Il ne savait ni mentir à sa femme ni dire à sa maîtresse la vérité, deux apprentissages à faire pour pouvoir conduire les femmes. Aussi fut-il obligé d'employer toute la puissance de la passion pour obtenir de Béatrix un pardon sollicité pendant deux heures, refusé par un ange courroucé qui levait les yeux au plafond pour ne pas voir le coupable, et qui débitait les raisons particulières aux marquises d'une voix parsemée de petites larmes très ressemblantes, furtivement essuyées avec la dentelle du mouchoir.

« Me parler de votre femme presque le lendemain de ma faute!... Pourquoi ne me dites-vous pas qu'elle est une perle de vertu! Je le sais, elle vous trouve beau par admiration! en voilà de la dépravation! Moi, j'aime votre âme! car, sachez-le bien, mon cher, vous êtes affreux, comparé à certains pâtres de la campagne de Rome! » etc.

Cette phraséologie peut surprendre, mais elle constituait un système profondément médité par Béatrix. A sa troisième incarnation, car à chaque passion une femme devient tout autre, elle s'avance d'autant dans la rouerie, seul mot qui rende bien l'effet de l'expérience que donnent de telles aventures. Or, la marquise de Rochefide s'était jugée à son miroir. Les femmes d'esprit ne s'abusent jamais sur elles-mêmes; elles comptent leurs rides, elles assistent à la naissance de la patte d'oie, elles voient poindre leurs grains de millet, elles se savent par cœur, et le disent même trop par la grandeur de leurs efforts à se conserver. Aussi, pour lutter avec une splendide jeune femme, pour remporter sur elle six triomphes par semaine, Béatrix avait-elle demandé ses avantages à la science des courtisanes. Sans s'avouer la noirceur de ce plan, entraînée à l'emploi de ces moyens par une passion turque pour le beau Calyste, elle s'était promis de lui faire croire qu'il était disgracieux, laid, mal fait, et de se conduire comme si elle le haïssait. Nul système n'est plus fécond avec les hommes d'une nature conquérante. Pour eux, trouver ce savant dédain à vaincre, n'est-ce pas le triomphe du premier jour recommencé tous les lendemains? C'est mieux, c'est la flatterie cachée sous la livrée de la haine, et lui devant la grâce, la vérité dont sont revêtues toutes les métamorphoses par les sublimes poètes inconnus qui les ont inventées. Un homme ne se dit-il pas alors : « Je suis irrésistible! » ou « J'aime bien, car je dompte sa répugnance ». Si vous niez ce principe deviné par les coquettes et les courtisanes de toutes les zones sociales, nions les pourchasseurs de science, les chercheurs de secrets, repoussés pendant des années dans leur duel avec les causes secrètes. Béatrix avait doublé l'emploi du mépris comme piston moral, de la comparaison perpétuelle d'un chez soi poétique, confortable, opposé par elle à l'hôtel du Guénic. Toute épouse délaissée qui s'abandonne abandonne aussi son intérieur, tant elle est découragée. Dans cette prévision, Mme de Rochefide commençait de sourdes attaques sur le luxe du faubourg Saint-Germain, qualifié de sot par elle. La scène de la réconciliation, où Béatrix fit rejurer haine à l'épouse qui jouait, dit-elle, la comédie du lait répandu, se passa dans un vrai bocage où elle minaudait environnée de fleurs ravissantes, de jardinières d'un luxe effréné. La science des riens, des bagatelles à la mode, elle la poussa jusqu'à l'abus chez elle. Tombée en plein mépris par l'abandon de Conti, Béatrix voulait du moins la gloire que donne la perversité. Le malheur d'une jeune épouse, d'une Grandlieu riche et belle, allait être un piédestal pour elle.

Quand une femme revient de la nourriture de son premier enfant à la vie ordinaire, elle reparaît charmante, elle retourne au monde embellie. Si cette phase de la maternité rajeunit les femmes d'un certain âge, elle donne aux jeunes une splendeur pimpante, une activité gaie, un *brio* d'existence, s'il est permis d'appliquer au corps le mot que l'Italie a trouvé pour l'esprit. En essayant de reprendre les charmantes coutumes de la lune de miel, Sabine ne retrouva plus le même Calyste. Elle observa, la malheureuse, au lieu de se livrer au bonheur. Elle chercha le fatal parfum et le sentit. Enfin elle ne se confia plus ni à son amie ni à sa mère qui l'avaient si charitablement trompée. Elle voulut une certitude, et la Certitude ne se fit pas attendre, la Certitude ne manque jamais, elle est comme le soleil, elle exige bientôt des stores. C'est en amour une répétition de la fable du bûcheron appelant la Mort, on demande à la Certitude de nous aveugler.

Un matin, quinze jours après la première crise, Sabine reçut cette lettre terrible.

À MADAME LA BARONNE DU GUÉNIC

Guérande.

« Ma chère fille, ma belle-sœur Zéphirine et moi, nous nous sommes perdues en conjectures sur la toilette dont parle votre lettre, j'en écris à Calyste et je vous prie de me pardonner notre ignorance. Vous ne pouvez pas douter de nos cœurs. Nous vous amassons des trésors. Grâce aux conseils de Mlle de Pen-Hoël sur la gestion de vos biens, vous vous trouverez dans quelques années un capital considérable, sans que vos revenus en aient souffert.

« Votre lettre, chère fille aussi aimée que si je vous avais portée dans mon sein et nourrie de mon lait, m'a surprise par son laconisme et surtout par votre silence sur mon cher petit Calyste ; vous n'aviez rien à me dire du grand, je le sais heureux ; mais, etc... »

Sabine mit sur cette lettre en travers : *La noble Bretagne ne peut pas être tout entière à mentir !...* Et elle posa la lettre sur le bureau de Calyste. Calyste trouva la lettre et la lut. Après avoir reconnu l'écriture et la ligne de Sabine, il jeta la lettre au feu, bien résolu de ne l'avoir jamais reçue. Sabine passa toute une semaine en des angoisses dans le secret desquelles seront les âmes angéliques ou solitaires que l'aile du mauvais ange n'a jamais effleurées. Le silence de Calyste épouvantait Sabine.

« Moi qui devais être tout douceur, tout plaisir pour lui, je lui ai déplu, je l'ai blessé!... Ma vertu s'est faite haineuse, j'ai sans doute humilié mon idole! » se disait-elle. Ces pensées lui creusèrent des sillons dans le cœur. Elle voulait demander pardon de cette faute, mais la Certitude lui décocha de nouvelles preuves. Hardie et insolente, Béatrix écrivit un jour à Calyste chez lui, Mme du Guénic reçut la lettre, la remit à son mari sans l'avoir ouverte; mais elle lui dit, la mort dans l'âme, et la voix altérée : « Mon ami, cette lettre vient du Jockey-Club... Je reconnais l'odeur et le papier... »

Cette fois Calyste rougit et mit la lettre dans sa poche.

« Pourquoi ne la lis-tu pas?...

— Je sais ce qu'on me veut. »

La jeune femme s'assit. Elle n'eut plus la fièvre, elle ne pleura plus; mais elle eut une de ces rages qui, chez ces faibles créatures, enfantent les miracles du crime, qui leur mettent l'arsenic à la main, ou pour elles ou pour leurs rivales. On amena le petit Calyste, elle le prit pour le dodiner. L'enfant, nouvellement sevré, chercha le sein à travers la robe.

« Il se souvient, lui!... » dit-elle tout bas.

Calyste alla lire sa lettre chez lui. Quand il ne fut plus là, la pauvre jeune femme fondit en larmes, mais comme les femmes pleurent quand elles sont seules.

La douleur, de même que le plaisir, a son initiation. La première crise, comme celle à laquelle Sabine avait failli succomber, ne revient pas plus que ne reviennent les prémices en toute chose. C'est le premier coin de la question du cœur, les autres sont attendus, le brisement des nerfs est connu, le capital de nos forces a fait son versement pour une énergique résistance. Aussi Sabine, sûre de la trahison, passa-t-elle trois heures avec son fils dans les bras, au coin de son feu, de manière à s'étonner quand Gasselin, devenu valet de chambre, vint dire : « Madame est servie.

— Avertissez monsieur.

— Monsieur ne dîne pas ici, madame la baronne. »

Sait-on tout ce qu'il y a de tortures pour une jeune femme de vingt-trois ans, dans le supplice de se trouver seule au milieu de l'immense salle à manger d'un hôtel antique, servie par de silencieux domestiques, en de pareilles circonstances?

« Attelez, dit-elle tout à coup, je vais aux Italiens. »

Elle fit une toilette splendide, elle voulut se montrer seule, et souriant comme une femme heureuse. Au milieu des remords causés par l'apostille mise sur la lettre, elle avait résolu de vaincre, de ramener Calyste par une excessive douceur, par les vertus de l'épouse, par une tendresse d'agneau pascal. Elle voulut mentir à tout Paris. Elle aimait, elle aimait comme aiment les courtisanes et les anges, avec orgueil, avec humilité. Mais on donnait *Otello !* Quand Rubini chanta : *Il mio cor si divide*[212], elle se sauva. La musique est souvent plus puissante que le poète et que l'acteur, les deux plus formidables natures réunies. Savinien de Portenduère accompagna Sabine jusqu'au péristyle et la mit en voiture, sans pouvoir s'expliquer cette fuite précipitée.

Mme du Guénic entra dès lors dans une période de souffrances particulières à l'aristocratie. Envieux, pauvres, souffrants, quand vous voyez aux bras des femmes ces serpents d'or à têtes de diamant, ces colliers, ces agrafes, dites-vous que ces vipères mordent, que ces colliers ont des pointes venimeuses, que ces liens si légers entrent au vif dans ces chairs délicates. Tout ce luxe se paie. Dans la situation de Sabine les femmes maudissent les plaisirs de la richesse, elles n'aperçoivent plus les dorures de leurs salons, la soie des divans est de l'étoupe, les fleurs exotiques sont des orties, les parfums puent, les miracles de la cuisine grattent le gosier comme du pain d'orge, et la vie prend l'amertume de la mer Morte. Deux ou trois exemples peindront[213] cette réaction d'un salon ou d'une femme sur un bonheur, de manière à ce que toutes celles qui l'ont subie y retrouvent leurs impressions de ménage. Prévenue de cette affreuse rivalité, Sabine étudia son mari quand il sortait pour deviner l'avenir de la journée. Et avec quelle fureur contenue une femme ne se jette-t-elle pas sur les pointes rouges de ces supplices de Sauvage?... Quelle joie délirante s'il n'allait pas rue de Chartres! Calyste rentrait-il? l'observation du front, de la coiffure, des yeux, de la physionomie et du maintien prêtait un horrible intérêt à des riens, à des remarques poursuivies jusque dans les profondeurs de la toilette, et qui font alors perdre à une femme sa noblesse et sa dignité. Ces funestes investigations, gardées au fond du cœur, s'y aigrissaient et y corrompaient les racines délicates d'où s'épanouissent les fleurs bleues de la sainte confiance, les étoiles d'or de l'amour unique, toutes les fleurs du souvenir.

Un jour, Calyste regarda tout chez lui de mauvaise humeur, il y restait! Sabine se fit chatte et humble, gaie et spirituelle.

« Tu me boudes, Calyste, je ne suis donc pas une bonne femme?... Qu'y a-t-il ici qui te déplaise? demanda-t-elle.

— Tous ces appartements sont froids et nus, dit-il, vous ne vous entendez pas à ces choses-là.

— Que manque-t-il?

— Des fleurs. »

« Bien, se dit en elle-même Sabine, il paraît que Mme de Rochefide aime les fleurs. »

Deux jours après, les appartements avaient changé de face à l'hôtel du Guénic, personne à Paris ne pouvait se flatter d'avoir de plus belles fleurs que celles qui les ornaient.

Quelque temps après, Calyste, un soir après dîner, se plaignit du froid. Il se tordait sur sa causeuse en regardant d'où venait l'air, en cherchant quelque chose autour de lui. Sabine fut pendant un certain temps à deviner ce que signifiait cette nouvelle fantaisie, elle dont l'hôtel avait un calorifère qui chauffait les escaliers, les antichambres et les couloirs. Enfin, après trois jours de méditations, elle trouva que sa rivale devait être entourée d'un paravent pour obtenir le demi-jour si favorable à la décadence de son visage, et elle eut un paravent, mais en glaces et d'une richesse israélite.

« D'où soufflera l'orage maintenant? » se disait-elle. Elle n'était pas au bout des critiques indirectes de la maîtresse. Calyste mangea chez lui d'une façon à rendre Sabine folle, il rendait au domestique ses assiettes après y avoir *chipoté* deux ou trois bouchées.

« Ce n'est donc pas bon? demanda Sabine au désespoir de voir ainsi perdus tous les soins auxquels elle descendait en conférant avec son cuisinier.

— Je ne dis pas cela, mon ange, répondit Calyste sans se fâcher, je n'ai pas faim! voilà tout. »

Une femme dévorée d'une passion légitime, et qui lutte ainsi, se livre à une sorte de rage pour l'emporter sur sa rivale, et dépasse souvent le but, jusque dans les régions secrètes du mariage. Ce combat si cruel, ardent, incessant dans les choses apercevables et pour ainsi dire extérieures du ménage, se poursuivait tout aussi acharné dans les choses du cœur. Sabine étudiait ses poses, sa toilette, elle se surveillait dans les infiniment petits de l'amour.

L'affaire de la cuisine dura près d'un mois. Sabine, secourue par Mariotte et Gasselin, inventa des ruses de vaudeville pour savoir quels étaient les plats que Mme de Rochefide servait à Calyste.

Gasselin remplaça le cocher de Calyste, tombé malade par ordre, Gasselin put alors camarader avec la cuisinière de Béatrix, et Sabine finit par donner à Calyste la même chère et meilleure, mais elle lui vit faire de nouvelles façons.

« Que manque-t-il donc?... demanda-t-elle.

— Rien », répondit-il en cherchant sur la table un objet qui ne s'y trouvait pas.

« Ah! s'écria Sabine le lendemain en s'éveillant, Calyste voulait de ces hannetons pilés, de ces ingrédients anglais qui se servent dans des pharmacies en forme d'huiliers, Mme de Rochefide l'accoutume à toutes sortes de piments! »

Elle acheta l'huilier anglais et ses flacons ardents[214]; mais elle ne pouvait pas poursuivre de telles découvertes jusque dans toutes les préparations inventées par sa rivale.

Cette période dura pendant quelques mois, l'on ne s'en étonnera pas si l'on songe aux attraits que présente une lutte. C'est la vie, elle est préférable avec ses blessures et ses douleurs aux noires ténèbres du dégoût, au poison du mépris, au néant de l'abdication, à cette mort du cœur qui s'appelle l'indifférence. Tout son courage abandonna néanmoins Sabine un soir qu'elle se montra dans une toilette comme en inspire aux femmes le désir de l'emporter sur une autre, et que Calyste lui dit en riant : « Tu auras beau faire, Sabine, tu ne seras jamais qu'une belle Andalouse!

— Hélas! répondit-elle en tombant sur sa causeuse, je ne pourrai jamais être blonde; mais je sais, si cela continue, que j'aurai bientôt trente-cinq ans. »

Elle refusa d'aller aux Italiens, elle voulut rester chez elle pendant toute la soirée. Seule, elle arracha les fleurs de ses cheveux et trépigna dessus, elle se déshabilla, foula sa robe, son écharpe, toute sa toilette aux pieds, absolument comme une chèvre prise dans le lacet de sa corde qui ne s'arrête en se débattant que quand elle sent la mort. Et elle se coucha. La femme de chambre entra, qu'on juge de son étonnement.

« Ce n'est rien, dit Sabine, c'est Monsieur! »

Les femmes malheureuses ont de ces sublimes fatuités, de ces mensonges où de deux hontes qui se combattent la plus féminine a le dessus.

A ce jeu terrible, Sabine maigrit, le chagrin la rongea; mais elle ne sortit jamais du rôle qu'elle s'était imposé. Soutenue par une sorte de fièvre, ses lèvres refoulaient les mots amers jusque dans sa gorge quand la douleur lui en suggérait, elle réprimait les éclairs de ses magnifiques yeux noirs, et les rendait doux jusqu'à l'humilité. Enfin son dépérissement fut bientôt sensible. La duchesse, excellente mère, quoique sa dévotion fût devenue de plus en plus portugaise, aperçut une cause mortelle dans l'état véritablement maladif où se complaisait Sabine. Elle savait l'intimité réglée existant entre Béatrix et Calyste. Elle eut soin d'attirer sa fille chez elle pour essayer de panser les plaies de ce cœur, et de l'arracher surtout à son martyre; mais Sabine garda pendant quelque temps le plus profond silence sur ses malheurs en craignant qu'on n'intervînt entre elle et Calyste. Elle se disait heureuse!... Au bout du malheur, elle retrouvait sa fierté, toutes ses vertus! Mais, après un mois pendant lequel Sabine fut caressée par sa sœur Clotilde et par sa mère, elle avoua ses chagrins, confia ses douleurs, maudit la vie, et déclara qu'elle voyait venir la mort avec une joie délirante. Elle pria Clotilde, qui voulait rester fille, de se faire la mère du petit Calyste, le plus bel enfant que jamais race royale eût pu désirer pour héritier présomptif.

Un soir, en famille, entre sa jeune sœur Athénaïs dont le mariage avec le vicomte de Grandlieu devait se faire à la fin du carême, entre Clotilde et la duchesse, Sabine jeta les cris suprêmes de l'agonie du cœur, excités par l'excès d'une dernière humiliation.

« Athénaïs, dit-elle en voyant partir vers les onze heures le jeune vicomte Juste de Grandlieu, tu vas te marier, que mon exemple te serve. Garde-toi comme d'un crime de déployer tes qualités, résiste au plaisir de t'en parer pour plaire à Juste. Sois calme, digne et froide, mesure le bonheur que tu donneras sur celui que tu recevras! C'est infâme, mais c'est nécessaire. Vois?... je péris par mes qualités. Tout ce que je me sens de beau, de saint, de grand, toutes mes vertus sont des écueils sur lesquels s'est brisé mon bonheur. Je cesse de plaire parce que je n'ai pas trente-six ans! Aux yeux de certains hommes, c'est une infériorité que la jeunesse! Il n'y a rien à deviner sur une figure naïve. Je ris franchement, et c'est un tort! quand, pour séduire, on doit savoir préparer ce demi-sourire mélancolique des anges tombés qui sont forcés de cacher des dents longues et jaunes. Un teint frais est monotone! l'on préfère un enduit de poupée fait avec du rouge, du blanc de baleine et du *cold cream*[215]. J'ai de la droiture, et c'est la perversité qui plaît! Je suis loyalement passionnée comme une honnête femme, et il faudrait être manégée, tricheuse et façonnière comme une comédienne de province. Je suis ivre du bonheur d'avoir pour mari l'un des plus charmants hommes de France, je lui dis naïvement combien il est distingué, combien ses mouvements sont gracieux, je le trouve beau; pour lui plaire il faudrait détourner la tête avec une feinte horreur, ne rien aimer de l'amour, et lui dire que sa distinction est tout bonnement un air maladif, une tournure de poitrinaire, lui vanter les épaules de l'Hercule Farnèse, le mettre en colère et me défendre, comme si j'avais besoin d'une lutte pour cacher au moment du bonheur quelques-unes de ces imperfections qui peuvent tuer l'amour. J'ai le malheur d'admirer les belles choses, sans songer à me rehausser par la critique amère et envieuse de tout ce qui reluit de poésie et de beauté. Je n'ai pas besoin de me faire dire en vers et en prose, par Canalis et Nathan, que je suis une intelligence supérieure! Je suis une pauvre enfant naïve, je ne connais que Calyste. Ah! si j'avais couru le monde comme *elle*, si j'avais comme *elle* dit : « Je t'aime! » dans toutes les langues de l'Europe, on me consolerait, on me plaindrait, on m'adorerait, et je servirais le régal macédonien d'un amour cosmopolite! On ne vous sait gré de vos tendresses que quand vous les avez mises en relief par des méchancetés. Enfin, moi, noble femme, il faut que je m'instruise de toutes les impuretés, de tous les calculs des *filles!*... Et Calyste qui est la dupe de ces singeries!... Oh! ma mère! oh! ma chère Clotilde, je me sens blessée à mort. Ma fierté est une trompeuse égide, je suis sans défense contre la douleur, j'aime toujours mon mari comme une folle, et pour le ramener à moi, je devrais emprunter à l'indifférence toutes ses clartés.

— Niaise, lui dit à l'oreille Clotilde, aie l'air de vouloir te venger...

— Je veux mourir irréprochable, et sans l'apparence d'un tort, répondit Sabine. Notre vengeance doit être digne de notre amour.

— Mon enfant, dit la duchesse à sa fille, une mère doit voir la vie un peu plus froidement que tu ne la vois. L'amour n'est pas le but, mais le moyen de la famille; ne va pas imiter cette pauvre petite baronne de Macumer[216]. La passion excessive est inféconde et mortelle. Enfin, Dieu nous envoie les afflictions en connaissance de cause... Voici le mariage d'Athénaïs arrangé, je vais pouvoir m'occuper de toi... J'ai déjà causé de la crise délicate où tu te trouves avec ton père et le duc de Chaulieu, avec d'Ajuda, nous trouverons bien les moyens de te ramener Calyste...

— Avec la marquise de Rochefide, il y a de la ressource! dit Clotilde en souriant à sa sœur, elle ne garde pas longtemps ses adorateurs.

— D'Ajuda, mon ange, reprit la duchesse, a été le beau-frère de M. de Rochefide[217]... Si notre cher directeur approuve les petits manèges auxquels il faut se livrer pour faire réussir le plan que j'ai soumis à ton père, je puis te garantir le retour de Calyste. Ma conscience répugne à se servir de pareils moyens, et je veux les soumettre au jugement de l'abbé Brossette. Nous n'attendrons pas, mon enfant, que tu sois *in extremis* pour venir à ton secours. Aie bon espoir! ton chagrin est si grand ce soir que mon secret m'échappe; mais il m'est impossible de ne pas te donner un peu d'espérance.

— Cela fera-t-il du chagrin à Calyste? demanda Sabine en regardant la duchesse avec inquiétude.

— Oh! mon Dieu! serai-je donc aussi bête que cela! s'écria naïvement Athénaïs.

— Ah! petite fille, tu ne connais pas les défilés dans lesquels nous précipite la vertu, quand elle se laisse guider par l'amour », répondit Sabine en faisant une espèce de fin de couplet tant elle était égarée par le chagrin.

Cette phrase fut dite avec une amertume si pénétrante que la duchesse éclairée par le ton, par l'accent, par le regard de Mme du Guénic, crut à quelque malheur caché.

« Mes enfants, il est minuit, allez..., dit-elle à ses deux filles dont les yeux s'animaient.

— Malgré mes trente-six ans, je suis donc de trop? » demanda railleusement Clotilde. Et pendant qu'Athénaïs embrassait sa mère, elle se pencha sur Sabine et lui dit à l'oreille : « Tu me diras quoi!... J'irai demain dîner avec toi. Si ma mère trouve sa conscience compromise, moi, je te dégagerai Calyste des mains des infidèles. »

« Eh bien, Sabine, dit la duchesse en emmenant sa fille dans sa chambre à coucher, voyons, qu'y a-t-il de nouveau, mon enfant?

— Eh! maman, je suis perdue!

— Et pourquoi?

— J'ai voulu l'emporter sur cette horrible femme, j'ai vaincu, je suis grosse, et Calyste l'aime tellement que je prévois un abandon complet. Lorsque l'infidélité qu'il a faite sera prouvée, *elle* deviendra furieuse! Ah! je subis de trop grandes tortures pour pouvoir y résister. Je sais quand il y va, je l'apprends par sa joie; puis sa maussaderie me dit quand il en revient. Enfin il ne se gêne plus, je lui suis insupportable. Elle a sur lui une influence aussi malsaine que le sont en elle le corps et l'âme. Tu verras [218], elle exigera, pour prix de quelque raccommodement, un délaissement public, une rupture dans le genre de la sienne, elle me l'emmènera peut-être en Suisse, en Italie. Il commence à trouver ridicule de ne pas connaître l'Europe, je devine ce que veulent dire ces paroles jetées en avant. Si Calyste n'est pas guéri d'ici à trois mois, je ne sais pas ce qu'il adviendra... je le sais, je me tuerai!

— Malheureux enfant! et ton âme! Le suicide est un péché mortel.

— Comprenez-vous, elle est capable de lui donner un enfant! Et si Calyste aimait plus celui de cette femme que les miens, oh! là est le terme de ma patience et de ma résignation. »

Elle tomba sur une chaise, elle avait livré les dernières pensées de son cœur, elle se trouvait sans douleur cachée, et la douleur est comme cette tige de fer que les sculpteurs mettent au sein de leur glaise, elle soutient, c'est une force!

« Allons, rentre chez toi, pauvre affligée. En présence de tant de malheurs, l'abbé me donnera sans doute l'absolution des péchés véniels que les ruses du monde nous obligent à commettre. Laisse-moi, ma fille, dit-elle en allant à son prie-Dieu, je vais implorer Notre-Seigneur et la Sainte Vierge pour toi, plus spécialement. Adieu, ma chère Sabine, n'oublie aucun de tes devoirs religieux, surtout, si tu veux que nous réussissions...

— Nous aurons beau triompher, ma mère, nous ne sauverons que la Famille. Calyste a tué chez moi la sainte ferveur de l'amour en me blasant sur tout, même sur la douleur. Quelle lune de miel que celle où j'ai trouvé dès le premier jour l'amertume d'un adultère rétrospectif! »

Le lendemain matin, vers une heure après-midi, l'un des curés du faubourg Saint-Germain désigné pour un des évêchés vacants en 1840, siège trois fois refusé par lui, l'abbé Brossette, un des prêtres les plus distingués du clergé de Paris, traversait la cour de l'hôtel de Grandlieu, de ce pas qu'il faudrait nommer un pas ecclésiastique, tant il peint la prudence, le mystère, le calme, la gravité, la dignité même. C'était un homme petit et maigre, d'environ cinquante ans, à visage blanc comme celui d'une vieille femme, froidi par les jeûnes du prêtre, creusé par toutes les souffrances qu'il épousait. Deux yeux noirs, ardents de foi, mais adoucis par une expression plus mystérieuse que mystique, animaient cette face d'apôtre. Il souriait presque en montant les marches du perron, tant il se méfiait de l'énormité des cas qui le faisaient appeler par son ouaille; mais, comme la main de la duchesse était trouée pour les aumônes, elle valait bien le temps que volaient ses innocentes confessions aux sérieuses misères de la paroisse. En entendant annoncer le curé, la duchesse se leva, fit quelques pas vers lui dans le salon, distinction qu'elle n'accordait qu'aux cardinaux, aux évêques, aux simples prêtres, aux duchesses plus âgées qu'elle et aux personnes de sang royal.

« Mon cher abbé, dit-elle en lui désignant elle-même un fauteuil et parlant à voix basse, j'ai besoin de l'autorité de votre expérience avant de me lancer dans une assez méchante intrigue, mais d'où doit résulter un grand bien, et je désire savoir de vous si je trouverai dans la voie du salut des épines à ce propos...

— Madame la duchesse, répondit l'abbé Brossette, ne mêlez pas les choses spirituelles et les choses mondaines, elles sont souvent inconciliables. D'abord, de quoi s'agit-il?

— Vous savez, ma fille Sabine se meurt de chagrin, M. du Guénic la laisse pour Mme de Rochefide.

— C'est bien affreux, c'est grave; mais vous savez ce que dit à ce sujet notre cher saint François de Sales. Enfin songez à Mme Guyon[219] qui se plaignait du défaut de mysticisme des preuves de l'amour conjugal, elle eût été très heureuse de voir une Mme de Rochefide à son mari.

— Sabine ne déploie que trop de douceur, elle n'est que trop bien l'épouse chrétienne; mais elle n'a pas le moindre goût pour le mysticisme.

— Pauvre jeune femme! dit malicieusement le curé. Qu'avez-vous trouvé pour remédier à ce malheur?

— J'ai commis le péché, mon cher directeur, de penser à lâcher à Mme de Rochefide un joli petit monsieur, volontaire, plein de mauvaises qualités, et qui certes ferait renvoyer mon gendre.

— Ma fille, nous ne sommes pas ici, dit-il en se caressant le menton, au tribunal de la pénitence, je n'ai pas à vous traiter en juge. Au point de vue du monde, j'avoue que ce serait décisif...

— Ce moyen m'a paru vraiment odieux!... reprit-elle...

— Et pourquoi? Sans doute le rôle d'une chrétienne est bien plutôt de retirer une femme perdue de la mauvaise voie que de l'y pousser plus avant; mais quand on s'y trouve aussi loin qu'y est Mme de Rochefide, ce n'est plus le bras de l'homme, c'est celui de Dieu qui ramène ces pécheresses, il leur faut des coups de foudre particuliers.

— Mon père, reprit la duchesse, je vous remercie de votre indulgence; mais j'ai songé que mon gendre est brave et breton, il a été héroïque lors de l'échauffourée de cette pauvre MADAME[220]. Or, si le jeune étourdi qui se chargera d'aimer Mme de Rochefide avait des démêlés avec Calyste, qu'il s'ensuivît quelque duel...

— Vous avez eu là, madame la duchesse, une sage pensée, et qui prouve que, dans ces voies tortueuses, on trouve toujours des pierres d'achoppement.

— J'ai découvert un moyen, mon cher abbé, de faire un grand bien, de retirer Mme de Rochefide de la voie fatale où elle est, de rendre Calyste à sa femme, et peut-être de sauver de l'enfer une pauvre créature égarée...

— Mais alors, à quoi bon me consulter? dit le curé souriant.

— Ah! reprit la duchesse, il faut se permettre des actions assez laides...

— Vous ne voulez voler personne?

— Au contraire, je dépenserai vraisemblablement beaucoup d'argent.

— Vous ne calomniez pas? vous ne...

— Oh!

— Vous ne nuirez pas à votre prochain?

— Hé, hé! je ne sais pas trop.

— Voyons votre nouveau plan? dit l'abbé devenu curieux.

— Si, au lieu de faire chasser un clou par un autre, pensai-je à mon prie-Dieu après avoir imploré la Sainte Vierge de m'éclairer, je faisais renvoyer Calyste par M. de Rochefide en lui persuadant de reprendre sa femme; au lieu de prêter les mains au mal pour opérer le bien chez ma fille, j'opérerais un grand bien par un autre bien non moins grand... »

Le curé regarda la Portugaise et resta pensif.

« C'est évidemment une idée qui vous est venue de si loin que...

— Aussi, reprit la bonne et humble duchesse, ai-je remercié la Vierge! Et j'ai fait vœu, sans compter une neuvaine, de donner douze cents francs à une famille pauvre, si je réussissais. Mais quand j'ai communiqué ce plan à M. de Grandlieu, il s'est mis à rire et m'a dit : " A vos âges, ma parole d'honneur, je crois que vous avez un diable pour vous toutes seules. "

— M. le duc a dit en mari la réponse que je vous faisais quand vous m'avez interrompu, reprit l'abbé qui ne put s'empêcher de sourire.

— Ah ! mon père, si vous approuvez l'idée, approuverez-vous les moyens d'exécution ? Il s'agit de faire chez une certaine Mme Schontz, une Béatrix du quartier Saint-Georges, ce que je voulais faire chez Mme de Rochefide pour que le marquis reprît sa femme.

— Je suis certain que vous ne pouvez rien faire de mal, dit spirituellement le curé qui ne voulut savoir rien de plus en trouvant le résultat nécessaire. Vous me consulteriez d'ailleurs dans le cas où votre conscience murmurerait, ajouta-t-il. Si, au lieu de donner à cette dame de la rue Saint-Georges une nouvelle occasion de scandale, vous lui donniez un mari ?...

— Ah ! mon cher directeur, vous avez rectifié la seule chose mauvaise qui se trouvât dans mon plan. Vous êtes digne d'être archevêque, et j'espère ne pas mourir sans vous dire Votre Éminence.

— Je ne vois à tout ceci qu'un inconvénient, reprit le curé.

— Lequel ?

— Si Mme de Rochefide allait garder M. le baron tout en revenant à son mari ?

— Ceci me regarde, dit la duchesse. Quand on fait peu d'intrigues, on les fait...

— Mal, très mal, reprit l'abbé, l'habitude est nécessaire en tout. Tâchez de racoler un de ces mauvais sujets qui vivent dans l'intrigue, et employez-le, sans vous montrer.

— Ah ! monsieur le curé, si nous nous servons de l'enfer, le ciel sera-t-il avec nous ?...

— Vous n'êtes pas à confesse, répéta l'abbé, sauvez votre enfant ! »

La bonne duchesse, enchantée de son curé, le reconduisit jusqu'à la porte du salon.

Un orage grondait, comme on le voit, sur M. de Rochefide qui jouissait en ce moment de la plus grande somme de bonheur que puisse désirer un Parisien, en se trouvant chez Mme Schontz tout aussi mari que chez Béatrix; et, comme l'avait judicieusement dit le duc à sa femme, il paraissait impossible de déranger une si charmante et si complète existence. Cette présomption oblige à de légers détails sur la vie que menait M. de Rochefide, depuis que sa femme en avait fait un *Homme abandonné*[221]. On comprendra bien alors l'énorme différence que nos lois et nos mœurs mettent, chez les deux sexes, entre la même situation. Tout ce qui tourne en malheur pour une femme abandonnée se change en bonheur chez un homme abandonné. Ce contraste frappant inspirera peut-être à plus d'une jeune femme la résolution de rester dans son ménage, et d'y lutter comme Sabine du Guénic en pratiquant à son choix les vertus les plus assassines ou les plus inoffensives.

Quelques jours après l'escapade de Béatrix, Arthur de Rochefide, devenu fils unique par suite de la mort de sa sœur, première femme du marquis d'Ajuda-Pinto qui n'en eut pas d'enfants, se vit maître d'abord de l'hôtel de Rochefide, rue d'Anjou-Saint-Honoré, puis de deux cent mille francs de rente que lui laissa son père. Cette opulente succession, ajoutée à la fortune qu'Arthur possédait en se mariant, porta ses revenus, y compris la fortune de sa femme, à mille francs par jour. Pour un gentilhomme doté du caractère que Mlle des

Touches a peint en quelques mots à Calyste, cette fortune était déjà le bonheur. Pendant que sa femme était à la charge de l'amour et de la maternité, Rochefide jouissait d'une immense fortune; mais il ne la dépensait pas plus qu'il ne dépensait son esprit. Sa bonne grosse vanité, déjà satisfaite d'une encolure de bel homme à laquelle il avait dû quelques succès dont il s'autorisa pour mépriser les femmes, se donnait également pleine carrière dans le domaine de l'intelligence. Doué de cette sorte d'esprit qu'il faut appeler réflecteur, il s'appropriait les saillies d'autrui, celles des pièces de théâtre ou des petits journaux par la manière de les redire; il semblait s'en moquer, il les répétait *en charge*, il les appliquait comme formules de critique; enfin sa gaieté militaire (il avait servi dans la Garde royale) en assaisonnait si à propos la conversation, que les femmes sans esprit le proclamaient homme spirituel, et les autres n'osaient pas les contredire. Ce système, Arthur le poursuivait en tout; il devait à la nature le commode génie de l'imitation sans être singe, il imitait gravement. Ainsi, quoique sans goût, il savait toujours adopter et toujours quitter les modes le premier. Accusé de passer un peu trop de temps à sa toilette et de porter un corset, il offrait le modèle de ces gens qui ne déplaisent jamais à personne en épousant sans cesse les idées et les sottises de tout le monde, et qui, toujours à cheval sur la circonstance, ne vieillissent point. C'est les héros de la médiocrité. Ce mari fut plaint, on trouva Béatrix inexcusable d'avoir quitté le meilleur enfant de la terre, et le ridicule n'atteignit que la femme. Membre de tous les clubs, souscripteur à toutes les niaiseries qu'enfantent le patriotisme ou l'esprit de parti mal entendus, complaisance qui le faisait mettre en première ligne à propos de tout, ce loyal, ce brave et très sot gentilhomme, à qui malheureusement tant de riches ressemblent, devait naturellement vouloir se distinguer par quelque manie à la mode. Il se glorifiait donc principalement d'être le sultan d'un sérail à quatre pattes gouverné par un vieil écuyer anglais, et qui par mois absorbait de quatre à cinq mille francs. Sa spécialité consistait à *faire courir*, il protégeait la race chevaline, il soutenait une revue consacrée à la question hippique ; mais il se connaissait médiocrement en chevaux, et depuis la bride jusqu'aux fers il s'en rapportait à son écuyer. C'est assez vous dire que ce demi-garçon n'avait rien en propre, ni son esprit, ni son goût, ni sa situation, ni ses ridicules ; enfin sa fortune lui venait de ses pères ! Après avoir dégusté tous les déplaisirs du mariage, il fut si content de se retrouver garçon, qu'il disait entre amis : « Je suis né coiffé ! » Heureux surtout de vivre sans les dépenses de représentation auxquelles les gens mariés sont astreints, son hôtel, où depuis la mort de son père il n'avait rien changé, ressemblait à ceux dont les maîtres sont en voyage, il y demeurait peu, il n'y mangeait pas, il y couchait rarement. Voici la raison de cette indifférence.

Après bien des aventures amoureuses, ennuyé des femmes du monde qui sont véritablement ennuyeuses et qui plantent aussi par trop de haies d'épines sèches autour du bonheur, il s'était marié, comme on va le voir, avec la célèbre Mme Schontz, célèbre dans le monde des Fanny Beaupré, des Suzanne du Val-Noble, des Mariette, des Florentine, des Jenny Cadine, etc. Ce monde, de qui l'un de nos dessinateurs [222] a dit spirituellement en en montrant le tourbillon au bal de l'Opéra : « Quand on pense que tout ça se loge, s'habille et vit bien, voilà qui donne une crâne idée de l'homme! » ce monde si dangereux a déjà fait irruption dans cette histoire des mœurs par les figures typiques de Florine et de l'illustre Malaga d'*Une fille d'Ève* et de *La Fausse Maîtresse;* mais, pour le peindre avec fidélité, l'historien doit proportionner le nombre de ces personnages à la diversité des dénouements de leurs singulières existences qui se terminent par l'indigence sous sa plus hideuse forme, par des morts prématurées, par l'aisance, par d'heureux mariages, et quelquefois par l'opulence.

Mme Schontz, d'abord connue sous le nom de la Petite-Aurélie pour la distinguer d'une de ses rivales beaucoup moins spirituelle qu'elle, appartenait à la classe la plus élevée de ces femmes dont l'utilité sociale ne peut être révoquée en doute ni par le préfet de la Seine, ni par ceux qui s'intéressent à la prospérité de la ville de Paris. Certes, le Rat taxé de démolir des fortunes souvent hypothétiques rivalise bien plutôt avec le castor. Sans les Aspasies [223] du quartier Notre-Dame de Lorette, il ne se bâtirait pas tant de maisons à Paris. Pionniers des plâtres neufs, elles vont remorquées par la Spéculation le long des collines de Montmartre, plantant les piquets de leurs tentes, soit dit sans jeu de mots, dans ces solitudes de moellons sculptés qui meublent les rues européennes d'Amsterdam, de Milan, de Stockholm, de Londres, de Moscou, steppes architecturales où le vent fait mugir d'innombrables écriteaux qui en accusent le vide par ces mots : *Appartements à louer!* La situation de ces dames se détermine par celle qu'elles prennent dans ces quartiers apocryphes ; si leur maison se rapproche de la ligne tracée par la rue de Provence, la femme a des rentes, son budget est prospère ; mais cette femme s'élève-t-elle vers la ligne des boulevards extérieurs, remonte-t-elle vers la ville affreuse des Batignolles, elle est sans ressources. Or, quand M. de Rochefide rencontra Mme Schontz, elle occupait le troisième étage de la seule maison qui existât rue de Berlin, elle campait donc sur la lisière du malheur et sur celle de Paris. Cette femme-fille ne se nommait, vous devez le pressentir, ni Schontz ni Aurélie! Elle cachait le nom de son père, un vieux soldat de l'Empire, l'éternel colonel qui fleurit à l'aurore de ces existences féminines soit comme père, soit comme séducteur. Mme Schontz avait joui de l'éducation gratuite de Saint-Denis, où l'on élève admirablement les jeunes personnes, mais qui n'offre aux jeunes personnes ni maris ni débouchés au sortir de cette école, *admirable création* de l'Empereur à laquelle il ne manque qu'une seule chose : l'Empereur! « Je serai là, pour pourvoir les filles de mes légionnaires », répondit-il à l'observation d'un de ses ministres qui prévoyait l'avenir. Napoléon avait dit aussi : « Je serai là! » pour les membres de l'Institut à qui l'on devrait ne donner aucun appointement plutôt que de leur envoyer *quatre-vingt-trois francs* par mois, traitement inférieur à celui de certains garçons de bureau. Aurélie était bien réellement la fille de l'intrépide colonel Schiltz, un chef de ces audacieux partisans alsaciens qui faillirent sauver l'Empereur dans la campagne de France, et qui mourut à Metz, pillé, volé, ruiné. En 1814, Napoléon mit à Saint-Denis la petite Joséphine Schiltz, alors âgée de neuf ans. Orpheline de père et de mère, sans asile, sans ressources, cette pauvre enfant ne fut pas chassée de l'établissement au second retour des Bourbons. Elle y fut sous-maîtresse jusqu'en 1827; mais alors la patience lui manqua, sa beauté la séduisit. A sa majorité, Joséphine Schiltz, la filleule de l'impératrice, aborda la vie aventureuse des courtisanes, conviée à ce douteux avenir par l'exemple fatal de quelques-unes de ses camarades, comme elle sans ressources, et qui s'applaudissaient de leur résolution. Elle substitua un *on* à l'*il* du nom paternel et se plaça sous le patronage de sainte Aurélie. Vive, spirituelle, instruite, elle fit plus de fautes que celles de ses stupides compagnes dont les écarts eurent toujours l'intérêt pour base. Après avoir connu des écrivains pauvres mais malhonnêtes, spirituels mais endettés; après avoir essayé de quelques gens riches aussi calculateurs que niais, après avoir sacrifié le solide à l'amour vrai, s'être permis toutes les écoles où s'acquiert l'expérience, en un jour d'extrême misère où chez Valentino, cette première étape de Musard, elle dansait vêtue d'une robe, d'un chapeau, d'une mantille d'emprunt, elle attira l'attention d'Arthur, venu là pour voir le fameux galop [224]! Elle fanatisa par son esprit ce gentilhomme qui ne savait plus à quelle passion se vouer; et, alors, deux ans après avoir été quitté par Béatrix dont l'esprit l'humiliait assez souvent, le marquis ne fut blâmé par personne de se marier au treizième arrondissement de Paris [225] avec une Béatrix d'occasion.

Esquissons ici les quatre saisons de ce bonheur. Il est nécessaire de montrer que la théorie du mariage au treizième arrondissement en enveloppe également tous les administrés. Soyez marquis et quadragénaire, ou sexagénaire et marchand retiré, six fois millionnaire ou rentier (voir *Un début dans la vie*), grand seigneur ou bourgeois, la stratégie de la passion, sauf les différences inhérentes aux zones sociales, ne varie pas. Le cœur et la caisse sont toujours en rapports exacts et définis. Enfin, vous estimerez les difficultés que la duchesse devait rencontrer dans l'exécution de son plan charitable.

On ne sait pas quelle est en France la puissance des mots sur les gens ordinaires, ni quel mal font les gens d'esprit qui les inventent. Ainsi, nul teneur de livres ne pourrait supputer le chiffre des sommes qui sont restées improductives, verrouillées au fond des cœurs généreux et des caisses par cette ignoble phrase : « *Tirer une carotte!...* » Ce mot est devenu si populaire qu'il faut bien lui permettre de salir cette page. D'ailleurs, en pénétrant dans le treizième arrondissement, il faut bien en accepter le patois pittoresque. M. de Rochefide, comme tous les petits esprits, avait toujours peur d'être *carotté*. Le substantif s'est fait verbe. Dès le début de sa passion pour Mme Schontz, Arthur fut sur ses gardes, et fut alors très *rat,* pour employer un autre mot aux ateliers de bonheur et aux ateliers de peinture. Le mot *rat,* quand il s'applique à une jeune fille, signifie le convive, mais appliqué à l'homme, il signifie l'amphitryon qui lésine. Mme Schontz avait trop d'esprit et connaissait trop bien les hommes pour ne pas concevoir les plus grandes espérances d'après un pareil commencement. M. de Rochefide alloua cinq cents francs par mois à Mme Schontz, lui meubla mesquinement un appartement de douze cents francs à un second étage rue Coquenard, et se mit à étudier le caractère d'Aurélie qui lui fournit aussitôt un caractère à étudier en s'apercevant de cet espionnage. Aussi Rochefide fut-il heureux de rencontrer une fille douée d'un si beau caractère; mais il n'y vit rien d'étonnant : la mère était une Barnheim de Bade, une femme comme il faut! Aurélie avait été d'ailleurs si bien élevée!... Parlant l'anglais, l'allemand et l'italien, elle possédait à fond les littératures étrangères. Elle pouvait lutter sans désavantage contre les pianistes du second ordre. Et, notez ce point! elle se comportait avec ses talents comme les personnes bien nées, elle n'en disait rien. Elle prenait la brosse chez un peintre, la maniait par raillerie, et faisait une tête assez *crânement* pour produire un étonnement général. Par désœuvrement, durant le temps où elle dépérissait sous-maîtresse, elle avait poussé des pointes dans le domaine des sciences; mais sa vie de femme entretenue avait couvert ces bonnes semences d'un manteau de sel, et naturellement elle fit honneur à son Arthur de la floraison de ces germes précieux, recultivés pour lui. Aurélie commença donc par être d'un désintéressement égal à la volupté, qui permit à cette faible corvette d'attacher sûrement ses grappins sur ce vaisseau de haut bord. Néanmoins, vers la fin de la première année, elle faisait des tapages ignobles dans l'antichambre avec ses socques en s'arrangeant pour rentrer au moment où le marquis l'attendait, et cachait, de manière à le bien montrer, un bas de sa robe outrageusement crotté. Enfin, elle sut si parfaitement persuader à son *gros papa* que toute son ambition, après tant de hauts et bas, était de conquérir honnêtement une petite existence bourgeoise que, dix mois après leur rencontre, la seconde phase se déclara.

Mme Schontz obtint alors un bel appartement, rue Neuve-Saint-Georges. Arthur, ne pouvant plus dissimuler sa fortune à Mme Schontz, lui donna des meubles splendides, une argenterie complète, douze cents francs par mois, une petite voiture basse à un cheval, mais à location, et il accorda le tigre assez gracieusement. La Schontz ne sut aucun gré de cette munificence, elle découvrit les motifs de la conduite de son Arthur et y reconnut des calculs de rat. Excédé de la vie de restaurant où la chère est la plupart du temps exécrable, où le moindre dîner de gourmet coûte soixante francs pour un, et deux cents francs quand on invite trois amis, Rochefide offrit à Mme Schontz quarante francs par jour pour son dîner et celui d'un ami, tout compris. Aurélie accepta. Après avoir fait accepter toutes ses lettres de change de morale, tirées à un an sur les habitudes de M. de Rochefide, elle fut alors écoutée avec faveur quand elle réclama cinq cents francs de plus par mois pour sa toilette, afin de ne pas couvrir de honte son *gros papa* dont les amis appartenaient tous au Jockey-Club[226]. « Ce serait du joli, dit-elle, si Rastignac, Maxime de Trailles, d'Esgrignon, La Roche-Hugon, Ronquerolles, Laginski, Lenoncourt, et autres vous trouvaient avec une Mme Everard[227] ! D'ailleurs, ayez confiance en moi, mon gros père, vous y gagnerez ! » En effet, Aurélie s'arrangea pour déployer de nouvelles vertus dans cette nouvelle phase. Elle se dessina dans un rôle de ménagère dont elle tira le plus grand parti. Elle nouait, disait-elle, les deux bouts du mois sans dettes avec deux mille cinq cents francs, ce qui ne s'était jamais vu dans le faubourg Saint-Germain du treizième arrondissement, et elle servait des dîners infiniment supérieurs à ceux de Nucingen, on y buvait des vins exquis à dix et douze francs la bouteille. Aussi, Rochefide émerveillé, très heureux de pouvoir inviter souvent ses amis chez sa maîtresse en y trouvant de l'économie, disait-il en la serrant par la taille : « Voilà un trésor!... » Bientôt il loua pour elle un tiers de loge aux Italiens, puis il finit par la mener aux premières représentations. Il commençait à consulter son Aurélie en reconnaissant l'excellence de ses conseils, elle lui laissait prendre les mots spirituels qu'elle disait à tout propos et qui, n'étant pas connus, relevèrent sa réputation d'homme amusant. Enfin il acquit la certitude d'être aimé véritablement et pour lui-même. Aurélie refusa de faire le bonheur d'un prince russe à raison de cinq mille francs par mois. « Vous êtes heureux, mon cher marquis, s'écria le vieux prince Galathionne en finissant au club une partie de whist. Hier, quand vous nous avez laissés seuls, Mme Schontz et moi, j'ai voulu vous la souffler; mais elle m'a dit : " Mon prince, vous n'êtes pas plus beau, mais vous êtes plus âgé que Rochefide; vous me battriez, et il est comme un père pour moi, trouvez-moi là le quart d'une bonne raison pour changer?... Je n'ai pas pour Arthur la passion folle que j'ai eue pour des petits drôles à bottes vernies, et de qui je payais les dettes; mais je l'aime comme une femme aime son mari quand elle est honnête femme. " Et elle m'a mis à la porte. » Ce discours, qui ne sentait pas la *charge,* eut pour effet de prodigieusement aider à l'état d'abandon et de dégradation qui déshonorait l'hôtel de Rochefide. Bientôt, Arthur transporta sa vie et ses plaisirs chez Mme Schontz, et il s'en trouva bien; car, au bout de trois ans, il eut quatre cent mille francs à placer.

La troisième phase commença. Mme Schontz devint la plus tendre des mères pour le fils d'Arthur, elle allait le chercher à son collège et l'y ramenait elle-même; elle accabla de cadeaux, de friandises, d'argent cet enfant qui l'appelait sa *petite maman,* et de qui elle fut adorée. Elle entra dans le maniement de la fortune de son Arthur, elle lui fit acheter des rentes en baisse avant le fameux traité de Londres [228] qui renversa le ministère du 1er mars. Arthur gagna deux cent mille francs, et Aurélie ne demanda pas une obole. En gentilhomme qu'il était, Rochefide plaça ses six cent mille francs en actions de la Banque, et il en mit la moitié au nom de Mlle Joséphine Schiltz. Un petit hôtel, loué rue de La Bruyère, fut remis à Grindot ce grand architecte en petits décors, avec ordre d'en faire une voluptueuse bonbonnière. Rochefide ne compta plus dès lors avec Mme Schontz, qui recevait les revenus, et payait les mémoires. Devenue sa femme... de confiance, elle justifia ce titre en rendant son gros papa plus heureux que jamais ; elle en avait reconnu les caprices, elle les satisfaisait comme Mme de Pompadour caressait les fantaisies de Louis XV. Elle fut enfin maîtresse en titre, maîtresse absolue. Aussi se permit-elle alors de protéger des petits jeunes gens ravissants, des artistes, des gens de lettres nouveau-nés à la gloire qui niaient les anciens et les modernes et tâchaient de se faire une grande réputation en faisant peu de chose. La conduite de Mme Schontz, chef-d'œuvre de tactique, doit vous en révéler toute la supériorité. D'abord, dix à douze jeunes gens amusaient Arthur, lui fournissaient des traits d'esprit, des jugements fins sur toutes choses, et ne mettaient pas en question la fidélité de la maîtresse de la maison; puis ils la tenaient pour une femme éminemment spirituelle. Aussi ces annonces vivantes, ces articles ambulants firent-ils passer Mme Schontz pour la femme la plus agréable que l'on connût sur la lisière qui sépare le treizième arrondissement des douze autres. Ses rivales, Suzanne Gaillard qui, depuis 1838, avait sur elle l'avantage d'être devenue femme mariée en légitime mariage, pléonasme nécessaire pour expliquer un mariage solide, Fanny Beaupré, Mariette, Antonia répandaient des calomnies plus que drolatiques sur la beauté de ces jeunes gens et sur la complaisance avec laquelle M. de Rochefide les accueillait. Mme Schontz, qui distançait de trois *blagues*, disait-elle, tout l'esprit de ces dames, un jour à un souper donné par Nathan chez Florine, après un bal de l'Opéra, leur dit, après leur avoir expliqué sa fortune et son succès, un : « Faites-en autant?... » dont on a gardé la mémoire. Mme Schontz fit vendre les chevaux de course pendant cette période, en se livrant à des considérations qu'elle devait sans doute à l'esprit critique de Claude Vignon, un de ses habitués. « Je concevrais, dit-elle un soir après avoir longtemps cravaché les chevaux de ses plaisanteries, que les princes et les gens riches prissent à cœur l'hippiatrique; mais pour faire le bien du pays, et non pour les satisfactions puériles d'un amour-propre de joueur. Si vous aviez des haras dans vos terres, si vous y éleviez des mille à douze cents chevaux, si chacun faisait courir les meilleurs élèves de son haras, si tous les haras de France et de Navarre concouraient à chaque solennité, ce serait grand et beau; mais vous achetez des sujets comme des directeurs de spectacle font la traite des artistes, vous ravalez une institution jusqu'à n'être plus qu'un jeu, vous avez la Bourse des jambes comme vous avez la Bourse des rentes!... C'est indigne. Dépenseriez-vous par hasard soixante mille francs pour lire dans les journaux : " Lélia, *à M. de Rochefide, a battu d'une longueur* Fleur-de-Genêt, *à M. le duc de Rhétoré?...* " vaudrait mieux alors donner cet argent à des poètes, ils vous feraient aller en vers et en prose à l'immortalité, comme feu Monthyon! » A force d'être taonné, le marquis reconnut le creux du *turf*, il réalisa cette économie de soixante mille francs, et l'année suivante Mme Schontz lui dit : « Je ne te coûte plus rien,

Arthur! » Beaucoup de gens riches envièrent alors Mme Schontz au marquis et tâchèrent de la lui enlever; mais, comme le prince russe, ils y perdirent leur vieillesse. « Écoute, mon cher, avait-elle dit quinze jours auparavant à Finot devenu fort riche, je suis sûr que Rochefide me pardonnerait une petite passion si je devenais folle de quelqu'un, et l'on ne quitte jamais un marquis de cette bonne enfance[229]-là pour un parvenu comme toi. Tu ne me maintiendrais pas dans la position où m'a mise Arthur, il a fait de moi une demi-femme comme il faut, et toi tu ne pourrais jamais y parvenir, même en m'épousant. » Ceci fut le dernier clou rivé qui compléta le ferrement de cet heureux forçat. Le propos parvint aux oreilles absentes pour lesquelles il fut tenu.

La quatrième phase était donc commencée, celle de l'*accoutumance*, la dernière victoire de ces plans de campagne, et qui fait dire d'un homme par ces sortes de femmes : « Je le tiens! » Rochefide, qui venait d'acheter le petit hôtel au nom de Mlle Joséphine Schiltz, une bagatelle de quatre-vingt mille francs, en était arrivé, lors des projets formés par la duchesse, à tirer vanité de sa maîtresse qu'il nommait Ninon II, en en célébrant ainsi la probité rigoureuse, les excellentes manières, l'instruction et l'esprit. Il avait résumé ses défauts et ses qualités, ses goûts, ses plaisirs par Mme Schontz, et il se trouvait à ce passage de la vie où, soit lassitude, soit indifférence, soit philosophie, un homme ne change plus, et s'en tient ou à sa femme ou à sa maîtresse.

On comprendra toute la valeur acquise en cinq ans par Mme Schontz, en apprenant qu'il fallait être proposé longtemps à l'avance pour être présenté chez elle. Elle avait refusé de recevoir des gens riches ennuyeux, des gens tarés, elle ne se départait de ses rigueurs qu'en faveur des grands noms de l'aristocratie. « Ceux-là, disait-elle, ont le droit d'être bêtes, parce qu'ils le sont *comme il faut !* » Elle possédait ostensiblement les trois cent mille francs que Rochefide lui avait donnés et qu'un *bon enfant d'agent de change,* Gobenheim, le seul qui fût admis chez elle, lui faisait valoir ; mais elle manœuvrait à elle seule une petite fortune secrète de deux cent mille francs composée de ses bénéfices économisés depuis trois ans et de ceux produits par le mouvement perpétuel des trois cent mille francs, car elle n'accusait jamais que les trois cent mille francs connus. « Plus vous gagnez, moins vous vous enrichissez, lui dit un jour Gobenheim. — L'eau est si chère », répondit-elle. Le trésor inconnu se grossissait de bijoux, de diamants qu'Aurélie portait pendant un mois et qu'elle vendait après, de sommes données pour payer des fantaisies passées. Quand on la disait riche, Mme Schontz répondait qu'au taux des rentes, trois cent mille francs donnaient douze mille francs et qu'elle les avait dépensés dans les temps les plus rigoureux de sa vie, alors qu'elle aimait Lousteau.

Cette conduite annonçait un plan, et Mme Schontz avait en effet un plan, croyez-le bien. Jalouse depuis deux ans de Mme du Bruel [230], elle était mordue au cœur par l'ambition d'être mariée à la Mairie et à l'Église. Toutes les positions sociales ont leur fruit défendu, une petite chose grandie par le désir au point d'être aussi pesante que le monde.

Cette ambition se doublait nécessairement de l'ambition d'un second Arthur qu'aucun espionnage ne pouvait découvrir. Bixiou voulait voir le préféré dans le peintre Léon de Lora, le peintre le voyait dans Bixiou qui dépassait la quarantaine et qui devait penser à se faire un sort. Les soupçons se portaient aussi sur Victor de Vernisset, un jeune poète de l'école de Canalis, dont la passion pour Mme Schontz allait jusqu'au délire; et le poète accusait Stidmann, un sculpteur, d'être son rival heureux. Cet artiste, un très joli garçon, travaillait pour les orfèvres, pour les marchands de bronzes, pour les bijoutiers, il voulait recommencer Benvenuto Cellini. Claude Vignon, le jeune comte de La Palférine, Gobenheim, Vermanton, philosophe cynique, autres habitués de ce salon amusant, furent tour à tour mis en suspicion et reconnus innocents. Personne n'était à la hauteur de Mme Schontz, pas même Rochefide qui lui croyait un faible pour le jeune et spirituel La Palférine; elle était vertueuse par calcul et ne pensait qu'à faire un bon mariage.

On ne voyait chez Mme Schontz qu'un seul homme à réputation équivoque, Couture qui plus d'une fois avait fait hurler les Boursiers; mais Couture était un des premiers amis de Mme Schontz, elle seule lui restait fidèle. La fausse alerte de 1840 rafla les derniers capitaux de ce spéculateur qui crut à l'habileté du 1er mars; Aurélie, le voyant en mauvaise veine, fit jouer, comme on l'a vu, Rochefide en sens contraire. Ce fut elle qui nomma le dernier malheur de cet inventeur des primes et des commandites, une *découture*. Heureux de trouver son couvert mis chez Aurélie, Couture à qui Finot, l'homme habile, ou si l'on veut heureux entre tous les parvenus, donnait de temps en temps quelques billets de mille francs, était seul assez calculateur pour offrir son nom à Mme Schontz qui l'étudiait, pour savoir si le hardi spéculateur aurait la puissance de se frayer un chemin en politique, et assez de reconnaissance pour ne pas abandonner sa femme. Couture, homme d'environ quarante-trois ans, très usé, ne rachetait pas la mauvaise sonorité de son nom par la naissance, il parlait peu des auteurs de ses jours. Mme Schontz gémissait de la rareté des gens capables, lorsque Couture lui présenta lui-même un provincial qui se trouva garni des deux anses par lesquelles les femmes prennent ces sortes de cruches quand elles veulent les garder.

Esquisser ce personnage, ce sera peindre une certaine portion de la jeunesse actuelle[231]. Ici la digression sera de l'histoire.

En 1838, Fabien du Ronceret, fils d'un président de chambre à la cour royale de Caen mort depuis un an, quitta la ville d'Alençon en donnant sa démission de juge, siège où son père l'avait obligé de perdre son temps, disait-il, et vint à Paris dans l'intention de faire son chemin en faisant du tapage, idée normande difficile à réaliser, car il pouvait à peine compter huit mille francs de rentes, sa mère vivant encore et occupant comme usufruitière un très important immeuble au milieu d'Alençon. Ce garçon avait déjà, dans plusieurs voyages à Paris, essayé sa corde comme un saltimbanque, et reconnu le grand vice du replâtrage social de 1830; aussi comptait-il l'exploiter à son profit, en suivant l'exemple des finauds de la bourgeoisie. Ceci demande un rapide coup d'œil sur un des effets du nouvel ordre de choses.

L'égalité moderne[232], développée de nos jours outre mesure, a nécessairement développé dans la vie privée sur une ligne parallèle à la vie politique, l'orgueil, l'amour-propre, la vanité, les trois grandes divisions du Moi social. Les sots veulent passer pour gens d'esprit, les gens d'esprit veulent être des gens de talent, les gens de talent veulent être traités de gens de génie ; quant aux gens de génie, ils sont plus raisonnables, ils consentent à n'être que des demi-dieux. Cette pente de l'esprit public actuel, qui rend à la Chambre le manufacturier jaloux de l'homme d'État et l'administrateur jaloux du poète, pousse les sots à dénigrer les gens d'esprit, les gens d'esprit à dénigrer les gens de talent, les gens de talent à dénigrer ceux d'entre eux qui les dépassent de quelques pouces, et les demi-dieux à menacer les institutions, le trône, enfin tout ce qui ne les adore pas sans condition. Dès qu'une nation a très impolitiquement abattu les supériorités sociales reconnues, elle ouvre des écluses par où se précipite un torrent d'ambitions secondaires dont la moindre veut encore primer ; elle avait dans son aristocratie un mal, au dire des démocrates, mais un mal défini, circonscrit ; elle l'échange contre dix aristocraties contendantes et armées, la pire des situations. En proclamant l'égalité de tous, on a promulgué la *déclaration des droits de l'Envie*. Nous jouissons aujourd'hui des saturnales de la Révolution transportées dans le domaine, paisible en apparence, de l'esprit, de l'industrie et de la politique; aussi semble-t-il aujourd'hui que les réputations dues au travail, aux services rendus, au talent soient des privilèges accordés aux dépens de la masse. On étendra bientôt la loi agraire jusque dans le champ de la gloire. Donc, jamais dans aucun temps, on n'a demandé le triage de son nom sur le volet public à des motifs plus puérils. On se distingue à tout prix par le ridicule, par une affectation d'amour pour la cause polonaise, pour le système pénitentiaire, pour l'avenir des forçats libérés, pour les petits mauvais sujets au-dessus ou au-dessous de douze ans, pour toutes les misères sociales. Ces diverses manies créent des dignités postiches, des présidents, des vice-présidents et des secrétaires de sociétés dont le nombre dépasse à Paris celui des questions sociales qu'on cherche à résoudre. On a démoli la grande société pour en faire un millier de petites à l'image de la défunte. Ces organisations parasites ne révèlent-elles pas la décomposition? n'est-ce pas le fourmillement des vers dans le cadavre? Toutes ces sociétés sont filles de la même mère, la Vanité[233]. Ce n'est pas ainsi que procèdent la Charité catholique ou la vraie Bienfaisance[234], elles étudient les maux sur les plaies en les guérissant, et ne pérorent pas en assemblée sur les principes morbifiques pour le plaisir de pérorer.

Fabien du Ronceret, sans être un homme supérieur, avait deviné par l'exercice de ce sens avide particulier à la Normandie tout le parti qu'il pouvait tirer de ce vice public. Chaque époque a son caractère que les gens habiles exploitent. Fabien ne pensait qu'à faire parler de lui. « Mon cher, il faut faire parler de soi pour être quelque chose! disait-il en partant au roi d'Alençon, à du Bousquier, un ami de son père. Dans six mois je serai plus connu que vous! » Fabien traduisait ainsi l'esprit de son temps, il ne le dominait pas, il y obéissait. Il avait débuté dans la bohème, un district de la topographie morale de Paris (voir *Un prince de la bohème,* Scènes de la vie parisienne), où il fut connu sous le nom de l'Héritier à cause de quelques prodigalités préméditées. Du Ronceret avait profité des folies de Couture pour la jolie Mme Cadine, une des actrices nouvelles à qui l'on accordait le plus de talent sur une des scènes secondaires, et à qui, durant son opulence éphémère, il avait arrangé, rue Blanche, un délicieux rez-de-chaussée à jardin. Ce fut ainsi que du Ronceret et Couture firent connaissance. Le Normand, qui voulait du luxe tout prêt et tout fait, acheta le mobilier de Couture et les embellissements qu'il était obligé de laisser dans l'appartement, un kiosque où l'on fumait, une galerie en bois rustiqué garnie de nattes indiennes et ornée de poteries pour gagner le kiosque par les temps de pluie. Quand on complimentait l'Héritier sur son appartement, il l'appelait *sa tanière.* Le provincial se gardait bien de dire que Grindot l'architecte y avait déployé tout son savoir-faire, comme Stidmann dans les sculptures, et Léon de Lora dans la peinture; car il avait pour défaut capital cet amour-propre qui va jusqu'au mensonge dans le désir de se grandir. L'Héritier compléta ces magnificences par une serre qu'il établit le long d'un mur à l'exposition du midi, non qu'il aimât les fleurs, mais il voulut attaquer l'opinion publique par l'horticulture. En ce moment, il atteignait presque à son but. Devenu vice-président d'une société jardinière quelconque présidée par le duc de Vissembourg, frère du prince de Chiavari, le fils cadet du feu maréchal Vernon, il avait orné du ruban de la Légion d'honneur son habit de vice-président, après une exposition de produits dont le discours d'ouverture acheté cinq cents francs à Lousteau fut hardiment prononcé comme de son cru. Il fut remarqué pour une fleur que lui avait *donnée* le vieux Blondet d'Alençon, père d'Émile Blondet, et qu'il présenta comme obtenue dans sa serre. Ce succès n'était rien. L'Héritier, qui voulait être accepté comme un homme d'esprit, avait formé le plan de se lier avec les gens célèbres pour en refléter la gloire, plan d'une mise à exécution difficile en ne lui donnant pour base qu'un budget de huit mille francs. Aussi, Fabien du Ronceret s'était-il adressé tour à tour et sans succès à Bixiou, à Stidmann, à Léon de Lora pour être présenté chez Mme Schontz et faire partie de cette ménagerie de lions en tous genres. Il paya si souvent à dîner à Couture, que Couture prouva catégoriquement à Mme Schontz qu'elle devait acquérir un pareil original, ne fût-ce que pour en faire un de ces élégants valets sans gages que les maîtresses de maison emploient aux commissions pour lesquelles on ne trouve pas de domestiques.

En trois soirées Mme Schontz pénétra Fabien et se dit : « Si Couture ne me convient pas, je suis sûre de bâter celui-là. Maintenant mon avenir va sur deux pieds ! » Ce sot de qui tout le monde se moquait devint donc le préféré, mais dans une intention qui rendait la préférence injurieuse, et ce choix échappait à toutes les suppositions par son improbabilité même. Mme Schontz enivrait Fabien de sourires accordés à la dérobée, de petites scènes jouées au seuil de la porte en le reconduisant le dernier lorsque M. de Rochefide restait le soir. Elle mettait souvent Fabien en tiers avec Arthur dans sa loge aux Italiens et aux premières représentations ; elle s'en excusait en disant qu'il lui rendait tel ou tel service, et qu'elle ne savait comment le remercier. Les hommes ont entre eux une fatuité qui leur est d'ailleurs commune avec les femmes, celle d'être aimés absolument. Or, de toutes les passions flatteuses, il n'en est pas de plus prisée que celle d'une Mme Schontz pour ceux qu'elles rendent l'objet d'un amour dit de cœur par opposition à l'autre amour. Une femme comme Mme Schontz, qui jouait à la grande dame, et dont la valeur réelle était supérieure, devait être et fut un sujet d'orgueil pour Fabien qui s'éprit d'elle au point de ne jamais se présenter qu'en toilette, bottes vernies, gants paille, chemise brodée et à jabot, gilets de plus en plus variés [235], enfin avec tous les symptômes extérieurs d'un culte profond. Un mois avant la conférence de la duchesse et de son directeur, Mme Schontz avait confié le secret de sa naissance et de son vrai nom à Fabien qui ne comprit pas le but de cette confidence. Quinze jours après, Mme Schontz, étonnée du défaut d'intelligence du Normand, s'écria : « Mon Dieu ! suis-je niaise ? il se croit aimé pour lui-même. » Et alors elle emmena l'Héritier dans sa calèche, au

Bois, car elle avait depuis un an petite calèche et petite voiture basse à deux chevaux. Dans ce tête-à-tête public, elle traita la question de sa destinée et déclara vouloir se marier. « J'ai sept cent mille francs, dit-elle, je vous avoue que, si je rencontrais un homme plein d'ambition et qui sût comprendre mon caractère, je changerais de position, car savez-vous quel est mon rêve ? Je voudrais être une bonne bourgeoise, entrer dans une famille honnête, et rendre mon mari, mes enfants tous bien heureux ! » Le Normand voulait bien être distingué par Mme Schontz ; mais l'épouser, cette folie parut discutable à un garçon de trente-huit ans que la révolution de Juillet avait fait juge. En voyant cette hésitation, Mme Schontz prit l'Héritier pour cible de ses traits d'esprit, de ses plaisanteries, de son dédain, et se tourna vers Couture. En huit jours, le spéculateur, à qui elle fit flairer sa caisse, offrit sa main, son cœur et son avenir, trois choses de la même valeur.

Les manèges de Mme Schontz en étaient là, lorsque Mme de Grandlieu s'enquit de la vie et des mœurs de la Béatrix de la rue Saint-Georges.

D'après le conseil de l'abbé Brossette, la duchesse pria le marquis d'Ajuda de lui amener le roi des coupe-jarrets politiques, le célèbre comte Maxime de Trailles, l'Archiduc de la bohème, le plus jeune des jeunes gens, quoiqu'il eût cinquante ans. M. d'Ajuda s'arrangea pour dîner avec Maxime au club de la rue de Beaune[236], et lui proposa d'aller faire un *mort*[237] chez le duc de Grandlieu qui, pris par la goutte avant le dîner, se trouvait seul. Quoique le gendre du duc de

Grandlieu, le cousin de la duchesse, eût bien le droit de le présenter dans un salon où jamais il n'avait mis les pieds, Maxime de Trailles ne s'abusa pas sur la portée d'une invitation ainsi faite, il pensa que le duc ou la duchesse avaient besoin de lui. Ce n'est pas un des moindres traits de ce temps-ci que cette vie de club où l'on joue avec des gens qu'on ne reçoit point chez soi.

Le duc de Grandlieu fit à Maxime l'honneur de paraître souffrant. Après quinze parties de whist, il alla se coucher, laissant sa femme en tête à tête avec Maxime et d'Ajuda. La duchesse secondée par le marquis communiqua son projet à M. de Trailles, et lui demanda sa collaboration en paraissant ne lui demander que des conseils. Maxime écouta jusqu'au bout sans se prononcer, et attendit pour parler que la duchesse eût réclamé directement sa coopération.

« Madame, j'ai bien tout compris, lui dit-il alors après avoir jeté sur elle et sur le marquis un de ces regards fins, profonds, astucieux, complets, par lesquels ces grands roués savent compromettre leurs interlocuteurs. D'Ajuda vous dira que, si quelqu'un à Paris peut conduire cette double négociation, c'est moi, sans vous y mêler, sans qu'on sache même que je suis venu ce soir ici. Seulement, avant tout, posons les préliminaires de Léoben [238]. Que comptez-vous sacrifier?...

— Tout ce qu'il faudra.

— Bien, madame la duchesse. Ainsi, pour prix de mes soins, vous me feriez l'honneur de recevoir chez vous et de protéger sérieusement Mme la comtesse de Trailles...

— Tu es marié?... s'écria d'Ajuda.

— Je me marie dans quinze jours avec l'héritière d'une famille riche mais excessivement bourgeoise, un sacrifice à l'opinion, j'entre dans le principe même de mon gouvernement! Je veux faire peau neuve, ainsi madame la duchesse comprend de quelle importance serait pour moi l'adoption de ma femme par elle et par sa famille. J'ai la certitude d'être député par suite de la démission que donnera mon beau-père de ses fonctions, et j'ai la promesse d'un poste diplomatique en harmonie avec ma nouvelle fortune. Je ne vois pas pourquoi ma femme ne serait pas aussi bien reçue que Mme de Portenduère dans cette société de jeunes femmes où brillent Mmes de La Bastie, Georges de Maufrigneuse, de l'Estorade, du Guénic, d'Ajuda, de Restaud, de Rastignac et de Vandenesse! Ma femme est jolie, et je me charge de la *désenbonnetdecotonner!*... Ceci vous va-t-il, madame la duchesse?... Vous êtes pieuse, et, si vous dites oui, votre promesse, que je sais être sacrée, aidera beaucoup à mon changement de vie. Encore une bonne action que vous ferez là!... Hélas! j'ai pendant longtemps été le roi des mauvais sujets; mais je veux bien finir. Après tout, nous portons *d'azur à la chimère d'or lançant du feu, armée de gueules et écaillée de sinople, au comble de contre-hermine,* depuis François Ier qui jugea nécessaire d'anoblir le valet de chambre de Louis XI, et nous sommes comtes depuis Catherine de Médicis.

— Je recevrai, je patronnerai votre femme, dit solennellement la duchesse, et les miens ne lui tourneront pas le dos, je vous en donne ma parole.

— Ah! madame la duchesse, s'écria Maxime visiblement ému, si M. le Duc daigne aussi me traiter avec quelque bonté, je vous promets, moi, de faire réussir votre plan sans qu'il vous en coûte grand-chose. Mais, reprit-il après une pause, il faut prendre sur vous d'obéir à mes instructions... Voici la dernière intrigue de ma vie de garçon, elle doit être d'autant mieux menée qu'il s'agit d'une belle action, dit-il en souriant.

— Vous obéir?... dit la duchesse. Je paraîtrai donc dans tout ceci.

— Ah! madame, je ne vous compromettrai point, s'écria Maxime, et je vous estime trop pour prendre des sûretés. Il s'agit uniquement de suivre mes conseils. Ainsi, par exemple, il faut que du Guénic soit emmené comme un corps saint par sa femme, qu'il soit deux ans absent, qu'elle lui fasse voir la Suisse, l'Italie, l'Allemagne, enfin le plus de pays possible...

— Ah! vous répondez à une crainte de mon directeur », s'écria naïvement la duchesse en se souvenant de la judicieuse objection de l'abbé Brossette.

Maxime et d'Ajuda ne purent s'empêcher de sourire à l'idée de cette concordance entre le ciel et l'enfer.

« Pour que Mme de Rochefide ne revoie plus Calyste, reprit-elle, nous voyagerons tous, Juste et sa femme, Calyste et Sabine, et moi. Je laisserai Clotilde avec son père...

— Ne chantons pas victoire, madame, dit Maxime, j'entrevois d'énormes difficultés, je les vaincrai sans doute. Votre estime et votre protection sont un prix qui va me faire faire de grandes saletés; mais ce sera les...

— Des saletés? dit la duchesse en interrompant ce moderne *condottiere* et montrant dans sa physionomie autant de dégoût que d'étonnement.

— Et vous y tremperez, madame, puisque je suis votre procureur. Mais ignorez-vous donc à quel degré d'aveuglement Mme de Rochefide a fait arriver votre gendre?... je le sais par Nathan et par Canalis entre lesquels elle hésitait alors que Calyste s'est jeté dans cette gueule de lionne! Béatrix a su persuader à ce brave Breton qu'elle n'avait jamais aimé que lui, qu'elle est vertueuse, que Conti fut un amour de tête auquel le cœur et le reste ont pris très peu de part, un amour musical enfin!... Quant à Rochefide, ce fut du devoir. Ainsi, vous comprenez, elle est vierge! Elle le prouve bien en ne se souvenant pas de son fils, elle n'a pas depuis un an fait la moindre démarche pour le voir. A la vérité, le petit comte a douze ans bientôt et il trouve dans Mme Schontz une mère d'autant plus mère que la maternité, vous le savez, est la passion de ces sortes de filles. Du Guénic se ferait hacher et hacherait sa femme pour Béatrix! Et vous croyez qu'on retire facilement un homme quand il est au fond du gouffre de la crédulité?... Mais, madame, le Iago de Shakespeare y perdrait tous ses mouchoirs. L'on croit qu'Othello, que son cadet Orosmane[239], que Saint-Preux, René, Werther et autres amoureux en possession de la renommée représentent l'amour! Jamais leurs pères à cœur de verglas n'ont connu ce qu'est un amour absolu, Molière seul s'en est douté. L'amour, madame la duchesse, ce n'est pas d'aimer une noble femme, une Clarisse[240], le bel effort, ma foi!... L'amour, c'est de se dire : " Celle que j'aime est une infâme, elle me trompe, elle me trompera, c'est une rouée, elle sent toutes les fritures de l'enfer... " Et d'y courir, et d'y trouver le bleu de l'éther, les fleurs du paradis. Voilà comme aimait Molière, voilà comme nous aimons, nous autres mauvais sujets; car, moi, je pleure à la grande scène d'Arnolphe[241]!... Et voilà comment votre gendre aime Béatrix!... J'aurai de la peine à séparer Rochefide de Mme Schontz, mais Mme Schontz s'y prêtera sans doute, je vais étudier son intérieur. Quant à Calyste et à Béatrix, il leur faut des coups de hache, des trahisons supérieures et d'une infamie si basse que votre vertueuse imagination n'y descendrait pas, à moins que votre directeur ne vous donnât la main... Vous avez demandé l'impossible, vous serez servie... Et, malgré mon parti pris d'employer le fer et le feu, je ne vous promets pas absolument le succès. Je sais des amants qui ne reculent pas devant les plus affreux désillusionnements. Vous êtes trop vertueuse pour connaître l'empire que prennent les femmes qui ne le sont pas...

— N'entamez pas ces infamies sans que j'aie consulté l'abbé Brossette pour savoir jusqu'à quel point je suis votre complice, s'écria la duchesse avec une naïveté qui découvrit tout ce qu'il y a d'égoïsme dans la dévotion.

— Vous ignorerez tout, ma chère mère », dit le marquis d'Ajuda.

Sur le perron, pendant que la voiture du marquis

avançait, d'Ajuda dit à Maxime : « Vous avez effrayé cette bonne duchesse.

— Mais elle ne se doute pas de la difficulté de ce qu'elle demande!... — Allons-nous au Jockey-Club? Il faut que Rochefide m'invite à dîner pour demain chez la Schontz, car cette nuit mon plan sera fait et j'aurai choisi sur mon échiquier les pions qui marcheront dans la partie que je vais jouer. Dans le temps de sa splendeur, Béatrix n'a pas voulu me recevoir, je solderai mon compte avec elle, et je vengerai votre belle-sœur si cruellement qu'elle se trouvera peut-être trop vengée... »

Le lendemain, Rochefide dit à Mme Schontz qu'ils auraient à dîner Maxime de Trailles. C'était la prévenir de déployer son luxe et de préparer la chère la plus exquise pour ce connaisseur émérite que redoutaient toutes les femmes du genre de Mme Schontz; aussi songea-t-elle autant à sa toilette qu'à mettre sa maison en état de recevoir ce personnage.

A Paris, il existe presque autant de royautés qu'il s'y trouve d'arts différents, de spécialités morales, de sciences, de professions; et le plus fort de ceux qui les pratiquent a sa majesté qui lui est propre, il est apprécié, respecté par ses pairs qui connaissent les difficultés du métier, et dont l'admiration est acquise à qui peut s'en jouer. Maxime était aux yeux des rats et des courtisanes un homme excessivement puissant et capable, car il avait su se faire prodigieusement aimer. Il était admiré par tous les gens qui savaient combien il est difficile de vivre à Paris en bonne intelligence avec des créanciers; enfin il n'avait pas eu d'autre rival en élégance, en tenue et en esprit, que l'illustre de Marsay qui l'avait employé dans des missions politiques. Ceci suffit à expliquer son entrevue avec la duchesse, son prestige chez Mme Schontz, et l'autorité de sa parole dans une conférence qu'il comptait avoir sur le boulevard des Italiens avec un jeune homme déjà célèbre, quoique nouvellement entré dans la Bohème de Paris.

Le lendemain, à son lever, Maxime de Trailles entendit annoncer Finot qu'il avait mandé la veille, il le pria d'arranger le hasard d'un déjeuner au Café Anglais où Finot, Couture et Lousteau babilleraient près de lui. Finot, qui se trouvait vis-à-vis du comte de Trailles dans la position d'un sous-lieutenant devant un maréchal de France, ne pouvait lui rien refuser; il était d'ailleurs trop dangereux de piquer ce lion[242]. Aussi, quand Maxime vint déjeuner, vit-il Finot et ses deux amis attablés, la conversation avait déjà mis le cap sur Mme Schontz. Couture, bien manœuvré par Finot et par Lousteau qui fut à son insu le compère de Finot, apprit au comte de Trailles tout ce qu'il voulait savoir sur Mme Schontz.

Vers une heure, Maxime mâchonnait son cure-dent en causant avec du Tillet sur le perron de Tortoni[243] où se tient, entre spéculateurs, cette petite Bourse, préface de la grande. Il paraissait occupé d'affaires, mais il attendait le jeune comte de La Palférine qui, dans un temps donné, devait passer par là. Le boulevard des Italiens est aujourd'hui ce qu'était le Pont-Neuf en 1650, tous les gens connus le traversent au moins une fois par jour. En effet, au bout de dix minutes, Maxime quitta le bras de du Tillet en faisant un signe de tête au jeune prince de la bohème, et lui dit en souriant : « À moi, comte, deux mots !... »

Les deux rivaux, l'un astre à son déclin, l'autre un soleil à son lever, allèrent s'asseoir sur quatre chaises devant le Café de Paris [244]. Maxime eut soin de se placer à une certaine distance de quelques vieillots qui par habitude se mettent en espalier, dès une heure après midi, pour sécher leurs affections rhumatiques [245]. Il avait d'excellentes raisons pour se défier des vieillards (voir *Un homme d'affaires,* Scènes de la vie parisienne).

« Avez-vous des dettes ?... dit Maxime au jeune comte.

— Si je n'en avais pas, serais-je digne de vous succéder ?... répondit La Palférine.

— Quand je vous fais une semblable question, je ne mets pas la chose en doute, répliqua Maxime, je veux uniquement savoir si le total est respectable, et s'il va sur cinq ou six ?

— Six, quoi ?

— Six chiffres ! si vous devez cinquante ou cent mille ?... J'ai dû, moi, jusqu'à six cent mille. »

La Palférine ôta son chapeau d'une façon aussi respectueuse que railleuse.

« Si j'avais le crédit d'emprunter cent mille francs, répondit le jeune homme, j'oublierais mes créanciers et j'irais passer ma vie à Venise, au milieu des chefs-d'œuvre de la peinture, au théâtre le soir, la nuit avec de jolies femmes, et...

— Et à mon âge, que deviendriez-vous ? demanda Maxime.

— Je n'irais pas jusque-là », répliqua le jeune comte.

Maxime rendit la politesse à son rival en soulevant légèrement son chapeau par un geste d'une gravité risible.

« C'est une autre manière de voir la vie, répondit-il d'un ton de connaisseur à connaisseur. Vous devez... ?

— Oh! une misère indigne d'être avouée à un oncle; si j'en avais un, il me déshériterait à cause de ce pauvre chiffre, six mille!...

— On est plus gêné par six que par cent mille francs, dit sentencieusement Maxime. La Palférine! vous avez de la hardiesse dans l'esprit, vous avez encore plus d'esprit que de hardiesse, vous pouvez aller très loin, devenir un homme politique. Tenez... de tous ceux qui se sont lancés dans la carrière au bout de laquelle je suis et qu'on a voulu m'opposer, vous êtes le seul qui m'ayez plu. »

La Palférine rougit, tant il se trouva flatté de cet aveu fait avec une gracieuse bonhomie par le chef des aventuriers parisiens. Ce mouvement de son amour-propre fut une reconnaissance d'infériorité qui le blessa; mais Maxime devina ce retour offensif, facile à prévoir chez une autre nature si spirituelle, et il y porta remède aussitôt en se mettant à la discrétion du jeune homme.

« Voulez-vous faire quelque chose pour moi, qui me retire du cirque olympique par un beau mariage, je ferai beaucoup pour vous, reprit-il.

— Vous allez me rendre bien fier, c'est réaliser la fable du rat et du lion, dit La Palférine.

— Je commencerai par vous prêter vingt mille francs, répondit Maxime en continuant.

— Vingt mille francs?... Je savais bien qu'à force de me promener sur ce boulevard..., dit La Palférine en façon de parenthèse.

— Mon cher, il faut vous mettre sur un certain pied, dit Maxime en souriant, ne restez pas sur vos deux pieds, ayez-en six? faites comme moi, je ne suis jamais descendu de mon tilbury...

— Mais alors vous allez me demander des choses par-dessus mes forces!

— Non, il s'agit de vous faire aimer d'une femme, en quinze jours.

— Est-ce une fille?

— Pourquoi?

— Ce serait impossible; mais s'il s'agissait d'une femme très comme il faut, et de beaucoup d'esprit...

— C'est une très illustre marquise!

— Vous voulez avoir de ses lettres?... dit le jeune comte.

— Ah!... tu me vas au cœur, s'écria Maxime. Non, il ne s'agit pas de cela.

— Il faut donc l'aimer?...

— Oui, dans le sens réel...

— Si je dois sortir de l'esthétique, c'est tout à fait impossible, dit La Palférine. J'ai, voyez-vous, à l'endroit des femmes une certaine probité, nous pouvons les rouer, mais non les...

— Ah! l'on ne m'a donc pas trompé, s'écria Maxime. Crois-tu donc que je sois homme à proposer de petites infamies de deux sous?... Non, il faut aller, il faut éblouir, il faut vaincre. Mon compère, je te donne vingt mille francs ce soir et dix jours pour triompher. À ce soir, chez Mme Schontz !

— J'y dîne.

— Bien, reprit Maxime. Plus tard, quand vous aurez besoin de moi, monsieur le comte, vous me trouverez, ajouta-t-il d'un ton de roi qui s'engage au lieu de promettre.

— Cette pauvre femme vous a donc fait bien du mal ? demanda La Palférine.

— N'essaye pas de jeter la sonde dans mes eaux, mon petit, et laisse-moi te dire qu'en cas de succès tu te trouveras de si puissantes protections que tu pourras, comme moi, te retirer dans un beau mariage, quant tu t'ennuieras de ta vie de bohème.

— Il y a donc un moment où l'on s'ennuie de s'amuser ? dit La Palférine, de n'être rien, de vivre comme les oiseaux, de chasser dans Paris comme les Sauvages et de rire de tout !...

— Tout fatigue, même l'Enfer, dit Maxime en riant. A ce soir ! »

Les deux roués, le jeune et le vieux, se levèrent. En regagnant son escargot à un cheval, Maxime se dit : « Mme d'Espard ne peut pas souffrir Béatrix, elle va m'aider... » « A l'hôtel de Grandlieu », cria-t-il à son cocher en voyant passer Rastignac.

Trouvez un grand homme sans faiblesses ?... Maxime vit la duchesse, Mme du Guénic et Clotilde en larmes.

« Qu'y a-t-il ? demanda-t-il à la duchesse.

— Calyste n'est pas rentré, c'est la première fois, et ma pauvre Sabine est au désespoir.

— Madame la duchesse, dit Maxime en attirant la femme pieuse dans l'embrasure d'une fenêtre, au nom de Dieu qui nous jugera, gardez le plus profond secret sur mon dévouement, exigez-le de d'Ajuda, que jamais Calyste ne sache rien de nos trames, ou nous aurions ensemble un duel à mort... Quand je vous ai dit qu'il ne vous en coûterait pas grand-chose, j'entendais que vous ne dépenseriez pas des sommes folles, il me faut environ vingt mille francs ; mais tout le reste me regarde, et il faudra faire donner des places importantes, peut-être une recette générale. »

La duchesse et Maxime sortirent. Quand Mme de Grandlieu revint près de ses deux filles, elle entendit un nouveau dithyrambe de Sabine émaillé de faits domestiques encore plus cruels que ceux par lesquels la jeune épouse avait vu finir son bonheur.

« Sois tranquille, ma petite, dit la duchesse à sa fille, Béatrix payera bien cher tes larmes et tes souffrances, la main de Satan s'appesantit sur elle, elle recevra dix humiliations pour chacune des tiennes !... »

Mme Schontz fit prévenir Claude Vignon qui plusieurs fois avait manifesté le désir de connaître personnellement Maxime de Trailles, elle invita Couture, Fabien, Bixiou, Léon de Lora, La Palférine et Nathan. Ce dernier fut demandé par Rochefide pour le compte de Maxime. Aurélie eut ainsi neuf convives tous de première force, à l'exception de du Ronceret ; mais la vanité normande et l'ambition brutale de l'Héritier se trouvaient à la hauteur de la puissance littéraire de Claude Vignon, de la poésie de Nathan, de la finesse de La Palférine, du coup d'œil financier de

Couture, de l'esprit de Bixiou, du calcul de Finot, de la profondeur de Maxime et du génie de Léon de Lora.

Mme Schontz, qui tenait à paraître jeune et belle, s'arma d'une toilette comme savent en faire ces sortes de femmes. Ce fut une pèlerine en guipure d'une finesse aranéide, une robe de velours bleu dont le fin corsage était boutonné d'opales, et une coiffure à bandeaux luisants comme de l'ébène. Mme Schontz devait sa célébrité de jolie femme à l'éclat et à la fraîcheur d'un teint blanc et chaud comme celui des créoles, à cette figure pleine de détails spirituels, de traits nettement dessinés et fermes dont le type le plus célèbre fut offert si longtemps jeune par la comtesse Merlin[246], et qui peut-être est particulier aux figures méridionales. Malheureusement la petite Mme Schontz tendait à l'embonpoint depuis que sa vie était devenue heureuse et calme. Le cou, d'une rondeur séduisante, commençait à s'empâter ainsi que les épaules. On se repaît en France si principalement de la tête des femmes que les belles têtes font longtemps vivre les corps déformés.

« Ma chère enfant, dit Maxime en entrant et en embrassant Mme Schontz au front, Rochefide a voulu me faire voir votre établissement où je n'étais pas encore venu ; mais, c'est presque en harmonie avec ses quatre cent mille francs de rente... Eh bien, il s'en fallait de cinquante qu'il ne les eût, quand il vous a connue, et en moins de cinq ans vous lui avez fait gagner ce qu'une autre, une Antonia, une Malaga, Cadine ou Florentine lui auraient mangé.

— Je ne suis pas une fille, je suis une artiste ! dit Mme Schontz avec une espèce de dignité. J'espère bien finir, comme dit la comédie[247], par faire souche d'honnêtes gens...

— C'est désespérant, nous nous marions tous, reprit Maxime en se jetant dans un fauteuil au coin du feu. Me voilà bientôt à la veille de faire une comtesse Maxime.

— Oh ! comme je voudrais la voir ?... s'écria Mme Schontz. Mais permettez-moi, dit-elle, de vous présenter M. Claude Vignon. — Monsieur Claude Vignon, monsieur de Trailles...

— Ah ! c'est vous qui avez laissé Camille Maupin, l'aubergiste de la littérature, aller dans un couvent ?... s'écria Maxime. Après vous, Dieu !... Je n'ai jamais reçu pareil honneur. Mlle des Touches vous a traité, monsieur, en Louis XIV...

— Et voilà comme on écrit l'histoire !... répondit Claude Vignon, ne savez-vous pas que sa fortune a été employée à dégager les terres de M. du Guénic ?... Si elle savait que Calyste est à son ex-amie... (Maxime poussa le pied au critique en lui montrant M. de Rochefide)... elle sortirait de son couvent, je crois, pour le lui arracher.

— Ma foi, Rochefide, mon ami, dit Maxime en voyant que son avertissement n'avait pas arrêté Claude Vignon, à ta place, je rendrais à ma femme sa fortune, afin qu'on ne crût pas dans le monde qu'elle s'attaque à Calyste par nécessité.

— Maxime a raison, dit Mme Schontz en regardant Arthur qui rougit excessivement. Si je vous ai gagné quelques mille francs de rentes, vous ne sauriez mieux les employer. J'aurai fait le bonheur de la femme et du mari, en voilà un chevron!...

— Je n'y avais jamais pensé, répondit le marquis; mais on doit être gentilhomme avant d'être mari.

— Laisse-moi te dire quand il sera temps d'être généreux, dit Maxime.

— Arthur?... dit Aurélie, Maxime a raison. Vois-tu, mon bon homme, nos actions généreuses sont comme les actions de Couture, dit-elle en regardant à la glace pour voir quelle personne arrivait, il faut les placer à temps. »

Couture était suivi de Finot. Quelques instants après, tous les convives furent réunis dans le beau salon bleu et or de l'hôtel Schontz, tel était le nom que les artistes donnaient à leur auberge depuis que Rochefide l'avait achetée à sa Ninon II. En voyant entrer La Palférine qui vint le dernier, Maxime alla vers lui, l'attira dans l'embrasure d'une croisée et lui remit les vingt billets de banque.

« Surtout, mon petit, ne les ménage pas, dit-il avec la grâce particulière aux mauvais sujets.

— Il n'y a que vous pour savoir ainsi doubler la valeur de ce que vous avez l'air de donner!... répondit La Palférine.

— Es-tu décidé?

— Puisque je prends, répondit le jeune comte avec hauteur et raillerie.

— Eh bien, Nathan, que voici, te présentera dans deux jours chez Mme la marquise de Rochefide », lui dit-il à l'oreille.

La Palférine fit un bond en entendant le nom.

« Ne manque pas de te dire amoureux fou d'elle;

et, pour ne pas éveiller de soupçons, bois du vin, des liqueurs à mort! Je vais dire à Aurélie de te mettre à côté de Nathan. Seulement, mon petit, il faudra maintenant nous rencontrer tous les soirs, sur le boulevard de la Madeleine, à une heure du matin, toi pour me rendre compte de tes progrès, moi pour te donner des instructions.

— On y sera, mon maître..., dit le jeune comte en s'inclinant.

— Comment nous fais-tu dîner avec un drôle habillé comme un premier garçon de restaurant? demanda Maxime à l'oreille de Mme Schontz en lui désignant du Ronceret.

— Tu n'as donc jamais vu l'Héritier? Du Ronceret d'Alençon.

— Monsieur, dit Maxime à Fabien, vous devez connaître mon ami d'Esgrignon?

— Il y a longtemps que Victurnien ne me connaît plus, répondit Fabien; mais nous avons été très liés dans notre première jeunesse. »

Le dîner fut un de ceux qui ne se donnent qu'à Paris, et chez ces grandes dissipatrices, car leurs recherches surprennent les gens les plus difficiles. Ce fut à un souper semblable, chez une courtisane belle et riche comme Mme Schontz, que Paganini déclara n'avoir jamais fait pareille chère chez aucun souverain, ni bu de tels vins chez aucun prince, ni entendu de conversation si spirituelle, ni vu reluire de luxe si coquet.

Maxime et Mme Schontz rentrèrent dans le salon les premiers, vers dix heures, en laissant les convives qui ne gazaient plus les anecdotes et qui se vantaient leurs qualités en collant leurs lèvres visqueuses au bord des petits verres sans pouvoir les vider.

« Eh bien, ma petite, dit Maxime, tu ne t'es pas trompée, oui, je viens pour tes beaux yeux, il s'agit d'une grande affaire, il faut quitter Arthur ; mais je me charge de te faire offrir deux cent mille francs par lui.

— Et pourquoi le quitterais-je, ce pauvre homme ?

— Pour te marier avec cet imbécile venu d'Alençon exprès pour cela. Il a été déjà juge, je le ferai nommer président à la place du père Blondet qui va sur quatre-vingt-deux ans ; et, si tu sais mener ta barque, ton mari deviendra député. Vous serez des personnages et tu pourras enfoncer Mme la comtesse du Bruel...

— Jamais ! dit Mme Schontz, elle est comtesse.

— Est-il d'étoffe à devenir comte ?...

— Tiens, il a des armes, dit Aurélie en cherchant une lettre dans un magnifique cabas pendu au coin de sa cheminée et la présentant à Maxime, qu'est-ce que cela veut dire ? voilà des peignes.

— Il porte *coupé au un d'argent à trois peignes de gueules ; deux et un, entrecroisés à trois grappes de raisin de pourpre tigées et feuillées de sinople, un et deux ; au deux, d'azur à quatre plumes d'or posées en fret,* avec SERVIR pour devise et le casque d'écuyer. C'est pas grand-chose, ils ont été anoblis sous Louis XV, ils ont eu quelque grand-père mercier, la ligne maternelle a fait fortune dans le commerce des vins, et le du Ronceret anobli devait être greffier... Mais, si tu réussis à te défaire d'Arthur, les du Ronceret seront au moins barons, je te le promets, ma petite biche. Vois-tu, mon enfant, il faut te faire mariner pendant cinq ou six ans en province si tu veux enterrer la Schontz dans la présidente... Ce drôle t'a jeté des regards dont les intentions étaient claires, tu le tiens...

— Non, répondit Aurélie, à l'offre de ma main, il est resté, comme les eaux-de-vie dans le bulletin de la Bourse, très calme.

— Je me charge de le décider, s'il est gris... Va voir où ils en sont tous...

— Ce n'est pas la peine d'y aller, je n'entends plus que Bixiou qui fait une de ses *charges* sans qu'on l'écoute; mais je connais mon Arthur, il se croit obligé d'être poli avec Bixiou; et, les yeux fermés, il doit le regarder encore.

— Rentrons, alors?...

— Ah! çà! dans l'intérêt de qui travaillerai-je, Maxime? demanda tout à coup Mme Schontz.

— De Mme de Rochefide, répondit nettement Maxime, il est impossible de la rapatrier avec Arthur tant que tu le tiendras; il s'agit pour elle d'être à la tête de sa maison et de jouir de quatre cent mille francs de rentes!

— Elle ne me propose que deux cent mille francs?... J'en veux trois cent, puisqu'il s'agit d'elle. Comment, j'ai eu soin de son moutard et de son mari, je tiens sa place en tout, et elle lésinerait avec moi! Tiens mon cher, j'aurais alors un million. Avec ça, si tu me promets la présidence du tribunal d'Alençon, je pourrai faire ma tête en Mme du Ronceret...

— Ça va, dit Maxime.

— M'embêtera-t-on dans cette petite ville-là?... s'écria philosophiquement Aurélie. J'ai tant entendu parler de cette province-là par d'Esgrignon et par la Val-Noble, que c'est comme si j'y avais déjà vécu.

— Et si je t'assurais l'appui de la noblesse?...

— Ah! Maxime, tu m'en diras tant!... Oui, mais le pigeon refuse l'aile...

— Et il est bien laid avec sa peau de prune, il a des soies au lieu de favoris, il a l'air d'un marcassin, quoiqu'il ait des yeux d'oiseau de proie. Ça fera le plus beau président du monde. Sois tranquille! dans dix minutes il te chantera l'air d'Isabelle au quatrième acte de *Robert le Diable* [248] : " Je suis à tes genoux!... " mais tu te charges de renvoyer Arthur à ceux de Béatrix...

— C'est difficile, mais à plusieurs on y parviendra... »

Vers dix heures et demie, les convives rentrèrent au salon pour prendre le café. Dans les circonstances où se trouvait Mme Schontz, Couture et du Ronceret, il est facile d'imaginer quel effet dut alors produire sur l'ambitieux Normand la conversation suivante que Maxime eut avec Couture dans un coin et à mi-voix pour n'être entendu de personne, mais que Fabien écouta.

« Mon cher, si vous voulez être sage, vous accepterez dans un département éloigné la Recette générale que Mme de Rochefide vous fera donner, le million d'Aurélie vous permettra de déposer votre cautionnement, et vous vous séparerez de biens en l'épousant. Vous deviendrez député si vous savez bien mener votre barque, et la prime que je veux pour vous avoir sauvé, ce sera votre vote à la Chambre.

— Je serai toujours fier d'être un de vos soldats.

— Ah! mon cher, vous l'avez échappé belle! Figurez-vous qu'Aurélie s'était amourachée de ce Normand d'Alençon, elle demandait qu'on le fît baron, président du tribunal de sa ville et officier de la Légion d'honneur. Mon imbécile n'a pas su deviner la valeur de Mme Schontz, et vous devez votre fortune à un dépit; aussi ne donnez pas à cette spirituelle fille le temps de réfléchir. Quant à moi, je vais mettre les fers au feu. »

Et Maxime quitta Couture au comble du bonheur, en disant à La Palférine : « Veux-tu que je t'emmène, mon fils ?... »

A onze heures Aurélie se trouvait entre Couture, Fabien et Rochefide. Arthur dormait dans une bergère, Couture et Fabien essayaient de se renvoyer l'un l'autre sans y parvenir. Mme Schontz termina cette lutte en disant à Couture un : « À demain, mon cher ?... » qu'il prit en bonne part.

« Mademoiselle, dit Fabien tout bas, quand vous m'avez vu songeur à l'offre que vous me faisiez indirectement, ne croyez pas qu'il y eût chez moi la moindre hésitation; mais vous ne connaissez pas ma mère, et jamais elle ne consentirait à mon bonheur...

— Vous avez l'âge des sommations respectueuses, mon cher, répondit insolemment Aurélie. Mais, si vous avez peur de maman, vous n'êtes pas mon fait...

— Joséphine! dit tendrement l'Héritier en passant avec audace la main droite autour de la taille de Mme Schontz, j'ai cru que vous m'aimiez?

— Après?

— Peut-être pourrait-on apaiser ma mère et obtenir plus que son consentement.

— Et comment ?

— Si vous voulez employer votre crédit...

— À te faire créer baron, officier de la Légion d'honneur, président du tribunal, mon fils ? n'est-ce pas... Écoute ? J'ai tant fait de choses dans ma vie que je suis capable de la vertu ! Je puis être une brave femme, une femme loyale, et remorquer très haut mon mari ; mais je veux être aimée par lui sans que jamais un regard, une pensée, soit détourné de mon cœur, pas même en intention... Ça te va-t-il ?... Ne te lie pas imprudemment, il s'agit de ta vie, mon petit.

— Avec une femme comme vous, je tope sans voir, dit Fabien enivré par un regard autant qu'il l'était de liqueurs des îles.

— Tu ne te repentiras jamais de cette parole, mon bichon, tu seras pair de France... Quant à ce pauvre vieux, reprit-elle en regardant Rochefide qui dormait, d'aujourd'hui, n, i, ni, c'est fini ! »

Ce fut si joli, si bien dit, que Fabien saisit Mme Schontz et l'embrassa, par un mouvement de rage et de joie où la double ivresse de l'amour et du vin cédait à celle du bonheur et de l'ambition.

« Songe, mon cher enfant, dit-elle, à te bien conduire dès à présent avec ta femme, ne fais pas l'amoureux, et laisse-moi me retirer convenablement de mon bourbier. Et Couture, qui se croit riche et receveur général !

— J'ai cet homme en horreur, dit Fabien, je voudrais ne plus le voir.

— Je ne le recevrai plus, répondit la courtisane

d'un petit air prude. Maintenant que nous sommes d'accord, mon Fabien, va-t'en, il est une heure. »

Cette petite scène donna naissance, dans le ménage d'Aurélie et d'Arthur, jusqu'alors si complètement heureux, à la phase de la guerre domestique déterminée au sein de tous les foyers par un intérêt secret chez un des conjoints. Le lendemain même Arthur s'éveilla seul, et trouva Mme Schontz froide comme ces sortes de femmes savent se faire froides.

« Que s'est-il donc passé cette nuit? demanda-t-il en déjeunant et en regardant Aurélie.

— C'est comme ça, dit-elle, à Paris. On s'est endormi par un temps humide, le lendemain les pavés sont secs, et tout est si bien gelé qu'il y a de la poussière, voulez-vous une brosse?...

— Mais qu'as-tu, ma chère petite?

— Allez trouver votre grande bringue de femme...

— Ma femme?... s'écria le pauvre marquis.

— N'ai-je pas deviné pourquoi vous m'avez amené Maxime?... Vous voulez vous réconcilier avec Mme de Rochefide qui peut-être a besoin de vous pour un moutard indiscret... Et moi, que vous dites si fine, je vous conseillais de lui rendre sa fortune!... Oh! je conçois votre plan! au bout de cinq ans, monsieur est las de moi. Je suis bien en chair, Béatrix est bien en os, ça vous changera. Vous n'êtes pas le premier à qui je connais le goût des squelettes. Votre Béatrix se met bien d'ailleurs, et vous êtes de ces hommes qui aiment des portemanteaux. Puis, vous voulez faire renvoyer M. du Guénic. C'est un triomphe!... Ça vous posera bien. Parlera-t-on de cela, vous allez être un héros!

Mme Schontz n'avait pas arrêté le cours de ses railleries à deux heures après midi, malgré les protestations d'Arthur. Elle se dit invitée à dîner. Elle engagea *son infidèle* à se passer d'elle aux Italiens, elle allait voir une première représentation à l'Ambigu-Comique et y faire connaissance avec une femme charmante, Mme de La Baudraye[249], une maîtresse à Lousteau. Arthur proposa, pour preuve de son attachement éternel à sa petite Aurélie et de son aversion pour sa femme, de partir le lendemain même pour l'Italie et d'y aller vivre maritalement à Rome, à Naples, à Florence, au choix d'Aurélie, en lui offrant une donation de soixante mille francs de rentes.

« C'est des *giries*[250] tout cela, dit-elle. Cela ne vous empêchera pas de vous raccommoder avec votre femme, et vous ferez bien. »

Arthur et Aurélie se quittèrent sur ce dialogue formidable, lui pour aller jouer et dîner au club, elle pour s'habiller et passer la soirée en tête à tête avec Fabien.

M. de Rochefide trouva Maxime au club, et se plaignit, en homme qui sentait arracher de son cœur une félicité dont les racines y tenaient à toutes les fibres. Maxime écouta les doléances du marquis comme les gens polis savent écouter, en pensant à autre chose.

« Je suis homme de bon conseil en ces sortes de matières, mon cher, lui répondit-il. Eh bien, tu fais fausse route en laissant voir à Aurélie combien elle t'est chère. Laisse-moi te présenter à Mme Antonia. C'est un cœur à louer. Tu verras la Schontz devenir bien petit garçon... elle a trente-sept ans, ta Schontz, et Mme Antonia n'a pas plus de vingt-six ans ! et quelle femme ! elle n'a pas d'esprit que dans la tête, elle !... C'est d'ailleurs mon élève. Si Mme Schontz reste sur les ergots de sa fierté, sais-tu ce que cela voudra dire ?...

— Ma foi, non.

— Qu'elle veut peut-être se marier, et alors rien ne pourra l'empêcher de te quitter. Après six ans de bail, elle en a bien le droit, cette femme... Mais, si tu voulais m'écouter, il y a mieux à faire. Ta femme aujourd'hui vaut mille fois mieux que toutes les Schontz et toutes les Antonia du quartier Saint-Georges. C'est une conquête difficile ; mais elle n'est pas impossible, et maintenant elle te rendrait heureux comme un Orgon ! Dans tous les cas, il faut, si tu ne veux pas avoir l'air d'un niais, venir ce soir souper chez Antonia.

— Non, j'aime trop Aurélie, je ne veux pas qu'elle ait la moindre chose à me reprocher.

— Ah ! mon cher, quelle existence tu te prépares !... s'écria Maxime.

— Il est onze heures, elle doit être revenue de l'Ambigu », dit Rochefide en sortant.

Et il cria rageusement à son cocher d'aller à fond de train rue de La Bruyère.

Mme Schontz avait donné des instructions précises, et monsieur put entrer absolument comme s'il était en bonne intelligence avec madame ; mais, avertie de l'entrée au logis de monsieur, madame s'arrangea pour faire entendre à monsieur le bruit de la porte du cabinet de toilette qui se ferma comme se ferment les portes quand les femmes sont surprises. Puis, dans l'angle du piano, le chapeau de Félicien [251] oublié à dessein fut très maladroitement repris par la femme de chambre, dans le premier moment de conversation entre monsieur et madame.

« Tu n'es pas allée à l'Ambigu, mon petit ?

— Non, mon cher, j'ai changé d'avis, j'ai fait de la musique.

— Qui donc est venu te voir ?... dit le marquis avec bonhomie en voyant emporter le chapeau par la femme de chambre.

— Mais personne. »

Sur cet audacieux mensonge, Arthur baissa la tête, il passait sous les fourches caudines de la Complaisance. L'amour véritable a de ces sublimes lâchetés. Arthur se conduisait avec Mme Schontz comme Sabine avec Calyste, comme Calyste avec Béatrix.

En huit jours, il se fit une métamorphose de larve en papillon chez le jeune, spirituel et beau Charles-Édouard, comte Rusticoli de La Palférine, le héros de la Scène intitulée *Un prince de la bohème* (voir les Scènes de la vie parisienne), ce qui dispense de faire ici son portrait et de peindre son caractère [252]. Jusqu'alors il avait misérablement vécu, comblant ses déficits par une audace à la Danton ; mais il paya ses dettes, puis il eut selon le conseil de Maxime une petite voiture basse, il fut admis au Jockey-Club, au club de la rue de Grammont [253], il devint d'une élégance supérieure ; enfin il publia dans le *Journal des Débats* une nouvelle qui lui valut en quelques jours une réputation comme les auteurs de profession ne l'obtiennent pas après plusieurs années de travaux et de succès, car il n'y a rien de violent à Paris comme ce qui doit être éphémère. Nathan, bien certain que le comte ne publierait jamais autre chose, fit un tel éloge de ce gracieux et impertinent jeune homme chez Mme de Rochefide, que Béatrix aiguillonnée par les récits du poète manifesta le désir de voir ce jeune roi des truands de bon ton.

« Il sera d'autant plus enchanté de venir ici, répondit Nathan, que je le sais épris de vous à faire des folies.

— Mais il les a toutes faites, m'a-t-on dit.

— Toutes, non, répondit Nathan, il n'a pas encore fait celle d'aimer une honnête femme. »

Quelques jours après le complot ourdi sur le boulevard des Italiens entre Maxime et le séduisant comte Charles-Édouard, ce jeune homme, à qui la nature avait donné sans doute par raillerie une figure délicieusement mélancolique, fit sa première invasion au nid de la colombe de la rue de Chartres, qui, pour cette réception, prit une soirée où Calyste était obligé d'aller dans le monde avec sa femme. Lorsque vous rencontrerez La Palférine ou quand vous arriverez au *Prince de la bohème,* dans le Troisième Livre de cette longue histoire de nos mœurs, vous concevrez parfaitement le succès obtenu dans une seule soirée par cet esprit étincelant, par cette verve inouïe, surtout si vous vous figurez le bien-jouer du cornac qui consentit à le servir dans ce début. Nathan fut bon camarade, il fit briller le jeune comte, comme un bijoutier montrant une parure à vendre en fait scintiller les diamants. La Palférine se retira discrètement le premier, il laissa Nathan et la comtesse ensemble, en comptant sur la collaboration de l'auteur célèbre qui fut admirable. En voyant la marquise abasourdie, il lui mit le feu dans le cœur par des réticences qui remuèrent en elle des fibres de curiosité qu'elle ne se connaissait pas. Nathan fit entendre ainsi que l'esprit de La Palférine n'était pas tant la cause de ses succès auprès des femmes que sa supériorité dans l'art d'aimer, et il le grandit démesurément. C'est ici le lieu de constater un nouvel effet de cette grande loi des Contraires[254] qui détermine beaucoup de crises du cœur humain et qui rend raison de tant de bizarreries, qu'on est forcé de la rappeler quelquefois, tout aussi bien que la loi des Similaires. Les courtisanes, pour embrasser tout le sexe féminin qu'on baptise, qu'on débaptise et rebaptise à chaque quart de siècle, conservent toutes au fond de leur cœur un florissant désir de recouvrer leur liberté, d'aimer purement, saintement et noblement un être auquel elles sacrifient tout[255] (voir *Splendeurs et misères des courtisanes*). Elles éprouvent ce besoin antithétique avec tant de violence, qu'il est rare de rencontrer une de ces femmes qui n'ait pas aspiré plusieurs fois à la vertu par l'amour. Elles ne se découragent pas malgré d'affreuses tromperies. Au contraire, les femmes contenues par leur éducation, par le rang qu'elles occupent, enchaînées par la noblesse de leur famille, vivant au sein de l'opulence, portant une auréole de vertus, sont entraînées, secrètement bien entendu, vers les régions tropicales de l'amour. Ces deux natures de femmes si opposées ont donc au fond du cœur, l'une un petit désir de vertu, l'autre ce petit désir de libertinage que J.-J. Rousseau le premier a eu le courage de signaler[256]. Chez l'une, c'est le dernier reflet du rayon divin qui n'est pas encore éteint; chez l'autre, c'est le reste de notre boue primitive. Cette dernière griffe de la bête fut agacée, ce cheveu du diable fut tiré par Nathan avec une excessive habileté. La marquise se demanda sérieusement si jusqu'à présent elle n'avait pas été la dupe de sa tête, si son éducation était complète. Le vice?... c'est peut-être le désir de tout savoir. Le lendemain, Calyste parut à Béatrix ce qu'il était, un loyal et parfait gentilhomme, mais sans verve ni esprit. A Paris, un homme dit spirituel est un homme qui doit avoir de l'esprit comme les fontaines ont de l'eau, car les gens du monde et les Parisiens en général sont spirituels; mais Calyste aimait trop, il était trop absorbé pour apercevoir le changement de Béatrix et la satisfaire en déployant de nouvelles ressources; il parut très pâle au reflet de la soirée précédente, et ne donna pas la moindre émotion à l'affamée Béatrix. Un grand amour est un crédit ouvert à une puissance si vorace, que le moment de la faillite arrive toujours. Malgré la fatigue de cette journée (la journée où une femme s'ennuie auprès d'un amant!) Béatrix frissonna de peur en pensant à une rencontre entre La Palférine, le successeur de Maxime de Trailles, et Calyste, homme de courage sans forfanterie. Elle hésita donc à revoir le jeune comte; mais ce nœud fut tranché par un fait décisif. Béatrix avait pris un tiers de loge aux Italiens, dans une loge obscure du rez-de-chaussée afin de ne pas être vue. Depuis quelques jours Calyste enhardi conduisait la marquise et se tenait dans cette loge derrière elle, en combinant leur arrivée assez tard pour qu'ils ne fussent aperçus par personne. Béatrix sortait une des premières de la salle avant la fin du dernier acte, et Calyste l'accompagnait de loin en veillant sur elle, quoique le vieil Antoine vînt chercher sa maîtresse. Maxime et La Palférine étudièrent cette stratégie inspirée par le respect des convenances, par ce besoin de cachotterie qui distingue les idolâtres de l'éternel Enfant, et aussi par une peur qui oppresse toutes les femmes autrefois les constellations du monde et que l'amour a fait choir de leur rang zodiacal. L'humiliation est alors redoutée comme une agonie plus cruelle que la mort; mais cette agonie de la fierté, cette avanie, que les femmes restées à leur rang dans l'Olympe jettent à celles qui en sont tombées, eut lieu dans les plus affreuses conditions par les soins de Maxime. À une représentation de la *Lucia* qui finit, comme on sait, par un des plus beaux triomphes de Rubini[257], Mme de Rochefide qu'Antoine n'était pas venu prévenir arriva par son couloir au péristyle du théâtre dont les escaliers étaient encombrés de jolies femmes étagées sur les marches ou groupées en bas en attendant que leur domestique annonçât leur voiture. Béatrix fut reconnue par tous les yeux à la fois, elle excita dans tous les groupes des chuchotements qui firent rumeur. En un clin d'œil la foule se dissipa, la marquise resta seule comme une pestiférée. Calyste n'osa pas, en voyant sa femme sur un des deux escaliers, aller tenir compagnie à la réprouvée, et Béatrix lui jeta mais en vain par un regard trempé de larmes, à deux fois, une prière de venir près d'elle. En ce moment La Palférine, élégant, superbe, charmant, quitta deux femmes, vint saluer la marquise et causer avec elle.

« Prenez mon bras et sortez fièrement, je saurai trouver votre voiture, lui dit-il.

— Voulez-vous finir la soirée avec moi? » lui répondit-elle en montant dans sa voiture et lui faisant place près d'elle.

La Palférine dit à son groom : « Suis la voiture de madame! » et monta près de Mme de Rochefide à la stupéfaction de Calyste qui resta planté sur ses deux jambes comme si elles fussent devenues de plomb, car ce fut pour l'avoir aperçu pâle et blême que Béatrix fit signe au jeune comte de monter près d'elle. Toutes les colombes sont des Robespierre à plumes blanches. Trois voitures arrivèrent rue de Chartres avec une foudroyante rapidité, celle de Calyste, celle de La Palférine, celle de la marquise.

« Ah! vous voilà?... dit Béatrix en entrant dans son salon appuyée sur le bras du jeune comte et y trouvant Calyste dont le cheval avait dépassé les deux autres équipages.

— Vous connaissez donc monsieur? demanda rageusement Calyste à Béatrix.

— M. le comte de La Palférine me fut présenté par Nathan il y a dix jours, répondit Béatrix, et vous, monsieur, vous me connaissez depuis quatre ans...

— Et je suis prêt, madame, dit Charles-Édouard, à faire repentir jusque dans ses petits-enfants Mme la marquise d'Espard, qui la première s'est éloignée de vous...

— Ah! c'est *elle!*... cria Béatrix, je lui revaudrai cela.

— Pour vous venger, il faudrait reconquérir votre mari, mais je suis capable de vous le ramener », dit le jeune homme à l'oreille de la marquise.

La conversation ainsi commencée alla jusqu'à deux heures du matin sans que Calyste, dont la rage fut sans cesse refoulée par des regards de Béatrix, eût pu lui dire deux mots à part. La Palférine, qui n'aimait pas Béatrix, fut d'une supériorité de bon goût, d'esprit et de grâce égale à l'infériorité de Calyste qui se tortillait sur les meubles comme un ver coupé en deux, et qui par trois fois se leva pour souffleter La Palférine. La troisième fois que Calyste fit un bond vers son rival, le jeune comte lui dit un : « Souffrez-vous, monsieur le baron?... » qui fit asseoir Calyste sur une chaise, et il y resta comme un terme. La marquise conversait avec une aisance de Célimène, en feignant d'ignorer que Calyste fût là. La Palférine eut la suprême habileté de sortir sur un mot plein d'esprit en laissant les deux amants brouillés.

Ainsi, par l'adresse de Maxime, le feu de la discorde flambait dans le double ménage de M. et de Mme de Rochefide. Le lendemain, en apprenant le succès de cette scène par La Palférine au Jockey-Club où le jeune comte jouait au whist avec beaucoup de succès, il alla rue de La Bruyère, à l'hôtel Schontz, savoir comment Aurélie menait sa barque.

« Mon cher, dit Mme Schontz en riant à l'aspect

de Maxime, je suis au bout de tous mes expédients, Rochefide est incurable. Je finis ma carrière de galanterie en m'apercevant que l'esprit y est un malheur.

— Explique-moi cette parole?...

— D'abord, mon cher ami, j'ai tenu mon Arthur pendant huit jours au régime des coups de pied dans les os des jambes, des *scies* les plus patriotiques et de tout ce que nous connaissons de plus désagréable dans notre métier. " Tu es malade, me disait-il avec une douceur paternelle, car je ne t'ai fait que du bien, et je t'aime à l'adoration. — Vous avez un tort, mon cher, lui ai-je dit, vous m'ennuyez. — Eh bien, n'as-tu pas pour t'amuser les gens les plus spirituels et les plus jolis jeunes gens de Paris? " m'a répondu ce pauvre homme. J'ai été collée. Là, j'ai senti que je l'aimais...

— Ah! dit Maxime.

— Que veux-tu? c'est plus fort que nous, on ne résiste pas à ces façons-là. J'ai changé la pédale. J'ai fait des agaceries à ce sanglier judiciaire, à mon futur tourné comme Arthur en mouton, je l'ai fait rester là sur la bergère de Rochefide, et je l'ai trouvé bien sot. Me suis-je ennuyée?... il fallait bien avoir là Fabien pour me faire surprendre avec lui...

— Eh bien, s'écria Maxime, arrive donc?... Voyons, quand Rochefide t'a eu surprise?...

— Tu n'y es pas, mon bonhomme. Selon tes instructions, les bans sont publiés, notre contrat se griffonne, ainsi Notre-Dame-de-Lorette n'a rien à redire. Quand il y a promesse de mariage, on peut bien donner des arrhes... En nous surprenant,

Fabien et moi, le pauvre Arthur s'est retiré sur la pointe des pieds jusque dans la salle à manger, et il s'est mis à faire — « broum! broum! » en toussaillant et heurtant beaucoup de chaises. Ce grand niais de Fabien, à qui je ne peux pas tout dire, a eu peur...

Voilà, mon cher Maxime, à quel point nous en sommes[258]...

Arthur me verrait deux, un matin en entrant dans ma chambre, il est capable de me dire : « Avez-vous bien passé la nuit, mes enfants? »

Maxime hocha la tête et joua pendant quelques instants avec sa canne.

« Je connais ces natures-là, dit-il. Voici comment il faut t'y prendre, il n'y a plus qu'à jeter Arthur par la fenêtre et à bien fermer la porte. Tu recommenceras ta dernière scène avec Fabien?...

— En voilà une corvée, car enfin le sacrement ne m'a pas encore donné sa vertu...

— Tu t'arrangeras pour échanger un regard avec Arthur quand il te surprendra, dit Maxime en continuant, s'il se fâche, tout est dit. S'il fait encore broum! broum! c'est encore bien mieux fini...

— Comment?...

— Eh bien, tu te fâcheras, tu lui diras : " Je me croyais aimée, estimée; mais vous n'éprouvez plus rien pour moi; vous n'avez pas de jalousie. " Tu connais la tirade. " Dans ce cas-là, Maxime (fais-moi intervenir) tuerait son homme sur le coup. (Et pleure!) Et Fabien, lui (fais-lui honte en le comparant à Fabien), Fabien que j'aime, Fabien tirerait un poignard pour vous le plonger dans le cœur. Ah! voilà aimer! aussi, tenez, adieu, bonsoir, reprenez votre hôtel, j'épouse Fabien, il me donne son nom, lui! il foule aux pieds sa vieille mère. " Enfin, tu...

— Connu! connu! je serai superbe! s'écria Mme Schontz. Ah! Maxime, il n'y aura jamais qu'un Maxime, comme il n'y a eu qu'un de Marsay.

— La Palférine est plus fort que moi, répondit modestement le comte de Trailles, il va bien.

— Il a de la langue, mais tu as du poignet et des reins! En as-tu supporté? en as-tu peloté! dit la Schontz.

— La Palférine a tout, il est profond et instruit; tandis que je suis ignorant, répondit Maxime. J'ai vu Rastignac qui s'est entendu sur-le-champ avec le garde des Sceaux, Fabien sera nommé président, et officier de la Légion d'honneur après un an d'exercice.

— Je me ferai dévote! répondit Mme Schontz en accentuant cette phrase de manière à obtenir un signe d'approbation de Maxime.

— Les prêtres valent mieux que nous, repartit Maxime.

— Ah! vraiment? demanda Mme Schontz. Je pourrai donc rencontrer des gens à qui parler en province. J'ai commencé mon rôle. Fabien a déjà dit à sa mère que la grâce m'avait éclairée, et il a fasciné la bonne femme de mon million et de la Présidence, elle consent à ce que nous demeurions chez elle, elle a demandé mon portrait et m'a envoyé le sien, si l'Amour le regardait il en tomberait... à la renverse! Va-t'en, Maxime, ce soir je vais exécuter mon pauvre homme, ça me fend le cœur. »

Deux jours après, en s'abordant sur le seuil de la maison du Jockey-Club, Charles-Édouard dit à Maxime : « C'est fait ! » Ce mot, qui contenait tout un drame horrible, épouvantable, accompli souvent par vengeance, fit sourire le comte de Trailles.

« Nous allons entendre les doléances de Rochefide, dit Maxime, car vous avez touché but ensemble, Aurélie et toi ! Aurélie a mis Arthur à la porte, et il faut maintenant le chambrer, il doit donner trois cent mille francs à Mme du Ronceret et revenir à sa femme, nous allons lui prouver que Béatrix est supérieure à Aurélie.

— Nous avons bien dix jours devant nous, dit finement Charles-Édouard, et en conscience ce n'est pas trop ; car, maintenant que je connais la marquise, le pauvre homme sera joliment volé.

— Comment feras-tu, lorsque la bombe éclatera ?

— On a toujours de l'esprit quand on a le temps d'en chercher, je suis surtout superbe en me préparant. »

Les deux joueurs entrèrent ensemble dans le salon et trouvèrent le marquis de Rochefide vieilli de deux ans, il n'avait pas mis son corset, il était sans son élégance, la barbe longue.

« Eh bien, mon cher marquis ?... dit Maxime.

— Ah ! mon cher, ma vie est brisée... »

Arthur parla pendant dix minutes et Maxime l'écouta gravement, il pensait à son mariage qui se célébrait dans huit jours.

« Mon cher Arthur, je t'avais donné le seul

moyen que je connusse de garder Aurélie, et tu n'as pas voulu...

— Lequel?

— Ne t'avais-je pas conseillé d'aller souper chez Antonia?

— C'est vrai... Que veux-tu? j'aime... et toi, tu fais l'amour comme Grisier fait des armes [259].

— Écoute, Arthur, donne-lui trois cent mille francs de son petit hôtel, et je te promets de te trouver mieux qu'elle... Je te parlerai de cette belle inconnue plus tard, je vois d'Ajuda qui veut me dire deux mots. »

Et Maxime laissa l'homme inconsolable pour aller au représentant d'une famille à consoler.

« Mon cher, dit l'autre marquis à l'oreille de Maxime, la duchesse est au désespoir, Calyste a fait faire secrètement ses malles, il a pris un passeport. Sabine veut suivre les fugitifs, surprendre Béatrix et la griffer. Elle est grosse, et ça prend la tournure d'une envie assez meurtrière, car elle est allée acheter publiquement des pistolets.

— Dis à la duchesse que Mme de Rochefide ne partira pas, et que dans quinze jours tout sera fini. Maintenant, d'Ajuda, ta main? Ni toi, ni moi, nous n'avons jamais rien dit, rien su! nous admirerons les hasards de la vie!...

— La duchesse m'a déjà fait jurer sur les saints évangiles et sur la croix de me taire.

— Tu recevras ma femme dans un mois d'ici...

— Avec plaisir.

— Tout le monde sera content, répondit Maxime. Seulement, préviens la duchesse d'une circonstance qui va retarder de six semaines son voyage en Italie et qui regarde M. du Guénic, tu sauras la raison plus tard.

— Qu'est-ce!... dit d'Ajuda qui regardait La Palférine.

— Le mot de Socrate avant de partir : " nous devons un coq à Esculape ", mais votre beau-frère en sera quitte pour la crête [260] », répondit La Palférine sans sourciller.

Pendant dix jours, Calyste fut sous le poids d'une colère d'autant plus invincible qu'elle était doublée d'une véritable passion. Béatrix éprouvait cet amour si brutalement, mais si fidèlement dépeint à la duchesse de Grandlieu par Maxime de Trailles. Peut-être n'existe-t-il pas d'êtres bien organisés qui ne ressentent cette terrible passion une fois dans le cours de leur vie. La marquise se sentait domptée par une force supérieure, par un jeune homme à qui sa qualité n'imposait pas, qui, tout aussi noble qu'elle, la regardait d'un œil puissant et calme, et à qui ses plus grands efforts de femme arrachaient à peine un sourire d'éloge. Enfin, elle était opprimée par un tyran qui ne la quittait jamais sans la laisser pleurant, blessée et se croyant des torts. Charles-Édouard jouait à Mme de Rochefide la comédie que Mme de Rochefide jouait depuis six mois à Calyste. Béatrix, depuis l'humiliation publique reçue aux Italiens, n'était pas sortie avec M. du Guénic de cette proposition :

« Vous m'avez préféré le monde et votre femme, vous ne m'aimez donc pas. Si vous voulez me prouver que vous m'aimez, sacrifiez-moi votre femme et le monde. Abandonnez Sabine et allons vivre en Suisse, en Italie, en Allemagne! »

S'autorisant de ce dur *ultimatum,* elle avait établi ce blocus que les femmes dénoncent par de froids regards, par des gestes dédaigneux et par leur contenance de place forte. Elle se croyait délivrée de Calyste, elle pensait que jamais il n'oserait rompre avec les Grandlieu. Laisser Sabine à qui Mlle des Touches avait laissé sa fortune, n'était-ce pas se vouer à la misère ? Mais Calyste, devenu fou de désespoir, avait secrètement pris un passeport, et prié sa mère de lui faire passer une somme considérable. En attendant cet envoi de fonds, il surveillait Béatrix, en proie à toute la fureur d'une jalousie bretonne. Enfin, neuf jours après la fatale communication faite au club par La Palférine à Maxime, le baron, à qui sa mère avait envoyé trente mille francs, accourut chez Béatrix avec l'intention de forcer le blocus, de chasser La Palférine et de quitter Paris avec son idole apaisée. Ce fut une de ces alternatives terribles où les femmes qui ont conservé quelque peu de respect d'elles-mêmes s'enfoncent à jamais dans les profondeurs du vice ; mais d'où elles peuvent revenir à la vertu. Jusque-là Mme de Rochefide se regardait comme une femme vertueuse au cœur de laquelle il était tombé deux passions ; mais adorer Charles-Édouard et se laisser aimer par Calyste, elle allait perdre sa propre estime ; car, là où commence le mensonge, commence l'infamie. Elle avait donné des droits à Calyste, et nul pouvoir humain ne pouvait empêcher le Breton de se mettre à ses pieds et de les arroser des larmes d'un repentir absolu. Beaucoup de gens s'étonnent de l'insensibilité glaciale sous laquelle les femmes éteignent leurs amours ; mais si elles n'effaçaient point ainsi le passé, la vie serait sans dignité pour elles, elles ne pourraient jamais résister à la privauté fatale à laquelle elles se sont une fois soumises. Dans la situation entièrement neuve où elle se trouvait, Béatrix eût été sauvée si La Palférine fût venu; mais l'intelligence du vieil Antoine la perdit.

En entendant une voiture qui arrêtait à la porte, elle dit à Calyste : « Voilà du monde! » et elle courut afin de prévenir un éclat.

Antoine, en homme prudent, dit à Charles-Édouard qui ne venait pas pour autre chose que pour entendre cette parole : « Madame la marquise est sortie! »

Quand Béatrix apprit de son vieux domestique la visite du jeune comte et la réponse faite, elle dit : « C'est bien! » et rentra dans son salon en se disant : « Je me ferai religieuse! »

Calyste, qui s'était permis d'ouvrir la fenêtre, aperçut son rival.

« Qui donc est venu? demanda-t-il.

— Je ne sais pas, Antoine est encore en bas.

— C'est La Palférine...

— Cela pourrait être...

— Tu l'aimes, et voilà pourquoi tu me trouves des torts, je l'ai vu!...

— Tu l'as vu?...

— J'ai ouvert la fenêtre... »

Béatrix tomba comme morte sur son divan. Alors elle transigea pour avoir un lendemain; elle remit le départ à huit jours sous prétexte d'affaires, et se jura de défendre sa porte à Calyste si elle pouvait apaiser La Palférine, car tels sont les épouvantables calculs et les brûlantes angoisses que cachent ces existences sorties des rails sur lesquels roule le grand convoi social.

Lorsque Béatrix fut seule, elle se trouva si malheureuse, si profondément humiliée, qu'elle se mit au lit ; elle était malade, le combat violent qui lui déchirait le cœur lui parut avoir une réaction horrible, elle envoya chercher le médecin ; mais, en même temps, elle fit remettre chez La Palférine la lettre suivante, où elle se vengea de Calyste avec une sorte de rage.

« Mon ami, venez me voir, je suis au désespoir. Antoine vous a renvoyé quand votre arrivée eût mis fin à l'un des plus horribles cauchemars de ma vie en me délivrant d'un homme que je hais, et que je ne reverrai plus jamais, je l'espère. Je n'aime que vous au monde, et je n'aimerai plus que vous, quoique j'aie le malheur de ne pas vous plaire autant que je le voudrais... »

Elle écrivit quatre pages qui, commençant ainsi, finissaient par une exaltation beaucoup trop poétique pour être typographiée, mais où Béatrix se compromettait tant qu'elle la termina par : « Suis-je assez à ta merci ? Ah ! rien ne me coûtera pour te prouver combien tu es aimé. » Et elle signa, ce qu'elle n'avait jamais fait ni pour Calyste ni pour Conti.

Le lendemain, à l'heure où le jeune comte vint chez la marquise, elle était au bain ; Antoine le pria d'attendre. À son tour, il fit renvoyer Calyste, qui tout affamé d'amour vint de bonne heure, et qu'il regarda par la fenêtre au moment où il remontait en voiture désespéré.

« Ah! Charles, dit la marquise en entrant dans son salon, vous m'avez perdue!...

— Je le sais bien, madame, répondit tranquillement La Palférine. Vous m'avez juré que vous n'aimiez que moi, vous m'avez offert de me donner une lettre dans laquelle vous écririez les motifs que vous auriez de vous tuer, afin qu'en cas d'infidélité je pusse vous empoisonner sans avoir à craindre de la justice humaine, comme si des gens supérieurs avaient besoin de recourir au poison pour se venger. Vous m'avez écrit : *Rien ne me coûtera pour te prouver combien tu es aimé!...* Eh bien, je trouve une contradiction dans ce mot : *Vous m'avez perdue!* avec cette fin de lettre... Je saurai maintenant si vous avez eu le courage de rompre avec du Guénic...

— Eh bien, tu t'es vengé de lui par avance, dit-elle en lui sautant au cou. Et, de cette affaire-là, toi et moi nous sommes liés à jamais...

— Madame, répondit froidement le prince de la Bohème, si vous me voulez pour ami, j'y consens; mais à des conditions...

— Des conditions?

— Oui, des conditions que voici. Vous vous réconcilierez avec M. de Rochefide, vous recouvrerez les honneurs de votre position, vous reviendrez dans votre bel hôtel de la rue d'Anjou, vous y serez une des reines de Paris, vous le pourrez en faisant jouer à Rochefide un rôle politique et en mettant dans votre conduite l'habileté, la persistance que Mme d'Espard a déployée. Voilà la situation dans laquelle doit être une femme à qui je fais l'honneur de me donner...

— Mais vous oubliez que le consentement de M. de Rochefide est nécessaire.

— Oh! chère enfant! répondit La Palférine, nous vous l'avons préparé, je lui ai engagé ma foi de gentilhomme que vous valiez toutes les Schontz du quartier Saint-Georges, et vous me devez compte de mon honneur... »

Pendant huit jours, tous les jours, Calyste alla chez Béatrix dont la porte lui fut refusée par Antoine qui prenait une figure de circonstance pour dire : « Mme la marquise est dangereusement malade. » De là, Calyste courait chez La Palférine dont le valet de chambre répondait : « M. le comte est à la chasse! » Chaque fois le Breton laissait une lettre pour La Palférine.

Le neuvième jour Calyste, assigné par un mot de La Palférine pour une explication, le trouva, mais en compagnie de Maxime de Trailles, à qui le jeune roué voulait donner sans doute une preuve de son savoir-faire en le rendant témoin de cette scène.

« Monsieur le baron, dit tranquillement Charles-Édouard, voici les six lettres que vous m'avez fait l'honneur de m'écrire, elles sont saines et entières, elles n'ont pas été décachetées, je savais d'avance ce qu'elles pouvaient contenir en apprenant que vous me cherchiez partout, depuis le jour que je vous ai regardé par la fenêtre quand vous étiez à la porte d'une maison où la veille j'étais à la porte quand vous étiez à la fenêtre. J'ai pensé que je devais ignorer des provocations malséantes. Entre nous, vous avez trop de bon goût pour en vouloir à une femme de ce qu'elle ne vous aime plus. C'est un mauvais moyen de la reconquérir que de chercher querelle au préféré. Mais, dans la circonstance actuelle, vos lettres étaient entachées d'un vice radical, d'une *nullité,* comme disent les Avoués. Vous avez trop de bon sens pour en vouloir à un mari de reprendre sa femme. M. de Rochefide a senti que la situation de la marquise était sans dignité. Vous ne trouverez plus Mme de Rochefide rue de Chartres, mais bien à l'hôtel de Rochefide, dans six mois, l'hiver prochain. Vous vous êtes jeté fort étourdiment au milieu d'un raccommodement entre époux que vous avez provoqué vous-même en ne sauvant pas à Mme de Rochefide l'humiliation qu'elle a subie aux Italiens. En sortant de là, Béatrix, à qui j'avais porté déjà quelques propositions amicales de la part de son mari, me prit dans sa voiture et son premier mot fut alors : " Allez chercher Arthur!... "

— Oh! mon Dieu!... s'écria Calyste, elle avait raison, j'avais manqué de dévouement.

— Malheureusement, monsieur, ce pauvre Arthur vivait avec une de ces femmes atroces, la Schontz, qui, depuis longtemps, se voyait d'heure en heure sur le point d'être quittée. Mme Schontz, qui, sur la foi du teint de Béatrix, nourrissait le désir de se voir un jour marquise de Rochefide, est devenue enragée en trouvant ses châteaux en Espagne à terre, elle a voulu se venger d'un seul coup de la femme et du mari! Ces femmes-là, monsieur, se crèvent un œil pour en crever deux à leur ennemi; la Schontz, qui vient de quitter Paris, en a crevé six!... Et, si j'avais eu l'imprudence d'aimer Béatrix, cette Schontz en aurait crevé huit.

Vous devez vous être aperçu que vous avez besoin d'un oculiste[261]... »

Maxime ne put s'empêcher de sourire au changement de figure de Calyste qui devint pâle en ouvrant alors les yeux sur sa situation.

« Croiriez-vous, monsieur le baron, que cette ignoble femme a donné sa main à l'homme qui lui a fourni les moyens de se venger?... Oh! les femmes!... Vous comprenez maintenant pourquoi Béatrix s'est renfermée avec Arthur pour quelques mois à Nogent-sur-Marne où ils ont une délicieuse petite maison, ils y recouvreront la vue. Pendant ce séjour, on va remettre à neuf leur hôtel où la marquise veut déployer une splendeur princière. Quand on aime sincèrement une femme si noble, si grande, si gracieuse, victime de l'amour conjugal au moment où elle a le courage de revenir à ses devoirs, le rôle de ceux qui l'adorent comme vous l'adorez, qui l'admirent comme je l'admire, est de rester ses amis quand on ne peut plus être que cela... Vous voudrez bien m'excuser si j'ai cru devoir prendre M. le comte de Trailles pour témoin de cette explication; mais je tenais beaucoup à être net en tout ceci. Quant à moi, je veux surtout vous dire que si j'admire Mme de Rochefide comme intelligence, elle me déplaît souverainement comme femme...

— Voilà donc comme finissent nos plus beaux rêves, nos amours célestes! dit Calyste abasourdi par tant de révélations et de désillusionnements.

— En queue de poisson, s'écria Maxime, ou, ce qui est pis, en fiole d'apothicaire. Je ne connais pas de premier amour qui ne se termine bêtement. Ah!

monsieur le baron, tout ce que l'homme a de céleste ne trouve d'aliment que dans le ciel!... Voilà ce qui nous donne raison à nous autres roués. Moi, j'ai beaucoup creusé cette question-là, monsieur; et, vous le voyez, je suis marié d'hier, je serai fidèle à ma femme, et je vous engage à revenir à Mme du Guénic... mais... dans trois mois. Ne regrettez pas Béatrix, c'est le modèle de ces natures vaniteuses, sans énergie, coquettes par gloriole, c'est Mme d'Espard sans sa politique profonde, la femme sans cœur et sans tête, étourdie dans le mal. Mme de Rochefide n'aime que Mme de Rochefide, elle vous aurait brouillé sans retour avec Mme du Guénic, et vous eût planté là sans remords; enfin, c'est incomplet pour le vice comme pour la vertu.

— Je ne suis pas de ton avis, Maxime, dit La Palférine, elle sera la plus délicieuse maîtresse de maison de Paris. »

Calyste ne sortit pas sans avoir échangé des poignées de main avec Charles-Édouard et Maxime de Trailles en les remerciant de ce qu'ils l'avaient opéré de ses illusions.

Trois jours après, la duchesse de Grandlieu, qui n'avait pas vu sa fille Sabine depuis la matinée où cette conférence avait eu lieu, survint un matin et trouva Calyste au bain, Sabine auprès de lui travaillait à des ornements nouveaux pour la nouvelle layette.

« Eh bien, que vous arrive-t-il donc, mes enfants, demanda la bonne duchesse.

— Rien que de bon, ma chère maman, répondit Sabine qui leva sur sa mère des yeux rayonnant de bonheur, nous avons joué la fable des deux pigeons [262] ! voilà tout. »

Calyste tendit la main à sa femme et la lui serra tendrement.

1838-1844.

DOSSIER

VIE DE BALZAC
1799-1850

La biographie de Balzac est tellement chargée d'événements si divers, et tout s'y trouve si bien emmêlé, qu'un exposé purement chronologique des faits serait d'une confusion extrême.

Dans l'ordre chronologique, nous nous sommes donc contenté de distinguer, d'une manière aussi peu arbitraire que possible, cinq grandes époques de la vie de Balzac : des origines à 1814, 1815-1828, 1828-1833, 1833-1840, 1841-1850.

A l'intérieur des périodes principales, nous avons préféré, quand il y avait lieu, classer les faits selon leur nature : l'œuvre, les autres activités touchant la littérature, la vie sentimentale, les voyages, etc. (mais en reprenant, à l'intérieur de chaque paragraphe, l'ordre chronologique).

Famille, enfance ; des origines à 1814.

En juillet 1746 naît dans le Rouergue, d'une lignée paysanne, Bernard-François Balssa, qui sera le père du romancier et mourra en 1829; trente ans plus tard nous retrouvons le nom orthographié « Balzac ».

Janvier 1797 : Bernard-François, directeur des vivres de la division militaire de Tours, épouse à cinquante ans Laure Sallambier, qui en a dix-huit, et qui vivra jusqu'en 1854.

1799, 20 mai : naissance à Tours d'Honoré Balzac (le nom ne comporte pas encore la particule). Un premier fils, né jour pour jour un an plus tôt, n'avait pas vécu.

Après Honoré, trois autres enfants naîtront : 1° Laure (1800-1871), qui épousera en 1820 Eugène Surville, ingénieur des

Ponts et Chaussées; 2° Laurence (1802-1825), devenue en 1821 Mme de Montzaigle : c'est sur son acte de baptême que la particule « de » apparaît pour la première fois devant le nom des Balzac. Elle mourra dans la misère, honnie par sa mère, sans raison; 3° Henry (1807-1858), fils adultérin dont le père était Jean de Margonne (1780-1858), châtelain de Saché.

L'enfance et l'adolescence d'Honoré seront affectées par la préférence de la mère pour Henry, lequel, dépourvu de dons et de caractère, traînera une existence assez misérable; les ternes séjours qu'il fera dans les îles de l'océan Indien avant de mourir à Mayotte contrastent absolument avec les aventures des romanesques coureurs de mers balzaciens. Balzac gardera des liens étroits avec Margonne et séjournera souvent à Saché, où l'on montre encore sa chambre et sa table de travail.

Dès sa naissance, Honoré est mis en nourrice chez la femme d'un gendarme à Saint-Cyr-sur-Loire, aujourd'hui faubourg de Tours (rive droite). De 1804 à 1807 il est externe dans un établissement scolaire de Tours, de 1807 à 1813 il est pensionnaire au collège de Vendôme. Puis, pendant quelques mois, en 1813, atteint de troubles et d'une espèce d'hébétude qu'on attribue à un abus de lecture, il demeure dans sa famille, au repos. De l'été 1813 à juin 1814, il est pensionnaire dans une institution du Marais. De juillet à septembre 1814, il reprend ses études au collège de Tours, comme externe.

Son père, alors administrateur de l'Hospice général de Tours, est nommé directeur des vivres dans une entreprise parisienne de fournitures aux armées. Toute la famille quitte Tours pour Paris en novembre 1814.

Apprentissage, 1815-1828.

1815-1819. Honoré poursuit ses études à Paris. Il entreprend son droit, suit des cours à la Sorbonne et au Muséum. Il travaille comme clerc dans l'étude de Me Guillonnet-Merville, avoué, puis dans celle de Me Passez, notaire; ces deux stages laisseront sur lui une empreinte profonde.

Son père ayant pris sa retraite, la famille, dont les ressources sont désormais réduites, quitte Paris et s'installe pendant l'été 1819 à Villeparisis. Le 16 août, le frère cadet de Bernard-François était guillotiné à Albi pour l'assassinat, dont il n'était peut-être pas coupable, d'une fille de ferme. Cependant Honoré, qu'on destinait au notariat, obtient de renoncer à cette carrière, et de demeurer seul à Paris, dans une mansarde, rue Lesdiguières, pour éprouver sa vocation en s'exerçant au métier des lettres. En septembre 1820, au tirage au sort, il a obtenu un « bon numéro » le dispensant du service militaire.

Dès 1817 il a rédigé des *Notes sur la philosophie et la religion,* suivies en 1818 de *Notes sur l'immortalité de l'âme,* premiers indices du goût prononcé qu'il gardera longtemps pour la spéculation philosophique ; maintenant il s'attaque à une tragédie, *Cromwell,* cinq actes en vers, qu'il termine au printemps de 1820. Soumise à plusieurs juges successifs, l'œuvre est uniformément estimée détestable ; Andrieux, aimable écrivain, professeur au Collège de France et académicien, conclut que l'auteur peut tenter sa chance dans n'importe quelle voie, hormis la littérature. Balzac continue sa recherche philosophique avec *Falthurne* (1820) et *Sténie* (1821), que suivront bientôt (1823) un *Traité de la prière* et un second *Falthurne* d'inspiration religieuse et mystique.

De 1822 à 1827, soit en collaboration, soit seul, sous les pseudonymes de lord R'hoone et Horace de Saint-Aubin, il publie une masse considérable de produits romanesques « de consommation courante », qu'il lui arrivera d'appeler « petites opérations de littérature marchande » ou même « cochonneries littéraires ». A leur sujet, les balzaciens se partagent ; les uns y cherchent des ébauches de thèmes et les signes avant-coureurs du génie romanesque ; les autres doutent que Balzac, soucieux seulement de satisfaire sa clientèle, y ait rien mis qui soit vraiment de lui-même.

En 1822 commence sa longue liaison (mais, de sa part, non exclusive) avec Antoinette de Berny, qu'il a rencontrée à Villeparisis l'année précédente. Née en 1777, elle a alors deux fois l'âge d'Honoré qui aura pour celle qu'il a rebaptisée Laure, et la *Dilecta,* un amour ambivalent, où il trouvera une compensation à son enfance frustrée.

Fille d'un musicien de la Cour et d'une femme de chambre de Marie-Antoinette, femme d'expérience, Laure initiera son jeune amant aux secrets de la vie. Elle restera pour lui un soutien, et le guide le plus sûr. Elle mourra en 1836.

En 1825, Balzac entre en relation avec la duchesse d'Abrantès (1784-1838); cette nouvelle maîtresse, qui d'ailleurs s'ajoute à la précédente et ne se substitue pas à elle, a encore quinze ans de plus que lui. Fort avertie de la grande et petite histoire de la Révolution et de l'Empire, elle complète l'éducation que lui a donnée Mme de Berny, et le présente aux nombreux amis qu'elle garde dans le monde; lui-même, plus tard, se fera son conseiller et peut-être son collaborateur lorsqu'elle écrira ses *Mémoires.*

Durant la fin de cette période, il se lance dans des affaires qui enrichissent d'une manière incomparable l'expérience du futur auteur de *La Comédie humaine,* mais qui, en attendant, se soldent par de pénibles et coûteux échecs.

Il se fait éditeur en 1825, imprimeur en 1826, fondeur de caractères en 1827, toujours en association, les fonds de ses propres apports étant constitués par sa famille et par Mme de Berny. En 1825 et 1826, il publie, entre autres, des éditions compactes de Molière et de La Fontaine, pour lesquelles il a composé des notices. En 1828, la société de fonderie est remaniée; il en est écarté au profit d'Alexandre de Berny, fils de son amie : l'entreprise deviendra une des plus belles réalisations françaises dans ce domaine. L'imprimerie est liquidée quelques mois plus tard, en août; elle laisse à Balzac 60 000 francs de dettes (dont 50 000 envers sa famille).

Nombreux voyages et séjours en province, notamment dans la région de L'Isle-Adam, en Normandie, et souvent en Touraine.

Les débuts, 1828-1833.

A la mi-septembre 1828, Balzac va s'établir pour six semaines à Fougères, en vue du roman qu'il prépare sur la chouannerie. *Le Dernier Chouan ou la Bretagne en 1800,* dont le titre deviendra finalement *Les Chouans,* paraît en mars 1829; c'est le premier roman dont il assume ouvertement la responsabilité en le signant de son véritable nom.

En décembre 1829, il publie sous l'anonymat *Physiologie du mariage,* un essai ou, comme il dira plus tard, une « étude analytique » qu'il avait ébauchée puis délaissée plusieurs années auparavant.

1830 : les *Scènes de la vie privée* réunissent en deux volumes six courts récits. Ce nombre sera porté à quinze dans une réédition du même titre en quatre tomes (1832). C'est dans le troisième tome que paraîtra pour la première fois *Le Curé de Tours*.

1831 : *La Peau de chagrin;* ce roman est repris pour former la même année, avec douze autres récits, trois volumes de *Romans et contes philosophiques;* l'ensemble est précédé d'une introduction de Philarète Chasles, certainement inspirée par l'auteur. 1832 : les *Nouveaux Contes philosophiques* augmentent cette collection de quatre récits (dont une première version de *Louis Lambert*).

Les *Contes drolatiques*. A l'imitation des *Cent Nouvelles nouvelles* (il avait un goût très vif pour la vieille littérature), il voulait en écrire cent, répartis en dix dizains. Le premier dizain paraît en 1832, le deuxième en 1833; le troisième ne sera publié qu'en 1837, et l'entreprise s'arrêtera là.

Septembre 1833 : *Le Médecin de campagne*. Pendant toute cette époque, Balzac donne une foule de textes divers à de nombreux périodiques. Il poursuivra ce genre de collaboration durant toute sa vie, mais à une cadence moindre.

Laure de Berny reste la *Dilecta*, Laure d'Abrantès devient une amie.

Passade avec Olympe Pélissier.

Entré en liaison d'abord épistolaire avec la duchesse de Castries en 1831, il séjourne auprès d'elle, à Aix-les-Bains et à Genève, en septembre et octobre 1832; elle se laisse chaudement courtiser, mais ne cède pas, ce dont il se « venge » par *La Duchesse de Langeais*.

Au début de 1832, il reçoit d'Odessa une lettre signée « L'Étrangère », et répond par une petite annonce insérée dans *La Gazette de France :* c'est le début de ses relations avec Mme Hanska (1805-1882), sa future femme, qu'il rencontre pour la première fois à Neuchâtel dans les derniers jours de septembre 1833.

Vers cette même époque il a une maîtresse discrète, Maria du Fresnay.

Voyages très nombreux. Outre ceux que nous avons signalés ci-dessus (Fougères, Aix, Genève, Neuchâtel), il faut mentionner plusieurs séjours à Saché, près de Nemours chez Mme de Berny, près d'Angoulême chez Zulma Carraud, etc.

Son travail acharné n'empêche pas qu'il ne soit très répandu dans les milieux littéraires et dans le monde ; il mène une vie ostentatoire et dispendieuse.

En politique, il s'affiche légitimiste. Il envisage de se présenter aux élections législatives de 1831, et en 1832 à une élection partielle.

L'essor, 1833-1840.

Durant cette période, Balzac ne se contente pas d'assurer le développement de son œuvre : il se préoccupe de lui assurer une organisation d'ensemble, comme en témoignaient déjà les *Scènes de la vie privée* et les *Romans et contes philosophiques.* Maintenant il s'avance sur la voie qui le conduira à la conception globale de *La Comédie humaine.*

En octobre 1833, il signe un contrat pour la publication des *Études de mœurs au XIX*e *siècle,* qui doivent rassembler aussi bien les rééditions que des ouvrages nouveaux répartis en quatre tomes de *Scènes de la vie privée,* quatre de *Scènes de la vie de province* et quatre de *Scènes de la vie parisienne.* Les douze volumes paraissent en ordre dispersé de décembre 1833 à février 1837. Le tome I est précédé d'une importante *Introduction* de Félix Davin, prête-nom de Balzac. La classification a une valeur littérale et symbolique ; elle se fonde à la fois sur le cadre de l'action et sur la signification du thème.

Parallèlement paraissent de 1834 à 1840 vingt volumes d'*Études philosophiques,* avec une nouvelle introduction de Félix Davin.

Principales créations en librairie de cette période : *Eugénie Grandet,* fin 1833 ; *La Recherche de l'absolu,* 1834 ; *Le Père Goriot, La Fleur des pois* (titre qui deviendra *Le Contrat de mariage*), *Séraphîta,* 1835 ; *Histoire des Treize,* 1833-1835 ; *Le Lys dans la vallée,* 1836 ; *La Vieille Fille, Illusions perdues* (début), *César Birotteau,* 1837 ; *La France supérieure* (titre qui deviendra *Les Employés*), *La Maison Nucingen, La Torpille* (début de *Splendeurs et Misères des courtisanes*), 1838 ; *Le Cabinet des Antiques, Une fille d'Ève, Béatrix,* 1839 ; *Une princesse parisienne* (titre qui deviendra *Les Secrets de la princesse de Cadignan*), *Pierrette, Pierre Grassou,* 1840.

En marge de cette activité essentielle, Balzac prend à la fin de 1835 une participation majoritaire dans la *Chronique de Paris,* journal politique et littéraire; il y publie un bon nombre de textes, jusqu'à ce que la société, irrémédiablement déficitaire, soit dissoute six mois plus tard. Curieusement il réédite (et complète à l'aide de « nègres »), en gardant un pseudonyme qui n'abuse personne, une partie de ses romans de jeunesse : les *Œuvres complètes d'Horace de Saint-Aubin,* seize volumes, 1836-1840.

En 1838, il s'inscrit à la toute jeune Société des Gens de Lettres, il la préside en 1839, et mène diverses campagnes pour la protection de la propriété littéraire et des droits des auteurs.

Candidat à l'Académie française en 1839, il s'efface devant Hugo, qui ne sera pas élu.

En 1840, il fonde la *Revue parisienne,* mensuelle et entièrement rédigée par lui; elle disparaît après le troisième numéro, où il a inséré son long et fameux article sur *La Chartreuse de Parme.*

Théâtre, vieille et durable préoccupation depuis le *Cromwell* de ses vingt ans : en 1839, la Renaissance refuse *L'École des ménages,* pièce dont il donne chez Custine une lecture à laquelle assistent Stendhal et Théophile Gautier. En 1840, la censure, après plusieurs refus, finit par autoriser *Vautrin,* qui sera interdit dès le lendemain de la première.

Il séjourne à Genève auprès de Mme Hanska du 24 décembre 1833 au 8 février 1834; il la retrouve à Vienne (Autriche) en mai-juin 1835; alors commence une séparation qui durera huit ans.

Le 4 juin 1834, naît Marie du Fresnay, présumée être sa fille, et qu'il regarde comme telle; elle mourra en 1930.

Mme de Berny malade depuis 1834, accablée de malheurs familiaux, cesse de le voir à la fin de 1835; elle va mourir le 27 juillet 1836.

Le 29 mai 1836, naissance de Lionel-Richard, fils présumé de Balzac et de la comtesse Guidoboni-Visconti.

Juillet-août 1836 : Mme Marbouty, déguisée en homme, l'accompagne à Turin où il doit régler une affaire de succession pour le compte et avec la procuration du mari de Frances Sarah, le comte Guidoboni-Visconti. Ils rentrent par la Suisse.

Autres voyages toujours nombreux, et nombreuses rencontres.

Au cours de l'excursion autrichienne de 1835, il est reçu par Metternich, et visite le champ de bataille de Wagram en vue d'un roman qu'il ne parviendra jamais à écrire. En 1836, séjournant en Touraine, il se voit accueilli par Talleyrand et la duchesse de

Dino. En 1838, c'est George Sand qui l'héberge à Nohant; elle lui suggère le sujet de *Béatrix*.

Durant un second voyage italien en 1837, il a appris à Gênes qu'on pouvait exploiter fructueusement en Sardaigne les scories d'anciennes mines de plomb argentifère; en 1838, en passant par la Corse, il se rend sur place pour constater que l'idée était si bonne qu'une société marseillaise l'a devancé; retour par Gênes, Turin, et Milan où il s'attarde.

On signale en 1834 un dîner réunissant Balzac, Vidocq et les bourreaux Sanson père et fils.

Démêlés avec la Garde nationale, où il se refuse obstinément à assurer ses tours de garde : en 1835, à Chaillot sous le nom de « madame veuve Durand », il se cache autant de ses créanciers que de la garde qui l'incarcérera, en 1836, pendant une semaine dans sa prison surnommée « Hôtel des Haricots »; nouvel emprisonnement en 1839, pour la même raison.

En 1837, près de Paris, à Sèvres, au lieu-dit les Jardies, il achète les premiers éléments de ce dont il voudra constituer tout un domaine. Sa légende commençant, on prétendra qu'il aurait rêvé d'y faire fortune en y acclimatant la culture de l'ananas. Ses projets assez grandioses lui coûteront fort cher et ne lui amèneront que des déboires. Liquidation onéreuse et longue : à la mort de Balzac, l'affaire n'était pas entièrement liquidée.

C'est en octobre 1840 que, quittant les Jardies, il s'installe à Passy dans l'actuelle rue Raynouard, où sa maison est redevenue aujourd'hui « La Maison de Balzac ».

Suite et fin, 1841-1850.

Le fait marquant qui inaugure cette période est l'acte de naissance officiel de *La Comédie humaine* considérée comme un ensemble organique. Cet acte, c'est le contrat passé le 2 octobre 1841 avec un groupe d'éditeurs pour la publication, sous ce « titre général », des « œuvres complètes » de Balzac, celui-ci se réservant « l'ordre et la distribution des matières, la tomaison et l'ordre des volumes ».

Nous avons vu le romancier, dès ses véritables débuts ou presque, montrer le souci d'un ordre et d'un classement. Une lettre à Mme Hanska du 26 octobre 1834 en faisait déjà état. Une lettre de décembre 1839 ou janvier 1840, adressée à un éditeur non identifié, et restée sans suite, mentionnait pour la première fois le « titre général », avec un plan assez détaillé. Cette fois le grand projet va enfin se réaliser (sous réserve de quelques changements de détail ultérieurs dans le plan, de plusieurs ouvrages annoncés qui ne seront jamais composés et, enfin, de quelques autres composés et non annoncés).

Réunissant rééditions et nouveautés, l'ensemble désormais intitulé *La Comédie humaine* paraît de 1842 à 1848 en dix-sept volumes, complétés en 1855 par un tome XVIII, et suivis, en 1855 encore, d'un tome XIX (*Théâtre*) et d'un tome XX (*Contes drolatiques*). Trois parties : *Études de mœurs, Études philosophiques, Études analytiques,* — la première partie étant elle-même divisée en *Scènes de la vie privée, Scènes de la vie de province, Scènes de la vie parisienne, Scènes de la vie politique, Scènes de la vie militaire* et *Scènes de la vie de campagne.*

L'*Avant-propos* est un texte doctrinal capital. Avant de se résoudre à l'écrire lui-même, Balzac avait demandé vainement une préface à Nodier, à George Sand, ou envisagé de reproduire les introductions de Davin aux anciennes *Études de mœurs* et *Études philosophiques.*

Premières publications en librairie : *Le Curé de village,* 1841 ; *Mémoires de deux jeunes mariées, Ursule Mirouët, Albert Savarus, La Femme de trente ans* (sous sa forme et son titre définitifs après beaucoup d'avatars), *Les Deux Frères* (titre qui deviendra *La Rabouilleuse*), 1842 ; *Une ténébreuse affaire, La Muse du département, Illusions perdues* (au complet), 1843 ; *Honorine, Modeste Mignon,* 1844 ; *Petites misères de la vie conjugale,* 1846 ; *La Dernière Incarnation de Vautrin* (achevant *Splendeurs et Misères des courtisanes*), 1847 ; *Les Parents pauvres* (*Le Cousin Pons* et *La Cousine Bette*), 1847-1848.

Romans posthumes. *Le Député d'Arcis* et *Les Petits Bourgeois,* restés inachevés, et terminés, avec une désinvolture confondante, par Charles Rabou agréé par la veuve, paraissent respectivement en 1854 et 1856. La veuve assure elle-même, avec beaucoup plus de tact, la mise au point des *Paysans* qu'elle publie en 1855.

Théâtre. Représentation et échec des *Ressources de Quinola,* 1842 ; de *Paméla Giraud,* 1843. Succès sans lendemain de *La Marâtre,* pièce créée à une date peu favorable (25 mai 1848) ; trois mois plus tard la Comédie-Française reçoit *Mercadet ou le Faiseur,* mais la pièce ne sera pas représentée.

Chevalier de la Légion d'honneur depuis avril 1845, Balzac, encore candidat à l'Académie française, obtient 4 voix le 11 janvier 1849, dont celles de Hugo et de Lamartine (on lui préfère le duc de Noailles), et, aux trois scrutins du 18 janvier, 2 voix (Vigny et Hugo), 1 voix (Hugo) et 0 voix, le comte de Saint-Priest étant élu.

Amours et voyages, durant toute cette période, portent pratiquement un seul et même nom : Mme Hanska. Le comte Hanski était mort le 10 novembre 1841, en Ukraine; mais Balzac sera informé le 5 janvier 1842 seulement de l'événement. Son amie, libre désormais de l'épouser, va néanmoins le faire attendre près de dix ans encore, soit qu'elle manque d'empressement, soit que réellement le régime tsariste se dispose à confisquer ses biens, qui sont considérables, si elle s'unit à un étranger.

En 1843, après huit ans de séparation, Balzac va la retrouver pour deux mois à Saint-Pétersbourg; il rentre par Berlin, les pays rhénans, la Belgique. En 1845, voyages communs en Allemagne, en France, en Hollande, en Belgique, en Italie. En 1846, ils se rencontrent à Rome et voyagent en Italie, en Suisse, en Allemagne.

Mme Hanska est enceinte; Balzac en est profondément heureux, et, de surcroît, voit dans cette circonstance une occasion de hâter son mariage; il se désespère lorsqu'elle accouche en novembre 1846 d'un enfant mort-né.

En 1847, elle passe quelques mois à Paris; lui-même, peu après, rédige un testament en sa faveur. A l'automne, il va la retrouver en Ukraine, où il séjourne près de cinq mois. Il rentre à Paris, assiste à la révolution de février 1848 et envisage une candidature aux élections législatives, puis il repart dès la fin de septembre pour l'Ukraine, où il séjourne jusqu'à la fin d'avril 1850. Malade, il ne travaille plus : depuis plusieurs années sa santé n'a pas cessé de se dégrader.

Il épouse Mme Hanska, le 14 mars 1850, à Berditcheff.

Rentrés à Paris vers le 20 mai, les deux époux, le 4 juin, se font donation mutuelle de tous leurs biens en cas de décès.

Balzac est rentré à Paris pour mourir. Affaibli, presque aveugle, il ne peut bientôt plus écrire; sa dernière lettre connue, de sa main, date du 1er juin 1850. Le 18 août, il reçoit l'extrême-onction, et Hugo, venu en visite, le trouve inconscient : il meurt à onze heures et demie du soir. On l'enterre au Père-Lachaise trois jours plus tard; les cordons du poêle sont tenus par Hugo et Dumas, mais aussi par le navrant Sainte-Beuve qui lui vouait la haine des impuissants, et par le ministre de l'Intérieur; devant sa tombe, superbe discours de Hugo : ni Hugo ni Baudelaire ne se sont trompés sur le génie de Balzac.

La femme de Balzac, après avoir trouvé quelques consolations à son veuvage, mourra ruinée de sa propre main et par sa fille en 1882.

NOTICE

I

HISTOIRE DU TEXTE ET ÉDITIONS DE « BÉATRIX »

Le roman *Béatrix,* tel que nous le lisons aujourd'hui, ne fut ni conçu ni écrit en une seule fois. Les deux premières parties, respectivement intitulées maintenant *Les Personnages* et *Le Drame,* parurent en feuilleton dans *Le Siècle* au printemps 1839, et en deux volumes, chez l'éditeur Souverain, à la fin de cette année 1839 (avec la date 1840), sous le titre *Béatrix ou les Amours forcés.* Balzac n'écrivit la suite, intitulée aujourd'hui *Un adultère rétrospectif,* que cinq ans plus tard. Cette suite, publiée en feuilleton dans *Le Messager* en décembre 1844-janvier 1845, sous le titre *Les Petits Manèges d'une femme vertueuse,* parut chez l'éditeur Chlendowski, en 1845, en deux volumes intitulés *La Lune de miel.*

Sur l'histoire de genèse de la « première *Béatrix* » nous possédons, grâce à la Correspondance de Balzac, notamment les *Lettres à Mme Hanska,* des renseignements précieux. C'est au printemps 1838, lors d'une visite à George Sand, que naquit le sujet de ce roman qui porta plusieurs titres successifs avant que s'impose à l'auteur le titre définitif *Béatrix.* Après un séjour de six jours à Nohant, Balzac, qui allait rentrer à Paris le lendemain, écrivit à Mme Hanska le 2 mars 1838 que George Sand, « à propos de Listz *(sic)* et de Mme d'Agoult », lui avait « donné le sujet des *Galériens* ou des *Amours forcés* ». Il commentait en ces termes le projet : « C'est à ceux qui ont la douceur adorable d'aimer selon les lois de leur cœur à plaindre les galériens de l'amour. »

L'exécution, néanmoins, subit quelque retard. Le romancier calligraphia, comme il aimait le faire, le titre de l'œuvre nouvelle sur un feuillet bleuté (conservé à la collection Lovenjoul sous la cote A 202, f° 13) : *Les Galériens,* mais il s'arrêta là dans son élan car, quinze jours après son retour, il quitta de nouveau la capitale, à destination cette fois de la Sardaigne où il comptait être le premier à exploiter les mines argentifères. De Marseille, il écrivit le 20 mars à George Sand : « Je reviendrai pour faire *Les Galériens,* le titre est trop insultant, j'en ai un autre meilleur. » Il s'agissait des *Amours forcés,* titre auquel il avait songé dès le 2 mars puisqu'il le mentionnait ce jour-là dans la lettre à Mme Hanska précitée.

Devancé dans son mirobolant projet par un Génois, Balzac quitta rapidement la Sardaigne et revint en France par l'Italie, s'attardant quelque temps à Milan avant de regagner Paris au milieu de juin. Installé aux Jardies, il vécut un été laborieux, qui ne lui laissa cependant guère de temps pour *Les Amours forcés,* car il avait inscrit à son programme *La Torpille, Le Curé de village, Les Mémoires de deux jeunes mariées,* une nouvelle ébauche des *Paysans,* alors intitulés *Qui a terre a guerre,* et la fin du *Cabinet des Antiques*... Les travaux littéraires d'ailleurs n'absorbaient pas tout le temps du romancier; d'abord, il y avait, pour le distraire de ses travaux, Mme Guidoboni-Visconti, la « Sarah » à laquelle est dédiée *Béatrix,* qu'il voyait beaucoup et qui, l'année suivante, avec sa famille, passa tout l'été aux Jardies. Puis, comme toujours, la vie, les lectures, les projets et les rêves colorèrent la création naissante. Sensible est en particulier dans *Béatrix* l'influence de certaines œuvres lues ou relues par l'auteur à cette époque, *Adolphe* de Benjamin Constant, *Éthel,* le nouveau roman du marquis de Custine, *Oberman* de Senancour et plusieurs œuvres de George Sand, notamment *Leone Leoni.* Enfin Balzac s'attela à la rédaction de l'œuvre qui s'appelait toujours *Les Amours forcés.* Il rédigea neuf feuillets (conservés à la collection Lovenjoul) qu'on peut dater avec vraisemblance de la fin d'octobre ou du début de novembre. Le principal intérêt de ces pages (qu'on pourra lire plus loin, dans les Documents) est de révéler à quel point, à quelques prudentes transpositions près, le futur roman était alors proche de la très réelle histoire des amours de Liszt et de Mme d'Agoult, du moins telle que l'avait présentée George Sand à Nohant.

Est-ce parce que la vie, trop envahissante, entravait la liberté romanesque de l'auteur, est-ce pour une autre raison ? En tout cas Balzac délaissa *Les Amours forcés* pour écrire *Une fille d'Ève,* scène parisienne où il introduisit plusieurs passages de l'ébauche abandonnée ainsi que le personnage de Nathan qui primitivement jouait le rôle de Conti dans *Béatrix.*

Un changement de décor, dès lors, s'imposait pour *Les Amours forcés.* Plusieurs facteurs sans doute concoururent au choix de Guérande. Le romancier certes n'avait pas revu ces lieux enchanteurs depuis l'idyllique séjour de 1830 au Croisic en compagnie de Mme de Berny, la Dilecta. Mais de temps en temps, Guérande revenait, selon une expression de *Béatrix,* « frapper à la porte du souvenir », et la Bretagne du Sud, Nantes et le lac de Grandlieu apparaissent dans diverses esquisses balzaciennes rédigées à cette époque.

Sans doute est-ce à la fin de décembre que se situe cette importante étape de la composition de *Béatrix,* et peut-être la date de décembre 1838, inscrite à la fin du roman et qui ne saurait en aucun cas représenter l'achèvement du roman, indique-t-elle la naissance du projet définitif, avec le nouveau décor, Guérande, et le nouveau titre, *Béatrix.* Sous ce titre, qui semble centrer l'éclairage sur l'héroïne, Balzac écrivit un second faux départ, court fragment qui présentait la Bretagne, province isolée, et Guérande, ville à part « où les idées nouvelles ont peu d'accès », c'est-à-dire la première page du roman telle que nous la lisons maintenant, à quelques ajouts près. Très vite cependant il s'interrompit et renonça à commencer son roman par une telle description. C'est auprès de Camille Maupin, aux Touches où se projette l'image de la civilisation parisienne, qu'il vit enfin vivre ses personnages, attiré sans doute davantage par celui de la femme supérieure que par les amours forcés de Béatrix. (Sur épreuves, il bouleversa cette structure pour revenir à son idée primitive d'ouvrir le roman sur l'évocation de Guérande.)

Tout confirme donc que c'est en janvier 1839 que se situe l'essentiel de la rédaction de *Béatrix.* Le 21, le romancier en plein élan créateur écrit à Caroline Marbouty : « J'ai en main une œuvre extraordinaire quoique simple. Dans quelques mois vous la lirez, elle est destinée à faire son chemin surtout auprès des dames — on fait trop de livres pour les hommes en y présentant de belles femmes, mon livre sera comme une statue aux belles formes présentée à vos adorations. Ce livre-là manquait. Il a d'ailleurs un titre qui vaut un livre : *Béatrix* »... Le 29, le jour même où il remplace *Qui a terre a guerre* en *Béatrix* chez l'éditeur Charpentier, il signe un contrat avec Dutacq, gérant du *Siècle*, pour la publication en feuilleton de *Béatrix ou les Amours forcés*. Le traité — reproduit au tome III de la *Correspondance* de Balzac — stipule que la fin de la copie doit être remise au plus tard le 25 février, et le dernier bon à tirer donné le 15 mars.

La publication, qui commença le 13 avril — donc avec retard — dans *Le Siècle*, ne satisfit pas Balzac. Mécontent de voir son œuvre « défigurée » et « châtrée » par les directeurs du journal et impatient de la voir prendre son vrai visage, il s'empressa de remettre le 15 mai à Souverain — auquel Charpentier avait cédé ses droits le 25 avril — une importante préface destinée à accompagner le texte de *Béatrix*. L'édition originale ne vit finalement le jour qu'à la fin de cette année 1839. Elle était divisée en trois parties, respectivement composées de huit, douze et huit chapitres, « Une famille patriarcale », « Une femme célèbre », « La Rivalité », avec une préface inédite, la dédicace à Sarah datée « Aux Jardies, décembre 1838 », et, à la fin du roman, la date : « Aux Jardies, janvier 1839. »

Dans *Le Siècle* comme dans l'édition originale, l'œuvre s'achevait alors avec le mariage de Calyste mais déjà la dernière phrase laissait prévoir une suite : « Béatrix vit toujours au fond de son cœur, et il est impossible de prévoir ce que causerait de désastre dans le jeune ménage une rencontre de Calyste et de Mme de Rochegude » (devenue Mme de Rochefide par une ultime correction de Balzac sur son exemplaire de *La Comédie humaine*).

Le romancier avait très vite conçu le déroulement des événements, comme l'atteste le titre qu'il avait choisi dès 1840 pour cette scène de la vie privée qui devait représenter la suite de *Béatrix :* « L'Épouse quittée ». Les projets matrimoniaux de Balzac, après la mort du comte Hanski qui survint à l'automne 1841, et la naissance de *La Comédie humaine*, en 1842, le contraignirent à ajourner l'exécution du projet. Le 7 novembre 1843, dans une lettre à Mme Hanska, Balzac fit allusion à la fin de *Béatrix* et, en janvier 1844, il lui parla d'une nouvelle intitulée *Sabine* ou *Sabine de Grandlieu*. Appelée ensuite *Les Malices d'une femme vertueuse*, l'œuvre sans cesse retardée par la corrosive attente du mariage espéré avec l'Étoile polonaise, ne parut finalement qu'à la fin de 1844. Le journal *Le Messager* commença le 24 décembre la publication en feuilleton des *Petits Manèges d'une femme vertueuse,* publication qui dura jusqu'au 23 janvier 1845. L'édition originale de l'œuvre parut en mai 1845 divisée en deux parties, « Les Adultères sous roche » (trente-trois chapitres) et « Les Noirceurs d'une femme pieuse » (vingt-sept chapitres).

Les manuscrits, conservés à la collection Lovenjoul, les épreuves, conservées les unes à la Bibliothèque municipale de Tours, les autres à la collection Lovenjoul, permettent d'apprécier le travail accompli par le romancier sur épreuves. Il a profondément modifié la structure des deux premières parties, il a surtout considérablement enrichi l'œuvre, en 1844 comme en 1839, ajoutant une description, une scène, une lettre, suspendant le cours du récit pour introduire un propos de moraliste ou un commentaire d'historien, donnant aux choses et aux êtres la vérité même de la vie.

L'édition de Béatrix dans « La Comédie humaine » :

— La « première » *Béatrix* parut au tome III de *La Comédie humaine,* Premier livre, *Scènes de la vie privée,* 1842, chez Furne, Dubochet et Hetzel (*Bibliographie de la France,* 19 novembre 1842), avec la dédicace — non datée —, et sans division en chapitres, ni préface, ni date à la fin. L'exemplaire corrigé par Balzac et conservé à la collection Lovenjoul sous la cote A 19 porte un certain nombre de corrections, notamment le changement du nom de Rochegude en celui de Rochefide, et l'indication d'une nouvelle division en deux parties : « Les Personnages » et « Le Drame ».

— *Béatrix (Dernière partie),* parut dans *La Comédie humaine,* quatrième volume (p. 1 à 94) daté de 1845 et enregistré à la *Bibliographie de la France* le 21 novembre 1845. Dans cette édition publiée chez Furne, Dubochet et Hetzel, la division en chapitres a disparu. L'œuvre porte à la fin la date « 1838-1845 ».

Selon son habitude, Balzac effectua sur son exemplaire personnel, conservé à la collection Lovenjoul sous la cote A 20, des corrections en vue d'une nouvelle édition. Il substitua des personnages fictifs de *La Comédie humaine* à des personnages réels, modifia quelques adjectifs et surtout assombrit la conclusion en supprimant l'ultime réflexion de Sabine : « Je suis aimée, ma mère, et pour toujours! » En outre, à la première page, il remplaça les mots « Dernière partie » par ce nouveau sous-titre : « Troisième partie : un adultère rétrospectif. »

C'est ce texte, dit « Furne corrigé », qui a servi de base à la présente édition.

II

DE LA RÉALITÉ À LA FICTION

Lorsque parut, en 1839, la « première » *Béatrix*, les contemporains ne voulurent lire dans ce roman que l'histoire des amours de Liszt et de Mme d'Agoult, qui avait défrayé la chronique parisienne en 1835. Marie de Flavigny s'était laissé marier, en 1827, au vicomte d'Agoult, avec l'espoir de jouer un rôle brillant dans la société du faubourg Saint-Germain. La Révolution de Juillet 1830, le marasme du noble faubourg, lui enlevèrent rapidement ses illusions. Ayant rencontré Liszt en 1833, elle s'éprit du séduisant compositeur, qui lui-même s'enflamma pour la belle Marie. La liaison resta discrète jusqu'au printemps de 1835 où Marie, animée, soit du désir sincère de vivre librement un amour exceptionnel, soit, ce que crurent les témoins les plus proches, de l'envie de faire parler d'elle, quitta mari et enfant pour accompagner Liszt en Suisse puis en Italie. Trois enfants naquirent, dont une fille Cosima, qui devint plus tard l'épouse de Richard Wagner. Marie, vite déçue dans son amour, ne se montra pas une mère très attentive. Se sentant tous deux, dans un premier temps, irréversiblement liés par leur éclat, les amants terribles se sentirent condamnés aux « amours forcés » et devinrent des « galériens de l'amour ». Au printemps 1837 Marie séjourna à Nohant, où elle revint avec Liszt en juillet. D'un commun accord, un peu plus tard, ils se séparèrent, continuant de s'écrire mais suivant chacun son destin, lui de compositeur célèbre et d'homme volage, elle de grande coquette qui décida de chercher la gloire, d'abord dans un salon où elle attira, entre autres, Sainte-Beuve, Lamartine, et, à un certain moment, Balzac, puis dans la littérature. Elle devint donc une femme-auteur, courtisée par Émile de Girardin, tandis que Liszt portait ses hommages, fort bien accueillis d'ailleurs, à la princesse Belgiojoso, qui, elle aussi séparée de son mari, s'était réfugiée dans une maison de la rue de Courcelles, là où Balzac installe Béatrix, abandonnée par Conti. Ajoutons que, si Mme d'Agoult ne regagna pas le foyer conjugal, la princesse Belgiojoso se réconcilia avec son mari et devint dans leur hôtel de la rue d'Anjou une des reines de la mode, tout comme le ménage Rochefide dans *Béatrix*, et fort peu de temps avant la composition de cette dernière partie du roman.

Ce qui importe ici ce n'est ni de connaître dans leur vérité historique le déroulement des orageuses amours de Liszt et de Mme d'Agoult ni de savoir si la liaison de cette dernière avec Girardin demeura ou non platonique. Ce qui compte c'est ce que sut, ce que crut Balzac, renseigné, en 1838, par George Sand, et, en 1844, par Delphine de Girardin d'une part, par ses visites chez Marie d'Agoult et chez la princesse Belgiojoso d'autre part.

Il paraît donc nécessaire, pour apprécier la création littéraire dans *Béatrix*, de verser au dossier ces pièces à conviction que représentent les confidences de Balzac dans sa *Correspondance*, tout spécialement les *Lettres à Mme Hanska* auxquelles sont empruntées les citations qui suivent :

— 28 juin 1835 :

A propos de la soirée chez Liszt du 11 mai précédent, à laquelle il n'assistait pas du fait de son départ pour Vienne où il allait rejoindre Mme Hanska, Balzac, à son retour, raconte : « Singulière destinée! Cette soirée a décidé de l'avenir de Listz (*sic*) et d'une femme. La présence de Mme Dud(evant) à cette soirée de Listz (*sic*) a si fort excité la jalousie de Mme d'Agoult, la femme du chevalier d'honneur de Mme Lucchesi Palli quand elle était duchesse de Berry et Madame, que la pauvre femme s'est fait enlever par Listz (*sic*), ou a enlevé Listz (*sic*), le lendemain. »

— 2 mars 1838 :

George Sand « est dupe de Lizst (*sic*) et de Mme d'Agoult, mais elle vient de le voir pour ce couple comme pour la Dorval (...). C'est à propos de Listz (*sic*) et de Mme d'Agoult qu'elle m'a donné le sujet des *Galériens* ou des *Amours forcés*. »

— février 1840 :

« Oui Sarah est madame de V(isconti), oui Mlle des T(ouches) est G(eorge) Sand, oui Béatrix est trop bien Mme d'Agoult. George en est au comble de la joie, elle prend là une petite vengeance sur son amie; sauf quelques variantes, *l'histoire est vraie*. »

— 23 avril 1843 :

Balzac avoue à Mme Hanska avoir *portraité* « Planche dans Claude Vignon de son consentement, et G(eorge) Sand dans Camille Maupin, également de son consentement ».

— 16 mai 1843 :

« É(mile de) Girardin a absorbé madame d'Agoult (...). C'est la Beljioioso (*sic*) qui a enlevé Listz (*sic*) à Mme d'A(goult). »

— 3 janvier 1845 :

A Delphine de Girardin le romancier a, dit-il, demandé de lui « raconter ses douleurs, quand elle a été trahie par Émile dans les 3 premières années de son mariage, pour pouvoir finir *Béatrix* ». Il s'agissait alors de Mme de La Bourdonnaye mais les douleurs passées, assurément, furent aisément ravivées par les présentes amours de Girardin et de Mme d'Agoult, que Delphine, avec générosité, avait aidée à reprendre sa place dans la société parisienne.

Peut-on s'étonner, dans ces conditions, de voir les journaux, en 1839, par exemple *Le Figaro* (nos des 28 avril et 3 mai), raconter que *Béatrix* est « l'histoire de divers personnages fort en évidence à Paris » et qu'on y trouve « la description physique et morale de MM. Liszt, G. Planche et autres personnages non moins célèbres ». On peut ajouter que la lecture du *Journal* de Marie d'Agoult, de celui de Charles Didier, et des *Entretiens journaliers* de George Sand, tous documents ignorés des contemporains, permet de mesurer combien le souvenir des séjours de Marie, seule d'abord, puis accompagnée de Liszt, en 1837, à Nohant, où se trouvait, auprès de George, Charles Didier, est présent dans le tableau de la vie aux Touches, dans *Béatrix*.

Et il en fut de même, quand parut la dernière partie de *Béatrix*. Charles Didier nota dans son *Journal*, le 11 janvier 1845 : « Roman de Balzac contre Mme d'Agoult. C'est la suite de *Béatrix* sous le titre *Manèges d'une femme.* »

Ainsi s'explique la destinée de *Béatrix*, roman mal aimé de *La Comédie humaine*, roman trop souvent réduit par la critique aux proportions d'un fait divers, appréciation aussi injuste qu'erronée.

Il convient en effet de ne pas oublier un certain nombre de faits et de considérations qui ont leur place dans ce dossier :

— En 1847, Liszt écrivait à Marie d'Agoult : « Je refuserai toujours net et absolument de voir ma personnalité dans les articles ou les livres dans lesquels on aura la bonté de s'occuper indirectement de mon chétif individu. Si vous avez bonne mémoire, vous devez vous souvenir que j'ai déjà établi ce principe lors de la publication de *Béatrix*...

— En juillet 1839, à propos de *Béatrix* précisément, George Sand écrivait : « Je suis trop habituée à faire des romans pour ne pas savoir qu'on ne fait jamais un *portrait;* qu'on ne peut ni ne veut copier un modèle vivant. »

Balzac assurément ne le voulait pas. S'il affirmait que « les écrivains n'inventent jamais rien », il avouait aussi, dans la préface du *Cabinet des Antiques,* que « la littérature se sert du procédé qu'emploie la peinture, qui, pour faire une belle figure, prend les mains de tel modèle, le pied de tel autre (...). L'affaire du peintre est de donner la vie à ces membres choisis et de la rendre probable. » On ne saurait mieux souligner le caractère capricieux des pulsions créatrices et la complexité des emprunts au réel, que cette affirmation de Balzac suffit à illustrer : « (...) *Conti* c'est Sandeau en musicien » (*Lettres à Mme Hanska,* t. II, p. 216, lettre du 15 mai 1843).

Ainsi serait-il facile de montrer que Claude Vignon, par exemple, s'il doit un certain nombre de traits à Gustave Planche, en emprunte d'autres à Charles Didier et même à Balzac lui-même. Il incarne « un type de critique », de même que Béatrix, comme le dit l'auteur dans le roman, représente « le type de ces existences sorties des rails sur lesquels roule le grand convoi social ». Certes la présence de Mme d'Agoult est sensible dans le physique, les situations, les réactions de Béatrix, mais le personnage romanesque reflète aussi le souvenir de mainte autre grande dame, Mme de Castries par exemple ou encore Fanny de Montault, cette amie de Marie d'Agoult, qui avait quitté son mari pour lier sa vie à celle d'un acteur de théâtre français, avant de regagner le foyer conjugal et son hôtel du faubourg Saint-Germain. Dans la dernière partie de *Béatrix* se projette en outre dans l'héroïne, de manière frappante, la silhouette, le milieu, les ambitions de la princesse Belgiojoso.

On montrerait tout aussi aisément que la vie n'est jamais seule à colorer de ses reflets les personnages romanesques. La Béatrix de Balzac doit quelques-uns de ses traits à la coquette Éthel du marquis de Custine et à certaines héroïnes de George Sand, entre autres Leone Leoni, cette galérienne de l'amour, mais elle ressemble beaucoup aussi à d'autres coquettes, à d'autres femmes adultères de *La Comédie humaine,* où tout reparaît sans cesse, personnages ou maisons, thèmes ou situations.

Rappelons enfin que si, de toute évidence, Camille Maupin emprunte à George Sand son teint bistré, son houka et sa résille rouge, son aversion pour le mariage et son goût de l'absolu, il suffit de lire le portrait de Mlle George par Théophile Gautier, de regarder du côté de Mme de Staël ou de Sophie Gay pour s'apercevoir que Camille Maupin n'*est* pas George Sand. Elle aussi est un type, c'est-à-dire, comme l'explique Balzac dans la préface d'*Une ténébreuse affaire,* « un personnage qui résume en lui-même les traits caractéristiques de tous ceux qui lui ressemblent plus ou moins ».

Le romancier emprunte tout au réel mais il amalgame, dédouble, crée par ressemblance ou dissemblance, synthétise, typise. Sachant bien, comme il le fait dire au peintre Frenhofer, dans *Le Chef-d'œuvre inconnu,* que « la mission de l'art n'est pas de copier la nature, mais de l'exprimer », il crée un monde entièrement fictif, plus vrai que le réel, où tout est signe et symbole, où tout exprime la vie, dans son mouvement et sa signification.

DOCUMENTS

Nous présentons ici :

1°/ L'ébauche des *Amours forcés,* premier titre du roman finalement intitulé *Béatrix.* On verra qu'Emma de Casteran, devenue par son mariage baronne de Retzau, est une femme mal mariée, qui a décidé de s'enfuir avec Nathan, l'homme qu'elle aime. De ce personnage, qui devint Conti dans *Béatrix,* nous savons peu de choses, trois feuillets de l'ébauche — où figurait très vraisemblablement le portrait de Nathan — ayant disparu. En revanche on découvre une Mme Nathan, logée là où, à Paris, dans *Béatrix,* demeurera Camille Maupin. Si l'on se souvient que, dans la réalité, telle du moins que la connaissait Balzac, George Sand avait songé à lier son existence à celle de Liszt avant que n'apparaisse dans la vie du compositeur Marie d'Agoult, on voit que la situation initiale du roman ressemblait étrangement à celle qui, dans la vie, avait pour protagonistes George Sand, Liszt, Marie d'Agoult. Balzac, écrivant à Mme Hanska, le 2 mars 1838, que George Sand lui avait « donné le sujet des *Galériens* ou des *Amours forcés* », « à propos de Listz (*sic*) et de Mme d'Agoult », ne mentait pas.

2°/ La préface, supprimée par la suite, de la *Béatrix* de 1839, où apparaissent nettement chez l'auteur : 1°/ la tentation de montrer « l'un des plus beaux accidents de la passion (...), cet ennoblissement dû à l'amour vrai et qui peut relever une femme tombée », aspect assez fugitif du personnage développé par le romancier à la suite de la lecture d'*Éthel,* roman du marquis de Custine à qui Balzac écrivait, le 10 février 1839 : « J'ai été frappé de cette belle lutte entre deux caractères, dont l'un épure l'autre;

c'est d'autant plus beau pour moi que *Béatrix* à laquelle je travaille est le sujet renversé, c'est la femme coupable (je prends le mot dans le sens vulgaire) épurée par l'amour d'un jeune homme, épurée par la douleur comme Éthel fait de Gaston »; 2°/ la volonté de mettre en scène une situation typique, celle des « galériens de l'amour », de peindre un type, celui de la femme « attachée à jamais à l'auteur de sa ruine, comme un forçat à son compagnon de chaîne », ou qui, « si elle brise des liens contractés arbitrairement, (...) tombe au niveau des femmes perdues », alternative qui laisse prévoir le futur destin de Béatrix, les liens n'étant pas brisés par elle mais par Conti, qui l'abandonne.

3°/ Le portrait de l'actrice Mlle George que Théophile Gautier avait fait paraître, ainsi que ceux de Jenny Colon et de Mme Damoreau, dans *Le Figaro,* en 1837, et qui fut reproduit dans la première série des *Belles Femmes de Paris* au début de l'année 1839. Gautier ayant séjourné aux Jardies dans les premiers jours de janvier, moment précis où Balzac se lançait enfin dans la rédaction de *Béatrix,* on comprend pourquoi la baronne du Guénic doit un certain nombre de traits physiques à Jenny Colon et à Mme Damoreau, telles que les a peintes Gautier et pourquoi Camille Maupin qui doit, par ailleurs, tant à George Sand, offre avec Mlle George une frappante ressemblance.

I

LES AMOURS FORCÉS

Au milieu de l'hiver 1833, quand la société fut un peu remise des violentes secousses qu'avait causées la Révolution des trois journées de Juillet et qui furent plus graves pour l'État social que ce grand déménagement lui-même, le beau monde parisien revenu de sa panique faisait les plus sérieuses réflexions, il examinait les dégâts produits par les nouvelles doctrines qui pullulaient comme des moucherons au soleil, développées toutes sous les nouveaux principes politiques proclamés dans l'ivresse du triomphe. La plupart des grandes familles s'isola. Les salons furent fermés, l'aristocratie française recommença la muette opposition qu'elle avait manifestée sous le règne de Napoléon, et ce ne fut guère que pendant cet hiver que quelques femmes du faubourg Saint-Germain dansèrent aux réunions diplomatiques et l'ambassadeur de la maison d'Autriche offrit sa maison comme un terrain neutre où pouvaient se rencontrer la jeunesse carliste et la jeunesse qui tenait pour la royauté citoyenne. La marquise de Listomère rouvrit aussi son salon, mais elle n'admit parmi les adhérents au nouvel ordre des choses que des célébrités remarquables des gens du parti légitimiste qui croyaient devoir ne pas abandonner les cartes. Il n'est pas indifférent de rappeler aujourd'hui l'état dans lequel étaient les esprits il y a six ans, car ces six années ont été si fertiles en transitions politiques et morales qu'elles équivalent à des siècles comme les quinze premières de notre époque. Le désordre qui n'a cessé de régner dans les hautes régions sociales a pu et a dû gagner quelques esprits, et surtout changer les idées de plusieurs femmes : du moins, il est permis de croire que ce gâchis a influé sur la conduite de la personne dont l'histoire a donné le sujet de cette esquisse.

Au commencement du mois de décembre, Mme de Listomère eut une soirée à propos du mariage de son frère, le comte Félix de Vandenesse, mais une soirée intime, sans apparat de fête car elle ne sortit jamais des bornes posées par le parti légitimiste. Cette soirée influa fatalement sur la destinée d'une des jeunes femmes qui s'étaient fait remarquer à la cour de Charles X et qui cherchait peut-être une célébrité quelconque, la baronne de Retzau, une demoiselle de Casteran, née, élevée en province, au château de Casteran, dans le département de l'Orne, et qui avait épousé le baron de Retzau, beaucoup plus à cause de sa position que pour lui-même. Le baron de Retzau, d'origine allemande, mais d'une incontestable noblesse, devait la pairie à ses liaisons avec le roi Charles X qu'il avait servi pendant l'Émigration, et sa fortune était assise et en dehors de toutes les variations possibles, elle consistait en fermes aux environs de Paris, dans une belle terre bien bâtie, en rentes, il avait place au conseil privé comme ministre d'État à raison d'une ambassade délicate accomplie dans les premiers jours de la Restauration. Sa femme devait être présentée à la cour et y partager sa faveur. Ces considérations frappèrent la vieille marquise de Casteran qui laissa sa petite-fille faire ce mariage malgré la disproportion des âges. Emma de Casteran avait dix-neuf ans en 1826 et le baron avait cinquante-deux ans. En 1834, Mme de Retzau était une femme de vingt-cinq ans. Les Casteran, vieux nobles attachés à leur province et alliés aux d'Esgrignon, aux Gordon, aux Ronquerolles, à toute la haute noblesse, entassaient leur argent avec intelligence, et le jeune [comte de *rayé*] marquis de Casteran, le frère de Mme de Retzau, devait, à la mort de sa grand-mère, réunir une centaine de mille livres de rentes. Sa sœur eut cent mille écus en mariage, dot qui lui permettait autant que son nom de choisir parmi les aînés de la pairie ; mais Emma, dès l'âge de raison, s'était fait remarquer par ce que les provinciaux nomment de l'originalité, et qui est simplement une supériorité dans les idées, toujours dangereuse pour les femmes ; aussi sa vieille grand-mère la vit-elle avec plaisir épouser un homme de cour, un vrai gentilhomme français, un ancien ambassadeur de qui les opinions étaient faites et qui pouvait unir à l'affection conjugale un peu de sentiment paternel. L'hôtel de Retzau était situé rue de l'Université. Mme de Retzau l'avait trouvé tout prêt à recevoir une jeune femme, après trois mois de séjour à Casteran, elle y fut surprise par toutes les recherches... [*il manque ici un feuillet qui introduisait les pensées du baron de Retzau*] à briller, à paraître ; elle est portée pour les arts, à une sorte d'admiration pour les œuvres de la pensée, encore un peu, peut-être écrirait-elle, elle est jalouse d'une gloire féminine à la Staël, elle sera donc très heureuse d'avoir un salon où se réuniront les beaux esprits, les gens supérieurs, elle saura causer avec eux, elle est réellement instruite, elle a beaucoup lu ; elle aide la noblesse dans le caractère et dans les idées, et je m'appuierai sur ces bases pour arranger notre existence.

Emma de Casteran n'était alors qu'une jeune mariée, comme Paris l'a vue jeune femme, une personne mince et droite, à figure longue et pointue, un teint journalier tantôt bis, tantôt blanc, un front magnifique, des yeux d'un bleu pâle, souvent cernés, un nez courbé, qui décrivait presque un quart de cercle, mais pincé des narines et plein de finesse, les joues rosées quand un sentiment violent l'agitait, mais habituellement pâles et une bouche autrichienne, des lèvres épaisses, la lèvre supérieure moins forte que l'inférieure et dédaigneuse tandis que l'autre retombe sur un menton assez gras, une jolie taille, un dos déjà plein et plus blanc que la figure ne permettait de l'espérer, mais un corsage maigre, des bras longs et mesquins, une tournure et des manières dégagées qui cachaient tout ce qu'elle avait de vicieux et mettaient en relief ses beautés, un air de princesse fière qui lui seyait et révélait soudain la femme noble. Sans être irréprochablement belle ou seulement jolie, elle pouvait le paraître et produire une vive impression.

Le baron de Retzau s'était dicté pour sa conduite un plan qu'il exécuta correctement : il voulut s'attacher sa femme par mille petits liens qui garrottent à la longue l'esprit le plus fier, le plus indépendant et le plus capricieux. Il avait remarqué la répugnance d'Emma pour les soins vulgaires de la vie, elle était un peu artiste sous ce rapport et il résolut de se vouer à son bien-être comme une mère à celui de son enfant. Quand Emma vint chez elle, elle y fut comme la plupart des jeunes femmes, heureuses de toutes les jouissances de la vie matérielle. Son appartement était délicieusement arrangé, les domestiques attentifs et prévenants. Elle avait une voiture et un cocher pour elle, elle eut tout d'abord une liberté sans contrainte. Pendant deux années, elle fut comme enivrée de la cour, du monde, de Paris, elle fut occupée de ses amusements, elle jugea les êtres, les événements (?), en passant (?) son existence au bal ; quand la révolution de 1830 eut lieu, son esprit avait déjà pris le dessus. Néanmoins, il fallut bien quitter Paris et aller passer l'hiver ailleurs à la terre du baron d'où elle ne revint qu'en 1832.

Pendant cet hiver, la baronne avait jugé, peut-être avec justesse, que la révolution d'ordre purement politique aux yeux de certaines gens était une grande révolution morale et que le monde où elle avait débuté s'en allait. Elle eut l'ambition d'avoir un salon, afin de régner sur les esprits, elle donna quelques soirées auxquelles vinrent des artistes, des écrivains, des journalistes mêlés aux hommes du faubourg Saint-Germain à qui les distractions sont nécessaires. Trompé par l'attitude de sa femme, le baron crut qu'il avait atteint son but et qu'il achèverait heureusement sa vie, il crut sa conduite appréciée, et cessa d'observer Emma : il l'avait vue enchantée jusqu'à l'enivrement de sa position à la cour de Charles X, heureuse de tout, heureuse de sa situation dans le monde, s'étant fait des jouissances d'une vie bien arrangée et sans souci, elle n'avait qu'à se laisser vivre, il demeura dans une sécurité profonde. Le jour de la soirée de Mme de Listomère, Emma après avoir vu le café servi à son mari quitta le salon pour aller s'habiller, quoiqu'elle ne commençât jamais sa toilette de si bonne heure. « Votre coiffeur n'est pas venu, lui fit observer le baron quand il sut le motif de la retraite de sa femme. — Thérèse me coiffera, répondit-elle. — Mais où allez-vous donc ? Vous n'allez pas chez Mme de Listomère à huit heures. — Non, dit-elle, mais j'entendrai le premier acte aux Italiens. » L'interrogant bailli du *Huron* dans Voltaire est un muet en comparaison des maris oisifs. Elle s'enfuit pour ne pas être questionnée davantage et n'entendit pas son mari qui lui répondait : « Eh bien, nous irons ensemble. » Il n'y mettait aucune malice, il n'avait aucune raison de soupçonner sa femme, elle avait tant de liberté ! Il s'efforçait de ne la gêner en rien, il y mettait de l'amour-propre. La conduite d'Emma n'offrait d'ailleurs pas la moindre prise à la critique la plus sévère. Le baron s'était habillé avant le dîner, il n'avait qu'à prendre ses gants et son chapeau, lorsqu'il entendit rouler la voiture de sa femme dans la cour sous la marquise du perron. Il passa chez elle et la trouva prête, mais dans le dernier étonnement de le voir. « Où allez-vous ? lui demanda-t-elle. — Mais ne vous ai-je pas dit que je vous accompagnais aux Italiens ? » La baronne réprima les mouvements extérieurs d'une violente contrariété, mais ses joues prirent une teinte de rose vif, comme si elle eût mis du rouge. « Eh bien partons », dit-elle. Le baron la suivit sans prendre garde à l'émotion trahie par la voix de sa femme, que dévoraient la rage et la colère la plus concentrée. « Aux Italiens ! dit M. de Retzau. — Non ! reprit la baronne, chez Mme Nathan, j'ai quelques mots à lui dire, reprit-elle, quand la portière fut fermée. » La voiture partit. « Mais si vous le vouliez, reprit Emma, je vous conduirais d'abord aux Italiens et j'irais chez elle après. — Non, répondit le baron, si vous n'avez que quelques mots à dire, j'attendrai dans la voiture ; il est sept heures et demie. » Si la baronne avait dit à son mari « Allez aux Italiens et laissez-moi tranquille », il aurait paisiblement obéi, mais comme toute femme d'esprit, elle eut peur d'éveiller ses soupçons en se sentant coupable et se résigna.

Mme Nathan était une femme célèbre par son talent, une artiste unique en son genre pour les portraits, et Emma l'avait prise en amitié, elle allait aux soirées de Mme Nathan sans son mari et le baron crut qu'il s'agissait d'un portrait. L'approche du premier jour de l'an justifiait son idée ; mais l'intimité de sa femme et de Mme Nathan était bien plus étroite qu'il ne l'imaginait ; personne, dans le monde le plus perspicace, le monde parisien, ne savait combien ces deux femmes étaient liées. Mme... [*il manque ici deux feuillets qui présentaient le personnage de Nathan*] matin à l'hôtel de Retzau et quand il y venait, il affectait si bien de prendre les heures où madame avait du monde que les convenances étaient supérieurement observées. Mais les passions violentes veulent à tout prix leur liberté. Mme de Retzau souffrait depuis un an de sa contrainte et de la rareté de ses rendez-vous, elle se regardait comme unie à Raoul et dix fois elle avait été sur le point de faire un éclat. Cet éclat, elle le résolut en se voyant contrariée de la manière la plus innocente par son mari. Les deux amants avaient calculé que de sept à dix heures, moment où la baronne ne pouvait arriver chez Mme de Listomère, ils auraient trois heures à eux. M. de Retzau avait détruit ce plan par son désir inattendu, insolite. Souvent déjà des événements imprévus, des riens auxquels il est impossible de penser avaient barré la route aplanie avec tant de soins et de peine pour une rencontre, et ces obstacles auxquels sont condamnées toutes les passions dans le grand monde irritaient et exaltaient au plus haut degré un caractère impérieux et fier comme celui d'Emma ; son amour bouillonnait furieux contre ces entraves comme un torrent à chutes rapides, serré entre des rochers. Quand son mari voulut l'accompagner, elle fut sur le point de tout lui dire, mais elle trembla de provoquer une catastrophe, et préféra le quitter [purement car une fois les liens coupés. Se fâcher, reprendre sa femme *rayé*]. Ainsi, pendant que la voiture allait de la rue de l'Université à la rue [du faubourg Saint-Honoré *rayé*] du Mont-Blanc où demeurait Mme Nathan, Mme de Retzau médita sa fuite et... [*ici s'achève ce fragment*].

II

PRÉFACE DE LA PREMIÈRE ÉDITION
(1839)

Il n'est pas toujours inutile d'expliquer le sens intime d'une composition littéraire, dans un temps où la critique n'existe plus.

Sans Calyste, les *Scènes de la vie privée* auraient manqué d'un type essentiel, celui du jeune homme dans toute sa gloire, offrant à la fois beauté, noblesse et sentiments purs.

Sans Béatrix, l'auteur aurait oublié de peindre les sentiments qui retiennent encore les femmes, après une chute. Quand certaines femmes du haut rang ont sacrifié leur position à quelque violente passion, quand elles ont méconnu les lois, ne trouvent-elles pas dans l'orgueil de la race, dans la valeur qu'elles se donnent et dans leur supériorité même, des barrières presque aussi difficiles à passer que celles déjà franchies, et qui sont à la fois sociales et naturelles ? N'était-ce pas aussi l'un des plus beaux accidents de la passion, que cet ennoblissement dû à l'amour vrai et qui peut relever une femme tombée? Béatrix se purifie par l'affection qu'elle porte et qu'elle inspire à Calyste, elle veut être une grande chose, une figure sainte pour lui, et s'immole à sa propre grandeur. Enfin, n'est-ce pas un enseignement terrible que celui des obligations contractées envers le monde par une faute? Tout n'est pas dit, quand une femme noble et généreuse a résigné sa part de souveraineté sociale et aristocratique. Elle est attachée à jamais à l'auteur de sa ruine, comme un forçat à son compagnon de chaîne, ou si elle brise des liens contractés arbitrairement, elle tombe au niveau des femmes perdues. Le monde distingue encore entre la passion et la dépravation.

Une fille ayant trouvé, selon la sublime pensée de Mme de Staël, dans la gloire, *un deuil éclatant du bonheur,* et rencontrant, sur le déclin de sa vie, ce pur et premier amour qu'elle a rêvé, qu'elle a mille fois appelé; mais amenée par son propre génie à prévoir les conséquences, et forcée par une haute raison de renoncer à celui qu'elle aime, sans renoncer à l'amour, gardant au fond de son cœur un ver qui le rongera, comme Béatrix, sera pour toute la vie de Calyste une image meurtrière; n'est-ce pas encore un de ces graves enseignements que l'on devait aux jeunes filles tentées par des célébrités modernes, lesquelles sont, comme la Camille Maupin des *Études de mœurs,* de monstrueuses exceptions, sur lesquelles ni le moraliste, ni l'individu ne doivent établir aucun système.

Ces trois figures se détachent vivement sur le clair-obscur des mœurs calmes d'une famille, et de gens arrivés très noblement et presque sans fautes à la fin de la vie, ce qui constitue une des plus complètes oppositions qu'ait pu créer l'auteur.

L'auteur sait que, tout d'abord, ces sortes d'œuvres obtiennent un succès moins éclatant que celles où les situations se succèdent, où le mouvement est vif et pressé; mais à la longue, les livres comme *Béatrix, Eugénie Grandet, La Recherche de l'Absolu, Le Médecin de campagne* arrivent à réunir plus de sympathies et triomphent des trahisons du feuilleton. Il peut lui être permis de faire observer qu'en même temps que *Béatrix* paraissait dans un journal, il publiait le *Grand homme de province à Paris,* scène pleine d'action, sans descriptions, sans ce qu'on appelle des longueurs. Deux œuvres aussi dissemblables, nées jumelles, n'accusent-elles pas chez l'auteur un choix de moyens nécessaires et appropriés aux singularités du sujet? A chaque œuvre sa forme, sinon plus de contrastes et la monotonie arriverait nécessairement dans une histoire aussi longue que celle des mœurs faite d'après la Société elle-même.

III

Mlle GEORGE
par Théophile Gautier

Il y a bien longtemps que Mlle George est belle, et l'on pourrait dire d'elle ce que le paysan disait d'Aristide : « Je te bannis parce que cela m'ennuie de t'entendre appeler juste. »

Nous ne ferons pas comme ce brave manant grec, quoiqu'il soit évidemment plus difficile d'être toujours beau que d'être toujours juste. Cependant Mlle George semble avoir résolu cet important problème : les années glissent sur sa face de marbre sans altérer en rien la pureté de son profil de Melpomène grecque.

Sa conservation est bien autrement miraculeuse que celle de Mlle Mars, qui n'est, du reste, aucunement conservée, et ne peut plus faire illusion dans les rôles de jeune première qu'à des fournisseurs de la République et à des généraux de l'Empire.

Malgré le nombre exagéré de lustres qu'elle compte, Mlle George est réellement belle et très belle.

Elle ressemble à s'y méprendre à une médaille de Syracuse ou à une Isis des bas-reliefs éginétiques.

L'arc de ses sourcils, tracé avec une pureté et une finesse incomparables, s'étend sur deux yeux noirs pleins de flammes et d'éclairs tragiques ; le nez, mince et droit, coupé d'une narine oblique et passionnément dilatée, s'unit avec son front par une ligne d'une simplicité magnifique ; la bouche est puissante, arquée à ses coins, superbement dédaigneuse, comme celle de la Némésis vengeresse qui attend l'heure de démuseler son lion aux ongles d'airain. Cette bouche a pourtant de charmants sourires épanouis avec une grâce tout impériale, et l'on ne dirait pas, quand elle veut exprimer les passions tendres, qu'elle vient de lancer l'imprécation antique ou l'anathème moderne.

Le menton, plein de force et de résolution, se relève fermement, et termine par un contour majestueux ce profil, qui est plutôt d'une déesse que d'une femme.

Comme toutes les belles femmes du cycle païen, Mlle George a le front plein, large, renflé aux tempes, mais peu élevé, assez semblable à celui de la Vénus de Milo, un front volontaire, voluptueux et puissant, qui convient également à la Clytemnestre et à la Messaline.

Une singularité remarquable du col de Mlle George, c'est qu'au lieu de s'arrondir intérieurement du côté de la nuque, il forme un contour renflé et soutenu qui lie les épaules au fond de la tête sans aucune sinuosité, diagnostic de tempérament athlétique, développé au plus haut point chez l'Hercule Farnèse.

L'attache des bras a quelque chose de formidable pour la vigueur des muscles et la violence du contour. — Un de leurs bracelets ferait une ceinture pour une femme de taille moyenne. — Mais ils sont très blancs, très purs, terminés par un poignet d'une délicatesse enfantine et des mains mignonnes frappées de fossettes, de vraies mains royales, faites pour porter le sceptre et pétrir le manche du poignard d'Eschyle et d'Euripide.

Mlle George semble appartenir à une race prodigieuse et disparue; elle vous étonne autant qu'elle vous charme. L'on dirait une femme de Titan, une Cybèle mère des dieux et des hommes, avec sa couronne de tours crénelées; sa construction a quelque chose de cyclopéen et de pélasgique. On sent en la voyant qu'elle reste debout, comme une colonne de granit, pour servir de témoin à une génération anéantie, et qu'elle est le dernier représentant du type épique et surhumain.

C'est une admirable statue à poser sur le tombeau de la tragédie, ensevelie à tout jamais.

BIBLIOGRAPHIE

A. *Documents*

Manuscrit autographe de *Béatrix* (première et deuxième parties), conservé à la collection Lovenjoul (à Chantilly) sous la cote A 6. Les seules épreuves qui subsistent, toutes destinées au journal *Le Siècle,* sont enregistrées à la Bibliothèque municipale de Tours sous la cote Ms 1742 et se trouvent actuellement en dépôt au musée de Saché.

Manuscrit autographe de *Béatrix* (dernière partie), titre substitué à deux autres, successivement rayés : « La jeune (épouse *barré*) femme quittée » et « Les malices d'une femme vertueuse », conservé, ainsi que divers jeux d'épreuves partielles, à la collection Lovenjoul sous la cote A 7.

Exemplaire de *Béatrix* dans l'édition Furne de *La Comédie humaine* (aux tomes III et IV) ayant appartenu à Balzac et corrigé par lui, conservé à la collection Lovenjoul sous les cotes A 19 (t. III de *La Comédie humaine)* et A 20 (t. IV).

B. *Éditions critiques*

Balzac : *Béatrix.* Introduction, notes et appendice critique par Maurice Regard, Classiques Garnier, 1962.

Balzac : *Béatrix.* Texte présenté, établi et annoté par Madeleine Fargeaud, dans *La Comédie humaine,* t. II, Bibliothèque de la Pléiade, Gallimard, 1976.

C. *Études sur « Béatrix »*

TATTEVIN (Georges) : *Balzac au pays guérandais,* Guérande, 1950.

GRACQ (Julien) : préface à *Béatrix, La Comédie humaine,* t. 9, Club français du livre, 1951.

GUYON (Bernard) : « *Adolphe, Béatrix* et *La Muse du département* », *L'Année balzacienne 1963.*

GASCAR (Pierre) : préface à *Béatrix,* Livre de Poche Classique, 1966.

FARGEAUD (Madeleine) : « Une lecture de *Béatrix* », *L'Année balzacienne 1973.*

PRENDERGAST (Christopher) : « Fonction et personnage : Réflexions sur Madame du Guénic », *L'Année balzacienne 1973.*

FORTASSIER (Rose) : *Les Mondains de « La Comédie humaine »,* Klincksieck, 1974.

FARGEAUD (Madeleine) : « De l'image au mythe. Balzac et la Bretagne de *Béatrix* », *Mélanges offerts à M. René Pintard,* Klincksieck, 1975.

FARGEAUD (Madeleine) : « Balzac, Nantes et les Nantais dans *La Comédie humaine* », *Stendhal et Balzac II : la province dans le roman.* Acte I du Congrès 1971, réunis et présentés par Alain Chantreau. Nantes, Société nantaise d'études littéraires, 1978.

MICHEL (Arlette) : *Le Mariage chez Honoré de Balzac. Amour et féminisme,* Les Belles Lettres, 1978.

D. *Autour de George Sand, Liszt et M*me *d'Agoult*

Documents :

AGOULT (Marie d') : *Mémoires,* Calmann-Lévy, 1927.

BALZAC (Honoré de) : *Correspondance,* éd. Roger Pierrot, Garnier, 1960-1965, 4 vol.

BALZAC (Honoré de) : *Lettres à Madame Hanska,* éd. Roger Pierrot, Les Bibliophiles de l'Originale, 1967-1971, 4 vol.

*Correspondance de Liszt et de M*me *d'Agoult,* éd. Daniel Ollivier, Grasset, 1933-1934, 2 vol.

SAND (George) : *Correspondance,* éd. Georges Lubin, Garnier, publiée à partir de 1964 (voir notamment t. III et IV).

SAND (George). *Œuvres autobiographiques,* éd. Georges Lubin, Bibliothèque de la Pléiade, Gallimard, 1970-1971, 2 vol.

Études :

MARIX-SPIRE (Thérèse) : *Les Romantiques et la musique. Le cas George Sand (1804-1838)*, Nouvelles Éditions latines, 1954.

REGARD (Maurice) : *L'Adversaire des romantiques, Gustave Planche,* Nouvelles Éditions latines, 1955, 2 vol.

VIER (Jacques) : *La Comtesse d'Agoult et son temps,* A. Colin, 1955-1956, 6 vol.

REGARD (Maurice) : « Balzac et Charles Didier » et « George Sand et Charles Didier », *Revue des Sciences humaines,* 1959.

POMMIER (Jean) : *George Sand et le rêve monastique, « Spiridion »,* Nizet, 1966.

BODIN (Thierry : « Du côté de chez Sand », *L'Année balzacienne 1972.*

NOTES

Page 24.

1. Sarah était le second prénom, connu seulement de quelques intimes, de la comtesse Guidoboni-Visconti, née Frances Lowell (1804-1883). Balzac, qui avait fait sa connaissance au printemps de 1835, semble-t-il, et était depuis cette date fort lié avec la blonde comtesse, loua pour trois mois, en 1839, une de ses maisons des Jardies à la famille Visconti.

2. Les Visconti, milanais d'origine, représentaient au XIVe siècle une grande famille d'Italie, dont la puissance ne se bornait pas à Milan mais s'étendait à Pise, Vérone, Padoue et Gênes, ce qui explique l'allusion de Balzac « aux rives de la Méditerranée ».

LES PERSONNAGES

Page 25.

1. Comme Besançon et surtout Issoudun que, dans une première esquisse de *Béatrix,* Balzac comparait précisément à Guérande. Dans *La Rabouilleuse,* le romancier a expliqué la décadence d'Issoudun par « l'esprit d'immobilisme » qui fit refuser à la ville le passage de la grande route Paris-Toulouse et la présence d'une garnison. Ayant perdu « ce moyen de communication avec le siècle », Issoudun se caractérise, comme Guérande, par une « complète stagnation sociale ».

2. A la première page de *La Recherche de l'Absolu* (Folio, no 739), Balzac déclare : « L'archéologie est à la nature sociale ce

que l'anatomie comparée est à la nature organisée. Une mosaïque révèle toute une société, comme un squelette d'ichtyosaure sous-entend toute une création. De part et d'autre, tout se déduit, tout s'enchaîne. » On saisit là l'influence du naturaliste Cuvier, fondateur de l'anatomie comparée, non seulement sur les idées, mais aussi sur la conception et la technique romanesques de Balzac.

Page 26.

3. « Nous n'avons plus le génie de ces siècles. L'industrie a remplacé l'art », écrivait déjà Hugo en octobre 1825 dans son article « Sur la destruction des monuments en France ». Balzac pense de même.

Page 27.

4. La présence de ces « tours carrées ou rondes » qui ont surpris certains critiques s'explique sans doute par le souvenir du château de Fougères que Balzac décrit dans *Les Chouans* « enveloppé de ses manteaux de lierre, percé de ses tours carrées ou rondes ».

5. Quatre en réalité, mais la porte de Saillé, à l'époque où Balzac vint à Guérande, était murée, vraisemblablement pour arrêter le vent du sud.

Page 28.

6. Ce n'est pas là un trait particulier à Guérande. Dans *Eugénie Grandet* par exemple, Balzac raconte que Grandet avait muré les croisées de Noyers, sans doute pour la même raison : éviter l'impôt sur les portes et fenêtres décrété par le Directoire. Le pisé est ce genre de constructions économiques réalisées avec de grandes briques faites de terre franche plus ou moins argileuses. On se contente de faire sécher le pisé, à la différence de la brique, qui est cuite.

7. Cette poterne est peut-être l'ancienne porte de Saillé. Voir n. 5.

Page 29.

8. Comme Issoudun, ou Besançon dont Balzac affirme, dans *Albert Savarus*, que « Nulle ville n'offre une résistance plus sourde et muette au Progrès ».

Page 30.

9. On a reproché à Balzac d'avoir parlé de « quatre » lieues, alors qu'il y en a seulement trois. Gustave Grandpré, dans *Promenade au Croisic* (Paris, 1828, t. III, p. 152), écrit : « A son embouchure, la Loire se développe sur une étendue de trois lieues de largeur, et forme entre Paimbœuf et Mindin une rade immense, toujours couverte de vaisseaux de toutes les nations. » En réalité, ces deux villes ne sont pas situées l'une en face de l'autre, et il n'est pas question de traverser la Loire sans dériver. Ainsi peut-on considérer que le bateau parcourt en réalité quatre lieues.

10. En effet la jetée, commencée en 1827, ne fut achevée qu'en 1835.

11. Cette dernière précision, qui s'ajoute aux deux allusions de l'auteur à des souvenirs de 1829, semble bien prouver que Balzac, lorsqu'il écrit, en 1839, cette première partie de *Béatrix,* n'a pas revu depuis 1830 les lieux qu'il décrit.

Page 31.

12. On est loin du chiffre donné par le baron de Frénilly. Dans sa *Notice sur l'arrondissement de Savenay en 1822,* le nouveau député écrit que les marais salants entre Guérande et Le Croisic rapportent au fisc treize millions par an. Richer, dans son *Voyage de Nantes à Guérande,* sixième lettre de son *Voyage pittoresque dans le département de la Loire-Inférieure* (p. 109), cite le même chiffre, en 1823.

13. Richer parle lui aussi du « sable qui se désagrège et se dérobe sous le poids qui le foule » (ouvrage cité, p 22).

14. On remarque que, dans *Béatrix,* une vision orientale se superpose au paysage breton. L'évocation de l'Orient à propos de cette région n'est cependant pas particulière à Balzac, car elle figure aussi dans les descriptions, sensiblement contemporaines, de Grandpré ou de Richer.

Page 32.

15. Balzac introduit ici un authentique Guérandais qu'il avait connu en 1830, Jérôme Bernus, qui fut successivement voiturier, bijoutier, propriétaire à Guérande où il mourut en 1859.

16. Il s'agit du traité du 12 avril 1365, signé après la bataille d'Auray entre le roi de France Charles V et Jean de Montfort, qui devint ainsi duc de Bretagne.

Page 33.

17. Dans son *Histoire de Bertrand du Guesclin* (Paris, 1876), Siméon Luce déclare que ce nom s'écrit de vingt manières différentes, dont les deux formes principales sont, avant le XIVe siècle, « du Guarplic et du Guesclin ». On rencontre dans la *Nouvelle Biographie générale* de Kerviler, publiée en 1859, la forme « Glaicquin », citée ici par Balzac.

Page 34.

18. L'Assemblée nationale supprima, le 4 août, l'impôt des lods et ventes, c'est-à-dire le droit de mutation dû au seigneur pour la vente d'un bien dans sa censive.

Page 35.

19. C'est-à-dire « Fais! », devise latine qui symbolise admirablement l'attitude des du Guénic, dont la vie se résume dans l'action. Le « tortil », terme de blason, désigne le lambrequin ou ruban qui s'enlace autour d'une couronne; c'est l'ornement spécial du baron.

Page 37.

20. Le souvenir de la maison de Tristan à Tours se manifeste dans plusieurs détails précis, notamment les tourelles, la galerie de pierre et les entre-deux du plafond, beaucoup plus caractéristiques des maisons tourangelles que des maisons bretonnes.

Page 39.

21. Petit tuyau.

22. Étoffe qui imitait le brocart, nom jadis réservé aux étoffes d'or et d'argent, plus tard étendu à toutes sortes d'étoffes à fleurs.

Page 41.

23. C'est-à-dire une plaque en plomb, placée à l'entrée d'un tuyau pour empêcher les crapauds d'y pénétrer.

Page 42.

24. Balzac a toujours déploré ces transformations modernes, comme Hugo, dans son article de 1829 intitulé « Guerre aux démolisseurs ». Voir aussi n. 3.

Page 43.

25. Seul le prince de Loudon, dans cette énumération, est un héros fictif de la guerre de Vendée. Balzac mêle volontiers personnages réels et personnages fictifs afin d'enraciner mieux dans la réalité son monde romanesque.

Page 44.

26. C'est-à-dire très précisément le 24 avril 1814. Au mois d'août 1836, quand commence l'action dans *Béatrix,* Calyste a donc vingt-deux ans et non vingt et un.

27. C'est là un trait caractéristique du personnage balzacien. Parlant de Gobseck et de sa demeure, Balzac écrit, dans *Gobseck :* « Vous eussiez dit de l'huître et son rocher. »

Page 45.

28. Balzac, pour ses portraits de vieillards, se réfère souvent aux peintres de l'École flamande ou hollandaise, notamment Rembrandt, le peintre le plus souvent cité dans *La Comédie humaine.*

29. Dans son *Tableau de la France,* Michelet écrivait en 1831 : « Le génie de la Bretagne, c'est un génie d'indomptable résistance et d'opposition intrépide, opiniâtre, aveugle. »

Page 46.

30. Dans les mains du baron semble s'inscrire toute l'histoire de sa famille, de l'époque de du Guesclin au soulèvement de la Vendée en 1832. Cette présence du passé confère au vieillard une grandeur épique et fait de lui le symbole de la race bretonne.

31. Les Bleus évoquent l'époque de la Chouannerie, où s'affrontaient les Blancs ou Chouans (partisans du Roi) et les Bleus (soldats de la Révolution); le prénom de Georges désigne le fameux chef vendéen Georges Cadoudal (1771-1804).

32. Marie-Caroline, duchesse de Berry, fille du roi Ferdinand de Naples et belle-fille de Charles X (1798-1870), supportant mal l'exil, débarqua à Marseille le 29 avril 1832, essaya de soulever le Midi de la France en faveur de son fils le duc de Bordeaux puis, surtout, la Vendée où elle fut finalement arrêtée le 6 novembre suivant.

Page 48.

33. Henri Clarke, duc de Feltre (1765-1818), maréchal de France dont la famille était originaire d'Irlande, fut ministre de la Guerre sous l'Empire, adhéra à la déchéance de l'Empereur, suivit Louis XVIII à Gand et redevint ministre de la Guerre à la deuxième Restauration.

34. Non seulement le général Travot ne participait pas à cette opération, mais la situation réelle se trouve inversée par le romancier : ce sont en effet les Chouans qui, sous la conduite du marquis de Coislin, assiégèrent, le 7 juillet 1815, la garnison de Guérande. La fusillade dura tout le jour et, dans la nuit, les Chouans se retirèrent sans avoir réussi. Balzac prend donc des libertés avec l'Histoire dans ce récit dont la conclusion, en outre, manque de vraisemblance : comment le baron, qui commandait la place forte, aurait-il pu se sauver dans les bois pour ne pas rendre la place ?

Page 50.

35. Le journal des monarchistes, lu par toute l'aristocratie sous la Restauration et sous la Monarchie de Juillet.

36. Le vieux château de la Pénissière fut, le 6 juin 1832, le cadre d'un des plus beaux faits d'armes de l'histoire ancienne et moderne. Les assiégeants, ne pouvant venir à bout de l'héroïque résistance des Vendéens assiégés, incendièrent le château, d'où ne réussirent à s'échapper que quelques rares survivants.

37. Voir n. 32.

Page 52.

38. C'est-à-dire en longues boucles.

Page 53.

39. Employé comme substantif, ce terme, qui désigne la qualité de ce qui reluit, se rencontre rarement au pluriel.

Page 57

40. Par l'extension de l'individu au groupe, Balzac donne une valeur typique à ce personnage secondaire. Gasselin ressemble à tous les Bretons décrits par Balzac dans *Les Chouans,* et porte le vêtement décrit dans ce roman : « une veste ronde à petites poches latérales et carrées qui n'allait que jusqu'aux hanches,

vêtement particulier aux gens de l'Ouest », ou, en hiver, la peau de bique.

Page 61.

41. Balzac, très frappé par les portraits de bourgmestres hollandais, notamment ceux de Mirevelt (1588-1641) qu'il avait admirés au Louvre, a peint plusieurs personnages par référence à ces portraits, par exemple Balthazar Claës dans *La Recherche de l'Absolu*.

Page 62.

42. Un peu plus loin le romancier parle de « l'illustre maison des Pen-Hoël ». Rappelons que Pierrette, héroïne du roman qui porte son nom, fut élevée dans le bourg de Pen-Hoël, qui devait son nom au célèbre roi breton Hoël. Des Penhoël vivaient d'ailleurs à Nantes au XVIIIe siècle. Rappelons aussi qu'il existe à Saint-Nazaire un faubourg de Penhoët et qu'un ami de Balzac s'appelait Barchou de Penhoën.

Page 63.

43. Un des traits distinctifs de la vieille fille dans l'œuvre de Balzac, comme, un peu plus loin, la raideur et le manque d'élégance.

44. Registre du Parlement de Paris, au Moyen Age.

45. C'est-à-dire ce taffetas léger qui venait autrefois de la ville de Florence.

Page 65.

46. Plusieurs O'Brien furent en effet rois d'Irlande aux XIe et XIIe siècles. A partir de cette date la puissance et la gloire des O'Brien déclinèrent.

Page 67.

47. Voir n. 51.

Page 68.

48. L'amiral Kergarouët avec lequel il joue aux cartes chez Mme de Rouville, veuve d'un ancien marin, dans *La Bourse*.

49. Depuis les touchantes et tragiques amours de Pyrame et Thisbé, épisode mythologique célébré par le poète latin Ovide,

dans ses *Métamorphoses,* ce nom représente un symbole de fidélité.

Page 69.

50. Armand-Emmanuel, duc de Richelieu (1766-1822), homme d'État et petit-fils du maréchal, émigra et prit du service en Russie à plusieurs reprises. Le tsar Alexandre Ier lui confia en 1803 le gouvernement d'Odessa. Il rentrera en France au retour des Bourbons.

Page 70.

51. Balzac donne une idée assez exacte de ce jeu qui paraît dater du XVIIe siècle et se joue de trois à six personnes, à ceci près qu'il décrit ici plutôt le « mistigri », qui est une variante de la mouche. Ce jeu, du nom du valet de trèfle, « mistigri » — et non mistigris comme l'écrit Balzac —, se joue exactement comme la mouche, avec cette différence que le mistigri représente l'atout permanent, supérieur à tous les autres, et l'emporte sur toutes les cartes, tandis qu'à la mouche le roi est la plus forte carte.

Page 71.

52. Le liard était une petite monnaie de cuivre qui valait le quart d'un sou, un peu plus d'un centime.

Page 75.

53. Le whist, sorte de jeu de cartes qui se joue à quatre ou à trois avec un mort, et le boston, jeu de salon qui se joue à quatre avec un jeu de cinquante-deux cartes et des paniers de fiches, nouvellement introduits en France, faisaient fureur dans les salons qui se voulaient à la mode.

Page 78.

54. Balzac raconte dans *Le Bal de Sceaux* l'histoire du mariage de l'orgueilleuse Émilie de Fontaine avec son grand-oncle l'amiral de Kergarouët, vers 1827. Devenue veuve, elle épousa l'ambassadeur Charles de Vandenesse.

Page 81.

55. Ce terme injurieux et méprisant désignait à l'origine une femme malpropre et désagréable.

56. Les houris sont ces beautés célestes qui, selon l'Alcoran, seront, dans le paradis, les épouses des musulmans fidèles.

57. Comme pour Bernus (voir n. 15), il s'agit d'un nom réel. Balzac, en 1830, avait connu les demoiselles Bougniol — ou plus exactement Bouniol —, aubergistes à Guérande.

Page 82.

58. Forme archaïque du mot hussard.

59. D'emploi assez courant au XVIIIe siècle, ce mot tomba en désuétude au siècle suivant.

Page 85.

60. C'est-à-dire les courtisanes, par allusion au culte impur que les femmes d'Assyrie et de Phénicie rendaient au dieu Baal.

Page 91.

61. Espèce de bar ou loup. On rencontre dans les textes de l'époque les deux formes loubine et lubine.

62. Tous ces personnages apparaissent dans *Les Chouans.*

Page 92.

63. C'est sans doute le rappel du « Gars », le marquis de Montauran, héros des *Chouans,* qui a inspiré à l'auteur ce mot féminin ainsi orthographié.

Page 95.

64. Ce général, orateur et homme d'État athénien, qui vécut au IVe siècle avant J.-C., est célèbre par ses vertus et l'austérité de ses mœurs.

Page 97.

65. Il s'agit de Marguerite de Bourgogne, héroïne du drame d'Alexandre Dumas, *La Tour de Nesle,* créé à la Porte-Saint-Martin le 29 mai 1832.

66. Voir n. 69.

Page 98.

67. On notera le choix significatif du prénom asexué Camille et celui du nom Maupin, visiblement inspiré à Balzac par l'héroïne du roman de Th. Gautier, *Mademoiselle de Maupin.*

68. Originaire de Tours, le chevalier des Touches (1680-1754)

fut en effet ministre plénipotentiaire. Il dut surtout sa célébrité à ses comédies, *Le Philosophe marié, Le Glorieux,* etc.

69. Allusion aux deux volumes de Mérimée publiés en 1825, chez Sautelet, sous le titre *Théâtre de Clara Gazul.*

Page 99.

70. L'attaque des Tuileries, le 10 août, et le massacre des Carmes, le 7 septembre, eurent lieu en 1792 et non en 1793.

71. Fondée au VIIe siècle, l'abbaye de Chelles fut définitivement fermée le 1er octobre 1792.

72. William Pitt, l'homme d'État anglais (1759-1806) et Frédéric de Saxe, prince de Cobourg, le général autrichien (1737-1815) haïssaient la France et furent les adversaires acharnés de Napoléon.

73. Le 27 juillet 1794, jour de la chute de Robespierre.

Page 102.

74. L'arrivée du Berlinois Steibelt à Paris, vers 1790, fit sensation. Sa musique connut une grande vogue sous le Directoire et il compta parmi ses élèves les femmes les plus distinguées.

Page 103.

75. C'est le 20 mars 1814 que Napoléon rentra dans la capitale, d'où le roi Louis XVIII était parti la veille pour se réfugier à Gand.

Page 104.

76. Cette rue, qui porta au XVIIIe siècle divers noms, dont, sous la Révolution et le Directoire, celui de rue du Mont-Blanc, reprit sous la Restauration le nom de Chaussée-d'Antin qu'elle avait au XVIIe siècle, alors qu'elle n'était qu'un chemin sinueux.

Page 105.

77. Le problème des races intéressait particulièrement l'auteur de *Béatrix* en 1838-1839. Dans la préface d'*Une fille d'Ève,* il y fait allusion en rappelant une page de *La Torpille,* où figure notamment cette phrase : « Les êtres humains prennent-ils, comme les autres, quelque chose aux milieux dans lesquels ils se développent, et gardent-ils, pendant des siècles, les qualités qu'ils en tirent ? Cette grande question du problème des races est peut-être dans la question elle-même... »

Page 106.

78. Un méplat représente chacun des plans dont la réunion forme la surface d'un corps. Dans ce portrait où les traits de la race bretonne se transfigurent sous l'effet du mystère oriental, Balzac se souvient de George Sand et aussi de l'actrice Mlle George, telle que l'a évoquée Th. Gautier dans *Les Belles Femmes de Paris* (Paris, 1839, cf. plus haut p. 497).

Page 108.

79. François-Joseph Talma (1763-1826), le célèbre tragédien français, est souvent cité par Balzac qui, dans sa jeunesse, avait eu l'occasion de l'admirer à la Comédie-Française.

80. Gautier avait observé chez Mlle George, dont il écrit toujours le nom Georges, « le nez, mince et droit, coupé d'une narine oblique et passionnément dilatée » qui « s'unit avec son front par une ligne d'une simplicité magnifique »; et la bouche « arquée à ses coins », « superbement dédaigneuse ». Un peu plus loin dans le texte, la ressemblance avec Mlle George, peinte par Gautier, est encore frappante : « Le menton, plein de force et de résolution, se relève fermement et termine par un contour majestueux ce profil, qui est plutôt d'une déesse que d'une femme. » Pour l'ensemble du portrait, voir nos Documents, p. 497-498.

Page 109.

81. Cette célèbre statue antique de Vénus, trouvée dans la maison dorée de Néron, se trouve dans un musée de Naples.

Page 111.

82. Le salon du baron François Gérard (1770-1837), illustre peintre, auteur de nombreux portraits, fut fréquenté par tous les gens célèbres de l'époque, artistes ou écrivains. Balzac fut un habitué des soirées du baron Gérard.

Page 112.

83. « J'avais vécu en sens inverse de la destinée naturelle. Au lieu de commencer par la jouissance et de finir par la réflexion, j'avais ouvert le livre de vie au chapitre de la science » (*Lélia*, 1833, t. II, p. 10). Balzac se souvient visiblement ici de George Sand et de son héroïne, Lélia.

Page 114.

84. C'est à *Jacques,* roman publié par George Sand en 1834, que songe très vraisemblablement Balzac.

85. Plusieurs héroïnes balzaciennes méditent sur l'œuvre de Benjamin Constant, et refusent de subir, dans une situation similaire, le sort malheureux de l'héroïne, Ellénore.

86. Balzac avec insistance souligne qu'il a voulu peindre dans son personnage non le type de la femme-auteur mais celui de la femme supérieure.

Page 117.

87. Le romancier avait d'abord écrit le nom de Nathan. Il songeait visiblement ici à Gustave Planche (1808-1857), le célèbre critique de la *Revue des Deux Mondes,* ce « Turc de l'intelligence endormi par la méditation », dira plus loin Balzac, qui « démolit tout et ne construit rien ».

Page 118.

88. L'exactitude géographique de cette description est incontestable, comme la situation de la maison et la présence de pins aux troncs rougeâtres.

Page 119.

89. A « harmoniser » Balzac préfère toujours le vieux verbe « harmonier », tombé aujourd'hui en désuétude.

90. C'est-à-dire n'était passé aux mains d'une femme.

Page 120.

91. Aux maisons comme aux personnages Balzac donne, par l'extension du particulier au collectif, une vérité *typique.*

92. Ce verbe ne figure pas dans le dictionnaire de Littré, qui mentionne seulement « seigneurifier ».

Page 121.

93. Il est difficile de préciser à quel graveur de cette célèbre famille, dont Karl (1594-1674) fonda la renommée, pense ici Balzac.

Page 122.

94. Toile peinte qui venait à l'origine de Perse et fut ensuite fabriquée partout.

Page 123.

95. Procédé inventé à Berlin, qui consiste à produire toutes sortes de dessins ombrants sur plaques de porcelaine biscuit non émaillées, par les épaisseurs graduées de la pâte.

96. Ce terme désigne les meules de sel, monceaux demi-sphériques de toutes les dimensions, qui restent découvertes toute la saison, sauf les étés pluvieux.

Page 124.

97. Pour la comtesse Almaviva dans *Le Mariage de Figaro.*

Page 127.

98. Opéra de Meyerbeer (1831), qui connut, dès sa création, un immense succès.

Page 129.

99. Balzac cite plusieurs fois dans *La Comédie humaine* le célèbre opéra de Rossini, représenté à Paris pour la première fois en 1829.

100. Balzac se réfère souvent aux œuvres du célèbre écrivain anglais Laurence Sterne (1713-1768). Il avait une prédilection pour son roman *Tristram Shandy.*

Page 130.

101. Balzac dès sa jeunesse manifesta la plus vive admiration pour Georges Cuvier, fondateur de l'anatomie comparée. Né en 1769, Cuvier mourut en 1832 lors de l'épidémie de choléra et resta, dit-on, lucide jusqu'au bout, tout comme le célèbre chirurgien Guillaume Dupuytren (1777-1835) qui mourut d'apoplexie.

Page 133.

102. George Sand, qui a donné au personnage de Balzac un certain nombre d'autres traits.

103. Dans la complaisance de la description se reflète l'engouement de Balzac pour le houka dont il avait découvert les délices lors de sa visite à Nohant en 1838. Il explique d'ailleurs dans le *Traité des excitants modernes* (1839) qu'il doit à George Sand « la clef de ce trésor » et décrit minutieusement cet « appareil très élégant ».

Page 137.

104. L'admiration de Balzac pour le peintre Girodet-Trioson (1767-1824), qui fut l'élève de David, se manifeste dans *La Comédie humaine,* où il cite plus de quinze fois son nom ou ses œuvres.

Page 138.

105. C'est là un rappel de cette « toilette abondante et fantasque » du XVIe siècle qui « s'adapte merveilleusement à la physionomie » de l'actrice Jenny Colon, qui fut aimée de Nerval. Au portrait qu'esquisse d'elle Théophile Gautier dans *Les Belles Femmes de Paris,* Balzac emprunte encore d'autres détails, tels que les manches à sabot de dentelles...

106. La robe de satin blanc est la parure favorite des femmes dans les toiles de Terburg beaucoup plus que dans celles de Miéris. Balzac s'est souvent référé, dans *La Comédie humaine,* à ces deux peintres hollandais du XVIIe siècle.

107. C'est là un trait commun à plusieurs princes des *Mille et Un Jours,* contes du dervis Moclez traduits du persan par Petis de Lacroix et publiés en 1710-1712.

Page 140.

108. Parole prononcée, dit-on, par le vicomte Lainé (1767-1835), à l'occasion des ordonnances de Juillet.

109. Le chanteur Pierre-Jean Garat (1764-1823) se rendit célèbre par la perfection de son talent et l'excellence de ses méthodes.

Page 142.

110. Né en 1617, le peintre génois Piola Pellegro fut assassiné en 1640 par Carlone (1598-1680), génois lui aussi. Le compositeur Paësiello — ou plutôt Païsiello — se fit remarquer par l'abondance et le charme de ses compositions (1741-1816).

111. Allusion à Victor Cousin (1792-1867), chef de l'école éclectique, très attiré par la philosophie allemande. Balzac, dans sa jeunesse, suivit très probablement ses cours.

Page 143.

112. Voir n. 212.

Page 148.

113. Maurice Regard a montré que Claude Vignon doit l'essentiel de son physique à Gustave Planche, et il donne cette précision intéressante : Balzac s'est manifestement inspiré de la caricature de Benjamin publiée dans *Le Charivari* en janvier 1839. On y observe ce nez taillé en pointe et cette fixité du regard que le romancier attribue à Claude Vignon. Même silhouette, même teint, même allure négligée, même aspect aussi d'un homme « vieilli prématurément par la débauche, la misère, l'abus de la pensée ». Balzac a « portraité » Planche, comme il l'a dit, et comme le confirme le témoignage de Jules Levallois, qui raconte dans ses *Mémoires d'un critique* (p. 132) la lecture du portrait que fit à Planche le romancier lors d'un déjeuner chez Buisson.

Page 149.

114. Bélisaire (490-565 après J.-C.), le plus grand capitaine de l'empire byzantin, perdit la faveur de l'empereur Justinien, qui chargea Narsès, général et, plus tard, gouverneur de l'Italie, de le surveiller.

Page 153.

115. La Scala de Milan, la Fenice de Venise et l'Opéra Saint-Charles (San Carlo) à Naples, trois théâtres où venait de triompher, à l'époque où Balzac écrivit *Béatrix,* son ami Rossini, qui épousa plus tard la belle Olympe Pélissier.

Page 155.

116. Sans entamer une discussion sur le sexe des anges, il faut remarquer l'emploi tout à fait inhabituel de ce substantif au genre féminin. Littré n'en signale aucun exemple.

Page 156.

117. Renée de Rieux dite la belle Châteauneuf, née vers 1550, fille d'honneur de Catherine de Médicis et maîtresse du duc d'Anjou, futur Henri III, dut quitter la cour lors du mariage du roi et épousa par dépit l'Italien Antinotti qu'elle poignarda.

118. Dans sa *Notice sur l'arrondissement de Savenay au mois de septembre 1822,* le vicomte de Frénilly évalue à 470 000 quintaux la production annuelle du « sel de Guérande », dont 370 000, par le cabotage, passent en Hollande, en Hanovre, au Danemark et au

Brésil. Ainsi la présence de ce bâtiment danois semble-t-elle toute naturelle.

Page 157.

119. Ce tableau de P.N. Guérin (1774-1833), *Didon et Énée,* exposé au Salon de 1817, est cité plusieurs fois dans *La Comédie humaine.*

Page 159.

120. Cette anecdote figure dans une lettre écrite par Diderot à Sophie Volland le 8 octobre 1760.

121. Anecdote également citée dans *Les Chouans,* où Montauran essaie par un geste semblable de conquérir la sympathie de Marie de Verneuil. On en ignore l'origine.

Page 160.

122. Effie et Minna, personnages de Walter Scott, apparaissent, la première dans *La Prison d'Édimbourg,* la seconde dans *Le Pilote.* Quant à Parisina, c'est l'héroïne d'un poème de Byron.

123. Il est normal que la rencontre de la duchesse de Berry en ces romanesques circonstances ait enflammé la jeune imagination de Calyste, habitué à la monotone existence des siens. Les contemporains comparaient volontiers la duchesse à Diane Vernon, l'héroïne du roman de Walter Scott, *Rob-Roy.*

Page 163.

124. De la couleur qui se situe entre le rouge et l'orangé.

Page 164.

125. Ce personnage de la mythologie grecque célèbre par sa beauté, qui, ayant contemplé dans l'eau son image devint amoureux de lui-même. Ayant reconnu l'illusion dont il était le jouet, il demanda la mort, mais les dieux, l'ayant pris en pitié, le métamorphosèrent en fleur.

Page 165.

126. Cet adverbe, qui était employé assez couramment au XVIIIe siècle et signifiait « d'une façon désespérante », est tombé en désuétude au XIXe siècle.

Page 173.

127. Balzac a raconté cette histoire dans *Les Chouans.*

Page 176.

128. Espèce d'almanach de luxe, importé d'Angleterre, recueil de vers et de fragments de prose, entremêlés de dessins et de gravures. Les keepsakes connurent une grande vogue à l'époque romantique.

Page 182.

129. De l'œuvre abondante du compositeur italien Zingarelli (1752-1837), très célèbre à l'époque, seul a survécu l'opéra de *Roméo et Juliette,* que cite ici Balzac.

130. « De tant de battements de cœur », air célèbre de l'époque romantique, qui figure non dans le *Roméo et Juliette* de Zingarelli mais dans le *Tancrède* de Rossini.

LE DRAME

Page 188.

131. Camille Maupin ressemble sur ce point à Dinah de La Baudraye : « Le roman d'Adolphe était sa Bible car, par-dessus toute chose, elle ne voulait pas être Ellénore » (*La Muse du département*).

132. Branchages réunis en fagots que l'on entasse pour exhausser le terrain.

Page 190.

133. Cette conception de l'amour est celle de George Sand dont le souvenir est très présent dans tout ce passage. Dans une lettre à Musset du 15 juin 1834, George Sand citait avec admiration cette phrase de Latouche : « On dit que deux âmes créées l'une pour l'autre, mais séparées sur la terre, s'unissent au ciel — pour ne former qu'un seul ange. »

134. Vigny, dans *Le Livre mystique.* Mais la citation est inexacte. Le poète a écrit : « Et cependant, Seigneur, je ne suis pas heureux; / Vous m'avez fait vieillir puissant et solitaire, Laissez-moi m'endormir du sommeil de la terre. »

Page 203.

135. Espèce de toile de laine assez brillante. Le mot n'est plus employé de nos jours.

136. Comme l'écrit Balzac dans *La Muse du département :* « A Paris, il existe plusieurs espèces de femmes (...); mais en province il n'y a qu'une femme et cette pauvre femme est la femme de province. »

Page 205

137. Voir n. 100.

Page 220.

138. Cet écrivain est Balzac, qui, par exemple, fait dénoncer par Bianchon, dans *L'Interdiction,* les ravages du temps sur la beauté des femmes : « Quand les tempes d'une femme sont attendries, rayées, fanées d'une certaine façon, (...) la femme a passé trente ans. »

Page 227.

139. Ce mot, qui désigne un parterre de gazon pour l'ornement d'un jardin, est d'origine anglaise.

140. Dans la sixième lettre de son *Voyage pittoresque dans le département de la Loire-Inférieure* (Nantes, 1823, p. 87), intitulée *Voyage de Nantes à Guérande,* Richer explique que le bois est très rare et que « les paysans pauvres des campagnes voisines, du côté de Piriac et du Croisic, ne brûlent souvent que des fientes de vache séchées au soleil ».

Page 237.

141. Dans divers jeux de cartes, tels que la mouche ou le boston, ce mot désigne l'amende ou l'avantage que le joueur le plus fort accorde au plus faible pour égaliser la partie.

Page 242.

142. Amadis est le héros d'*Amadis de Gaule,* roman de chevalerie du XVIe siècle attribué à Garcia Rodriguez de Montalvo. Cyrus, lui, est le héros du roman de Mlle de Scudéry, publié en 1653, *Artamène ou le grand Cyrus.*

Page 244.

143. Balzac aimait ce vers de Dante qu'il a cité également dans les *Mémoires de deux jeunes mariées* et ainsi traduit : « posséder sans crainte des richesses qui ne peuvent être perdues ».

Page 247.

— 144. La guerre d'Indépendance commença par le combat de la frégate *La Belle-Poule,* commandée par M. de La Clochetterie, contre la frégate anglaise *L'Aréthuse*. Balzac donne à propos de cet épisode célèbre des précisions exactes : Lamothe-Langon, par exemple, dans les *Mémoires de M*me *la vicomtesse de Fars Fausse-Landry* (Paris, Levavasseur, 1830, t. I, p. 153), relate que « tout Paris s'enflamma à cette nouvelle et les femmes en consacrèrent le souvenir pendant un mois par un objet de mode de mauvais goût, dit coiffure à la Belle-Poule. Cette coiffure représentait, tant bien que mal, un navire toutes voiles dehors (... . L'ensemble de tous ces détails formait un ornement, ou plutôt un harnachement des plus burlesques ».

Page 253.

145. Balzac applique ce mot « scène » à toutes les conversations de Camille et de Béatrix, qui sont effectivement de véritables duels, d' « admirables scènes de comédie », précise-t-il ici.

Page 254.

146. Dans *Un drame au bord de la mer,* Balzac a raconté l'histoire de Cambremer, l'ermite qui s'est retiré sur un rocher, aux environs du Croisic.

Page 255.

147. Néologisme de Balzac. Ce mot, employé par le romancier dans le sens de « taquinerie », ne figure pas dans le dictionnaire de Littré.

Page 256.

148. Satire traditionnelle de la provinciale contre la Parisienne, et aussi du naturel contre l'artifice. Dans la deuxième partie du roman, Sabine, au nom du naturel, exercera de la même manière sa verve contre l'artificieuse Béatrix.

Page 265.

149. Les œillets sont des bassins dont le fond forme une pyramide extrêmement aplatie.

150. Balzac ne recourt pas aux termes techniques; il se borne à parler de râteau et ne cède pas non plus à la tentation du pittoresque avec de longues descriptions du costume des paludiers.

Page 267.

151. Expression qui rappelle évidemment George Sand, qu'on appelait « la bonne dame de Nohant ».

152. C'est-à-dire la jetée de Pem-Bron.

Page 268.

153. Comme le prouvent les noms évocateurs de ces rochers : la Couette, les Oreillers, le Grand Autel, l'Ours. Dans *Un drame au bord de la mer,* Balzac fait également allusion à ces rochers qui ressemblent à « des animaux gigantesques couchés dans les dunes ».

Page 271.

154. C'est là un lieu commun que n'ont pas manqué d'exploiter les auteurs qui ont décrit cette région du Croisic. C'est également ce qu'éprouve Louis Lambert au Croisic, dans *Un drame au bord de la mer.*

155. Balzac usait volontiers de cette eau de Portugal ou eau de Lisbonne qui est une solution alcoolique d'essence d'écorces d'oranges, citrons et roses.

Page 274.

156. Allusion à François de Montgomery, sieur de Lorges, qui, au dire de Brantôme, par « beau dépit », jeta « le gant au nez » de sa maîtresse (*Des dames,* IIᵉ partie, Discours huitième).

Page 279.

157. Après plusieurs hésitations Balzac, qui avait d'abord songé à *Jacques,* puis à *Leone Leoni,* a choisi *Indiana,* choix qui ne saurait surprendre le lecteur des *Lettres à Madame Hanska :* « Si vous vous souvenez d'*Indiana,* écrivait Balzac à Mᵐᵉ Hanska le 8 août 1842, je vous dirai que je vous aime comme aimait Ralph... »

Page 281.

158. Lecteur assidu du Traité de *L'Art de connaître les hommes par la physionomie* de Gaspard Lavater, créateur de la physiognomonie, c'est-à-dire la science de l'interprétation du caractère par les traits, Balzac s'intéressait vivement aux recherches sur la signification des ressemblances animales. Dans *La Comédie humaine* il inscrit souvent dans la ressemblance avec l'animal le caractère de son personnage.

Page 283.

159. Balzac se plaît à multiplier les exemples de cet amour dans *La Comédie humaine,* celui de Calyste dans *Béatrix* mais aussi ceux de Gaston de Nueil dans *La Femme abandonnée,* de Charles de Vandenesse dans *La Femme de trente ans* et de Félix de Vandenesse dans *Le Lys dans la vallée.*

Page 293.

160. C'est bien là le thème des « Amours forcés » dont on peut lire l'ébauche, p. 490-495.

Page 294.

161. Paraphrase un peu lointaine des célèbres paroles de Marie Mancini à Louis XIV : « Vous êtes roi, vous pleurez et je pars. »

Page 296.

162. Cornélie Falcon, dont le portrait par Gautier a inspiré à Balzac certains traits physiques de Camille Maupin, était en 1836 dans tout l'éclat de sa jeune gloire, brutalement brisée par la maladie dès 1837. Elle fut condamnée à une retraite définitive en 1840. Née en 1812, premier prix de chant au Conservatoire en 1831, elle avait débuté avec un vif succès dans *Robert le Diable.*

Page 297.

163. A l'acte II du *Matrimonio segreto,* le chef-d'œuvre de Cimarosa (1749-1801).

Page 301.

164. Dans une lettre écrite en juin 1671 à la duchesse de Bouillon, La Fontaine évoquait en effet « des lieux / Honorés par les pas, éclairés par les yeux   D'une aimable et vive princesse ».

Page 303.

165. Ce terme familier qui désigne un vieillard voulant faire le jeune homme était surtout en usage au XVIIIe siècle.

166. Il s'agit des parents de Calyste mais l'emploi de l'expression, dans ce sens, était courant à l'époque.

Page 306.

167. Cette expression du chevalier, qui signifie faire route ensemble, vient du terme de marine « vaisseau de conserve » désignant un vaisseau qui sert d'escorte à d'autres

Page 308.

168. Substantif féminin auquel Balzac, curieusement, donne le genre masculin. L'usage de ce principe essentiel du quinquina sous forme de « sulfate de quinine », pour la guérison des fièvres intermittentes, peut expliquer, dans le langage courant, cette confusion.

Page 315.

169. Balzac, sensible à l'importance du phénomène dans la société de l'époque, a souvent parlé, dans *La Comédie humaine,* de la spéculation sur les terrains. Il en a, notamment, montré les effets désastreux dans *César Birotteau.* La rue du Mont-Blanc, de nos jours, est la rue de la Chaussée-d'Antin (voir n. 76).

Page 320.

170. Le fidéicommis est un don ou un legs que celui qui reçoit cette libéralité doit remettre à une tierce personne. En l'occurrence, Camille Maupin songe aux enfants de Calyste.

UN ADULTÈRE RÉTROSPECTIF

Page 321.

171. Le point de vue de Balzac sur le mariage n'a jamais varié depuis la *Physiologie du mariage* (1829) : amour et mariage font deux, ce qui explique le nombre d'héroïnes mal mariées et la tentation de l'adultère. Le problème du mariage constitue le thème central de toutes les *Scènes de la vie privée.*

Page 323.

172. On reconnaît là un des procédés essentiels de la technique balzacienne. Soucieux d'enraciner dans le monde réel son univers romanesque, l'auteur, au moyen de la comparaison, renvoie sans cesse au réel son lecteur et confère ainsi aux événements, aux situations ou aux personnages, une vérité générale, typique.

Page 324.

173. Louise de Chaulieu, que le romancier vient d'évoquer.

Page 325.

174. Erreur qui coûtera bien des larmes à Sabine, à une époque où la distinction entre amour et mariage est nette.

Page 326.

175. Ce héros de la mythologie grecque — au nom duquel Balzac, curieusement, donne la terminaison latine — avait réussi à s'enfuir avec son fils Icare du labyrinthe où les avait enfermés Minos, en fabriquant des ailes avec des plumes d'oiseau jointes à la cire. La « paternelle » — et non « maternelle » — éloquence de Dédale ne parvint cependant pas à empêcher Icare de s'élever, grâce à ses ailes, à une trop haute altitude, si bien que la chaleur solaire fit fondre la cire et que le malheureux Icare fut précipité dans les flots de la mer Égée.

176. *Turf, speech,* etc., autant de mots qui témoignent de l'anglomanie de l'époque.

Page 327.

177. Telle était en effet la question que posaient les journaux libéraux, tandis que la presse légitimiste, *Le Moniteur* par exemple (numéro du 3 juin 1830), affirmait catégoriquement : « Le Roi ne cédera pas. »

Page 328.

178. La « vieille blonde » avait alors vingt-neuf ans. Elle était cette « femme de trente ans » dont Balzac a célébré les splendeurs mais aussi les misères.

Page 329.

179. L'image de l'épopée qui conte les aventures d'Ulysse, appliquée à un voyage en Bretagne, peut surprendre le lecteur

d'aujourd'hui. Mais, à l'époque, cette région, les journaux et Mémoires contemporains l'attestent, du fait de la difficulté des communications, paraissait lointaine et peu civilisée.

180. Née d'Ajuda et alliée aux Bragance, la duchesse de Grandlieu est en effet d'origine portugaise. Le romancier, un peu plus loin, insiste sur sa dévotion « de plus en plus portugaise » assimilant le fanatisme de la piété portugaise à celui de la piété espagnole, plusieurs fois mentionné dans *La Comédie humaine.*

Page 331.

181. Telle est en effet l'impression qui émane des du Guénic et de leur vie toute « rituelle », dans la première partie du roman.

182. Voir n. 63.

Page 332.

183. Plaisante allusion à l'attachement de cette région au bas-breton. « Oublié dans le reste de l'arrondissement », écrit le vicomte de Frénilly dans sa *Notice sur l'arrondissement de Savenay en 1822,* le bas-breton, qui ne se parle plus que « dans des parties plus reculées de la Bretagne », est demeuré l'idiome national à Bourg-de-Batz et dans ses environs.

Page 333.

184. Le souvenir de Walter Scott et de ses personnages demeurait vivace chez Balzac, qui cite également dans *Ursule Mirouët* les seigneurs des romans de Scott.

185. La monarchie de Juillet en effet avait, disait avec malveillance le légitimiste Johanet en 1840 (*La Vendée à trois époques,* Paris, 1840, t. II, p. 489-490), « appelé à son aide l'art stratégique » : « Sous prétexte d'introduire en ce pays le progrès de la civilisation et le bien-être, les ingénieurs ont tracé des routes, des hordes d'ouvriers l'ont inondé. On se flattait d'organiser ainsi de sûrs moyens de démoralisation (...) mais les routes stratégiques n'ont pas produit le mal qu'elles se sont évidemment proposé. »

186. Idée chère à Balzac. Voir n. 232, à propos du passage où sont dénoncés les méfaits de l'Égalité.

Page 334.

187. « (...) Je désirais que les filles de notre congrégation eussent les pieds bien chaussés, mais le cœur bien déchaussé et bien nu

des affections terrestres ; qu'elles eussent la tête bien couverte et l'esprit bien découvert » (lettre de saint François de Sales à Mlle de Chantal, novembre 1609, éd. de [ses] *Lettres, augmentées de lettres inédites,* chez J.-J. Blaise, 1817, t. I, p. 504).

Page 336.

188. C'est place de Viarme et non place Bretagne que Charette tomba, le 29 mars 1796. La description de Nantes, fort sommaire, ne révèle pas une connaissance bien précise de la ville.

Page 338.

189. La fonderie de canons établie à Indret sous Louis XV fut supprimée en 1827. En 1839 le gouvernement créa d'importants ateliers destinés à la construction de machines à vapeur pour la marine militaire et de coques de navires en fer.

190. Sans doute peut-on voir dans cet épisode heureux de la vie conjugale des du Guénic et l'évocation précise des forges d'Indret le souvenir du séjour breton de Balzac au printemps 1841. On peut remarquer que Mercadet, « le faiseur », s'intéresse à l'affaire « superbe » des mines de la Basse-Indre.

Page 342.

191. Allusion à la célèbre ballade du poète allemand Bürger (1747-1794) : *Lenore.*

Page 344.

192. Lucien de Rubempré, qu'elle voulait épouser malgré les réticences de son père et qui se suicida à la Conciergerie. Balzac a raconté dans *Splendeurs et misères des courtisanes* les amours malheureuses de Clotilde.

Page 346.

193. L'opposition entre Paris et la Province représente un des thèmes essentiels du roman du XIXe siècle. Le jeune homme de province, Julien Sorel dans *Le Rouge et le Noir* ou Frédéric Moreau dans *L'Éducation sentimentale,* comme les héros balzaciens, Lucien de Rubempré (*Illusions perdues*), Victurnien d'Esgrignon (*Le Cabinet des Antiques*) ou ici, Calyste du Guénic, en font, à leurs dépens, la cruelle expérience.

194. Paris, fleur du mal, corrompt les jeunes provinciaux, innocents et naïfs, qui se sont laissé attirer par cet enfer. Voir la note précédente.

Page 348.

195. Cette science de la toilette des grandes coquettes de *La Comédie humaine,* la princesse de Cadignan ou Mme d'Espard, apparaît comme un des thèmes essentiels de la femme de trente ans, celle qui peut « jouer tous les rôles » et « satisfait tout » (*La Femme de trente ans*).

196. Drame reparaissant de *La Comédie humaine* dont Claire de Beauséant représente la plus touchante victime (*La Femme abandonnée*).

Page 349.

197. Dont les suaves amours avec la belle Diane, contées par Balzac dans *Les Secrets de la princesse de Cadignan,* mirent fin à sa production littéraire, tandis que la longue et orageuse liaison de Canalis avec Éléonore de Chaulieu, évoquée dans *Modeste Mignon,* fut à l'origine de sa brillante carrière politique.

198. Pour les tableaux « ossianesques » de Girodet et pour l'ensemble des œuvres inspirées d'Ossian que l'on trouve dans la peinture et l'art graphique du début du XIXe siècle, on se reportera au catalogue, dû à Hélène Toussaint, de l'exposition *Ossian* présentée à Paris en février 1974.

Page 350.

199. Avec intention, croyons-nous, Balzac écrit syllogiste, en donnant à ce mot le sens de « faiseur de syllogismes », justifié par le contexte.

Page 353.

200. Partie actuelle de la rue de Courcelles comprise entre la rue de Monceau et le boulevard de Courcelles.

Page 354.

201. De nos jours pont de la Concorde.

Page 356.

202. C'est-à-dire 2800 kilomètres. Le chiffre n'est pas choisi au hasard. Balzac introduit là une allusion personnelle à ses voyages pour aller rejoindre Mme Hanska.

203. C'est la seule fois où Balzac a omis de substituer à ce nom celui de la rue de Chartres. Voir n. 200.

Page 357.

204. Les contemporains de Balzac voyaient là une allusion au cas célèbre de Mme d'Agoult qui avait quitté son mari pour lier son sort à celui de Liszt.

Page 358.

205. Le céladon était à l'origine une porcelaine de Chine, dont la couleur la plus fréquente était le vert pâle.

Page 359.

206. Son talent de chanteur et de musicien avait valu à l'Italien David Riccio — plus connu sous le nom de Rizzio — les faveurs de Marie Stuart. Il devint son amant, mais, s'étant rendu odieux à la cour, il fut égorgé sur l'ordre de Darnley, second mari de la reine d'Écosse.

Page 363.

207. Sabine résume là les thèmes essentiels de l' « aperçu semi-politique » de Balzac dans *La Duchesse de Langeais.*

208. « Vous n'avez pas su (...) devenir un parti, vous n'aurez pas de politique d'ici longtemps », dit non pas de Marsay mais lord Dudley dans *Autre étude de femme.*

Page 365.

209. Née de Born, la vicomtesse, mère de Juste de Grandlieu, futur époux de sa cousine Marie-Athénaïs, était, « par sa fortune et par l'antiquité de son nom, une des personnes les plus remarquables du faubourg Saint-Germain » (*Gobseck*).

Page 367.

210. Les symptômes que décrit Balzac sont là aussi absolument confirmés par le *Dictionnaire des sciences médicales* de l'époque. Le terme de « névrose » désigne « toute affection du système nerveux », spasmodique et convulsive, « une lésion du sentiment et du mouvement », qui se manifeste notamment par des troubles de la circulation et de la vue.

Page 368.

211. C'est-à-dire Cornélie, héroïne de l'histoire romaine, la mère des Gracques, qui disait de ses enfants : « Voilà mes bijoux et mes ornements. »

Page 380.

212. Le chanteur italien Rubini (1795-1854) fit courir tout Paris aux Italiens entre 1835 et 1840. Balzac, qui l'entendit, en particulier dans *Otello*, l'opéra de Rossini, fut un admirateur enthousiaste de son talent. Il cite ici le duo de la jalousie, dans le premier acte.

213. Propos caractéristique du souci de « généralisation » de l'auteur de *La Comédie humaine.*

Page 383.

214. Balzac sait que, selon la croyance populaire, les mets piquants possèdent des vertus aphrodisiaques.

Page 386.

215. Le journal *Paris-Élégant,* le 8 juillet 1844, par exemple, parlait de la vogue du « cold-cream » de Guerlain dont les élégantes ne sauraient se passer même l'été, à la campagne.

Page 387.

216. Née Louise de Chaulieu, l'une des deux héroïnes des *Mémoires de deux jeunes mariées.*

217. Le marquis d'Ajuda-Pinto avait, on le sait, abandonné Claire de Beauséant (voir *Le Père Goriot*) pour se marier avec Berthe de Rochefide. Devenu veuf il avait épousé Joséphine de Grandlieu, sœur de Sabine

Page 389.

218. C'est la seule fois où Sabine tutoie sa mère. Il faut probablement voir là une inadvertance du romancier.

Page 391.

219. Dans la préface de la seconde édition du *Père Goriot,* Balzac fait aussi allusion à « cette excellente Mme Guyon » que son mari troublait dans ses prières « de la façon la plus inconvenante ». Balzac possédait dans sa bibliothèque les œuvres de cette mystique (1648-1717), dont les doctrines étaient très proches du quiétisme de Fénelon.

Page 392.

220. La duchesse de Berry. Voir n. 32.

Page 395.

221. Balzac souligne intentionnellement l'expression afin d'attirer l'attention du lecteur sur le parallélisme de ce sujet avec celui de *La Femme abandonnée,* nouvelle qu'il avait écrite en 1832.

Page 398.

222. Paul Chevalier dit Gavarni (1801-1866), qui fut l'ami de Balzac. Ce dessin se trouvait reproduit dans le journal *Le Charivari* du 30 mai 1840.

223. Selon Eugène Briffault (*Historiettes contemporaines,* numéro du 31 mars 1842), l'Aspasie, « femme aux séductions puissantes », se rencontre « dans l'échelle galante, à un degré au-dessus de la lorette ».

Page 400.

224. Le galop avait détrôné la contredanse avant de se voir supplanté en 1843-1844 par la polka. En 1837, la vogue de Musard et du galop battait son plein. Valentino dirigea de 1837 à 1841 des concerts de musique classique dans une salle de la rue Saint-Honoré où se tint ensuite le « bal Valentino ».

Page 401.

225. Une *Physiologie de la vie conjugale et des mariés au XIIIe arrondissement,* par MM. Arthur de Saint-Luc et P. Aymès, avait paru en 1842. Paris, jusqu'en 1860, on le sait, n'eut que douze arrondissements...

Page 404.

226. Le Jockey-Club fut fondé en 1833 par lord Seymour, avec Fasquel, le major Frazer, le chevalier Machiado, Rieussec et de Cambis.

227. Dans *Le Vieux Célibataire* de l'auteur dramatique Collin d'Harleville (1755-1806), Mme Everard était la gouvernante qui voulait se faire épouser.

Page 405.

228. Le traité de Londres, signé le 15 juillet 1840, écartait la France de la Question d'Orient, ce qui provoqua la chute du gouvernement du 1er mars. Le 29 octobre, Soult, qui avait cédé la place à Thiers le 1er mars, revint à la présidence du Conseil avec

Guizot qui remplaçait Thiers à la direction des Affaires étrangères.

Page 408.

229. Substantif créé par Balzac d'après le qualificatif « bon enfant ».

Page 409.

230. Née Claudine Chaffaroux mais connue sous son nom de danseuse, Tullia. Devenue l'épouse du vaudevilliste Du Bruel, elle s'éprit du séduisant comte de La Palférine (voir *Un prince de la bohème*).

Page 411.

231. Propos d'auteur qui exprime clairement l'intention d'esquisser la physionomie du siècle tout entier à l'aide de types.

Page 412.

232. Page essentielle qui révèle le fond de la pensée de Balzac telle qu'elle apparaît dans *Les Paysans* ou dans *Le Curé de village*, où le romancier dénonce avec vigueur « la plaie du morcellement », l'individualisme, cet égoïsme qui résulte « des vices de notre législation civile », les méfaits de la Révolution et d'un prolétariat « sans autre Dieu que l'Envie », et « sans bonheur avec l'Égalité ».

Page 413.

233. Comme l'écrit Balzac dans *Le Cabinet des Antiques :* « En France, ce qu'il y a de plus national est la Vanité, la masse des vanités blessées y a donné soif d'égalité. »

234. Décrites par exemple dans *Le Curé de village* avec l'abbé Bonnet et Véronique Graslin.

Page 416.

235. C'est la toilette du parfait dandy de l'époque.

Page 417.

236. Au Cercle agricole, à l'hôtel de Nesle, 2, rue de Beaune, où ce dont on parlait le moins c'était d'agriculture, dit Eugène Briffault (*Historiettes contemporaines,* 31 janvier 1842).

237. C'est-à-dire un whist à trois, où l'un des joueurs prend les cartes du joueur manquant, étalées sur la table.

Page 418.

238. Prélude au traité de Campo-Formio, les préliminaires signés à Léoben le 18 avril 1797 déterminèrent l'abandon à la France par l'Autriche de toutes ses possessions des Pays-Bas. L'Autriche renonçait aussi à la Lombardie mais acquérait les États vénitiens de la terre ferme, ce qui amorçait le démembrement de la République de Venise voulu par Bonaparte.

Page 421.

239. Personnage de *Zaïre,* tragédie de Voltaire.

Page 422.

240. Clarisse Harlowe, l'héroïne du roman de Richardson, dont Rousseau se souvint en créant *La Nouvelle Héloïse.*

241. Il s'agit de la scène IV de l'acte V de *L'École des femmes,* où Arnolphe soupire devant la traîtrise des femmes :

> *Rien de plus infidèle ; et malgré tout cela,*
> *Dans le monde on fait tout pour ces animaux-là.*

Maxime ici identifie visiblement Arnolphe à Molière lui-même.

Page 424.

242. Maxime est en effet devenu le type du lion, dont « le vicomte de Launay » — Delphine de Girardin — écrit, dans son Billet parisien de *La Presse,* le 6 septembre 1839, qu'il ne faut pas le confondre avec le dandy : « Ils ne sont point de la même famille ; le dandy est celui qui veut se faire voir, le lion est celui qu'on veut voir. »

243. Le Café de Tortoni était, dès l'Empire, raconte le docteur Véron dans ses *Mémoires* (Paris, 1860, t. II, p. 18), « le lieu de rendez-vous et le salon de conversation de plus d'une célébrité et des élégantes du jour ».

Page 425.

244. Le Café de Paris, ouvert en 1822, fut bientôt connu de toute l'Europe.

245. Cet adjectif, « synonyme de rhumatismal », dit Littré, ne s'emploie plus de nos jours.

Page 430.

246. La comtesse Merlin, d'origine espagnole, élevée à La Havane, avait publié en 1836 ses *Mémoires*, dont le sous-titre était « Souvenirs d'une créole ».

Page 431.

247. Allusion au mot de Frontin à Lisette dans la dernière scène de *Turcaret*, comédie de Lesage (1709) : « ... nous allons faire souche d'honnêtes gens ».

Page 436.

248. Voir n. 212.

Page 440.

249. Balzac, dans *La Muse du département*, a conté les amours de Lousteau et de Mme de La Baudraye.

250. Mot populaire qui signifie : « des manières ».

Page 442.

251. Lapsus du romancier, qui avait d'abord prénommé son personnage Félicien. Il substitua sur épreuves Fabien à Félicien dans tout le roman, sauf ici.

252. Balzac souligne ici un des avantages essentiels du système de la réapparition des personnages. Le lecteur du même coup est incité à lire *La Comédie humaine* comme un ensemble dont chaque roman ne représente qu'un élément, inséparable des autres.

253. Il s'agit non du *Cercle Grammont*, logé au numéro 27 et dont les membres appartenaient plutôt aux « régions riches et élevées de la classe moyenne », mais du *Cercle de l'Union*, logé au n° 28 et « voué aux loisirs de l'aristocratie » (Eugène Briffault, *Historiettes contemporaines*, 31 janvier 1842).

Page 444.

254. Dans *Le Cabinet des Antiques*, Balzac déclare que la loi des Contraires « sans doute est la résultante de la loi des Similaires ».

255. Ce thème romantique de la courtisane repentie, épurée par l'amour, dont Marion Delorme offre la plus célèbre illustration, s'incarne chez Balzac dans Esther, la courtisane amoureuse de Lucien de Rubempré, dans *Splendeurs et misères des courtisanes*.

Page 445.

256. Cette observation de Rousseau, dans la préface de *La Nouvelle Héloïse :* « Il semble qu'il faut toujours au sexe un temps de libertinage ou dans un état, ou dans l'autre. C'est un mauvais levain qui fermente tôt ou tard » avait frappé Balzac, qui y faisait déjà allusion dans la méditation VI de la *Physiologie du mariage.*

Page 446.

257. *Lucia di Lammermoor,* opéra de Donizetti, fut joué, en France, au théâtre de la Renaissance, le 10 août 1839, et le ténor Rubini y remporta un vif succès. La cavatine finale est devenue célèbre.

Page 450.

258. Balzac affectionnait ce vers fameux de *Cinna* (acte I, scène III) qu'il adaptait aux circonstances. Ici « mon cher Maxime » remplace « belle Émilie ».

Page 453.

259. Le maître d'armes en vogue à l'époque, dont la salle d'armes était située 4, faubourg Montmartre.

Page 454.

260. Le mot de Socrate représente une allusion aux végétations vénériennes dites vulgairement « crêtes-de-coq ».

Page 461.

261. Plus loin, il sera question de « fiole d'apothicaire », puis de bains. Autant d'allusions à la maladie vénérienne que Mme Schontz s'est fait communiquer par Du Ronceret afin de la transmettre à M. de Rochefide, donc à Béatrix. Il semble toutefois surprenant que Calyste soit la troisième victime car Balzac ne laisse entendre à aucun moment que la liaison de Béatrix et de Calyste dure encore, après la réconciliation conjugale des Rochefide.

Page 463.

262. La Fontaine, *Fables* (IX, 2).

BÉATRIX

DOSSIER

DU MÊME AUTEUR

Dans la même collection

LE PÈRE GORIOT. *Préface de Félicien Marceau.*

EUGÉNIE GRANDET. *Édition présentée et établie par Samuel S. de Sacy.*

ILLUSIONS PERDUES. *Préface de Gaëtan Picon. Notice de Patrick Berthier.*

LES CHOUANS. *Préface de Pierre Gascar. Notice de Roger Pierrot.*

LE LYS DANS LA VALLÉE. *Préface de Paul Morand. Édition établie par Anne-Marie Meininger.*

LA COUSINE BETTE. *Édition présentée et établie par Pierre Barbéris.*

LA RABOUILLEUSE. *Édition présentée et établie par René Guise.*

UNE DOUBLE FAMILLE, suivi de LE CONTRAT DE MARIAGE et de L'INTERDICTION. *Préface de Jean Louis Bory. Édition établie par Samuel S. de Sacy.*

LE COUSIN PONS. *Préface de Jacques Thuillier. Édition établie par André Lorant.*

SPLENDEURS ET MISÈRES DES COURTISANES. *Édition présentée et établie par Pierre Barbéris.*

UNE TÉNÉBREUSE AFFAIRE. *Édition présentée et établie par René Guise.*

LA PEAU DE CHAGRIN. *Préface d'André Pieyre de Mandiargues. Édition établie par Samuel S. de Sacy.*

LE COLONEL CHABERT. *Préface de Pierre Barbéris. Édition établie par Patrick Berthier.*

LE COLONEL CHABERT, suivi de EL VERDUGO, ADIEU, LE RÉQUISITIONNAIRE. *Préface de Pierre Gascar. Édition établie par Patrick Berthier.*

LE MÉDECIN DE CAMPAGNE. *Préface d'Emmanuel Le Roy Ladurie. Édition établie par Patrick Berthier.*

LE CURÉ DE VILLAGE. *Édition présentée et établie par Nicole Mozet.*

LES PAYSANS. *Préface de Louis Chevalier. Édition établie par Samuel S. de Sacy.*

CÉSAR BIROTTEAU. *Préface d'André Wurmser. Édition établie par Samuel S. de Sacy.*

LE CURÉ DE TOURS, suivi de PIERRETTE. *Édition présentée et établie par Anne-Marie Meininger.*

LA RECHERCHE DE L'ABSOLU, suivi de LA MESSE DE L'ATHÉE. *Préface de Raymond Abellio. Édition établie par Samuel S. de Sacy.*

FERRAGUS, CHEF DES DÉVORANTS (« Histoire des Treize » : 1er épisode). *Édition présentée et établie par Roger Borderie.*

LA DUCHESSE DE LANGEAIS. LA FILLE AUX YEUX D'OR (« Histoire des Treize » : 2e et 3e épisodes). *Édition présentée et établie par Rose Fortassier.*

LA FEMME DE TRENTE ANS. *Édition présentée et établie par Pierre Barbéris.*

LA VIEILLE FILLE. *Édition présentée et établie par Robert Kopp.*

L'ENVERS DE L'HISTOIRE CONTEMPORAINE. *Préface de Bernard Pingaud. Édition établie par Samuel S. de Sacy.*

LOUIS LAMBERT. LES PROSCRITS. JÉSUS-CHRIST EN FLANDRE. *Préface de Raymond Abellio. Édition établie par Samuel S. de Sacy.*

UNE FILLE D'ÈVE, suivi de LA FAUSSE MAÎTRESSE. *Édition présentée et établie par Patrick Berthier.*

LES SECRETS DE LA PRINCESSE DE CADIGNAN et autres études de femme. *Préface de Jean Roudaut. Édition établie par Samuel S. de Sacy.*

MÉMOIRES DE DEUX JEUNES MARIÉES. *Préface de Bernard Pingaud. Édition établie par Samuel S. de Sacy.*

URSULE MIROUËT. *Édition présentée et établie par Madeleine Ambrière-Fargeaud.*

MODESTE MIGNON. *Édition présentée et établie par Anne-Marie Meininger.*

LA MAISON DU CHAT-QUI-PELOTE, suivi de LE BAL DE SCEAUX, LA VENDETTA, LA BOURSE. *Préface d'Hubert Juin. Édition établie par Samuel S. de Sacy.*

LA MUSE DU DÉPARTEMENT, suivi de UN PRINCE DE LA BOHÈME. *Édition présentée et établie par Patrick Berthier.*

LES EMPLOYÉS. *Édition présentée et établie par Anne-Marie Meininger.*

PHYSIOLOGIE DU MARIAGE. *Édition présentée et établie par Samuel S. de Sacy.*

LA MAISON NUCINGEN précédé de MELMOTH RÉCONCILIÉ. *Édition présentée et établie par Anne-Marie Meininger.*

LE CHEF-D'ŒUVRE INCONNU, PIERRE GRASSOU et autres nouvelles. *Édition présentée et établie par Adrien Goetz.*

SARRASINE, GAMBARA, MASSIMILLA DONI. *Édition présentée et établie par Pierre Brunel.*

LE CABINET DES ANTIQUES. *Édition présentée et établie par Nadine Satiat.*

Impression Bussière Camedan Imprimeries
à Saint-Amand (Cher),
le 7 novembre 2001.
Dépôt légal : novembre 2001.
1er dépôt légal dans la collection : juin 1979.
Numéro d'imprimeur : 015006/1.
ISBN 2-07-037123-9./Imprimé en France.

9938